CONSTELADO

千 里 远 景 ， 如 在 尺 寸 之 间 。

U0798289

百年中国工人戏剧史

剧作卷Ⅲ

改革开放和社会主义现代化建设新时期（1978-2012）

郭富民　主编

中国工人出版社

图书在版编目（CIP）数据
百年中国工人戏剧史·剧作卷Ⅲ 改革开放和社会主义现代化建设新时期（1978-2012）/郭富民主编. -- 北京：中国工人出版社, 2024. 12. -- ISBN 978-7-5008-8536-8
Ⅰ. I230
中国国家版本馆CIP数据核字第20241KH595号

百年中国工人戏剧史·剧作卷Ⅲ 改革开放和社会主义现代化建设新时期（1978-2012）

出版人 董 宽
责任编辑 李 骁
责任校对 张 彦
责任印制 黄 丽
出版发行 中国工人出版社
地 址 北京市东城区鼓楼外大街45号 邮编：100120
网 址 http://www.wp-china.com
电 话 （010）62005043（总编室）
（010）62005039（印制管理中心）
（010）62379038（社科文艺分社）
发行热线 （010）82029051 62383056
经 销 各地书店
印 刷 北京盛通印刷股份有限公司
开 本 880毫米×1230毫米 1/32
印 张 27.875
字 数 680千字
版 次 2025年2月第1版 2025年2月第1次印刷
定 价 128.00元

序　言

在中国戏剧史上出现工人戏剧，是近一百年的事。

在中国共产党的政治纲领和治国理念中，工人是主体，是主导力量。中国人能否生存，要看农业，而中国社会能否发展，要看工业，要看工人阶级的状况。从工人阶级的社会地位、经济状况和精神面貌可以看出一个国家的发展水平。因此，关于工人阶级的精神文化建设，历来是头等大事之一。

中国工人戏剧随时代而发展，为世人所瞩目。仅初步考察，二十世纪的工人戏剧作品就有500部以上，题材来自工业领域的各个方面，可见其规模之大，波及面之广。这里面有大量工人作者的作品，还有大量戏剧名家之作，比如曹禺、老舍、夏衍、田汉、陈白尘、丁玲、李伯钊、沙可夫等人都写过工人戏剧，其中有的还是工人戏剧的领路人和指导者。因此，中国现代工人戏剧的专业性和艺术性不可小觑。中央戏剧学院作为中国戏剧教育的最高学府、戏剧研究的权威机构，一向非常重视工人戏剧。1962年由中国工人出版社出版过一本由中华全国总工会宣传部编选的《工人戏剧选》，就是时任中央戏剧学院院长的欧阳予倩作的序，他对中国工人戏剧的成就做了充分肯定，认为工人的作品都是源于生活，有感而发，台词都比较生活化，同时也指出普遍存在的问题是对生活提炼不够，但是可以看出在不断进步。欧阳予倩对工人戏剧创作的未来抱有很大希望，可惜当年他就去世了，未能看到此后进一步的发展。在这前后，各地的工会组织也编辑出版过一些当地当时的工人戏剧作品，但是从未出版过一套比较全面、比较系统的百年中国工人戏剧集，这与中国工人的社会地位、影响力和工人戏剧的发展状况是很不相称的。

工业文明是现代社会的基础，工人阶级是现代社会的主导力量。工人在不断更新技术，技术也在不断更新工人队伍。信息时代的工人群体与蒸汽时代、电气时代的工人群体已经完全不可同日而语。从当今世界的产业发展趋势、经济发展趋势看，智能机器人正在大规模地代替人类从事程序化的劳动，替代传统的工人。而那些更多涉及精神文化层面的、机器无法替代的社会劳动，对未来的工人提出了很高的要求。在全面工业化、数字化、智能化、自动化的情况下，工人这个身份将意味着扎实的专业知识和专业技能，意味着身心健康的极佳状态。所以，党和国家现在非常重视工人阶层的精神文化建设，而精神文化建设最有效、最有活力的方式之一是——戏剧。

过去一百年，中国工人戏剧在中国戏剧史上留下了光辉的一页。工人戏剧给我们留下了不少艺术精品，这些作品记录了中国工人阶级成长的历程，也是我们当代中国工人乃至当代中国人的重要精神食粮。此外，工人戏剧作品给我们提供了丰富的创作经验；工人戏剧运动多种多样的形式给我们提供了大量可资借鉴的样板，对我们的戏剧思维有多方面启发。因此，现在出版一套“百年中国工人戏剧史丛书”，恰逢其时。

从大量现存的工人戏剧作品看，它的独特价值不可替代，它的思想内容不可替代，它的艺术价值也不可替代。

从思想内容看，在新民主主义革命时期，工人戏剧与政治运动、阶级斗争、民族解放运动、反侵略战争密切相关，它是被压迫者的呼号与反抗，它是呐喊的艺术，是反抗的艺术；它与左翼思潮密切相关，它是底层社会躁动不安的写照，是推翻旧政权、打破旧秩序的意志展示，是战争年代的杀伤性武器。

二十世纪二三十年代工农革命武装的兴起与工人运动密不可分，而工人运动的主要精神支柱之一就是工人戏剧运动，戏剧是开展革命活动的重要手段。三十年代最有影响力的工人戏剧运动组织是蓝衫剧社，蓝衫剧社旗下的戏剧活动在当时覆盖了很大一部分地区，分支机构和剧团名目繁多，非常活跃。

早期到工人中间去开展戏剧运动的人，基本上都是中共地下党组织派出的。金山在《回忆蓝衫剧社》一文中，详尽叙述过他在1932年至1933年间，接受中共上海地下党的任务，到松湖铁路机厂开展工人戏剧活动的经历。金山的经历自身就很有戏剧性。他从铁路机厂的学校入手展开工作。学校的校长对共产党的活动自然有高度的警觉，但是这校长却是个戏剧爱好者，同时又是个官迷，他希望借助戏剧把学校办得有特色，让自己在厂里有更高的地位和更大的影响，在仕途上更有竞争力。这时候，本来对戏剧一窍不通的金山，被学校的进步人士推举到校长面前，说是请来的戏剧专家，可以帮助学校搞戏剧。金山的工作就在这样的背景下展开了。此时的金山，虽然不懂戏剧，但是他本能地有个看法：演戏就是以夸张的动作在台上大喊大叫，并且作为导演，必须以身作则，一招一式都要给演员做出样子来。于是他和他的演员们的排戏就成了纯粹的体力活，一场戏排下来，所有人的嗓子全都喊哑了，并且所有人的招式和叫喊方式都跟导演金山一模一样。首场演出有田汉编剧的《一致》，一开场就是一群涂满油腻与煤烟的赤裸的奴隶，蓝光打在身上像饿鬼一样沉默，对面是按照金兀术脸谱化妆的奴隶主，手持金银怒视着奴隶们，这时一个年少的女奴被拖到奴隶主面前，奴隶主随心所欲地侮辱、蹂躏她，女奴苦苦求饶，奴隶主身边的丞相不但不帮助女奴，反而拿皮鞭抽打女奴，要她恭顺地配合奴隶主的折磨。在这过程中奴隶们渐渐躁动起来，发出低沉的呻吟，随着皮鞭的抽打，奴隶们的呻吟渐渐变成了怒吼，最终全部挣脱了锁链，扑向奴隶主和丞相，尽情地痛打。此时此刻，台上台下的喊打喊杀声混成一片，随即是雷鸣般的掌声。这部戏本来是要连演三场，但是首场之后无法为继了，因为所有演员的嗓子均已喊哑不能出声，扮演奴隶主和丞相的两位演员也都被打得遍体鳞伤，需要治疗休养几天。这次演出效果之好，远远超出预期。

金山从此走上了戏剧道路，后来成了载入中国话剧史和电影史的人物。

这是工人演剧的普遍情况：初心是要在工人群众中进行政治宣

传，演戏只是宣传的方式而已，同时也是掩护政治宣传的手段，但是在这过程中，工人群众自身的戏剧天性被激发了出来，他们在观演关系中发自内心地倾诉、表达自己的情感和意志，表情和动作渐渐纳入了戏剧表演的形式，随着后来的专业进修和专业指导、学习提高，他们这些人反倒成了对表演最有心得体会的一批人，而戏剧的种子也在工人群众当中逐渐传播开了。

在战争年代，戏剧不仅被用来做宣传鼓动，甚至直接用作对敌斗争的战术。在世界反法西斯的中国战场，一开始就形成了军事斗争和文化宣传两个战线，戏剧成了文化战线的生力军。正如张惠良在《导演工人演剧的兴趣及方法》（《抗敌周刊》）中所写："话剧跟着敌人的炮火在突飞猛进着。它从一般唯美的艺术家和享乐主义者们的手里挣脱出来，投入了大众的怀抱。舞台上固然演剧，铺板搭成的草台也演剧；没有台的街头巷尾还是演剧。有钱的看戏，没有钱的一样看戏。更进一步的是一向只有从事戏剧工作的人才演戏，而如今是连观众甚至是一般知识低落的劳苦大众也跟在一块儿演戏了。这戏不是咖啡、可可，而是一种武器！宣传民众、组织民众、教育民众的一种武器！"

二十世纪三十年代初，很多戏剧家在指导工人演剧的同时，也深为工人群众自身的戏剧天分所激动，一些工人不仅能表演，也能编剧。在一次讨论会场，很多人谈了自己的感受。戏剧家丁皑说，有一次在工厂，有个年轻女工被工头搜身，刻意地在身上乱摸，引起骚动，随后这个女工又被日本监工毒打，整个车间的工人停工抗议，日本监工受到震慑，只好赔礼道歉。工人们随即把这件事编成小戏上演，全厂工人看得群情激昂。另一次，为纪念五卅演剧，演一个工人家庭的生活，演出形式像化装演讲一样，没有剧本，只是分派了角色：谁是糊涂老太婆、谁是“好人”老头子、谁是明白的姑娘、因为什么事情发生了矛盾、后来如何全家都觉悟了。上台后大家演得有声有色，入情入理，观众都看不出舞台上是现场发挥，并没有剧本。

在参加工人演剧的活动中，内行经常需要向外行学习。崔巍谈到自己的见闻时说，“有一次到浦东高桥去演《工人之家》，演得极好，台上哭了，台下的农民倒哈哈大笑起来”。专业的戏剧工作者往往打不破与观众的隔阂，而工人自编自导自演的戏，往往大受欢迎。他甚至说，现在“女工的演技真了不起，我想有公开的机会来卖卖票的话，真会骇倒有组织有训练的演员的”，所以要向工人学习。他后来编过一个有象征色彩的哑剧，全用动作表现，必要时用简单的声音来表示，这样观演之间没有方言的障碍，效果不错。在农村演话剧，特意用旧戏的手法，打破四堵墙的拘束。工农观众一般都有观看旧戏的传统，所以更容易接受。

在新中国建设时期，戏剧又是鼓舞工人劳动热情、促进生产的重要手段。二十世纪五十年代初，戏剧家凤子曾经著文记录了北京市工人戏剧演出的盛况（《记首都十八单位工人联合演出》）：

“从十月十六日至廿一日，参加工厂有十八个单位。演出节目有歌咏、话剧、秧歌、活报剧、快板剧、腰鼓、霸王鞭、工人舞等。六个晚上，在只容几百人的小礼堂，前后观众几达五千人，而百分之九十是工人。此外文艺界戏剧专家前辈们欧阳予倩、田汉、赵树理、丁玲、王亚平等几十位，都担任了评判委员。”

上海的工人演剧历史悠久，中华人民共和国成立后更是风起云涌。解放初期，全市就迅速成立了一千三百多个工人业余剧团。二十世纪五十年代后期工人话剧团激增，戏曲组织更多。国棉十五厂、申新九厂这样的工厂，戏剧组织甚至已经按车间和生产班次建立起来了。戏剧成了工人们生产、生活的一部分。天然饭店演出过一部叫作《服务态度》的小戏，几乎是全体职工上台表演他们服务态度的变化，他们自己说：“我们每演一次这个戏，等于我们的服务态度做一次深刻检查。”演剧成了工作回顾、工作总结，在游戏中提高了工作效率和服务质量。

二十世纪五十年代上海的戏剧会演也很多。1953 年 5 月，举行了工人文艺观摩演出，包括话剧、戏曲、音乐、舞蹈、杂技等项。1954 年 12 月，又举行第二次工人文艺观摩演出，形式繁多，百花齐放。1958 年 5 月，15 个区和海员、铁路、医务三个产业工会举行话剧会演，有 300 多个单位、450 多个剧目参加，70% 以上是由工人创作的。在各区会演选拔的基础上，由上海市工会联合会从 6 月 2 日到 17 日，举行工人话剧（活报、朗诵）展览周。演出的 57 个话剧和活报中，有 52 个是由工人创作的。同年 12 月，又举行了 1958 年上海市群众文艺创作会演。有些活报剧充满着浓郁的生活气息，朴素、明朗、自然、亲切，各有其独具的风格。有些演出从真人真事的活报剧，发展到艺术加工较为完整的独幕剧，艺术上更为成熟了。工人演剧虽然都是业余行为，但是并不满足于业余水平，有的演出还能运用不同的题材，吸收民族传统，有所革新。如一〇六工厂的

《伙食房大跃进》，把相声和戏剧结合；国营第一毛纺织厂的《拷花大衣呢》，用拟人手法把呢绒形象化，吸收戏曲的传统，配合敲击乐器，展开故事情节，并且自如地用了独白、走圆场、自报家门等旧程序表现新生活。有的演出随着内容和形式的变化，时而是快板剧，时而是相声剧，时而演变成方言话剧、塑像剧、朗诵剧，有的是话剧加唱、话剧结合戏曲，各尽巧妙。工人阶级在生产劳动中的智慧，在戏剧舞台上也得到了充分发挥。

武汉的工人演剧直接、明确地提出了“工人演工人”“工人演生产的事迹”的口号，工人在戏剧舞台上也当上了主人。1950 年 5 月 2 日起至 6 日止，第一次工人献剧观摩会演上，全部已实行了“工人演”“演工人”，有 28 个工人单位参加演出，近千名工人做了演员，从 34 个节目中，有 14 个剧本是经过改编的，12 个是工人自编的。在日常生活中，各工厂间的文娱活动也蓬勃地发展起来：秧歌剧、快板剧、歌剧、话剧、京剧。在随后的几次观摩会上，演出内容越来越丰富，参加的单位也更多，自编自导自演的比重越来越大。工人们自豪地说，咱们工人在生产上做模范，在舞台上也要做个能手。

仅以以上几个城市为例，可见 1949 年后，演剧已经在工人群众中被广泛地普及，并且成了工人阶级日常生活和生产劳动的组成部分。

与此同时，行业演剧也在如火如荼地进行。中华人民共和国成立后的最初十年，就已经成立了专为各业工人服务的中华全国总工会工人话剧团、中国铁路文工团、中国煤矿文工团、中国建筑歌舞剧团和中国地质部文工团。这些剧团上山下乡，哪里有工人，他们就到哪里演出。中国铁路文工团跑遍全国各铁路线，甚至到小兴安岭的深山密林里，为修建共青团铁路的工人演出。在零下四十摄氏度的严寒里，他们经常背起服装乐器，步行十几小时，为森林工人和铁路工人跳舞演戏。建筑歌舞剧团为建筑工人演出。有一次，刚下火车他们就遇上八级大风，刮得昏天黑地，伸手不见五指，鹅毛大雪扑面飞来，气温降至零下三十摄氏度，但他们仍坚持演出；晚上就跟工人同住在窑洞里，工人把他们当作中央派来的亲人看待，纷纷给他们送大衣、被窝御寒。中华全国总工会工人话剧团在三门峡的现场上，即时把现场的新人新事编成节目登台表演，工人看了戏说："感谢文工团，献礼有两样：五百光脊梁，六十万斤汗。"中国地质部文工团长年累月到深山荒野去为勘探工人演出。在柴达木盆地一带，有些地方是苦水区，有些地方甚至是无水区，每天早上每人只能有一碗水漱口洗脸。他们有一次到镜铁山去慰问勘探队，白天在帐篷里演出，热得喘不过气来，晚上却穿上皮袄还感到冷，他们就在大雪纷飞的夜里在广场上演出。中华全国总工会工人话剧团曾上吕梁山为山上的炼钢工人演出。工人们跑出几里路迎接剧团，又放鞭炮又喊口号，锣鼓喧天。剧团白天参加劳动，晚上在庙台上演出。演出《把一切献给党》的时候，由于台子太小，演员一不留神摔下舞台，观众七手八脚把他抬到台上，继续演出。山上天气冷，下着小雨，观众一面烤着火，一面打着伞看戏，台上演出不停，台下观众不走。

北京举行的铁路职工业余文艺会演中，张家口铁路业余文工团的话剧《火焰千里》获得一致好评，后来才知道编剧之一是一个售票员。剧本虽然还不够完整，但气势磅礴，生活气息浓郁，所反映的生活和人物的精神面貌都真实、生动，很有感染力。表演上，也突破了一般的业余演出水平。虽然还是工人演工人，但他们已不完全是本人上台，依靠生活本色感人了，他们有意识地塑造不同的人物形象，有些形象已经具有一定的艺术表现色彩。

二十世纪四十年代末至五十年代初，大连船渠锻工厂工人王水亭自编自导自演的三幕三场秧歌剧《二毛立功》受到广泛欢迎，出了单行本，还被收到了劳动出版社出版的《戏剧集》里。

中华人民共和国成立的最初十余年，在政府的主导下，工人戏剧已经从零散的演剧活动发展成大规模的、大范围的、普及全国的戏剧艺术运动。中国的工人阶级已经不再是牛马一般的苦力，而是享受丰富精神生活的新型劳动者，不仅是欣赏文艺的主人，并且渐渐学会了掌握戏剧这个工具，成了舞台艺术的创造者。同时，专业戏剧工作者也在努力适应新社会的新生活，有的作品既能适应时代要求，又能在舞台上久演不衰，比如鲁煤等人创作的《红旗歌》，生活气息浓厚，人物个性鲜明，台词也很有时代特色。此剧在北京、天津、南京、重庆、兰州等城市陆续演出，受到观众，特别是工人观众的热烈欢迎，在上海居然能连续演出将近二百场，在南京的演出也突破了当地话剧演出的卖座纪录。

“文化大革命”中，虽然社会处在大动荡之中，但是工人演剧并未停顿。除了一系列《海港》这样专写码头工人的戏剧外，二十世纪七十年代的几次全国性的文艺会演，也给工人演剧提供了大量机会。这一时期，舞台演出的内容和形式都比较单一，普及程度却前所未有，戏剧的生命力，包括民众的戏剧天性和热情、戏剧适应社会环境的灵活性，都是难以磨灭的。

二十世纪七十年代后期至八十年代，随着思想解放、文化复苏的浪潮，工人演剧出现井喷式的发展，并产生了巨大的社会反响。《报春花》（1979 年发表，编剧崔德志）、《灰色王国的黎明》（1980 年发表，编剧中杰英）、《谁是强者》（1980 年发表，编剧梁秉堃）、《我肯嫁给他》（1980 年发表，编剧洪晖、杨欣）、《血，总是热的》（1981 年发表，编剧宗福先、贺国甫）、《双人浪漫曲》（1983 年发表，编剧王正）、《阿混新传》（1983 年发表，王辉荃执笔）、《黑色的石头》（1987 年发表，编剧杨利民）等作品都曾长演不衰。这些作品如“反映处于改革、调整时期工业战线沸腾生活的《血，总是热的》《谁是强者》《灰色王国的黎明》等剧，摆脱了抽象地描述方案之争、上马下马的俗套，敏锐地抓住了因社会变革所激发起来的错综复杂的现实矛盾，紧紧地把握住现实生活的各种复杂现象和内在本质的有机结合，着力去表现规模宏伟的历史进程中的各个不同侧面”。对于这样的作品，剧作家、评论家林克欢给了很高的评价。

二十世纪八十年代以后，工人戏剧与其他领域的戏剧一样，市场意识日渐浓厚，更强调主旋律，主旋律戏剧也在努力追求市场效应。与此同时，工人戏剧的民间团体也开始崭露头角，由“民工、农民工、打工人”演变而成的“新工人”，成为这种民间演剧的主力军。他们做音乐、做电影，也做戏剧。城市新工人在戏剧活动中展示自己对现实生活的观察视角，表达自己对生活的态度和对未来的憧憬，同时也以戏剧的方式解放自己的身心，焕发争取美好生活的激情。

新世纪以来，工人戏剧掀起了一股新浪潮，在社会影响面、影响力度和艺术品质方面都有了进一步的发展。2015年北京人艺作为春节贺岁档在首都剧场演出的《食堂》（苑彬编剧），受到新华社、《光明日报》《中国艺术报》等多家媒体的赞誉。此剧最大的贡献是对当代工人语言的发掘、整理与呈现，戏剧情境中人物的语言处处弥漫着生活的烟火气、工厂的油烟气，声口毕肖，粗砺而俏皮，可以说是一部替工人阶级“代言”的戏剧作品。在此之前，上海话剧艺术中心演出了《中国制造》（贾鸿源编剧，王晓鹰导演）。作品再现了中国制造业寻求转型、打造民族品牌的艰难历程，主人公刘子义痛心疾首地说“我们输给老外的地方已经太多了”，中国工业必须浴火重生。贾鸿源本是印刷厂工人，但是在长期的戏剧实践中，已经成长为一个成熟的、有相当影响力的戏剧编剧。辽宁剧作家黑纪文也是工人出身，他的《工匠世家》（2018年演出，辽宁人民艺术剧院创排，宋国峰导演）写东北重装集团两个工匠世家的故事，构思新颖，情真意切，成为叫好又叫座的工人戏剧。2018年另外一部写工匠的舞台剧《工匠的天空》也受到广泛关注。这部剧根据真人真事改编而成，劳动模范杨建业编剧并导演，北京市东城区总工会出品，隆福剧场演出。其中工艺大师神乎其技的景泰蓝艺术，技术钻研，艺术创造过程的艰辛与快乐，带给观众特别的享受。2018年还有一部写工匠的大戏，由林蔚然编剧、吴晓江导演，2018年5月在包头市金狮剧场演出的《大国工匠》。这部剧讲述了三代军工人奋斗、牺牲与创造的故事，为观众展示了中国兵器工业的现代风貌和工匠精神的代际传承。此外，由唐栋、蒲逊、甄进编剧，傅勇凡导演的《苍穹之上》，以我国第四代隐形战机自主研发历程为题材，写几代航空人的奋斗历程；阿莹编剧的《红箭 红箭》，写导弹研制的故事；孙德民编剧的《塞罕长歌》通过林业工人营造绿水青山良好生态的故事，展示当代工人精神文明的新境界。2023 年 8 月，甘肃酒泉剧院演出了由肖生科编剧、余燕妮导演的《永远的铁人》，这部剧的特别之处是由玉门油田 43 名职工出演。进京汇报演出后，此剧赴大庆油田、大庆石化、大庆炼化、辽河油田、兰州石化等单位巡演，演出数十场，吸引了百万观众线上观看，受到多家权威媒体的关注。从这部剧的创作和演出情况看，早年石油工人王进喜的“铁人”精神在新世纪依然能引起广大工人群众的共鸣。此外，中华全国总工会文工团文艺工作者持续深耕‘工’字题材，在舞台艺术中打造‘工’字品牌。2024 年上演的音乐剧《逐梦》，是其中令人瞩目的成果。《逐梦》由主体三幕及序和尾声构成，以中国高铁研发为背景，讲述了项目负责人陈雨虹带领技术团队，在事业与家庭、合作伙伴与竞争对手，以及师徒、同事、父女、夫妻、母女等重重矛盾当中，克服千难万险，坚持自主创新，最终让中国人自己的时代列车畅行无阻的故事，展现了中国铁路从蒸汽时代到高铁时代跨越式发展的辉煌历史。该剧 2024 年 5 月至 6 月在中央歌剧院首演五场，场场爆满，后来在第二十三届中国上海国际艺术节演出，受到行业内外观众的一致好评。

新世纪这些工人戏剧，尤其是工匠戏剧，紧扣时代主旋律，对现实的观察视野更为广阔，题材、主题、故事情节和人物精神面貌更强调国际背景和大国博弈的意识，从而也更具家国情怀，有更为鲜明的时代特色。

“百年中国工人戏剧史丛书”所收的戏剧作品，主要是工人题材的作品，有工人创作的，也有戏剧专业工作者创作或者编剧、工人联合创作的。一百年来，工人戏剧创作演出活动的资料浩如烟海，选目难免有遗漏，民国时期的资料由于年代久远，战乱频仍，散佚比较严重，因此搜罗不易。万事开头难，此事尤其难，但是也必须有人开这个头。这套“百年中国工人戏剧史丛书”算是抛砖引玉，希望此书的出版能被学界、戏剧界和工人群体所关注，能在资料上有新贡献，并且对当代工人戏剧运动能有借鉴和启发。

有一首传唱已久的歌叫作《咱们工人有力量》，历史早已证明了这一点，而未来还将继续证明这一点。戏剧将助力工人群体在未来社会始终处在主人翁的地位，始终是世界的主人，同时也是自己的主人。

工厂的灵魂是技术，在技术迭代日新月异的大背景下，生产方式、工厂的面貌、工人的面貌、工人群体的构成都有可能发生颠覆性的变化。比如说，未来工厂、工人的主体可能是人形机器人，机器人进化到后来必定会具有情感和意志，未来的工人戏剧中可能出现机器人工人形象，未来的戏剧情境中，机器人可能会成为不可缺少的构件，矛盾冲突也可能不止于原初的人与人冲突，可能会有机器人介入。原初工人与机器工人之间掌控与反掌控，对智能机器工人自行繁衍的限制与放任，对智能机器人行为规范的制定，机器人工会的审批，机器人合法权益的保护等，可能都会进入议事日程，这些都可能成为未来工人戏剧创造面临的基本问题。甚至，智能机器人这种“新工人”当中如果出现了“工人剧作家”，出现了“新工人”自己的剧本甚至演出，那又将是什么场景？

技术的研发与迭代已经形成千帆竞发、百舸争流的局面，“工人”这个概念正在不断被最前沿的科技所重新定义，“工人戏剧”这个概念，必将在戏剧领域成为最有科技含量、最能引领艺术超滤的概念。在未来社会，工人阶级必将真正成为，再次成为社会进步的先锋队、推动历史前进的火车头。

目录

报春花

崔德志

作者简介

崔德志（1927—2016），黑龙江青冈人。1948 年毕业于哈尔滨大学文学系，1951 年到东北人民艺术剧院研究室工作，1960 年成为辽宁人民艺术剧院编剧。著有作品集《崔德志剧作选》，主要话剧作品有《刘莲英》《未完的故事》《生活的赞歌》《报春花》《红玫瑰》等。《报春花》创作于 1979 年 2 月，同年 4 月发表于《剧本》月刊。中国戏剧出版社 1980 年出版单行本。该剧在 1979 年秋由辽宁人民艺术剧院首演，李默然、辛薇、周红主演。《报春花》一经演出就受到热烈欢迎，获国庆 30 周年献礼演出创作一等奖，中国上百个剧团争相上演。

剧情梗概

《报春花》的故事发生在某纺织厂。中共十一届三中全会以后，纺织厂新任党委书记兼厂长李键与党委副书记吴一萍之间发生了激烈的思想和路线冲突。吴一萍思想僵化，抓产量不顾质量，在拨乱反正时期仍坚持血统论和“阶级路线”，压制和排挤“右派”的女儿白洁，一心要树李键之女李红兰为劳模，同时强行干涉自己儿子与白洁的恋爱，要他与李红兰联姻。李键与吴一萍这对老战友在治厂问题上产生了分歧，为了改变企业面貌、推进四个现代化建设，李键顶住压力坚持树白洁为劳模，推广她的生产经验。纺织厂的精神面貌和生产面貌由此发生巨变。

时间

新长征开始的时候

地点

祖国东北某纺织厂

人物

李键——男，56岁，党委书记兼厂长。

吴一萍——女，54岁，党委副书记。

吴晓峰——男，30岁，技术员，吴一萍的儿子。

李红兰——女，27岁，织布工人，李键的女儿。

白洁——女，26岁，织布工人。

由贵——男，30岁，推销员。

刘小英——女，24岁，织布工人。

韩卫东——男，29岁，秘书。

魏大姐——女，40岁，验布工人。

第一场

◉时 间

初春。一个假日午后。

◉地 点

李键家。

◉布 景

舞台右侧四分之三是房子。有台阶、门灯。通过断面可以看见宽敞的室内：正面一排玻璃窗，窗下一张大写字台，上面放着台灯、电视机、笔筒、书籍等。左侧是通外面的门，门旁有一单人床、一个书柜。室外是个小庭院，有两株迎春绽苞开放。

〔幕启：李键坐在电视机前学英语。

〔李红兰系着围裙从厨房出来。刘小英跟在后边。

李红兰 （喊）爸爸！

〔李键聚精会神地学，未听见。

〔李红兰上去把电视机关掉。

李　键 （一惊，站起来）兰兰！

李红兰 客人要来啦。

李　键 还有一小节。

李红兰 60岁的大学生，还入迷啦。

李　键 回来工作啦，没有知识，新长征路上要掉队的。

李红兰　请的客人一会儿就来，您不换件衣服呀？

李　键　吴姨是你妈妈的老战友，不是外人。

李红兰　就她一个人吗？

刘小英　您忘了？还有兰姐自己的客人。

李　键　对。还有晓峰……

李红兰　（不好意思地）他是跟他妈来的。

刘小英　晓峰真了不起，成了反“四人帮”的英雄！一进来，屋都得亮啦。

李　键　十几年没见，出息了。

刘小英　（对李红兰）你到市里开会的发言稿，他给你改好了吗？

李　键　我记得他很能写。“文化大革命”开始那阵，他大字报写得很有劲儿。

刘小英　就为一张反对江青文攻武卫的大字报，差点没把他整死。

李　键　记得在技校批斗我那回，心脏病犯了，还是他把我背回来的。

李红兰　您讲过多少遍了。什么还有一个女学生递给您一片药，救了您的命。

李　键　是的，到现在也不知道那个女学生是谁。

刘小英　听说这回晓峰要脱产当人事科长啦？

李　键　知道，知道。关于他的事，我从乡下回来兰兰就不停地向我介绍。

李红兰　（羞怯地）人家不就是说他现在给我改发言稿吗？

李　键　对。我女儿没讲别的，就是说他给改发言稿。

李红兰　您快换件衣服吧！

〔李键拿起椅子上搭的衣服欲穿。

李红兰　（抢下扔在一边）这一敞直掉土，能会客人吗？

李　键　看！从农村回来就忙，也没顾得买一件。

李红兰　（从衣柜拿出件新上衣）您看合身不？

李　键　（意外地）哎，我女儿会变戏法儿呀！从哪儿飞来的？

刘小英　兰姐一夜没睡，照着您的旧上衣做的。

李　键　（高兴地）兰兰真不简单，成了裁缝啦。

刘小英　一会儿再看看那一桌菜，都成名厨了。

李　键　真是长大了，能把整个家管起来了。若是你妈妈还活着，有多喜欢哪！（拿起桌上相片，出神）

李红兰　（一把抢过相片）今天是个喜庆日子，不许想伤心的事儿。

李　键　好好！看看你做的菜。（一边自语一边向厨房走去）乌云散了，孩子成人了，你却不在啦……（走进厨房）

刘小英　看，又想起你妈妈来了。

李红兰　妈被打死那会儿，爸爸还关在乡下，到了没见着面；这次回来还一直认为她活着。

刘小英　那心里是够难受的。

李红兰　爸爸是个坚强的人，他是把仇恨埋在心里。

刘小英　我要回去啦。

李红兰　再等一会儿。

刘小英　方才和你谈入团的事儿，我挺着急。我出次布太多，听说车间有人表演先进操作法，得去看看。

李红兰　任务要完成，可加入团组织主要看政治觉悟。你根红苗正，以后好好学习毛主席著作，开会发言，经常汇报思想就行啦。

刘小英　现在大家都重视产品质量。

李红兰　我负责发展你，按我的要求做没错。

刘小英　那我在这儿还能帮你做些什么？

李红兰　一会儿晓峰要来，我有点紧张。

刘小英 你们又不是第一次见面。

李红兰 他从监狱出来我们还没有讲过话。

刘小英 来了先慰问慰问他。

李红兰 我怕他知道我和韩卫东的事。

刘小英 谁想到他还能活着回来呀？当时他妈也同意不让你等啦。

李红兰 吴姨都向他解释过。吴姨还做我的工作，让我主动点……

刘小英 吴书记很喜欢你，晓峰从来都听他妈妈的话，你又选上市劳动模范，还有啥挑的？

李红兰 不知道怎么，心里总是跳。等他来了，我们说开话你再走。

刘小英 好。

李红兰 （端起糖盘）你不喜欢吃糖吗？这都是巧克力，坐在这儿吃吧！

〔敲门声。

刘小英 （从窗户往外望了一下）吴书记来啦。

李红兰 晓峰跟在后边吗？

刘小英 就吴书记一个人。

李红兰 （对厨房喊）爸爸！吴姨来啦。

〔李键从内出。吴一萍上。

刘小英 吴书记！

吴一萍 小刘也在这儿。（对李键）穿上礼服啦？

李　键 欢迎贵宾嘛！

吴一萍 厂子还要开大会，欢迎你来主持工作呢。

李　键 靠边站了十几年，一切都生疏啦，怕干不好。

吴一萍 你在局里抓了多少年生产，市委特地派你来顶大梁，总比我这白帽子强。

李　键 在报上看到你们工厂都成了大庆式企业啦。

吴一萍　这是靠兰兰这些先进人物捧的。她月月超额。

李　键　这些年她也靠你的帮助。

吴一萍　这孩子很要强。“四人帮”帽子满天飞，没把她压垮，争上了两年车间先进生产者，入了党。这次我推荐她当市劳动模范。（对李红兰）去市里开会，准备好了吗？

李　键　她在等晓峰。

吴一萍　他比我先出来的，怎么还没到？

李红兰　稿子改得怎么样啦？

吴一萍　昨天就交给他了。大概进厂办点事。一会儿就能送来。

李　键　晓峰要调到人事科吗？

吴一萍　对。原来帮派的人垮了，几个党委委员都同意让他去抓一抓。我看他还应该在下边锻炼锻炼。

李红兰　党员应该服从组织分配嘛。

李　键　我十几年没见到他，不知变成什么样？

吴一萍　他马上就来啦。

李　键　（对李红兰）那就放桌子吧！

李红兰　吴姨尝尝我做的菜。

李　键　对，今天尝尝兰兰的手艺。

〔李红兰、刘小英进厨房。

吴一萍　我很喜欢这个孩子。她妈妈死了，你下落不明，一个人顶着个家，戴着狗崽子帽子，在虎口里活下来，还闹了个先进人物，真有点本事。

李　键　我也很高兴。她虽然没成晓峰那样的英雄，可也没陷进“四人帮”的泥坑。这得感谢你这个老朋友呀。

吴一萍　跟自己孩子一样。我不管也对不起她死去的妈妈。

〔刘小英出。

刘小英　上菜不?

吴一萍　（看看表）晓峰马上到。

〔刘小英入内，拿盘、碗、筷出。李红兰端冷盘上。

吴一萍　（望着菜惊奇地）这是什么啊?花花绿绿的?

刘小英　四喜苹果。

李红兰　苹果打了皮把核抠掉，里边塞进肉馅，浇上番茄酱，用锅蒸的。

吴一萍　这孩子成了宾馆的厨师啦。

刘小英　今天特意做这个菜是有原因的。李叔从农村回来是一喜；兰姐要到市里开劳模会是二喜；吴书记来家做客是三喜……

吴一萍　那四喜呢?

刘小英　（故意看着李红兰说）那一喜呀，您自己猜吧。

吴一萍　**李　键**　（会意地笑）哈哈，哈哈……

吴一萍　晓峰一会儿就来。（对李键）红兰和晓峰从小一起长大，后来两个人一直要好，要不是晓峰住监狱早就该办啦。

〔敲门声。

刘小英　来啦!

〔李红兰急忙把菜放在桌上，又赶快拿出瓶酒摆上。

〔由贵上。

众　人　（一怔）你?

由　贵　怎么还盛宴欢迎?……太客气啦!（上去抓酒瓶）

刘小英　（阻止）不是给你预备的。

由　贵　烟酒不分家。赶巧了就不能见外。

刘小英　（对李键）他是个酒鬼!

由　贵　不。我叫由贵。申甲由的由，高贵的贵。

吴一萍　厂推销员。

李　键　好！一块儿喝一杯吧！

由　贵　不，今天请我也不喝。

刘小英　怎么这样知道好歹啦？

由　贵　我来办事。

吴一萍　你看见晓峰没有？

由　贵　请他吃饭哪？那可不要等啦。

李红兰　怎么？不来啦？

由　贵　现在他正在车间总结白洁的操作法。

吴一萍　别胡说。

由　贵　我刚从工厂来，这是亲眼所见。

吴一萍　（不高兴地）都在这里等他，他怎么扯那个闲淡！

由　贵　这可不是闲淡。这是关系我们厂的质量大事。

李　键　厂里质量有问题吗？

由　贵　让人家说得都抬不起头来。

吴一萍　我们超额完成任务了嘛。

由　贵　这是两笔账：上级表扬，产品商店不收。

吴一萍　那是你们供销科失职。为什么不想法打开销路？

由　贵　咱们又不白给。（指身上衣服）看！做成衣服就这德行，谁愿花钱买麻袋穿。

吴一萍　净说醉话。我们厂是大庆式企业。

由　贵　我知道你听不进不同意见。今天是来向厂长反映。

吴一萍　他刚从局里派来，还没上班。有意见明天找党委谈。（对李红兰）我去找找晓峰。（下）

李　键　（对由贵）布积压不少吗？

由　贵　仓库都快堆满啦。

李　键　好。你先回去，明天上班再研究。

由　贵　您这次来是党委第一书记兼厂长，大家就指望您了。

〔敲门声。

刘小英　晓峰来啦。

由　贵　客人一到，闲人让位。（下）

刘小英　（从窗户往外看了一下）韩卫东！

李红兰　（一惊）他怎么闯来啦？

〔外边又敲门。

李红兰　说我不在家。

刘小英　他从窗户看见你了。

李红兰　（想了一下）我去把他打发走。（出）

李　键　（奇怪地）什么人？

刘小英　原来厂报道组的。

李　键　请他进来嘛。

刘小英　他是帮派的黑笔杆儿。

李　键　那他来干什么？

刘小英　他和红兰姐有过一段关系，现在断啦。

〔门外李红兰、韩卫东对话。

李红兰　你有什么事？

韩卫东　告诉你个新精神。

李红兰　你在停职交代问题，不要老找我。

韩卫东　听说你要到市里开会，现在《人民日报》有个新提法，质量问题是个路线问题。

李红兰　如果需要讲，会找人替我写到发言稿上。

韩卫东　我是希望你能跟上形势。

李红兰　我屋里还有客人。

韩卫东　好，我不多打扰你。（下）

李红兰　（进屋）真丧气！请的人不来，臭鱼烂虾一劲儿往上上！

李　键　你吴姨也不回来啦？

〔敲门声。

刘小英　（从窗户看了一下）哎！这回晓峰真来啦！（对李红兰）快去开门！

〔李红兰将门大开，刘小英打开屋顶大吊灯。

〔吴晓峰上。

刘小英　你这个神真难请呀！

李红兰　爸爸，这就是晓峰。

吴晓峰　李叔叔！我早就想来看您！

李　键　（端详了半天）认不出来了！完全是个大人啦。

吴晓峰　您也白头了。心脏怎么样？

李　键　心情舒畅，百病退位。你妈见到你了吗？

吴晓峰　见到了。局里来人找她谈任务，来不了啦，让您别等她了。

李　键　那咱们就吃吧。

吴晓峰　我吃过啦，来送讲稿。

李　键　那事等会再谈，再一块儿吃点儿。

吴晓峰　不，我还有事。

李　键　稿子看过啦？

吴晓峰　看过了。（把稿子交给李红兰）

李红兰　（翻了一下）怎么一个字也没改呀？

吴晓峰　这个稿不能用。只是把同走资派对着干改成和“四人帮”对着干，怎么行？

李　键　大概是个旧稿，你帮助重新写一个嘛。

吴晓峰　我手头没有她多少事迹。

李红兰　（不高兴地）我超额五万米你不知道吗？

吴晓峰　布织得很多，等外品也不少。

李　键　这是个问题。你妈说她干得不错呀？

吴晓峰　我妈对厂子问题不清醒。劳动模范应该能解决生产主要问题，带动大家前进。

李　键　你认为厂子当前生产上主要矛盾是什么？

吴晓峰　质量问题。这方面红兰的事迹不突出。

李红兰　（生气地）哼！鸡蛋里挑骨头！（霍地站起来，扭身向厨房跑去，将酒杯碰落地上）

——幕　落——

第二场

◉时 间

前场次日。

◉地 点

厂长办公室。

◉布 景

正面一排大落地窗。窗左角是门。窗下有个大型写字台，上面放着办公用品。门旁有个雕花木架，上边放着一台电话机。室左侧有一套讲究的沙发。茶几上摆着烟具盖杯。右侧有个塔形产品陈列台，上面挂满布、纱、线等本厂生产的样品，上罩玻璃纸。

〔幕启：吴一萍和李红兰在谈话。

李红兰 （将一张纸扔在桌上，向外走）不填！我不填！

吴一萍 （喊）兰兰！

〔李红兰停下。

吴一萍 一个党员不能这么任性。

李红兰 不够劳模资格，填什么表呀。

吴一萍 别听晓峰瞎说。蹲了几天监狱，尾巴就翘到天上去啦。

李红兰 人家说群众不拥护。

吴一萍 群众也有左中右。领导信任你。

李红兰 就是您一个人支持，当啥？

吴一萍 我已经和几个党委委员打了招呼。我们是大庆式企业，市里给个代表名额，你是受迫害的老干部子女，又当过车间先进生产者，不推荐你推荐谁？

李红兰 连个发言稿都没人给写，到台上胡扯呀？

吴一萍 原来那个稿呢？

李红兰 那是以前韩卫东写的，晓峰说也不能用了。

吴一萍 我再让晓峰给你写一个。

李红兰 他对我有看法。

吴一萍 有什么看法？

李红兰 您看见了，我忙了半天，他一口也没吃。我都要哭出来啦。

吴一萍 回家让我骂了一顿。他说厂子确实离不开。

李红兰 我总觉得他这次回来对我冷冰冰的。

吴一萍 对你冷，还能跟谁热呀？

李红兰 他不一直在车间看白洁表演吗？

吴一萍 白洁是什么人！这怎么可能？

李红兰 听说晓峰住监狱那会儿，白洁常去看他。

吴一萍 就是送过几回吃的，想买好呗。

李红兰 我就不会那一套。他被逮捕那天我还上台批判过他呢。

吴一萍 那不算什么，党组织决定的。我也批判过他。今后谁成了反革命，都要和他划清界限，这是党的原则。不要想别的，把表拿去填上，准备明天到市里开会。

李红兰 嗯。（从提兜里拿出一个饭盒给吴一萍）给您。

吴一萍 什么？

李红兰 您最爱吃的香酥鸡。

吴一萍 干吗想起买这个？挺贵的。

李红兰 这是昨天特意给您做的，您没吃成，给您带来啦。

吴一萍　快填表吧！我找晓峰给你写稿子。

〔韩卫东上。

吴一萍　你怎么进这屋来了？

韩卫东　厂长找我。

吴一萍　你要老老实实交代同帮派的关系。

韩卫东　我都写了几十份检查啦。

吴一萍　要捞干的。把你们的阴谋活动全盘端出来。

韩卫东　我参加的都是阳谋。写的那几篇稿子白纸黑字都印在那儿。

吴一萍　还这么顽固！我告诉你，再坚持反动立场就给你办死班。

韩卫东　（紧张地）吴书记！

吴一萍　今天不准回家！（下）

韩卫东　真冤枉。我一句黑话也没创造，都是《人民日报》上的。

李红兰　你也坑了我，到市里发言都没有稿啦。

韩卫东　昨天我特意告诉你，现在有新精神，质量问题是个路线问题。

李红兰　加上那么一句就顶事吗？

韩卫东　当然，现在讲实干。你再消灭消灭次布。

李红兰　你早干啥啦？还赶趟儿吗？

韩卫东　“四人帮”也不喜欢来实的呀。

李红兰　前一段你耽误我不少事儿。

韩卫东　不要抱怨，没有我的帮助你连这个地位也没有。不是我讲稿写得好，你能当先进生产者吗？我不报道你是“可以教育好的子女”的典型，能入党吗？

李红兰　入党是吴姨的力量，成绩是我个人干出来的。

韩卫东　我知道现在你否定了我，喜欢上了吴晓峰。

李红兰　人家能看出“四人帮”的阴谋，你呢？

韩卫东 我钦佩他的眼力和勇气，从心里尊敬他。可我也没有缺德。他们偷偷扎悼念周总理的花圈，我第一个看见的；我还听说他有一本当时被认为非常反动的日记；我都没向“四人帮”汇报。

李红兰 这么说你还是革命的？

韩卫东 我也没那么说。为了入党往上爬，写过吹捧帮派的报道，要深刻检查自己的私心杂念。

李红兰 你要按吴书记的指示，把问题都交代出来。要不死班办起来，关在小黑屋里，够你这个书呆子受的。

〔李键上。

韩卫东 （急迎上去）厂长！

李红兰 （对李键）爸爸！您找他吗？

韩卫东 （规规矩矩地）我叫韩卫东！

李　键 好！快坐下！

〔韩卫东坐在椅子边上。

李　键 你以前是厂报道组的？

韩卫东 我在大学念的是纺织专业，从小爱看小说，常往报社投稿。分到这儿就把我留在厂部当秘书。

李红兰 他被定成黑笔杆儿。

韩卫东 因为我有私心杂念，在那条路线下，做过一些违心的事儿。

李　键 有哪些问题？可以向我讲一讲。

韩卫东 红兰当劳模、入党的材料，我都给拔过高。

李红兰 你别埋汰我。

韩卫东 关于这个厂子的报道，也有水分。

李　键 厂大庆式企业称号怎么来的？

韩卫东 我给吹的。

李　键 实际情况怎么样？

韩卫东 您已经深入下去了。仓库堆积的那些次布，是工厂的真实面貌。

李　键 质量一向这么糟吗？

韩卫东 从来没人管过。“四人帮”时候，因为产值产量容易出成绩，好报捷，使劲儿抓。帮派就让我在报上吹，现在还有影响。

李　键 工人里没有质量好的吗？

韩卫东 有一个叫白洁的，几万米无次布。可当时不宣传这种人。

李红兰 （抢话）现在也不能宣传。

李　键 你还有什么问题没讲清楚？

韩卫东 没有任何隐瞒了。领导认为不深刻，我继续检查。

李　键 检查不要写了，现在就下车间。

韩卫东 （一惊）什么？

李　键 你学过纺织专业，厂子大上，正需要技术人员，下去发挥你的专长。

韩卫东 （感动地）厂长！……我是有罪的呀……

李　键 年轻人在游泳中喝了两口水，讲清了，总结经验教训就是啦。

韩卫东 （深深望了李键一眼）好吧，我会用实际行动来回答您！（下）

李红兰 他正在受审查，您怎么把他放了？

李　键 我在“清查办”看了他的材料，没有大事，就他说的这些。

李红兰 吴姨说他还没有讲清楚。

李　键 还让他讲什么？外调材料都全了，跟原来厂子帮派人物都是工作关系。还让他交代怎么篡党夺权吗？

李红兰 吴姨还要留下他办死班哪。

李　键 我已经和几个党委委员商量过了，没这个必要。

李红兰 您刚回来，就这么处理运动问题，小心犯错误。

李　键　搞“四化”还是人多一点好。他学过技术，年纪轻轻的拿着工资坐在屋里写检查，是个浪费。

李红兰　我不了解情况，反正您一定要慎重。

李　键　听说你当狗崽子的时候，他同情过你，帮助过你，你们很不错过。

李红兰　我们的关系早断啦。

李　键　生活问题你自己做主。不过对犯错误的同志，要热情帮助，不能落井下石。

〔由贵、吴一萍上。

由　贵　我说吴书记，这布不能再这么织下去啦！

吴一萍　为什么？

由　贵　超额奖也得了，大庆式企业的名也到手啦，该来点真格儿的啦。

吴一萍　昨天局里来人，又要求我们这个月提前报捷。你怎么吹这个风？

由　贵　你那儿报捷，我这儿报废，这是干什么？

吴一萍　你又喝醉啦。听上级的还是听你的？

由　贵　都对上级负责，谁对人民负责呀？

吴一萍　厂子要服从国家计划。计划就是根据人民需要订的。

由　贵　订计划的要是官僚主义或者考虑不周呢？产品卖不出去，他拿钱包下来吗？

吴一萍　你这个醉鬼，又胡言乱语。

李　键　不，他讲得有道理。

吴一萍　什么？

李　键　我到仓库看了一下，布积压很多，确实得大抓质量。

由　贵　（高兴地）还是厂长内行。

吴一萍 质量差一点，责任不在我们。现在新工人多，技术跟不上。

李　键 可以找个先进人物，让大家学习，掀起个劳动竞赛。

吴一萍 我们正要宣传兰兰嘛。

由　贵 她常出次布，不行。

吴一萍 哪有一匹次布没有的？

由　贵 有，白洁……

吴一萍 你又说醉话。

由　贵 你可以去看看，她织的都是一等布，错了打我板子。

李　键 方才也有人讲，白洁在全厂质量最好。

由　贵 要把她当大旗树起来，保证全厂大翻身。

吴一萍 那厂子就要改变方向啦。（对李键）别听这个醉鬼的。兰兰是两年车间先进生产者，成分好，去市里开会的表已经给她了，可以号召大家向她学习。

李　键 再听听群众的吧。

〔魏大姐、刘小英上。

魏大姐 （对李键）叫领导看看，这么大疵点，扣分还找我闹。

刘小英 谁不这样？为什么单扣我？

魏大姐 谁像你，一边干活，一边吃糖？你看看白洁，一天超额几十米，一匹次布也没有。

刘小英 她干好点是应该的。

魏大姐 你成次布大王，也理直气壮吗？

刘小英 那你也不能拿我和白洁比，她是什么人！

由　贵 中国人。她的产品可以免检。

李　键 把成绩表给我看看。

〔吴晓峰上。

魏大姐 （对吴晓峰）你那儿有白洁的成绩单吗？

吴晓峰　有。（打开本子）四年干了五年的活儿，马上就五万米无次布了。

刘小英　还差两千米呢。

魏大姐　再织两天就够数啦。

李　键　能达到五万米无次布，在全国纺织行业里现在也是个奇迹。

吴晓峰　车间工人还自动学习她的操作法。

李　键　好，我去看看她的布。她是哪个班的？

魏大姐　刚下夜班，在宿舍。

李　键　把她请来我见见。

〔魏大姐欲走。

刘小英　（对魏大姐）那疵点怎么办？

由　贵　干活时间不吃糖，精神集中就好了。

刘小英　吃糖怎么的？花自己钱买的，你还干涉呀？

由　贵　不干涉。以后你消灭次布，我送你五十斤，让你坐在糖堆里吃。

〔魏大姐下。刘小英、由贵随下。

李　键　（对吴晓峰）你把白洁的操作经验整理一份给我。

吴晓峰　我去车间取来。

〔李键下。吴晓峰欲走。

吴一萍　（喊）晓峰！

吴晓峰　（停下）妈妈！

吴一萍　你又往车间跑什么？

吴晓峰　取白洁的材料。

吴一萍　告诉过你，要脱产到人事科。

吴晓峰　党培养我上了大学，我愿在技术上发挥作用。

吴一萍　不要以为住了两天监狱有了本钱，就向党讨价还价。

吴晓峰　妈！我没那个思想。

吴一萍　昨天为什么对红兰那么冷淡？

吴晓峰　群众对她有反映，我就是提醒她一下。

吴一萍　质量是全厂问题。她出几匹次布有什么大惊小怪的？再给她重写一个讲稿。

吴晓峰　她材料不够，我写不出来。

吴一萍　好，稿子我找别人写。晚上一定到她家去一趟。

吴晓峰　干什么？

吴一萍　（从抽屉里拿出一个被面）把这个送去。

吴晓峰　被面？

吴一萍　这是准备你们结婚用的。提前送给她，借机会道道歉。

吴晓峰　她不是和韩卫东好了吗？

吴一萍　韩卫东滚到帮派里了，还有可能吗？

吴晓峰　我们也不可能。

吴一萍　批判你几句记仇啦？党内有纪律，当时你被定成反革命，不划清界限就是党性问题。

吴晓峰　她从来没对我真好过。

吴一萍　胡说。过去你们俩人好过，当我不知道吗？就是中间让韩卫东搅了一下。现在人家主动提出跟你恢复关系，昨天做了一桌子菜，你没吃一口，伤了人家。

吴晓峰　等一等再说吧！

吴一萍　还等什么？你爸爸又从北京来信催。你都快30岁了。

〔吴晓峰不语。

吴一萍　我告诉你，兰兰家里外头都支得开，又懂人情，又是个党员，我很喜欢这个孩子。爸爸还是老干部，这样的姑娘上哪儿找去？

〔吴晓峰仍不语。

吴一萍　你从来都是个听话的，不要叫我操心。

吴晓峰　（指被面）先放您那儿吧。

吴一萍　说是你买的。明天她要到市里开会，再讲几句鼓励的话。听到了吗？（下）

〔吴晓峰拿着被面欲走。白洁上。

吴晓峰　白洁！

白　洁　你在这儿。

吴晓峰　厂长找你。

白　洁　是你找我。

吴晓峰　快进来！

白　洁　快说，把我骗来干啥？

吴晓峰　真是厂长找你。

白　洁　我不怕领导。厂长是个好老头儿。

吴晓峰　他要你向全厂介绍经验。

白　洁　那是你帮助总结的，你给说说就成了。

吴晓峰　你的质量全厂第一，需要带头改变厂子面貌。

白　洁　你别替我吹。

吴晓峰　厂长听说你万米无次布很高兴。要让你当长征路上的新标兵，在全厂宣传你。

白　洁　净瞎说！怎么会那样？

吴晓峰　真的！厂长就找你谈这事儿，在这儿等一下吧！

白　洁　（发现吴晓峰手里的被面）你手里拿的什么？

〔吴晓峰给她看。

白　洁　被面？这是装新的东西。要结婚吗？

吴晓峰　我和谁结婚？

白　洁　要找，不有的是。（指被面）你认识这是什么花吗？

吴晓峰　不认识。

白　洁　这叫报春花。

吴晓峰　报春花？

白　洁　我从小就喜欢这种花，也叫迎春花。先开花后长叶，一朵朵淡黄色的骨朵儿，春风刚一吹就全开啦。

吴晓峰　也像你，迎着祖国四个现代化的春风，就要开放啦。

白　洁　我是什么人哪！连棵小草都不是。

吴晓峰　不，你内心的芳香要喷射出来，身上的颜色光彩照人。

白　洁　你又作诗。

〔静场。

吴晓峰　（指被面）你是不是喜欢它？

白　洁　太喜欢了。将来我也买一条。

吴晓峰　拿什么买？你攒下的一点钱，都变成我在狱中的营养了。

白　洁　老叨咕过去的事儿。

吴晓峰　人要饿死的时候，不会忘记给他第一碗饭的人。

白　洁　再说我就走啦。

吴晓峰　不，这个被面送给你做个纪念吧！

白　洁　你给别人的东西，我不打杠子。

吴晓峰　不，这是特意给你买的。早就应该答谢答谢你。

白　洁　你妈允许你同我来往吗？

吴晓峰　她允许不允许有什么关系。

白　洁　这……

吴晓峰　在最危险的时候，你帮助了我，我妈心里也会感激你的。

白　洁　好，我先收下。（接过被面）不过我也得送你点什么。

吴晓峰　你替我保存的笔记本，就是最珍贵的礼物。

白　洁　你怎么知道在我手里?

吴晓峰　因为他们没有判我死刑。

白　洁　既然知道是我用生命保存下来的，就送给我吧!

吴晓峰　那没有什么用处。

白　洁　它比被面贵重。看到上面激动人心的诗句，就想起悼念周总理的那些日子，曾认识一个共产党员，他平等待我，用火一样的热情和我相处，把我的心也点燃起来……

吴晓峰　我也永远忘不了那一段你给我的鼓励和安慰。

〔李红兰上。白洁急将被面藏在身后。

李红兰　你到领导这儿来干什么?

白　洁　厂长找我。

李红兰　我怎么不知道?

吴晓峰　这不是家里的事儿。

李红兰　你们是办公事吗?(对白洁)现在搞四个现代化，一分一秒都是宝贵的，不能随便离开车间。

白　洁　是。

吴晓峰　我奉领导指示，帮她总结操作经验。

李红兰　那就该在机台旁，在大庭广众之下。

白　洁　我走啦。

吴晓峰　不，厂长还没见到你，你再等一会儿。

李红兰　(对吴晓峰)吴姨找你。你应该到她那儿去。

吴晓峰　什么事儿?

李红兰　大概人事科要下调令，找你谈话。

吴晓峰　我告诉妈妈不去嘛。

李红兰　那你去和吴姨谈吧。

〔吴晓峰下。

李红兰 你们谈了些什么？

白　洁 都是些闲事儿。

李红兰 新长征已经开始，得甩开膀子干。生产时间不能脱离岗位。

白　洁 我刚下夜班，领导通知我来的。

李红兰 你听过我们团里的动员报告吗？

白　洁 我不是团员。

李红兰 青年也一样。领导号召晚婚，不要过早考虑个人生活问题。

白　洁 我没考虑过。

李红兰 这是打个预防针。把国家建设成四个现代化的强国，青年担子很重，个人问题先放一放，要把精力用在工作、学习上。

白　洁 厂长不来，我走了。（欲走）

〔李键、吴一萍上。

吴一萍 （挡住）上哪儿去？

白　洁 回宿舍。

吴一萍 领导找你。（对李键）这就是他们说的那个人。

李　键 （对白洁）你就是白洁？

白　洁 对。

李　键 多大年龄？

白　洁 26岁。

李　键 多咱入的党？

白　洁 普通群众。

李　键 父母做什么？

白　洁 妈妈是右派，爸爸是历史反革命。

李　键 （一惊）噢！和家庭没什么联系了吧？

白　洁 有。每月给妈寄钱，抚养弟弟、妹妹。

吴一萍 以后要划清界限。

李　键　怎么做到几万米无次布的？

白　洁　我觉得不应该给人民织次布。

吴一萍　（对李键）没什么事了吧？

白　洁　（站起来）厂长我认识您……

李　键　认识我？

白　洁　批斗您的时候，在台上见过。那会儿我在技校学习。（下）

李　键　她出身有问题？

吴一萍　她说的都是事实。

李　键　我才去成品车间看了一下，她的布织得真漂亮，百分之百一等品。

李红兰　千分之一也不能宣传。

李　键　不。（对吴一萍）你详细看看她的档案。

吴一萍　干什么？

李　键　向四个现代化进军需要一个排头兵。

吴一萍　我已经推荐兰兰参加市劳模会。

李　键　党委再研究一下。（对李红兰）你先把登记表交回来吧。

李红兰　（一惊）爸爸……

——幕　落——

第三场

◉时 间

当天晚上。

◉地 点

李键家。

◉布 景

同第一场。

〔幕启：李红兰伏在桌上哭。李键上。

李　键　（敲门）兰兰！

〔李红兰一听是父亲，更不开门，哭出声来。

〔李键从窗户跳进。

李　键　（走到李红兰身边）兰兰！眼睛下雨啦？

〔李红兰不理。

李　键　昨天还是个大管家，今天怎么变成了哭人精？

〔李红兰不语。

李　键　怎么？想妈妈啦？

李红兰　有妈妈就好了，还可以诉诉委屈。

李　键　还有爸爸嘛。有事不能和我说吗？

李红兰　你？（抬头看了一眼，又趴在桌子上）

李　键　因为没让你当劳模？

李红兰　把自己的女儿从台上推下来，是什么英雄。

李　键　不是英雄，是群众。你站的那个台是冰做的，太阳一出来就化啦。

李红兰　你说的是什么？

李　键　“四人帮”时候有一套嗑儿：干不如说，说不如看，看不如捣乱。今天工人要看实的。

李红兰　你说我也中了“四人帮”的毒？

李　键　中国这块大地被污染了十年，活着的人都会吸进几口浊气。

李红兰　我觉得自己清白，没有往帮派堆里钻，也没打小报告。你和妈妈扔下了我，我是顶着狗崽子帽子，凭两只手干出来的。我的成绩在记录本上，照片在光荣榜上。

李　键　可你织的布有不少也扔在次品库里。这些年你流的汗没有全变成人民身上的温暖。纺织工人戴着大红花，人民穿着破烂布，你心里好受吗？

李红兰　我承认质量不是满分，可以补课。

李　键　我就是给你个机会补课。我已经告诉晓峰，一会儿把白洁请来，听听她的经验。

李红兰　让我向白洁学？

李　键　她能几万米无次布，这很不简单。你学了以后发展她的经验，来个十万米，大家也会选你当劳模。

李红兰　共产党员不能学她。

李　键　党员不是什么都会。你的布就没有人家织得好。要取长补短，提高技术，才能对“四化”做出贡献。

李红兰　不行！您认为我不够格，可以不去市里。可是不能把白洁树起来。

李　键　为什么？

李红兰　她是哪个阶级的？

李　键　任人唯贤嘛。

李红兰　你还混线。不怕遭殃啊？

李　键　遭殃？

李红兰　你忘了我妈妈是怎么死的？

李　键　坏人打死的。

李红兰　不。她是重用了反革命，叫人揪住了辫子。

李　键　那是诬陷。你妈妈是能团结干部的人。她是为党的利益，给革命增加力量。

李红兰　不管怎么我再也见不到妈妈啦。今天不能再让您走这条路。

李　键　兰兰！我们搞四个现代化，就像盖九百六十万平方公里这么大的楼，得把每个能用的人、每块能用的砖都使用上。

李红兰　这是树标兵，选先进人物呀。

李　键　你能给爸爸在党团员里推荐一个像白洁这样突出的吗？

李红兰　织布没超过她的，可思想境界比她高的有的是。

李　键　白洁的思想境界怎么样？有什么问题吗？

李红兰　开会发言不积极。

李　键　思想境界高也不是光讲空话。搞经济建设特别需要实干。

李红兰　说什么也不许您树白洁。

〔吴一萍上。

李红兰　（站起来迎上去）吴姨！

吴一萍　爷俩吵架啦？

李红兰　您快帮我劝劝爸爸吧！

李　键　吴姨还得喘口气。（对吴一萍）快坐！

李红兰　我心里堵得受不了啦。

吴一萍　好！我来就是为了参加你们的论战。（对李键）白洁的档案我看完了。

李　键　怎么样？

吴一萍　她不光家庭问题严重，社会关系也复杂。

李　键　都有什么事儿？

吴一萍　她姑父是国民党上校，舅父当过伪警察，还有……

李　键　（打断她）审查这么多人干什么？

吴一萍　查五亲、三代是审干规定！

李　键　那是“四人帮”整人的手段，我们不执行了。她父母到底是什么问题？

吴一萍　她父亲是地主出身，三青团骨干，够线的历史反革命，五五年病死啦。母亲五七年被定为极右分子，现在在公社中学当教员，还戴着帽子。

李　键　她母亲的右派问题，中央来了文件，可以摘帽。

吴一萍　可没有文件说她父亲的问题也不算数。

李　键　关键看白洁本人的表现，她有什么问题没有？

吴一萍　没发现她有什么问题。

李　键　我了解过她的表现。在小学她就积极参加学雷锋小组。进厂以后，继续默默地做好事：星期日、假日给退休工人拆洗被褥；在车间设立节约箱，把地上的钉子、乱纱一件件收起来；“文化大革命”中，“四人帮”压得那么厉害，实干苦干不讲假话。最可贵的是她不怕危险，参加了悼念周总理的活动。

吴一萍　你树她是看她布织得好。

李　健　是的，质量问题也是个路线问题。四个现代化是当前最大的政治。我们不表扬这种人，就赏罚不明，改变不了工厂的面貌。

吴一萍　树起来就是一面旗帜。向这样的人学习，群众心里服气吗？

李　键　要做思想工作。拨亮一盏灯，照红一大片。树白洁，我们厂几百名出身不好的人会发出更大的光和热。

李红兰　她还没和反动家庭划清界限，至今还往家寄钱。

李　键　她不管政府也得管。能看着把人饿死吗？

吴一萍　你不觉得这话有人性论的味道吗？

李　键　“四人帮”没有人性论。整天发动儿子揭发老子，妻子检举丈夫，让人们互相陷害，弄得妻离子散，家破人亡。那是搞兽性。

吴一萍　怪不得你主张把韩卫东也解放，是实行人道主义。

李　键　他念过纺织专业，车间需要技术人员，整天坐在屋里不是白吃饭吗？

吴一萍　他写了不少黑文章，还没做结论。

李　键　那些观点都是报上的。当时我们也学过。以党中央名义下来的，一个政治上没有经验的青年能顶得住吗？你不也说过让他紧跟《人民日报》吗？

吴一萍　你这思想真危险。“文化大革命”中批斗你，把你折腾得心脏病发作，差点没死在台上，是屈了你。可这回小心在揭批“四人帮”运动里真犯错误。

李　键　不能带着“四人帮”的毒批“四人帮”。怎么能随便给人办死班？再不严格法制，气候一到，还会随便抓人、抄家、私设公堂。我们也可能再挨打。

吴一萍　你不按党的原则办事，也会再挨批斗！

李　键　树白洁，就丧失原则吗？

吴一萍　（对李红兰）你妈妈的死和他讲过没有？

李红兰　讲了。爸爸当作耳旁风。

吴一萍　我再给你说一遍。兰兰妈是我的好朋友。13 岁进厂当童工，解放前夕一起参加护厂队，一起入了党。她历史清白，作风正派，每天拖着两条寒腿上班，群众挑不出一点儿毛病。可是“文化大革命”中，就因为用过几个有问题的人，第一个被揪出来剃了鬼头，拉到街上游斗。最后被定成牛鬼蛇神的保护伞，招降纳叛的急先锋，被活活打死。

李　键　我相信那段历史不会重演。

吴一萍　这不能以我们这些普通党员的心愿为转移。有时候落实政策让大家讲话，都说不扣帽子，不打棍子，可过后却倒下去一批人。

李　键　再那样搞就要亡党亡国。

吴一萍　你迷失方向也会亡头。就算你不为自己保持晚节着想，也要为儿女留条路。

李　键　让祖国富强就是为了子孙后代的幸福。

吴一萍　我们是老战友，说的是知心话。你看兰兰眼泡儿都哭肿了。劳模被拿掉了是小事，你再走上她妈那条路，扔下孩子怎么过呀？

李红兰　（着急地）爸爸！吴姨句句谈的都是贴心话，听听她的吧！

李　键　党把工厂交给我们，就不能昧着良心干。

吴一萍　我再告诉你，兰兰妈主要就是死在重用白洁妈妈上。

李　键　什么？

吴一萍　白洁妈妈原来是咱们厂子工程师，被定成极右分子后在车间劳动。兰兰妈不问政治，又让她去搞重要的技术革新。“文化大革命”中，兰兰妈招降纳叛的主要罪行就是重用白洁妈妈。

〔李键沉思。

李红兰　爸爸！您听见没有？妈妈因为白洁妈妈被活活打死，您不能再为她搭上一条命啊！

吴一萍 把你妈妈那封遗书拿出来。

李 键 我看过啦。

吴一萍 时间长了，就忘啦。（对李红兰）再拿出来念一念。

李红兰 （自己动手打开写字台抽屉，拿出一张纸条）爸爸您听着！（念）“兰兰！永别了。有很多话要跟你爸爸说，这张小纸条容纳不下。千万让他记住，阶级斗争是你死我活的。你不斗他，他就斗你，不能心慈手软。要和他们斗，斗到底！”

李 键 这不是让我们打倒害死她的“四人帮”，为她报仇吗？

吴一萍 不。这是她死前的觉醒。告诉你不值得为阶级敌人去牺牲。今天你解放了他，明天翻过身来他会吃掉你……

李红兰 爸爸！我 16 岁就没有了母亲，现在就您这一个亲人，再不能丢掉您了。

李 键 （抚着李红兰的头）兰兰！

李红兰 （拿起妈妈照片）您看看哪！妈妈好像用眼睛同您说话：我就这唯一的女儿了，你可得跟着毛主席革命路线走呀，再不能抛下她，让她无依无靠呀！

〔李键沉思不语。

李红兰 爸爸！妈妈死了，您被关在千里之外的农村，音信全无。扔下我十几岁的女孩子，饿了没粮，冷了没衣，一个人在凄风苦雨里搏斗了十一年。是吴姨照看我，在虎口里活过来，介绍我入了党，成了先进生产者。“四人帮”垮台了，好容易把您盼回来，不能再让我白天去受冷清，夜里做噩梦啦。

李 键 （打断她）不要谈了……（拿出英语书要学，打开电视，但播出来的却是音乐。他烦躁地关上电视，把书扔在抽屉里，进厨房去）

李红兰 爸爸这回能回心转意吗？

吴一萍 他十几年没有工作，不知外边是什么气候，让“四化”的热风吹昏了。

李红兰 我看不止爸爸，晓峰也有点蒙头转向的。

吴一萍 你发现他什么啦？

李红兰 我总觉得他和白洁黏黏糊糊的。

吴一萍 白洁就是到监狱看过他……

李红兰 不，今天我看见他们在厂长办公室里谈话……

吴一萍 傻孩子！大白天那地方能谈什么哪？

李红兰 吴姨！现在有些人可鬼啦。两人见面连话都不说，等你知道了，人家都结婚啦！

吴一萍 晓峰不是那种人。白洁有心，他也不敢。我那么干净的家，她两只黑脚敢往里迈吗？我们家连个中农亲戚都没有。

李红兰 人家会搬出去过。

吴一萍 他是个独生子，家教很严，他没那个胆量。

李红兰 若不听您的呢？

吴一萍 党有纪律。有了复杂的社会关系，人事科还让他去吗？

李红兰 晓峰是个党员，我想他心里应该有根弦。

吴一萍 我今天又狠狠地批评了他。一会儿他要来给你赔礼道歉。

李红兰 道歉？

吴一萍 好像还买了什么东西要给你送来。

李红兰 真的吗？买的什么？

吴一萍 这些个事我不多打听。你一会儿就看到了。

李红兰 （高兴地）还买东西干啥。

吴一萍 你们早过了晚婚年龄，他爸爸也从北京来信催了几次。若不是晓峰住进监狱，我都抱孙子了。

〔敲门声。

李红兰 （从窗户一望）晓峰！哎！白洁怎么也跟来了？

〔吴晓峰在门外同白洁对话。

吴晓峰 进来吧！

白　洁 我第一次到人家来，你先进去打个招呼。

吴晓峰 李叔请你来的。走吧！

〔吴晓峰、白洁入内。吴晓峰手中拿着一个提包。

吴一萍 （对白洁）你来干什么？

吴晓峰 李叔让她来向红兰谈谈消灭次布的经验。

白　洁 不。我是来向老模范学习的。

吴一萍 （暗示晓峰）把东西给兰兰吧。

〔吴晓峰打开包，露出一匹次布。

李红兰 （意外地）啊？……

吴一萍 （不解地）怎么拿来这个？

吴晓峰 正好今天红兰出了一匹严重的次布，让白洁结合这匹布具体讲一讲，如何用她的操作法消灭这些疵点。

李红兰 （羞恼地）你们一唱一和的干什么！（进内室）

吴一萍 （对白洁）红兰明天要到市里开会，没有时间听。你走吧！

白　洁 我冒失了。这是厂长叫我来的。（向外走）

吴晓峰 白洁！……

吴一萍 （喊）晓峰！回来！

〔吴晓峰停下。白洁下。

吴一萍 你和白洁到底是什么关系？

吴晓峰 回去再同您谈。

吴一萍 以后不准再接触！

吴晓峰 妈妈！

吴一萍 一点眼力见儿也没有，不知道红兰忌讳这些事吗？

吴晓峰　李叔让我找她来，她不认识门。

〔李键上。

吴晓峰　李叔，白洁刚来过。

李　键　在哪儿？

吴一萍　我打发走了。

吴晓峰　我按您的嘱咐，带她来向红兰谈谈她的操作法。

李　键　兰兰有点不舒服，以后再学吧。

吴晓峰　宣传白洁的事定了吗？

李　键　还没有定。群众有些反映，再等一等吧。

吴晓峰　人民对我们产品的质量反映更大，是不是也等一等？

〔李键不语。

吴晓峰　不敢闯禁区，就搞不了“四化”。

吴一萍　同李叔讲话要有礼貌！

吴晓峰　好！您是党委书记兼厂长，有决定权。现在三车间、四车间工人自动跑去学白洁操作法。我也要写篇经验介绍一下。

李　键　工人自动学上啦？

吴晓峰　堆积如山的次布，要把我们厂压垮台啦。

〔由贵骑自行车上，下车，进屋。

由　贵　正好，一、二把手都在。

吴一萍　你这么晚又来干什么？

由　贵　我这工作没法干了。用户开始退货……

李　键　什么？

由　贵　印染厂印不上色，商店白布卖不出去。咱们厂顶风臭出三十里……

吴一萍　我们的产品是包销的嘛。

由　贵　没有那舒心的日子了。今年起，银行搞经济手段，布卖不出去银行不给商业部门贷款，商业部门也没钱买我们的货。

李　键　（对吴一萍）走！进厂开党委会。马上研究，全厂向白洁学习，开展万米无次布竞赛！

——**幕　落**——

第四场

◉时 间

次日。

◉地 点

工厂院内。

◉布 景

左侧立着一个装饰得很别致的光荣榜，顶上写着“光荣榜”三个大字。右侧也有个漂亮的玻璃栏板，是贴报用的。中央有个花圃，几把靠椅。正面是个开着的大铁门，门楣上有“新新纺织厂”几个反字。门两旁是红砖矮墙。门外是林荫道远景。天幕上有十五层楼的建筑。

〔幕起：由贵、韩卫东在往墙上贴“向白洁学习！开展万米无次布竞赛运动！”大标语。

由　贵　（边贴边同韩卫东谈话）喂！你敢给白洁写篇稿吗？

韩卫东　那有什么不敢的！

由　贵　你不怕成黑笔杆儿？

韩卫东　这是写新长征英雄谱。这些天在车间见她非常激动，巡回像飞起来似的，没看清怎么回事儿头接上了。

由　贵　那是铁打铁的硬功夫。你看她练接头练得手上一道道血沟。

韩卫东　这种有真实贡献的人谁也推不倒。

由　贵　她可是黑五类呀！

韩卫东 现在有新精神，调动一切积极因素。

由　贵 你也是个积极因素。要把她宣传好了，质量搞上去了，你就立了一功。

韩卫东 靠大家帮助吧！

〔吴晓峰上。

由　贵 晓峰！找工会小张给白洁拍张照片！

吴晓峰 干什么？

由　贵 她是个无名小辈，很多人都不知道她是老几。这回成了全厂学习榜样，应该照个相挂光荣榜上，让大伙儿认识认识。

吴晓峰 （举起手中照片）这张怎么样？

由　贵 呀！你从哪儿弄来的？

韩卫东 昨晚上党委一决定，闪光灯就亮上了。晓峰连夜照的。

由　贵 你们这都是四个现代化的速度，我这刚想到，你们就出成果啦。（指光荣榜）快挂上。我再去写个“向白洁致敬”的大字块。

吴晓峰 还致敬干什么？

由　贵 这是供销科的心情。全厂都达到她的水平，我们的布就可以免检，再不用给百货站说拜年话啦。

〔李键上。

韩卫东 厂长！

李　键 在制造舆论？

由　贵 党委决定了，就得雷厉风行。

李　键 群众有什么反映？

由　贵 举双手赞成，一片欢呼声。

李　键 不对吧？要学会在欢呼声中听到骂声。

韩卫东 是，也有不赞成的。

由　贵　有人说无产阶级死绝啦？溜光水滑的有的是，树个带疤瘌疖子的干啥？

李　键　你呢？

由　贵　我是心花怒放。再不来点实的，厂子就得关门。我给百货站、印染厂打电话说要开展万米无次布竞赛，退合同的都提出缓期执行了。

李　键　一个纺织厂不能让人民穿上又好又便宜的布就是失职。这回你该喝两盅了吧？

由　贵　厂长！我不会喝酒。

李　键　哎！怎么都叫你酒鬼呢？

由　贵　这是"四人帮"给我戴的帽。我看不惯他们那一套，有回故意喝了两口酒，到小兄弟办公室闹了一通。他们用这个给自己解嘲。

吴晓峰　那得给你平反哪！

由　贵　不，这个帽子戴着好。现在有些官僚领导不愿听真话，我也可以半真半假地刺一刺他们。

李　键　好！拨乱反正，需要有一大批敢讲真话的人。

由　贵　需不需要，我这嘴也管不住。

李　键　党委让你抓一抓供销科的全面工作。

由　贵　（一怔）什么？

李　键　你们那个帮派科长垮啦，暂时还没有人管事，你多辛苦一下。

由　贵　我就是推销员的材料，顶不了大梁。

李　键　有十几年供销工作经验；不怕打击，同"四人帮"斗争；能反映真实情况，差不多吧？

由　贵　厂长过奖了。

李　键　已经通知你们支部啦。你考虑考虑工作吧！

由　贵　好，让我干，上任头一件事就办个展览会。把印染厂印不了的、商店退回来的布都拿出来，把白洁织的也摆上，叫大伙儿好好比比，对着找差距。以后谁再出次品，我们不验收！能达到白洁水平的，建议党委奖励，提前晋级。

李　键　说得对！质量不好就是吃大锅饭吃的。不仅要学白洁，以后还要用经济手段。

韩卫东　（对李键）厂长！我给白洁写了个稿，在广播站宣传一下合适不？

李　键　好哇！你没有顾虑了吗？

韩卫东　过去觉悟不高，为“四人帮”卖命，现在人民意气风发地向四个现代化进军，我也激动呀。（递稿）您看行不？

李　键　（看了一下）可以。送去播吧！

〔韩卫东、李键下。

由　贵　（对吴晓峰）你把白洁相片挂上，我去写大字块。（下）

〔吴晓峰踩着凳子往光荣榜上挂相片。

〔白洁上。

白　洁　（见吴晓峰，悄悄过去晃凳子）噢！

吴晓峰　（吓了一跳，回头一看）白洁！

白　洁　摔下来啦！

吴晓峰　给你挂相片！

白　洁　昨晚上照的那一张？

吴晓峰　看！像你吧？

白　洁　我哪有那么漂亮。

吴晓峰　我的技术不高。（从凳子上下来，指光荣榜）看！一排排的照片，多像你讲的报春花呀。

白　洁　报春花？

吴晓峰　这些新长征路上的标兵，四个现代化的春风一吹，开得多光彩、多鲜艳哪！

白　洁　我在上边只是滥竽充数……

吴晓峰　不。你是最大的一朵。是全厂最红的。

白　洁　我做梦也没想到能站在他们中间。

吴晓峰　乌云散了，人们才能看到你。

白　洁　是你帮我总结了经验，举到让人注目的地方。

吴晓峰　是你给人民做出了贡献，人民怎能忘了你！

〔静场。

吴晓峰　我给你的被面做上了吗？

白　洁　那是纪念品，怎么舍得用。

吴晓峰　我再买一条送给你。

白　洁　没有必要。

吴晓峰　留着将来咱们两个人用不好吗？

白　洁　（一惊）你，你说什么？……

吴晓峰　这话压在我心里很久啦。从你到监狱看我那天，就有了这个念头。

白　洁　那时候我只觉得应当尽力支持你。

吴晓峰　不，你是冒着危险，用生命和我相处。

白　洁　我是钦佩一个不顾生命安危，为人民利益去斗争的人。

吴晓峰　那是每一名共产党员应尽的责任。

白　洁　我也是在做每一个中国人应该做的事。

吴晓峰　我们志同道合，不更应该永远生活在一起吗？

〔白洁不语。

吴晓峰　难道你没有这样想过吗？

白　洁　没……没想过。

吴晓峰　不管你想过没想过，我请求你现在答应我。

白　洁　不。我不能答应你。

吴晓峰　为什么不能？

〔白洁不语。

吴晓峰　你说呀，白洁！

白　洁　我们不是一样的人。

吴晓峰　你是说我们家庭出身不同？

白　洁　这是一道不能跨过的天河。

吴晓峰　这是人间的天河。可以用我们自己的双手填平它。

白　洁　那会给你带来无穷的痛苦。

吴晓峰　不。会给我带来无限的幸福。

白　洁　这不是作诗。你是个有胆有识的共产党员，人民需要你去做许多事情。背上我这个包袱，会使你迈不动脚步。

吴晓峰　谁也挡不住我坚定的步伐。

白　洁　眼前就会影响你当人事科长。

吴晓峰　我在大学学过纺织专业，决心去搞技术。

白　洁　你妈也不会同意。你父母都是党员，家庭无比清白，能容我这样一个人闯进去吗？

吴晓峰　现在有新精神，我可以说服妈妈。

白　洁　她若是不同意呢？

吴晓峰　我们就搬出去过。

白　洁　那不行。吴书记就你一个孩子，老人家把你养大，很不容易。父母老了，做子女的应该照顾。

吴晓峰　不管怎么样，除了你，我这一生不会再爱别人啦。

白　洁　比我好的姑娘有的是。我只是一个平凡而渺小的人。

吴晓峰　可你有一颗闪闪发光的心。

白　洁　你又作诗。

吴晓峰　这不是诗，是这些年我看到的事实。尽管人们歧视你，不公平地对待你，可你不灰心、不丧气、不为名、不为利，默默地为党为人民工作着。你用你勤劳的双手，用你浑身的汗水，向人民证明你的心是红的。这是多么可贵的精神啊。

白　洁　（激动地抓住吴晓峰的手）晓峰！你真的这样看我吗？是心里话吗？

吴晓峰　我是在用心同你讲话……

〔白洁深情地凝视着吴晓峰，眼泪如断线的珠子，滚落面颊。

吴晓峰　白洁！你怎么啦？

白　洁　你是第一个了解我、鼓励我的人。我从小就听刘胡兰、向秀丽、赵梦桃的故事。上学以后，老师教育我们要做张思德、雷锋那样全心全意为人民服务的人。特别是我妈妈到农村去前一天留给我的几句话……

吴晓峰　她说什么？

白　洁　她当时流着泪用毛笔在一张纸上工工整整地写着："孩子，你永远不要忘记，是劳动人民用汗水把我们养大，是亲爱的党把我们从苦难的旧中国解救出来。任何时候都要对得起人民，对得起党。"

吴晓峰　你妈妈真好！

白　洁　随着年龄的增长，我感到这是妈妈用心血在浇灌我。每当我苦闷的时候，就想起妈妈的话，觉得只要人民需要，就该献出我的一切。我织的布只要对人民有用处，我就活得非常有意义，非常幸福啦。

吴晓峰　我完全了解你。

白　洁　我知道我入不了党，也干不了轰轰烈烈的事情，但是我可以为人民无声地工作，让血一滴一滴地流。

吴晓峰　白洁，我无论如何不让你再离开我了！

〔静场。

白　洁　你，你真可恨哪！

吴晓峰　你？

白　洁　难道你非要跟我受一辈子牵连吗？

吴晓峰　我什么也不怕，愿意和你同甘共苦一辈子。

白　洁　可我一无所有，能给你的……只是一颗海枯石烂永不变的心。

吴晓峰　（高兴地）白洁！……好，明天我就去买被面和箱子。

白　洁　那些先不忙。你今晚再来帮我改进一下操作，我要向五十万米无次布进军。

吴晓峰　你的手都磨出了血沟，休息两天再说吧！

白　洁　不！现在党和人民这样信任我，我觉得天也高了、地也宽了，死也要死在机台旁。

吴晓峰　好！你是个冲破笼子的鸟，使劲飞吧！飞吧！把"四化"的捷报送到祖国四面八方。

〔吴晓峰、白洁下。

〔少顷，吴一萍、李红兰上。

李红兰　（指标语）看！"向白洁学习"的红绿标语都贴出来了。

吴一萍　这是给你爸爸埋下的定时炸弹。

李红兰　定时炸弹？

吴一萍　将来这些都会成为他的罪证。

李红兰　爸爸真顽固，到底没说服了他。

吴一萍　他没尝够运动的苦头。

李红兰　“文化大革命”中，他在技校差点没被斗死。

吴一萍　那还不是因为丧失立场！犯什么错误也不能沾这个边。17年因为这个问题被开除党籍的，“文化大革命”中像你妈那样丧命的，都有。

李红兰　我爸爸还要推荐她当市劳模。

吴一萍　一会儿我要向局里反映，让上边把住关。你别泄气，找个机会把她拿掉，还树你。

李红兰　晓峰也紧给她张罗。

吴一萍　他又干什么？

李红兰　（指光荣榜）看！那张照片就是他给拍的。

吴一萍　这个糊涂蛋。我去催催，快让他上人事科，把俩人分开。

李红兰　对。

〔吴一萍下。李红兰欲走。

〔李键上。

李红兰　（指标语）看！宣传白洁的声势吓人不？

李　键　党委决定，就是要大张旗鼓地开展万米无次布竞赛嘛。

李红兰　那您把阶级观点放在哪儿啦？将来都是罪证。

李　键　你要真关心我，就好好向白洁学习，帮我把质量搞上去。

李红兰　她算什么人哪，你这么看重？

李　键　不。质量是全国性问题，得用一些能工巧匠，还得让她上市里去介绍经验呢！

李红兰　你要让她当市劳动模范，我就和你划清界限。

李　键　什么？

李红兰　我要跟党走，不跟你受牵连。

李　键　兰兰！

〔白洁上。

白　洁　厂长！

李　键　白洁！你下步有什么计划？

白　洁　感谢党对我的信任。（递一张纸）这是我的决心书，今年内要达到五十万米无次布，来年向一百万米进军。

李　键　好。这几天很累，休息休息吧！

白　洁　党这样关心我，几天不睡也不困。

李红兰　你乐了，我们可倒霉了。

李　键　（阻止）兰兰！

李红兰　应该让她心里有数。（对白洁）我妈为了重用你妈妈丧了命，我爸这把老骨头又要扔在你身上啦。

白　洁　你说什么？

李红兰　自己是什么人还不知道吗？资产阶级笑了，无产阶级就得哭了。

李　键　你胡说什么！

李红兰　亲女儿的话就是胡说，她讲的就是唱歌。你就为她牺牲吧！（由兜里掏出钥匙扔给李键）今天自己回去做饭，我不回家了！（跑下）

李　键　（喊）兰兰！兰兰！

白　洁　厂长别着急，她会回去的。

李　键　无原则！任性！

白　洁　不！她讲得很有道理。有些事我并不知道。

李　键　别听她胡扯！你这个决心书我找人抄了贴出去！

白　洁　里边还有些措施不实，我再拿回去修改修改。

李　键　改好马上送到办公室。

〔白洁下。

〔李键拾起地上钥匙欲走。

〔吴一萍扶着李红兰上。李红兰哭着。

吴一萍 （劝说着）看你哭肿了眼睛！

〔李红兰不语。

吴一萍 （对李键）没有妈妈的孩子，你不能这样对待她。

李　键 我什么都没说。她刚才在白洁跟前讲的话不像个党员样子。

李红兰 （一下止住哭）共产党员就该陪你丧失立场呀？事情讲在明处，你要被打死，她得明白。

吴一萍 不要跟他吵，他不听党的，也没办法。走！搬我那去住。

李　键 什么？

吴一萍 老战友扔下的孩子，我得对她前途负责。

李　键 党委决定了，你应该用正确思想引导她。

吴一萍 我也没通。方才我已经向局里做了反映。

李　键 好！上级批评我承担全部责任！（下）

吴一萍 （对李红兰）不要哭了。得想法跟他斗。

〔刘小英上。

刘小英 兰姐！我告诉你个好消息。

吴一萍 什么事儿？

刘小英 白洁出了两匹次布！

李红兰 （高兴地）真的吗？

刘小英 真的！而且都是特大疵点，一个就可以取消标兵资格。她出了三个。

吴一萍 可靠吗？

刘小英 魏大姐刚验出来的。布是昨天织的。

李红兰 这下子我爸爸得救啦。

吴一萍 有特大疵点就不能宣传啦。（对刘小英）快去告诉厂长！

刘小英 我第一个就告诉了他，可他不信，非自己去看看不可。

〔扩音器里传出表扬白洁的播音稿："一织布车间挡车工白洁，实干巧干，连续四万八千米无次布，正向五万米进军！……"

刘小英 听！介绍白洁的先进事迹呢。

吴一萍 真快！谁写的稿？

李红兰 韩卫东！

吴一萍 真是个黑笔杆儿。"四人帮"的账没算完，又吹捧上这样的人。

刘小英 他下去就跑到白洁那个车间。

吴一萍 给他继续办班。（对刘小英）先去告诉把喇叭关掉！

〔吴晓峰上。

吴晓峰 不许关！

李红兰 她不争气，自己摔下来啦！

吴晓峰 什么？

吴一萍 她出了特大疵点，连当普通标兵的资格都没有了。

吴晓峰 不会的。

刘小英 你到验布车间去问问吧！

〔魏大姐上。

吴晓峰 白洁真出了特大疵点吗？

魏大姐 真的……

吴晓峰 怎么造成的？

魏大姐 不清楚。厂长很着急，叫我们赶快找出原因。

吴一萍 找出找不出反正暂时不能宣传啦。

刘小英 我去关扩音机。（下）

李红兰 （指光荣榜）吴姨！她的相片还在上边。

吴一萍 揭下来吧！

〔李红兰上去将相片拿下。

吴晓峰 为什么揭下来?

吴一萍 这是光荣榜。在大抓质量的时候出那么大疵点，应该插白旗。

吴晓峰 你们能从光荣榜上揭掉她，可是她对“四化”的贡献，没法从人民心中抹掉!

李红兰 她已经深深印在你心上了是不是?

吴晓峰 是又怎么样?

李红兰 那这光秃秃的单人相有啥意思?可以到照相馆膀挨膀拍个订婚相。

吴晓峰 好!明天就去照!

李红兰 (被这突然的回答惊住了)什么?

吴晓峰 不但订婚，而且很快就结婚……

李红兰 (委屈地)吴姨!

吴一萍 晓峰!不许你胡说!

吴晓峰 这是我很久的愿望。要叫那些瞧不起她、不信任她的人看看，在我们这个社会里还有人尊敬这些出身不好，但认真改造思想，踏踏实实工作，为社会主义做出贡献的人。并且有人不怕牵连，愿意永远跟她生活在一起。

李红兰 果然是真的……(哭着跑下)

吴一萍 (喊)兰兰!兰兰!(对吴晓峰)你不要头脑发热!

吴晓峰 我很冷静，今天已经得到她的允许，正式告诉父母!

吴一萍 我们家庭不允许!

吴晓峰 那我就离开这个家。

吴一萍 你是个党员，你要考虑党的纪律。

吴晓峰 如果因为和白洁结婚，你用党的纪律处分我，那我就向党中央申诉!

吴一萍 （气得发抖）你……这个浑蛋！又发疯了，你给我滚！

〔吴晓峰下。吴一萍拿出手绢擦汗。

〔由贵手拿一卷彩色纸上。

由　贵 （指光荣榜）哎！相片怎么还没贴？

魏大姐 被撤下去了。

由　贵 谁这么大胆？

吴一萍 对白洁的宣传一律停止。

由　贵 为什么？

魏大姐 （小声地）她坏了两匹布，出了最大的疵点。

由　贵 这是谁搞的鬼？

吴一萍 自己思想不过硬……

由　贵 又是出身原因？谁都可以背叛自己的阶级嘛！王洪文出身好，种过地，当过兵，做过工，可他彻底背叛了无产阶级，想夺共产党的权。

吴一萍 你怎么和领导这么讲话？

由　贵 我这还算是客气的。照实说，你呀，你领导不了新长征。

吴一萍 （生气地）什么？

由　贵 你去看看仓库里的次布，你不心疼吗？农民汗珠掉地下摔八瓣种下棉花，大车、汽车、火车运到我们这儿，工人又经过几道工序辛辛苦苦织出了布，人民不能穿，这不是犯罪吗？

吴一萍 没工夫和你争论。酒鬼！（下）

魏大姐 你的话太伤人啦。

由　贵 这种思想僵化的官僚，就得刺一刺。白洁呢？

魏大姐 回宿舍啦！

由　贵 你替我去看看她。

魏大姐 这布出得奇怪，我正要去问她。

由　贵　给我转达个意思……

魏大姐　什么意思？

由　贵　告诉她要经住这个打击。（欲言又止，终于豁出来了）你告诉她，她的一生我包了。

魏大姐　你包了？

由　贵　因为她的出身，她可能找不到可心的对象。我已经等了她三年，我听候她选择。

魏大姐　你？

由　贵　四年干了五年的活儿，手都磨出了血沟，还是黑的！我这个党员气不过！

魏大姐　你不是酒鬼，是好人！

——幕　落——

第五场

◉**时 间**

当天晚上。

◉**地 点**

女工宿舍。

◉**布 景**

正面是门，门两旁是窗户。右侧有两张单人铁床，其中一张只露出床头，伸向侧幕里边又有一间房子，左侧有个脸盆架，上边放着盆、皂盒、梳子。架上方挂着一块大镜子，镜子旁边有衣架，挂满花衣服、纱巾、挎包等女工用物。屋中央有张桌子、几把椅子，这是学习的地方。有一大把棉纱从桌上垂下来，是白洁下班后练习接头用的。屋顶悬挂着电灯，灯泡上罩着个用报纸做成的伞。

〔幕启：室内冷清，灯光昏暗。白洁手里拿着一沓信，一封一封数着看着，眼泪簌簌地往下掉。

〔外面响起敲门声。白洁急擦眼泪，把信放在褥子底下，拿出晓峰送给她的被面铺在床上做活。

〔魏大姐上。

白　洁　魏大姐！

魏大姐　怎么还关着门？

白　洁　做活呢。

魏大姐　（像没听见）我问你个事儿……

白　洁　你看这被面花好看不？

魏大姐　没心看你那玩意儿。快说今天的次布怎么出的？

白　洁　我在忙自己的婚事儿，哪有心干活呀？

魏大姐　胡扯！我已经查出来了。你串了记号，把刘小英织的布算到你的账上了。

白　洁　现在正评奖，谁那么傻呀！

魏大姐　（拿出卡片）看！证据都让我拿到手啦，快说！

白　洁　没那回事儿！

魏大姐　不承认我就上党委去揭发。（欲走）

白　洁　（抱住魏大姐，扑到怀里，哭）魏大姐！

魏大姐　（将白洁扶起）白洁！快告诉我，你为什么做这个假？

白　洁　大姐！我不能去当那个劳模呀！

魏大姐　你不愿意出头？

白　洁　你想错啦。选上劳模，对我这样的人不光是戴上一朵光荣花，那是一条政治生命啊！

魏大姐　政治生命？

白　洁　你知道我出身不好，可从小立志做一个对人民有用的人。但是我上了学，戴不上红领巾，到工厂入不了团，才明白我生下来就和别人不同。我只能埋头苦干，去偿还父母欠下人民的债，不能期望别的。

魏大姐　现在不是在落实政策吗？

白　洁　是的。晓峰把这个消息告诉我，我兴奋得一夜没睡。心里一遍一遍喊着共产党万岁！共产党万万岁！（从床上拿出信）看！这是我还没发出的信。

魏大姐　都是写给谁的呀？……

白　洁　（拿起一封）这是给我大弟弟的。他在农村修水库。我告诉他，党的阳光照到我们身上了，别人挑一筐土你要挑两筐。（又拿起一封）这是给我妹妹的，她在上学。我告诉她，用别人睡觉的时间来读书，发奋学习，去报考大学，你可以同大家一样为四个现代化去攻科学堡垒了。（又拿起一封）这是给我二弟弟的，他到了当兵的年龄。我告诉他，党要给你一支枪了，你要为祖国站岗，需要的时候，为祖国流尽最后一滴血。

魏大姐　写得好！我也替你高兴。可你又为什么臭了自己呢？

白　洁　你没看，为我这样一个人闹得全厂议论纷纷吗？

魏大姐　有些人不了解党的政策，嘀咕两句也不奇怪。

白　洁　不只是嘀咕，有的老工人说，树白洁这样出身的人倒是新鲜。有人说，从我身上看到阶级斗争熄灭了。

魏大姐　人多嘴杂，哪能几千人一样说法呢！

白　洁　不管怎么样，有些人不通，就影响全厂的安定团结，给党委增加了压力，将来还可能产生料想不到的后果。

魏大姐　什么后果？

白　洁　有人说红兰妈妈是因为重用我母亲被打死的。第一个主张宣传我的又是老厂长，将来他的命再搭在我身上，不坑了他一家子吗？

魏大姐　不会有那种事了。

白　洁　阶级斗争是长期的，谁也说不准还会有什么运动。老厂长是我们厂四个现代化的好带头人，“文化大革命”受了不少苦；红兰为我又要和他脱离关系；我一个人出了头，破坏了全厂安定团结，给这么多人带来不幸，我心里过得去吗？

魏大姐　你想得太多了。

白　洁　不是我想得多，这是这些年的实际。我不戴这个花，厂子就会安静下来，厂长就没有危险，他还可以想别的办法解决产品质量问题。关于我……我还可以像往常那样干，为四个现代化用尽我全身力气。

魏大姐 （激动地搂着白洁）白洁！

〔敲门声。

魏大姐 （一看）厂长来了……

白　洁 千万不要把我出次布的原因告诉他。

魏大姐 他要我查清，怎么能说谎呢？

白　洁 我求求你，为了大局，为了厂长，你替我瞒一瞒吧！

〔魏大姐有些被说服了。

〔李键上。

李　键 （见魏大姐）你也在这儿。次布的原因你们查出来啦？

〔魏大姐欲语。

白　洁 （争抢过去）我织的布，我当然知道原因。

李　键 究竟怎么搞的？

白　洁 检查布面少了。

李　键 身体不舒服吗？

白　洁 刚在食堂吃了六两馒头。

李　键 那为什么不坚持检查？再有二千米就达到五万米了。

白　洁 这也像爬山一样，越高越难。眼瞅着快到山尖了，就是一步也上不去啦。

李　键 要拿出克服困难的精神。厂里决定用你的经验提高质量呢。

白　洁 我有什么经验？瞎碰上几匹，叫您看上了。

李　键 不。你是有一套科学操作法的。

白　洁 啥科学呀？就是多出点汗。五六十台织布机，从这头走到那头，来回二百米，一天跑六十里路，谁能总顶着干哪？

李　键　你不就一直顶着干吗！这是不容易的，所以你是先进人物。

白　洁　先进有啥用？先进多受累。

魏大姐　（忍不住地）白洁你……

白　洁　（打断她）魏大姐，我那件衣服你还没裁完，明天还等着用哪，快帮我忙去吧。（将魏大姐推入室内）

李　键　白洁，受累是为革命嘛！党委正号召全厂向你学习，表扬你哪。

白　洁　光荣榜上挂个相片，让大家看看长相……长了谁也不稀罕那个啦。

李　键　我们正研究发奖金。优秀工人，还要提前晋级。

白　洁　提级得哪年？三五块钱奖金还不够磨鞋底的！

李　键　我们搞“四化”就是为了改变国家的贫穷面貌，提高人民生活水平。坚持一个时期，日子一定会比现在好得多。目前生活有困难，工厂可以考虑补助一部分。

白　洁　光有钱也解决不了我的问题。

李　键　你还有什么困难？

白　洁　我需要点时间处理个人问题。我想赶着做点活儿。您看这被面好看吗？

李　键　（恍然）噢……现在正提倡晚婚……

白　洁　官僚主义！我都26了。

李　键　对，这是喜事。需要什么，厂子可以帮助你。不过，结婚也可以继续保持荣誉。这并不矛盾。

白　洁　怎么不矛盾？往后家务事多了，谁还能有那么大精神头呢？

李　键　你，你怎么突然变了？

白　洁　我哪儿变了？还不是原来的我吗？“四人帮”垮台，我一时高兴织了几匹一等布，都来找我，受得了吗？

李　键　太奇怪啦……

白　洁　您才怪，工人、贫下中农子女有的是，为什么非要来树我？

李　键　你干得突出。搞“四化”不能光说空话，需要有实干精神，要看效果。

白　洁　也得想想将来您自己的后果。多少老干部，没死在战场上，倒死在丧失立场上。

李　键　新长征有新政策。我不怕。

白　洁　我可怕。有一天，不谈落实政策了，会说我伪装积极向上爬，混进无产阶级队伍，就要挨批斗了。

李　键　（沉重地）原来是这样……

白　洁　次布原因都跟您说清楚了。我是风一吹就倒的纸人，宣传我没有用。我个人问题一大堆，给点时间让我处理吧！

李　键　你……

白　洁　您今晚还没人做饭，赶快找红兰回家吧。

李　键　谢谢你。这不是我面前最要紧的事。

白　洁　现在是业余时间，您也别耽误我做活啦。

李　键　好，你忙，我先走，你这个问题明天党委还要好好研究。（下）

〔魏大姐由室内出。

魏大姐　你怎么把自己打扮得那么丑呀？

白　洁　这个老头儿太好了。不让他断了念头，早晚会牵连他。

魏大姐　我看他听了你那套不着调的话，手都哆嗦了。

白　洁　魏大姐，我今天这样对待老厂长，真是犯了罪。看怎么帮我想法安慰安慰他。

魏大姐 老厂长是重感情的人。

白　洁 是的。他还有冠心病，别再出了事儿。

魏大姐 红兰真的不回家了吗？

白　洁 我亲眼看见她同老厂长吵架。一定得想个办法让她回去。

魏大姐 她就能听晓峰的话。

白　洁 好，我叫晓峰动员她。

魏大姐 晓峰能听你的吗？

白　洁 你不知道我们的关系吗？

魏大姐 我知道你们一起悼念周总理。

白　洁 （低下头）现在我们快结婚了。

魏大姐 他原来和红兰不错呀。

白　洁 那是几百年前的事啦。

魏大姐 吴书记同意吗？

白　洁 反正晓峰很坚决，现在讲婚姻自主。

魏大姐 那就好。由贵还关心你这事儿呢。

白　洁 他关心什么？

魏大姐 他怕因为你的出身，连可心的对象也找不着。他要兜着。

白　洁 净说醉话。

魏大姐 不。他是个大好人。他说他已经等了你三年啦。

白　洁 我同晓峰的关系，不是能够用时间计算的。我们在生死中建立了感情，什么力量也不能把我们分开。

魏大姐 听说你到监狱看他那会儿，对看守说是他的未婚妻？

白　洁 （不好意思地）要不他们不让我见他。

魏大姐 现在成了真的了。

白　洁 这我也没想到。

魏大姐 晓峰是个好人，祝你们幸福吧！

〔敲门声。

魏大姐 吴书记来了……

白　洁 （慌乱地）哎呀！她问次布的事你千万别讲。

魏大姐 她不关心这个。可能谈你和晓峰的事……

白　洁 那我得怎么说呀？

魏大姐 听听她的意见，把你们的关系如实地讲呗！（下）

〔吴一萍上。

白　洁 （迎上去）吴书记！……

吴一萍 怕你出了次布着急，来看看你。

白　洁 老厂长刚刚来过，我已经把情况都跟他讲了。

吴一萍 前一段大家对你印象不错，怎么又出这么大疵点？

白　洁 老一个劲儿干，我坚持不下来。

吴一萍 一个人做一点儿好事并不难，难的是一辈子做好事，不做坏事。以后好好学习毛主席著作，再撵上来。（一眼发现被子）这个被面……

白　洁 您看这花多好看哪。

吴一萍 晓峰给你的？

白　洁 嗯。

吴一萍 这是我让他送给兰兰的……

白　洁 （一惊）啊？

〔静场。

吴一萍 我正想和你谈这个事儿……

白　洁 您不要说，我明白了。

吴一萍 你必须离开晓峰。

白　洁 这是不可能的。

吴一萍 你知道我们是什么样的家庭。

白　洁　现在政策不一样了。

吴一萍　我就这一个儿子，这关系到子孙后代。

白　洁　我们处了很久，感情太深了。

吴一萍　世上没有超阶级的爱。地主不爱贫下中农，贫下中农也不会爱地主小姐。

白　洁　我没有过过地主生活。我是1952年生人，爸爸的历史情况我也不知道。不过您要嫌弃我，晓峰说，可以搬出去过……

吴一萍　你的反革命母亲还有人寄钱抚养，难道我革了一辈子命，到了老年还要我无依无靠吗？

白　洁　不。我没有同意他那样做。您把晓峰养大成人，他不能忘恩负义。只要您允许，我们就住在一起。我每月把工资、奖金全交给您。家里的事也不用您操心，收拾屋子、洗衣服、做饭，我都会。

吴一萍　你心眼儿好，能吃苦耐劳，是叫人喜欢。可我们这个社会是有阶级界限的，不能为个人生活舒适不顾党的原则。

白　洁　周总理说，出身不能选择，道路可以选择。我和晓峰结婚以后，决心努力争取入党。

吴一萍　这不是不可能。可你这样的出身，要有突出的表现才行，不是一天半天能入的。可现在和晓峰一结合，马上就会影响他。

白　洁　影响他什么？

吴一萍　他要到人事科去，那是机要部门，对社会关系要求特别严格……

白　洁　他说不去人事科……

吴一萍　那里需要个科长，这关系他的前途。

白　洁　他学过纺织专业，搞技术也会有前途。

吴一萍　搞技术同样受限制。出国、留学、参加重要科研，都要极其严格地审查家庭成员和亲属。

白　洁　我觉得我不会成为他的包袱。如果有您说的这些后果，把我和工作摆在一起，让他自己挑选吧！

吴一萍　他已经没有力量处理这个事啦。

白　洁　为什么？

吴一萍　他是感情用事的人。今天他在大家面前表示要同你结婚，谁也不能说服他。

白　洁　您是让我提出同他断绝关系？

吴一萍　结婚是两个人的事，有一方不同意，就搞不成。

白　洁　他是您的亲生儿子，您不怕他受刺激吗？

吴一萍　一时痛苦，会换来终生幸福。

白　洁　不成！这办不到，劳模我可以不当，荣誉、奖金都可以不要，可是我不能再丢掉晓峰啦！

吴一萍　为什么？

白　洁　一颗种子埋在冰雪里，不会冻死。可是春风把它吹发了芽，再把它埋到冰雪里去，它会怎么样呢？

吴一萍　可你也要给我留一条路啊。

白　洁　您还要我怎么做呢？

吴一萍　我们家世清白，一滴墨汁掉进来，子孙万代都有黑点。

白　洁　现在规定出身由父亲算，女方成分不影响子女。

吴一萍　反革命的姥爷也要记进外孙的档案。将来可能有个孩子是特殊天才，根据我们的家庭条件，他干什么都不会受限制，可以当飞行员、去专政机关，为党去贡献他的才能；可能因为你们家的问题，会埋没他的才能；你这个做母亲的心里不难过吗？

白　洁　天啊！我担了父母的罪过还不够？难道还要影响到第三代吗？

吴一萍 各种思想无不打上阶级的烙印，现在控制使用的地富子弟，有不少也是第三代。

白　洁 我觉得粉碎“四人帮”以后，党中央会真正按照“有成分论，不唯成分论，重在政治表现”的政策办。

吴一萍 党的阶级观点、阶级路线，永远不会改变。

白　洁 您是党委书记，比我懂得多，看得远。如果我会妨碍晓峰的前途，又会毒害子孙后代，那这苦果子我自己咽下去。怎么办才好，您说吧？

吴一萍 拒绝和晓峰结婚。

白　洁 得怎么同他讲呢？

吴一萍 说你已经有了对象。

白　洁 他不会相信。

吴一萍 我听说由贵已经等你三年了。

白　洁 您在这方面，真下了调查研究的功夫。

吴一萍 他是个无成分论者。又是独身一人，没有家庭牵累，有房子，一个月六十多元工资。

白　洁 您都替我安排好了？

吴一萍 若不喜欢他，你长得这么秀气，总还会找到个蛮不错的。

白　洁 这您就不用操心了。

吴一萍 好！（欲走）

白　洁 等等，我也求您件事。老厂长身体不好，今晚上您无论如何也要让红兰回家去。

吴一萍 我会劝她的……

白　洁 您要说不动她，让晓峰送她回去。

吴一萍 （指被面）这被面？……

白　洁 （从被上拽下扔过去）您拿走吧！

吴一萍 最好由你还给晓峰，这样他就再不会对你有幻想了。（把被面还给白洁）

白 洁 您思想工作算做到家了！好！您快去找红兰吧。

〔吴一萍下。

〔白洁趴在被面上呜咽。

〔敲门声。

白 洁 （忙拿出手帕擦掉眼泪）谁？

〔由贵上。

白 洁 （见是由贵，反感地）你来干什么？

由 贵 （愕然）我……我来看看你……

白 洁 吴副书记让你来的吗？

由 贵 我没有见到她呀！……我怕你因为出了次布，心里难过……我，我不该来打扰你。（欲走）

白 洁 你别走。

〔静场。

白 洁 魏大姐已经把你的心思告诉了我……

由 贵 唉！那是看你受了打击，我心里着急，讲了些冒失话。

白 洁 我从心里感激你。你真是个好人。（稍停）我求你一件事。

由 贵 说吧！

白 洁 把这个被面还给晓峰。

由 贵 他为什么送你这个？

白 洁 和你同样的意思。

由 贵 你喜不喜欢他？

白 洁 我这种人，不应该有什么喜不喜欢。你替我还给他吧！

由 贵 他妈挺刁，到了他家，也得受气。退给他也好。

〔吴晓峰上。

由　贵　（一愣）你？

吴晓峰　我来看白洁……

由　贵　她已经够难过的了，需要安静。

吴晓峰　我同她个别谈几句话。

由　贵　（指被面）为这个事吗？你拿回去吧！

吴晓峰　你又喝醉了……

白　洁　不，是我让他替我还给你的……

吴晓峰　（一惊）怎么回事？

由　贵　拿着吧。就是这么回事，你还不明白吗？

〔李红兰上。

李红兰　晓峰！吴姨叫你快去！

白　洁　你把李红兰送回家去。

吴晓峰　我不去……

白　洁　老厂长一个人在家，没人照顾不行。

吴晓峰　（对李红兰）你不认识道吗？自己不会走吗？

李红兰　吴姨让你送我回去。

白　洁　晓峰，快去吧！

吴晓峰　这是怎么回事呀？

白　洁　到了一定的时候，我都告诉你。

〔吴晓峰不动。

白　洁　快去呀！这是我第一次，也许是最后一次求你，一定把红兰送到家门口！

吴晓峰　由贵讲的是什么意思？我需要有个清楚的答案……

白　洁　答案？你到这些年流行的阶级斗争学说里去找吧。

——幕　落——

第六场

◉时 间

紧接前场

◉地 点

李键家

◉布 景

同第一场

〔幕启：场上无人。

〔李键上，见室内灯亮着，高兴地开门。

李　键　（见无人，开开厨房门，也没有人。失望地自语）真的没回来……她真不回来了？（一眼看见红兰做的那件新上衣，摸了摸；抬头又看到红兰妈妈的相片，拿起凝视；最后放下相片，从背包里拿出干粮，吃了两口；拿暖壶倒水，暖壶是空的；把杯子推开，一边啃干粮，一边看看手表，打开电视学英语；但又吃不下，学不进。他关上电视，烦躁地走到窗前，向外眺望。）

〔吴一萍上。

吴一萍　开着门过日子？

李　键　（一怔）老吴！

吴一萍　一个人啃凉饽饽？

李　键　比你当童工时候吃橡子面好多了。

吴一萍 这个岁数消化不了啦。

李　键 胃就是个锅炉，没有油，烧煤矸石也能发热。到实现“四化”，就可以装最精的燃料了。

吴一萍 肚里难受还给自己解嘲。

李　键 你今晚吃的什么？饺子吗？

吴一萍 有人剁馅我就天天吃饺子。

李　键 你家有大小伙子嘛。

吴一萍 翅膀硬了，都会飞了。

李　键 他也离开了家？

吴一萍 这都是你的成绩。一下子扰乱了两个家庭。

李　键 你一家子革命，还有什么不称心的吗？

吴一萍 革命母亲可以生一个不革命的儿子。

李　键 那反革命父亲就不能有个革命的女儿？

吴一萍 你又扯到白洁身上。好，我们就谈谈她的问题吧！你看善后怎么处理？

李　键 我觉得她变得很突然。这里边有问题。

吴一萍 她本来就没有思想基础。

李　键 我看是让你给吓的。

吴一萍 是你没有阶级斗争的弦，不进行教育。

李　键 讲阶级斗争就是不许人家革命吗？你想过没有，白洁和我们的孩子一样，唱的第一支歌是《东方红》，和我们的孩子一起坐在课堂里受社会主义的教育，你怎么能不许她和我们的孩子一样革命呢？

吴一萍 不和你争论，市里已经回了电话，不支持。

李　键 市里怎么说？

吴一萍 说中央关于这个问题还没有文件，劳动模范是无产阶级的先进代表，最好选个家庭没有问题的。

李　键　岂有此理！十一大提出调动一切积极因素的精神还不算数吗？什么具体问题都要中央文件，还要我们这些人长个脑袋干什么？白洁几万米无次布，全市找不着第二个，算不算先进？白洁的父亲是历史反革命，可他死的时候白洁才三岁，能对她产生什么影响呢？明明没什么影响，却要她背一辈子黑锅，这公平吗？这符合党的政策吗？

吴一萍　可总得考虑成分。我们从来就是按照这个原则办事的。

李　键　考虑成分，可还有个重在表现。马克思、列宁、毛主席是无产阶级革命的导师，可他们的出身都不是工人、农民，你怎么看？

吴一萍　你说话越来越大胆了。反正只要市里不表态，她就当不了市劳模。

李　键　她本人表现好，市里不同意，就在厂里宣传。

吴一萍　厂里群众也不会通过。（拿出一封信）你看看吧。这是一位老工人写给你的信。

李　键　（打开念）……“千万不要忘记阶级斗争”“阶级斗争是纲，纲举目张”。好哇，上下左右都来了。

吴一萍　领导、群众都向你发出了信号，你埋下的定时炸弹冒烟了。

李　键　见过。我听说打死兰兰妈妈的时候，就是念着“革命不是请客吃饭”“凡是反动的东西，你不打，他就不倒”，然后才棍棒齐下的。

吴一萍　知道这个就好。你在乡下待了几年，总算囫囵着回来了，不要再闹个粉身碎骨。

李　键　死有什么可怕！我们参加革命那一天，就把整个生命交给了党。在战争年代几经生死打出个新中国，现在就不能为国家和人民再去战斗吗？有些人就是利用工人群众的朴素阶级感情，来破坏完整的毛泽东思想，断章取义，用一些语录来打人，这吓不倒谁！

吴一萍 你说我利用群众的朴素阶级感情吗？我们是老朋友，只是要提醒你，别走上危险的道路。

李　键 我也以老朋友身份说几句心里话。想不到你这十几年变化这么大。一个曾经豁出生命护过厂的人，今天竟不再关心厂子的前途，想钻进个人的保险圈，快变成新长征路上的绊脚石了。

吴一萍 （气得发抖）你，你说什么？我一片苦心换来你这样的看待！我的觉悟不高，文化水平低，也没有什么业务专长；可是自参加革命以来，对党没有三心二意，事事照办，自认为一生是忠于党的。

李　键 你认为照本做事，文件上没有的不说，上级没讲的不干，就叫忠于党吗？我们遵循的是马列主义原则，应该坚持实践是检验真理的唯一标准。“四人帮”把我们的国民经济搞到了崩溃的边缘。中国这只船，是因为有毛主席、周总理和许多老一辈无产阶级革命家才没沉到苦海里。现在只有实现四个现代化才能挽救党和国家的命运！

吴一萍 说破了天，危害党的利益的是你，而不是我。怎么说我也不能跟着你跑。

李　键 市委派我到这个厂来工作，我满心希望能得到你的帮助和支持，但是我们一直争论到今天。谁是谁非，让历史去做结论吧。不过我衷心地希望你认真考虑我的话……在这历史大转折关头，不要掉队。

吴一萍 我也最后劝告你一次。我的话都说在明处，要当心那些不讲话、提着棍子瞪着眼睛看你的人。

李　键　让他们看吧！最好马上就来。我们的周总理、老帅被整得含冤死去，我们活着都是幸运，我还怕什么！

吴一萍　你就在危险的道路上一直走吧！

李　键　白洁这杆旗一定要树。查清原因继续推广她的经验，用为人民织出大量的好布来回答吧。

〔韩卫东上。

韩卫东　吴书记。

吴一萍　你来干什么？

韩卫东　向老厂长汇报白洁的情况。

吴一萍　你又参与这些事。还不接受教训。

李　键　（不解地）什么教训？

吴一萍　吹捧“四人帮”犯了错误，现在又吹捧反革命子女。

李　键　广播稿是我让写的。

韩卫东　不，是我主动写的。

李　键　根据党委决议嘛。

韩卫东　我个人也被她的事迹感动，不能不拿起笔来。

吴一萍　你给帮派们写稿也很积极主动。

韩卫东　不，那是黑的，这是红的。她连续几万米无次布，是粉碎“四人帮”后出现的真正的先进人物。

吴一萍　那两个大疵点往哪儿放？

韩卫东　那两匹布是刘小英的，不是白洁的。

李　键　（高兴地）真的吗？

吴一萍　净胡扯。

韩卫东　刘小英是次布大王，她在上一班织了三个大疵点。白洁接她的班，串了记号，把小英的布算到自己的记录里。

吴一萍　又编造。

韩卫东 你去看看白洁的大卡片，布是不是多了五十米？

李　键 这可太好了。我早就怀疑不是白洁织的，可她不承认，你给我找到了证据。

吴一萍 他一贯好夸大其词，能轻易信他吗？

韩卫东 我写过违心的文章，讨好过领导。可假话的风源在上边。

李　键 谈得很深刻。楚王好细腰，国人多饿死。吴王好剑客，国人多疮疤。

吴一萍 你们俩在这说相声吧！我回去吃饭啦。我要求党委明天重新研究白洁的问题。（下）

李　键 （对韩卫东）你讲白洁的情况真实吗？

韩卫东 我现在讲话都有人用秤约，还敢说谎吗？

李　键 好！就是要学彭德怀、陈毅同志，刀按在脖子上也不讨好，敢讲真话。

韩卫东 以后订个制度，说实话的人才能入党、被重用，谁也不去出卖良心啦。

李　键 走，我们一块去看看白洁。

韩卫东 您不用跑啦，我通知她来吧。

李　键 好。

〔韩卫东下。

〔李键打开电视听音乐，随着曲子自己也哼起来。他拿起干粮正要继续吃，李红兰、吴晓峰上。

李红兰 （在门外）进去呀！

吴晓峰 到家门口啦。

李红兰 那么听白洁的，一步也不多走？

〔吴晓峰不动。

李红兰 亲不亲阶级分。我们都是党员。

吴晓峰　（瞪眼睛）什么？

李红兰　好！我不说了。我爸大概回来了，你很关心生产，不同他谈谈？

〔李红兰、吴晓峰入内。

李红兰　（把电视关掉）爸爸！

李　键　（意外地）兰兰……

李红兰　60 多岁的大学生，吃饭了吗？

李　键　没有女儿我这老头子还能活吗？（对吴晓峰）你妈才来说她也没吃饭。

吴晓峰　她是故意的，想吃自己会做。

李红兰　（进厨房端热饭热菜出）晓峰，来一块吃吧。

李　键　（一惊）哎！我女儿真会变戏法。又从哪儿变来的热饭热菜？

李红兰　早做好了，在锅里蒸着。

李　键　看看，我就是没去揭锅。

李红兰　若不是白洁垮了，真想饿您一顿。

李　键　白洁不垮，你也不会让爸爸受苦。我女儿是个孝顺孩子。

吴晓峰　白洁还会上来的。

李　键　对。她垮不了。

李红兰　什么？

李　键　（劝解）好好，太饿了，吃饱了再谈。

吴晓峰　您吃吧，我还有事。（欲走）

李红兰　还上白洁那儿去呀？

李　键　白洁一会儿到这儿来。

李红兰　怎么？她到这来？

李　键　次布原因查清了。

吴晓峰 （急问）查出来了？怎么回事？

李　键 那是刘小英织的，不是她的。

李红兰 不是她织的，也不能再宣传她了。

李　键 为什么？

李红兰 已经有人给您送语录啦。

李　键 我知道啦。

李红兰 妈妈被打死前就是这个气氛。

李　键 现在没人再敢那么疯狂。

李红兰 您这么关心白洁对您有什么好处？

李　键 树她对你有什么坏处？你也当过狗崽子，尝过受歧视的滋味。

李红兰 她是真的，我是假的。

李　键 你还相信反动的血统论？再搞这一套，还会有人受害，包括你。

李红兰 阶级还是有的。

李　键 我看白洁政治思想先进，布织得也比你好。你们有什么不同？

吴晓峰 也有不同。她对人民的贡献大。你、我没给人留下任何印象，群众不会记得我们。

李红兰 对，她还比我长得漂亮，你找她去吧！

吴晓峰 我是受白洁委托来送你，我不会多待。（对李键）我希望党委不要改变决定。树起白洁这面旗帜，就会你追我赶，掀起为人民织好布的热潮。我们厂产品质量会有个飞跃，成为真正大庆式企业。

李红兰 那你就用手举着她，站在厂门口，让大家学吧！看吧！

〔吴晓峰生气地下。

李　键　（喊）晓峰！晓峰！

李红兰　喊他干什么？

李　键　怎么这样对待客人？

李红兰　现在他是我的敌人……

李　键　他对白洁的评价是公正的。

李红兰　你对反革命子女那么亲，对自己女儿这么狠！两人合起来围攻我？

李　键　兰兰！

李红兰　别叫我！你不知远近，颠倒了敌我，我再不是你女儿，永远不回家了。（抱起被子、衣服，扔下钥匙跑下）

李　键　兰兰……（跑到窗前喊）兰兰！兰兰！（扶着窗台晃了两晃，欲倒）

〔恰巧白洁上来，将李键扶住。

李　键　（声音微弱地）谁？

白　洁　我……白洁……

〔李键手颤抖着摸上衣口袋。

〔白洁迅速地从李键衣兜里拿出一片药，塞到李键嘴里……

李　键　（清醒过来）你……

白　洁　您好些了吗？

李　键　（点点头）你，你知道这药……

白　洁　我妈也有冠心病，我常替她拿……

李　键　在技校批斗我那次……

白　洁　也是我给您的。

李　键　（紧紧握住白洁的手）原来是你！（站起来）两次啦！得怎么感谢你呀！

白　洁　快别讲话，您需要安静。

李　键　不，完全好了。（站起来）兰兰走了吗？

白　洁　屋里空了。

〔静场。

白　洁　晓峰送她回来的吗？

李　键　一齐来的，走时候又分开了。

白　洁　怎么又这样把您扔下？

李　键　她，她去开个非常重要的会。

白　洁　您找我有什么事儿？

李　键　你那两匹次布的原因我知道了，是你自己做的假。

白　洁　没，没有。

李　键　我已经全调查清楚了，那是刘小英织的。

白　洁　没那回事。

〔刘小英上。

刘小英　（对白洁）白洁！你咋这么干呢？

白　洁　我怎么啦？

刘小英　你改了记号，改不了卡片。（拿出卡片，对李键）她那两匹次布是我织的。

李　键　（对白洁）看！人证也有了，还有什么说的？

〔白洁低下了头。

刘小英　（对白洁）真对不起你！我的黑抹到你的脸上。

白　洁　不，这和你没有关系。

刘小英　我认为自己根红苗正，成了次布大王脸都不红。对你呢？干得那么好也看不起，抓住点岔子就到处臭你。

白　洁　小英！我没记恨你。

刘小英　可我恨自己呀！（对李键）千万别责怪她呀。我以后也要学着做她那样的人。（对白洁）白洁！我们会成为好姐妹的。你看

着吧！（下）

白　洁　厂长……

李　键　你要向组织忠诚老实，为什么这样做？

白　洁　我的罪不能再加给您啦。

李　键　你没有罪。你父亲的罪也不应该加给你。我们不能再搞封建社会的株连九族。

白　洁　您为了我遭到多少人反对呀！把一身的热都给了人，自己落得这般冷清。

李　键　这不是我的错。“四人帮”的流毒还在起作用，使人们团结不起来。

白　洁　您本来日子很好过。刚安排了工作，女儿孝顺，在厂里威望又高，满可以当舒心的厂长，偏偏带上我这个累赘。

李　键　这不是我们个人的问题。搞“四化”人少了不行，必须讲究实效，把有用的人都调动起来。

白　洁　您不想兰兰妈怎么死的吗？

李　键　她是为了让人有一分热发一分光而死的。她用血换来的教训就是：打她的所谓革命者才是坏人。万一有一天我也有她的遭遇，我引以为荣，因为我这把老骨头扔在了新长征的路上。

白　洁　（激动地）厂长！

李　键　你也不要有顾虑，就算是有错误，我也会承担全部责任。

白　洁　（激动地）叔叔！……我以前讲的是骗您的话。

李　键　党领导着我们流血牺牲，推翻了三座大山，建立了新中国。可现在又有三座大山压在我们身上：问题成山，麻烦成山，困难成山。解放三十年了，国家还这么落后，人民还这么贫困，我们能坐得住吗？你不是说要让人民穿上好布吗？

白　洁　我愿意把我整个生命都献给四个现代化，献给社会主义祖国。

李　键　好！那就在新长征路上打冲锋吧。现在党中央领导英明，一切关心国家命运的人，想过好日子的人，都会支持我们的！你要在万米无次布竞赛中继续当排头兵！

——幕　落——

第七场

◉时 间

1979 年 2 月。

◉地 点

工厂院内。

◉布 景

同第四场。“向白洁学习，开展万米无次布竞赛”的标语换成了“热烈庆祝我厂产品免检”“向白洁学习，继续开展万米无次布竞赛！”的大红字块。

〔幕启：韩卫东在向“贴报栏”上贴报纸。

〔李键上。

李　键　（对韩卫东）小韩！叫小车来送白洁开会去。

韩卫东　去市里啊？

李　键　不。代表咱们厂去省里开工业学大庆会。

韩卫东　（指报纸）您看！省报发了她的事迹，头版头条。

李　键　这是中央政策的力量。

韩卫东　真是一声春雷震天响。四类分子摘了帽儿，地富子女改了成分，一下子调动起几千万人，赶上一个中等国家啦。

李　键　白洁也真争气，连续四十万米无次布，成了全国的尖子。

韩卫东　她的成绩非同小可，使咱们厂变成免检厂，货真价实的大庆式企业，布织出来用户抢着要。

李　键　贴完报去运输科叫车吧！

〔韩卫东欲走。吴一萍上。

吴一萍　（对韩卫东）告诉运输科我用小车。

李　键　干什么？

吴一萍　我去休养所。

韩卫东　厂长告诉先送白洁开会。（下）

吴一萍　（对李键）怎么一个工人开会还用轿车送？

李　键　劳动模范开会坐小车这是惯例。

吴一萍　现在什么惯例都被打破了。

李　键　老吴，你这种情绪是危险的。

吴一萍　当然，你是眉开眼笑啦。

李　键　你也不要愁眉苦脸。

吴一萍　我跟不上。过去说共产党的哲学就是斗争的哲学，又一直批阶级斗争熄灭论。阶级敌人都没有了，还干什么革命。

李　键　我们并不反对阶级斗争，只是反对阶级斗争扩大化。现在到了新时期，要根据阶级关系的变化，确定斗争对象。今后还要跟破坏社会主义建设的阶级敌人斗，同大自然斗，可以一直斗到你死，也斗不完。

吴一萍　不要头脑发昏。我看这是策略。

李　键　不，这是科学，是尊重事实。以前歧视出身不好的是形而上学，法制不健全，民主生活不正常。

吴一萍　你这思想可真解放。

李　键　你还留恋“四人帮”那一套吗？找不到敌人到党内抓，多少人骨肉分离，家破人亡，经济搞到崩溃边缘。

吴一萍　你的理论正确，兰兰为什么离开你到我那儿住着？

李　键　你没有察觉兰兰在变？特别是昨天学习了中央文件以后，

她连夜去找白洁谈心，今晚就搬回家了。

吴一萍　你们父女团聚，我儿子可跑啦。

李　键　是非已经清楚，你应该认识到错误，你儿子就会回去的。

〔韩卫东上。

韩卫东　小车来了。

吴一萍　你们快去。回来我还要坐。

李　键　希望你不光坐小车去休养所，还要赶上时代的列车。你要认真领会三中全会的精神，从僵化的思想中解放出来。（对韩卫东）去找白洁上车吧。

〔吴一萍下。

韩卫东　我找了一圈没有，听说到车站接她母亲去了。

李　键　她要去开会，接母亲干什么？走，去看看。

〔李键、韩卫东欲走。

〔李红兰提旅行袋上。

李红兰　白洁走了没有？

韩卫东　还没有。

李红兰　（指旅行袋）她从没出过门，我送她个旅行袋。

韩卫东　她会要你的东西吗？

李红兰　我们俩昨晚流着泪谈了一夜，疙瘩全解开啦。

韩卫东　大新闻！怎么解的？

李红兰　从哪儿说起呢？我爸找我谈，白洁也找我多次，特别是，这几个月厂里的变化，用事实教育了我。你们看到的我终于也看到了。只是比你们认识得晚一些。

李　键　好！那就撵上队伍，跟大家一起在新长征路上走。

李红兰　“四人帮”整了您十多年，回来后我又用他们的毒伤害您。

李　键　主要是对白洁的看法不对。

李红兰　我确实中了毒。您和妈妈不在了，扔下我一个人，像掉在黑洞洞的苦井里，望不着天，也摸不到沿儿。我要活下去，要上来，就爬上了“四人帮”的梯子，让他们打了一身黑印。

李　键　所以不能说受害者就没中毒。

李红兰　爸，我和韩卫东说几句话，就回去给您做饭。

李　键　好。我去看看白洁。（下）

〔静场。

李红兰　我们很久没单独在一起啦。

韩卫东　我已经不具备那个条件了。

李红兰　现在是我不具备条件了。

韩卫东　你？

李红兰　给你办了半年的班，我的良心给我办了更长时间的班。

韩卫东　我确实犯过错误。

李红兰　你伤在明处，很快就治好了；我伤在心灵里，越来越痛苦。

韩卫东　你是严格要求自己。

李红兰　不。我需要求得白洁的谅解、晓峰的宽宥，也需要求得你的原谅。

韩卫东　怎么说这话？

李红兰　白洁是一面镜子，在这面镜子里，不仅照出了我织的布上有疵点，也照出了我思想上有疵点。想起我对你们的态度，我心里很难过。

韩卫东　都从生活中吸取经验教训吧！

李红兰　该吸取的教训太多啦！我真浑，怎能把父母亲的革命历史，当作资本来炫耀呢？盲目的优越感害死人……小韩，你能原谅我吗？

韩卫东　（深受感动）不要说啦。我们都是时代的受害者。（拿出一个本、一支笔）把这金笔、日记本，也装在旅行袋里，就以我们俩人的名义送给白洁吧！

李红兰 （接过，激动地）小韩！卫东！……我现在就给白洁送去。（下）

〔韩卫东欲走。吴一萍上。

吴一萍 小车回来没有？

韩卫东 我去看看。（下）

〔吴一萍欲走。吴晓峰上。

吴晓峰 妈！……

〔吴一萍停下。

吴晓峰 您这些天受了不少苦。我今晚回家。

吴一萍 你还知道有家！

吴晓峰 请您饶恕我。以后我要永远在您的身边，给您洗衣服、做饭、伺候您。

吴一萍 我不需要你。

吴晓峰 您学了中央文件，不更喜欢这个办事有根的儿子吗？

吴一萍 你是回来算我的账？

吴晓峰 不。以前我恨过您，几个月没有回家，甚至想脱离母子关系。现在我发现过错不在您。如果没有中央拨乱反正，谁也无法冲开这个禁区。

吴一萍 唉，我心里乱极啦。

吴晓峰 您爱自己的儿子，希望他走正路。包括上台批判我，都不是没有骨肉之情，而是把我当作真正的反革命。白洁当时被划在不可信任的人一边，您是党委书记，儿子同反革命女儿结婚，您就无法让别人提高阶级警惕，也会不被信任。不过现在您看，中央一个决定救了多少人哪？妻离子散的又团圆了，几千万青年流泪欢呼，庆祝自己有了同人平等的地位。上亿的人放下了包袱，洗清了社会关系。我插队的那个公社，一个35岁找不到对象要自杀的富农孙子来了信，下礼拜请我去喝喜酒。听到这些您不高兴吗？

吴一萍　你呢？多咱能喝上你的喜酒？

吴晓峰　我是个最后的受害者。

吴一萍　这是我的错。不过比白洁好的姑娘还可以找到。

吴晓峰　能那样相互了解、彼此知心的不会再有。这是时代给我的痛苦，我要记它终生。

吴一萍　我这么大年龄不能操持家务了。

吴晓峰　方才我讲过，家里活儿我都干，服侍您到老。

吴一萍　这是要惩罚我呀？……

吴晓峰　不，现在我正承受着惩罚。用我的独身，让人们记住这痛苦的历史吧！（下）

吴一萍　唉！这孩子呀！（下）

〔魏大姐与由贵边谈边上。

魏大姐　小英叫你给她买糖吃呢。

由　贵　为什么？

魏大姐　她也两万米无次布了，成了质量标兵。

由　贵　对，我许过愿，我给她买。

魏大姐　说真的，多咱喝你的喜酒呀？

由　贵　喝闷酒吧！

魏大姐　不是说你要和白洁结婚了吗？

由　贵　没法结婚。

魏大姐　你们不是处得很好吗？

由　贵　只是一头热，见面就当我面夸吴晓峰，好像是我必须受的婚前教育。

魏大姐 吴晓峰确实值得学习，对“四人帮”斗争得多勇敢哪。

由 贵 不。那里有一股味儿。

魏大姐 是你的醋味儿。

由 贵 那样自私就不会偷偷地等她三年。我觉得她心里想的是吴晓峰，对我只是尊敬。尊敬不是爱情。

魏大姐 从哪本小说上学来的，感情可以结婚后再建立。我和你大姐夫是经人介绍的，以前都没见过面，现在他出差两天不回来还想呢。

由 贵 白洁是个情感高尚的人。原来我是为了她幸福，现在看来她精神很痛苦，怎么能干这缺德事儿？

魏大姐 那你打算怎么办？

由 贵 像当初帮助我那样，你再去替她同晓峰说说。

魏大姐 他们订过婚，吴书记给拆散了。

由 贵 现在情况不一样了，白洁当了省劳模，身价高啦。

魏大姐 吴书记挑她的家庭出身。

由 贵 人家母亲的问题已经改正啦。

魏大姐 是吗？

由 贵 你忘了？五七年鸣放，动员大家给党提意见。白洁她妈提出要提高工作效率，党支部书记可以上级任命，车间主任应该由工人选举。结果她被定成极右分子，下放到车间监督劳动。“文化大革命”中，又被赶到农村。现在按中央实事求是的精神，她的问题已经改正了。

魏大姐 这可是喜事！

由 贵 白洁母亲原来是工程师，会几国话，现在要调到局里工作。白洁正去车站接呢。

〔白洁与李键、韩卫东从不同的方向上。

韩卫东 （对白洁）开会的车都预备好了，厂长急坏了。

白　洁 我算计能赶回来。

李　键 你母亲恢复工作的事批下来啦？

白　洁 我突然接到局里电话，找我妈明天参加大会，也没来得及请假。

李　键 开会还赶趟儿。这也是加速实现四个现代化的大事。你妈妈身体怎么样？

白　洁 我妈妈有冠心病，很严重。在农村没有任何治疗，二十二年哪！

李　键 漫漫长夜总算过去了，现在是阳光普照，百花盛开的时候了。

由　贵 （走向白洁）小白！

李　键 （对魏大姐等）咱们先走吧！

〔李键、韩卫东、魏大姐下。

由　贵 我祝贺你家多喜临门。

白　洁 谢谢……

由　贵 你要开会去了，咱们的事……

白　洁 咱们？

由　贵 不能再使你痛苦下去啦。

白　洁 啊？

由　贵 你每天想的那个人来了，我向他表个态。

〔吴晓峰上。

吴晓峰 （对白洁）党的阳光照亮了你们全家。祝贺你，白洁同志！

由　贵 以后称她洁妹吧！

吴晓峰 （一怔）你？

由　贵 （拿出两条被面）这是送给你们的结婚礼物，上面开着你们喜欢的报春花。

——大幕徐徐落下——

作品赏析

《报春花》是一部揭示社会问题的现实主义话剧，作者将社会发展进程中出现的重大和普遍问题，都放置在纺织厂这个环境中，并在主要人物的矛盾冲突中将其一一展现。李键敢担当、有觉悟、坚持真理，在情与理的矛盾中始终保持秉公无私的品格和胸怀，与思想僵化的吴一萍形成了鲜明对比。

李键寄托了作者的希望。作者着力塑造出一位胸襟宽广、敢做敢当的领导干部形象。他曾被下放多年，如今重新走上领导岗位，一如既往地坚持真理，心怀党和人民的利益。他勤于学习、思想解放、知人善任，敢于将人从桎梏的思想中解放出来，调动一切积极因素，为“四化”建设出力。他坚持原则，不任人唯亲，哪怕是自己的女儿，不符合条件，也坚决不让她当劳模。他顶住压力，实事求是，坚持树立所谓“家庭问题严重、社会关系复杂”的先进工人白洁为“排头兵”，从而带动和改变了全厂的生产面貌，使企业走上了正轨。李键是一位有着坚定信念和蓬勃干劲的好干部，但作者并没有对他进行脸谱化、概念化的处理，而是将老战友的友情、儿女的爱情、父女间的亲情都统一在情与理的矛盾冲突中，这也使得该剧情节集中、紧凑，人物的动作线清晰，场面布局舒张有致。

作者还成功塑造了一系列纺织工人的艺术形象。尤其在白洁身上，作者投注了更大的热情。白洁因父母的历史问题而蒙受创伤，她沉默寡言但并不自暴自弃，而是认真、勇敢地对待生活。她善良、谦逊、勤劳，凭借自己对工作的专注和努力成为劳动模范。她在岗位上赤诚奉献，也在生活中坚守着自己的爱情。面对责难与误解，她忍辱负重，面对功劳与荣誉，她与世无争。白洁如同一枝报春花，深藏着质朴与幽香，在除旧布新的历史时期默默无闻地开放着。

《报春花》的成功，一方面有其反映出的拨乱反正和为建设“四化”奋斗的社会意义，更主要的是作者以现实主义笔触，成功塑造了众多鲜活立体的人物形象。这些人物身上闪耀出的善良、纯真和美好的人性光芒，迎合着时代的呼唤。该剧语言简明准确，朗朗上口，更有很多情与理的思辨段落，给人启迪。

以揭示社会问题为主题的话剧，在今天看来难免会有这样那样的遗憾，比如人物形象维度不够丰富、反映的问题有时代局限等。这类剧有其产生的历史语境，反映在人物身上，会带有强烈的思想立场和道德诉求。作者突出强调人物的代言功能，是因为现实问题迫切需要被关注、被解决。一味排斥社会问题剧，认为其缺乏价值，是不可取的。社会问题剧能够及时反映现实生活，往往在情节上扣人心弦，其在叙事结构的紧凑、矛盾冲突的叠加推进、情绪共鸣的高效上是有学习价值的。今天的创作者应该思考如何避免观念先行、只谈问题，将人物放置在具体的社会历史与文化中，通过深度挖掘人物的内在心理与情感世界，力求对人物进行全面表达，将现实生活与人的价值意义一同呈现在作品中。在这些方面，《报春花》为我们提供了颇具价值的学习范例。

灰色王国的黎明

中杰英

作者简介

中杰英（1934~2018），男，原名钟杰英，出生于广东省梅县石楼村，1955年毕业于清华大学动力系并留校任教，后到北京第二、第一建筑公司工作，在北京最大的专业冻品库“西南郊冷库”任技术员、工程师和施工指挥，主持科研项目“步进式液压同步升板工程”，荣获科学大会奖，独立研发的“防滑加力改锥”荣获国家专利证书。中杰英1979年开始转向文学创作，《罗浮山血泪祭》荣获全国短篇小说奖，1982年任中央实验话剧院编剧，著有《中杰英小说选》、剧本集《哥儿们折腾记》等。话剧剧本《北京大爷》获北京市庆祝中华人民共和国成立50周年征文优秀奖，电影剧本《山河交响乐》获1997年夏衍电影文学奖，《北京大爷》由北京人民艺术剧院演出，电影剧本《月亮不在水中》《哥儿们发财记》由长春电影制片厂摄制。《灰色王国的黎明》发表于《剧本》1980年第11期，获文化部、中国剧协第一届(1980~1981)全国话剧优秀剧本奖。该剧1980年10月由中央实验话剧院首演，于村导演，李法曾、韩童生、鲍烈主演。

剧情梗概

1978年，还没有恢复党籍和公职的徐定远被临时派到某矿区蹲点。工程处帮派残余势力与封建官僚结合起来，形成一个“灰色王国”，工人们气愤地称他们为“顾家大院”。主任顾世权不学无术、结党营私，诬陷女工周慧珍偷窃挖掘机轴承，并把46名工人的生命当作捞取政治资本的手段。徐定远团结工人，勇敢、巧妙地揭穿了“顾家大院”一伙人的卑劣行径，并进行了坚决斗争，使黎明的曙光照进了“灰色王国”。剧本猛烈地抨击了企业中普遍存在的官僚主义、封建家长制、宗派势力和裙带关系，具有很强的现实意义。

人物

乔美娜——女，二十七岁，办公室秘书。

顾世权——男，五十四岁，工程处主任。

蔡金祥——男，四十五岁，技术组长，顾世权之内弟。

陈英立——男，三十一岁，党委代理书记。

杨少达——男，三十二岁，技术员。

曹慕宜——女，四十六岁，生产组长。

徐定远——男，五十岁，尚未正式报到的蹲点人员。

周慧珍——女，二十九岁，机器操作工。

顾世成——男，四十岁，修理工班长，治保委员，顾世权之弟。

第一幕

◉**时 间**

一九七八年夏季某天上午。

◉**地 点**

某市地构工程局直属第一工程处自称为“立体工棚”的办公楼里。

〔自以为有气派而实际陈设堆砌杂乱的主任办公室外间。正门通一楼明走廊，左门通里间，正面排窗外可见河流远景。

〔幕启：近左墙临时张挂着银幕。蔡金祥在台右一角摆弄小放映机，试光，调焦距。乔美娜在一旁看一张文稿。

蔡金祥 开始啦。

乔美娜 嗯。（念解说词）“从国外引进的 TS 挖掘机，正在本市穿越冷水河的隧道工程中使用。由日发公司派出的以中村先生为首的专家组，指导我方人员在很短时间内掌握了施工操作技术。八月二十五日在四一八工地隆重举行交接仪式……”

〔放映机出了毛病，不亮了。

乔美娜 哎，怎么搞的，蔡老舅？

蔡金祥 哎呀，不知又是哪儿接触不良。

乔美娜 又是你瞎鼓捣的！

蔡金祥 怎么会是我呢，明明是机器不过关嘛！这么次的机器还拿来试用。（边说边摆弄）好啦，行啦，开始！

乔美娜 “从国外引进的 TS 挖掘机，正在本市穿越冷水河的隧道工程中使用。由日发公司派出的以中村先生为首的专家组，指导我方人员在很短时间内掌握了施工操作技术。八月二十五日在四一八工地隆重举行交接仪式……”

蔡金祥 好啦，把两个头儿请来吧。

乔美娜 （向左侧喊）老顾主任、陈书记，开始啦。

〔顾世权与陈英立上，交谈后，面向银幕坐下。

蔡金祥 已经准备好啦。小乔，你一会儿念解说词的时候，要尽可能地配合好画面；电视台说，下午就请你去录音。

乔美娜 你快点吧。老顾和陈书记还等着开会哪。

蔡金祥 好。（关灯）

〔场暗，开始放映样片。

乔美娜 “从国外引进的TS挖掘机，正在本市穿越冷水河的隧道工程中使用。由日发公司派出的以中村先生为首的专家组，指导我方人员在很短时间内掌掘了施工操作技术。八月二十五日在四一八工地隆重举行交接仪式。参加仪式的有省建委和市革委会负责同志、工程局李伯平局长和局属第一工程处顾世权主任……”

〔银幕上出现顾世权的影像。

蔡金祥 （指银幕）姐夫！姐夫！（大笑）

乔美娜 “李伯平局长代表中国方面讲话，感谢日方人员的宝贵帮助，并勉励工程处职工用好引进设备，为‘四化’作新贡献！”

〔众鼓掌大笑。放映完毕，灯复亮。

蔡金祥 （征求意见）你们两位看看……

陈英立 顾主任看看有什么意见？

蔡金祥 我可以向电视台转达。

顾世权 这段解说词是谁写的？

乔美娜 我写的呀——怎么啦?

顾世权 写得不错!

〔众笑。

顾世权 老蔡，电视台打算什么时候放?

蔡金祥 已经安排在星期六，在足球赛休息的当间儿放，那个时间观众最多……

乔美娜 蔡老舅，那叫作电视的黄金时刻!

蔡金祥 哎呀，还是小乔知道得比我多，黄金时刻!那也是咱们的黄金时刻啊!

陈英立 （站起斟酌地）总的来说还可以。就是老顾同志连脸还没看清楚，一晃就过去了。哎，老蔡，你看镜头还能不能再加长一点?

顾世权 （严肃地）就这样行了，不要突出个人……

陈英立 实事求是地说，老顾同志出了很大的力：五十多岁的人啦，本身又有高血压，试车的时候经常忍着心绞痛，冒着大雨到现场去嘛!

顾世权 （告诫）在成绩面前咱们都要谦虚谨慎，千万不要把自己搞得被动噢!好啦，小陈，开党委会去吧。

陈英立 （走了两步又回头）慢，老顾呀，刚才试车的时候有一个周慧珍的镜头，你看怎么样?

顾世权 周慧珍?哪个周慧珍?

陈英立 就是那个……父母都在劳改农场的那个。

顾世权 （宽容地）算了，就这样吧。（总结性地）现在日本人已经把机器正式移交给我们了。前一阶段大家工作得很够意思，省委也通报表扬了我们，过几天省里还有工业学大庆检查团来参观，咱们一鼓作气，努力争取挂个大庆式的大牌子。

〔众笑。

顾世权 你们论功行赏，我也好安心提前退休啰！

陈英立 （笑）顾主任，你可太谦虚啦，局长的位子还给你留着哪！（欲下）

乔美娜 （从桌上取文件）书记同志，喏，文件……

陈英立 你先看一看，回头再说。（与顾世权下）

乔美娜 架子还不小！（赌气地把文件扔在桌上，看生产报表，而后用红粉笔在黑板上画进度表）

〔蔡金祥拆除放映机，去摘小银幕。

乔美娜 我的大工程师，你过来看看……

蔡金祥 谁是工程师呀，我是拿改锥把的工代干，不定哪一天就给精减了！

乔美娜 得啦！谁敢精减你呀！主任是姐夫，书记是老乡！你过来看看，这个数字怎么没有填？

蔡金祥 （看一眼，笑）嗯，我来给你夯一个。

乔美娜 夯？什么叫夯？

蔡金祥 夯……就是估计的意思。（顺口而出）七月二十八号，日进尺二十六点八三二米，比二十七号提高百分之十九点六五六，比日本人主持试车期间的最高纪录又提高了百分之三十三点一零八……

乔美娜 你的脑袋比电子计算机灵多啦，连小数点后面三位数都夯出来了！

蔡金祥 哎呀，这看起来不就更像真的了吗？你这还不懂？

乔美娜 蔡老舅，生产进度是实测值，可不是估算值。

蔡金祥 哼！你别听那一套。这么多的表格送到局里去根本就没人看。就是看也分不出真假来。哈……

〔电话铃响。

乔美娜 （接电话）喂，我是办公室秘书乔美娜……哦，等一下，等一下，我记一下。说吧。（写电话记录）要四吨生铁 HT21～40，送到马头公社农机厂……

〔蔡金祥注意电话。

乔美娜 哎，蔡金美同志，您好久没上我们这儿来了呀……噢，是吗？

蔡金祥 （要过电话）我是金祥呀……你是七妹吧？嗯，都挺好。喂，你们要的都是短线物资，我这儿成了你们的聚宝盆了……嗯……嗯……

〔杨少达挟蓝图册上，停步谛听。

蔡金祥 （对电话）姐夫吗？他正开着会哪。喂，给我弄五十斤香油行不行……哎呀，来而不往非礼也吧？……嗯……好！

乔美娜 蔡老舅，财迷转向了，拿生铁换香油喝！

蔡金祥 （挂电话）这也没有出原则嘛。公对公，社会主义对社会主义，肉还不是烂在中华人民的共和锅里？（忽发觉杨少达）哦，小杨子来了……刚才是协作单位来的电话……

杨少达 （神秘地笑）不就是打算要五十斤带香味的蒸馏水吗……

〔乔美娜瞄杨少达一眼，佯作镇静，坐下整理文件。

蔡金祥 没错，是五十斤蒸馏水。（岔开）嗳……听政工组的人说这次要给你补发一千多块钱工资，够娶媳妇的了。

杨少达 没有那回事。我倒是听说这次晋升工程师，蔡老舅要坐头班车。我为你干杯！

蔡金祥 那是别人拿我打哈哈，少听他们的。

杨少达 （揭开图）我不跟你打哈哈，咱们说点正事。听说昨天日本人走了以后，有人在工地上大显神通，亲手调整了机器上的定向装置。

蔡金祥 （伪装镇静）出什么事了？

杨少达 （严肃）我现在正式向技术组长汇报，TS挖掘机定向装置的油压不断下降，现在停车检查！

蔡金祥 （一怔）那是怎么回事？

杨少达 （轻声威胁）操作工周慧珍可是都告诉我了！

蔡金祥 她说什么啦？

杨少达 我请你现在跟我到现场去查一下。（微妙地）只要你去了，我想这个调整点就会光明正大地自动跳出来。

蔡金祥 （突然大笑）我一点儿也不明白你的意思。我根本没摸过机器！

杨少达 我也没有说你摸过嘛。咱们一块儿去看看还不行吗？

蔡金祥 （耍滑头）好！（欲下）

杨少达 （阻拦）哎……

蔡金祥 我换工作服去。

杨少达 你快点！我在这儿等着你。

〔蔡金祥下。杨少达收起图册，在屋里转悠，轻慢地扫视黑板上的进度表。

〔乔美娜冷眼观察。

乔美娜 （挑逗）老站着舒服吗？来，坐这儿吧。

杨少达 （仍然站着）这条曲线挑得真高，也不怕摔下来粉身碎骨！

乔美娜 火气还不小呀。好不容易才找到一个嘲笑的对象吧？

杨少达 嘲笑一个软弱的灵魂，岂不是同时也降低了嘲笑者本身的价值？

乔美娜 （冷笑）杨少达，你说话客气着点！都是我不对吗？你让人当作反革命抓了起来，难道我就没有重新选择生活的权利吗？

杨少达 （大笑）大难临头各自飞，你当然有这种权利！

乔美娜 （挑衅地）大技术员，还有恶毒的话要说吗？

杨少达 有！一个年轻的姑娘为了一张党票，虚情假意地去讨好一个自己并不喜欢的男人，拿他当梯子爬，这是杂技团最惊险的新节目。

乔美娜 （大怒而起）你！（但忽然忍住）杨少达，这也就是你，要是换了别人，我今天跟他没完！

杨少达 （狡黠地笑）哦——对老朋友还讲点面子。（靠近乔美娜随便地坐下，以画家的眼光欣赏她）不知为什么，女人在生气的时候显得格外可爱……

乔美娜 你说什么？得寸进尺！

杨少达 （故意不接茬儿，站起来）这个蔡老舅，怎么还不来？

〔陈英立拿一份材料上。三人相视片刻。

陈英立 你在这儿。（故作热情）杨子，这次接收挖掘机你立了一大功！党委决定下一步咱们搞一个引进国外设备、实现施工现代化的先进典型，你又可以大显身手啦！小乔，宣传材料要抓紧！在咱们工程处全靠你这笔杆子啦。哦，杨子，（拿出手里的材料）刚才我们讨论了你的问题，我们希望你把申诉书再改一下。七六年你写的那首诗里，秦始皇是指的"四人帮"嘛！

杨少达 （大笑）改什么呀，不用改！秦始皇本来就不光是指"四人帮"嘛。

陈英立 你指的是谁呀？

杨少达 它指的是用社会主义旗帜掩盖下的封建专制状态，我当时的想法就是这样。

陈英立 （沉吟）杨少达，这样的解释对你很不利呀！"四人帮"虽然垮台了，你也受了点罪，可是中央还没有表态。我看要想一风吹，不容易！你想想吧，就是为这一条，你的党籍不能恢复，公安局还给你留了一条大尾巴……

杨少达 （大笑）那就留着吧。反正我不能用说瞎话的办法去骗取平反。

陈英立 （惊讶）你呀，你的解释很奇怪。

杨少达 奇怪？哈……（傲然他顾）这个蔡老舅怎么还不来？

陈英立 你找他干什么？

杨少达 TS 挖掘机停车了。

陈英立 （吃惊）怎么回事？

杨少达 有人在我这个主管技术员不在场的时候调整了机器。

陈英立 谁动机器啦？

杨少达 正在调查。

陈英立 到底是谁动机器啦？

杨少达 （绕圈子）在没有查到证据之前，我不随便诬告人。

陈英立 机器到底怎么样了，你把话说清楚嘛！

杨少达 停车是预防性措施。

陈英立 杨少达，我可把话说在头里，咱们这个大庆式企业的这块牌子，全指着这台机器哪，别开玩笑呵！

杨少达 这不，我正等着蔡金祥到工地去检查嘛。

陈英立 别等他了，他到电视台去啦！

杨少达 哼，好哇！我还等他换工作服哪，又上了他的当了！（向乔美娜）秘书小姐，等他回来，让他马上到工地去找我。（下）

陈英立 杨子，哎，杨子！（追了几步）小杨！（见杨少达不顾而去，回头，悻悻地）美娜，杨子刚才在这儿跟你说什么来着？

乔美娜 （板着脸）什么也没有说。

陈英立 （犯疑）什么也没说？

乔美娜　喏，文件。（递过去一沓材料）

陈英立　（没有接）来，你给我念。

乔美娜　（怨声）这是党内的，我没有资格看。（把文件扔下）

陈英立　（觉察）这是何必呢，我现在正在给你使劲儿嘛。

乔美娜　这种空话你已经说过无数次了。

陈英立　我现在说话不占地方，我是名副其实的代理书记。代理，懂吗？

乔美娜　（嘲讽）真够可怜的，第一把手还要看顾家大院的眼色行事。

陈英立　我的小姐，现在不是七三年了。那时候好办，现在弄不好就要被动。

乔美娜　当然，一切都要围绕着你的个人得失来衡量。有人说人情大于王法，你是不能为别人牺牲什么的。

陈英立　你别乱说，那可是林彪的语录。

乔美娜　（顶撞）谁不知道！你可以给我办学习班嘛。

陈英立　（抚慰）哎呀，我不是这个意思。美娜，你应当理解我的内心嘛。

乔美娜　（离座，若即若离地搔首弄姿）两重人格，捉摸不定，这就是你的精神世界……

陈英立　这也是你的精神世界！自从杨少达回来以后，连天气也变了：昨天北转南，今天南转北，晴间多云，午后还有雷阵雨……

乔美娜　我该怎么样？我该仇视他、咒骂他、不理他，你才舒服？

陈英立　（暗含威吓）刚到办公室来的时候，你还挺温顺，真想不到……

乔美娜　（恼恨地）在这儿，天天给你们编瞎话，我还不想干了呢！

陈英立 （忍住怒气）你……你还是明智一点吧。

乔美娜 （尖刻地）你倒是很明智啊，当初保顾家大院立下了汗马功劳，现在哈着腰抱人家的粗腿来给我装神气，有什么了不起的！像你这样的小兄弟，要是在别的地方……哼！

陈英立 （窘态）哎——别说了行不行？（软下来）美娜，你听我解释嘛……（亲昵动作）我是说……

〔顾世权上。陈英立就势拿起文件看。

乔美娜 老顾主任，刚才马头公社您七小姨来电话说要四吨生铁，（把电话记录递给顾世权看）让马上送去哪。

顾世权 你回电话告诉她，生铁是按国家指标来的，不能随便调拨。

陈英立 （圆场）我看这不要麻烦老顾吧。材料调拨权不是下放了吗？你上材料组去查查有没有等外品。

乔美娜 （故意放声）好吧，我去查查。

顾世权 （道貌岸然）以后你们都得注意。领导班子更应该以身作则。你们在我身边工作……不能因为是三亲两厚、左邻右舍就违反国家经济政策嘛！就是别人拿我老婆说山，你们也要扛得住。

〔陈英立暗暗向乔美娜挥手。乔美娜做个怪脸悄然退出。

陈英立 （指手里的文件）老顾，刚才局里来了个电话，让咱们马上报一个晋升工程师的名额，我看就把蔡金祥报上去算啦。

顾世权 这种做法不好。老蔡是我内弟，任人唯亲怎么行呀。

陈英立 机关支部讨论过了，没有人反对呀。

顾世权 你们看问题都太简单了。现在省里非常重视我们这个先进典型。前天李局长向我透露，上边要派一个有业务专长的人来这儿蹲点，我们更要谨慎一点，不能给人家留下把柄嘛。

陈英立 派谁来？

顾世权　徐定远。这个人刚从干校回来，原来是建委科研系统的。（拿出笔记本，从中取出一张条子给陈英立）这是我托人从档案里抄来的简历。徐定远上过工农速成中学，在人民大学企业班念过两年，当过金属构件研究所的所长，有点资本，不过这些年来一直走错了路……

陈英立　（看条子）唔，五七年漏网、五九年右倾、六五年因为反对四清运动被开除出党，噢！……“文化大革命”被审查，夫人在“文化大革命”中自杀，两个儿子……两个儿子下乡修理地球——哎呀，哪个运动也没落下呀！

顾世权　（意味深长）想想看吧，二十年来徐定远吃尽了苦头，“文化大革命”又家破人亡，现在邓大人刚刚把他解放出来，他跟咱们……

陈英立　局领导派他来，会不会有别的意思呢？

顾世权　李局长是我的老上级了。我抡大锤打铁的时候就是他提拔我入党当干部的。我和他没有矛盾，你放心。反正徐定远还有一个月的安置假，咱们还有点时间来整理内部。乔美娜的组织问题、你的代理职务问题……

陈英立　我的事儿不忙……

顾世权　（笑）上头还有人惦着你嘛。

陈英立　还有老蔡晋升工程师的问题……

顾世权　（有意避开）这些问题里最重要的一点就是要保证挖掘机顺利运转！我们靠它起家，靠它翻身，名声也吹出去了，只要抓住这一条就全盘都活了。就是中央派个钦差大臣来，我们也站得直！

陈英立　（小心地）可是老顾主任，我跟你汇报个事情。我说了你可别着急呀，咱们的挖掘机出了点小毛病……

顾世权 （一怔）怎么回事？

陈英立 跟你说不要着急嘛！我刚才让杨少达已经到现场检查去了，没什么了不起的大问题。车到山前必有路，没有过不去的河！

顾世权 （忧心忡忡）唔……不能大意，千万不能大意，小河沟里也照样翻船。小陈，走，到技术组去看看——怎么搞的嘛！

〔顾世权、陈英立下。

〔曹慕宜挟报表上，随手关上门。

曹慕宜 美娜！（往套间里张望）小乔，我给你送报表来了。（拿墨水瓶把报表压在办公桌上）

〔徐定远在雨声中负行李上。

徐定远 （打量）请问，这是主任办公室吗？

曹慕宜 是的，坐坐，坐吧。（欲下）

徐定远 （看曹慕宜面熟）这不是……曹慕宜吗？

曹慕宜 你是……

徐定远 徐定远呀！

曹慕宜 （愕然相视）老徐呀！

〔二人各怀复杂心情，笑起来。

曹慕宜 （激动）多少年没见你了，唉……

徐定远 十几年了。又老又瘦又黑，认不出来了吧？

曹慕宜 （言不由衷）不，不……坐坐，坐坐。（端一杯水过去）哎呀，来，喝点水。（帮徐定远卸肩）不是说你有一个月的安置假，下个月才报到吗？

徐定远 你还不知道吧？不瞒你说，我原来的房子早就叫别人共产了，如果不直接到这儿来投宿，怕只有在街头流浪去啦！（坐下）我早就听说，你和老罗七五年就调这儿来了。没想到，这次只能见到你一个人了！

曹慕宜　（黯然片刻）孩子们都好吧？

徐定远　怎么说呢？三年没见他们了。不过我想，没有父母照顾的孩子，也许是成长得更快吧。

曹慕宜　（伤感）真没有想到，你爱人对孩子也毫不留恋地就……

徐定远　她……她没有我的脸皮厚。人家刚给她念了几段语录："凡是牛鬼蛇神，你不打，它就不倒……"她就沉不住气了，以为自己真的是牛鬼蛇神了。

曹慕宜　（含泪）看你说得那么轻松，就好像她不是你的妻子……

徐定远　我说得再伤心，她也不会复活了……还是现实一点吧。（边说边浏览室内，注意到一些与办公室不相称的高档家具与陈设：丝绒窗帘、高级盆花、落地灯、闪字石英钟、压气水瓶、电扇、电视机……）哦，这个办公室的设备相当齐全，比百货公司还神气嘛！

曹慕宜　这些东西都是协作单位赠送或者放在我们这儿试用的。（一一指出）喏，家具厂的、纺织局的、电器厂的……试走的、试看的、（指糖果）试舌头的、（指盆花）试鼻子的灵敏度的……

徐定远　你们的协作单位真是慷慨大方。

曹慕宜　这很简单嘛，不给送就不给他们盖房子，不修下水道……

徐定远　（惑然）噢！那你一天要耗费多大的精力来照管这些宝贝玩意儿？还有多少工作时间呢？

曹慕宜　（恍然）我？你猜错了。我不是这个办公室的。我负责生产组的事。

徐定远　那这儿……

曹慕宜　这些个摆设，专门有一个身强力壮的勤杂工去伺候。

徐定远　（思索）哦——你能不能先带我去找一下这儿的陈书记或者

顾主任？跟他们挂个号。

曹慕宜 怎么，刚下了火车就工作？

徐定远 总得拜见一下这儿的主人嘛。

曹慕宜 （取笑）看得出来，你一定是想当一个什么青天，什么救世主之类的。

徐定远 谢谢老同学的恭维。说实话，我做梦都想当个威风凛凛的钦差大臣——徐青天。令人泄气的是，我这一身处分还没有撤销，党票还悬着哪。这次局里派我来蹲点，不过是因为五七干校关张了，临时给我找个混饭吃的地方。寄人篱下而已……

曹慕宜 （惊讶而后失笑）原来是这样。那么我劝你趁现在还没有露面儿，赶快离开这个地方。

徐定远 （惊愕）这是为什么呢？

曹慕宜 （指指室内陈设）你不是已经看出一点眉目来了吗？不过你还是很粗心的。你怎么不问问我，你的同学、我的丈夫老罗他是怎样离开这个世界的？

徐定远 （惶然）不是病故吗？

曹慕宜 （冷笑）病故？一九七六年老罗正坐在这个工程处的书记的椅子上，为了想营救一个议论秦始皇的青年技术员，没想到他自己马上成了顾家大院的垫脚石。在学习班里得了急性肺炎，一直到休克也没有人送他上医院！可是踩着他的尸体往上爬的时候，那真是热闹极了。等到“四人帮”一垮台，那些往死处整他的人一个个又痛哭流涕，都把自己说成是曾经保护过他的英雄人物！

徐定远 看你说得那么轻松，就好像他不是你的丈夫……

曹慕宜 也许是因为恨得过头了，反而觉得轻松了。

徐定远 算啦，不要恨他们吧。在这个年头真正能够做到望风转舵，就算大方向是正确了。

曹慕宜 （感慨）无尽无休的争权夺利和钩心斗角，把我最后一点政治热情都完全榨干了。现在谁说得再好，我也不会再相信了。我既不想再当别人的垫脚石，也不会再成为别人的绊脚石！我早就想离开这个阴暗的地方。有人叫它灰色王国，就是灰色王国。可是你呢，一下火车就想往这个灰色王国里钻……

徐定远 灰色王国？（惑然不解）

〔电话铃响。

曹慕宜 （接电话）喂，你找谁？他不在。……是呀，我是曹慕宜……什么，什么？你大点声……（骇然）啊——真的！等一等，我记一下。（捂着话筒）老徐，帮帮忙，这儿有电话记录本，帮我记一记。（递过记录本）

徐定远 （坐下）你不是劝我离开这儿吗……

曹慕宜 别打岔，你好好给我记。说吧……“四一八工地紧急电话：刚刚检查发现，TS 挖掘机定向装置的润滑油全部跑光，微型轴承烧毁。”周慧珍，你告诉我是什么原因……（对徐定远）记：“昨天蔡金祥动过机器，可能拧松了一个油针！”周慧珍，你为什么让他动？中村先生有规定，杨少达不在场，谁也不许动！中村先生在吗？……这样吧，你马上来一趟！（挂断电话，神色紧张）糟了，挖掘机瘫痪了！

徐定远 （嘲笑）干吗这样激动？

曹慕宜 （认真）你还不知道吧，这种机器是刚从日本引进的新设备。建委打算在这儿挖一条河底隧道……

徐定远 河底隧道？

曹慕宜 你来看。（把平面示意图指给徐定远看）这儿是一条河底隧道，它是一条重要的交通干线。这个地方的土质很不好，只有用日本进口的挖掘机才能保证安全和高效率。建委打算在我们这儿试用以后，再决定是不是继续引进。

徐定远　原来是这样。那电话里说的蔡金祥是个什么人物？

曹慕宜　一位不懂技术的技术组长。

徐定远　不懂技术的技术组长，这是怎么回事？

曹慕宜　皇亲国舅嘛，就得加个“长”字！

〔电话铃又响。

曹慕宜　（接电话）喂……哦，是杨少达吗？……情况我知道了。你告诉工地，中期预报一星期内有一百毫米左右的暴风雨。你通知甲方和水文站，要共同严密监视地下水位，别让水淹了机器……我马上到现场去。（放下电话）

徐定远　（揶揄）尽管意志消沉，可是处理起工作来生龙活虎，很有魄力。这是一种什么病呢？

曹慕宜　因为我的命不好，刚想躲开又沾上了。（把电话记录放好）对不起，我要到工地去了。你……你还是赶快走吧，另找出路现在还来得及。（拿起行李递给徐定远，温情地）今天晚上一定要到家里来找我，和平新村七十五号，我们好好谈一谈。

徐定远　（决然放下行李）慕宜，谢谢你的关照。可是这出戏的开头已经深深地吸引了我！我爱上了这个灰色王国，也可以说，我很喜欢它！

〔曹慕宜大为惊愕。顾世权、陈英立和乔美娜上。

顾世权　（边走边说）这可是最后一次，下不为例！以后给外单位调拨物资一律加收管理费。对我老岳父家的人更不能例外。他们再送香油来，要分给全体职工，哪怕是每个人分一钱，也是分了，也是关心职工的福利嘛。不要说现在是工人当家做主，就是过去我在资本家手底下学徒的时候，年底还给个红包嘛。这点道理都不懂吗？

乔美娜 老顾主任对工人真是关怀得无微不至呀！

〔众人忽见一个陌生人在场，面面相觑。

曹慕宜 （平淡地）我来介绍一下，这位是徐定远同志……

顾世权 （惊讶地）老徐！

陈英立 （上前握手）老徐！欢迎，欢迎！

徐定远 这位是……

陈英立 我是陈英立。这位是老顾主任。这是办公室秘书小乔。热烈欢迎你来指导我们的工作。小乔，给老徐同志沏茶。

徐定远 不用，不用。

〔乔美娜去沏茶。

顾世权 请坐。我们等候已久啦。这儿的领导班子里没有精通业务的内行人，你来啦，神仙下凡了。

徐定远 （笑）这么说，也属于污蔑不实之词了。一来我是扛枪杆子的大兵出身，基本上不学无术；二来不怕诸位笑话，我还带着一身处分哪，是到这儿来接受思想改造的。

陈英立 老徐同志太谦虚了。俗话说得好，瘦死的骆驼也比马大，船再破还有底儿嘛。

曹慕宜 （有意掩护）老徐同志一向心直口快，他说的是实话。

顾世权 （愕然）哦，你们原来就认识？很巧嘛。

徐定远 总算有点缘分。我和老曹还有老罗，当年都是工农速成中学最调皮的学生。

陈英立 这么说，你们这是——喜相逢啊。

曹慕宜 （敏感地笑）我不知道这喜从何来呀。二位领导，请看一看电话记录吧。（沉着脸把记录本递给顾世权）

顾世权 （看完，神色大变，把记录给陈英立）什么时候来的电话？

曹慕宜 十分钟以前。杨少达还说，中村先生马上就来会见你，或者说是来提出抗议。

陈英立 （惶然不解）提出抗议？提出什么抗议？

曹慕宜 你没想到吗？这样重大的事故，会严重损害日发公司的声誉！

顾世权 （厉色地）我一再三令五申，不能乱动机器，怎么就没人听呢！乔美娜，把蔡金祥叫来！

陈英立 （止住乔美娜，脑子一转，向曹慕宜）这个班儿是谁开的机器？

曹慕宜 周慧珍。

顾世权 （似有所悟）周慧珍？是不是电视片上那个周慧珍？

陈英立 就是那个二级工。

顾世权 谁叫她顶班儿的？

曹慕宜 她有操作合格证。中村先生亲自录取的操作工。老顾主任，不是你批准她上机器的吗？

顾世权 我？唔……唔……（向乔美娜）有这事吗？

乔美娜 （点头）是的。

陈英立 出了事情她为什么不亲自来汇报？

曹慕宜 她已经动身了。她要来领轴承备件，准备修理机器。

顾世权 哦，照你这么说，库里有这种微型轴承？机器也能修好？

曹慕宜 我记得日发公司随机供应了三十套轴承备件，专为修理用的。

陈英立 （急问）你看多长时间能修好？能不能赶上检查团来？

曹慕宜 修理机器就是为了检查团……

顾世权 （摆手一笑）好了！好了！抓紧时间找轴承修理机器。责任问题以后再说。对外面和局里不要提起这件事！（含意颇深地）

老徐同志，你是企业管理的老行家，你看看这件事这样处理妥当吗？

徐定远 （胸有成竹而狡黠地）请顾主任原谅，我还有一个月的安置假。

曹慕宜 （暗笑）对了，给老徐安排一个住处吧，他现在没有家。

顾世权 （故作惊奇）哎呀——这好办得很，三楼有客房嘛。

陈英立 小乔，通知一下服务员，找一间好点的房子，要有沙发、电扇，从窗户能看见河边的。

徐定远 （肃然阻止）不用啦，不用啦。如果同志们信得过我，请给我这一点自由，让我自己找住处吧。老曹呀，你带我到工地去看看日本的挖掘机，让我开开眼界，行吗？

顾世权 / 陈英立 好好……

曹慕宜 （一语双关地）现在就走，时间还不太晚！（拖过行李，示意徐定远快走）

徐定远 （转身）再见了，一个月以后我一定准时报到。（与曹慕宜同下）

顾世权 （故意大声）小乔，你跟吉普车送他们去，马上把杨少达接回来，研究一下怎么修机器。

乔美娜 好的。（下）

顾世权 （狼狈地喘一口气）好悬呀，要是没有轴承备件，这个娄子就捅大了。（坐下擦汗）

陈英立 （隐含不满）蔡金祥总是把咱们搞得很被动。这位老先生经常不懂装懂出洋相！

顾世权 等他来了，我要狠狠地训他一顿！（避而言他）唔……唔……小陈，你对徐定远这个人有什么印象？

陈英立 我看这个人还老实，并不想干预咱们的事情……

顾世权 （摇头沉吟）不……我看出来他和曹慕宜的关系很深，久别重逢是无话不谈的啊。

陈英立 咱们干的事情大面上都过得去，怕什么。

顾世权 小伙子，你是一帆风顺，受的挫折太少了。就拿今天发生的机器事故来说，绝不是好兆头！（苦恼徘徊）

〔蔡金祥上。

蔡金祥 （笑容满面）你们两位都在。电视台说可以考虑咱们的建议，把周慧珍的镜头删下去……

顾世权 （气恼地）你看看这个！（递过电话记录）

蔡金祥 （看完稍稍一惊，继而镇静）你们相信这份记录吗？

顾世权 根据你一贯的表现来看，这是完全可信的！

蔡金祥 （泰然自若）也太巧了！电话是周慧珍打来的，记录是曹寡妇签署的；周慧珍是反革命崽仔，姓曹的一向跟她穿一条裤子。你们两位可要心明眼亮，别放火烧自己的房子！

陈英立 老蔡，今天下午就要把晋升工程师的名单报上去，你可不要开玩笑。

蔡金祥 （强硬）天灵灵，地灵灵，毛主席保证：我根本没摸过机器。要查出来是谁弄坏的，应以反革命破坏论处！

顾世权 你不用发誓！周慧珍明明说你动过机器！

蔡金祥 （大笑）哈……（突然一变脸）这叫作无中生有，嫁祸于人！我说得干脆点吧，就当我和老顾没有这份亲戚关系，你们站在客观地位评评理，周慧珍和我——一个贫下中农出身的共产党员、老工人，你们应该相信她还是相信我？党的阶级路线是什么？你们首先怀疑一个受过党的多年教育、苦大仇深的老工人，这又是从什么立场出发？！（装出十分难过的样子）

〔顾世权神情尴尬，不知所措。

陈英立 （沉思）算啦，算啦，这事……

顾世权 要有证据！要向全体职工有个交代！

蔡金祥 （一口咬定）机器是在周慧珍班儿上坏的，这本身就是证据！

陈英立 老蔡，你先回去吧。

蔡金祥 （欲下，又止）一定要周慧珍交代问题！（下）

陈英立 老顾……（打算商量一下）

〔顾世成上，一副慌张而气愤的样子。

顾世成 大哥，挖掘机出事了，你知道吗？

顾世权 （申斥）乱喊什么？这是办公室！

陈英立 机器的事我们已经知道了。

顾世成 还有轴承的问题。

陈英立 轴承怎么啦？

顾世成 轴承丢了！

顾世权 什么？！

顾世成 是这么回事：周慧珍找我去修机器，她早把微型轴承领走了，硬说在我这儿放着，简直是胡说八道！我早就跟你们说过，根本就不应该同意外国人让她上机器。

顾世权 闲话少说，把轴承的事情谈清楚！

〔周慧珍在顾世成说话当中上，痛苦地挨在门边，犹豫了一下，怯怯地走上前去。

周慧珍 （委屈地）顾主任，陈书记，你们给评评理。机械备件一直由他们修理组保管的，我的工具箱里除了灯泡、火花塞，别的什么也没有。顾世成他……

顾世成 （大模大样）嗯？……

周慧珍 顾师傅他，他不给我轴承……

顾世成 （蛮横）你敢这么说？你再说一个试试！

周慧珍 顾师傅，你说我领了轴承，你把领料单拿出来我认可。

顾世成 （大怒）放你的浑蛋狗屁！你们工地操作工从我这儿拿备件，从来没有打过领料单！

周慧珍 （软弱地）你为什么骂人？

顾世权 （厉声）办公室成战场了？劳动纪律还有没有？

陈英立 （渐渐悟出事情的严重性）你们不要吵嘛。轴承到底在哪儿？

顾世成 我这儿没有，在她那儿。

周慧珍 （拭泪）我这儿没有，在他那儿。

陈英立 （严厉追问）怎么搞的？都仔细找过了没有？

周慧珍 都找遍了。五金库、备件库、工具箱、车间货架子，都找过了，也没有。

陈英立 （大惊）这……老顾……

顾世权 （气恼已极）你们……你们捅大娄子了！

〔哑场。

陈英立 （把脸一沉，声调阴森）周慧珍，你坐下。

〔周慧珍不敢坐。

陈英立 我问你，刚才的电话是你打来的？

周慧珍 是。是杨技术员叫我打的。

陈英立 咱们先别说轴承的事儿，先说机器的事儿。（扬起电话记录）你说是蔡金祥动过油针，你看清楚了吗？

周慧珍 （鼓起勇气）他昨天下午确实动了机器。中村先生和杨少达刚才检查出来，是油针松了。

陈英立 （作色）可是刚才蔡金祥说，他根本没有摸过机器。

周慧珍 （愕然）这不可能。我给他一把改锥呀……我还亲眼看见……

陈英立 哎呀，给他一把改锥能说明什么问题。我问你，为什么不在别人的班儿上出事，偏在你的班儿上出事呀？出了事情以后，你给曹大姐打电话，而不是马上打电话通知保卫部门到现场去检查！

周慧珍 （紧张）陈书记，我不明白您的意思……

陈英立 你心里很清楚嘛。（勃然变色）态度要老实一点嘛。

周慧珍 （骇然）我说的都是实话呀！

顾世成 （立即进攻）恶人先告状，装得倒挺像！你说，轴承你弄到哪儿去了？

周慧珍 （瞠目结舌，着急）我……我不知道……陈书记，陈……

陈英立 周慧珍同志，你知道这是什么性质的问题吗？（提高声音）要达到什么目的吗？！

〔周慧珍抖瑟……

顾世权 （突然插话，悲天悯人地）小周，承认错误就好嘛，道路还是在自己选择嘛。

顾世成 （进逼）坦白从宽，抗拒从严！老实交代你的反革命罪行！把轴承交出来！

周慧珍 （后退，恐怖地惊叫）啊……你们，你们这是干什么啊！陈书记，你可不能冤枉我啊……

顾世成 （暴跳如雷，冲过去）你喊！你再喊我揍扁了你！

〔正门突然打开，乔美娜和杨少达站在门口。众人循声回视，隐见中村走近门外，怔住。

乔美娜 （大声）中村先生来了，可以请他进来吗？

顾世权 （慌神）不，不，请到会客室去。

〔陈英立示意顾世成让周慧珍进里屋去。

周慧珍 （挣扎）陈书记，陈书记，你们不能……（被推进套间）

〔乔美娜哼了一声下。门外人影离去。

周慧珍 （在里屋使劲捶门，呼喊）开门呀，陈书记……

陈英立 （对顾世成）回去干活儿去。

〔顾世成怒气冲冲地下。

杨少达 （愤然）我想知道知道，你们为什么非法审讯周慧珍？

陈英立 我们在搞调查。

杨少达 就这样调查吗？也不下去看一看，连油针在什么地方也不知道就审案子吗？

陈英立 杨少达，你少管闲事。这是政工部门的事情。

杨少达 书记同志，请你注意，现在是一九七八年，不是一九六八年了！

陈英立 你要干什么？！

顾世权 （排解）好啦，好啦！你把现场情况汇报一下。

杨少达 还用汇报吗？我到仓库去过了，轴承丢失了，在短期内修复机器是不可能的了，这就是全部的好消息！（痛心）主任同志，我们为什么要出现这样可怕的事，在外国人面前不丢脸吗？！

〔顾世权气恼已极，突然跌坐，苦着脸从衣袋里拿出瓶子，倒出一片药含在舌下。

〔蔡金祥上。

蔡金祥 （发窘地赔笑）陈书记……电视台又给我来电话了。他们的意思是……按照党的政策，还是要保留周慧珍的镜头……你看怎么办……

顾世权 （怒斥）哎呀，别再扯那些事了！现在是什么时候啦！

〔蔡金祥茫然……

杨少达 （尖刻地）技术组长阁下，我等你换工作服可是足足等了两个钟头了。

蔡金祥 你说话客气点，到底是你领导我还是我领导你？

杨少达 我明确告诉那些缺乏自知之明的人，别搬起石头砸自己的脚。

顾世权 不要吵了，不要吵了！你们技术人员要拿出办法来抢救机器！我就不相信，小小的轴承能把活人给治死！

陈英立 小杨，咱们国内有没有代用品？能不能再请中村先生给东京打个加急电报，给咱们空运几套来……

杨少达 丢掉这些不切实际的幻想吧。N231 轴承国内根本不能制造，也不是日本生产的，它是布赖恩特磨床公司的专利。日发公司只是为了它本身的利益才冒着国际风险给了这么几十套。如果要求额外供应，我们就要付出难以想象的代价。

蔡金祥 （窘迫地转了两圈，忽有所悟）有啦，我提出一个新的建议，不怕外国人卡脖子，也不耽误工程进度！

陈英立 （惊奇）什么建议？

蔡金祥 （指着平面图）在机器恢复运转之前，咱们从七号峒室起，可以暂时改为人力开挖。全体动员三班倒，增加奖金和劳保福利待遇，保证能够达到进尺指标，就让检查团来看看咱们的冲天干劲儿。对外可以说是机器不适合这个地段的地质条件嘛！

杨少达 （质问）这是哪家的政策？

蔡金祥 无产阶级的！艰苦奋斗，自力更生，奋发图强，排除万难，不怕牺牲……

杨少达 你为什么不说，我们在大街上脱光衣服穿上树叶更好看！骑毛驴比坐汽车更神气……

陈英立 （思索而后断然）不！人工开挖可以试试！

杨少达　那是因为不是让你亲自去挖。隧道里满地泥浆，闷热的高温，还有塌方的危险，大概都是专门给工人准备的……

陈英立　看这都是什么时候啦嘛！有条件要上，没有条件……

蔡金祥　为“四化”建设，要一不怕苦，二不怕死！

杨少达　（气愤而语塞）你……

陈英立　（催促）老顾……

杨少达　（严峻而诚恳地）顾主任，作为一个技术人员，我应该毫无保留地从科学态度出发向你摆明利害关系。穿越冷水河的隧道工程是专为机器开挖设计的，采用人海战术，一旦塌方，后果不堪设想！我和你们领导班子之间有过很多冲突，态度可能过激，但是在这个问题上，我恳切地望你们能平心静气地考虑我的忠告，不要在错误的道路上越走越远！

顾世权　（先是痛苦地犹豫，但终于决断）就这样决定了！

杨少达　定什么？

顾世权　人力开挖！只有马上改用人力开挖，才能改变被动的局面，维护我们先进红旗单位的声誉！至于安全问题，要考虑……

杨少达　（愤怒）我不投你这一票！

〔乔美娜上，冷冷地环视众人。

乔美娜　中村先生等得不耐烦了，他请杨少达先过去。

杨少达　（焦急踌躇，不放心地朝套间张望）乔美娜，如果你还讲点面子，请你照顾一下小周。（走到门口，转身）轴承丢失的真相必须查清，谁要再敢搞逼供信，我就告他！（下）

顾世权　（大怒失声）你……

陈英立　（恶笑）你就狂吧！（决然地）乔美娜，马上给局里打一份正式报告。你就说：由于过分信赖外国专家光凭考试成绩挑选操作人员，造成严重的机械事故……

蔡金祥 完全是这样。

陈英立 为了不影响施工进度，我们决定改用人工作业，发扬愚公移山的革命大无畏精神，抢时间斗风雨，坚决拿下比机械施工更高的指标！

蔡金祥 革命加拼命，拼命干革命！

陈英立 我就不相信，人顶不过机器！

蔡金祥 对！

顾世权 你再写上，为了确保安全，特别任命一位现场总指挥兼总调度，负责全面工作。

陈英立 老顾，你准备任命谁？

顾世权 曹慕宜。让她挑这个担子最保险，还能得到徐定远的全力支持。

陈英立 好，很好！（向乔美娜）这个报告只呈给正副局长，别人不要传。

乔美娜 （尖酸地）书记同志，你是让我写报告呢，还是让我写惊险小说呀？

陈英立 （微愠）就这么写！

乔美娜 （面有难色，扬起一张纸，慢声慢气地）俄国的大作家高尔基说，白纸上写的黑字，拿斧子也砍不下来啊。

顾世权 （不耐烦地）怎么又跑出来一个高尔基呢，哪个高尔基？几级干部？（大声）我不姓高，我姓顾！

乔美娜 这个报告……还是请陈书记自己起草吧。

顾世权 （发火）当秘书不写报告，要你干什么？！

乔美娜 （委屈地叹一口气）写吧，你敢说我就敢写……

陈英立 你怎么这么啰唆呢。（顿一顿）至于周慧珍的问题……

蔡金祥 要马上隔离审查。

陈英立　不，办学习班……

顾世权　嗯，是个好办法。

——幕　落——

第二幕

◉时 间

距第一幕两天之后的傍晚。

◉地 点

工程处大院，生产区的偏僻角落。

〔一段围墙。墙外马路边上有树和路灯，墙内是一间废弃不用的旧砖房。屋内右侧有小门通另一套间，门用铅丝拴住。地上有人防地道入口，盖板上锁。这里已作临时住处，除简陋床铺、旧桌子和一个破书架外，略有破烂杂物和一些行李。左侧门通屋外围墙内的露天场地一角。那里有一棵老槐树，一根电线杆和堆放的旧木料等。左方远处隐隐可见车间轮廓。

〔没有月亮的多云的傍晚，机械加工车间的噪声和围墙外的汽车声时起时落，清晰可闻。

〔幕启：顾世成上，见门口堆积物已经变样，惊异地悄悄走近门侧窥视；然后进入屋里，检查盖板上的锁和右侧门上的铅丝；又张望一下，将防空洞盖上的书架扔在地上，任书籍散落一地，拿钥匙开锁。徐定远手持一把旧椅子上。顾世成听见动静，重新上锁。徐定远进屋发现顾世成的异样。顾世成大模大样地盯着徐定远。

顾世成 （质问的口气）你是工程处的人吗？

徐定远 （泰然）我刚来两天，还没有正式报到。

顾世成 谁叫你住在这儿的？

徐定远　我自己找的地方。

顾世成　（傲然）我是治保委员。现在正式通知你：马上搬走！

徐定远　为什么？

顾世成　这个地方太背，不准住人。

徐定远　（笑）你说对了，我前天来的时候门口用破烂木料堵着，屋子里满地长了小蘑菇。（蹲下去捡书籍）

顾世成　收拾行李，我带你找地方去。

徐定远　师傅贵姓？

顾世成　我叫顾世成。

徐定远　噢！您和顾主任是亲戚吧？

顾世成　少管闲事，不用打听。

徐定远　刚才……（指指防空洞盖）

顾世成　你少废话，快搬走！（把徐定远的箱子提起来）

徐定远　慢点！（接过箱子）你大哥可是同意我住在这儿。

顾世成　胡扯！

徐定远　他原先请我去住三楼的客房我都没去。我说在生产区找个地方，找了半天，只有这间房是空的。

顾世成　（失笑）哈哈，哈哈……能叫你这样的人住三楼客房？你叫什么？

徐定远　徐定远。

顾世成　好。打听出来没有这么回事你可留神……（下）

徐定远　（笑）又是一个皇亲国舅……（拉开电灯，整理书籍）

〔曹慕宜和夹着图纸的杨少达上。

曹慕宜　老徐，这就是小杨子。

徐定远　（起来招呼）议论秦始皇的英雄！欢迎欢迎。随便坐。瞧，乱七八糟。

曹慕宜　有桌子啦！

徐定远　木工王师傅给我钉了一张，材料组的小姑娘又给了把破椅子……

曹慕宜　（惊讶）这么两天，你跟这院里的人还真混熟了。

徐定远　原来还有个书架，让人给破坏了。

曹慕宜　谁破坏了？

徐定远　皇亲国舅，刚出去，没看见吗？

曹慕宜　（点头）哦——我们送图纸来啦。

徐定远　小伙子，前天在工地上我就想拜你当老师。那天你太忙了。

杨少达　本应该及早给你送来，一直都很忙。这两天出了大乱子！

徐定远　有多大呢？

杨少达　把周慧珍关在地下室办学习班，想从她身上找美国的微型轴承！一个企业单位，有没有权力私设公堂？这算不算非法拘留？

徐定远　我看应该算吧。

曹慕宜　我们这位小英雄这两天坐不住了，四下告状，侦察轴承的下落，恨不得把天折腾下来。

徐定远　怎么折腾的？我可以听听吗？

杨少达　我先到了市委接待站，排了半天的队，才见到一位只有一只眼睛的人。他把我支到了公安局。公安局一眼就认出了我是留着尾巴的老朋友，一口咬定我是无理取闹，找了几位警察把我轰走了。我算是走投无路了。想了半天，只有到北京去告御状，明天就走！

徐定远　坐火车去吗？

杨少达　是的。

徐定远　为什么不坐飞机呢？飞机比火车快多了。

杨少达　这个……（笑）你是在挖苦我吧？

徐定远　要是别人挖苦我，我浑身都觉得舒服，就像洗了个冷水澡。

杨少达　（笑）你拿冰凉的水给我洗澡，一点儿也不舒服！

曹慕宜　（微讽）有来有往，你们两个倒是挺投脾气。（掏出饼干）饼干，吃吧。

徐定远　来来，吃。

曹慕宜　你们坐吧。八点钟我要去参加一个会。

徐定远　这么晚还开会，什么任务这样紧急？

杨少达　你还不知道吧，曹大姐荣任了人海战术的总指挥，明天一早就到工地去发号施令。

徐定远　（一怔）你接了这样的任务？

曹慕宜　（安然）接了。

杨少达　老实人好欺负，一声吆喝就把笼头给套上了。

曹慕宜　（无奈地）不接行吗？

杨少达　我的大姐，让我也拿凉水给你洗洗澡吧。你难道真的没有预见到这有多危险吗？（用手比画）老徐，你看，上边是一条大河，底下是一条隧道，我们是在水和土的重重包围之中拿工人的生命开玩笑！（向曹慕宜）你难道真的不知道，在主体结构没有浇灌之前，七号峒室随时都有塌方的可能。总指挥同志，那是要死人的。顾家大院是想要借你的脑袋去挽回机械事故的被动局面，好保住他们那一窝子人的锦绣前程！

曹慕宜　意见我都提过了……（默然摇头）

杨少达　那你为什么还要接呢？

曹慕宜　好，你教给教给我该怎么办吧？我没有小伙子聪明。

杨少达　应该反抗，斗争，不屈不挠！

曹慕宜　这么说，我应该推翻党委的决议，拒绝服从上级的工作指令，然后组织罢工，再动员三百人跟你一起到北京去告状，再不然拉它个山头成立个……

杨少达　离题了……

曹慕宜　不离题，不屈不挠就得有不屈不挠的样子！

徐定远　听见了吗，小伙子，大姐说得比你勇敢多了。

曹慕宜　（看表）不聊了，我要走了。（苦笑）也许我有点不知高低，我现在倒好像觉得只有我才最适合到现场去指挥，只有我才能多考虑一点工人的安全。（边走边说）也许……情况要比我想的坏得多……

徐定远　如果发生问题，需要我出力的话……

曹慕宜　不，老徐，我想，你还是离开这儿吧。

徐定远　我不走。你不觉得也需要一个跟你分担忧愁的同情者吗……

曹慕宜　谢谢，还是让我一个人受这份罪吧。（低头欲下，忽然回转脸来）你有蚊帐吗？这地方蚊子多呀。

徐定远　我有蚊香。（目送曹慕宜下。回到屋里，翻开桌上的图纸，打量着杨少达）

杨少达　唉！

徐定远　小伙子，怎么唉声叹气的？来来来，你来告诉我，微型轴承在哪个部位？

杨少达　（勉为其难地站起来，指图）一共八个轴承，烧坏了五个。你看，这儿有一个清洗油路用的油针，如果把它松开……

徐定远　唔，你看我说得对不对：如果把油针松开，就造成了润滑油旁路泄漏，轴承干磨，温度升高……

杨少达　（十分惊奇）你是内行！

徐定远　何以见得？

杨少达 你使用了准确的术语来描写必然的过程，一听就知道是内行！

徐定远 这是急性子的结论。你们认为蔡金祥调整过这个油针，有证据吗？

杨少达 （想了想）唯一的证人就是周慧珍，可是她……

徐定远 她现在失去了行动的自由。

杨少达 老徐，我还想到了一条路。中村先生跟我说，为了维护他们日发公司的声誉，他打算到北京去，把这儿的情况透露给国家建委的主管人。我跟他一起去就能见到决策岗位上的同志。事情这么一闹，中央非过问不可，事情很快就会水落石出！

徐定远 （沉吟）这条路也许是很方便的，可是不光彩，很不光彩！我们应该有民族自尊心。为什么要指望通过一个外国人来插手解决我们的内部问题呢？小伙子，不要忘了，我们是共产党领导的社会主义国家啊！

杨少达 唉！这样一来，你把我最后一条路也堵死了。（愤愤不平）我现在苦恼极了！顾家大院这样明目张胆地冤枉周慧珍，让昂贵的进口机械陷于瘫痪，最后发展到拿工人的生命去冒险，居然就没有第二个人敢公开地和我站在一起，跟它展开面对面的斗争；也没有人敢去告它！这不是太可怕了吗？中国人为什么这样老实？

徐定远 冰冻三尺，非一日之寒哪！封建家长制，绝对化的个人权势，把一个党的基层组织逐渐变成谋取宗派利益的工具，久而久之，就会形成这样一个控制严密的灰色王国。谁敢去反对他们？很多职工有沉重的家庭负担，升级、入党、涨工资、分房子，这一切都要取决于几个长官的眼色和印象。为了生存的本能和改善生活的愿望，有的人甚至甘心去充当权力的奴隶和走卒！在这样的情况下，真理……真理就会沉默！顾家大院的存在绝不是偶然的，它是十年动乱、派性横行和封建割据所遗留下来的一份政治遗产。“四人帮”是垮台一年多了，可是绝不可能一刀割断历史的连续性！极“左”路线所培养和扶植的社会基础不会在一个早晨就化为乌有，他们的势力现在还很强大！

杨少达　（兴奋）老徐，你说下去，你说下去，我很爱听！

徐定远　（戚然）没有可说的了，自己想吧。

杨少达　这就完了？没法治了？我们应该袖手旁观，逆来顺受，听之任之，无所作为吗？（激动）老徐同志，你不是十四岁就扛枪打日本人吗？你不是走过很曲折的道路，受过很严酷的考验吗？你不是上过人民大学吗？你为什么不多给我一点光明？而要讲这些失去信心的话？

徐定远　（大声）谁说我失去信心？正因为我没有失去信心才讲这样的话！

〔哑场。徐定远忽觉门外有动静。杨少达转身从门缝向外窥视。

〔室外电焊光闪烁，衣衫不整的周慧珍躲闪地自左侧上。她从地上捡起一根旧电线，走近围墙张望，试图用电线勾住刺网翻墙逃走，但墙太高，试了两次爬不上去。她徘徊，绝望，迷惘。

〔杨少达在室内大为惊疑，招手让徐定远一同窥看。

〔周慧珍突然盯住院子里的老槐树，萌发自尽念头，犹豫，进而复退，断然把旧电线拴成圈套，蹬上木料堆去挂在树杈上。木料猝然坍塌，周慧珍摔倒在地，衣服被撕破。

杨少达　（冲出门外）谁？

〔周慧珍挣扎爬起，急逃，与杨少达相撞跌倒，又起来瘸着走了两步，被杨少达拉住。电焊光照亮了她的脸。

杨少达 （惊愕万分）小周，你怎么……

周慧珍 （急忙掩住杨少达的嘴）别嚷！我逃出来的……

杨少达 （帮周慧珍掩上微袒的胸部）来，跟我进屋里去。（强拉周慧珍进屋）

〔杨少达、徐定远关门。

周慧珍 （看见徐定远）啊。这儿有人！

杨少达 别害怕，这是新来蹲点的老徐同志。老徐，她就是周慧珍。

徐定远 （愕然）周慧珍！姑娘，你这是……

〔周慧珍畏怯地低头躲闪。

杨少达 告诉我，你怎么逃出来的？

周慧珍 看着我的人让乔美娜拉着看电视去了。我一推门，没有锁着，就跑出来了。小杨子……（哭）

徐定远 （端杯水给周慧珍）真危险啊，要不是小杨子，这棵老槐树就成了杀人凶手了……你打算逃到哪儿去呢？

周慧珍 （茫然，抽泣）我不知道……（贪婪地喝水）

杨少达 你总得有个目的吧，难道逃出来就是为了向老槐树告状吗？

周慧珍 （惨然）可是我……我上哪儿去告状呢？除了老槐树，谁又会相信我？

〔顿住片刻。

杨少达 哎，你太窝囊！告诉我，学习班都让你干些什么？

周慧珍 要我写怎么破坏机器，偷了多少备件……

杨少达 岂有此理！

周慧珍 （哭）我写不出来，顾世成他又拍桌子又瞪眼，不给我饭吃，不给水喝，没收了我的裤腰带。说要是我不老实交代就送我去劳改……

杨少达 混账！他有什么权力？简直是无法无天！

徐定远 （严肃）姑娘，我想问你一句话，你能不能证实蔡金祥动过机器？

周慧珍 能，我给了他一把改锥。我还看见他动了定向装置。

徐定远 噢。你确实没有领过轴承备件？

周慧珍 确实没有。我不会撒谎，我说的都是实话……

徐定远 （思索）那么轴承呢？轴承是怎样丢失的呢？

〔远处传来人声。

杨少达 （出门看，回告）顾世成！

周慧珍 （惊惧）啊……

徐定远 姑娘，别怕。你看，现在屋里有三个人，比你一个人又多了两个。

杨少达 听老徐的。

徐定远 （想一想）先到里屋躲一躲。（拧开门上的铁丝）

周慧珍 他们要是上里屋找我怎么办？

徐定远 （凛然相告）实在躲不开你就挺身而出，咱们三个人一块儿跟他们走！

〔周慧珍惊视徐定远，被杨少达推进里屋。杨少达拴住门上铁丝，佯装和徐定远看图纸。顾世成和陈英立上，用手电筒查看槐树和围墙，捡起旧电线，面有疑色。

顾世成 这儿有人来过，木料也散了架。

陈英立 （观察）铁丝网好像没有动……

顾世成 去屋里看一看。（指小屋）

陈英立 等会儿。（放低声音与顾世成耳语）

〔顾世成点头，领陈英立敲门，进屋。

陈英立 老徐……

徐定远 噢，陈书记。

陈英立 哦，小杨子也在这儿。研究图纸哪？

徐定远 治保委员同志，带陈书记扔行李来了？

顾世成 不，不，老徐同志，实在抱歉。

陈英立 老徐同志，我们的工作太不周到了，让你住在这个地方。哎——三楼已经给你准备好了一间客房，我们来帮你搬行李。

徐定远 不用啦，书记同志。我很欣赏这个地方。哈哈……

陈英立 那算啦，老徐同志既然愿意住在这儿，我们就不勉强啦。不过这间房子年久失修，又赶上雨季，需要好好检查检查，修一修。

顾世成 是呀，修一修安全点儿。

杨少达 （不安）这不是很好吗？唐山地震也没有塌嘛。

陈英立 杨子你忘了，去年雨季，职工宿舍就塌了两间房！治保委员应当好好检查一下，看哪儿需要修？怎么个修法？

顾世成 （边检查房子，边找人）吊个顶子，抹上灰，这个地方安上纱窗。

陈英立 好。这地……

顾世成 地……（用手电各处照，并去照床底下）地上缺砖的地方墁一墁。

徐定远 （有意地踏踏防空洞上的盖板）这个地方怎么高出一块？挺不方便，是不是把它拆了？

顾世成 （一怔）不能拆，里边是防空洞。

徐定远 （注意到对方的表情）我说屋里怎么蚊子这么多。（指着洞盖）打开看看，洒点敌敌畏……

顾世成 老徐同志，刚刚打扫了没几天。这洞里很严实，根本没有蚊子。

徐定远 这两天老下雨，里边一定有积水。（试探）来，把钥匙给我。

顾世成 （为难）这……

陈英立 （起疑）唔，打开看看。

顾世成 好好。（伪装掏口袋）哎哟，钥匙还不在我这儿，在行政组。

杨少达 好办，咱们把它撬开。（拿出一把改锥）

顾世成 （有些慌）这，这是人防设备……

陈英立 算了，算了。明天你把钥匙拿来，打开检查一下。老徐呀，这里屋的情况怎么样啊？

顾世成 （松一口气）对对。

陈英立 （盯住右边门）我看里屋也修一修，里屋当卧室，外屋办公。

徐定远 书记同志，用不着了。我这一间就挺好嘛。

杨少达 （焦急）还是尊重老徐的意见吧，里屋不修了。

顾世成 （心虚）不修就不用看了吧？

陈英立 哪有光修外屋不修里屋的道理。走，进去看一看。

〔顾世成抢先走进里屋，翻弄东西，手电光闪动，气氛紧张。顾世成在里面故意喊："哎哟！他妈的！"

〔众人一愣。顾世成瘸着走出来。

顾世成 磕着了我啦。（直着嗓子）里屋跟外屋一样，吊顶子，抹灰，安纱窗。

徐定远 （惊奇）里边没有积水吧？我的关节炎就怕潮湿。

陈英立 （大失所望）老顾，回头通知修缮队，抓紧时间修理一下。（对徐定远）就这样吧。

徐定远 再坐一会儿吧。

陈英立 不了。

徐定远 有空常来串门儿啊。

〔陈英立与顾世成悻悻然来到院子里。

顾世成 （满心诧异）嗳——

〔陈英立怒气冲冲地止住顾世成，示意到前面去搜寻。二人同下。

杨少达 （窥视门外后，转身奔向里屋）小周，小周……（进去看看没人，反身上）老徐，周慧珍怎么没影儿了？

徐定远 什么？

〔周慧珍满头满身稻草抖瑟而出。

周慧珍 杨子！

杨少达 （帮她掸稻草）你藏在稻草底下了？

周慧珍 （惊魂未定）嗯……哦，不是的……

杨少达 （惑然）不是！那你藏在哪儿了？

周慧珍 听见你们在外屋说话，我就到处瞎钻，刚钻到稻草下边，那儿有块木板……

徐定远 木板？

周慧珍 原来木板底下捂着一个洞口……

杨少达 洞口？

周慧珍 （指指里面）就在那儿。我钻进去，一看，是一条地道。

杨少达 地道？

周慧珍 得亏他们没有翻稻草，要不然就看见那个洞口了。

杨少达 我想起来了，这儿以前是工人民兵训练地道战的地方，挖过很多假坑道，乱七八糟很曲折，里头都是相通的。奇怪呀，顾老二应该知道呀！为什么不进去找呢？

徐定远 是呀，他手里明明有钥匙，可是也不敢打开这个洞盖？（想一想，从床头找出手电筒给杨少达）小杨子，你到里边去看看这个地道通向什么地方。

杨少达 有必要吗？

徐定远 很有必要！

〔杨少达从右门下。周慧珍难受地倚在墙上。

徐定远 姑娘……

周慧珍 （畏缩）我有点冷。

徐定远 两天没饭吃……饿了吧，我这儿还有两块饼干。（拿出饼干）你再喝点热水。（往杯子里兑热水）

周慧珍 （受宠若惊）老徐同志，您为什么对我这样好……您不怕连累您吗？……您还不知道吧，我可是反革命子女。

徐定远 你这话说得不对。我们现在都是靠工资生活的无产者，都是一台机器上的零件。吃吧，吃吧。（从床上取外衣给周慧珍披上）

周慧珍 （感动）老徐同志，从来也没有人跟我说过这样的话……（抽泣）

徐定远 你现在还很紧张吗？

〔周慧珍拘谨地吃饼干。

徐定远 你刚跑进来的时候，精神状态很不正常，看上去不像一个会开现代化机器的青年女工，倒有几分像是黄世仁家里的使唤丫头。

周慧珍 我也看不见自己是什么样儿。我总是习惯低着头走路。

徐定远 感到处处低人三等，随时准备挨打。

周慧珍 （苦笑）您怎么知道我是这样想的？

徐定远 我倒霉的时候，我的孩子就是这么想的。我告诉他们，要抬起头来走路，处处都要和别人平起平坐，必要的时候还可以干架，用不着低三下四！狗眼看人低，你越低三下四，就越受人欺负！

周慧珍 （惶然）这样行吗？

徐定远 怎么不行？我们都是自食其力的劳动者，一不剥削，二不犯法，我们就应该享受人民的一切权利！那些想剥夺我们权利的人，他们才真正是犯法！

周慧珍 有这样的王法吗？

徐定远 有，这是马克思的王法：革命的最终目的是解放全人类。也包括你和你的父母在内！

周慧珍 （惊疑）我……和我的父母……

徐定远 你的父母还活着吗？

周慧珍 活着……听说留场就业了。

徐定远 你去看过他们吗？

周慧珍 没有，我也没有给他们写过信。

徐定远 应该写信，也应该去看一看，应该帮助他们！

周慧珍 （激动）不，我再也不想看到我的父母！是他们让我失去了做人的权利。“文化大革命”一开始，红卫兵就给我挂上了大牌子，推光了我的头，他们踢我，打我……撕我的衣服，（痛苦）他们残忍地侮辱我……现在顾家大院又来害我……老徐同志，为什么我的命运是这样的惨……老徐同志……（痛哭）

徐定远 （悲愤）可怜的孩子，你的命运不是你父母带给你的，你是被极“左”路线拿去祭奠他们大旗的牺牲品！

周慧珍 （惶惑）老徐同志，这样说行吗……我怕……我真害怕咱们说的话让人听见……

徐定远 （气恼）你怎么变成这样了？还给你人的权利你都不敢

要啊！

周慧珍 （掩脸苦苦思索）人的权利……

徐定远 明白吗？……来来，吃吧。

〔杨少达自院子外面进来，手里拿着两盒银焊片。

徐定远 （惊奇）你，你怎么从外边进来？

杨少达 老徐，这条地道和民兵训练的废坑道是相通的，可以通到马路边上的流水沟，有一块沟盖板挡着。我是从那儿绕过来的。出来的时候碰见曹大姐，她说开完会就来。哦，那个洞里边满是烂泥，有脚印。奇怪的是我在泥里捡了两盒银焊片。（递给徐定远看）

徐定远 这是新的？

杨少达 是新的，墨西哥进口的高档货。

徐定远 你们发现丢过银焊片吗？

杨少达 没听说过。这种东西由修理工随便领，丢了也没人知道。谁也不管。光是我们每天倒出去的垃圾就能养活十几个家庭，有人还从垃圾里捡到过一包岩石钻头上用的高级金刚钻石，价值一千多美元！老徐，资本家会这样办工厂吗？

徐定远 （惊讶）你们这儿领料没有规章制度？

杨少达 形同虚设！只有封建把头式的家长制度才是真的。随便哪个领导一签字，仓库就发料，爱拿去干什么就干什么。你信不信，我这个技术员给你签个字，明天你就可以领出一箱子电灯泡到农村去投机倒把！

徐定远 （沉吟）怪不得哪，催我搬行李，急着要我搬家，嗯……唔……

杨少达 我知道你在想什么。不会这么巧吧？

徐定远 有这种可能性……

杨少达　你为什么不把它想得更离奇、更曲折一些呢？

徐定远　（笑）就根据你刚才介绍的情况，我们的企业管理制度腐败到如此程度，完全靠所谓的凭良心办事，那么，人们就用不着太复杂的手段，只要用很简单的办法就能够攫取大量的不义之财。而且可以长期逍遥法外，不被发现！也正因为他们作案的手法很简单，所以我们一旦要认真地揭露它，也同样很简单！

杨少达　对！完全对！

徐定远　明天你能不能再调查一下，和N231型号相近的微型轴承在哪些国产机器里有用？特别要注意农业机械，尤其是和这儿有协作关系的单位的那些农业机械。

杨少达　（想想）有，我记得有一种超低量农药喷雾器用类似型号的国产轴承，两者可以通用。

徐定远　你记得很清楚吗？

杨少达　这种机器我见过。

周慧珍　（恍然）你们的意思……轴承……

徐定远　姑娘，姑娘，沉住气，也许我们现在正在犯主观主义的错误。（对杨少达）把银焊片装起来，这是重要的物证。带我去看看地道。

杨少达　（装起银焊片）好。

徐定远　姑娘，你坐着啊。（与杨少达进屋察看）

〔曹慕宜上。

周慧珍　（受惊地躲闪一下，旋即）曹大姐！（扑在曹慕宜的怀里哭）

曹慕宜　我都知道了，知道了。这……怎么一身都是湿的？老徐呢？

〔徐定远、杨少达复出。

徐定远　老曹来啦。（思索片刻，毅然决定）周慧珍必须马上离开这儿，要是被他们发现就麻烦了。大家都想一想，还有什么万全之策？

〔哑场片刻。

杨少达　走吧，我送她走！

徐定远　你送她到哪儿去？

杨少达　我送她到公安局去，要求给予人身保护，要求查出真正的犯罪者。

徐定远　公安局……现在有一种法律上的流行性感冒，人到了公安局就通知原单位，也许还会把人给你送回来。这样，小周怎么办？（故意）曹大姐同志，你看如何是好？

曹慕宜　（给周慧珍梳头）你说呢？

〔徐定远笑笑，就着桌子在笔记本上开始写条子。

杨少达　（不耐烦）你们都不用管了，我去折腾。

徐定远　等等，等等。（写罢，撕下一页给杨少达看）这两位是省建委的，这位是市委常委，这三个人都是我的牛棚难友，一块儿坐过喷气式。我想他们不会袖手旁观的。我们从干校出来的时候有过君子协定……

杨少达　君子协定？

徐定远　（一笑）你出去先找他们。

杨少达　（收下纸条）好！可是小周……

徐定远　你先把她藏起来。（对周慧珍）等有了眉目，你再来找我和曹大姐……

曹慕宜　（劝阻）老徐，你好好想一想，你这么干会把事情弄坏了。

徐定远　（断然）不能再想了，你们赶快走！

周慧珍　（迟疑地望着杨少达）小杨子，你打算把我藏在哪儿？

杨少达　我们家。

周慧珍　你家？

杨少达　我爸爸在轮船上半年也不回来，家里只有我母亲和妹妹，我就是一家之主！你不用害怕，我跟她们一撒谎，就说这是我从外地来的女朋友，就齐了。走！

周慧珍　（复杂的感情）小杨子……

杨少达　唉，别扭扭捏捏的。你不是两天没吃饭了吗，到外头我先请你美美地吃顿夜宵。走吧！

〔杨少达拉周慧珍欲往门外走。

徐定远　（急阻止）哪儿去？（示意杨少达和周慧珍从地道出去）

〔杨少达和周慧珍从右侧门下。

曹慕宜　（疑惑）他们这是往哪儿走？

徐定远　地道！

曹慕宜　什么？那儿能出去？

徐定远　小杨子没告诉你呀？

曹慕宜　没有。

徐定远　那儿有个地道！

曹慕宜　（目瞪口呆，警告）老徐呀，你可是深深地卷进顾家大院的风波里了。

徐定远　我还没有正式报到。

曹慕宜　（苦笑一下）别以为你没有正式报到就有行动的自由！你的一举一动都逃不出人家的手心呀。

徐定远　有什么动静吗？

曹慕宜　周慧珍刚才在这附近失踪，已经引起注意了。顾主任当时就离开会场，去给局长大人打电话……

徐定远　哦——

曹慕宜　乔美娜给我透露，这个电话跟你大有关系！

徐定远 （一怔）是这样……

曹慕宜 （真诚地）老徐呀，我劝你趁事情还没有闹大，赶快离开这儿吧。

徐定远 （坚决地）不！这场遭遇战恐怕是无法避免了。我不想放下武器！你知道吗，我又有了一个新的发现：就在我们的脚底下，很可能有一个秘密仓库。国家的物资，特别是那些短线工业品，也许还包括TS挖掘机的微型轴承，就是从这条地道里，（指防空洞盖和地道）源源不绝地流出去，流进了犯罪分子的腰包！

曹慕宜 （略略吃惊，忽而取笑起来）你很敏感，了不起的福尔摩斯呀……

徐定远 慕宜，我请求你，把你所掌握的顾家大院的内部情况毫不保留地告诉我！譬如说，用什么办法去骗取国家的高额奖金？怎么样伪造技术经济指标？又怎样把额外消耗转嫁给甲方！在这样一个单位里，这应该是家常便饭吧！

曹慕宜 （黯然地摇摇头）无可奉告。

徐定远 （激动）曹慕宜同志，二十五年以前，你在工农速成中学申请入党的时候，我是你的支部书记，二十五年以后我简直不认识你了！

曹慕宜 （痛苦而压抑地）我的朋友，你为什么要贪慕那英雄的虚名啊？五十岁的人了，还像一个孩子那样天真哪！……是的，我知道这个工程处种种可疑的数字和交易，对秘密仓库的存在也有所察觉，用不着笔记本，用不着查账，现在就可以如数家珍地一条一条告诉你。

徐定远 这就对了。

曹慕宜 这是没用的，这是官场！互相包庇，官官相护！抱大腿的，抬轿子的，吹喇叭的，穿连衣裙的，叠罗汉的，从局长到小小的施工队长都有自己的山头和过得硬的后台，现在原封未动！而你，可怜的人，连丢掉的党票还没有找回来，你不过是一个孤独的外来者，既没有尚方宝剑，又没有炙手可热的权势！你想一想，我那位死去的先生，就是闭着眼睛撞在蜘蛛网上，让蜘蛛给吃掉了……老徐啊老徐，二十多年的苦你还没受够哇？你头发都白了啊，你何苦哇！

徐定远 （冷笑）也许，我现在是一般人难以理解的怪物！我也深知自己的处境暂时还很孤立。但我绝不改变自己的信念！我不但要找你，我还要去找乔美娜，去找杨少达，去找更多更多的人。一个人逃出这个蜘蛛网那是很容易的，可是难道我们应该留下它去吃掉更多的人，去吃掉党的事业，去吃掉我们的现代化？！

〔僵局。曹慕宜陷入极度苦恼的窘境。顾世权上。

顾世权 （进屋见曹慕宜在场，语中含刺地打招呼）打扰你们两位了。

徐定远 哦，顾主任，又要让我搬房子……

顾世权 不，你误会了。我刚才已经批评了陈书记。我们应该很好地学习你艰苦朴素、深入现场的好作风嘛！

曹慕宜 我在这儿不方便吧？

顾世权 不，不，一块儿谈。（对徐定远）我特意来向你通报一下，刚才李局长来了紧急电话，他正式批准了我们的人工开挖方案，对机械事故表示痛心。根据局领导的指示，我们开了紧急会，正式任命由曹大姐担任人工开挖现场总指挥。担子很重啊。你们是老同学了，可不能袖手旁观。（强硬）李局长在电话里指定你立即正式报到。

徐定远 噢……这么快。

顾世权　他的意思无非是让我们坐在一起，制订一套应急计划，渡过眼前的难关吧。

徐定远　顾主任太看得起我了。

顾世权　（隐含威胁）至于对你落实政策的问题，李局长在电话里说，他正在考虑加快速度。

徐定远　（略一思考，断然）请你转告李局长，感谢他在此时此刻想起了徐定远。可是徐定远说：他既不打算提前报到，也不急于要求落实政策！

顾世权　没有商量的余地吗？

徐定远　没有。请你按照我的原话转告。

顾世权　（无奈）也好，也好。你刚从干校回来，生活上需要安排一下，可以到医院全面检查一下身体。我们知道你的两个孩子还在农村，已经向领导打了报告，会做妥善安排的。

徐定远　感谢领导的关怀。这些事，我自己会做的。

顾世权　好，好。我失陪了，我失陪了。

徐定远　不妨再坐一会儿嘛。我和曹大姐一起奉陪。

顾世权　不坐了，我马上打电话去，把你的原话转告李局长。老徐呀，这里的情况很复杂，一切要慎重。曹大姐，你最好早点儿休息，（刺激）以后奉陪老徐的机会多得很嘛。好好，再见，再见。（下）

曹慕宜　欺人太甚！（气得发抖）

徐定远　（转身询视曹慕宜）怎么样，有新的感受吧？

〔曹慕宜缓缓抬起头来，愤然击桌，凝望前方。

——幕徐落——

第三幕

◉**时 间**

距第二幕四天之后的夜晚。

◉**地 点**

乔美娜家中。

〔中等气派的客厅，墙上悬有乔美娜及其父母三人合影大照片。左过道口通向大门，右过道通卧室和厨房。窗外可见小院里的花木和围墙上的雨后水迹。

〔暴风雨中的短暂宁静。天空浓云翻滚，远处轻雷漫散。传来音乐声。

〔幕徐启：杨少达和乔美娜在欣赏音乐。

乔美娜 你还想听音乐吗？

杨少达 不想听了，今天的天气好像不适合听音乐。

乔美娜 你真会说，天气不好，连音乐都变得难听了。（凑近）好几年没上我家来了，这儿变样了吧？

杨少达 没怎么变，就是……你好像变得比以前难看了。

乔美娜 （不高兴）反正咱们两个有一个变得难看了。

杨少达 （暗笑）你们家老两口什么时候回来？

乔美娜 到该回来的时候就回来了。嗳，你说说，上北戴河休养可以带夫人，不让带女儿，这是什么缺德规矩？

杨少达 当大夫的还没有到那个份上，让夫人跟着去就不错了。（走近窗前看天色）下了两天大雨，天气预报说还要下，要下够一百二十毫米。

乔美娜 （赌气）下吧，爱怎么下就怎么下，把房子都飘起来，我坐洗澡盆去上班。

杨少达 （反感）说得多轻巧，房子飘起来，工地就完了。这种时候还搞什么人工开挖，拿工人的小命儿给顾家大院上供！（故意）还有人给他们吹牛，到电视台去录音，说日本的TS挖掘机运转得像一朵花！

乔美娜 （无奈，转而温情地）得啦，杨子，少管这些闲事吧。你有学问，聪明能干，何必跟那些没有见识的人多置那份气。（亲昵地）你呀，你应该好好想想，为什么总是跟这个社会格格不入，为什么总是倒霉？

杨少达 因为我喜欢睁开眼睛生活。

乔美娜 （轻叹）人的一生，不过如此，除了看得见的，摸得着的，剩下的空空如也。上帝是从来也不睁开眼睛的，所以特别恨那些睁开眼睛的人，他只把幸福赐给一辈子装糊涂的顺民，给他们发良民证。你明白我没有说出来的话是什么意思吗？

杨少达 明白，当然明白。我的小姐，你还是把玫瑰花献给你那位卖狗皮膏药的小长官吧。（笑）同时交那么多的男朋友，你忙得过来吗？

乔美娜 （冷冷地）既然这样恨我，何必要来看我呢。

杨少达 （看时间）我……我要在这儿等一位朋友。

乔美娜 （惊讶）哎呀，为什么让你的朋友上我家来？

杨少达 这位朋友，他才是真正想要来看你的人。

乔美娜 这可不行。今天晚上我这儿有客人，真的。

杨少达 客人几点来？

乔美娜 八点。

杨少达 八点以前我们一定走，不妨碍你。

乔美娜 （满腹疑团）说得挺神的……这个人是谁？（追着问）是长头发的？有没有鼻子？……来，帮我收拾一下……

〔杨少达过去抱起桌上的花盆。乔美娜铺上一块塑料桌布。

〔一阵沉闷的雷声，徐定远手搭雨衣上。

徐定远 （毫无拘束地看着笑）你们好呀？

乔美娜 （满不在乎）哦，老徐，原来是你，我们认识。哈……神秘的客人请坐，你喝花茶、绿茶、咖啡、小香槟，还是柠檬水？

徐定远 （坐下）我好像是到了食品商店！喝柠檬水吧。

杨少达 我等你有一会儿了，你上哪儿去了？

徐定远 我刚去了工地一趟。

杨少达 那儿情况怎么样？

徐定远 七号峒室正在排水，如果今天晚上继续下大雨……有很大的危险性。

杨少达 天气预报可是这样说的，大暴雨一百毫米以上，东南风七八级。你听，开始了。

〔雨声。三个人走近窗边看天。

杨少达 （忧虑）老徐，曹大姐采取了什么安全措施？

徐定远 她打算把工人从隧道里撤出来。

杨少达 应该撤。

徐定远 可是你们的主任和书记都没有同意。

杨少达 为什么？

徐定远 据说明天省里有个检查团要来验收大庆式企业。姑娘，有这回事吗？

乔美娜 没错。我们顾掌柜的吩咐了，说今天晚上必须把钢模板一条龙抢出来。等明天检查团来了，那么一看，上上下下，整整齐齐，头上不漏水，地下能走高跟鞋——一个全国闻名的先进施工样板，大庆式企业就这样在一夜之间诞生了！

杨少达 （愤愤然）我早就料到，我们这位大姐总指挥，她没有违抗上级命令的勇气！

徐定远 （默然）她现在的处境很艰难……

乔美娜 （置之一笑）谁也抗不住啊，这是特大号的政治任务，压倒一切，雷打不动……（一阵强大的雷雨声）哎哟，说来就来了。你们先坐会儿，我去把窗户关好。（下）

徐定远 （平静下来）刚才跟她谈得怎么样？

杨少达 没有细谈，我们俩人互相攻击了一番。

徐定远 你怎么了？你到这儿来的目的就是要消化她。

杨少达 我可消化不了她。享受、任性、狡猾，哪儿还有一点姑娘的样子？

徐定远 说得太狠心了吧？这个姑娘的脑子是很清醒的。她完全知道自己是在做一场噩梦，一旦后悔，她一定会回到你的身边。

杨少达 我不要她。

徐定远 讲一点人情嘛，好心能换来好报呀。

杨少达 （烦躁）算了吧，用不着跟她再费唇舌了。侦查工作已经有初步结论了，昨天检察院传过周慧珍。

徐定远 哦——怎么样？

杨少达 经鉴定完全证实，油针是蔡金祥松的。根据这点就可以定他一个诬告罪！

徐定远 （兴奋）轴承有线索吗？

杨少达 有！已经查明全省有三家农机厂在试制超低量喷雾器，其中有两家跟蔡金美有内部业务关系，都有可能用这种轴承。我给检察院写了技术性的证词。

徐定远 进展很快嘛。你很能干！

杨少达 （笑）还是你那几位牛棚战友能干哪。他们绕过了工程局，一点儿也没有惊动顾家大院。

徐定远 他们打算什么时候发动总攻击？

杨少达 检察院批准了，就在今天晚上行动！为了避免群众围观，时间可能要晚一些。我告诉你，那间小屋现在可没有人看着。

徐定远 不要紧，我加了一把锁。咱们马上就回去。

杨少达 现在就走吧。

徐定远 不，想要打开这个灰色王国所有的城门，钥匙在哪儿？（指指过道里）乔美娜！（顿一顿）小伙子，她是你曾经爱过的人呀……怎么能在关键时刻这样无情无义呢？

杨少达 （默然，勉强地）好吧，试一试……

〔乔美娜换了一身华美的衣裙，端糖果上。

乔美娜 （大方地）来，请尝尝我姑妈带回来的外国糖。（看一眼杨少达）干吗这样一本正经呀？（去开录音机）来听一段音乐吧。

徐定远 姑娘，我可是掌握了可靠的情报，听说你多才多艺，能歌善舞……

乔美娜 是吗？哈……（拿起糖果盒盖当作道具敲打起来，随着急促的响板节奏轻步起舞，顾盼之间频频向杨少达摆出挑逗的姿态）

〔徐定远示意杨少达对乔美娜热情些。杨少达生硬地应付一下，随即气恼地关上录音机。乔美娜戛然止步，满脸败兴。

徐定远 （佯装称赞）真是名不虚传！姑娘，你的家庭生活丰富多彩啊。

乔美娜 有什么办法，我是掌上明珠呀。不过……（黯然叹息）唉，恐怕只有天才会知道，我的苦恼就像天空的浓云，地上的雨水……

徐定远 那么说，掌上明珠对自己的生活还不够满意喽？

乔美娜 什么是满意，满意是什么？（想了想）也许是我永远不会满足现状……

徐定远 为什么？

乔美娜 我有充沛的精力，敏感的神经，美妙的胃口……

徐定远 还有出众的才华。

乔美娜 才华？我没有，我是个半文盲。

徐定远 我看过你写的很多报告，不像个半文盲。

乔美娜 （诧异）你真的看过？我不信。

徐定远 我看得很仔细，逐字逐句地研究。

乔美娜 （警戒，但很平静）提提意见。

徐定远 文笔流畅，逻辑性也很强，就像你跳的舞一样有声有色。

乔美娜 （笑）你上当了。

徐定远 （冷然）你很坦率。为什么要写让人上当的东西呢？

乔美娜 （一怔，解嘲地一笑）说着玩的，别往心里去。

徐定远 （微妙地）你说这话的时候很伤心吧？

乔美娜 （反问）你怎么知道我伤心？

徐定远 我会算命，从一个人的现状可以预测他的未来。

乔美娜 （紧张思索）哦，你还懂点心理学。你不是一般的人，你是微服私访的钦差大臣吧？

徐定远 我没有拿着尚方宝剑。

乔美娜 你总不会无缘无故地来找我吧？就为了喝柠檬水，看跳舞吗？

徐定远 交个朋友嘛，打听打听生活里有什么不如意的事？为什么要伤心？为什么要这样苦恼？

〔静场片刻。

杨少达 （诱导）乔美娜呀，说两句正经话吧。在你面前是一个有深刻思想的人，何必用疯疯癫癫的傻样子来贬低你自己呢，那岂不是太委屈了吗？

徐定远 （深沉地）姑娘，我看你不像是一个随波逐流的庸俗之辈，你的心里一定有过美好的理想，高尚的情操，向往过纯洁的爱情……（指指相片）你看这个小姑娘，她的眼睛在追求光明，她的心灵像火一样闪耀着青春的光辉……怎么能想象会有这样大的变化呢？

乔美娜 （怦然心动，蓦地将相片扣在桌上，冷笑一声）不要再看了，这个人不是我！……你不是问我为什么要伤心吗？因为我，不，我们……（机警地看一眼徐定远，大胆地往下说）我们完了！像疯子一样白活了十年，浪费了的青春再也找不回来了。当我们从噩梦中一觉醒来，才猛然发现自己从少女一下子变成了老太婆，心里是多么恐慌，多么害怕。唉，伤心也是完了。我们这一代生来就是这样的不走运，命中注定给人当枪使。神和魔鬼都一起商量好了来骗我们，叫我们上当，互相残杀，自己糟蹋自己，找谁算账去呀？愤怒的去流血，胆小的苟且偷生，庸俗的醉生梦死，风流的谈情说爱，懒惰的听天由命，缺德的流氓盗窃，挣得少的牢骚满腹，快乐的自我陶醉吧！

杨少达 （讥诮）听见了吗，这就是自我陶醉，玩世不恭，逢场作戏，真真假假，假假真真……

乔美娜 （不服气）玩世不恭又怎么样？国家欠了我的债，社会欠了我的情，政治骗子玩弄了我的思想和感情！我本来可以成为一个艺术家，我本来可以成为高级医生，无论干什么也比现在在办公室当个花瓶强。是谁剥夺了我的理想？是谁毁灭了我的锦绣前程？谁又能为我说句公道话？哈……（大笑）只允许别人欺骗我，就不允许我……（惨然）你看到的那个小姑娘，她早就死了，她的灵魂也不存在了……我现在想怎么混就怎么混，谁也管不着！

徐定远 谁也管不着！说得多么坦率，多么理直气壮！

杨少达 （厉声地）我们要是管一管呢？

乔美娜 （警惕，神经质地）哦，还想管我啊……难道我真的有什么把柄落在别人的手里……你们，你们到底是干什么来了？

徐定远 （真诚地）我们惋惜那位小姑娘的悲伤和沦落，眼看着一朵有生命的花即将变为灰烬，命运是这样的不公平，又是这样的无情……（从口袋里掏出几张纸）聪明的姑娘，既然你向我流露真情，请允许我向你请教一下。我拜读了你的各种大作之后，把没有看懂的地方开了一份清单，共收集了六十七项……

乔美娜 （惊愕）谁提供的材料？谁要你收集的？

徐定远 请安静地听一听。七八建字二〇六号报告申请建设银行拨款一万八千元购买救护车一辆；二一五号报告转入资产登记变成了供日本专家使用的交通车；二三二号报告又提出要长期租用客运公司一辆旅游车给日方人员专用。奇怪的是，变了几个戏法之后，这辆本来专给工人救命用的所谓救护车，原来根本就不存在，而是把一万八千元拿去给局长办公室买了一辆专为头头脑脑游山逛景的旅游车！又是同一个报告人，二月份和烟台水产储运公司协议，借用本市支票十三万四千元套购短线汽车配件。而烟台方面将一千九百斤大对虾以腐烂变质价，当作饲料卖给马头公社农机厂，每斤售价只有半分钱。这批对虾后来供应给副食商店的批发价变成了每斤两块一毛二。这个社办工厂的厂长是顾主任的七小姨，蔡金祥的七妹蔡金美。洽商代表是乔美娜！ 还有一份评比大庆式企业的总结，其中有三十六处……

乔美娜　（把清单抢了过去）大惊小怪！有办公室的公章，有合法的手续，公对公，社会主义对社会主义！你们想干什么？我一分钱也不要，我父母亲每月加起来三百八十元工资，在这条街上是冠军，还没算我自己的四十块另两碗粥！

徐定远　姑娘，你知道不知道，你正在犯错误？

乔美娜　（并不示弱）先生们，你们是在跟我闹着玩吧？

杨少达　我干脆换一个你比较容易接受的说法：你正在积极而自觉地伙同别人犯罪。

乔美娜　你们两个人的神经都有点不正常吧？像这样的交易也不过是正常的业务活动，司空见惯！

徐定远　（严厉）没有查出来的不算，查出一个是一个，就是犯罪！让我不明白的是，既然你一分钱不要，为什么要用卑鄙的手法，去破坏国家的经济法规和管理制度？

乔美娜　（争辩）哪一点卑鄙？哪一条犯罪？即便是走了几段曲线，给协作单位和自己的职工谋点福利，也不过是约定俗成，法不治众！

徐定远　（痛心）自己神经不正常，倒说别人是不正常；明明是用卑鄙的手段违法乱纪去坑害国家，却叫作正常业务活动，司空见惯！“文化大革命”制造了多么奇形怪状的产物！姑娘，你有没有想到，就在你的合法手续的掩护之下，一些寄生虫和骗子手正在浑水摸鱼，悄悄地打开人民银行的保险柜，把成捆成捆的钞票装进自己的口袋！而另外一些满口马列主义的正人君子们，又把人民的血汗钱大把大把地送进炉子里烧得一干二净！

〔乔美娜难堪地埋头不语。

徐定远　（一片赤诚地）一九七六年，你的那些青年朋友，包括杨少达，他们为了拯救我们苦难的祖国，流下了自己的热血，戴上镣铐锒铛入狱。他们的英勇行动叫我们老一辈的人也要感到万分惭愧！可是也有另外一种青年人，他们养尊处优，麻木不仁，在我们壮丽的革命事业和时代洪流的面前无动于衷，甚至怨天尤人，自甘堕落！而我们老一辈的人没有用自己的行动去感化他们，去向他们公开承认自己的软弱无能，去引导他们及早地清醒过来，这是多么严酷的现实！姑娘，你是有权利责备我们的，是我们对不起你！我的痛苦比你更深……可是我希望你不要再往前走了，回过头来，回过头来和我们一起找一找共同的语言吧！

杨少达 （正告）乔美娜同志，我们都同情你在精神上的痛苦，可是也必须向你指出，玩世不恭的人到头来是自暴自弃。你是在报复你自己！用交易所的投机手段去换取党票和官职是可耻的。这样来路不明的党票就会像一块烧红的铁，它烫你的手，烧你的脸，让你睡不着觉，总有一天叫你付出痛苦的代价！这才是天上的浓云，地上的雨水吧？

徐定远 （拿起相片问杨少达）这个小姑娘她……

〔雷雨声。乔美娜掩脸抽泣起来。

杨少达 （将相片放回去，看时间）八点差一刻了，老徐，咱们走吧。八点钟这个客厅里要来别的客人。

徐定远 好，我们告辞了。

乔美娜 （突然）谁也别走！你们倒省事，喝了我的柠檬水，吃了我的外国糖，留下我一个人，好不客气呀！我现在正式邀请你们参加八点钟的酒会。

徐定远 酒会？姑娘，明天我单独来拜访你，咱们继续吃外国糖，怎么样？

乔美娜　不行，今天我请定你们了，我非要看看这精彩的一幕，我不跟你们开玩笑！

杨少达　谁来这儿聚会？

乔美娜　顾家大院的土地爷。

徐定远　唔——今天晚上？（紧张思索而后决断）好，我不走了，我给你当服务员。

乔美娜　杨子，你也别走。

杨少达　（以眼色询问徐定远后佯应）你准备去吧，我不走。

乔美娜　（神情恍惚，凄然而笑）哈……你们以为我是胆小鬼吗？以为我像一根面条吗？敢当秘书就敢应付复杂的场面……（蓦然在徐定远的耳边说了一句莫名其妙的话）就这么办，我去烧开水了。（下）

杨少达　（困惑不解）你真的参加顾家大院的聚会？

徐定远　是的。

杨少达　跟灰色王国的皇亲国舅干杯？

徐定远　当然。唔——你现在可以走了。

杨少达　（愕然）我走？留下你一个人单刀赴会？

徐定远　小伙计，怎么胆小了！现在是二十世纪，不会有吃人生番把我宰着吃的。走吧，马上行动！回去以后守住那个秘密仓库，防止转移赃物，搜查的时候首先要注意微型轴承。（拿出钥匙）这是门上的钥匙，这是防空洞口加锁的钥匙，拿着。

杨少达　（接过钥匙，披上雨衣，迟疑地回头）老徐，请你别忘了，隧道里的工人还没有脱离危险……

徐定远　（严峻地）忘不了。

〔杨少达下。风雨声渐紧，徐定远开始摆桌椅，拿抹布擦拭……

〔汽车停车声。顾世权、陈英立和蔡金祥携酒菜上。汽车声远去。

顾世权 你叫司机几点来接我们？

蔡金祥 十一点。

顾世权 是不是太晚了？

蔡金祥 不晚吧……

陈英立 （发现徐定远，吃了一惊）哦，老徐在这儿！

徐定远 恭候多时。请别见笑，女主人临时请我当一会儿服务员。

顾世权 服务员？这……这怎么行……

徐定远 不必介意，同志们请坐，我把酒菜拿去装一下碟子。（从桌上拿起罐头和塑料包下）

蔡金祥 （想去劝止）嗳，嗳……

陈英立 （惊疑不已）这位小姐怎么把徐定远请来了？

顾世权 还要当服务员，从哪儿说起呢？

蔡金祥 老顾呀，这里头有什么名堂吧？

顾世权 你们认为……

陈英立 （沉吟有顷）徐定远的来历非常可疑，拒绝提前报到，又不急于要求落实政策……周慧珍逃走的那天晚上，正好在他住的小屋附近失踪。第二天杨少达请了五天事假，到现在一直没有上班，不知道干什么去了。

蔡金祥 这个姓徐的跟曹寡妇的关系很密切，我刚刚在工地看见他们两个人在指挥部里交头接耳，嘀嘀咕咕，磨蹭了半天也不出来。

陈英立 奇怪了，难道局领导会在背地里派人给我们一刀吗？

蔡金祥 我们哪点地方对不起李伯平？他儿子跟外甥女结婚我们给了他一个大单元；旅游车归局长办公室长期使用；日本专家送

给我们的全部礼物也都上缴归局了嘛。光是那一架米依达自动洗片照相机就值两千五百多块！

顾世权 （摆手制止，颇有自信）我看你们有点疑心生暗鬼吧。周慧珍不是畏罪潜逃吗？杨少达明明是跟咱们闹消极怠工嘛。局党委是信得过我们的，用不着胡思乱想。

陈英立 老顾，万一局党委并不掌握徐定远的底细；要是他跟上头还有看不见的天线联系……明天检查团跟他一碰头，提起周慧珍，提起微型轴承，提起挖掘机并不存在不适合地质条件的问题，咱们可就赶在坎儿上了！

顾世权 （心烦）这些问题待会儿研究一下……

蔡金祥 （反问）咱们就当着徐定远的面研究吗？

顾世权 （气冲冲地）把乔美娜叫出来！

蔡金祥 （走近右侧，低声）小乔，你来一下。

乔美娜 （哼着轻快的调子，故作高兴的样子提水壶上）嗳，蔡老舅，劳驾拿杯子沏茶。左边第三格有好茶叶……

顾世权 （严肃地）丫头，过来。老徐是你请来的吗？

乔美娜 是呀，还有杨少达呢……嗳，（寻觅）小杨子哪儿去了？他怎么跑了！

顾世权 （重重地）你还请了杨少达？！

乔美娜 请了。

陈英立 （恼怒）谁叫你请的！

乔美娜 （神色诡秘）哦——我的朋友遍天下，不只是一个阿尔巴尼亚！（笑）凑合着点吧，赶巧了……

蔡金祥 撞车了！

顾世权 简直是胡闹！你知道有多少事等着在这儿商量吗？

陈英立 来，来，待会儿你把他请走。

乔美娜 （故作惊讶）请他走？你们知道他是干什么的吗？

陈英立 你说他是干什么的？

乔美娜 他是无任所大使兼不管部部长、心理学家……

顾世权 （没有听清楚）什么？你再说清楚点……

〔徐定远端碟子上。询问中断，场面尴尬。

徐定远 来啦……请，请……（打开瓶盖）

陈英立 （进退两难）嗳嗳，我们自己来吧，自己来……

徐定远 别客气，都请坐下吧，坐下吧。（斟酒）

〔众人勉强入座，神情局促。

徐定远 （主动举杯）我是服务员嘛，理应由我先敬同志们一杯。请恕我冒昧，请教一下，今天是什么好日子，有什么值得庆贺的题目？让我也沾一点光，跟大家一起高兴高兴。

〔哑场片刻。

陈英立 要说题目嘛，说起来话就长了……

蔡金祥 （戒备）也没有什么大的题目，食品厂送了点出口转内销的试用罐头……

陈英立 买的！

蔡金祥 对，买的！嘿……大伙儿一起解解馋嘛，吃点，喝点，补充点营养。

乔美娜 （突然失笑）老徐同志，蔡老舅在蒙你呢！今天是蔡工和小陈借我的一方宝地请客。内部消息，陈英立同志被任命为工程处的正式党委书记，代理那两个字是一去不复返了。

陈英立 （愕然）小乔！你……

乔美娜 还有哪，工程局批准第一批晋升工程师的名单里，有我们蔡舅舅的大号。他下个月还要出国考察，发给他五百美元外汇，买点洋货……

顾世权　（愠怒）不要随便乱说，名单根本还没有公布！

乔美娜　老徐同志也不是外人，何必瞒着人家呢？哦，今天晚上还有一件喜事，待会儿省电视台要播送一段新闻片，在座的各位领导都能上显像管。由乔美娜录音解说，声调优美，感情充沛……

陈英立　你今天怎么了，还没有喝就醉了！

徐定远　酒不醉人人自醉吧。

蔡金祥　是的是的。她自己也有一件大喜事，机关支部已经讨论通过，很快就要加入我们的先锋队！来，干杯吧！

乔美娜　（一愣）不，这一杯存着！

徐定远　（鼓励）姑娘，喝吧，为了你获得新的生命！

乔美娜　好，我喝！（一饮而尽）

顾世权　（霍然而起，虎视眈眈）既然老徐同志这样瞧得起我们，一定要敬我们一杯，我们领情了！说实在的，我们这个工程处，一贯高举红旗，精神变物质，物质变精神，全体职工干劲冲天，在困难面前没有含糊过，在全国也是数得着的先进样板。就凭同志们这样努力玩命，不辞辛苦，不计报酬，不谋私利，我看，给点荣誉，担点职务，入团入党，也是名正言顺，理所当然的吧！这一杯应当喝！

蔡金祥　（兴奋）说得好，有根有据！

陈英立　为了实现四个现代化，我们是付出了相当代价的。大好形势是靠我们自己打出来的！

乔美娜　（故意插话）机器坏了，就搞人工开挖；白天不够用，就改三班倒；不论刮风下雨，天塌下来也照样完成工程指标啊！

顾世权　这话说得实在！人工开挖取得了空前的成功！（大声）来，老徐，干杯，干杯吧！

〔顾世权、陈英立、蔡金祥三人举杯欲饮，情绪高涨。

徐定远 （神色沉重）等一等！这酒恐怕不能喝吧。你们听，外面的雨越下越大，我预感到一场可怕的灾难随时都可能发生！

蔡金祥 不明白，一点也不明白你的意思……

徐定远 工程师同志，你不会不明白吧！我们刚刚在工地都亲眼看到，七号峒室的挡土墙在强大的渗透压力下随时都有倒塌的可能，现在已经到了千钧一发的危急状态！

顾世权 （不大经心地）老蔡，有这样的问题吗？

蔡金祥 （笑）这位老徐，纯粹是没事闹事！ 七号峒室我刚才亲自检查过，哪儿来的危急状态呀——没事！

徐定远 工地总指挥掌握的情况跟你说的正相反，她曾经三次请示处本部……

顾世权 这我知道。

徐定远 同志们，当务之急是应当立即下令停止工作，把人员撤出来！

蔡金祥 哎，女人都是耗子胆，你少听曹大姐念秧子！打雷下雨是在地道的外头，里边连声都听不见，还有八百六十丈远哪。神经过敏吧！

徐定远 不对！科学它从来就不承认伪造的解释。对人命关天的大事绝不应该存在侥幸心理！

陈英立 搞四个现代化想一点风险不冒，不大可能吧。老徐，你还不大了解情况，这是政治任务，明天有省的检查团要来，我们是全省第一批里的第一号待验收大庆式企业！

徐定远 （激动）仅仅是为了检查团，为了挂一个大庆式企业的金字招牌，而不顾工人的死活？！（问顾世权）顾主任同志，我诚恳地请求你下令吧，把工人撤出来！

〔气氛紧张，顾世权脸色阴沉，木然危坐。

乔美娜 （微笑一下）老顾主任是要向工地发紧急指令吧？我去给你打电话。

顾世权 （冷笑一声，神态森严）我很想知道 一下，老徐同志是哪一条线？代表哪一个系统向我姓顾的发号施令？

陈英立 名义上是到这儿来蹲点，可是又还没有正式报到……

蔡金祥 老徐，你有尚方宝剑吗？拿出来给我们开开眼。

陈英立 要真是这样的话，我们听你的！

徐定远 （悲愤而惨笑）哈……可悲的现实呀。请问顾主任，假如我徐定远既没有通天的线，也不代表你所害怕的系统；假如我仅仅是一个无职无权的小人物，假如我认为自己最大的后台就是党的中央委员会和国家民族的利益、人民的力量……你又作何打算呢？

〔静场片刻。

顾世权 （漠然一笑，拿出一份文件）这是局党委今天下午做的决定。

〔众人一愣。

顾世权 本来想明天再通知你的，既然找上门来……小乔，念一念。

乔美娜 （神色惶然，接过去，念）“机密。通知直属第一工程处和徐定远本人：在落实政策的过程中，发现徐定远同志在其蹲点单位进行有害的非组织活动……”（惊住）

徐定远 念吧！

乔美娜 “兹决定该同志停止向工程处报到，由局党委重新分配工作。”

〔徐定远震惊地接过通知，怒形于色。

顾世权 我早就警告过你，不要干涉我们的内政。就打算你真的有过硬的后台吧，可以通过垂直关系传过来嘛。我这儿绝不允许有人搞地下活动，兴风作浪！

陈英立 这叫作“人不犯我，我不犯人”……

蔡金祥 （气势汹汹）人若犯我……

顾世权 （伪作宽容）得啦，就算住了几天免费的旅馆吧。招待得不好，（端起杯子）我表示热烈欢送！

徐定远 好一个逐客令！（冷冷地）这份文件，立此存照吧。小乔，去把雨衣给我拿来。

乔美娜 （进退维谷，惶惶然）不……不…… 老徐是我请来的客人……你不要走……（把徐定远推到一边）

〔徐定远十分焦急而愤怒地仰望窗外的雷雨闪电。

蔡金祥 （旁若无人）来，老顾，咱们喝咱们的，别管他了！

陈英立 （悠然看看手表）时间到了，把电视开开，现在有好节目！老徐，老徐，过来一块儿看看吧。

〔蔡金祥过去开电视机。屏幕上出现新闻片段。乔美娜的录音：“……从国外引进的 TS 挖掘机，正在本市穿越冷水河的隧道工程中使用……”

蔡金祥 好，好，周慧珍的镜头没有了，删掉了……哈哈……我们的黄金时刻！

〔徐定远突然关上电视，背靠屏幕怒目直视。

蔡金祥 你要干什么？

徐定远 （凛然）顾家大院的先生们，在我离开这个灰色王国之前，请让我把你们认为的非组织活动向诸位汇报一下。据我了解，电视上播放的这台挖掘机，在七天以前已经完全瘫痪！你们欺骗国家欺骗人民已经达到如此明目张胆的地步：机器坏了，你们谎报机器不适合这里的地质条件而改用人工开挖。你们心里很清楚，你们把这条隧道的结构抗震费拿去盖了一座所谓的立体工棚，实际上是一座六层高的、豪华的办公大楼，从而造成了这条隧道的致命隐患；改用人工开挖，就必然使工人面临死亡的威胁。还有，此时此刻，此时此刻我们的工人阶级弟兄正冒着生命的危险，充当你们飞黄腾达的垫脚石。他们的妻子、儿女每一分钟、每一秒钟都在提心吊胆，可你们却在这里频频举杯，为祝贺自己的青云直上，沉醉在一片欢乐之中。唐朝的伟大诗人杜甫写过："朱门酒肉臭，路有冻死骨。"这千古名句启发了我，让我看到这酒杯里装的不是金奖白兰地，也不是大庆式企业的光荣称号，而是工人的汗！工人的血！工人的眼泪！……

顾世权 你！——还有什么？

徐定远 还有，机器损坏了，微型轴承到什么地方去了？你们至今不追查真正的犯罪者，竟践踏法律，包庇坏人，陷害周慧珍。这件事情，很可能构成领导人的违法犯罪！

陈英立 你这是诬蔑！

蔡金祥 你这是吓唬人。

顾世权 还有吗？

徐定远 这还不够吗？

顾世权 哈哈，哈哈——扯淡！（勃然大怒）就你刚才列举的罪状里，还没有一条够给我戴上手铐，离党内警告的程度也还差得远哩！只要不是敌、特、叛，不往自己的腰包里多装一个驴粪蛋，且不说是一般的工作差错，就是全工程处二千三百万固定资产一把火烧光、死十个八个人，我也还有资格到别处去当厂长。我还是我，你拔不下我身上一根汗毛！我们只对自己的上级负责，轮不到一个被开除党籍的反面教员来给我们上课！

徐定远 说得很深刻！今天晚上只有这段话说得最深刻！既说明了顾家大院的内幕，也指出了整个社会目前还存在着大问题！二千三百万固定资产烧光了，死十个八个人没问题，你还可以当厂长！岂止是厂长，你还可以提升为局长、部长，甚至于……

顾世权 你……

徐定远 千百万为解放人民牺牲流血的烈士们，他们何曾想到，就在他们倒下去的地方，他们的鲜血，居然会养肥人民的老爷！可怜哪，可怜你们坐井观天，妄自尊大。现在我们伟大的祖国正在发生你们不能理解的变化：一个腐朽的、保护工人贵族和官僚特权的经济体制正在迅速解体！在你们控制严密的灰色王国内部，已经出现了燃烧的火花。越来越多的职工群众正在揭穿你们的假面具！（看表）也许用不了一个小时，这把火就会首先烧到你们的身上！我徐定远不愿意看到你们最后低下头来，走上法庭的被告席去毁灭自己！

顾世权 （狂怒）你……你滚出去！

〔风雨交加。

徐定远 （决然）小乔，请带我去打个电话！

陈英立 （警觉）站住！（凶狠地转向徐定远）你想搞什么鬼？想利用她的秘书身份去给工地假传圣旨吗？

徐定远 （气得发抖）看样子你还想剥夺我打电话的自由！

陈英立 这个电话你打不出去！

蔡金祥 （张牙舞爪）想破坏我们的工业学大庆运动，痴心妄想！老实说吧，是哪个部门派你来的？是谁指使你在我们这儿进行特务活动？

〔陈英立与蔡金祥逼近徐定远。

乔美娜　（惊慌地上前阻挡）你们想干什么？这是我的家！我的家！

〔僵持。风雨大作，雷声隆隆。

徐定远　（呼唤）请看这是多么精彩、多么丑恶的表演！两千年前的封建主义幽灵，竟然在有三十年历史的中华人民共和国里如此横行！（欲下）

乔美娜　老徐……（痛苦犹豫，突然从衣架取下雨衣，向门口跑去）

顾世权　（威慑地咆哮）站住！

〔乔美娜惊恐地怔住。外面汽车声，急促敲门声。乔美娜跑去开门。手臂受伤的曹慕宜披着雨衣，穿长筒胶靴，满身泥水上。

徐定远　（吓了一跳）慕宜，你……

曹慕宜　（不答，扫视桌上的酒菜，怒容满面）好呀，躲到这儿来了！喝吧，你们痛快地喝，喝够一百二十毫米吧！七号峒室的挡土墙倒塌了！

顾世权　啊！（大惊失色）

陈英立　（急问）峒室里头有人吗？

曹慕宜　没有人，有四十六把活着的铁锹！

〔众人震惊。顾世权忽然痛苦地按住胸口，跌坐在沙发上。

陈英立　（反诘）你……你怎么能随便离开现场呢？

曹慕宜　我来请示主任、书记怎样组织抢救。我请示过无数次了，我现在接着请示……跟我走吧，汽车在外头等着……

陈英立　（故作焦急，耍滑头）我……我是不懂技术的呀，再说这位心脏病人，我也要在这儿照顾一下吧。

曹慕宜　（提高声音）工程师跟我去吧，你不是担保有绝对的安全吗？你不是说天上的雷打不进地洞里去吗……

蔡金祥　我，我根本没有说，那是……

顾世权 （挣扎仰起，呻吟）曹大姐，既然你是总指挥，你就全权处理吧，我们信得过你……

曹慕宜 （惨然）要是死了人呢？谁来全权处理？谁信得过我？人工开挖是你们决定的，总指挥是你们任命的，当你们把工人强行指挥到死神那里去，当现场出现险情，我建议把工人撤出来的时候，你怎么不让我全权处理？你们谁信得过我！？现在四十六名工人被堵在地洞里，你们谁也不肯到现场去！（指自己）死亡事故应该由总指挥负全部责任，是吗？（怒不可遏）好一个如意算盘！周慧珍当了替死鬼，还想再找一个垫背的！（恶笑一声，恨恨地坐下）美娜，给我一双干净筷子，让我也享受享受，让我也尝尝大中华香烟是什么滋味。（点起一支烟）

〔传来汽车叫人的喇叭声。

顾世权 （被迫退让）老蔡……老蔡，你去一趟！

蔡金祥 我？（畏缩）我是外行，外行呀……

徐定远 （大为惊诧）慕宜……

陈英立 （急得团团转）曹大姐，情况紧急呀，你把吃的带走吧，烟也拿走。老蔡，跟曹大姐走！（动手把食物装进塑料袋里）

曹慕宜 （绝望地）我不走了，等死了人我再走。我现在没有什么可害怕的了，你们在座的都可以做证，当总指挥正在请示书记、主任的时候……七号峒室水位上升，造成集体溺水死亡……

陈英立 （哀求）曹大姐，不要意气用事嘛……（移向徐定远）老徐，老徐同志，帮帮我们的忙吧……

乔美娜 （故意）陈书记，老徐……他停止报到了，他手里没有尚方宝剑……

顾世权 （气急败坏）乔美娜！

徐定远 （深沉地）慕宜，我们到工地去吧。救人要紧！

〔曹慕宜掩脸避开徐定远的目光，哭起来。汽车鸣笛。

徐定远 （扔掉曹慕宜手里的香烟，给她披上雨衣，拉她起来）我们失陪了。你们没有预料到的情况还会一个接一个地发生，留下给你们考虑的时间不多了，好自为之吧。

曹慕宜 （痛悔而愤恨地）顾家大院的长官们，你们坑害了我……我上当了，你们也必将自食其果！这场戏看你们怎么收场！

〔众人惊疑地目送徐定远搀着曹慕宜走向过道。

乔美娜 （从衣架上取下徐定远的雨衣追过去）你的雨衣……

徐定远 （意味深长地）姑娘，夜深了，不能再喝了，收拾残席吧。

〔徐定远与曹慕宜下。乔美娜待在过道墙边发愣。

陈英立 （怒视蔡金祥）你在等什么！

蔡金祥 （耍死狗）我……我头痛得厉害……

陈英立 你走！跟他们走！

〔蔡金祥慌忙拿起雨衣，捎上塑料食物袋，装上两盒香烟，急下。汽车声远去，雷雨交加。乔美娜神秘莫测地斜视陈英立一眼，心神恍惚地开始收拾桌子。

顾世权 （如梦初醒）他们……都走了……

陈英立 （陷入困境）徐定远到底是什么人呢？周慧珍真的是失踪了吗？机器到底是谁弄坏的呢？七号峒室会不会死人……老顾，你心里有底吗？（恐慌）这局面怎么收拾？明天检查团来了说什么？

顾世权 （苦着脸，勉强振作）别慌，千万别慌，沉住气……明天一早你先通知市委、检查团不要来了，咱们一起去找李局长。

陈英立 找李局长？这……这怎么跟他交代呀？

〔顾世权苦苦地思索。

陈英立 （恨恨地恶笑）我早就看出来了，土豆烧牛肉又时兴了。像徐定远这样的出土文物一放出来，我们的日子是越来越不好过了……

顾世权 （摆手制止）扯远了……咱们还是先想想眼前吧。人工开挖是局长批准的，文件上有他的签字，七个副局长有五个画了圈呀！咱们跟李局长说：这是不可抗拒的自然灾害，由于遭受特大暴风雨的突然袭击……

陈英立 （恍然大悟）对，对。还有，由于工地总指挥处理不当，拒绝采取紧急措施，在关键时刻随意逃离现场，因而……

乔美娜 （大吃一惊，呆呆地）你说的是谁呀？是曹大姐吗？

顾世权 （惊觉乔美娜在场，阴狠地盯着她）不，不……小陈说得不对……他……他喝多了……

乔美娜 人们不是常说“酒后吐真言”吗？

顾世权 （逼视）丫头，你今天晚上有点不对劲吧？

陈英立 （灵机一动）老顾，你的心脏不舒服，上里头躺一会儿去。（让顾世权下去）

〔乔美娜惶惑而愁苦地徘徊，端起茶盘，突然长叹一声，把几个杯子里的剩酒通通喝光。

陈英立 （阴森森地靠过去）刚才我跟老顾说的话，你可不能说出去。

乔美娜 （神情异样）看吧，杯底的苦酒我都喝光了，我的心不会再变的。

陈英立 （忧喜交集）美娜，你要相信，这一切不愉快的事情都会过去，我们上头有人，再大的浪也翻不了船！亲爱的，你是了解我的……给我一点温暖，给我一点麻醉，给我一点精神的支持……（走近乔美娜，随手拉灭电灯）

乔美娜 （后退一步，把灯拉亮，冷笑）光有我麻醉不了你吧？还得加上我的嫁妆，我的房子！你看，老头、老太太一挺全撇下，连地上的尘土全是我的，全是姑爷的！荷兰的彩色电视、日本的立体声、摩托车、电冰箱，还不用说箱子里的衣物、银行里的存款……（大笑）

陈英立 （惊疑）美娜，你在说些什么呀？（上前一步）

乔美娜 （又退一步）你想要这份嫁妆吗？你一定是想要的，我从你那火一般热情的眼睛里看出来你是想要的……

陈英立 （慌乱）你是在说胡话吧！

乔美娜 金钱、女人、美酒、权力、名誉、地位，都是你想要的。只要能得到这些东西，今天你是共产党，明天你也许会加入希特勒的党。在你那粉红色的长袍里一颗阴险的心跳动得多么繁忙！你永远不想要的东西只有一种，那就是廉耻！

陈英立 （悚然变色）乔美娜，你，你疯了？！

乔美娜 （厉声）弄虚作假的文章我作够了！把入党申请书还给我，还给我！我不入你们顾家大院的党，我也不配做真正的党员！还给我，给我！

陈英立 （凶恶地）你这个恶毒的女间谍，哪棵树大你缠哪棵，你的目的就是要出卖你的灵魂！

乔美娜 （疯狂地喊）伪君子、市侩、诈骗犯！你拿我当赌博的筹码！你害得我里外不是人，我轻饶不了你！

〔陈英立红着眼扑过去。乔美娜闪到桌子的另一端，跳到大茶几上，举起茶盘当武器自卫。

〔顾世权扶着墙出现在右侧，惊视这奇怪的场面。

乔美娜 （发现顾世权）顾家大院大掌柜的，二掌柜的，我们家是干净的地方，我现在正式宣布你们是不受欢迎的人！你们给我走，现在就走！

顾世权 姑娘……你……

〔急促的敲门声。顾世成狼狈地跑进来。大雨倾盆的声音。

顾世成 （着急）哎呀，大哥，陈书记，你们让我好找呀！

陈英立 （吃惊）怎么回事？

顾世成 周慧珍不知怎么的又钻出来了！

顾世权 （吓得一怔）周慧珍？你看见她了？

顾世成 她带了公安局和检察院的人，还有局里的保卫干部，把小屋给看住了。杨少达也在那儿！

〔乔美娜高坐在茶几上作壁上观。

顾世权 哪间小屋？

顾世成 就是姓徐的住的那间。他们拿着搜查证，正在找你们两个亲临现场去签字。

陈英立 你说实话，那个小屋里有什么毛病？

顾世成 那个防空洞里……存了点东西。

陈英立 存了点东西？有账没有？

顾世成 没有……没有账……

顾世权 （气急败坏）你好大的胆子……你你你！（使劲打顾世成一个耳光）

顾世成 哎，大哥，那都是你七小姨蔡金美要的东西！

顾世权 什么！我怎么一点儿也不知道！

顾世成 哎哎，大嫂知道，她不让我告诉你！

顾世权 （叫苦不迭）一个接着一个，一个接着一个……

顾世成 （哀求）陈书记，救救我吧，救救我！咱们可都是老乡，咱们可是喝一口井里的水长大的，咱们可是一个观点的派呀。你千万得想想招儿，就说是临时仓库，备战防空的仓库……领导上说句硬话，组织上开个硬证明，能蹚过去。七四年不是有先例嘛……

〔乔美娜幸灾乐祸地在一边暗笑。

陈英立 去你的吧！（恼恨地冲到顾世权面前）顾家大院掌柜的老王八蛋！你他妈的那些七大姑八大姨、狐群狗党、老舅小叔子全是一窝畜生！你说怎么办，你说！

顾世成 （劝陈立英）陈书记，你千万别生气呀，想办法要紧呀！

陈英立 我不管，你们可把我害苦了！

顾世成 （转向乔美娜）我的秘书姑奶奶，你给作作劲，开个硬证明，盖上公章就行……我一辈子忘不了你！

陈英立 啊！你……你求她……（突然顿住）

乔美娜 （狡黠地微笑，从桌上下来）求我又怎么样？离了我谁也办不了事！顾师傅，我给你开证明，不过你得把实话告诉我，微型轴承在哪儿？

顾世成 （支吾）轴承……我没有拿。周慧珍领走了……

乔美娜 （连安抚带诈唬）你瞧，都是一个大院里的自己人，谁还能蒙得过谁去呀？老二叔，你说出来我好琢磨怎么给你写证明嘛。我这笔头一动，再大的事也能化没了。说吧！

顾世成 （鬼头鬼脑地从怀里掏出一个旧报纸裹着的扁盒子）大哥，这玩意儿我没敢扔了，你看怎么办……

〔乔美娜一把将轴承抢了过去。

顾世权 / 陈英立 （震惊）轴承！（清醒过来，同时扑向乔美娜）

陈英立 （狠狠地）拿来！

顾世权 （伸手乞讨）姑娘，给我吧……我好给公安局报案呀……

乔美娜 （将纸包藏到背后）给你们？给你们拿去冒功请赏？拿去开脱罪犯？门儿也没有！

顾世成 （后悔自己的失算，冲向前去）你这个臭下三烂，你骗人，你好狠毒！

乔美娜 （怒喊）滚！滚出去！

〔顾世成凶恶地挥起拳头。汽车声响。杨少达急上。

乔美娜 （举起纸包呼救）杨子！轴承！

杨少达 （大惊）轴承！（跑去反身护住乔美娜）

〔乔美娜瘫软地伏在杨少达身上。

杨少达 （向顾世成发出警告）你老实点！外面是公安局的汽车！

〔众人回视。周慧珍出现在门口。

众　人 （惊呼）啊——周……

周慧珍 （悲愤地）不认识我吗？你们……你们害得我好苦！顾主任，你说，是谁弄坏的机器？是谁偷走了轴承？（步步进逼）是谁？

杨少达 告诉你们吧，蔡金祥被拘留了，就在外面的汽车上！

〔顾世权等怔住。

周慧珍 顾掌柜的，蔡金祥是你的小舅子，顾老二是你的亲弟弟……

顾世权 （老羞成怒，壮起胆子）周慧珍，别想得寸进尺，这点事你顾大爷扛得住。这个天恐怕你翻不过来！（转向陈英立，指顾世成）把他……送走！

顾世成 大哥……

杨少达 败类！别以为事情已经完了，四一八工地还有你们更大的罪证！

顾世权 （狞笑）你告我去吧，告不下来你兜着！

杨少达 （义正词严）我就是要告你，走遍天涯海角我也要告你！工程处的全体职工要告你，全国人民要告你！告你这个土皇帝，告你这个骑在人民头上的老爷！黎明的曙光已经照进了灰色王国，你的原形暴露了，你恐慌了，你正在节节败退，走向穷途末路！让我们拭目以待，且看那些人民的老爷怎样走上历史的审判台！

〔哑场，灯暗，一线曙光透进窗帷。

——幕徐落·剧终——

作品赏析

《灰色王国的黎明》是中杰英创作的首部话剧剧本。剧作以犀利的笔锋揭露了在全国轰轰烈烈向“四化”进军声中某工程处的阴暗角落。谈到该剧的创作，作者曾说：“我应该坦率地承认，我想写的，乃是一篇借用戏剧形式的政治论文。”

通过这样的创作意图，可以看出，作者用本真的热忱，深度关注着现实生活，并以戏剧的形式投身社会建设，通过对人物的塑造呼应观众的道德立场和情感需求。剧中的大段台词，犹如一段段政治议论，今天看来显得有些急于表达主题思想，可当时的观众听了却非常激动。在拨乱反正工作全面展开、重新确立实事求是的思想路线时期，很多观众被剧情深深打动，散场后久久不肯散去。很多人给作者写信表示内心的激动，也有很多人在信中要求作者为他们的冤假错案出气，还有观众跑到后台来向演员哭诉他们的遭遇。

虽然这是一篇“借用戏剧形式的政治论文”，但作者并没有止于对官僚作风和封建帮派势力的批判，而是以营造的生活气息和具有普遍意义的矛盾冲突感染观众。作者没有概念化地图解人物，而是着力刻画人物。剧中人物徐定远不是派来的钦差大臣，也没有带来的“尚方宝剑”，而是带着一身处分，背着沉重的包袱来到了“灰色王国”，他凭着多年在斗争中锤炼出的党性与敏锐的观察力，与群众结合，经过调查研究，在特殊的冲突方式中用一系列富有戏剧性又显示个性的细节完成了最高任务。他像一支锋利的投枪，刺进了“顾家大院”。同时，充满内心矛盾的曹慕宜，曾经有过美好理想和高尚情操如今却随波逐流的乔美娜，表面宽厚而内心奸诈的顾世权，充满野心的陈英立，不懂装懂、靠裙带关系上位的技术组长蔡金祥，也都刻画得鲜明、生动，线条准确。

该剧情节紧凑，主线突出。台词生动，富于说理性。在第三幕中，徐定远当场揭露了“顾家大院”挪用隧道结构抗震费建造豪华办公楼的腐败行为，以及他们为完成工程指标不顾工人生命为自己捞取政治资本的卑劣行径后，愤怒地说道：“唐朝的伟大诗人杜甫写过‘朱门酒肉臭，路有冻死骨。’这千古名句它启发了我，让我看到这酒杯里装的不是金奖白兰地，也不是大庆式企业的光荣称号，而是工人的汗，工人的血，工人的眼泪……”“请看这是多么精彩、多么丑恶的表演！两千年前的封建主义幽灵，竟然在有三十年历史的人民共和国里如此横行！”

当得知七号峒室水位上升，挡土墙倒塌发生事故，四十六名工人被堵在地洞里时，“顾家大院”的人慌了，他们急问：“峒室里头有人吗？”

得到的回答是：“没有人，有四十六把活着的铁锹！”

这样滚烫的台词铿锵有力，掷地有声。这样锐利的台词也像一支支投枪，深深扎进了观众的心里，留在了读者心中。《灰色王国的黎明》是一出敢于尖锐反映现实生活的戏，因为不回避大变革时期的社会矛盾，并在剧中表现出鲜明的爱憎感情，才激起了广大观众和读者的强烈共鸣。这说明戏剧性不像工艺品一样，可以仅凭技巧雕琢，作者必须有扎根生活的基础、敏锐的观察力、塑造人物的创造力和与时代共痛痒的艺术精神。

谁是强者

梁秉堃

作者简介

梁秉堃（1936—2023），生于北京，籍贯广东省南海。1950年考入察哈尔文艺干部训练班，毕业后入察哈尔省文工团。历任察哈尔省文工团团员，中央水利部文工团团员，北京人民艺术剧院编剧、演员。1958年开始发表作品，著有散文《梁秉堃散文选》，小说《一桩离奇的谋杀案》，评传《在曹禺身边》等。主要话剧作品有《谁是强者》《王建设当官》《阵痛的时刻》《格桑花》等。《谁是强者》创作于1980年，由北京人民艺术剧院排演，林兆华导演，吕齐、修宗迪、严敏求、李士龙等主演。

剧情梗概

新华棉纺织厂刚建立起了 9000 锭的新车间，厂长袁志成信心满满地等待开工生产。距离预定的生产日期越来越近，电力公司、建筑公司、纺织机械厂等部门却纷纷留下“尾巴”，出现了拉关系、走后门、换利益的种种风气不正的行为。电力公司倪科长和刘经理，为了要走一个纺织厂职工大学的名额，几次把 9000 锭车间的生产用电切断。建筑公司向袁厂长索要一批员工宿舍作为交换条件，否则空调室就不给完工。粗纱机的订购则是需要通过先购买该公司一批钢铸墙板，作为交换才能拿到。袁厂长坚守原则，有党性有觉悟，但为了工厂生产、国家利益，他也被迫饮下“苦酒”产生动摇。被逼到没有办法的袁厂长，和办公室李主任一起走进了电力公司倪科长家，手上自然拿着“贡品”——一条稀缺的毛毯。这种走后门的行为已经让袁厂长难受不已，可对面坐着的倪科长根本看不上这一条毛毯，暗示索要一个大学名额，这种行为彻底让袁厂长愤怒，也让他放弃了向他们妥协的做法，在最后时刻，坚守原则，选择检举揭发，通过正义的力量整治不正之风。最后 9000 锭车间顺利开工，袁厂长也在和市委书记的谈话中，更加坚定地相信正直的力量。

时　间

1980年的上半年。

地　点

华北的某大城市。

人　物

袁厂长　袁志成，男，五十多岁，新华纺织厂厂长。

方静　女，五十多岁，轻工局纪律检查委员会副书记，袁志成妻子。

袁晓兰　女，二十八岁，新华纺织厂工人，袁志成之女。

吴总　吴一倩，女，五十多岁，新华纺织厂总工程师。

李主任　李大年，男，四十多岁，新华纺织厂厂长办公室主任。

小闹钟　女，二十七岁，某副食店售货员，北方棉纺织厂厂长之女，袁晓兰的要好同学。

郑局长　男，六十多岁，轻工局局长。

张书记　男，五十多岁，市委书记。

赵科长　赵永全，男，五十多岁，江南纺织机械厂供销科科长。

倪科长　男，三十多岁，电力公司科长。

林彤　男，二十九岁，建筑公司办公室秘书，袁晓兰的未婚夫。

刘经理　男，五十多岁，电力公司经理。

马玉秀　女，三十多岁，北方棉纺织厂工人。

倪妻　女，三十多岁，游手好闲的农村妇女。

第一场

◉时间

1980年新年的夜晚。

◉地点

袁志成的家。

〔这是工厂生活区里一幢普通宿舍的二层楼。舞台上看到的是两居室单元的外间。一门通往过道，一门通往内室，一门通往阳台，这个房间既吃饭又会客。室内的陈设相当简朴。隔窗相望，可以十分清楚地看到生产区里刚刚建起来的9000锭车间雄伟的厂房。

〔幕启：方静在厨房忙着做年饭。

〔袁晓兰刚布置完屋子，手里拿着小红灯泡挂在一盆花上。

〔窗外传来并不密集，然而却很响亮的爆竹声。

〔桌上摆着小录音机，播放着交响乐、手风琴曲《岗茨人》。方静系着围裙端过一盘切好的熟菜。

方　静　（嗔怪地）哎呀，晓兰，小灯泡还没挂好呢！

袁晓兰　新年就得有个新年的气氛。

方　静　行啦，快挂上吧！（听着）哎，好像有人敲门哪！

袁晓兰　真的？别是爸爸回来了吧？哟，今天怎么没唱那两句河北梆子啊？

袁晓兰　哎！（终于把红灯笼挂在电灯下，去开门）

〔过道里的门“砰”的一声打开，小闹钟大喊着“我来啦”上。

小闹钟 我来啦！都吃什么好吃的啊？我今儿可在这儿吃年饭！

袁晓兰 该死的！原来是你啊！敲什么门哪，装模作样的！人家这都忙得快脚丫子朝天了。不给你饭吃！

小闹钟 嚯，老同学刚进门就来这么一通，谁受得了啊？（取出家具单子）拿着，家具单子！（鞭炮声停）

袁晓兰 （接过，看着）哟，这么多啊！

小闹钟 不多，跟我结婚的时候一个样。

袁晓兰 我……我真有点儿怕人家说。

小闹钟 怕什么？一辈子就这么一回！

袁晓兰 （犹豫）要不，我再跟小林子商量商量？

小闹钟 你连这么点儿主都做不了啊？待会儿咱们就跟袁伯伯说，他老不管可不行！袁伯伯快回来了吧？

袁晓兰 我刚打完电话，这就回来。

小闹钟 （忽然想到）哎哟，你瞧我这马大哈劲儿的。（从大衣口袋里取出一封信）这儿有你爸的一封信。

袁晓兰 （接过来，念）"献给袁厂长"！

小闹钟 准是小孩子们淘气，给贴到楼道的墙上了。

袁晓兰 （拆开，念着）"袁厂长，冒傻气，不懂上贡拉关系。六亲不认包公脸儿，（小闹钟把半导体关掉）双手死抱旧皇历。生产生活上不去，奖金、宿舍没有'戏'。逆着潮流当领导，不出半年一边去！"

小闹钟 哟，是这内容啊。大年下的，多丧气！看，这儿还有一张漫画哪！

袁晓兰 （不满地）有意见提意见，干吗这么挖苦人哪？

〔过道里传来唱河北梆子的声音。

小闹钟 你爸来了！先收起来吧！

〔袁晓兰赶忙把信收起。

〔吴总替袁厂长抱着被子随上。

吴　总　（笑着）老方哪？

〔方静从厨房上。

吴　总　喏，我把老袁押送回来了，你可要看好！不要让他跑掉了。

〔方静笑着接过被子来。

袁厂长　吴总啊，咱们就不能再商量商量？

吴　总　我不要听你讲。你已经整整半年的时光没有在家吃顿团圆饭啦！今天无论如何也要在家过个新年的！

〔方静殷切地望着袁厂长。

袁晓兰　我赞成吴阿姨的意见。

小闹钟　我也赞成。

吴　总　（向袁厂长）喏，看到了吧？你是少数。现在9000锭新车间土建工程已经完成，下面的安装工作由我来负责嘛！

袁厂长　（玩笑地）好！我服从多数。可有一条儿，待会儿你也得来这儿过年。

方　静　吴总，我还给你买了葡萄酒。

袁晓兰　吴阿姨，您一定得来！

吴　总　（认真地）一切要等到安装工作开始以后再讲。如果电没有问题，你们不请我也来；如果有问题，你们请我也不来。再会！（下）

袁厂长　小闹钟，听说北方厂的新车间都安装一个礼拜了。你爸是坐上飞机了怎么着，那么快？

小闹钟　反正我爸这些日子整天坐上小汽车，带着东西跑机器设备和零件什么的。

袁晓兰　要不，就能叫“和尚厂长”啦！

袁厂长　又胡说什么哪？什么叫"和尚厂长"？

袁晓兰　就是专门会上供拜佛的呗！是吧，小闹钟？

〔方静从里屋上。

小闹钟　没错儿。现在不当"和尚厂长"就吃不开！（发现方静，突然地）哎哟……这儿还站着轻工局纪律检查委员会的副书记哪——方姨，您只当刮了一阵风儿，什么也没听见。啊？

方　静　替你爸求情啊？晚啦！这丫头。（轻轻地在小闹钟脸上打了一巴掌，下）

小闹钟　我方阿姨不那么马列吧？对了，新年礼物——来！新年礼物。（塑料娃娃交给袁晓兰）老同学，这是给你的！（把泸州大曲给袁厂长）袁伯伯，这是给您的！

袁晓兰　（看着娃娃）真有意思！这娃娃也不好买吧？

小闹钟　这是百货商场的姐妹儿特意给我留的，要不来了货一抢就没。怎么样，这关系够铁的吧？

袁厂长　不用说啊，我这瓶泸州大曲也不是从前门儿出来的吧？

小闹钟　"一等人儿送上门儿，二等人儿走后门儿，三等人儿人托人儿，四等人儿干着急儿！"现在兴的就是这个！

袁厂长　一张嘴就一套一套的。

小闹钟　当售货员的不能说还行？

袁厂长　可我告诉你，伯伯这回还真跟你唱了个对台戏——9000 锭土建工程愣是没上供，没拉关系。你笑，不信是不是？

小闹钟　（笑着）我信，我信还不行吗？可您别着急，我爸说了，土建才是一半儿。说不定好戏还在后头哪。

袁厂长　好，那就走着瞧着吧。

小闹钟　袁伯伯，咱爷俩打个赌干不干？

袁厂长　怎么，还要跟我打赌？

小闹钟 您要是真能坚持到底，不上供不拉关系，我就再送给您一瓶泸州大曲。

袁厂长 好。

小闹钟 要是坚持不下去呢？

袁厂长 （想着）嗯……我也给你买个塑料娃娃，怎么样？

小闹钟 好嘞。（伸出手）来！

袁厂长 干什么？

小闹钟 拉钩儿啊！

袁厂长 好，拉、拉！（与小闹钟拉钩）

〔远处鞭炮声。

小闹钟 说！拉钩上吊，一百年也不要！

袁厂长 这是什么意思？

小闹钟 就是绝不反悔的意思。反正人家小孩儿都这么说。来——

小闹钟／袁厂长 （同时）拉钩上吊，一百年也不要！

方　静 （端来一盘熟菜）看你那么大人，还跟小孩子似的。

袁厂长 （笑着）走，都到厨房去。不劳动，不得食。（转向方静）分配我干什么？

方　静 你会干什么？洗个澡，理个发去。看看，都有一个多月没打扫卫生啦！

袁厂长 （摸着头发、胡子）来个折中的方案怎么样？待会儿我好好洗洗脸，再把胡子搂扯搂扯！

方　静 真拿你没办法！（去厨房）

袁晓兰 我爸就是懒！

袁厂长 （突然从口袋里掏出一把“二踢脚”）刚才从夜卖店路过，顺便买了这么一把。我先上阳台放一个，也过过瘾。

袁晓兰 爸！

小闹钟　（把“二踢脚”抢过来）您先坐在那儿，我们今天跟您说点儿正经事儿。

袁厂长　嚯，这么严重？（坐下）

小闹钟　您说，我这位老同学可“七一”就要结婚了，她的事儿您到底还管不管吧？（向袁晓兰挤挤眼）

袁厂长　管！前一阵子不是净忙9000锭了吗？现在有点眉目了，我还能不管？晓兰，说说，都还缺什么？爸给你张罗张罗。

〔袁晓兰不语，小闹钟推了袁晓兰一把。

小闹钟　念哪！

袁晓兰　还是你念吧。

小闹钟　我念就我念。袁伯伯，您好好听着。

袁厂长　这么长啊？

小闹钟　您用不着害怕，这比那“八机部长”差多了。

袁厂长　（不懂）“八机部长”？

小闹钟　啊。电视机、录音机、冷冻机、洗衣机、照相机、缝纫机……

袁厂长　行了，行了，你就快说说家具吧。

小闹钟　（念）三开门大衣柜、多用柜、酒柜、电镀衣架、沙发、茶几、软床……

袁厂长　（打断她）非睡那软床干吗？那玩意儿可是一按一个大坑，不舒坦！

小闹钟　我结婚买的就是软床，摆在屋里头可有派啦！

袁厂长　好，好，我想着这事儿，想着。

小闹钟　（向袁晓兰）得，有袁伯伯这一句话，就都交给我给办啦！

袁厂长　你？

袁晓兰　爸，您可别小看小闹钟这个副食店的售货员，可有办法啦！

袁厂长 （摇摇头想要说什么）……

〔林彤上。

小闹钟 林彤，刚说完你们的事儿。你可倒真省心啊！

林　彤 （老实地）我早就想来了，可……可工作老处理不完。（取出一个文件）袁伯伯，这是工区王主任让我给您带来的。

袁厂长 什么？

林　彤 土建工程竣工验收文件。他要求吴总快在上边签字。

袁厂长 嗯。（接过文件）好啊，土建大功告成！今年的收成不赖嘛。

〔袁晓兰、小闹钟去厨房。

林　彤 （有些不好意思地）听说……听说您上礼拜在厂子做了个动员报告？

袁厂长 对。在职工代表大会上说了说。

林　彤 听说您公开号召大伙儿千方百计地弄白花花的银子？

袁厂长 对。就是给财政部多攒俩钱儿。怎么啦？

林　彤 您……您可真够敢说的。

袁厂长 我还嫌说得不够呢。

林　彤 可是有人说您光讲白花花的银子，那红彤彤的旗帜不要了？

袁厂长 没有白花花的银子就没有红彤彤的旗帜。我扩建个 9000 锭车间一年就多给国家交 1800 万，不好？该挣的钱不挣，不该花的钱乱花，那叫败家子！提个白花花的银子怕什么？我这人是两论起家——“唯生产力论”加“人性论”，说话就是小辫儿多。

〔李主任陪着倪科长上。

李主任 厂长，我给您介绍一下，这就是电力公司的倪科长。

袁厂长 （与倪科长握手）欢迎，欢迎。坐，快坐。

〔林彤进里屋。

倪科长 （极不见外地）你们要吃饭？没关系，用不了几句话。

袁厂长 （热情地）到了我这儿用不着客气。

〔李主任给倪科长、袁厂长倒茶。

倪科长 （坐下）李主任，坐，都坐。

袁厂长 倪科长，我这个人是直肠子。开门见山吧！我这 9000 锭车间下边可就全靠你们啦！

倪科长 您放一百个心，这是我们分内的事嘛！现在是各条战线开绿灯确保轻纺工业大上、快上。袁厂长，对吧？

袁厂长 咱们这是一个前方、一个后方。没有你们这电力先行官，我们也完不成任务！

倪科长 可现在的事儿也真叫难办。“文化大革命”以前一天能办完的，这会儿你俩礼拜也处理不利索。电业系统本来就是电源不足、电压不够，再加上一扯皮，这事儿可真难！

袁厂长 （有些紧张）老倪，我们这可是……

倪科长 袁厂长，您别误会。我们刘经理有指示，不管有多么困难，也得确保你们用电。

袁厂长 （兴奋地）那就太好啦！

倪科长 我们刘经理连那话都说了：就是电力公司的机关大楼里头点上洋蜡办公，也得先支援 9000 锭按时投产。

袁厂长 （感动地）老倪啊，有了你这句话，算是解除了我们一个最大的后顾之忧。（倒酒）来，赶上过年了，我得先敬你一杯！

倪科长 袁厂长，用不着，电力公司能给你们当个好后勤，就算是我们的光荣。

袁厂长 不，这杯酒你说什么也得喝了它！（递给倪科长酒杯）

李主任 倪科长，厂长是诚心诚意的，你就喝了吧！

倪科长 得，那我可就不客气啦！

〔袁厂长、倪科长一饮而尽。

袁厂长 老倪，什么时候送电？可就等着来电安装机器哪！

倪科长 （看表）19点准时送电。

袁厂长 （高兴至极）老李，快打电话告诉吴总，省得让她着急。

〔李主任欲打电话。

〔新车间灯光骤亮。

倪科长 （一眼看见）等等。

李主任 厂长，来电啦！

〔袁厂长疾步到阳台上看着。

〔鞭炮声。

倪科长 （看表）18点50分，提前送电。

袁厂长 （紧紧地握着倪科长的手）我什么也不说了。替我给刘经理道谢！老李，你送送老倪同志。

倪科长 不用，不用。这么客气还行？往后还少不了打交道哪！

〔倪科长、李主任同下。

〔袁厂长看着灯火通明的新车间心花怒放，拿起帽子向外走。

袁厂长 （得意地唱）“金枝玉叶少训教，来在开封搅老包；慢说搬来国太到，宋王爷到此我也不饶！……”

〔方静上。

方　静 站住！要上哪儿去？

袁厂长 我洗个澡、理个发去啊！

方　静 不用装。新车间灯一亮心里又发痒了是不是？

袁厂长 （指着窗外）瞧瞧，快瞧瞧，多漂亮！真比抱个大胖娃还让人高兴！告诉你，你老头子要给你们纪委作个脸，这个扩建工程，我要叫它自始至终清清白白，半点儿不正之风也不沾！让我去吧，一会儿就回来！

方　静　（把袁厂长的大衣抢过来）半会儿也不行。今天哪儿也不让你去！（向里屋）晓兰，摆桌子吃饭啦！

〔袁晓兰、小闹钟、林彤上。

袁厂长　（笑了笑，拿起电话）我要 9000 锭车间……喂，我是老袁，请你找一下吴总。（背着方静点着一支香烟）

方　静　（一眼发现）老袁……咱们可有“约法三章”！

袁厂长　（赖着不给）就抽一支行不行？

方　静　（认真地）哪来的烟？买的？

袁厂长　不，我刚跟老李要的。

方　静　（坚决地）拿来！一支也不同意。

〔方静把香烟灭掉，去厨房。

袁厂长　（像魔术师一样，又从口袋里取出一支香烟点着了）……

袁晓兰　（看见袁厂长又在吸烟，用筷子敲桌子）“约法三章”！

袁厂长　（制止）嘘——这是你妈妈的命令不能不听，爸爸烟瘾太大不能不抽，得搞点综合平衡，全面发展。（继续打电话）喂，吴总吗？……

〔吴总上。

〔鞭炮声止。

吴　总　阿拉来哉！

袁厂长　不用找了！（放下电话）吴总，车间里怎么样？

吴　总　（兴奋地）喏，你放心好啦！一切正常。安装工作已经全面开始了！

袁厂长　（兴高采烈地）好！

吴　总　（点点头，把一个纸包和饭盒放在桌子上）晓兰，猜猜看。

这是你从小就欢喜吃的。

袁晓兰 （拿起纸包摸着）……我知道啦！红虾酥糖，对吗？

吴　总 （笑着）对的。喏，这是从食堂里随便买的两个熟菜。

方　静 （上）吴总，每年你都是这样。

吴　总 老规矩，老规矩。

袁厂长 来，来，吃饭，吃饭，吃完饭咱俩再到车间转转。

小闹钟 我自告奋勇给你们倒酒。

〔大家入席。

方　静 先给吴总倒点儿葡萄酒。

小闹钟 好嘞！（倒酒）

吴　总 老袁哪，我这个倔老太婆，今朝也讲些让你们喜欢听的话。

袁厂长 （玩笑地）那可不容易。

吴　总 记得吗？“大跃进”的时候，你是织布车间主任，我是副主任。当时是布机都在拼命地加速，今朝 230 转，明朝就是 250 转……

袁厂长 加速加得我心里实在是没了底！就偷偷地问过你的意见。

吴　总 我讲，超过 220 转就是毁掉机器！你听了以后，一方面告诉我千万不要对旁人讲，一方面暗中把车速降了下来。只留下几十台应付一下检查。总算是保住了全车间的 2000 台布机。（感慨地）老袁啊，这件事情我要记住一生。从你这里我看到了共产党人的诚实、正直和无私。你晓得，我不会也不愿意恭维人。可是你这次回厂工作，在 9000 锭工程里顶住了歪风邪气，我又是不能不佩服的。老方啊，尽管在关系学上我一窍不通，可是我晓得做到这一点是蛮不容易的，蛮不容易！（向方静）啊？

方　静 我们准备搞个调查报告，好好总结一下你们的经验。日报、电台的记者也准备来采访、报道。

袁厂长 别，可别。叫他们来了，事儿没办完就先吹出去？你底下要是崴了泥哪，那不是糊弄人吗？咱们还是先一步一个脚印地走着瞧吧！吴总啊，老实说吧，开始我这心里也是一个劲儿地打大鼓。小林子，特别是和你们建筑公司签订合同那几天。现在不是有那么一句时髦的话吗？怎么说来着？

林　彤 好钢使在刀刃上，合同之前拜佛忙。佛爷佛爷大老虎，不烧香就调屁股。

袁厂长 对。当时我就是想先咬牙顶着试试，嘿，没料到一顶还真顶过来啦！用我们老家的土话说，这叫“傻小子睡凉炕——全凭火力壮”。

〔袁晓兰和小闹钟仍在一旁嘀咕。

林　彤 晓兰，嘀咕什么哪？

小闹钟 小林子，今儿个就数你干活儿少，得罚你给大伙儿夹菜。

林　彤 行，行。（夹菜）

小闹钟 哎呀，袁伯伯。您可真不给面子，我买的泸州大曲怎么不打开喝啊？（忙打开酒倒酒）

袁厂长 有什么事瞒着我呢？要不说出来，这饭也吃不踏实，也喝不痛快。

小闹钟 说就说！……

袁晓兰 爸，厂子里有人给您写了一首诗、画了一张画。

袁厂长 哦？（看着，哈哈大笑起来）吴总，看看，快看看。

〔吴总看着。

袁厂长 （指着画）我这脑袋上边怎么还有曲里拐弯儿的道道啊？

小闹钟 那是说您净冒傻气！

袁厂长 不赖！

袁晓兰 （不同意地）爸爸！

袁厂长 你看，这说明我的群众关系还可以嘛。要是关系不好，工人敢让厂长出这份洋相？来，来，来。我得都收起来留个纪念。（把诗画放进口袋）现在干工作就得挨骂！

吴　总 只要不是多数人骂，骂也无妨。

袁厂长 对，咱们吃饭啦！……没有红烧狮子头啊？

袁晓兰 早就做好啦！

方　静 就是你嘴快！（去端菜）

〔李主任上。

袁厂长 老李，快来。

李主任 厂长，您吃您的饭，有几个事儿说说。

袁厂长 好，边吃边说。来……（递给李主任一杯酒）

李主任 （接酒）建筑公司的验收文件吴总已经签字了吧？

吴　总 （一丝不苟地）我还要最后去空调室看看再签。

李主任 好。原材料已经跟化纤厂打了招呼，他们答应给最好的化纤。

袁厂长 嗯。

李主任 机器设备也基本上到齐了。就差两台粗纱机，下午给江南纺织机械厂挂了长途，他们说已经派人来啦。

袁厂长 （兴奋地）好！咱们今天得好好庆祝庆祝！老李，干脆你也在这儿凑凑热闹。陪我喝两盅白的，他们都不行。

〔电话铃响。

李主任 （看了袁厂长一眼，接电话）喂，我是老李，跟我说吧！嗯，嗯。真的？……好，我马上报告厂长。（放下电话）

袁厂长 什么事儿？

李主任 9000锭指挥部来电话，发现空调室的土建工程还留着四分之一没有完工哪！

袁厂长　（意外地）真有这么回事吗？

吴　总　喏，幸好我还没有签字。

袁厂长　小林子，你知道是怎么回事吗？

林　彤　王主任就说让我把文件带来，让吴总快签字。

李主任　（欲说又止）他们……他们……

袁厂长　说！

李主任　他们会不会是想留下个尾巴，以便再提点什么要求吧？

吴　总　喏，他们就真敢那么明目张胆地做？

李主任　（附和地）也许不至于……

小闹钟　我看就是那么回事儿。这就叫先上供豆腐两碗，后上供两碗豆腐。

袁厂长　（摇头）难说，难说。吴总、老李，明说了吧！我不糊涂，也不是傻子！知道愣这么硬碰硬地干得冒点风险。不是玩笑话，弄不好还真许能挪挪窝儿。（难以控制地）可我这心里头没有别的，只有一句话：拨乱反正就是起死回生，再不动真格的……（走到桌前）来，吃饭！唐僧上西天取经还经过九九八十一难哪！没什么了不起的！来，都倒满喽，也像那么回事似的。

〔众人倒酒、橘子水。

袁厂长　这第一杯还是为了庆祝9000锭土建工程的胜利完工，更为了预祝安装工作早日报捷！一句话，为了新车间提前投产，早一天让白花花的银子流进国库里头去！

吴　总　喏，也为了你这个……冒傻气的厂长！

袁厂长　也为了你这个倔总工程师！干杯！

〔众人举起杯子。

众　人　干杯！

〔众人欲饮，突然，新车间灯光骤暗。

袁厂长 （放下酒杯）怎么回事？老李，快打电话问问。

〔李主任欲打电话。

〔电话铃响，李主任接。

李主任 （接电话）喂，是我。（向袁厂长）是9000锭来的。（继续打电话）……什么？（放下电话）电源断了！

吴　总 （猛然站起向外走着）老袁，要立即把电搞来！不然我是没有办法工作的！（急下）

袁厂长 老李，4月1号零点以前响机器是刚性的！你赶快去找倪科长，我到车间去看看。（远处鞭炮声）

李主任 是。

〔袁厂长、李主任同下。

小闹钟 （笑着）方阿姨，您知道为什么停电了吗？

袁晓兰 你又瞎猜。

小闹钟 瞎猜？管能猜得着！

方　静 为什么？

小闹钟 可我现在还不想说哪！（大笑）

——**幕　落**——

第二场

◉**时 间**

一周后星期天的下午。

◉**地 点**

袁厂长的家。

〔幕启：台上空无一人。听到街道汽车鸣笛等杂乱声。片刻后袁厂长疲惫不堪地走上。

〔他烦躁地来回踱着，最后从口袋里拿出香烟来。方静戴着花镜，手持文件从里屋上。将灯打开，发现袁厂长在找火柴，方静给袁厂长火柴。

方　静　还没找着倪科长？（倒一杯茶给袁厂长）

袁厂长　（想着）他真能是有意地躲着我？

方　静　（不正面回答）先别着急，再找找看。

袁厂长　停电都一个礼拜了！还说什么高效率、满负荷、紧迫感？

方　静　去找找郑局长？

袁厂长　没用。

方　静　（放下眼镜、文件）我给你下面条去！（进厨房）

〔袁厂长端起茶杯喝茶。

〔李主任和小闹钟上。

〔汽车声隐去。

李主任　厂长，有个主要的情况。小闹钟。

小闹钟　您说吧！

袁厂长 嗐，谁说都行啊！

小闹钟 好，我说就我说。李主任让我问我爸，他们北方厂新车间安装以前是怎么跟电力公司打的交道。

袁厂长 （关心地）怎么打的交道？

小闹钟 嗐，特简单。我爸让办公室先给倪科长他们送去了两匹十八块二角一米的纺烤花呢和一包五十块钱一条的毛毯，市面上卖八十元一条。

袁厂长 （似信非信）真是这么回事儿？

李主任 刚才钟厂长说的时候我也听见了。

小闹钟 这是小菜儿一碟！

李主任 人家钟厂长还劝咱们……

袁厂长 什么？

〔方静拿着碗筷上。

李主任 劝咱们也别那么死心眼儿，说电力公司的人出气儿都跟别人不一样！

小闹钟 噢，供电局、供电局，不上供就给电哪？没门儿！

袁厂长 （理解地）方静，你上里屋看你的文件去吧！待会儿我自个儿下面条儿。（方静下）

小闹钟 （调皮地）袁伯伯，方姨不检查您吧？

袁厂长 （思索地）这么说，电力公司这个火焰山就真是闯不过去？嗯？（从口袋里又摸出一支香烟点着）

李主任 （自言自语地）眼下安装还能对付着，后面试车要是还没有电，那可就不太好办啦！

袁厂长 不是不太好办，是太不好办。是吹灯拔蜡！

小闹钟 袁伯伯，要我说您就办点儿后门货吧！保证犯不了错误！噢，许我爸办，就不许您办哪？

李主任　（等待着）厂长……这……

袁厂长　（突然地）还是等见着了倪科长再说。

小闹钟　（着急地）等见着了倪科长再准备东西就来不及啦！人家几天没露面儿就是为了让你赶快准备东西！

李主任　（有顾忌地）厂长，刚才我上毛麻总公司去了一趟，正赶上供销科里我的一个老同学值班。

袁厂长　怎么了？

李主任　顺便我就搞点毛毯和烤花呢什么的。

袁厂长　（意外地）把东西给办回来了？你？

李主任　就在办公室里头放着哪！

袁厂长　（生气地来回踱着，突然站住）老李啊老李，这么大的事儿连个招呼都不打就做主了，对头吗？（坚决地）不行，办了也不行！水大漫不过船去，这个还是我说了算，咱无论如何得守住这条警戒线，不能退下来！

〔李主任不语。

小闹钟　袁伯伯，我把话说出来搁在这儿，您和李主任还不定谁对呢！得，回见！（下）

袁厂长　老李，真是你对我不对？嗯？

李主任　（岔开）对了，厂长。吴总还找您哪。

袁厂长　要电？该要！不跟我要跟谁要去？人家想为“四化”多干点儿活儿，可连个基本条件都没有，我这个厂长是干什么吃的？

〔过道里传来郑局长喊“老袁”声。

李主任　厂长，郑局长来了。

〔袁厂长站起来迎接。

〔郑局长上。

袁厂长　老郑……

郑局长　方静同志在家吗？

〔方静从里屋上。

方　静　找我吗？

郑局长　总结他们（指袁厂长）的那份材料，听说你要求缓发，真的吗？为什么不早发呢？老袁可不容易呀！检查《准则》贯彻情况，有问题要揭露，有好典型，更要树起来。我是主张把这篇东西登在省报上的，就是要吹吹嘛！老方啊，一定是老袁的意见影响了你，我对他比你还了解！

方　静　他不知道。要求缓发是我们纪委几个同志的意见。

郑局长　为什么？

袁厂长　我看也是慎一慎好。

郑局长　（向袁厂长）碰上什么问题啦？电？

袁厂长　嗯。动力变成阻力了。

郑局长　有这么严重？

袁厂长　安装速度已经掉下来了。老李，把这两天的进度给局长看看。

〔李主任把笔记本翻开给郑局长看着。

方　静　郑局长，你们谈吧。我们的意见请你一定重视。

郑局长　你忙，你忙。

〔方静下。

郑局长　（指着笔记本）这么下去可是不行！安装上不去就直接影响按时投产，不能按时投产就直接影响 1800 万利润指标。老袁，别忘了你这可是在局里立下了军令状的哟！

袁厂长　这我知道。可现在要命的是摸不着电力公司的底啊！老郑，北方厂是怎么干的我可是都知道了……

郑局长　（笑着）现在局党组正在抓《准则》情况大检查，你可不能拆我的台！如果在这个时候要是让我发现了你搞了点什么，可小心吃家伙！

袁厂长 （耿直地）话都让你说了，可蜡还得我坐。刚开始安装，电力公司就给我们来了个掐脖儿旱，我不想辙儿闯过去能行？

郑局长 （天马行空地）嗐，困难什么时候没有啊？可结果如何呢？还不是照样都闯过去嘛！当初调你来就是要把你放在这困难的岗位上。

袁厂长 （认真地）这就完了，你老是这么含含糊糊的不行，来句真格的。

郑局长 哎呀，你呀！还用得着我再多废话啊？（看表）就说到这儿吧？我还要到棉纺公司去转转。（站起来）

袁厂长 （忍不住地）老郑，干脆说吧！你是让我偷偷地搞呢，还是躲过这阵风去再说。要不就是硬碰硬地死顶着！

郑局长 老袁呀，你这个犟脾气总也改不了，事在人为嘛。原则就是两条儿：一、抵制不正之风，我希望你能善始善终。二、1800万，我年底找你要，少一分钱也不行！（笑着）我就不信，你能让电力公司给难住。不要送，不要送！抓紧时间把工作安排安排。我可提醒你，不要跟电力公司搞得那么紧张嘛！（下）

李主任 （积极地）厂长，听出来了吧，局长那话可是松了口儿啦！

袁厂长 我什么也没听出来！（显然是听出来了）贯彻《准则》党心所向，民心所向，不要装门面，更不要花活儿！这就把东西退回去，坚决性的！

李主任 厂长……

袁厂长 什么也别说了，这事儿我也不批评你了，快把东西都退回去。

〔吴总工程师急上。

袁厂长 你找我?

吴　总 喏，就是找你厂长同志，到底哪个辰光可以来电?

袁厂长 很快，很快就来电。

吴　总 我要求科学的、准确的回答，哪一天?几点几分钟?

袁厂长 吴总，沉住气，先别着急!

吴　总 我怎么能不急，现在就等着来电试车，侬晓得啦?

李主任 （解释地）吴总，厂长今天找了一天的倪科长，可是……

吴　总 你不要讲!什么上供啊、念佛啊，我不懂，也不想懂。我只晓得9000锭迟开一天，国家就要损失两万元;迟开一个小时，就要损失八百三十六元六角六分!老袁，你不是最欣赏白花花的银子吗?现在它就从我们的手里跑掉啦!跑掉啦!

袁厂长 吴总，这我都知道。

吴　总 （认真地）那好，什么辰光解决?今天明天?我是负责技术工作的，就是要向你这个厂长要电!我晓得你有困难，而且可能很大，可是我不管，也管不了!再讲一次，明天再不来电，我就没有办法保证4月1日开工。那就首先要打你的屁股，让局里扣发你的工资!全部扣发!（快步走下去）

袁厂长 （阻拦地）吴总，吴总……

〔吴总急下。

李主任 这个倔老太太，真没治。

袁厂长 要是都这么干，“四化”就有治了。（向李主任）还怔着干什么?快退东西去吧!

李主任 （诚挚地）眼下国家有财政赤字，够困难的啦!咱们能早投一天的产就能早给国家堵上一个窟窿。

袁厂长 （不语）……

李主任 说白了吧，像倪科长这种人……这种人现在还真犯不上得罪。

袁厂长　那就跟着他的屁股后头跑？

李主任　这不能算什么！毛纺厂有部分自销权，电力公司职工想买东西，咱们也就是中间儿给搭个桥儿。再说，这么办的人又不是咱一家。

袁厂长　（停了一会儿）算了，算了，先不说啦！

〔电话铃响。

李主任　（接电话）喂，是袁厂长的家，您是哪位？……倪科长？哎呀，可真找着你了！……什么？……

袁厂长　问他在哪儿！我马上就去找他！

李主任　（点头）……你六点钟到这儿来？……好，好吧！厂长可等着你，不见不散！（放下电话）倪科长说六点钟上这儿来，有要紧的事儿。

袁厂长　还能有什么要紧的事儿？他的电能来就比什么都要紧。

李主任　不，咱们得听听。

袁厂长　听，听。我什么都想听。

李主任　厂长，您看那东西是不是等等再退啊？

袁厂长　我说老李啊，你黏黏糊糊的还真没有个准主意。

李主任　（看表）要是等倪科长来了以后再退呢？反正差不了一个小时。

袁厂长　（摇头）你呀！（看表）我先到屋里歇一会儿。

李主任　我也回趟办公室。

〔袁厂长、李主任下。

〔赵科长提着包上。观察。

赵科长　屋里有人吗？

〔方静上。

赵科长 请问这里是袁厂长的家吗?

方　静 是啊!

赵科长 哎呀，总算找到了!你们这里的宿舍楼都是一个样子的，蛮不好找的嘛!

方　静 同志是第一次来吧?贵姓啊?

赵科长 噢，对啦。(忙取出介绍信)我是江南纺织机械厂供销科的赵永全。

方　静 (看信)好，坐，快坐。

赵科长 同志，你是……

方　静 我是老袁的爱人。

赵科长 噢，好的，好的。(忙把大手提包放在桌子上，并拉开拉链)你也在新华厂工作?

方　静 我在轻工局纪律检查委员会工作。

赵科长 (马上停住手，并把拉链重新拉拢)噢，好的，好的。

方　静 (倒茶)赵同志，喝茶。

〔袁厂长上。

方　静 老袁，这位赵同志找你。(把介绍信给袁厂长)

袁厂长 (看信)好，欢迎，欢迎，(与赵科长握手)就等着你们的粗纱机啦!

方　静 赵同志，你们谈。

赵科长 噢，好的，好的。

〔方静进里屋。

袁厂长 赵科长，坐。

赵科长 (再次把大手提包放在桌上，拉开拉链，取出塑料袋包好的鲜笋、蒜薹、茭白等蔬菜)袁厂长，我晓得你不是个贪小便宜的人，我呢，也不是个随便送小便宜给人家的人。我们这是听说此地缺少蔬菜，顺便给您带来的。东西不多……表一表心意。

袁厂长 赵科长，你这是……

赵科长 （打断他）袁厂长，为了不让您为难，我这蔬菜通通是要钱的呀！这竹笋三角，蒜薹两角五分，茭白四角，加在一起还不到一块钱。公平买卖一清二白。

袁厂长 （笑着）赵科长，这咱们待会儿再说。我们订的粗纱机怎么样啦？

赵科长 （把大手提包放在地上）我就是为了这件事来的，袁厂长，都是自家人，也用不着客气，我们是想求你们一件事。

袁厂长 说吧。只要是我们能办得到的。

赵科长 做得到，肯定是做得到的。不怕袁厂长笑话，去年我们厂就没有完成产值指标，资金相当紧张。所以，我们厂长让我来问一问，你们能不能多要一点粗纱机的备件？

袁厂长 什么备件？

赵科长 墙板，粗纱机两边用的墙板。

袁厂长 （大笑）我说赵科长，你可真会打哈哈。那墙板都是钢铸的，工人们叫它“傻大黑粗万年牢”，又不是易损件，我备它可干什么？

赵科长 再讲得明白一点好啦，我们厂的资金周转不开，工人的奖金都要发不下来了，想让你们厂支援一万块钱，买下这五副墙板。

袁厂长 要是答应了买墙板，粗纱机怎么办？

赵科长 粗纱机马上就发货，绝不能耽误你们安装。

袁厂长 （点着头）我听清楚啦。这是买五斤好西红柿搭上一筐老茄子，赵科长，咱们是初次见面，可我喜欢你这个直爽劲儿。老实说吧，我们这么个大厂子，积压一万块钱的备件也不算什么……

赵科长 噢，好的，好的。

袁厂长 可不管怎么说，这也是……这样吧，让我们研究研究。（边说边把大手提包放在桌上，并把蔬菜一样一样装进去）

赵科长 噢，好的，好的，可这……

袁厂长 （装好蔬菜，拉拢拉链）这，我心领了，再老实说一句吧，收不收墙板也不在这点儿菜。我这个人嘴直，你得多原谅。

赵科长 噢，好的，好的。

袁厂长 （关心地）你住下了没有？没什么问题了吧？

赵科长 住下了，住下了。在招待所一楼，蛮好的。袁厂长，最好能快一点儿研究，家里还等着我的消息。

袁厂长 放心吧！我比你急，不是还等着安装机器嘛！

赵科长 那好。我走了，再会。

袁厂长 再见。

〔袁厂长送走赵科长，方静从里屋上。

方　静 老袁，我想跟你说几句话。

袁厂长 我和赵科长的谈话，你听见了？

方　静 （点点头）……

袁厂长 老李办了东西也都知道了？

方　静 （又点点头）……

袁厂长 那有什么话就说吧。

方　静 （停了一下）刚才我看了几个文件，看得心里头真不是个滋味儿。

袁厂长 什么文件？

方　静 一位新疆的老牧民说了这么一段话：要说穷，还是解放前穷。那时候社会不安定，土匪多，乱子多，整天得提心吊胆地过日子。可那时候我为啥不信真主信共产党呢？因为共产党是“清官”，一个心眼儿为老百姓。现在不一样了，不少党员干部都为自己打算，不管群众，我的心慢慢凉了，就硬是信起真主来了。

〔停顿。

袁厂长 （感触万端）是啊，听见群众为了党风不正指名道姓地骂娘，我的气就不打一处来，可张不开嘴啊。

方　静 （激动地）老袁，咱们说什么也不能……

袁厂长 说什么也不能再搞不正之风了，对吧？

方　静 至少我不愿意因为你让人家戳脊梁骨。

袁厂长 老实说吧，我现在心里是七上八下的。

方　静 我早看出来了。可是根据我的了解，只要是一退下来，一件两件事儿根本就打不住。

袁厂长 （突然地）我说，那你们纪委都是白吃干饭的？就不能快刀斩乱麻地管管？该批评的批评，该通报的通报，该处分的处分，好好地杀杀这股风不行？

方　静 你到我的办公桌上看看去，揭发信老是一摞一摞的。可调查哪一件事也不那么容易。情况都不明，我们怎么处理？

袁厂长 情况就真不明吗？我就不信。

方　静 （坦率地）有的情况明也不好办，现在是“案子刚进门，就来说情人”。

袁厂长 对啊！关键是你们的腰杆子太软，不敢捅马蜂窝。

方　静 我也没有必要和你撒谎。反正现实情况比你知道的要错综复杂得多。坦白地说吧，有些事儿我们管得了，有些事儿我们想管也管不了！

袁厂长 管不了就往上报嘛。上边儿不是还有局党组吗？拿到桌面上谈嘛、争嘛！

方　静 又怎么样呢？有的案子牵扯到……硬是动不得。

袁厂长 那你们干脆就把纪委这块牌子摘了算了。回家来我和晓兰还要你嘛！

方　静 用不着这么将我的军。不就是想让我们管管吗？管是能管，可是管不好比不管还更难办。这你想过没有？

〔停顿。

袁厂长 （烦躁地）可真是捆着发麻，吊着发紧哪！这……这算什么事嘛！

方　静 “十年浩劫”留下的后遗症，一天半天很难解决。

袁厂长 照你这么说，就真没有路可走了。

方　静 有。自己不搞不正之风，一点儿也不搞。

袁厂长 （不满地）我说，你可也在基层干过，说得实际点儿好不好？噢，你真不知道吗？现在一头儿是觉得共产党员上供拉关系丢人现眼，一头儿是觉得“四化”搞不成，大伙儿都得倒霉。中央站不住脚，咱们也站不住脚！

方　静 现在情况摆在这儿吗！又不是你不愿意干，是没有办法干吗！

袁厂长 噢，没有办法干就不干？就上班喝茶，看参考？我可享不了那份清福。

方　静 （犹豫一下）局里正准备办一个厂级干部的工业管理训练班，如果愿意的话，我去给你争取个名额。先离职学习半年，对工作、对你也都是很需要的。

袁厂长 （冷笑着）嘿嘿！这个招儿可不赖。又能打着学管理搞“四化”的旗号，又能先躲开9000锭这块是非之地。对不？

方　静 （也急起来）让你不搞吧，不行，让你学习吧，你又不愿意。那我也没办法，反正在这个家里不能藏着一个搞不正之风的！

〔袁厂长心烦意乱地拿出一支香烟。

方　静　不许抽烟嘛!(进里屋)

袁厂长　(点着香烟)这回非搞不可啦!(边说边追进里屋)方静，这样吧!只当我什么也没说，你什么也没听见。咱们就都睁一只眼闭一只眼怎么样?你知道不，现在没有电，就是要了我的命!咱们说死了，就这么捏着鼻子搞一回。谁再搞谁就是小狗子!

〔方静从里屋走出，袁厂长追在后面。

方　静　(走到里屋门前停住)……实在非搞不可，也应当先开个党委会，要不开个厂长办公会。

袁厂长　干什么?

方　静　集体研究、集体决定嘛!

袁厂长　(睁大眼睛)方静，你……

〔小闹钟跑上，袁晓兰手拿糖葫芦上。

袁晓兰　爸，我买了您最爱吃的东西。给您一串，咱一人一串!

方　静　看看，还是向着爸爸。

袁晓兰　人家爱吃嘛!

小闹钟　(取出一沓家具票)袁伯伯，家具票儿让我全给找来了，这可全都是木材厂的内销票儿，不用排队不说，还能进成品库里随便挑!

袁厂长　(不快地)行，你比我有本事。

小闹钟　也不是吹，咱们还就是路子贼、路子野!

袁厂长　(接过家具票看着)现在这后门儿是越走越往高、精、尖发展啦!

小闹钟　我得先问您一个问题。

方　静　小闹钟，又想什么鬼点子?

小闹钟　方姨，您甭管。让袁伯伯回答！您疼不疼晓兰？

袁厂长　这可怎么说呢。十年“文化大革命”她为我吃了不少苦，又把最好的青春时期都给耽误了。我能不惦记她，不心疼她？

小闹钟　真疼还是假疼？

袁厂长　不带一点儿水分。

小闹钟　得，下边儿可就看您的实际行动啦！

袁晓兰　（不大好意思地）爸，我犹豫了半天，还是要了一个软床。您可千万别生我的气。啊？

袁厂长　只要你觉得睡那玩意儿舒坦。

袁晓兰　爸，您真好！

小闹钟　得了，得了，该说正经的啦！袁伯伯，家具票全找来了，可人家木材厂的头头得托您给办一件事。

袁厂长　（向方静）你看看，又来了不是？（向小闹钟）什么事？

小闹钟　人家条件不高，您管能办得到，就托您搞一吨钢材。

方　静　小闹钟，这么做可不对头。

小闹钟　有什么不对头的？这么交换的多着呢！袁伯伯，您签上个字不就把事儿办啦？

〔停顿。

袁厂长　（坚决地）这个字我不能签！（把家具票放在桌子上）

方　静　对，是不能签。

小闹钟　袁伯伯，人家可就让搞一吨钢材！

袁厂长　一斤碎铁我也不答应！

小闹钟　袁伯伯，您真不答应？

袁厂长　（坚定地）不答应！

小闹钟　好吧，晓兰，这可不是我不帮忙。家具票放在这儿了，你们自个儿看着办吧！（急下）

袁晓兰 爸，您就一点儿也不能再考虑考虑了吗？

方 静 晓兰！

袁厂长 （耐心地）晓兰，爸是党员，是干部，能不坚持原则？能不按《准则》办事？

方 静 晓兰，听话，是不能办这种事。“三材”是国家的计划物资，他能随便动用吗？你要真想买咱们买高价的可以吧？

袁晓兰 （不语）……

方 静 走吧，咱们上里屋去。爸爸还有客人来哪！

袁厂长 （温和地）晓兰，上里屋和妈妈好好商量商量，只要不是这个办法我都支持。

〔袁晓兰停了一下，正欲进里屋，李主任拖着呢子、毛毯上。

袁晓兰 （一眼发现，疾步走向李主任）啊？李叔叔，这是给电力公司搞的吧？是不是？

李主任 是啊。

袁晓兰 （气极）爸，您……您这是……您这也叫坚持原则，也叫按《准则》办事吗？您说，您说呀！

袁厂长 （实在说不清楚）我……我没法跟你说！

李主任 （莫名其妙）厂长，这是……

袁晓兰 我算是看出来了。您就会在家里打苍蝇，在外头喂老虎！您也照样是个……“和尚厂长”！

方 静 （急）晓兰。

〔袁厂长把家具票撕得粉碎。

〔袁晓兰“哇”一声哭着进了里屋，方静随下。

李主任 厂长，这是……

袁厂长 （摇头）不说了，不说了，待会儿倪科长来了，我说你补充。行吧？

李主任　行……

袁厂长　（想了想）这样吧，还是你跟他说吧！

李主任　那也行！

袁厂长　万一他真收了东西，你用不着向书记、其他厂长们报告，将来有什么事儿由我一个人兜着。

李主任　（佩服地）厂长……你……

袁厂长　就这么定啦！

〔倪科长上。

倪科长　袁厂长，实在抱歉！

袁厂长　我今天可是找了你一天！来，坐吧！

倪科长　我听说了，这不是紧着赶来啦，嗐，本来水平不高，事儿又多点儿，可不就得瞎忙呗！

袁厂长　你这是从公司来？

倪科长　哪儿啊！从外线抢修队来。这不，连饭都没顾上吃哪！

李主任　（主动地）倪科长，我先抓空儿说点儿闲事儿。

倪科长　你说，李主任。

李主任　我们厂弄来一点儿市场上短缺的粗纺产品。

倪科长　是吗？都是什么好东西啊？

李主任　也没什么。有十八块二角一条的纺烤花呢，有八十块钱一条的毛毯，你们要就从我们厂匀点儿去，都是卖给本厂职工的，也说不上什么走后门。

倪科长　（把脸一板）这是什么？纯粹是走后门儿嘛。噢，不是走后门儿能单卖给你们？一般群众都能买得着吗？《准则》都公布了这么些日子了，还干这个？袁厂长，这可不大合适吧？

李主任　倪科长，这事儿是由我办的。

倪科长　谁都一样。这些日子检查的就是这号事儿，不错，是有人托过我。今儿早上还有个小青年让我给买条毛毯等着结婚用。可我跟他说了："要买上百货公司，少跟我来邪的歪的！"

李主任　其实我也就是随便问问，不要也没什么，没什么。

倪科长　李主任，您的情我全领了，可这做法欠考虑。哟，我可是有什么说什么啊。您可千万别介意。

袁厂长　算了，算了。咱们说正题吧！

倪科长　我就是为这正题来的。前几天停电是地下电缆放炮了。这不，我们组织了抢修队一连二十四小时连轴转。（看表）马上就给您送电。

袁厂长　真的？

〔工厂区灯亮。

倪科长　袁厂长，得，您踏踏实实地使您的电，我也算了了一件心事。回见！

袁厂长　（紧紧握住倪科长的手）老倪，我打心眼儿里表示感谢！

倪科长　这么说可就显着远啦！回见吧！（下）

〔袁厂长送倪科长下。李主任一人看着毛毯纳闷儿，袁厂长回来。

袁厂长　老李啊老李，说你不聪明，那是冤枉了你。可你那个心思没用对地方！什么供也不用你上，人家就把电送来啦。看见了没有？嗯？

李主任　这我还真没想到。

袁厂长　走，快上车间去！这回非把吴总给高兴坏了不可！（突然想到）等等，我得把这个事告诉给方静。不，用不着。她在里头许都听见了。（高兴地下）

——**幕　落**——

第三场

◉时 间

春节之夜。

◉地 点

袁厂长的家。

〔幕启：室内依然挂起了喜庆的红灯笼，窗外又响起了欢快的爆竹声，因为方静工作忙回不来，以袁晓兰为主、林彤为辅操办了今天的年饭，现在饭菜已经做好，摆在桌子上，就等着袁厂长和方静回来。

〔袁晓兰坐在藤椅的沙发垫上。

〔林彤坐在她旁边的椅子上。

林　彤　（恳求地）你倒是再听我说几句啊！

袁晓兰　（堵住耳朵）不听，不听，就不听！

林　彤　我再说一句行不行？

袁晓兰　（不语）……

林　彤　（故意地）行啦，实在不听，那我这就排队去！（拿起书欲下）

袁晓兰　（抬起头）你回来！

林　彤　刚才我来的时候，家具店门口刚发号儿。明天是大年初一，人多不了。这会儿去一定能买得着。

袁晓兰　买来我也不要。

林　彤　那……那为什么？

袁晓兰 你就不用管啦!

林　彤 (走回来，坐下)我知道，这几天你的情绪不好。

袁晓兰 谁说的?

林　彤 准是因为没评上先进生产者的事儿吧?

袁晓兰 谁让我的结头技术没有达到标准呢。

林　彤 (同情地)要说你们这帮人也真够倒霉的。一进厂就是理论组、专业组、宣传队、大批判班子。最后，哼!连最基本的技术也全给耽误了，可是……

袁晓兰 (极痛心地)你别说了，别说了行不行?

林　彤 (停了一下)可是这损失也不能光拿结婚讲排场来弥补啊!

袁晓兰 你以为我真跟小闹钟一样哪，告诉你吧，我现在最需要什么，你心里明白!

林　彤 (欣喜地)晓兰，你……那?

袁晓兰 (无意中看了一眼右手食指上贴着的橡皮膏)……

林　彤 晓兰，你的手指怎么啦?(一把抓住)是练打结头磨的!

袁晓兰 (把手抽回)可“文化大革命”一错就是十年，我这个亏损户也该为自个儿打算一回啦!这也是终身大事!

林　彤 咱商量商量。

袁晓兰 我告诉你吧，我让小闹钟又找了家具票，今天下午已经拉家具去啦。

林　彤 (意外地)……真的?

袁晓兰 家具我没要那么多，可办还得这么办!

林　彤 你一上来这个劲谁说也不行!(担心地)那你爸真能答应?

袁晓兰 反正家具都买回来啦。

〔过道传来了袁厂长和吴总的声音，袁厂长、吴总上。

袁厂长 晓兰，你妈还没回来?

袁晓兰 没有。

袁厂长 （非常兴奋地）这么说，除了两台粗纱机，咱们的安装工作已经是大功告成啦？

吴　总 喏，要不是停了一个星期的电，完全可以有百分之三十的机器测试完毕。

袁厂长 这段儿咱们干得不善乎！照这么个干法儿，还像个搞“四化”的样子，你说呢？

吴　总 对的。

袁厂长 晓兰，年饭也大功告成了吧？有没有狮子头啊？

袁晓兰 饭做好啦，就是不会做狮子头。

袁厂长 能做饭就不赖。

吴　总 （取出糖包和饭盒）喏，我还是老样子，一个红虾酥糖、两个食堂里的熟菜。

袁厂长 晓兰，快接过去。

〔袁晓兰接过糖和菜。

袁厂长 等你妈回来就吃饭。新年那顿饭没吃成，春节这顿饭说什么也得吃个痛快，吴总，“年夜饭”，对不？

〔远处鞭炮声隐去。

袁厂长 吴总，咱们能不能再挤挤水分，还是争取提前投产，你讲话，早一个小时投产就能多收八百三十六元六角六分白花花的银子！

吴　总 我晓得。你那背水一战的劲头又要来啦！

袁厂长 现在的行市看涨啊！昨天我上市里开会，几个经委的头头儿为利润愁得光皱眉头，咱们还不得再给自个儿安上个增压阀？

吴　总 （想着）看来空调室要成为下一步的关键环节。

袁厂长 小林子，空调室怎么样了？

林 彤 我们工区的王主任今天早晨找我去啦，让我问问您……

袁厂长 （注意地）问什么？

林 彤 问问你们厂能不能借给他们两个单元的宿舍楼。

袁厂长 （停了一下）是不是又有点来劲啊？

〔李主任上。

李主任 厂长，你看看，江南赵科长回去以后，咱们又发了三封加急电报。这是第三封回电，可回电光问墙板要多少对，粗纱机连一个字都不提啦。

袁厂长 听见没有！上回来电以后我还真以为“平安无事”呢，现在看并不是那么回子事儿！小林子，王主任到底是怎么说的？

林 彤 今天早晨他突然找我捎话儿，我一听就明白了，说是借房，实际上就是要房，可我一想他马上就升副经理了，怕得罪了他将来的关系不好处，这才硬着头皮给捎的话儿。

吴 总 喏，这么说，他那边早就要我在验收文件上签字，确实是有意识搞的！

李主任 吴总啊！怎么说好呢？……嗐，一句话吧！现在是聪明的人太多啦！

吴 总 （激动起来）老袁，我不理解，很不理解，确实是不理解！

袁厂长 我理解。看来这病根儿一时半会儿的还除不了。大检查刚过去……

吴 总 方静她们晓得不晓得？为什么就不管呢？为什么呢？

袁厂长 （摇着头）我想她们是了解的，也许越了解就越不好办，（爆发地）吴总，老实说吧，我现在真想一件事也不答应，9000锭建不成就撂！没事干上班儿打扑克，睡大觉！……可一想到1800万利润、170亿国家赤字……

林　彤　要不我这就告诉王主任去，房子不借啦。（欲走）

李主任　小林子，等等，不急。

袁厂长　（痛苦地）我真看出来啦！这碗苦酒还是愣得喝了它！就是含着眼泪也得喝下去！现在保住 9000 锭按时投产比什么都重要。吴总，你看咱们是不是多多少少让一步？

吴　总　（气极）岂有此理，那建筑公司王主任的做法可以说是恶劣到了极点，还要向他低头让步？那原则还讲不讲？还有没有是非？

李主任　可是不给房，那空调室就真盖不起来哪！

吴　总　（十分恼怒地）好的！那就请厂长来做决策吧！（冲出门去）

李主任　吴总，吴总！

袁厂长　晓兰，快去把吴阿姨请回来！

〔袁晓兰从厨房上。

袁厂长　一定请回来！

袁晓兰　哎。（急下）

李主任　厂长……

〔袁厂长不安地来回踱着。

袁厂长　（停下）我真算认倒霉啦！小林子，你这就告诉王主任，我们答应啦！

林　彤　唉。（欲走）

袁厂长　等等，可你告诉他，他们那种想先让吴总签字验收，又故意留下个尾巴，再张嘴要供的做法不地道，太不地道了！还有！你还得告诉他，我们厂有的工人结婚三年，孩子都两岁了，可还分不上一间房！还有老少三代挤住一间十平方米的呢！

林　彤　唉，告诉他，我都告诉他！（欲走）

袁厂长　（突然地）算了，算了，说这些又能顶什么用呢？你就告诉他宿舍楼一起来准给他房。让他快点儿先把空调室给我弄出来，不是我姓袁的等着住，是新车间为着送风投产！

林　彤　好吧！我这就去！（下）

袁厂长　老李，这碗苦酒咱们就算喝下去啦，是吧？快着，把你那笔记本掏出来记上：1980年大年三十晚上，袁志成、李大年共饮苦酒一大碗！

李主任　（停了一下）厂长，江南赵科长那事儿……

袁厂长　我现在心里头像团乱麻，明天，明天再说吧？啊？

李主任　也行……可安装工作就差那两台粗纱机啦！

袁厂长　我知道，我都知道！

李主任　好吧，没别的事了吧？（下）

〔李主任刚好把风尘仆仆的赵科长迎进来。

〔袁厂长刚刚坐下来闭上眼睛。

赵科长　（抱歉三分）实在对不起，我又来了！

袁厂长　（站起）好，好，欢迎，快坐吧！

李主任　赵科长，你怎么大年三十还来啦？

赵科长　问题不解决，春节也过不安宁，袁厂长我还是找你讨饭来的哟！

袁厂长　别着急，有话慢慢说。

〔李主任给赵科长倒茶。

赵科长　厂领导连夜开会研究，想来想去还是没有别的办法。袁厂长，我们绝不是用粗纱机交货来要挟人，不是的，实在是厂子小、困难多，不怕您笑话，下个月的工资都要发不出了，袁厂长，您就发发慈悲吧，只要能收下墙板，我们这辈子也忘不了新华厂的好处的。

袁厂长　这意思是非得收下不可啦？

赵科长 袁厂长，我再讲句老实话给你听吧！我们是小厂、小干部，要地位没地位，要权势没权势，再不拉拉关系，那日子还怎么过呀！

袁厂长 所以就瞪着眼睛看上我们了，对吧？

赵科长 哎呀，靠山吃山、靠水吃水嘛，我们不找你们这样的大主顾找谁？袁厂长，我先代表全厂的四百名职工和家属表示感谢！

李主任 赵科长，你先别着急！

袁厂长 （叹气）唉，他都把话说到这个份儿上了，可让我……

赵科长 袁厂长，我们厂长交代过了，这次问题不得解决，我是说啥也不能回厂去的。

李主任 厂长，您看……

袁厂长 （停了一下）行啦，就那么办吧！

李主任 赵科长，快！连粗纱机带墙板，赶快发货。

赵科长 噢，好的，好的。我一回厂马上就发货来，袁厂长，谢谢您啦，谢谢您啦，真是谢谢您啦！再见！

袁厂长 好，等着你们发货！

赵科长 李主任，再会！

李主任 再见，我不远送啦！

赵科长 不要的，不要的。（下）

〔停顿。

袁厂长 老李啊，这又是第几碗苦酒啦？

李主任 第二碗。

袁厂长 还行，这一碗还不算大，也许醉不了。也记住喽！干脆，都说说吧，咱们那原材料怎么样啦？

李主任 昨天我到化验室看了看，上回化纤厂送来的原料确实不赖。静电小、物理指标也都合乎要求，保证将来的活儿好做。人家

就给咱们来了封信。（取信）

袁厂长 听听。

李主任 （念信）……为了支援你厂9000锭车间顺利投产，搞“四化”多做贡献，现将质量最好的原料送上，还望今后加强联系，密切合作……

袁厂长 翻译翻译吧，这里边又都是什么意思？

李主任 这里边儿……

袁厂长 说吧，虱子多了不咬人，债多了不愁。

李主任 要用时兴的话说，这得叫预支预付。您看，现在算欠了人家的情，将来遇见什么事儿，不用等化纤厂张嘴，咱们也得想着法子还人情，不是吗？

袁厂长 （摇头）明白了，这是零存整取。一个人可真得活到老，学到老。得，这就算半碗苦酒吧。嗯，两碗半了。

〔吴总、袁晓兰上。

袁晓兰 爸，吴阿姨来了。

吴　总 （不客气地）喏，晓兰，你到里屋去！老李同志，我要找厂长单独讲话！

〔袁晓兰进里屋，李主任下。

吴　总 （气呼呼地）厂长同志，我要求马上调回上海去！马上！

袁厂长 吴总，有话慢慢说嘛！

吴　总 一个月以前，我的四个孩子就联名写信要我回上海去，他们已经为我联系好了，到纺织研究所当一名满意的研究员！厂长，喏，放我走吧！

袁厂长 （停了一下）我可以放你走，就恐怕你自个儿不肯走……

吴　总 这次是一定要走的！

袁厂长 而且，这也不是你心里的话。（温和地）吴总啊，有什么气就都撒出来，别憋着。咱们还是老办法，心碰心地谈谈。

吴　总　我现在有一个蛮可怕的感觉，蛮可怕。

袁厂长　你说吧。

吴　总　喏，你晓得，50年代我参加过“三反、五反”运动，我现在突然觉得有些干部蛮像当时行贿的资本家和受贿的贪污分子！蛮像的！

袁厂长　（想了想）确实有些当初打老虎的人现在又快变成老虎了。

吴　总　（激动地）老袁啊，你晓得我已经日近黄昏，到了花甲之年，剩下的日子不多了，不多了！

袁厂长　（点头）我明白，明白。

吴　总　（沉重地）也许这9000锭是我一生当中参加的最后一个项目了……为了咱们厂能多出点布，多向国家交些钱，我孤身一人留在此地，用自己这把老骨头硬撑着！喏！这点心愿不能算是非分的吧？可为什么就不能让我实现呢？为什么？（眼睛里闪着泪花）……我百思不得其解啊！

袁厂长　吴总，你太激动了。

吴　总　（擦着泪水，取出一封信）我刚刚回到家里越想越气，就对照《准则》给市委领导写了一封控告信。喏，我要问一问王主任，“共产党员特别是各级领导干部必须成为遵守国家纪律、遵守劳动纪律、遵守工作纪律，遵守共产主义道德的模范”这一条对他还有没有约束力？

袁厂长　（把信接过去看着）……

吴　总　对了，这里边也告了你一状，说你态度暧昧，向不正之风妥协！

袁厂长　（把信看完）吴总，我完全同意。

吴　总　喏，这也算是我的一点点报党之心吧！

袁厂长 （也激动起来）老实说，我也真想在这封信上签个名字，咱们一块儿告，也告我自个儿！甚至我都想放上一把大火，把那些缠身的关系学全烧个精光！可是，现在我不能！不能！

吴　总 为什么呢？

袁厂长 而且还得劝你也先别告。

吴　总 你劝不动我！

袁厂长 别慌，听我慢慢说。

吴　总 （摇头）不听！不听！我晓得，无非是什么不能不上供啊、不能不拉关系啊……简直是烦死人了！

袁厂长 那好，今天不说这些个。吴总，你不是最讲究实际吗？咱们就从这封信说起，好不好？

吴　总 这有什么好讲的吗？你同意我要发出去，你不同意我也要发出去！

袁厂长 就算你发出去以后能起作用，可是按照咱们的工作效率，这样一件事儿没有几个月半年的时间也处理不下来。

吴　总 会是这个样子的？

袁厂长 我这还是往快里说，现在是2月初，就算3月半能处理下来，再把空调室盖好得到了什么时候？那怎么还能保证4月1号投产？

吴　总 （意外地）喏，这我倒没有认真想过。

袁厂长 吴总，这就是谁也不满意，可谁也一时改变不了的现实情况！错综复杂的现实情况！

吴　总 （不语）……

袁厂长 要依我看，反正眼下最关键的电还没有问题。这些小小不言的地方就先让一让吧，要不可怎么办呢？老实说，我的这点儿认识也是这现实情况硬给逼出来的。

吴　总　（不住摇头）不理解！实在是不理解！

袁厂长　吴总，50年代有部电影叫《阿廖沙的锻炼性格》，你还记得不？今天咱们也得进行一次性格的锻炼。

吴　总　直到把积极性都锻炼得精光为止！

袁厂长　吴总，心急吃不了热豆腐。信还是不发为好，我还是那个观点：没有经济效益就没有生命力！棉纺织厂织不出布来说什么也不顶用。现在咱们最要紧的是9000锭这个大元帅得开张！

吴　总　（停顿有顷）你讲的道理我也不是完全不能够接受。可是，我这心里总还是疙里疙瘩的不痛快！

袁厂长　吴总啊，现在咱们还就是得学会一样本事：一边儿心里不痛快；一边儿照样干工作。要不怎么叫真干真生气，不干不生气呢？吴总，你会喝酒不？

吴　总　就能喝一点点葡萄酒。

袁厂长　（笑着）我说的是得含着眼泪往下喝点苦酒。得，不说了。（把信还给吴总）收起来留个纪念。将来说给子孙们听听，准得以为是个笑话，你信不信？

吴　总　老袁啊，你最会苦中作乐了，这一点我实在是可望而不可即。

〔方静、林彤上。

袁厂长　方静，大年三十的回来这么晚？

方　静　（恼火地）别提了，一提起来我就生气。

袁厂长　（打断她）算了，算了，还是说点儿让人高兴的事儿吧。方静啊，不管怎么说，我们按现在的速度搞下去，4月1号投产还是完全有可能的，对吧，吴总？

吴　总　对的。

袁厂长　这就叫道路曲折，前途光明嘛。小林子，快叫晓兰出来吃饭。

〔袁晓兰上。

袁厂长 （举起酒杯）没什么了不起的！听蝲蝲蛄叫就不种庄稼啦？好事多磨嘛！来，大伙儿都举起杯来，还是为9000锭车间4月1日按时投产干杯！

〔众人干杯。

〔众人举杯欲饮时，新车间灯光骤暗。

袁晓兰 爸，新车间又断电啦！

〔众人拥到窗前去看。

袁厂长 （气得来回踱着步，突然站住）这是得寸进尺，有意整人！（拍着桌子）我告他去！方静，我们给你的材料，你们好好给查查吧！

吴　总 欺人太甚！实在是欺人太甚！老袁，我到车间去了。喏，快一点儿把电搞来。（急下）

袁厂长 方静，你说你都要什么材料吧。老李，给她写，毫不保留地给她写！

方　静 （想了一下）老袁，你先冷静点儿嘛。不是我们不愿意管，可你们得先下定决心，你们要是真打算得罪人了，那我们就立案查处。

袁厂长 立案吧，下决心啦！

李主任 厂长，现在就告他们是不是还有点儿……师出无名啊？

袁厂长 怎么说？两次拉闸断电还师出无名？

李主任 万一倪科长把嘴一咧，找出个理由来，说是事故停电，那咱们会不会被动啊？

袁厂长 （急躁地）真缺了大德啦！我看他们要的就是这个看得见、摸得着，可又让你说不出来的邪劲儿！

李主任 再说，现在的时机好像也不大对。

袁厂长 为什么？

李主任 昨天和咱们同时开工的北方厂新车间刚投产。今天建设银行也来了正式通知，要是4月1日不能投产，推迟一天罚款一百块。再有……再有这几天，工人们也都议论开了，担心今年奖金拿得少。还有人说您……

袁厂长 什么？

李主任 反正都是不怎么样的话，就甭学啦！

袁厂长 不，学吧！

李主任 有人说您没本事、窝囊废、大笨蛋……嗐，什么难听的话都有。（停了一下）厂长，我说后一句吧！您回厂这些日子大伙儿的关系还处得不错，要是一招儿不得人心，往后那还怎么当领导？

〔停顿。

袁厂长 （苦笑）我还领导哪，连个普通党员我也快不会当啦！

李主任 厂长，恐怕这出戏还是文唱比武唱好。

袁厂长 （停了一下）方静，你说呢？

方　静 你们要是确实没有真凭实据，我们也真是不大好处理。

袁厂长 （急躁起来）行了，方静，你先委屈委屈，还是回避一下吧，我好和老李再商量商量。

〔隔壁剁饺子馅声。

〔方静、袁晓兰上里屋去。

袁厂长 老李，你说该怎么办？

李主任 我看是不是得先摸清楚倪科长的底细，不然供不对路，神仙就不灵。

袁厂长 可上什么供，神仙才显灵呀？

李主任 他可要什么供呢？呢子、毛毯吧，不要。也不是房，他们公司新建的宿舍楼。

袁厂长 那可要的是什么呢？

李主任 厂长，我看是得找他当面摊牌了！还得越快越好！

袁厂长 嗯，省得老这么吊着，更活受罪。再说一句，我算是倒霉啦！谁让咱们一心想干“四化”哪！就这么定了，马上找倪科长。

李主任 好吧。

〔小闹钟急上。

小闹钟 袁伯伯，晓兰哪？

袁厂长 在里屋。

小闹钟 （喊）晓兰，晓兰，快出来！

〔袁晓兰从里屋上。

袁晓兰 （高兴地）小闹钟，家具买回来啦？

小闹钟 都先拉到我们家去啦。这回你跟袁伯伯说吧。

袁晓兰 爸，小闹钟又给我找了家具票，家具也都买了。这回人家就托咱们给办二十米雪花呢。雪花呢可不是国家的计划物资，这回您就答应了吧！

〔袁厂长看了袁晓兰一眼，来回踱着。

李主任 厂长，这好办，你点个头儿，我一个电话就能解决。

袁厂长 （仍不语）……

小闹钟 晓兰，实话实说啊。这个条件可是最低的了，要是还嫌多，那我可就一点儿辙也没有啦！

袁晓兰 爸，您快说话呀！

袁厂长 （困难地）孩子，我……我还是不能管。

袁晓兰 （意外地）什么？您还不管？

小闹钟 袁伯伯，您可太难啦！

袁厂长 为私事儿就是一根布丝儿我也不答应！

袁晓兰 爸，您不觉得这么做太不通人情了吗？

小闹钟 晓兰，走！跟我回家去，让我爸批！这事儿难不住人！

袁晓兰 不，我今天倒要看看我爸他管不管！反正家具都已经买回来了！

袁厂长 （坚决地）买回来了也不行！

袁晓兰 （气极）好吧，我走！我离开这个家还不行吗？（欲走）

林　彤 （制止）晓兰！

李主任 晓兰，别让厂长为难了。这事儿只当厂长不知道，由我负责啦。行了吧？

袁厂长 （发火）我不管，谁也不许管！

袁晓兰 （气不可耐）什么？那……那好吧！（冲出门去）

〔小闹钟、林彤追下。

〔方静从里屋急上。

方　静 （不明白地）晓兰！

袁厂长 她愿意走，就让她先走吧。

方　静 （喊着）晓兰！晓兰！（追下）

袁厂长 看见没有？保持自身清白都不那么容易！这是第几碗了？

李主任 （想着）三碗半！三碗半。

〔方静上

方　静 什么三碗半？

袁厂长 （怒不可遏地）毒药！毒药！

——**幕　落**——

第四场

◉**时 间**

前场数日后的上午。

◉**地 点**

倪科长的家。

这是一个郊区的农村里。新盖的青砖到顶大瓦房，窗明几净，一门通院子，一门通套间，室内的陈设极不协调，既有老农村式的，也有相当现代化的。大衣柜、多用柜、酒柜、沙发、电视机、录音机一应俱全。

〔幕启：倪科长正盘着腿坐在沙发上，用扑克牌算命。录音机里放送着邓丽君的《美酒加咖啡》音乐。片刻后倪妻端着一杯牛奶上。

倪 妻 （把牛奶放在桌上，顺手关上录音机）总听那野娘们儿号丧个啥？

倪科长 你懂个屁呀！（又将录音机打开）

〔倪妻又将录音机关上。

倪 妻 嘿，啥时候带我进城听《杨三姐告状》去？

〔倪科长理也不理，继续算命。

倪 妻 嘿！跟你说话哪！哑巴啦？

〔倪科长仍旧不理。

倪 妻 （抢过扑克牌来）啥时候带我进城听戏去哪？（过去把牌搞乱）有财气、有财气，一天到晚算个啥？我问你啥时候看戏？

倪科长　没票！

倪　妻　啥？没票？剧场经理敢不给你票？那你还不得把他们的电给掐喽？说真格的，啥时候去吧？

倪科长　（闭目养神）去也没车，挤公共汽车你能干？

倪　妻　那公司的小车都干啥了？

倪科长　小车是刘经理坐的，轮得上你？

倪　妻　少给我扯臊！我还不知道，小车班的司机谁能不拍着点儿你“泥鳅”！

倪科长　（把扑克牌夺回来）去，去，去，少给我这儿添乱！

〔电话铃响。

倪科长　喂，是我，老王啊！我求你那个事儿怎么样啦？……我说，那可是我不出五服的至亲。……对，结婚等着用哪！……简短地说吧，这事儿你是办也得办，不办也得办！就这么定啦！（放下电话）

倪　妻　（向倪科长）是建筑公司的王主任吧？这小子忒不办事儿，弄两间房也至于这么费劲？！

倪科长　现在办点事那么容易呀？

〔院子里李主任的声音：“倪科长是住在这儿吗？”

倪科长　（赶忙收拾扑克牌，向套间走去）快去瞅瞅！就说我没回来，听见没有（躲进套间里）

〔李主任手拿毛毯，袁厂长跟在后面。

李主任　请问这儿是倪科长的家吗？

倪　妻　你们是……

李主任　我们是新华棉纺织厂的。您是……

倪　妻　我是他爱人。

李主任　嗯，这是我们袁厂长。

倪　妻　厂长？快着，坐，坐沙发，沙发软和。

李主任　听说他身体不大舒服？

倪　妻　嗐，没啥大病。那啥，您这条毛毯可真不离儿，瞧那毛有多老长啊！也不好买吧？

袁厂长　（有些不耐烦地）老李，快找倪科长吧！

李主任　对，倪科长……

倪　妻　我这就给你们叫去……那啥，我打早就念叨着买条毛毯，冬天压个脚儿啥的得有多好！可老倪早给忘到脖子后头去啦。

李主任　这就是给倪科长捎来的。

倪　妻　（将毛毯夺过去）真的？那敢情好啦！这可咋儿谢谢你们二位啊？（赶忙接过来）不离儿，真不离儿，这么一条得多少钱哪？

李主任　钱还不好说。这是毛纺厂的展销品，让倪科长先试用着，以后再算，再算。

倪　妻　（双手一拍，眉飞色舞）那敢情忒好啦！你们二位喝茶、抽烟！（指着桌子上）那有好烟，带把儿的。

袁厂长　（强忍着火）老李，倪科长到底是在不在？

倪　妻　（没有感觉地）在，在。我给你叫去！瞧这毛毯可有多招人儿稀罕！老倪啊！

〔倪科长迎出。

倪科长　（装作刚刚睡醒）哟，是你们二位来了？嗐，刚才脑袋有点儿晕，说躺会儿吧，还真睡着啦！坐，坐吧！

李主任　我们厂长又找你好几天了，后来听公司的人说你病了，这才……

倪科长　看这有多不合适？把厂长也给惊动到乡下来了，其实有什么事来个电话，我上厂子去一趟不就结了。

〔电话铃响。

倪科长 （向倪妻）我说，还不沏茶、拿烟？

倪　妻 （不忍心地放下毛毯，向袁厂长让烟）厂长，换一支吧？快着！

袁厂长 （把烟灭掉）不啦，我抽得少。

倪科长 （接电话）喂，是我……我说你们让招待所赶快准备好一个单间，下午再派辆212去车站接个客人，什么？……南京方向开来的……对。是江南纺织机械厂供销科的赵科长……对，我说这可是咱们刘头儿的客人，千万不能误了事儿！（放下电话）袁厂长，抽烟，喝茶，到我这儿就别客气。

〔电话铃又响。

倪科长 （示意让倪妻接）就说我不在。

〔倪妻接电话说不在。

倪科长 您瞧瞧，够多烦！我说不安电话，可公司非让安不可！说为了工作上方便！

袁厂长 老李，咱们快谈正事吧。

倪科长 对，谈谈。（向倪妻）我说，你也该上街转悠买点儿菜去啦！

倪　妻 二位坐着，我买点儿菜去。（把毛毯放下）

倪科长 袁厂长，实在是又对不住了。这不，配电系统出了故障，眼下一时还查不出毛病在哪儿，你说让人着急不着急。

袁厂长 这么说，还是送不了电？

倪科长 是啊，也真够让厂子为难的，我知道您那儿都快火上房啦，可我这儿也实在是没辙啊！

李主任 （向袁厂长使眼色）厂长，您不是还要跟倪科长说点别的事儿吗？

袁厂长 （极力安定自己，不自然地）老倪啊，你需要什么就直说了吧！

李主任 （赶忙帮腔）对了，千万别客气。咱们都不是外人，只要我们能使上劲儿的事儿，一定帮助给办！

倪科长 （笑着）这好说，好说。（用圆珠笔在火柴盒上写着什么）虽说咱们不算是一个系统的，可跟一家人一个样，袁厂长那话，一个前方，一个后方，你也缺不了我，我也少不了你。对吧？只要是有事儿我准说。

李主任 就真没有？不能吧。倪科长，再想想，想想！

倪科长 没有，真没有。眼下是只要故障一排除，马上就送电！对了，你们先坐着，我烧壶开水去。

李主任 那不麻烦了吧？

倪科长 嗐，你们二位大老远来的，我还能连点水也不管够？李主任，（把火柴盒交给李主任）快给厂长点上支烟。得，我去了，（轻声地）使电炉子！快！（提水壶下）

袁厂长 （急不可耐地）老李，你在这儿待着就好受？（站起来）

李主任 你先别着急啊，今天还真有点儿门啦！

袁厂长 我看不出来！

李主任 他最后那句话里头就像是有话。

袁厂长 哪句话？

李主任 他不是说“只要故障一排除，马上就送电”吗？这意思是说故障就在咱们这儿哪，得由咱们快点儿排除。

袁厂长 （不耐烦）这都是些什么乱七八糟的！

李主任 他是要跟咱们露底，您千万别着急，来，先抽支烟。

袁厂长 我不抽他的。（从口袋里取烟）

李主任 （划着火柴，有所发现，把火柴吹灭）厂长，有了，还真有了！就在这火柴盒上。

袁厂长 什么？

李主任 这不，“职工大学”，刚用圆珠笔写的四个大字。

袁厂长 这又是什么意思？

李主任 您忘了，咱们棉纺公司不是要办个纺织职工大学吗？他准是有个人想拿咱们厂当跳板进职工大学。

袁厂长 （不敢相信）别不是你自作聪明了吧？回头人家眼睛一瞪，你又得臊个大红脸。

李主任 要不他写这么四个字干什么？还故意把火柴盒递给我，说：“快给厂长点上支烟。”

袁厂长 （站起）这可是缺德啦！一个厂子几千名职工才能有几个名额，还愣得让他们抢去一个！走吧，我得走了。

李主任 （拉住）我看还是再试试吧。反正也就是九十步、一百步的事儿啦！

袁厂长 （很不情愿地）怎么个试法儿？

李主任 直截了当还不行，得拐个弯儿。（听到了倪科长的声音）您听，他来了！

袁厂长 （勉强地）愿意试你就试吧！

〔倪科长上。

倪科长 来，喝热的，喝热的。（倒水）哟，袁厂长是嫌我的烟太次了吧？

袁厂长 不，我现在抽得少了。

李主任 不是，厂长心脏不太好，不怎么抽了。

倪科长 噢，那是得注意点儿，注意点儿。

李主任 倪科长，有这么个事儿您得帮助留点儿心。

倪科长 说吧，只要是我能办到的。

李主任 我们棉纺公司要办个职工大学，眼下名额还没招满，您要是认识合适的人能不能给推荐推荐？

倪科长 噢，是这么回事，得嘞，我一定给打听着点儿。

李主任 （不放松）你认识的人多，眼下就愣一个合适的也没有？不能吧？职工大学可就等着招齐了人好开学呢！

倪科长 眼下……眼下……（仿佛是突然想起）嗐，巧了，眼下还真有一个人，可不一定合适。

李主任 您说说。

倪科长 那天我在公司听说，我们有位同志的孩子仿佛想上纺织职工大学，年龄、学历都还差不多。

李主任 那就给推荐推荐！

倪科长 哎哟，不行啊，这孩子是个待业青年，不是你们公司系统的职工啊，这不好办。

李主任 （进一步地）不要紧，要是让他由我们厂子过一下呢？

倪科长 哟，合适吗？那可是明摆着违反劳资政策，袁厂长，这有困难吧？

袁厂长 （直接地）这事儿要办成了你那电怎么说？

倪科长 袁厂长，那还不好说吗？不是吹，咱们一句话的事儿。

袁厂长 （忍着）到底是谁的孩子？

倪科长 您要是非问不可，我也用不着再瞒着啦，就是我们电力公司刘经理的孩子。

袁厂长 （点头）我明白了。

倪科长 （得意地）您明白了就更好。干脆吧，熟人面前不说假话。前一阵子正赶上《准则》贯彻情况的大检查，咱们怎么也得躲过那个枪口去，现在可得来点干货儿啦！社会主义经济讲的就是个交换原则。

袁厂长 （大声地）告诉你，我坚决不能办！说出大天来也不能办！

倪科长 李主任，你看这……

袁厂长 这什么？这叫行贿受贿、敲诈勒索！破坏“四化”！

倪科长 我说袁厂长，这可是你们李主任主动提出来的，我没说一个字儿。咱们好说好商量，实在不能办就拉倒，也用不着伤了和气！

袁厂长 伤了什么和气？伤了谁的和气？眼瞧着你这么给共产党的脸上抹黑，我受不了！我这心里头扎得慌！

李主任 厂长……

倪科长 我早就想劝您两句了，您的这一套五七年以前也许能行得通，现在不灵了！再挑明了说吧！资本主义社会靠的是钱，咱们这个社会靠的就是关系。不吃透关系学，您就寸步难行；想明白了这一点，您就一通百通！……

李主任 （**制止他**）倪科长……

袁厂长 让他说下去！

倪科长 您也许有耳闻吧？大伙儿都叫我“泥鳅”，可我为什么成了“泥鳅”？我就那么愿意当“泥鳅”？可有人往我身上一个劲儿地抹润滑剂啊。我跟您这么说吧，经过十年大浩劫，人人都得学滑，人人都得变泥鳅。袁厂长，您，早晚也得变泥鳅！

袁厂长 你胡说，你把我们国家看成泥鳅窝啦？告诉你，老实人他一辈子也成不了泥鳅。我问你，你这些东西（**指周围的摆设**）都是打哪儿来的？

倪科长 哪儿来的？你说哪儿来的？劳动挣来的。

袁厂长 你一个月挣多少钱？

倪科长 不听劝是不是？反正低头不见抬头见。咱们走着瞧。（**将火柴盒拿起**）你们二位坐着，我得上卫生所打针去了。（**下**）

李主任 （**喊**）倪科长！倪科长！

袁厂长 别叫他！（气得来回踱着）

李主任 厂长，那咱的新车间……

袁厂长 （停住）我是一直强忍着哪！（走到酒柜前方拉开布帘，露出各种名酒）这都是什么？这都是谁的血汗？走进这个屋子里来再不动点火气，他就不是个共产党员！走！我宁肯不要电，也不能眼看他这么违法乱纪！走啊！

〔袁厂长、李主任欲下。

〔马玉秀匆匆上。

马玉秀 倪科长在家吗？

李主任 （感到奇怪）小马，你怎么也上这儿来啦？

马玉秀 我找倪科长有点儿要紧的事儿。

李主任 他上卫生所打针去了。

马玉秀 （犹豫一下）我找他去！今天说什么也得找着他！

李主任 （发现马玉秀神色不对）你找他有什么事儿啊？

马玉秀 （摇头不语）……

李主任 （向袁厂长）这是我们袁厂长，小马是我们的街坊，北方厂的织布工。小马，你是有什么事儿吧？

马玉秀 （"哇"的一声哭了起来）……

李主任 小马，你怎么啦？有什么话你就说。

马玉秀 老李，我……我上当啦！

李主任 别着急，有话慢慢说，什么事？

马玉秀 为了把我爱人从外地调来，去年我就托了倪科长，他说他认识劳动局那个管盖戳儿的人，一回就要了我二百块钱……

袁厂长 现在怎么样了？

马玉秀 到现在事儿没办成不说，连人也见不着面儿了。老李，我那二百块钱来得可是不容易啊！我们两口子一个月才拿八十多块钱工资，养活着一个孩子、一个老妈。这不，工会扣了一年也没扣完落下的亏空。不怕您笑话，这都是我们从牙缝儿上刮下来的钱哪！那二百块钱里头……有我卖血的钱！

李主任 你现在打算怎么办呢？

马玉秀 说什么也得找倪科长问出个结果来！（擦着眼泪）我们那拿血汗换来的钱，不能全白喂了狼！（急下）

袁厂长 （怒不可遏地）老李，回去就写材料告这个姓倪的，走！（欲下）

李主任 （不动，有所担心地）可是咱们的电……

袁厂长 （又走了回来）老李啊老李，你……你怎么对关系学有这么大的兴趣？噢，整天费着心思琢磨那套破玩意儿，你心里就那么舒坦？！

李主任 （委屈地）厂长……我为了电……

袁厂长 怎么，说屈了你啦？那么大的人还要哭一鼻子啊？（大声地）快走！再不走我就要骂人啦！

〔袁厂长急下。李主任抱着毛毯随下。

〔片刻后，倪妻上。

〔倪妻手里提着韭菜。

倪　妻 哟，人真走了？（回头向门外示意让倪科长上。倪科长上）哎哟，可了不得了！毛毯！毛毯！

倪科长 滚！你懂得个屁！（拿起电话）电力公司吗？我找刘经理……什么？您就是啊？……我是老倪，经理，有个紧急的情况得跟您汇报一下……好！

——幕　落——

第五场

◉**时 间**

一个月后（3月初）的一天。

◉**地 点**

袁厂长的办公室。这是一间极普通的厂长办公室，因为是在二层楼上，所以依然可以看到9000锭车间的厂房。一门通往过道，一门通往隔壁的房间。室内正面墙上挂了有关经济指标的图表。

〔车间机器声响。

〔幕启：袁厂长兴奋地来回踱着。

〔方静拿着手提包坐在办公桌前，显然是刚来了不久。

袁厂长 （兴高采烈地）这么说这个案子就真是处理完了？

方　静 对。

袁厂长 我们的官司打赢了？

方　静 也可以这么说吧！

袁厂长 一个月的时间，速战速决，这回你们纪委可不是白吃干饭的啦！方静啊！（挑着大拇指）我真想慰劳慰劳你。哎呀，这儿还真是什么也没有呢，干脆，先来一杯清茶吧！（倒茶）

方　静 瞧把你高兴的。

袁厂长 好，把吴总和老李找来一块儿听听。

方　静 （点头）也好。（机器声隐去）

袁厂长 （拿起电话）喂，我要总工程师办公室。（捂住电话）你上隔壁把老李叫来。

方　静　嗯。（走进隔壁的门）

袁厂长　喂，吴总吗？我是老袁……我说，咱们和电力公司的案子市纪委已经处理下来啦！……对，方静把文件都送来啦，你马上就过来，咱们一块儿听听……我说下楼的时候可得注意腿脚儿！哈哈……（放下电话）

〔老李、方静上。

李主任　厂长，批下来了？

〔吴总上。袁厂长让大家坐。

袁厂长　听听振奋人心的消息！方静，开说！

方　静　这次市纪委领导比较重视，所以处理得比较快。（打开文件）我先念念市纪委负责同志的批语："电力公司这位刘大老爷，胆大包天，目无党纪国法，大搞不正之风……"

袁厂长　再念一遍，这可得听真着点儿。

方　静　电力公司这位刘大老爷，胆大包天，目无党纪国法，大搞不正之风，已经发展到了直接破坏"四化"建设的程度，必须严肃处理。

吴　总　喏，讲得好，讲得蛮好！

方　静　（继续念）这个案子再次证实了小平同志的话——"我们搞'四化'一天也不能耽搁，我们搞纪律检查工作要为'四化'服务，同样是一天也不能耽搁。"

吴　总　深刻，蛮深刻。

方　静　经过市纪委的慎重研究，并报请市委批准，决定这个案子在全市范围内进行通报批评，并且给予电力公司刘经理党内警告的处分。

吴　总　（站起来激动地与方静握手）方静同志，衷心地感谢！喏，这才是公理胜利，正气抬头！

李主任 袁厂长，春节怎么不留下几个“二踢脚”呢？

袁厂长 干什么？

李主任 这会儿才应该好好地放它一家伙，也出出咱们心里这口憋闷气！

吴 总 对的，对的。

袁厂长 老实说，新年的经济失调，供电工作也确实有他们的难处，人非圣贤，孰能无过？老李，见了倪科长可不能跟打了胜仗似的。说说咱们该怎么办，吴总。

吴 总 喏，我计划在来电以后，搞个三组同时试车，二十四小时三班不停。这样在5月1日投产是完全可能的。

袁厂长 （果断地）好，就这么拍板了！老李，你全力以赴协助吴总，要什么给什么，不惜血本。老李，快给9000锭打个电话，说电马上就来，让他们集合好人，等着吴总去布置新的试车方案。

李主任 好吧！（打电话）

袁厂长 5月1号零点以前再投不了产，咱们仨一块儿找棵歪脖树上吊去！吴总，同意不？

吴 总 同意。

袁厂长 老实说，人家纪委这么支持咱们，咱们还不得争口气？人总得讲点儿良心嘛！方静你就等着5月1号参加新车间的开工典礼吧！还是那句老话：道路曲折，前途光明！

吴 总 我现在心里非常激动……我想交给你一件东西，这是我想了多年的一件事情。

袁厂长 好啊，吴总。

吴 总 我马上去取！

袁厂长　这么着急？

吴　总　喏，我要尽快交给你呀！尽快！（欲下）

〔倪科长和刘经理上。

倪科长　袁厂长，这是我们公司的刘经理。

刘经理　（上前主动与袁厂长握手）老袁同志，我今天是负荆请罪来啦！

袁厂长　来，我介绍一下，这位是吴总。

刘经理　（与吴总握手）吴总，非常惭愧啊！

袁厂长　这是办公室李主任。

刘经理　（与李主任握手）让你们为难啦！

袁厂长　这是我们纪检委的副书记方静同志。

刘经理　噢，久闻大名。（与方静握手）非常感谢你对我们的帮助、批评。

袁厂长　坐，都坐吧！

刘经理　老袁哪，你这一猛掌击得好啊！使我们能够及时地迷途知返、悬崖勒马，照这样下去，不得了啊！方静同志，我刚在供电局纪委表了态，现在再表一次：一定要接受教训，痛改前非！

倪科长　对，我也一定要接受教训，痛改前非！

刘经理　老倪的错误是相当严重的喽！两次断电都是他自作主张，太不像话了嘛！

倪科长　是，我要负全部责任。

刘经理　当然，根子还是在我这里了，经理兼党委书记，名副其实的第一把手嘛。方静同志，我已经跟工会主任打了招呼，要组织全公司的职工观摩电影《法庭内外》，叫大家都受受教育。

袁厂长　老刘，过去的事情就算过去了，说说以后的事吧！

刘经理　你们的电已经有了安排，对吧？！

倪科长　是，是。

刘经理　本来我想亲自和你们交换一下意见，可是下边还有两个重要的会，所以，具体的问题是不是请老倪同志来谈？

袁厂长　谁谈都一样啊！

刘经理　实在对不起。老倪谈完了有什么意见，咱们还可以再交换嘛！（站起来）老袁、方静同志，咱们来个“君子协定”好不好啊？从今天起，凡是电力公司的人，谁搞了不正之风都欢迎你们揭发、纠正，当面批评也可以，越级上告也可以，我们都热烈欢迎！咱们就这么说定了！再见！（与众人握手）再一次表示检讨，感谢！都不要动，你们谈，你们继续谈吧。（下）

袁厂长　倪科长，谈谈吧。

倪科长　（取文件）我这儿有两份文件，请你们几位先过过目。这是旅游局关于提前接待外宾的，这是旅游大楼关于提前开业的。

袁厂长　（莫名其妙地）这是什么意思？

倪科长　您先看了文件咱们再慢慢谈。

〔袁厂长、吴总翻着文件。

倪科长　不用多说，你们几位也知道。这都是属于外交用电，也叫政治用电。不用说电力不足，就是眨巴眨巴眼儿也得做检查，受处分。

袁厂长　这跟我们有什么关系？烧火剥葱——各管一工嘛！

倪科长　不，这里边儿可都连着哪！一紧着他们用电，这一片儿的电压可就降下来了。

李主任　那我们怎么办？

倪科长　我们已经组织了解决增压问题的专门小组，只要电压一增加上去，头一份就给你们送电。

袁厂长 （耐着性子）这得等多长时间？

倪科长 哎呀，这可就不大好说啦。要快哪，一天半天就可以；要慢哪，仨月半年也说不定。可咱们不是都得服从外事任务吗？袁厂长，没别的事儿我就走了。

李主任 （着急地）你这是……

倪科长 （无可奈何地）咱们都得有个全局观念不是？眼下旅游事业的重要性可也不含糊哪！

李主任 厂长……

袁厂长 （摆摆手）……让他走吧！

倪科长 袁厂长，你们就静候佳音吧！得！回头见。（下）

〔停顿，难忍的停顿。

〔织布车间的机器声音仿佛增大起来，吵得人心烦，汽锤声、电话铃响。

李主任 （接电话）喂，是。您是哪位？赵科长，您好！我是老李……什么，粗纱机暂时不能交货了？……为什么？……喂、喂？（放下电话）

袁厂长 （关心地）怎么？粗纱机也来不了啦？

〔林彤急上。

林　彤 也不知道为什么，工区王主任今天一大早就找我去了。他说得一手交房，一手交空调室。还死活不说是为什么又变卦。

袁厂长 （拍案而起）方静，我再告他去！（来回踱着）我就不信真告不倒他！（停住）我真不明白，为什么明明是错误的玩意儿，就能大摇大摆地行得通？连纪委刚刚处理的案子也说翻就翻，还能再报复你一家伙！这还有没有王法？有没有？嗯？

方　静 我也担心过管不好别再帮了倒忙，可是完全想不到后果会这么严重。（难过地低下头）

吴　总　（停了一下）坦率地讲，我失去了信心。不必讳言，我确实失去了信心。我不晓得，党的文件到底还算不算数？党的纪律究竟还管不管用？这样纠正不正之风，难道不是会越纠越不正吗？

方　静　吴总，你批评得对。

吴　总　我跟着共产党三十年了，可以讲还很少这样缺乏过信心。你们晓得，这也是很不情愿，很不情愿的呀！

袁厂长　（也越发激动起来）不行，我说什么也得给刘经理打个电话！（走到电话机旁按着电话）党瘫痪了十来年一切都给搞乱了，党的传统作风，别人忘了不奇怪，他一个老党员不能忘！姓倪的那个小子纯粹是那些年培养出来的一个暴发户。电力公司离开他就开不了张啦？嗯？这回我不通过任何一级组织，就用一个老党员的名义问问他这个老党员，还讲不讲一点儿党性原则？

李主任　厂长，怕问也没有多少用了。

袁厂长　一点儿用处没有我也得问。我有这个义务！不发脾气不冒火儿，不管他接受不接受，我反正得把话都说出来，要不憋在肚子里头是块病！（打电话）我要电力公司！

〔暗转。

〔灯光复明。次日清晨。

〔袁厂长盖着一件大衣，躺在椅子上睡着了，显然，他又在厂子里操劳了一夜。电话铃响，袁厂长仍未醒。

〔片刻后，吴总兴冲冲上。

吴　总　老袁！（进屋一看没有人。走到台灯前关掉，转身要出去，发现袁厂长在睡觉）快起来，快起来！

袁厂长　（猛地起来）什么事？

吴　总　好消息，好消息！来电了！

〔袁厂长一眼看到了灯光明亮的新车间。

〔李主任急上。

李主任　厂长，好消息，好消息！

袁厂长　吴总早告诉我了。

李主任　（兴奋地）还有哪，赵科长来电话，粗纱机已经发货了。还有……

袁厂长　还有？

李主任　建筑公司王主任同意先把空调室盖起来。

袁厂长　咱们都掐掐自个儿的手，看看疼不疼？这不是大白天做梦吧！

吴　总　你真会讲笑话！

袁厂长　电也来了，粗纱机也发货了，也答应给盖空调室了？

李主任　真捉摸不透。这里边儿……

袁厂长　（笑着）嘿嘿！一个电话打了45分钟，耐心细致，不喊不叫……还真是见效啦！

吴　总　喏，你说是刘经理……

袁厂长　吴总啊，老同志还就是老同志，没白吃十几年党的饭！咱们党有条老规矩——有错就改，改了就好！人非圣贤，孰能无过嘛！我真想再给他打个电话，不，得抓空儿去一趟！好好跟他谈谈心。

吴　总　对的，对的。

袁厂长　（忽然想到，从抽屉里取出笔记本）老李，这是你昨天开会落在这儿的吧？

李主任　是，我正找哪！（接过笔记本）

袁厂长　别见怪，我随便翻了翻。

李主任　没什么，不保密。

袁厂长　（懊悔地）老李啊，实在是错怪你了，我在倪科长家还发了那么大的火儿……

李主任　（自然地）您当时又着急又生气，那没什么。

袁厂长　吴总，这么一个表面看是积极搞关系学的人，可在笔记本上还写满了骂关系学的话。你能想得到吗？嗯？

〔吴总理解地点着头。

李主任　……大概像我这样儿的是多数！我看问题的深刻性就在这个地方。

袁厂长　也许问题的光明前途也就在这儿！走，咱们试车去。

〔小闹钟上。

袁厂长　小闹钟？

小闹钟　（噘着嘴）本来人家倒休想看内部电影去，可我爸非让赶紧给您送封信来不可！说让您看了心里好踏实。

袁厂长　为这也至于噘嘴啊？信呢？

小闹钟　（取信）给，还说是个好事儿。

袁厂长　看看，好事儿今儿都跑到我们厂集合来啦！（看信）

小闹钟　袁伯伯，信算送到了，我走了！（下）

吴　总　（有预感地）老袁，又出了什么事情？

袁厂长　（摇头）没想到，真没想到！

李主任　（担心地）是不是电又……

袁厂长　（气愤地）比那还要坏得多！（把信给了李主任）

李主任　（看信）上边有人单批了名额，刘经理的孩子已经拿北方厂当了跳板，进了纺织职工大学……

吴　总　（意外）真会有这样的事情？

袁厂长　上边有人单批了名额，上边是谁？（汽锤声）

吴　总　（恼怒地）难道我们大家的极力抵制、纪委的严肃处理都抵不过上边一个什么人的签字吗？

袁厂长　（极力控制着自己）吴总啊，我算看出来了，干“四化”光认倒霉都不行，还得迷上那个倒霉！（汽锤声隐去）就跟那谈恋爱、搞对象似的，你得爱上那个倒霉！一天见不着就得想着那个倒霉！吴总，这可真是活儿好干、气难生啊！（含着泪水）说句不吉利的话吧，搞“四化”要是真得气死一批人，我等着开追悼会啦！

李主任　咱打电话向局里问问！

袁厂长　算了，试车去。我早晚得问出来，走！

——**幕急落**——

第六场

◉时 间

1980年7月1日，9000锭车间开工典礼的日子。

◉地 点

袁厂长的家。

〔袁厂长心情不好，已经病倒数日，正在休息。

〔袁晓兰打扮成新娘；小闹钟急着打电话催汽车。

小闹钟 ……喂，小林子吗？我是袁晓兰。你什么时候来啊？……哈哈哈……人家新娘子都准备好了，你们的汽车得快点儿来！可不能老让我们干等着！……对，好嘞！要是来晚了，可饶不了你！（对袁晓兰）汽车再过一刻钟准到！

袁晓兰 （看了里屋一眼）小点声儿！

小闹钟 （点头）你爸……

袁晓兰 休息……

小闹钟 抓紧时间准备吧！……哎，小红花可不能忘了戴上！（把小红花别在袁晓兰的胸前）看，多来劲！这就是新娘子的商标。

〔电话铃响，小闹钟接电话。

〔吴总上。

袁晓兰 吴阿姨。

吴 总 （高兴地）喏，新娘子，准备得怎么样啊？

袁晓兰 差不多了。您坐。

吴 总 阿姨考虑了好久，没有买什么时髦的礼物，就送给你一张

条幅留作纪念吧！（取出条幅）

袁晓兰 谢谢您。

〔小闹钟放下电话。

小闹钟 哟，这是什么呀？打开瞅瞅！

袁晓兰 （念条幅）“咬定青山不放松，立根原在破岩中，千磨万击还坚劲，任尔东西南北风。”

吴　总 喜欢吗？

袁晓兰 这是说竹子的吧？

吴　总 对的。

小闹钟 哟，这还是一首诗啊？吴阿姨，您可真有两下子，我听都听不懂。

吴　总 字是我写的，诗是人家郑板桥作的。

小闹钟 （岔开）对了，晓兰。刚才局里来电话，说请你爸在家里等着，一会儿郑局长有要紧的事来找他。

袁晓兰 我这就告诉他去。

吴　总 晓兰，爸爸的身体怎么样？

袁晓兰 不太好。

小闹钟 也不知道为什么，整天都没个笑脸，还尽发脾气。对了，说连晓兰的婚礼他也不参加了。

吴　总 （理解地）晓兰，妈妈没有回来？

袁晓兰 到市委开会去了，好几天都没有回来。

〔赵科长上。

赵科长 吴总，你好！

吴　总 （意外地）赵科长，你还没有回厂吗？

赵科长 对的。我的火车票已经买好了。

吴　总 还有什么事吗？

赵科长　我想再找袁厂长讲几句话。

吴　总　晓兰，你看……

袁晓兰　我爸的身体不大好……您看……

赵科长　没有关系的，只有几句话讲完了我就去火车站。

袁晓兰　那好吧，请您等一下。（进里屋）

吴　总　赵科长，请坐。

〔小闹钟忙倒茶。

赵科长　（客气地）好的，好的。

〔袁厂长和袁晓兰上。

袁厂长　赵科长，你找我？

赵科长　哎呀，袁厂长。……我有几句话一定要讲给你听，不讲出来心里就不安宁。

袁厂长　坐吧，有什么话慢慢说。

〔袁晓兰和小闹钟走进里屋。

赵科长　（突然地）袁厂长，你们还都蒙在鼓里哪！……你们晓得走后门上职工大学的人是哪一个吗？

袁厂长　不就是电力公司刘经理的儿子吗？

赵科长　（用力摇头）不是的！不是的！　是我们江南纺织机械厂厂长未来的女婿。

袁厂长　（不懂地）怎么，是你们厂长未来的女婿？

赵科长　对的，对的。

袁厂长　（思索着）难道电力公司刘经理也能和你们厂长有什么关系吗？

吴　总　这本来是风马牛不相及的嘛！

赵科长　（忙于解释地）是这个样子的，你们听我慢慢讲。（吸足了一口气）刘经理的家乡和我们厂是在同一个县城里，懂吗？刘经理家乡还有两个挣工分吃饭的侄儿，懂吗？刘经理一心想把侄儿送进我们厂来当工人，懂吗？我们厂长不肯轻易给掉两个招工的指标，懂吗？我们厂长有个未来的女婿是此地的待业青年，懂吗？我们厂长也一心想让女婿上大学，懂吗？于是，就用两个侄儿进工厂和一个未来女婿上大学做了交换条件。最后落了个刘经理和两个侄儿、我们厂长和未来的女婿大家都欢喜，大家都满意！……你们懂得了吗？

吴　总　哎呀，复杂，复杂，复杂得要命啊！

袁厂长　（倒茶）赵科长，快喝口水吧！

赵科长　（喝了一口水，痛苦地）袁厂长，吴总，你们整天心里想的是什么，手上干的是什么？他们整天心里想的是什么，手上干的是什么？真是没有办法比啊！我来这里以前，心里也念叨：你可有多大的本领？你能管得了许多？还是不要多此一举好啦！可是又一想，自己无论如何……也是跟了党多年的干部啊！（忽然地）袁厂长，吴总，这些事你们千万不要再对旁人讲，弄不好我穿上小鞋，也是紧邦邦的！……好，我走了，再会吧！

袁厂长　（紧紧地握着赵科长的手）老赵同志，作为一个老党员，我打心眼里头谢谢你！佩服你！

吴　总　赵科长，你要走好！

赵科长　再会！再会！（下）

〔停顿。

袁厂长　（深沉地）吴总，伍子胥过昭关一夜白了头，大概不会是假的。刚才这种事情听多了，多么硬的汉子也得成短命啊！

〔郑局长上。袁厂长和吴总相迎。

袁厂长　老郑，你找我吗？

郑局长　啊，对。（岔开）晓兰呢？新娘子还没有走吧？

袁厂长　还没有走。

〔袁晓兰、小闹钟上。

郑局长　好，我总算没有来晚。（取出水笔）来，来，这是从国外带来的一对水笔，也算是一点心意吧！

袁厂长　晓兰，还不快谢谢郑伯伯。

袁晓兰　（接过水笔）谢谢郑伯伯。

郑局长　（摆手）不要谢，今天早晨才听说，也来不及买什么了！

袁厂长　老郑，坐，坐吧。不是有要紧的事谈吗？

郑局长　（坐下）不忙，不忙。

小闹钟　（回忆地）郑伯伯，我结婚的时候您也是送的一对水笔。

郑局长　对。那是我第一次去国外考察带回来的。

小闹钟　（调皮地）您准是怕我们不好好学习吧？

郑局长　小鬼，都结婚了，还这么调皮？（笑着）老袁啊，身体怎么样？

袁厂长　还好。你找我到底有什么事？

郑局长　慢慢说嘛。……我今天是贺完了小喜再贺大喜。9000锭车间几经周折总算是开工了，这很不容易啊。对了，我要告诉你们一个好消息：市委的张书记要亲自来参加你们的开工典礼，盛况空前！局里也出了简报，要好好吹一吹！你们都是有功之臣哪！

袁厂长　老郑啊，还有一位有功之臣，我一直想打听打听是谁。

郑局长　噢？

袁厂长　就是那位单批名额的领导同志。

郑局长　你是什么意思？

袁厂长　事到如今，我还不得好好感谢感谢人家啊。

郑局长　（大笑）老伙计，算了吧。

袁厂长　（坚持地）不，我一定得知道是谁。

郑局长　（得意地）老袁，你要是非问不可，那就告诉你，批名额的不是别人，就是我！

袁厂长　（一愣）是你？

吴　总　真的会是你吗？

郑局长　一点误差也没有，就是我。要说有功之臣还得有尊夫人一份，是她请我拿的主意哩！

袁厂长　她？（忍不住地）老郑，你这可不是支持下边的工作，是拆下边的台呀！

郑局长　（耐心地）老伙计，我这是给你们补台哪。当时我要是不当机立断地批个名额，你那 9000 锭到年底也投不了产，今天的开工典礼也得告吹！就这样，我还是说了不少的好话，人家刘经理才把你们厂和旅游大楼勉强安排在一起给的电！这一层你们大概还都不够了解吧？

〔停顿。

袁厂长　（有些木然地）……今天本来应当高兴，可我现在倒真想大哭一场！

吴　总　我也有同感！

小闹钟　袁伯伯，大喜的日子干吗老不高兴啊？弄得晓兰心里也怪那个的。犯得着吗？您不就是那么一点儿事吗？那压根儿就不叫个事儿！

郑局长　看看，孩子在宽你的心哪！还是不要把问题看得过于严重吧！要算算大账嘛！你充其量不也就是积压了一万块钱的备件，还送了两套单元的宿舍楼，就说再加上那个走后门儿上大学的……这些两万块钱也能打住了吧？可 9000 锭投产以后，一天的产值就全找回来了！老伙计，你可没有亏，你是赚了。走吧，开大会去！

吴　总　（率直地）郑局长，我实在感觉自己是老朽了，跟不上时代潮流了！

袁厂长　（突然地）老郑，我也算了一笔账。

郑局长　（意外地）噢？（看手表）听听，也听听。

袁厂长　我的脑瓜子笨，我是算了一笔笨账。（尽量平静一些）积压一万块钱备件，送了两套单元的宿舍楼，就说再加上你批的那个走后门儿上大学的，我都没算！

郑局长　（不懂地）为什么？

袁厂长　因为比起后头我要算的账来，就纯粹是小巫见大巫了！

郑局长　（奇怪地）是这样？

袁厂长　（激动起来）这9000锭车间光为了来来回回上供拉关系，就整整推迟了一个季度的开工时间。一个季度是多少呢？三三得九，九十天。一寸光阴一寸金，九十天又是个什么经济概念呢？先说三个月的银行罚款——三三得九，三九二十七；再说三个月的产值——二三得六，三六一十八；还有施工，安装和生产人员的时间浪费呢？这些加在一块儿，就足够再扩建一个9000锭车间的啦！

〔众人一惊。

郑局长　（不语，点燃一支香烟慢慢地吸着。）

吴　总　这种算法就对了。（向郑局长）我也是有这样子的看法。

袁厂长　（继续地）我算了不是一遍了，都用数字说话，不带水分。吴总，就是这么一个有9000锭细纱的纺部大车间，在咱们的手里就跟变戏法似的，说没就没了！……可到哪儿去了呢？是让敌人的炸弹给炸了，还是让反革命放火给烧了？都不是！连块炸弹皮，连点儿火苗儿都没见着。就是在咱们一些亲爱的同志们的手里，在一些整天嘻嘻哈哈、晃晃悠悠、你好我好、没心没肺、大吃大喝的败家子的手里给弄丢了，放跑了！咱们现在的国家够穷的了，还经得起这么糟蹋吗？

〔停顿。

袁厂长 （越说越有气）这还是能算出来的，那些算不出来的呢？（指着脑袋）这儿，这儿受到了多少腐蚀和演变？你就是用电子计算机也没法给算出来！照这样下去，根本不是个“四化”建设快慢的问题，而是党的生死存亡的大问题。这不是我说的，是陈云同志说的！

袁晓兰 （也激动起来）爸，您别说了。

袁厂长 （沉重地）晓兰，还有小闹钟，我是真不愿意看着这种毛病再传染给你们这一代人啊！

袁晓兰 爸，我……

袁厂长 老郑，我这话也许不好听，可它实实在在……

郑局长 （点头）嗯，你这也是一种算法，也是一种算法嘛。

吴　总 （感动地）老袁，你讲得好，想得深！嗯，是的，是的。

〔停顿。

袁厂长 不说了！……汽车还没有来啊？

袁晓兰 （内疚地）爸，我……我……

袁厂长 你怎么啦？今天可是要离开家了！还有什么话想说吗？

〔林彤上。

林　彤 汽车来了。

小闹钟 晓兰，咱们走吧！

袁厂长 晓兰，那就先走吧。

小闹钟 来，我拿东西。（拿东西）

袁晓兰　（犹豫着）爸……

林　彤　我们走吧。

郑局长　晓兰，林彤，我祝贺你们。祝你们和和美美，白头偕老！

林　彤　谢谢！

袁晓兰　谢谢！（忍着眼泪）爸……

袁厂长　闺女，你……

袁晓兰　（停住脚步）爸，我背着您做了一件很不好的事，得说了再走！

袁厂长　你说吧。

小闹钟　哎呀，过两天再说不行吗？

袁晓兰　不，我坚决要说出来。……爸，您不知道，我结婚用的家具也是打着您的招牌走后门买来的。

林　彤　我也同意了。

小闹钟　袁伯伯，都是我给办的！要罚要打您就冲我来吧。

袁晓兰　爸，您骂我吧，打我吧，您从来还没打过我哪！

袁厂长　（含着泪水）晓兰，爸爸怎么下得去手啊？……你长大了！爸爸为你高兴！……走吧，你们走吧！

小闹钟　快走吧。

袁晓兰　爸，我走啦！……您千万别忘了每天都按时吃药。

袁厂长　忘不了，晓兰。

郑局长　晓兰，打起精神来。哪有大喜事还哭鼻子的？

袁厂长　走吧！

〔袁晓兰、林彤、小闹钟、吴总下。

〔停顿。

郑局长　老袁，我还得通知你一件事。

袁厂长　什么事？

郑局长 （郑重地）局里决定……把你提到棉纺公司当副经理。

袁厂长 （完全没有想到）这……是……

郑局长 我们班子再三商量才决定的。

袁厂长 （愤愤地）这可真是刨白薯挖出土豆来了！

郑局长 老伙计，年岁不饶人哪！你的身体又不怎么好，还能老在第一线上蹦跶？新华厂从建厂到扩厂，你辛辛苦苦滚了二十五年的棉花毛儿，以后厂史上少不了你这一笔！

袁厂长 （直爽地）老郑，用不着绕弯子。是不是因为我太不识时务，有点儿碍手碍脚啦？

郑局长 （认真地）千万不能把好事给想坏了！光荣让贤嘛！你就放心吧，我什么都替你安排好了。一句话，绝不会亏待你！一定让你过上一个幸福、快乐的晚年！

袁厂长 我还不到安度晚年的时候。你放心，到了六十岁我不会占着茅坑不拉屎。……可对不正之风我就是得斗到底，斗到死！

郑局长 （笑着）“扬州八怪”郑板桥有句名言，你知道吗？

袁厂长 不知道。

郑局长 “难得糊涂。”这是一句很深刻的话——明白难，糊涂难，由明白变糊涂就更难。

袁厂长 （忍无可忍地）共产党员就没有这条修养！……老郑，想想你办的事吧。开始方静他们告了电力公司的状，得到市委张书记大力支持，可你这一局之长，为什么还不敢坚持？为什么啊？

郑局长 （连连摇头）谈何容易啊？

袁厂长 （不放松地）你知道不？你那笔尖一转悠批个名额，它伤了多少好同志的心，又长了刘经理、倪科长多大的邪气？打开天窗说亮话吧，你老兄要比“泥鳅”让人头疼得多，也难办得多！

郑局长 （不快地）照你这么一说，我倒成了罪魁祸首啦？

袁厂长 上梁不正下梁歪！老郑，你有没有决心从现在起把咱们系统办得干干净净，一尘不染？你走到哪儿也敢拍着胸脯说，对歪风邪气我们这儿就是针插不进，水泼不进！敢不敢？

郑局长 你的心情我理解，你的意见甚至我也能部分同意。可是……

袁厂长 那好，9000锭车间咱们俩都沾上了不正之风，能不能就从这件事情检讨做起？能不能？啊？

郑局长 （振振有词地）可是，到了年底市经委来收银子找谁？不找别人，还是找我嘛！你们拼死拼活地保住一千八百万的利润，难道我就不得拼死拼活地保住全局两亿五的利润？

袁厂长 要保，可靠什么保？老郑，你说咱们党有史以来，有哪一件事不是由领导干部努力带头才完成的呢？

郑局长 用不着跟我说官话。

袁厂长 我知道现在坚持原则不那么容易，可也不能就随波逐流啊！要不，党风到哪一天才能搞好？社会风气到哪一天才能搞好？中央的决议三令五申，可为什么轻工局老是执行不下去呢？

郑局长 你说为什么呢？

袁厂长 （尖锐地）就是因为你这个局长的头皮太软，顶不住！

郑局长 （愤怒地）你……你……好，时间快到了，不谈了吧。走嘛，开工典礼总不能不举行啊！

袁厂长 （爆发地）……我现在就去市委告状！马上！

郑局长 告状？你告谁？

袁厂长 （直截了当地）告你，告方静，也告我自己！

郑局长　可以，可以嘛。这是你的权利！不过，我还是希望你三思而后行。

袁厂长　我已经思了半年了！千里之行，始于足下。不然，高调唱得越高越是“假大空”！我打算好了，市委告不下来，就上省委、中央！一年告不下来，就告它两年、三年！我就不信，三年能打垮老蒋的八百万人马，可愣刹不住这个不正之风？！

〔方静、吴总、李主任急上。

方　静　老郑，我找你。

郑局长　什么事？

方　静　我向市委汇报了9000锭车间不正之风的全部情况。

袁厂长　你？

郑局长　（一愣）噢？

方　静　市委张书记不来参加开工典礼了。通知老袁马上到市委去！

郑局长　好吧，我先走一步了。（下）

方　静　老袁，市委要我停职检查。

袁厂长　是这样？

方　静　我为这个处理感到高兴。

袁厂长　为什么？

方　静　（兴奋地）我看到了党的希望！

袁厂长　方静！（与对方紧紧地握手）

〔停顿。

吴　总　（激动地）老袁同志，我想了很久，现在决定向党提出加入的申请。

袁厂长　太好了，吴总！

吴　总　今天发生的一切都使我深深地感到，共产党毕竟是共产党！我企盼党组织收下我这样一个小兵，尽管我的力量是微乎其微的！

袁厂长 （与吴总热烈握手）党组织会欢迎你的！

〔停顿。

李主任 （取出笔记本）厂长，这回该用着这些计算数据了吧？

袁厂长 （接过笔记本）那是。

〔停顿。

方　静 （郑重地）老袁，去市委以前，我想和你说几句话。

袁厂长 你说吧。

方　静 （痛苦地）这些日子，我看到你明知是杯“苦酒”也得喝！

袁厂长 （强调地）明知是杯“毒药”也得含着眼泪往下咽！

方　静 （激动起来）老袁，别说了！

袁厂长 好，你接着说。

方　静 （控制不住地）看着你那急不得、怒不得、哭不得、笑不得，只能自嘲自讽，苦中作乐的特殊劲头！我看着心里真是……

袁厂长 老伴儿，怎么样啊？

方　静 我心里实在难受……真想大哭一场！

袁厂长 （连连摆手）别，可别。还是那话——干“四化”光认倒霉都不行，还得迷上那倒霉！就跟那谈恋爱搞对象似的，你得爱上那个倒霉！一天见不着就得想着那个倒霉才行！

方　静 （阻止地）不……我受不了啊！

袁厂长 不说了。我还得正经地上市委告状去哪。……我的好老伴，你这么理解我，心疼我，支持我，我得给你鞠一个大躬！（鞠躬）

方　静 （兴奋地）好吧，那我就再给你背一段话。

袁厂长　什么呀？

方　静　当年一块儿在延安窑洞里，举着胳膊念过的话。

袁厂长　你背吧。

方　静　（轻声地）“对党忠诚，积极工作……”

袁厂长　（点头）明白了。

方静 / 袁厂长　（同声地）“为共产主义奋斗终身，随时准备为党和人民牺牲一切，永不叛党。”

李主任　（惊讶地）这是入党誓词吧？

袁厂长　（含着眼泪）没错儿。方静，今天当着人我也得抱抱你。（紧紧地抱着对方）我的好老伴儿！

方　静　（含着眼泪）我的好老伴儿！

袁厂长　李主任，听令！

李主任　您吩咐。

袁厂长　（大声地）你快去礼堂告诉大伙，开工典礼不举行了。9000锭准时开工，正常运转。

李主任　大伙儿都知道了，可人们又都拥到厂门口来，敲锣打鼓等着欢送你去市委告状，拦也拦不住。

袁厂长　（十分兴奋地）那好。我就不信那个邪！我们党有60年的光荣传统，就管不住这个不正之风啦？还是那话，“不忘本来，才有未来”。方静，我到市委去了！

方　静　好。

〔窗外传来群众的嘈杂声和锣鼓声，众人快步向外走去。

——**幕　落**——

尾声

〔鸡鸣山上。

〔只有袁厂长和市委张书记两个人。

袁厂长 老政委……（抱歉地）我叫惯了！

张书记 老战友了，没关系……二连长，有话就说！

袁厂长 老政委，怎么找这么个地方来谈哪？

张书记 （幽默地）在鸡鸣山顶上谈话不好吗？“一唱雄鸡天下白”，可是有诗为证啊。

袁厂长 （笑着）我肚子里没有那么多的诗。

〔停顿。

张书记 （郑重地）老袁，今天我非要见到你不可。

袁厂长 有事？

张书记 有一件大事。

袁厂长 你说。

张书记 （拿出纸条）咱们先各自写几个字。

袁厂长 什么内容？

张书记 关于当前社风民气的。

袁厂长 这就写？

张书记　对啊。

〔张书记和袁厂长写纸条。

张书记　我先念——“不正之风”。

袁厂长　（念）“拉关系，走后门”。

张书记　好，这先按下不表。

袁厂长　（不懂地）表什么呢?

张书记　说说你心里最犯愁的事吧。

袁厂长　（想着）老政委，听真话?

张书记　听假话就不找你了。

袁厂长　现在的“关系网”已经形成规模，左冲右突也出不去，让人干着急又没办法!

张书记　接着说!

袁厂长　人人都骂“关系网”，可是人人又都离不开“关系网”。有人说：一个人从生——到奶站去订牛奶；到死——送火葬场去火化，全都不能不拉关系，走后门。

张书记　再补充一句——党风问题解决不了，社会问题也解决不了。那还怎么搞“四化”啊?

袁厂长　老政委，没错儿。

张书记　二连长，那该怎么办呢?

袁厂长　（不语）……

张书记　咱们总不能顺其自然举手投降吧?

袁厂长　绝对不可能啊!……你说呢?

张书记　我说首先是党要管党，必须从头抓起，不能含糊。

袁厂长　（想着）不太懂。

张书记　党员姓党!一定要从党员下手，“抓早、抓小”，不能有半点儿的放松!

袁厂长　（点头）我明白了。

张书记　不正之风是你让一尺，它就进一丈。等到它成了气候你再想收拾可就太晚了。“大老虎”还就是这么养起来的！

袁厂长　张书记，你是说……

张书记　什么？

袁厂长　要把不正之风解决在萌芽状态的时候？对不？

张书记　对。

袁厂长　那可太难太难了！

〔停顿。

张书记　难在哪儿了？

袁厂长　我现在心里一头儿是“红彤彤的旗帜”，一头儿是“白花花的银子”，两边儿老有点儿打架，谁也不服谁。有时候……

张书记　有时候“白花花的银子”还真能占了上风？

袁厂长　（点头）没错儿。

〔停顿。

张书记　让我做个回答吗？

袁厂长　是。

〔停顿。

张书记　（深沉地）一位中央领导同志说过：“风气如果坏下去，经济搞成功又有什么意义？是会在另一方面变质的！”

袁厂长　（思索着）……噢，是这样啊？

张书记　（肯定地）就是这样！你这回明白了吧？

袁厂长　明白，明白了。

张书记　记住，保持住自己身上干干净净，才是党员最重要的精神财富。

袁厂长　（连连点头）我真明白了！……这就是我们常说的“正直”，

对不对?

张书记 （连连点头）对，完全对。（郑重地）市委常委开会决定，任命你为轻工局的纪委书记。

袁厂长 现在?

张书记 （点头）马上。

袁厂长 （意外地）是我吗?

张书记 就是你，这就下发文件。今天让我先找你谈谈。

〔停顿。

张书记 不会不同意吧?

袁厂长 我真没想到。

张书记 有话就说。

袁厂长 我还得琢磨琢磨。

张书记 可以，多思有益嘛。

袁厂长 你再给细说说。

张书记 历史唯物主义认为——社会历史发展有自身的客观规律，这是不能超越的。反腐倡廉也是一样，超越了还得再回到历史原点上来……

袁厂长 （点头）嗯。

张书记 这没有窍门可找，也没有捷径可走。

〔停顿。

张书记 （兴奋地）这就叫作——“会当凌绝顶，一览众山小”啊!

袁厂长 这是……

张书记 这是杜甫二十九岁写的，他一路登上泰山，先是仰视，后又平视，接下来是凝视，最后达到了俯视，充满了朝气蓬勃、有胆有识的雄伟气魄!

袁厂长 真叫棒!张书记，咱们就再念一遍吧?

张书记　念。

张书记／袁厂长　（大声地）“会当凌绝顶，一览众山小”！……“会当凌绝顶，一览众山小”！

〔音乐起。

——**落　幕**——

作品赏析

《谁是强者》是一部直面社会问题的现实主义剧作，被称作新中国戏剧舞台上第一部“反腐败戏剧”。作者针对腐败问题，将拉关系、走后门、换利益等现象写进作品。剧本笔锋犀利，直面了“四化”进程中出现的党风问题。

“文艺创作到底要不要真实地反映社会矛盾呢？”这是作者梁秉堃在东郊棉厂深入体验生活时，发现种种问题后产生的疑问。在改革开放的热潮中，有新气象、新发展，也有新问题、新矛盾，拉关系、走后门的现象越发严重，单位和个人试探着以权谋私，矛盾的尖锐和问题的深刻性，让作家无法视而不见；但一想到要触及一些领导干部的阴暗面时，历史的教训又不得不让作家心有余悸。1980年1月23日至2月13日，中国戏剧家协会、中国作家协会、中国电影家协会在北京召开剧本创作座谈会，在座谈会闭幕式上，时任中共中央宣传部部长胡耀邦提到，“坚决不允许对文艺作品妄加罪名”“敢想敢干，百折不挠”，这种声音让在场的文艺工作者备受鼓舞，同时也给了作者梁秉堃直面问题的力量。剧本围绕着袁厂长和9000锭车间的生产，串联起各个部门之间的利益环扣，工厂经济在个人私欲之下被层层盘剥，甚至女儿的婚事也要通过利益的交换才能办得圆满。面对这些矛盾，“谁是强者”是袁厂长步步受阻时发出的疑问，也是作者试图通过剧本在现实中寻找的答案。

剧中的袁厂长是一个敢做敢当、有魄力有干劲的管理者，为了提高生产，他排除万难，一手创建起了9000锭的生产车间。但魄力和干劲光用在搞生产上还不够，看似属于棉纺厂的车间，背后牵扯的电力公司、建筑公司等一批单位，缺少哪一个环节的配合，9000锭车间就无法投入生产。新年夜，正当袁厂长和吴总工程师准备庆祝车间生产时，厂房突然断电，众人慌神中，也拉开了一张黑暗的关系网。

“一面是红彤彤的旗帜”，“一面是白花花的银子”，在原则和利益的博弈中，袁厂长也不断摇摆。不同于以往戏剧中出现的正面形象，袁厂长从相信一身清白也能做成事，再到拿着稀缺的毛毯登门送礼，有时候“知错还犯”的不得已，远难于一心坚守原则的正义。新年之夜，刚供电的厂房突然断电，而供电局的科长迟迟联系不上，在“关系学”的声音里，老袁坚持清清白白做事，痛斥车间主任擅作主张买毛毯准备送礼的行为。但随着供电与断电的几次反复，老袁开始了自我怀疑，最终叩响了供电科倪科长的家门，准备用一条稀缺毛毯换来9000锭车间的重新供电。这一转变，让袁厂长不再“清白”，走后门、拉关系的行为也被女儿指责是“和尚领导”，终归是要“上供”。这一条毛毯就像是病毒，被注射进袁厂长的身体；但这一针激发出了剧本体内的“免疫”系统，在自我暴露缺陷的同时，激发了更强大的免疫机制。一方面，观众清晰地看到一个清白的厂长如何动摇，在国家利益之下，牺牲集体原则和个人清白，当国家利益与集体原则发生矛盾需要取舍时，矛盾的出现本身就是错误的，袁厂长从“犯错的人”这一身份抽离，给观众留下的不是对他走后门的愤怒，更多的是对他不得不走后门的感慨。另一方面，袁厂长在关键时刻坚守了底线，甚至还检举告发了自己，这不仅是对他清白的重新挽回，更是作者对正义之气的强烈渴求。

“作家的社会职责要求我们站到时代的尖端，以历史的眼光和社会的角度，去观察生活和提出问题，并且进行干预”，该剧创作完成后，北京人民艺术剧院就积极排演，但在演出时仍然遇到了重重困难，因为部分剧中内容首演过后如石沉大海一般，没有媒体宣传，没有评论评鉴，观众的一片叫好和媒体的沉默不语，也让这部作品剧里剧外产生艺术与现实的直接关联。剧中出现的最大的领导，是轻工局的郑局长，他戏份不多，但几次出场都有着关键信息的输出。电路切断，迟迟联系不上倪科长，在这焦灼的时刻，郑局长到访，袁厂长问他究竟该怎么办，是否真的要走后门、拉关系，面对追问，郑局长则是答非所问、含混不清，一方面不要送礼，另一方面又提醒袁厂长不要和电力公司把关系搞僵，圆滑的话说得不留一点把柄，实际上就是默认了这种不正之风。难题和责任都还是留给了袁厂长。作为领导，他不仅没有在这种时刻明确制止这种行为，反而在含混中默认其合理性。在袁厂长拒绝提供大学名额作为交易，并检举告发倪科长和刘经理后，供电问题非但没有解决，反而被电力公司以外交用电的名义停掉了生产用电。就在众人一筹莫展时，电通了，灯亮了，车间可以生产了，市领导也要来开工典礼，一切似乎都按照袁厂长本来的预期走向圆满。而这里的关键，就是有个大人物签下了字，给了刘经理一个大学名额。袁厂长等人愤懑和不解，不知是哪个大人物，拥有这般的能力，在检举揭发面前仍然签字，安然地进行着“交换”。此时的郑局长带着笑意说道，那个签字给名额的人正是他，他认为是他签字，才能够重新供电，生产才顺利开始，领导也满意、国家经济也得到了保障。在不正之风面前，郑局长作为掌握权力的领导，他看似解决问题的做法其实是肯定了利益交换的合理性的，这也更加现实地指向了当时社会上出现的党风问题。

以郑局长为代表的领导，和电力公司的刘经理、倪科长以及相关部门大大小小的参与者，向我们铺展开了这样一张令人压抑的黑暗的关系网。

“真诚地对待生活，真诚地对待自己，也真诚地对待创作”，作者在剧本前写下了这样的创作感悟。随着演出的进行，主题内容和现实的问题反映得到了认可，演出也一票难求，北京人民艺术剧院分两个排演组连演了134场，1982年仅上半年，全国便有1000多个剧团演出了这部戏。在舞台上成为“热点”“焦点”的背后，也正反映了观众对问题的思考和对现实的关注。生活从不怕真诚，而戏剧总是在用舞台生命完成对强者的寻找。

我肯嫁给他

洪 晖 杨 欣

作者简介

《我肯嫁给他》创排于1979—1980年间，由当时无锡市滑稽剧团的艺术骨干集体创作，“杨欣、洪晖”是剧团编创人员杜撰的姓名，在现实生活中并无此人。

无锡市滑稽剧团始建于1956年。《毛脚媳妇》《自作聪明》分别晋京在中南海和人民大会堂汇报演出，《祝枝山选女婿》赴新加坡对外文化交流演出，《我肯嫁给他》《毛脚媳妇》被拍摄成喜剧片在全国放映。近年来，《湖滨新闻》《雁过留声》《梦醒归来》《屋檐下的蓝天》《有事好商量》等多部剧目和上海说唱《两支眉笔》、无锡评曲《一件小背心》等曲艺节目，多次获得全国、省、市级奖项。

剧情梗概

1977年的江南某地。刘浪才劳动教养两年，刚刚期满释放。他在人民机械装卸厂党委书记老李的关怀和指导下，重新融入社会，在机械厂努力工作，成为技术骨干。他和师傅张小铃互相欣赏，最后不仅取得了出色的工作成绩，还收获了爱情。张小铃没有以有色眼光看待刘浪才的过去，对他处处鼓励和支持。在这过程中，漂亮的女列车员周群也对刘浪才展开了热烈的追求，刘浪才自卑于自己不光彩的过去，不敢接受这份突如其来的感情，周群知晓刘浪才的过去后，也渐渐冷淡了下来。张小铃和周群两个人的态度形成了对比，更体现出张小铃为人的真挚和可贵。

旧日同伙狗熊试图再次将刘浪才拖入犯罪的泥潭。然而，刘浪才坚决拒绝了狗熊，在来自过去的诱惑和威胁面前，展示出了他改过自新的决心。随着时间的推移，刘浪才在工作上取得了显著的成绩，努力得到了认可。张小铃坦诚地向前来询问的书记老李表达了自己的感情，坚定地说："我肯嫁给他！"这句话不仅是对刘浪才的承诺，也是对两人共同未来的一种期许。

时　间

粉碎“四人帮”之后的第二年——一九七七年到现在。

地　点

江南某城市。

人　物

刘浪才　失足青年，男，25岁。

王小龙　失足青年，男，20岁。

狗　熊　犯罪分子，男，26岁。

张小铃　人民装卸机械厂工人，女，25岁。

周　群　某铁路分局列车段列车员。

老　李　人民装卸机械厂党委书记。

刘大妈　刘浪才之母，57岁。

老　张　张小铃之父，55岁。

〔上述人物姓名，一律以出场先后为顺序。年龄均是第一次出场

序幕

◉**布景**

场铃骤响。在电子音乐声中，场灯渐暗，大幕渐启。

〔一束照明光柱直射于舞台中心。舞台上呈现一条马路，中央矗立着电线杆，顶端挂着一盏灯。舞台一角，枯柳摇曳，风声呼呼。

〔一位二十五岁的男青年——刘浪才，背靠在电线杆上，目光呆滞，神态漠然地手拿着一只半导体收音机。收音机里传出印度故事影片《流浪者》的插曲："……到处流浪……到处流浪……"一束光柱集中在他身上。

〔王小龙脚穿溜冰鞋，熟练地溜着"单飞"姿势，穿过舞台……围绕着石条凳旋转了两次之后，气喘地坐下，解脱溜冰鞋。突然，听到音乐声，打量周围，发现了刘浪才——

王小龙 是你？！

刘浪才 （毫无反应）

王小龙 小刘阿哥！

刘浪才 （表情依然淡漠地不动声色）

王小龙 小刘阿哥，我是小龙龙呀！

刘浪才 （不语。只转动眼珠看了他一眼。自顾听音乐）

王小龙 怎么长远不见，他变憨大了？！

刘浪才　（听此语，将收音机关掉，愤然坐地、抱头）……

王小龙　小刘阿哥，自从你一九七五年开春去劳动教养后，我是天天在想你！好得现在两年满了，你总算出山了！

刘浪才　（不知所措地看了看王小龙）……

王小龙　小刘阿哥，你去劳教两年，我也带进，强劳一年。小刘阿哥，你以后准备怎么样？……你开口呀，以后你准备怎么办？！怎么你两年下来变哑子了？

刘浪才　（茫然地又打开收音机，音乐声起："……到处流浪……到处流浪……"）

王小龙　噢，你准备去到处流浪？那我也只好跟牢你去到处流浪！

〔刘浪才与王小龙沉默不语。音乐声回荡。

〔狗熊悄悄地上。

〔刘浪才与王小龙回头见是狗熊。

王小龙　狗熊！

狗　熊　哈哈哈哈……怎么？进去一趟，苦胆也吓碎了？

〔狗熊取出烟盒儿，将两支海绵头香烟分发给刘浪才与王小龙。

〔王小龙欲取，见刘浪才不动，也旋即将手缩回。

狗　熊　哪能？

王小龙　我戒脱了！

狗　熊　你倒是"猪八戒"！算学刘浪才样了！（对刘浪才）喂，刘浪才，你欠我的一百元就此算数啦？！

王小龙　小刘阿哥的一只"英纳格"不是给你了？！

狗　熊　"英纳格"？是旧货呀！小鬼，讲闲话你口气比力气还要大嘛！

王小龙　做啥呢？！小刘阿哥已经劳教过两年，你也判过三年徒刑，大家算了！

狗　熊　滚！

王小龙　人家没有钞票！

狗　熊　没有钞票？好，跟我再去“翻趟眼子”[1]！

王小龙　不来事[2]！上趟就是为了借你五十元打扑克赌输掉，变欠你一百元，没办法，去偷钞票，结果害得小刘阿哥被捉进去，新账老账一道算。

狗　熊　这趟是最后一趟。假使你刘浪才“上山”[3]，前账一笔勾销；假使你刘浪才“下山”[4]，喏——你手里一只收音机归我，好吗？

〔刘浪才愤然走。

狗　熊　（大喝一声）刘浪才，怎么啦？！想溜吗？你不要敬酒不吃吃罚酒。噢，你当我看中你的收音机呀？我是给你一条生路走走。你既然不肯，来—

王小龙　啥东西？

狗　熊　一百元拿来！

〔王小龙看刘浪才，示意怎么办？

〔刘浪才转身走；王小龙跟着走。

狗　熊　（喝住）回来！你们俩头颈倒硬的呀！

〔狗熊迅速从腰间拔出刮刀。

王小龙　你想做啥？

1　翻趟眼子：偷或抢劫。

2　不来事：不行。

3　上山：重干原来的坏事。

4　下山：不干原来的坏事了。

狗　熊　请你们每人放两面盆血。

王小龙　我哪有一面盆血？我吓的，狗熊爷叔，有闲话好讲的。

〔刘浪才忍无可忍，将收音机递给王小龙，自己准备与“狗熊”格斗。

狗　熊　好，有种！

〔双方摆好架势，就在这一触即发之际，张小铃上，见状。

张小铃　喂，你们做啥？

王小龙　噢，（指狗熊）他——

狗　熊　（忙抢白打断）噢，我们在“白相”[1]。

张小铃　有拿了刀子这样“白相”的？！

狗　熊　不，我们在做戏。

张小铃　做啥戏？

狗　熊　喏——印度电影《流浪者》，我做扎卡，他（指刘浪才）做拉兹。（似乎进入角色，对刘浪才）“我就是扎卡。来，拉兹，你去偷，你去抢！……”（对张小铃）怎么样，还可以吗？请提提意见。

张小铃　我看你是在假戏真做！

王小龙　他（指狗熊）要逼他（指刘浪才）把收音机拿出来！

张小铃　原来你是逼抢钱财，持刀行凶，你倒真的是扎卡！

狗　熊　（指刘浪才）欠我钞票。

王小龙　早就还给他了！

张小铃　即使欠你钞票，也不能动刀子呀！你们应该通过各自的单

1　白相：做玩。

位去解决。

王小龙 我们三个都没有单位的。

张小铃 那就到公安局去解决！

〔刘浪才欲下。王小龙跟着。

狗　熊 慢！（对张小铃）怎么样，你来硬出头是吗？你是啥样了不起的人物？唔……长相倒不错！来，交个朋友好吗？（伸出手欲握）

张小铃 （往狗熊手掌里吐唾沫）呸！

狗　熊 喔喃！看样子不摆平你，有点不大服帖是吗？

张小铃 随便你！

狗　熊 来，“对开”[1]！（对刘浪才、王小龙）你们不许插手！

张小铃 （对刘浪才、王小龙）你们走开！

狗　熊 哟，介狠呀！

张小铃 （拉开外套的拉链，脱下外套）来吧！

狗　熊 （见张小铃运动衫上字样）“太湖武术队”……要死，碰着顶头货了！

张小铃 怎么刚才像“英雄”，一歇歇变狗熊了？

王小龙 阿姨，他本来就叫狗熊！

狗　熊 小你的贼，好极了！（举刀突刺张小铃）

〔几个回合……最后狗熊的手腕被张小铃捏住。张小铃双手将狗熊手腕往下猛地一拗；狗熊手腕疼痛不堪，立即双膝跪地，握在手里的刀子“当啷”一声落地。

1　对开：对打。

狗　熊　喔哟哟！好婆，好婆……

王小龙　哈哈哈哈……叫好婆了！

狗　熊　好婆，放手！我保证改过，我保证……

张小铃　到公安局去！

狗　熊　你放手，我马上走！

〔张小铃放手；狗熊一个筋斗翻过去。

狗　熊　（嘴凶）三天内我叫你放血！（逃）

〔王小龙伸腿一勾，狗熊绊倒在地后连滚带爬下。

王小龙　阿姨，对不起！对不起！

张小铃　刚刚那个是什么人？

王小龙　此地一只鼎。因为持刀抢劫，判过三年徒刑。

张小铃　你呢？

王小龙　我叫王小龙，人家都叫我小龙龙……

张小铃　看来，有点事情你也跟牢人家小弄弄？！

王小龙　（尴尬地）哎嘿嘿……

张小铃　（对刘浪才）你呢？

刘浪才　（不语）

张小铃　看来，狗熊是“扎卡”，你是“拉兹”喽？要想想，你还是个青年，到底在搞点啥？！

〔张小铃下。刘浪才怔住，望着张小铃远去的背影，凝视。

〔王小龙无意地打开半导体收音机，传来《丽达之歌》声。

——闭　幕——

第一幕

◉**时 间**

距上一场半月之后。

◉**地 点**

在人民装卸机械厂的会议室里。

◉**布 景**

舞台两侧是通道；中央有会议长桌，舞台一角放着茶几、椅子。

〔幕启：张小铃、周群边谈边上。

周　群　小铃姐，你帮帮忙好味！

张小铃　（专心书写）你的事我肯定帮忙的。

周　群　你答应啦？

张小铃　答应。

周　群　谢谢你！

张小铃　不要客气。

周　群　那你啥辰光帮我去办？

张小铃　啥事情呀？

周　群　啊呀，讲了半天，你连事情也没弄清爽？！

张小铃　你看，等歇要开新工人进厂欢迎会，马上有新工人来报到，我正忙着写标语。你的事情，等一歇再讲吧！

周　群　不要，你不和我讲，我不让你写！

张小铃　（无奈地）好，你讲！

周　群　小铃姐！（唱）

我当列车员呀，

想想实在怨，

天南地北无归期，

从山峻岭兜不完，兜呀兜不完！

人生的幸福难享受，

甜蜜的伴侣我难结缘……

我要调到你们厂里来，

望你相助如我愿。

张小铃　（唱）周群你说话少思忖，

并非我将你来批评，

列车员工作很重要，

四海奔波为人民，

叫一声好妹妹，

你为啥不安心！

为工农业生产搭桥梁，

把人民的心儿联结紧。

这样的工作意义大，

不该将它来看轻！

叫一声好妹妹，

你应该要安心。

周　群　看你，这点忙也不肯帮！你是这个厂的团委委员，又是我在农场的老战友，你就帮帮忙吧！

张小铃　你爹爹是我们厂的车间主任，那你为什么不去找他呢？

周　群　找他？

张小铃　嗯。

周　群　你不知道，我只要对爹爹讲起帮忙调工作的事情，他马上就对我做大报告了，讲啥：（学父亲说话的样子）“周群呀，我在家里是你的爸爸，可是在厂里是党的干部。爹爹是可以帮女儿的忙的。可是，党的干部却不能假公济私呀！你这个丫头，存心要我犯错误吗？……啊……嗯……”呒啥讲头，呒啥讲头。

张小铃　呒啥讲就不要讲。来，帮我贴标语。

〔张小铃站在凳子上贴标语。

〔周群勉强地走近。

张小铃　你帮我看看，高低差不多吗？

周　群　可以了，可以了。

张小铃　拿两只揿钉来。

周　群　好的。不过，我帮你拿揿钉，你要帮我调工作的啊！

张小铃　周群，你应该去上班，不能老是到厂里来寻我，也不能够老是请病假。你看见我，别的闲话呒没，总归是“亲姐姐、好姐姐，你帮帮忙好咪！”……

〔周群不满地下。

〔党委书记老李提着两只热水瓶上。听到张小铃还在讲：“你看见我，别的闲话呒没，总归是‘亲姐姐、好姐姐，你帮帮忙好咪！’……”

老　李　我啥辰光叫她姐姐？……小铃，我几时叫过你姐姐呀？

张小铃　啊！是你呀？老李，弄错了，弄错了！

老　李　你在与啥人讲闲话？

张小铃　我和周群。

老　李　周群？周群是啥人？

张小铃　一车间李主任的囡婼[1]。

老　李　她来做啥？

张小铃　她想调到我们厂里来工作。

老　李　你怎么对她讲呢？

张小铃　我？（摇头）

老　李　小铃，你做得对！

张小铃　老李，你要同她爹爹谈谈，让她爹爹好好地帮助帮助她。

老　李　好，我一定找她爹爹谈谈。

〔老李整理好了茶具。

张小铃　（拿起热水瓶发现水已满）啊呀，老李！你已经把开水泡好啦？讲好我来做的嘛！

老　李　你做、我做，不是一样的！

张小铃　你是党委书记。

老　李　噢，党委书记就不能泡开水、揩台子了？这是啥人规定的，是你规定的？

张小铃　不，党委书记工作忙、任务重啊。

老　李　小铃，党委有个新任务要交给你呀！

张小铃　有新任务，好，保证完成！啥任务？

老　李　想让你带个徒弟。

张小铃　我带徒弟？

老　李　对。

张小铃　不来事！不来事！

1　囡婼：女儿。

老　李　刚刚喉咙响来，"保证完成任务"，一歇歇，打退堂鼓了？

张小铃　老李，我自己年纪还小，怎么可以做师傅呢？

老　李　我二十五岁做营长了。

张小铃　那是你当解放军打仗呀！

老　李　现在为"四化"进行新长征，也是战斗呀！

张小铃　不来事的，不来事的！

老　李　怎么不来事？

张小铃　你是男同志，我是小姑娘。

老　李　噢，小姑娘会练武打拳，就不能当师傅？

张小铃　那……我试试看。

老　李　不是试试看，而是要保证完成任务！

张小铃　好。保证完成任务！

老　李　对。

张小铃　老李，这个徒弟叫啥名字？

老　李　他叫刘浪才。

张小铃　啊？叫流浪者？

老　李　流浪者？怎么给你想出来的？怎么会叫流浪者呢！

张小铃　你自己讲的："他叫'流浪者'。"

老　李　我是讲这个青年叫刘浪才，刘备的"刘"，波浪的"浪"，才能的"才"。就是讲：这个青年的才能像波浪一样，是有起伏地发挥的。

张小铃　噢，是这样的。这人今年几岁啦？

老　李　二十五岁。

张小铃　二十五岁？不来事的，不来事的！

老　李　怎么又不来事了？

张小铃　师傅与徒弟的年纪怎么可以一样呢？

老　李　为什么师傅与徒弟的年纪不可以一样呢？

张小铃　那么是男的，还是女的？

老　李　是男的。

张小铃　男的？更加不来事了。

老　李　怎么又不来事啦？

张小铃　老李，是男的，不来事的！

老　李　小铃，我在给你介绍徒弟啊，又不是给你介绍对象！

张小铃　你怎么讲这种话的！

老　李　说真的，据了解，这个刘浪才屋里只有一个姆妈，前一个时期，他在街道生产组工作，工作积极负责，肯动脑筋，学习也抓得很紧。

张小铃　噢。

老　李　不过，话要讲回来，刘浪才也有错误、缺点。

张小铃　那当然！一个人错误、缺点总是有的。

老　李　对，更何况，他现在正在努力改正错误、缺点。

张小铃　知错就改，就是好同志。老李，刘浪才有点啥错误、缺点？

老　李　据了解，（欲言又止）他曾经到农场劳动过两年……

张小铃　这怎么能算错误、缺点呢？我和周群两个人，在农场劳动过三年多呢！这也是错误、缺点？

老　李　他劳动和你们劳动不一样的。

张小铃　有啥两样？

老　李　他的劳动要那个……排队去的……

张小铃　我们劳动也有排队的，这叫组织纪律性嘛！

老　李　他做过“钳工”，所以……是要强迫劳动。

张小铃　呀，做过钳工的人，要强迫劳动？

老　李　我讲的“钳工”，不是车、钳、刨的钳工，是专门“钳”人

家袋袋里的皮夹子的“钳工”。（做动作）

张小铃 啊，是扒手？！

老　李 对，刘浪才曾经因为扒窃，在一九七五年被送去劳动教养两年。去年刚刚期满释放回家。

张小铃 哎呀，老李！你把这样的人介绍给我做徒弟，我不要吓的！

老　李 你吓啥？你怕袋袋里的钞票给他“钳”掉？

张小铃 不是。我是搞青年工作的，万一真出了啥事情，我连话也讲不响，工作多少难做呀。

老　李 噢，你是搞青年工作的，担心工作难开展，怕给人家说闲话，所以就不愿收这个徒弟？（故意）好，我不勉强。

张小铃 不过，老李，这是……

老　李 不要讲了，你不肯收这个徒弟，我就叫人家去收。

张小铃 老李，我考虑……

老　李 假使人家也不肯放，我就自己来收。

张小铃 老李，这主要因为……

老　李 不要讲了，我就不相信，收了这样的徒弟，会带出点什么事情来！

张小铃 老李……

老李 / 张小铃 （同时）不要讲了！

老　李 好好，你讲，你讲！

张小铃 你不要我讲，我就不讲！你要收这个徒弟，你就自己去收！

老　李 你想难难我呀！好，这个问题现在暂先不谈。来，把这整理一下，准备迎接新工人。

张小铃 我去布置会场。（欲走）

〔老李发现凳子上有龌龊。

老　李　小张，这张凳子怎么这样龌龊的？

张小铃　噢，是我刚才贴标语的辰光踏龌龊的。我来揩一揩。

老　李　（故意地）揩它做啥，甩掉它算数了。

张小铃　做啥要甩掉它！（夺凳子）

老　李　你看，这张凳子多少龌龊。

张小铃　龌龊？揩一揩不就清爽了。

老　李　揩龌龊要用力气的。

张小铃　连揩凳子的力气都不肯花。我来揩好了！

老　李　小铃，那为啥就不肯多花些力气，去揩掉人家心灵上的龌龊呢！？

张小铃　（语塞）这……

老　李　（唱）想当初，“四害”横行逞疯狂，
多少人清白的心灵受创伤。
误入歧途违法进牢房，
父母痛心，眼泪汪汪，无法把话讲。
如今是同心同德搞“四化”，
迷途的青年要相帮，
使他们浪子回头重做人，
使他们脱胎换骨把征途上。
新中国决不能出现新“拉兹”，
对他们一定要热情相帮。

张小铃　（唱）老李他语重心长一番肺腑话，
胜似课一堂。
“四害”横行，流毒甚广，
有多少青年的青春被埋葬。
刘浪才迷途重回头，

岂能让他再流浪！

老李话语似鼓槌，

句句敲打在心头上，

我愿为小刘肩负重任、携手并进、

同把征途闯！

老李，我愿收刘浪才这个徒弟了！

老　李　真的？

张小铃　真的。我保证……坚决……完成……任务。

老　李　喔唷，怎么这样吃力的！小铃，这是一项有意义的新工作，让我们一起来做，边学边做啊！

张小铃　我到总务科再去拿几只茶杯。（下）

〔老李扫地。

〔刘大妈上。她东张西望，见老李，两人互相以笑打招呼。

刘大妈　老师傅！

老　李　哎。

刘大妈　这里是不是新工人报到的地方？

老　李　是的。老阿嫂，你请坐。

刘大妈　谢谢你！

老　李　老阿嫂，你有啥事体？

刘大妈　咦，今朝是新工人报到的日子，我来报到的。

老　李　（旁白）她来报到？（对刘大妈）嘻嘻，老阿嫂，你今年几岁啦？

刘大妈　五十七岁。

老　李　属于什么街道？

刘大妈　人民街道。

老　李　是人民街道叫侬来的？

刘大妈 不是街道里叫我来的，是我自己要来的。

老　李 噢，老阿嫂，我们厂里这次只招青年工人。

刘大妈 对的。

老　李 你五十七岁不符合招工年龄，只符合退休年龄了。

刘大妈 不是的，不是我来。我是陪我儿子来报到的。喏，这是介绍信。

〔刘大妈拿出介绍信，老李接过介绍信。

老　李 （念）刘浪才，噢，刘浪才是你儿子呀。

刘大妈 你认得我儿子？

老　李 不认得，不过我听说过的。

刘大妈 想不到我儿子的名气这样大，连这位厂里扫扫地、倒倒痰盂的老师傅也晓得的。

老　李 老阿嫂，你请坐。

刘大妈 谢谢。

老　李 喝茶。

刘大妈 好。老师傅，我儿子这一趟能到厂里来，我梦头里也会笑出来。你不晓得，我扶养这个儿子不容易啊！碰着“文化大革命”，死了他爷；学堂里又不收管，有些学生一日到夜只会喊喊“造反有理”“造反有理”，把老师斗得七荤八素，什么“踏上一只脚，叫他永世不得翻身！”……（边说边做动作）唉，我儿子也轧了坏淘，后来就出去（说不出口）……去……老师傅，你懂吗？

老　李 ……我懂的，我懂的。

刘大妈 后来出了事情，就被公安局晓得……就（说不出口）……就送到……送到……你懂吗？

老　李 哎哎哎，我懂的，我懂的，全部懂的。

刘大妈 你这个老师傅真聪明，我没有讲出来，你已经都懂了。

老　李　你已经讲得非常清楚了。

刘大妈　噢，所以他这趟进工厂，我又高兴，又担心。

老　李　怎么又高兴，又担心？

刘大妈　高兴的是我儿子能够进工厂，有收管了，好重新做人了！

老　李　那担心点啥呢？

刘大妈　担心嘛……喏，我儿子这样的“坯子”，这里的领导晓得了，会不会停生意？

老　李　老阿嫂，你放心，我们是社会主义的工厂，“坯子”有点毛病，可以回炉重新做好“坯子”的。你放心好了！

刘大妈　好的，好的……和你讲没用场的。（东张西望）

老　李　老阿嫂，你寻啥？

刘大妈　你们的领导同志在啥地方？

老　李　你寻他做啥？

刘大妈　我想把儿子亲手交给厂里领导。

老　李　这倒用不着的。

刘大妈　怎么用不着？！依我心里，我顶好每日早上送他来上班，夜里接他回去。

〔刘浪才上。

老　李　哟，你拿他当托儿所小朋友哉。老阿嫂，你儿子呢？

刘大妈　我儿子在外面呀。

〔刘大妈出去将刘浪才拖入室内。

刘大妈　来呀，阿才！这里是报到的地方。老师傅，你姓啥？

老　李　我姓李。

刘大妈　噢，李师傅。（对刘浪才）叫声李师傅！

〔刘浪才有些犹豫。刘大妈吩咐刘浪才叫师傅时，刘浪才点点头，愣着。

〔刘大妈急拖刘浪才过来代叫。

刘大妈 李师傅！（喊过后，走近老李）李师傅，这就是我儿子刘浪才。

〔王小龙上。

老　李 哦——好，刘浪才同志！

刘浪才 （惊异地）姆妈，他叫我啥？

刘大妈 叫你同志。

刘浪才 （激动地）叫我同志，叫我同志。

刘大妈 （激动得流出泪花）嗯。

老　李 （见王小龙）你是——

王小龙 我叫王小龙——同志。

老　李 对，同志，同志。哎，进厂的新工人名单中没有你的名字啊！

王小龙 没有的，没有的。我是跟小刘阿哥一道来的。

刘大妈 （发急）你快点跟我走！（推王小龙下）

〔王小龙复上。

刘大妈 老师傅，这小家伙你不要去理睬他。

王小龙 老师傅，我是——

刘大妈 （发现王小龙又回来了）你怎么又来了？去去去！

〔刘大妈又将王小龙推下。

〔王小龙又复上。

刘大妈 老师傅，他们两个人不好登在一淘[1]的。

1　一淘：一起。

王小龙　老师傅我……

刘大妈　咦，你怎么搞的，赛过蚂蟥叮牢鹭鸶脚。

王小龙　我又不是叮牢你！

刘大妈　你叮牢啥人？

王小龙　我叮牢小刘阿哥。

刘大妈　嘿！你叮牢小刘阿哥是假的。你叮牢阿拉阿才是要他跟你一道去叮牢人家的袋袋。

王小龙　不要瞎讲！袋袋我老早不摸了……

刘大妈　轻点！哇啦哇啦些啥？！

刘浪才　姆妈！

刘大妈　阿才，我不是和你讲了吗，你现在进了工厂，这种人不要再搭讪了。快点跟他一刀两断，两刀四断！

王小龙　我就是要跟小刘阿哥登在一道。

刘大妈　啥人要和你登在一道。

老　李　喂，王小龙同志！

王小龙　咦，你怎么晓得我叫王小龙？

老　李　你刚刚自我介绍过了。“我叫王小龙——同志”……

王小龙　对，老师傅！我忘记脱了，对不起！

老　李　你为啥一定要和小刘阿哥登在一道？

王小龙　你不晓得，我们小刘阿哥交关[1]“乐开”！

老　李　“乐开”是啥意思？

王小龙　“乐开”就是“懂劲”。

1　交关：很，非常。

老　李　“懂劲”？！

王小龙　“懂劲”就是“克拉”。

老　李　“克拉”是啥意思？

王小龙　“克拉”就是“上路”。

老　李　“上路”是啥意思？

王小龙　“上路”就是“台型”。怎么他一句也听不懂的？

老　李　“台型”是啥意思？

王小龙　“台型”意思嘛……你预备逼煞我是吗？！

老　李　不是呀，你讲的话我实在听不懂。

刘大妈　不要讲你听不懂，就是我也听不懂。

王小龙　你们当我是讲外国闲话？！

老　李　外国话听不懂还可以查字典。你刚刚这种话字典上也查不着的。

王小龙　我们小兄弟都懂的，这个就是“切口”[1]。

老　李　“切口”？这些“切口”啥人教你的？

王小龙　都是小刘阿哥教我的。

刘大妈　不要瞎讲！不关我们阿才啥事情！

王小龙　是他教我的！

刘大妈　你不要装在阿才头上。

刘浪才　姆妈，是我教小龙的。

刘大妈　阿才，啥人要你拉在身上？

老　李　老阿嫂，你儿子敢于承担责任，这个态度就是好嘛！

1　切口：旧时帮会或某些行业的暗语。

王小龙　对，就是好嘛！

刘大妈　不要你讲！

王小龙　连好的也不能讲啊？

刘大妈　（对刘浪才）阿才，你刚刚进厂第一天，怎么可以给人家老师傅留一个坏印象呢？

王小龙　坏印象？小刘阿哥好的地方也有的。

老　李　对，小龙你倒说说看，小刘有哪些好的地方？

王小龙　小刘阿哥好的地方交关……（停顿）

刘大妈　讲呀！

王小龙　（对刘大妈）不讲了，不讲了。

刘大妈　为啥不讲？

王小龙　是你叫我不要讲的呀！

刘大妈　刚刚你瞎讲嘛，才喊你不要讲呀。现在你讲小刘阿哥好的地方嘛，你尽管讲就是了！

王小龙　好，那我统统讲出来！我就"亨白冷打""角落山姆"一塌括之、一股脑儿端出来！

刘大妈　哎，那么就对了！

王小龙　小刘阿哥人非常聪明，从小热爱劳动，又肯帮助人，在学校里，我功课不好，他经常帮助我的。有一次我搬课桌搬不动，他就帮我搬；还有我考试考不出，他写张条子给我，我马上抄一遍，全考出来了；还有我和人家打相打，打不过人家，小刘阿哥帮我与人家"对开"；我钞票没有用了，小刘阿哥搭我兜一圈回来，钞票来了……

刘大妈　（急忙将王小龙拉开）去……谢谢你，你不要讲了，好吧！

王小龙　你叫我讲的。

刘大妈　我叫你讲好话呀。

王小龙 这全是好的呀。

刘大妈 阿才，我怎么跟你讲的？到了厂里，过去的事情不要提，只当没有。（指王小龙）这种人以后不许来往！（对王小龙）告诉你，你们不可以登在一淘，现在阿才是工人，你是社会青年。

王小龙 社会青年！（执意地）我去寻厂里的领导。

刘大妈 做啥？

王小龙 要求和小刘阿哥一起进厂当工人。

刘大妈 求求你，本来蛮太平，你去一讲，连我们阿才一起带翻脱[1]。

王小龙 我就不能当工人啊？！

老　李 王小龙，你也想当工人啊？

王小龙 嗯。

老　李 可符合招工条件？

王小龙 完全符合。

老　李 那么，这一次你们街道为啥没有把你送来呢？

王小龙 街道里讲，像我们这种青年，在招工辰光只好难得搭“个把”。

老　李 哦，当作小菜场买黄鱼搭海带了。

王小龙 再讲小刘阿哥岁数比我大两岁，所以这个“个把”的名额就让给小刘阿哥了。

老　李 （若有所思）你不要急，让我们跟有关方面和你们街道再联系一下，假使没有特殊问题，我们可以考虑吸收你当新工人。

1　翻脱：完蛋。

王小龙　可是真的？你这位老师傅"上路"的！

刘浪才　（激动）老师傅，难道像我们这种人，你们就不觉得讨厌吗？

老　李　小刘，假使我们讨厌你们，那事情就更讨厌了！

刘浪才　（激动，无言可表）

刘大妈　老师傅，谢谢你，不要瞎热心，这个人不能来的！

老　李　为啥？

刘大妈　他们两个人不能登在一淘。他们本来就软膀软脚，假使再摆在一淘，"晃头势"更加结棍[1]，晃东晃西，又要晃到邪路上去的。

老　李　老阿嫂，你应该相信，我们厂里老工人会帮他们挺直腰杆子走正道的。你放心好了。

刘大妈　我怎么放得下心呢！你又不是厂里领导。假使你是厂里领导，这样讲，我倒可以转去笃定困觉了！

〔张小铃上。

张小铃　老李，会场布置好了

老　李　小张，你的徒弟来了！我来介绍一下。

〔王小龙发现张小铃，猛然想起，急忙告诉刘浪才，两人十分狼狈。

刘大妈　喔唷，厂里给你师傅也请好了。

老　李　刘浪才同志，这个就是你师傅——张小铃。

刘大妈　叫声师傅。

刘浪才　（不敢正视张小铃，急得朝王小龙鞠躬，喊）师傅！

1　结棍：厉害。

王小龙　你怎么喊我师傅?

刘大妈　在这里……（推刘浪才到张小铃面前）

张小铃　（见刘浪才似曾相识）

刘大妈　快点喊师傅!（见刘浪才不动，一边拉着刘浪才，一边与刘浪才一起向张小铃鞠躬，代喊）师傅!

刘浪才　（与刘大妈一起鞠躬）师傅!

张小铃　（想起）啊，是你!（又看王小龙）还有你!

王小龙　阿姨!

老　李　小铃，你……还有这样大的外甥啊?

张小铃　不，老李! 半个月前，体育场边上发生的事情，我不是和你说过的吗? 喏——就是他们两个人。

老　李　原来是他们两个。

刘大妈　小张师傅，我是阿才的娘，今后阿才就交给你了。你们好好管管他! 他不对，你就骂，假使他不听，你就刮!

老　李　老阿嫂，不好“刮”的，要说服教育，耐心帮助。

刘大妈　对! 嚯哟，真看不出，你这个老师傅说两句闲话倒蛮有水平的。

张小铃　你当他是啥人呀?

刘大妈　他是泡泡开水、扫扫地的老师傅呀。

张小铃　你搞错了! 他是我们厂里的党委书记老李。

王小龙　好，你这个书记“上路”的!

刘大妈　啊! 你是党委书记呀……哦唷，难为情煞了!

刘浪才　李书记!（激动地上前握手）

老　李　刘浪才同志，欢迎你进厂工作!

——闭　幕——

第二幕

◉**时 间**

距上场一年以后——1978年的春天。

◉**地 点**

刘浪才家里。舞台上庭院和内室一分为二，庭院占大半舞台。

〔幕启：刘浪才正在室内伏案画图；刘大妈在庭院内缝衣服。

刘大妈 阿才，你搞技术革新也要注意身体。

〔刘大妈走出房门，做针线活。

〔幕内传来喊声："刘浪才在家吗？"

刘大妈 做啥？

〔幕内声："有传呼电话！"

刘浪才 来了！

刘大妈 阿才，你搞技术革新，我去。

〔刘大妈下；复上，手拿电话单。

刘大妈 阿才，要打回电的。

刘浪才 电话号码？

刘大妈 4516。

刘浪才 "吱唔杂罗"[1]？（接过电话单）喔，4516，我还当"吱唔杂

1　吱唔杂罗：叽叽喳喳个没完。

罗”哩！

刘大妈 阿是刚刚打电话的人？今天星期天一个上午，已经打来八只电话，连这只九只，一只电话费要三分，三九廿七，两角七分。阿才，你打只回电去问问，有啥事情？

刘浪才 她打第一只电话来的时候，我已经回过电了。

刘大妈 回过电话还要打来，真有点“吱唔杂罗”！这样看来，等一歇还要打电话来了！

〔幕内声：“刘浪才电话！”

刘大妈 真是说来就来，又要三分！照这样，一个月的退休工资付付电话费也不够。（下）

刘浪才 （唱）一张张电话传呼单，

真使我心里烦！

只因为，去年出差到上海，

车厢里有人在作案；

我寻找列车员，

忙将周群喊，

协助警察抓坏蛋……

事后问我啥单位，

周群与我把话讲，

从此结识我刘浪才。

谁知道，流水无情落花有意，

周群她却将我爱。

我与她平时无感情，

互不了解只是巧相会，

两人仅是初相识，

怎能就把恋爱谈！

何况我的过去她不知情，
叫我怎样来表态？
人生大事须慎重，
草草率率要后悔。

〔刘大妈上。

刘大妈 倒真的又是她。

〔幕内声：“刘浪才有信！”

刘大妈 好的，这个人倒不怕麻烦的，一歇电话，一歇信，看来等一歇还要拍电报来啦。

刘浪才 姆妈，我拿去。

〔刘浪才下，复上。

刘大妈 可是这个打电话的人写来的？

刘浪才 （点头）

刘大妈 这个人倒不怕辛苦的。又是电话，又是信。（猛然想起）阿才，人家为啥要这样钉牢你？为啥一歇电话一歇信，到底啥事情？

刘浪才 （觉得难以启口）

刘大妈 你借人家钞票了？！

刘浪才 不……

刘大妈 你拿过人家东西了？！

刘浪才 不……

刘大妈 你又在外面闯祸了？！

刘浪才 不……

刘大妈 阿才，你不能再做坏事情了。你要晓得，你有今朝这个地步可不容易啊！进厂一年，领导关心，老师傅帮助，假使你再发老毛病，怎么对得起领导，怎么对得起老师傅，怎么对得起我姆妈?

刘浪才 姆妈，你放心，我再也不会忘记两年劳动教养对我的帮助。

刘大妈 那你说，人家又打电话又写信，到底为啥?你讲，你讲，你讲呀……

刘浪才 姆妈，你叫我讲啥啦?

刘大妈 讲啥啦?（夺过刘浪才手中的信）

刘浪才 姆妈，你怎么拿我的信啦?

刘大妈 拿你的信做啥?就是要掌握你的活动情况。

刘浪才 姆妈，这是一个女同志写来的。

刘大妈 女同志写的?你噱头好来！女同志写来的，就更加要看。

刘浪才 你看，你看!

刘大妈 （拆信后读信）“我那日思夜想最最亲爱的才……”（颤抖）哦哟，倒爱得结棍的!（继续读信）“才，你为什么对我不理不睬?才，你为什么不给我回电和回信?才……才……才……”哦哟，冷来!“才，你真是一颗冷告的心!……”

刘浪才 是“冷酷的心”!

刘大妈 读错半个字也不要紧的，不要看了!再看下去，我汗毛要竖起来了。阿才，这个人是啥人?

刘浪才 姆妈!（唱）

这位姑娘叫周群，
性格豪放又热情，
她是一名列车员，
周主任就是她父亲。
半年前出差与她初相见，
从此她又打电话又写信，
经常主动来找我，

多次约我去看电影。

刘大妈 原来是周群姑娘。她在追求你，好啊！（唱）

听说姑娘追求你，

我嘴巴张开笑不停！

好像一把钥匙吞进肚，

开心开心真开心。

浪才呀，你年纪已经廿六岁，

是应该考虑把对象寻，

你走上了新路重做人，

再成家立业为娘多高兴！

既然她又打电话又写信，

说明了姑娘对你是真心。

这门亲事无处觅，

现在是姑娘主动送上门。

你不要屎坑上面搭架子，

把周群姑娘气伤心！

到后来你爱之人她不爱，

你只好一辈子做光棍！

（胃痛）哦……哦……气得我发胃病了！

刘浪才 姆妈，你怎么——

刘大妈 唉……我有胃病你不晓得？我不好气的，一气就要发胃病。

刘浪才 倒好的，说来就来。

刘大妈 我一开心就会不痛的。你要我不痛吗？

刘浪才 要的。

刘大妈 要么好！你快点去答应她。

刘浪才 答应啥啦？

刘大妈　答应这个月轧朋友，下个月谈恋爱，再下个月结婚。

刘浪才　姆妈，怎么给你想出来的。这事情我……我想也不敢想。

刘大妈　为啥？

刘浪才　姆妈，我进厂一年，人还没有做好咪。再说……人家对我这个人，总归……喂，你不要跟我烦了！

刘大妈　这是人家送上门来的……

〔周群上。

周　群　刘浪才在家吗？

刘大妈　噢，又是电话！又要三分。喏，三分……（抬头见是周群）

周　群　我是来找刘浪才的。

刘大妈　你是啥人？

周　群　我叫周群。

刘大妈　哦……（咕白）就是“日思夜想最最亲爱的”来啦。来，来，阿才，阿才，你看啥人来了？！

〔周群进屋。

刘浪才　是你！

周　群　今天是星期天，我来望望你。你没想到吧？

刘浪才　欢迎，欢迎！

刘大妈　欢迎么，就请人家坐。立着讲话，周群同志听起来可吃力？！

刘浪才　姆妈，我台子上摊得一塌糊涂，在画东西。

刘大妈　那周群同志，就此地坐一歇。

周　群　好的。小刘，这位是……

刘大妈　噢，我是刘浪才的姆妈。

周　群　哦。（亲昵地叫）姆妈！

刘大妈　（心底喜悦油然而生）哎。（旁白）好的！这位姑娘嘴巴甜来，第一次见面就叫我姆妈。（对周群）周群姑娘，你们谈谈，你们谈谈。我去买点东西，你坐呀。（端详着周群，越看越开心）蛮好，蛮好。

〔刘大妈下。

〔刘浪才与周群相对无言。

刘浪才 周群同志，请坐。（不知所措，呆立一旁）

周　群 好的。小刘，你也坐呀。

〔刘浪才坐于另一旁。二人相对无言。

周　群 （下意识地咳嗽）小刘，我打电话来，你可晓得?

刘浪才 （机械地、很不自然地回答）晓得的。

周　群 我写信给你，你可收到?

刘浪才 收到的。

周　群 你……你……你为啥不讲闲话呢?

刘浪才 我呒啥闲话好讲呀。

周　群 小刘，我打电话给你，你没有回电；我写信给你，你没有回信。所以，我今朝特地来望望你。再将我最近写的一首诗请你看看，帮我提提意见。

〔周群从手提包中拿出一张纸；刘浪才接过。

刘浪才 给我看一首诗?（朗读）“……你的眼睛给了我火一般的感情，我的眼睛是照见你心灵的明镜。（互相看了一眼）……姑娘正在向你倾吐奔放的深情……”

〔周群从舞台一边走到了另一边。

〔刘浪才看周群已不在一边，以为她出门了。

周　群 我在这里呀。

刘浪才 （继续读）“你为什么不能献给我一颗真诚而又纯洁的心?……”

周　群　（继续朗诵）“你只顾描绘创业新方案，你只顾埋头苦干搞革新……”（见刘浪才低下头）哎，你听到吗？

刘浪才　（抬起头来点点头）嗯。

周　群　（继续朗诵）“让我们的爱，像永不凋谢的鲜花！让我们的情，像松柏那样四季常青！”小刘，你读了以后有啥感想？

刘浪才　有感想的。

周　群　那你谈谈看，好吗？

刘浪才　好的。（省悟）不，我呒啥好谈。

周　群　你刚才不是说有感想吗？

刘浪才　我不敢想！不敢想！

周　群　为啥不敢想呢？你尽管想，你尽管大胆地想好了。

刘浪才　周群同志，这两天我在画张图纸，实在没有时间去想……

周　群　不要紧！这两天没有时间去想，你过几天以后再想也无妨。哦，这样吧，那今天我们出去散散步吧！

刘浪才　不，我多走路脚要痛的。

周　群　那去吃点冷饮。

刘浪才　我怕洇[1]的。

周　群　那我们去看杂技《空中飞人》。

刘浪才　我……吓的。

周　群　我身边有两张《姑娘的心》电影票，我们去看电影吧！

刘浪才　我已经看过了。

周　群　啊呀！你……你真是一颗冷酷的心！

1　洇：凉。

刘浪才　周群同志，恐怕你对我还不了解吧！你应该向你父亲了解了解我的为人。

周　群　我同父亲，自从为了调工作问题碰僵以后，一直不讲话的。再讲，我对你还要怎样了解呢？（唱）

我俩虽非同单位，对你的了解我不一般。

想你是，沉默寡言有修养，

革新创造把高峰攀。

你照片挂上光荣榜，

表扬多得不能谈，

刻苦钻研得奖励，

人人把你来称赞。

我对你一见如故情似火，

你却像石臼锅子化不开！

刘浪才　周群同志，你不知道，我即使再拼命做，这也是应该的。

周　群　这是你严格要求自己呀。

刘浪才　实在是因为我有愧于党和人民。

周　群　这是你谦虚的美德，不愧一个革新标兵。

刘浪才　不不不！我实在不配接受这样的荣誉和表扬。

周　群　这是你在成绩面前不骄傲。

刘浪才　周群同志，我……（鼓足勇气）我老实告诉你，我这个人是不配人家姑娘轧朋友、谈恋爱的。

周　群　（旁白）他不配同人家姑娘轧朋友、谈恋爱？……对对，就配同我轧朋友、谈恋爱。

〔刘大妈上。

刘大妈　啊呀，两个人谈得热络来！（对周群）周群姑娘，来来来！来吃奶油蛋糕。

周　群　姆妈，你用不着这样客气的。

刘大妈　你第一次来呀，应该的。今后你多来来，我就不会这样客气了。

周　群　姆妈，你欢迎我多来来吗？

刘大妈　欢迎！举双手欢迎！顶好你天天来。

周　群　那我就天天来。

刘浪才　（似咕非咕地）天天来？我吃得消的？周群同志，你到我家里来，假使被人家晓得，恐怕对你没有什么好处。

周　群　啊，被人家晓得，对我没有什么好处？！（双关地）哼，老实说，啥人要破坏我们的感情，对他也听呒好处！

〔刘浪才无可奈何地转身下。

刘大妈　阿才，阿才，唉！怎么自说自话一跑头。周群姑娘，你不要动气。喏，这两天他在画来画去，忙得不得了呀！我去喊他出来。

周　群　不要紧的，不要去喊哉。

刘大妈　你坐，吃奶油蛋糕。我去喊。

〔刘大妈下。

周　群　姆妈你……

〔老李上。

老　李　请问，此地可是刘浪才屋里？

周　群　（一心二用地答话）是的，你找啥人？

老　李　我找刘浪才。

周　群　你找刘浪才有啥事体？

〔周群与老李相视。

周　群　你？！

老　李　我是小刘厂里同事。听说小刘自己在搞一项技术革新研究，党委要我找他谈谈。你是他亲戚吧？

周　群　（亲昵忸怩地）不是。（摇头）

老　李　同学？

周　群　不是。（摇头）

老　李　那你——

周　群　朋友！

老　李　朋友？

周　群　（害羞地）噢，你们有事，你们谈。我走了！麻烦你，等歇小刘出来，你告诉他，我明天再来。

老　李　你叫啥？

周　群　我叫周群。

〔周群下。

老　李　周群？！（忽然想起）对，是老周的宝贝千金！哎，我正要打电话寻老周到厂里来开会……哎！小周！小周！

〔老李追周群下。

〔刘大妈拖着刘浪才上。

刘大妈　阿才，你怎么可以没有礼貌的呢？快去向小周同志赔个礼！咦，怎么姑娘人走了？

刘浪才　姆妈，让她走的好。

刘大妈　让她走？你讲得口轻飘飘，我为你苦头已经吃足，你现在稍微好一点，人家姑娘自己找上门来，不是蛮好的事情吗？你为啥要回头人家呢？你想一生一世当光棍，叫我做娘的绝子绝孙啊！（哭）

刘浪才　姆妈，难道我真的不想轧朋友，真的不想谈恋爱吗？姆妈，我也希望能找到一个称心如意的女朋友，能幸福、自由地恋爱……

刘大妈 现在女朋友跑到你面前来了，那你快点去轧呀，爱情也快点去谈呀！

刘浪才 可我是一个曾经劳动教养过两年的扒手……

刘大妈 你现在不是蛮好吗？

刘浪才 这因为你是我姆妈，终归庇护儿子的。

刘大妈 这算啥闲话？

刘浪才 “痢痢头儿子自己的好”。

刘大妈 那你们厂里为啥要让你上光荣榜？

刘浪才 这是调动一切积极因素。……姆妈，像我这种人，改得再好，也还是低人一等的。

刘大妈 低人一等？

刘浪才 人家努力工作是立功。

刘大妈 你呢？

刘浪才 赎罪。

刘大妈 赎罪？……要赎到几时才赎光呢？！

刘浪才 姆妈，你为了我吃了不少苦，我以后再也不会去闯祸，害得你再吃苦了。

刘大妈 轧个女朋友也没有这样危险的呀！

刘浪才 姆妈，我不是和你讲过了？周群是车间主任老周的女儿。我假如与她交朋友，大家肯定会有议论的。

刘大妈 议论点啥呢？

刘浪才 “一个坏家伙在腐蚀革命干部的女儿……”

刘大妈 喔唷！结棍了！这样一来又要“进去”了……不过，这是他女儿自己找上门来的。不信，我有证据，喏——（**拿出信和传呼电话单**）这么多电话传呼单，还有信！

刘浪才 这有啥用场！你没有听见刚才周群在讲：“啥人惹我火冒，

当心对他没有好处！”

刘大妈 （一愣，急）这桩事情倒有点吓人势势的。阿才，你快点去找厂里领导，把这桩事情讲讲清楚……

〔老李上。

老　李 老阿嫂！

刘大妈 呀，已经来了！李书记！

老　李 又忘记啦，叫我老李。

刘大妈 老李同志，今天你怎么会来的？

老　李 我是特意来找小刘的。

刘大妈 你是特……（旁白）他已经晓得啦？（急）老李坐，吃茶，吃奶油蛋糕！

老　李 嗬，老阿嫂你真客气！晓得我要来，连奶油蛋糕也买好啦？

刘大妈 不，刚刚买来的，是为了——（刘浪才拉衣服而止口）

老　李 为了请周群？！刚才我碰到她了。

刘大妈 老李同志，你今朝来有啥事情？

老　李 这桩事情呀，本来周群爸爸老周也要来的。后来我因为来不及打电话，就一个人来了。我想找小刘单独谈谈。

刘大妈 （旁白）要单独谈谈？！（对刘浪才）阿才，你主动点，当心点！（对老李）你们谈谈，我去做生活。

〔刘大妈手拿针线筐走到院内，注意老李与刘浪才的谈话。

老　李 小刘，你最近很忙呀。

刘大妈 （旁白）哪能不忙，电话连接十只。

刘浪才 李书记，还好，我不忙。

老　李 还不忙？小刘，我对你有意见。

刘浪才 对我有意见？啥意见？

老　李 为了你的事情，厂党委专门开会研究过了。

刘大妈 （旁白）啥！连厂党委也已经研究了？！

老　李 厂党委一致认为，你这个事情应该摊出来，不要隐瞒。

刘大妈 （旁白）啊呀，事情弄大了！

刘浪才 李书记，你讲的事情我没有的。

刘大妈 （旁白）对，实事求是嘛，不能承认。

老　李 你不要瞒我嘛，我都晓得了。

刘浪才 老李，我真的连想都不敢想。

老　李 怎么，还要我拿出证据来？

刘大妈 （旁白）咦，证据在我这里，他怎么也会有证据的？

老　李 小刘，现在厂党委和厂部决定召开一个会，让你在会上详详细细谈谈。

刘大妈 （旁白）完结，又要批斗了！

刘浪才 老李，我实在——

老　李 你准备准备吧！

刘大妈 （旁白）又要卷铺盖了。

刘浪才 老李，我实在没有搞啥！你不相信，问我姆妈。

刘大妈 对，是没有的呀。（走近老李）老李，是没有的。我可以证明！喏——这些都是证据！（拿出传呼电话单和信件给老李）

〔老李接过一看。

老　李 老阿嫂，你在讲啥？

刘大妈 就是周群和我儿子的事情呀。

老　李 老阿嫂，请你不要搞。这个事情和那个事情是两桩事情。

刘大妈 噢，不是这事情？那你讲啥事情？

老　李 我是讲小刘搞技术革新的事情。

刘大妈 技术革新的事情？不是讲……哎，老李，那何必“我对你有意见”？

老　李　他一直保密，我哪能没有意见！

刘大妈　那你讲“决定开一个会”，还要让他“详详细细地谈谈”？

老　李　开一个会，是让小刘在会上向同志们介绍经验。

刘大妈　哦，介绍经验。我当又要开批斗会了，搞错了！

刘浪才　李书记，我不过是瞎美美，哪能惊动厂领导和老师傅呢！

老　李　为啥？

刘浪才　这样惊动厂领导和老师傅，合适吗？

老　李　有啥不合适？

刘浪才　因为我的情况和别人不一样。

老　李　合适，很合适！我们对于一个曾经犯过错误的青年人的最好的帮助，就是鼓励重新做人，振作起精神，为实现“四化”多做贡献。

刘浪才　这么说，我也配的啰？

老　李　小刘，只要为“四化”出力，人人都有同等的权利！党委和厂部研究以后，正式决定：支持你搞电子装卸机械新技术，并且马上成立有关小组，具体有三个人负责这项工作，第一个负责人就是你，第二个是你师傅张小铃，还有一个是我。

刘浪才　是你？……（激动得不知所措）

老　李　小刘，你欢迎吗？

刘浪才　欢迎！欢迎！

〔刘大妈在一旁激动得不知所措，而又流下了眼泪。

老　李　（目睹刘浪才与刘大妈激动的心情）哎，老阿嫂，你哭啥？是不是怕我吃你的蛋糕，你舍不得？

刘大妈　不不不，李书记，你吃啊！（将蛋糕塞到老李的嘴里）

——闭　幕——

第三幕

◉时 间

距上一场数天之后。

◉地 点

刘浪才的家里——景同第二场，但内室大于庭院。

〔幕启：张小铃与刘浪才已研究革新许久。

刘浪才 这两天，老是在这里轧牢。

张小铃 这个关键攻了两天，也没有攻下来。

刘浪才 （思索着）再想想看。

〔王小龙上。

王小龙 小刘阿哥！小刘阿哥！

张小铃、刘浪才 （同时回顾）做啥？

王小龙 关键攻下来了吗？

张小铃 还没有。

王小龙 怎么办呢？

张小铃 再动动脑筋看。（凝神地、全神贯注地）

刘浪才 （若有所思）师傅！师傅！

张小铃 噢——哎，小刘，我跟你讲过不知多少遍了。你不要叫我师傅，叫我小张。

王小龙 小张！

张小铃 对。

刘浪才 别“老茄茄”的！小张要你叫？

张小铃　按年龄来讲，我和你还是同年呢！

刘浪才　这没有用，你进厂比我早。

张小铃　不能这样讲，因为你耽搁了几年，要是不去教养两年，我们还是同一届毕业呢！

〔刘浪才听到张小铃提起“教养二年”，心情隐痛。

〔王小龙见刘浪才面色，便拉了一下张小铃，示意。

张小铃　（发觉自己触到了刘浪才的隐痛）小刘，对不起，对不起！我不应该触你伤疤……

刘浪才　（不语）

张小铃　小刘，不要一提到过去的事，总是灰心丧气。你现在已经走上新路了！学习能抓紧，工作肯吃苦，对技术又钻研，有很多地方我要好好向你学习呢！

王小龙　对！小张师傅讲得对，我也要好好向你学习！

刘浪才　师傅，哪能可以这样讲呢！

〔刘大妈买了菜上。

刘大妈　阿才，有传呼电话，是厂里打来的，要回电的。

刘浪才　好，我去！

王小龙　小刘阿哥，我也去！

刘大妈　喂，你怎么老是跟牢阿才？

王小龙　我不跟小刘阿哥去跟啥人？！总不见得去跟牢狗熊！

〔刘浪才下。王小龙跟下。

刘大妈　小张师傅，你们又在忙啊！

张小铃　小刘姆妈，你不要叫我小张师傅，喊我小铃好了。

刘大妈　好的……小张师傅……

张小铃　咦？！

刘大妈　喊惯了。小张师傅，最近阿才在厂里表现好吗？

张小铃 好的，领导和同志们经常表扬他的，讲小刘重新换了个人。

刘大妈 （高兴地）这是你师傅管教得好！

张小铃 不，不，我有许多地方是小刘在帮助我。

刘大妈 你客气了。自从你收了阿才这个徒弟以后，一有空就从思想上帮助他提高，还帮助他学技术，帮助他搞革新。老实讲，阿才有些事情，连我娘也不肯讲。我问他："阿才，你有啥想法就跟我娘讲，不要闷在心里！"你知道他是怎样回答我的？

张小铃 他怎么回答？

刘大妈 （学刘浪才说话）"姆妈，我有啥事情都会跟小张师傅讲的！"小铃你这个师傅，真比我做娘的还要好！

张小铃 小刘姆妈，你怎么可以这样讲呢？！

刘大妈 小张师傅，你好事做到底，帮人帮到家！我终归拿阿才交给你，你千万不能半路上撒手不管。

张小铃 小刘姆妈，你放心！通过这些时间的相处，看到小刘能振奋精神，把心都扑在生产、工作、学习上。我真愿意跟他在一起，好好地为"四化"干出一番事业来！

刘大妈 那再好也没有了！不过，他最近有桩心事。

张小铃 啥心事？

刘大妈 啊，你还不知道？！奇怪！平时阿才样样讲给你听，怎么这桩事情他不讲给你听？

张小铃 小刘姆妈，到底啥事情？

刘大妈 喏，周群姑娘有一天打来了十只电话，还写了一封信给阿才，她在追……追……追……（语塞）

张小铃 可是追求？

刘大妈 哎，对对对！在追求阿才。谁知道，阿才对她很冷淡。

张小铃 为啥？

刘大妈 听阿才的口气。怕说出过去的事情以后，姑娘不爱他。

张小铃 噢。

刘大妈 你以后劝劝阿才，让他们早日配对，我也可以了结一桩心事。

张小铃 好。

刘大妈 我去烧饭烧菜。小张师傅，等歇在这里吃饭。

张小铃 不要，不要。

刘大妈 哎，不要客气。（下）

张小铃 （若有所思地唱）

心有隐痛的刘浪才，
不敢把恋爱谈。
他怕往事掀波澜，
姑娘把脸翻。
周群倘若是真心，
定能够谅解刘浪才。
我愿做个牵线人，
促成他俩配成对，配成对。

〔刘浪才上。

刘浪才 小张师傅，是李书记打来电话，要我到厂里汇报一趟，顺便再去拿点借来的资料。

张小铃 好呀！

刘浪才 目前主要是这个问题还没有解决！

张小铃 一解决就成功了！

〔周群上。

刘浪才 我们的事情一成功，事情就好办了！可惜……

张小铃 小刘，你不要灰心。这关键时刻，只要我们有信心，有决心，我们一定会成功的。

周　群　（妒忌，假咳嗽）咳……

刘浪才 / 张小铃　周群！

周　群　（旁白）他们倒是在互相帮助，团结友爱。

〔周群跨进门。

周　群　小刘，我来打扰你了。

张小铃　（会意）噢，你们是……那你们谈谈。（欲下）

刘浪才　不，小张师傅，你在此地好了！

张小铃　我在此地，恐怕不方便吧！

刘浪才　呒啥不方便。

周　群　小刘，我想同你个别谈谈。

刘浪才　是不是再约时间？

张小铃　小刘，你看人家多少热情？

刘浪才　就是缺乏冷静。小张师傅，你把这个数据算一算，我赶到厂里去汇报一下。你等我回来再走！

张小铃　好的。你早点去，早点回来。

刘浪才　不要忘记，一定等我！周群，再见！

〔刘浪才下。

周　群　小铃姐，你怎么会来的？

张小铃　（旁白）喔哟！你们看她这么问我。唔（打趣）怎么，只能你来，我就不能来啦？！坐下来再谈吧。

周　群　不要客气，此地我是经常来的。

张小铃　周群，你对小刘很有感情嘛！

周　群　（点头）

张小铃　那你对他了解吗？

周　群　（羞嗔甜蜜地）他——人品端正，为人大方……

张小铃 还有呢？

周　群 还有待人诚恳、做人老实……

张小铃 还有呢？

周　群 还有工作钻研、事业心强……

张小铃 还有呢？

周　群 还有……他交关做人家[1]，热天不吃棒冰雪糕，肚皮饿不吃大饼油条……

张小铃 还有呢？

周　群 还有……没有了！

张小铃 你对他的了解就是这些？

周　群 嗯。（点头）

张小铃 看来你对他还不够了解吧？

周　群 啊？！

张小铃 / 周群 （同唱）她对小刘无限爱，
我对小刘无限爱。

张小铃 / 周群 （同唱）倒叫小铃费疑猜，
为啥小铃费疑猜。

张小铃 （唱）看来她对待小刘不了解，
只被虚荣遮住眼。

周　群 （唱）看来她对待小刘也有心，
假借工作把情谈？

张小铃 （唱）倘若她得知小刘以前事，

1　做人家：节俭过日子。

肯定翻脸就离开。

周　群　（唱）倘若她得知小刘回避我，

肯定满怀心花开。

张小铃　（唱）我不能将小刘的错误来掩盖，

但又要促成他们配成对。

周　群　（唱）我不能将小刘的爱情让给她，

但又要让她自己朝后退。

张小铃 / 周群　（同唱）这桩事情难为了我，

（夹白）哎——（接唱）定要想出办法两全其美！

张小铃　周群，既然你对小刘这样有感情，那就应该大胆地提出来嘛！

周　群　提过了，他不睬我！

张小铃　那是不是有啥想法？

周　群　有啥想法？我的条件又不比他差！

张小铃　不，我是讲小刘一定有啥顾虑吧！

周　群　对，我今天来了以后，也觉着他有点顾虑。

张小铃　那再好也没有了，你应该帮助他打消顾虑。

周　群　不行，我怎么能帮助他打消顾虑呢？

张小铃　那叫啥人去打消顾虑呢？

周　群　只有你！

张小铃　我？

周　群　对，你！

张小铃　对，我可以去找小刘谈谈。不过……关键还在你身上。

周　群　不，关键在你身上。

张小铃　怎么在我身上？

周　群　只要你对小刘讲一句话，小刘马上会对我好了！

张小铃 嗬？！

周　群 （忸怩地）姐姐，你去对小刘讲一句闲话嘛！

张小铃 （不解其意地）好，只要你们能好，不要说让我讲一句，就是讲一百句、一千句，也是可以的。

周　群 好，我的好姐姐！

张小铃 我马上去讲。（欲走）

周　群 谢谢好姐姐！

张小铃 哎，你叫我对小刘讲啥呢？

周　群 你讲“我张小铃不爱你”！

张小铃 好！我讲——啊？！你叫我讲啥？

周　群 “小刘，我张小铃不爱你！”

张小铃 （不知所措）不……

周　群 噢，你爱小刘？

张小铃 不！

周　群 你不爱小刘？

张小铃 不！

周　群 这么说，你还是爱他的？

张小铃 不不不，我头也给你搞昏了！

周　群 那么，你到底怎么样啊？

〔刘大妈端着两碗点心上。

刘大妈 来来来，吃点心！（看张小铃）你面色不太好看嘛！

张小铃 我头有些晕，我要回去了。

〔刘浪才上。

刘浪才 小张师傅，参考资料我拿来了。李书记讲，一定要把它攻下来。

刘大妈 阿才，小张师傅头昏，你让她进去休息一歇吧！

〔刘大妈拖着张小铃进内室。

刘浪才 刚刚蛮好，哪能一歇歇头晕了？

周 群 是呀，人家看见我就头昏头痛，我是终归不讨人喜欢哉。

刘浪才 周群同志，我是要找你好好谈谈。

〔刘浪才欲对周群讲话；门外传来一阵吵闹声。

〔狗熊冲上。王小龙拦住狗熊。

王小龙 狗熊，你有啥事情，对我讲好了！

狗 熊 死开！死开！

王小龙 人家有事情，没有空。

狗 熊 关你啥事情，当心吃生活[1]。（见刘浪才）刘浪才，长远没有看见你了。今朝来看看你，顺便来白相白相。刘浪才，今朝弄尴尬了，借几张“花纸头”[2]来摸摸好吗？

刘浪才 没有。

狗 熊 没有？怎么啦？进了厂狠了是吗？哼！猢狲戴帽子，煞有介事！眼睛生到额角头上去了是吗？啊？！

刘浪才 你怎么仍旧老样子？

狗 熊 唷！你算新样子了？几趟请你去“翻翻眼子”[3]，你连回音也没有，算派头大了，啊？！

刘浪才 你还是去做做正当的事情……

狗 熊 少啰唆！“做做正当的事情”，你算当工人了，你在厂里忙着几级工啦？阿兄，告诉你，七级工、八级工，还不及我一秒

1 吃生活：挨打。

2 花纸头：钞票。

3 翻翻眼子：再去偷。

钟！晓得吗？！（做扒手动作）

周　群　他是啥人？

王小龙　他叫狗熊。

周　群　是动物园里逃出来的？

狗　熊　啥？！动物园里逃出来的？怎么给你想出来的！哈哈哈……刘浪才，怪不得你不肯出来，原来屋里藏着个“嗲妹妹”！（对周群）嗲妹妹，卖相长得不错，轧个朋友吧！今朝我们一起去看电影，好吗？

周　群　流氓！

狗　熊　看《牛虻》，好的，好的。

周　群　厚皮！

狗　熊　《画皮》？香港电影，灵的。

周　群　猪猡！

狗　熊　《佐罗》，这是法国新片子。

周　群　当心吃耳光！

狗　熊　看《城市之光》？这是卓别林扮演的。

刘浪才　狗熊，正经点！

狗　熊　哎哟，正经？正经能卖多少钱一斤？

刘浪才　你要再这样，我去报告派出所！

狗　熊　哈，你去报告派出所？刘浪才，你真是碰着七十二大头鬼了！你拿面镜子照照，你是啥货色？

王小龙　不要讲了！不要吵了！有啥闲话到外面去讲，“花纸头”我给你！

狗　熊　让开！啥人要你做“憚头”[1]！你们真的当我是瘪三，向你们来讨钞票的，是吗？！（摸出一沓钞票）看见吗，（又从口袋里摸出两只手表）看见吗？喏——这只叫“罗来克斯”，这只叫“西马”，“西马”你有吗？啊？！

王小龙　我只有姆妈，你去吧！

刘浪才　你来做啥？

狗　熊　做啥？“做生意”没有淘伴，心里发吼！

周　群　你讲啥？他是革新能手，跟你这种人轧淘？！

狗　熊　哎哟，刘浪才！你的“噱头”好来。哈哈哈……现在变成革新能手了？哆妹妹，告诉你，我和他是同过患难，吃过泡饭，坐过牢监。

周　群　坐过牢监，啥人坐牢监？

狗　熊　你这个 darling 是劳教两年的扒手。

周　群　啊！（惊愕）你……（对刘浪才）是扒手？（跌坐在凳子上）

〔王小龙见周群跌坐凳上晕倒。

王小龙　啊呀，不好哉！周群昏倒哉！

〔张小铃、刘大妈上，扶住周群。

王小龙　（对狗熊）都是你！小刘阿哥，快点拿“风油精”！

〔刘浪才拉抽屉取“风油精”，递给王小龙。

狗　熊　刘浪才，怎么啦？不要大家落不下，还是跟我走吧！不会给你吃亏的。过去二八开，今天三七开好吗？或者四六开？对开？

1　憚头：调解人。

刘浪才　好，走！

狗　熊　爽气的！

刘浪才　走！

狗　熊　啥地方去！

刘浪才　（抓住狗熊的手）到派出所去！

狗　熊　小贼，你真的装样是吗？快放手！

刘浪才　不放！

狗　熊　放吗？

刘浪才　不放！

狗　熊　你真的不放。

〔狗熊拔刀。

〔张小铃见此情景，急上前捏住狗熊的手。

狗　熊　（见是张小铃）哎哟哟……外婆放手呀，饶饶我，饶饶我！

张小铃　小刘、小龙，抓他到公安局去！

刘浪才 / 王小龙　（同时抓住狗熊）走！

狗　熊　快放手！你真的不想做人了是吗？！

刘浪才　（抓得更紧）我这样做，就是为了重新做人！

〔刘浪才、王小龙推着狗熊下。

周　群　小铃，我受他欺骗了。

刘大妈　周群，你讲闲话牙齿要筑筑齐！怎么是我儿子骗你？！喏——（从身边掏出信件、电话传呼单据）这是你写的信，还有传呼电话单……周群姑娘，做人要老老实实。

周　群　啥？我不老实！你儿子是扒手倒反而老实？

张小铃　周群，这是人家过去的事情。现在已经改正了，你不应该再去伤别人家的心了！

周　群　好呀，我伤他的心，好！那你就去暖他的心吧！（急下）

张小铃　周群！周群！……

刘大妈　喔唷，（一本正经）“你去暖他的心”！你不暖他的心不要紧！（对张小铃）小张师傅，你就暖我儿子的心！（发觉失口）喔哟！小张，我讲错了。

——闭　幕——

第四幕

◉时 间

距上场两年之后——1980年的春天。

◉地 点

某工业科技展览馆的花园里。

〔张小铃手拿拎包，在等候什么人，她不停地在向四周张望。

〔老李从展览馆室内走上。张小铃只注意等人，而未注意背后来人。

老　李　小张！

张小铃　唷！老李，给你吓了一跳！

老　李　你在此地做啥？

张小铃　等人。

老　李　等小刘？

张小铃　不，小刘在现场操作表演。我在等小刘的姆妈。

老　李　噢，小刘姆妈也来参观展览品？

张小铃　是的。她晓得小刘搞的革新送到展览馆里来，高兴得泪水也笑出来了！她嘴里不停地讲："多亏共产党救了我的儿子，救了我的儿子！……"

老　李　这是她的心里话。

张小铃　所以我今天请她来看看，在此地等她。

老　李　你这个工作做得好！

张小铃　噢，老李，各方面对小刘的展品都很感兴趣，展览会印好的参观券已经发完，现在还不够。

老　李　是啊，大家不仅关心小刘的展品，而且关心他的变化！小张，你看我们这个工作做得多有意义啊！

张小铃　（点头）

老　李　小张，你这个徒弟收得还满意吗？

张小铃　（点头）

老　李　那你们今后是啥个关系呢？

张小铃　同志呀！

老　李　还有呢？

张小铃　师徒呀！

老　李　还有呢？

张小铃　……老李，你讲闲话要负责的呀！

老　李　不负责！我肯定不负责！人家姑娘没有公开表态之前，我绝对不负责，人家问起来，我只讲这是小道新闻。

张小铃　老李，我要问你一个问题可以吗？

老　李　可以，不要说一个问题，就是十个问题你尽管问。

张小铃　老李，那你对这个小道新闻是怎么看法呢？

老　李　是……

张小铃　你讲呀！

老　李　你要想把我的意见引出来是吗？

张小铃　你终归有自己的态度的。

老　李　小张，我晓得你思想斗争很激烈……

张小铃　（脸露羞涩忸怩）……老李，我想听听你的意见。

老　李　我不谈意见……因为法律条文规定，第三者不得干涉！你想要我犯法……（开玩笑）

张小铃　领导与被领导互相帮助嘛！

老　李　我的态度很明确：假使你和小刘没有这种事情，那我也就当它没有这种事情。假使你和小刘有这种事情，我就一本正经当它有这桩事情的。

张小铃　老李，你这种闲话赛过没有讲。

老　李　赛过没有讲？你好好地体会体会！

张小铃　老李，我懂了！

老　李　小铃，假使你真的爱上小刘的话，应该顶得住人家对小刘的看法。因为用点力气可以揩掉各种龌龊。当然，人们想到龌龊，毕竟是有想法的。

张小铃　（自语）要顶得住人家对他的看法？……（若有所思）

〔王小龙陪刘大妈上。

张小铃　小刘姆妈，你来了！

刘大妈　小张师傅！

王小龙　阿姨！

张小铃　进厂这么多辰光，还要叫我阿姨？

王小龙　习惯了，小张师傅！

老　李　老阿嫂！

刘大妈　老李，你也在此地。

老　李　我老早来了。

张小铃　小刘姆妈，老李对小刘花了不少心血呀！

老　李　不，主要是靠党的政策，老师傅的帮助。我不过是给小刘打打气。

刘大妈　老李，你这个气打得结棍的！打得我们阿才重新做人有了信心。

王小龙　李书记打气是结棍的。你也使我重新做人有了信心。

老　李　哟，王小龙同志，你准备啥辰光拿出成绩来？

王小龙　我只好跟牢小刘阿哥“小弄弄”。

老　李　怎么可以“小弄弄”呢！只有大弄弄才能加速四个现代化。

王小龙　对的。为了加快“四化”，我王小龙决定大弄弄！

〔刘浪才上。

刘浪才　姆妈，你来了！

刘大妈　看你，满头是汗。你吃力吗？（为刘浪才擦额上汗珠）阿才，姆妈今朝给你买好一只蹄髈、一只童子鸡，还有点黑木耳……等歇转去吃红烧蹄髈、白斩鸡。

〔张小铃从包内拿出橘子水，欲给刘浪才，又感到不好意思，便收回藏好。

〔老李见状。

王小龙　小刘姆妈，红烧蹄髈、白斩鸡，外加还有黑木耳，我最欢喜！

刘大妈　好，等一歇小张师傅和你一齐去。

老　李　老阿嫂，去参观展览会吧！我来领你们。

刘大妈　老李，等歇你也来吃饭。阿才，早点转来吃红烧蹄髈、白斩鸡啊。

〔刘大妈边说边走。

王小龙　小刘阿哥，我想……

老　李　王小龙同志哎，走，参观去！

王小龙　等一等，我与小刘阿哥再谈谈。

老　李　喂喂喂，我喊你还有事情……

王小龙　（不解地）做啥？

〔老李对王小龙示意。王小龙不理会。

〔老李拉着王小龙下。

老　李　啊呀，你怎么介笨啦？（下）

〔刘浪才、张小铃静视，不知所措。

张小铃　（打开僵局）小刘！

刘浪才　小张师傅！

张小铃　你操作表演吃力了！

刘浪才　不吃力。

张小铃　（从拎包内拿出橘子水，深情地递上）

刘浪才　你自己吃。（推到张小铃一边）

张小铃　我已经吃过一瓶了。

刘浪才　那就再吃一瓶。

张小铃　这是特意为你买的。（将瓶子推向刘浪才，两人目光对视）

刘浪才　（老实地）谢谢！（又急促不安地从口袋里掏钱）给你钱……

张小铃　看你，怎么想得出的。

刘浪才　（望着张小铃，深情地）谢谢，小张师傅！

〔刘浪才因内心激动，吃橘子水时忘了打开瓶盖子。张小铃发现后再给刘浪才打开瓶盖子，吃橘子水。

张小铃　小刘，你现场操作表演今天进行了几次？

刘浪才　十二次了。

张小铃　太多了，是不是减少几次吧？

刘浪才　我想趁这个机会多听些意见。这对我们下一步搞技术革新有帮助。

张小铃　你想得真多……噢，刚才我看到周群也来了！

刘浪才　她也来了？（兀然不语）……小张师傅，我一想到那天在我家里发生的事情，心里对你十分内疚。

张小铃　这有啥内疚呢？只要我对你没有看法就可以了。

刘浪才　你对我没有看法？

张小铃　嗯。

刘浪才 你不会看不起我?

张小铃 假使我看不起你，当初我也不会收你这个徒弟了，后来我也不会和你一起搞革新了。

刘浪才 （感情翻腾不已地）小张!

张小铃 啊?（内心也激动）

刘浪才 （克制）没什么，没什么。

张小铃 小刘，你有啥闲话，尽管讲嘛!

刘浪才 噢……我讲出来，你会动气吗?

张小铃 我不会动气的。

刘浪才 你真的不动气?

张小铃 真的。

刘浪才 小张，我……

张小铃 啊?（片刻后）看你呀，心里有闲话不讲出来，这是多么难受呀!

刘浪才 难受是难受长远了!

张小铃 那你就讲呀!

刘浪才 小张我……小张我……我姆妈请你到我屋里去吃红烧蹄髈、白斩鸡……

张小铃 你在撒谎!

刘浪才 不是撒谎！不过……这句话是临时想出来的。

张小铃 那你要讲点啥呢?

刘浪才 （不语）

张小铃 看你呀!

刘浪才 小张我……我有一个同学，要我介绍一个对象。你晓得，我外头不接触人的，所以我就想到你……

张小铃 想到我?

刘浪才 哎……你，你，你认识的人比较多。我想请你帮我的同学介绍个对象。

张小铃 是这么回事？

刘浪才 不过……我这个同学有不少的错误、缺点。

张小铃 有不少错误、缺点？

刘浪才 唉……算了算了！我不想害你……

张小铃 不害我？

刘浪才 （掩饰）哦，不不不，不害你介绍的那个对象。

张小铃 你今天讲话真吃力。

刘浪才 我也实在吃力不过。

张小铃 小刘，你要我帮你的同学介绍个对象是可以的。不过，我倒要问问你同学的情况。

刘浪才 你问好了。

张小铃 （唱）问小刘，你同学出身何方地，
家中共有几口人？
他在什么学校读过书，
姓什么姓来叫什么名？

刘浪才 （唱）他家住锡惠红旗村，
家中只有老母亲。
他是朝阳中学读的书，
他姓刘……

张小铃 刘啥？

刘浪才 刘……

张小铃 刘啥？

刘浪才 （唱）刘才良就是他的姓和名。

张小铃 （唱）他今年年纪有多少呀？

工作单位啥名称？

他家庭出身怎么样？

为人的品行可端正？

刘浪才　（唱）他年纪实足廿八整，

进厂已经三年零；

他家庭出身是工人，

连续被评为市先进。

后来“文化大革命”，

他父亲老先进成了“黑标兵”，

含冤负辱跳了井。

那时候，茫茫大地难呼应，

受尽了苦楚也横了心。

从此他被流氓来勾引，

只因偷窃误前程，

劳动教养两年多，

期满释放再进工厂门，

幸有党和同志相挽救，

他倍受教育得新生，

他工作积极为赎罪，

如今他已踏上新路重做人！

张小铃　（唱）听罢小刘真心话，

句句打动了我的心。

他哪是在介绍老同学，

分明借人说自身。

他对我是“莲子烧汤沉（存）真心”，

今日里才骨鲠在喉吐真情。

刘浪才回头金不换呀；

我甘愿爱上这样的青年人。

张小铃呀张小铃，

你要敢爱这样的青年人！

刘浪才 小张师傅，我讲了半天，你怎么一句话也没有？

张小铃 我在想……

刘浪才 想啥？你是应该多想想，千万要慎重考虑，绝对不要勉强。

张小铃 我在想，你刚才说的这些情况，是不是你同学主动要你这样讲的？

刘浪才 对，他经过反复考虑……一定要我先讲讲清楚。

张小铃 他倒蛮诚实的嘛！

刘浪才 （旁白）不敢讲自己，已经不诚实了！

张小铃 一个人肯毫无保留地把自己的错误缺点讲出来，我倒对这个人印象蛮好！

刘浪才 （高兴地）哦，你对他印象蛮好？！

张小铃 对。但是……

刘浪才 但是？——（旁白）完结！“但是”后头终归僵的。（对张小铃）小张，你“但是”点啥？

张小铃 （似在问自己）但是我怎么可以介绍一个姑娘同这样的人去谈恋爱呢？

刘浪才 （伤心而克制地）对……对……做过扒手的人是不应该去连累人家姑娘的。

张小铃 小刘，你不要多心，你不要多心！

刘浪才 我不多心！我不多心！（决定走）小张师傅，我去准备现场操作表演了。（欲走）

张小铃 （无可奈何地看刘浪才走。发自内心地感慨）是呀，跟一个扒手谈恋爱是会被人家讥笑的呀！（猛想起）不过——

刘浪才　（猛然止步）“不过”？（回来）“不过”点啥？

张小铃　（又似在问自己）不过，我也在想：一个犯过错误而且愿意改正错误的人，难道就不配被姑娘爱了吗？

刘浪才　“难道”？“难道”？这个“难道”是反问句。也就是说：配被这个姑娘爱的！（兴奋地对张小铃喊）小张！

张小铃　可是。

刘浪才　（旁白）“可是”？唉！像我这种人，苦是终归有得苦了！

张小铃　可是，你为啥就没有勇气讲你要介绍的人就是你自己呢！

刘浪才　小铃！（抑制不住内心的激动，靠近张小铃）

〔老李上。见状——

老　李　（装咳嗽）咳，咳……

〔刘浪才、张小铃猛地分开。

刘浪才 / 张小铃　（同时喊）李书记

老　李　我向你们保证，你们讲点啥我一句也没有听见。

〔王小龙上。

王小龙　哎哎哎，我都听见的。

老　李　你听见些啥？

王小龙　我听见（指老李）你讲：“你们讲点啥我一句也没有听见。”

老　李　你们两人以为他听见点啥？

张小铃　呒不啥，呒不啥！

刘浪才　呒不啥，呒不啥！

王小龙　哎，对对！他们在讲：“呒不啥，呒不啥！”

刘浪才　李书记，关于“DC—2”方案，我已经有了初步打算，就是其中NK关键一下子还解决不了。

张小铃　噢，我想起来了！我爹爹对这个问题曾经有过探讨，是不是去问问他?

老　李　对!你爹爹是力学研究所的老技术员，什么时候你去请教请教。

张小铃　那就明朝吧。明朝是我爹爹的星期天。小刘你上午十点钟到我家里。

刘浪才　我到你家里去?

老　李　小刘，勇敢点!

刘浪才　好，勇敢点!

老　李　小张，明朝上午十点钟，我也到你屋里来。

张小铃　欢迎!欢迎!

王小龙　小张师傅，明朝上午十点钟，我一淘去。

张小铃　好。

老　李　你终归要轧一脚的。

王小龙　我终归跟牢小刘阿哥的。(忽然想起)哎，老李，我看见小张师傅的爸爸应该怎样称呼?

老　李　那叫伯伯。

王小龙　不来事的!

老　李　那叫啥?

王小龙　师傅的爸爸末叫公公。

老　李　随便你了。

〔老李、刘浪才下。

〔展览馆广播响:“参观的同志们，现在中央大厅里正由人民装卸机械厂刘浪才同志进行现场操作表演，项目是刚设计制成的电子装卸机械新工艺……”

〔张小铃将汽水瓶交给王小龙后下。

〔王小龙发现周群，故意向周群走去。

〔周群上。

周　群　呀，是小龙龙嘛！

王小龙　你怎么会来的？

周　群　我来看展览会的。

王小龙　喔——你来看展览会的？那我给你介绍一下，这个展览会中央大厅里的电子装卸机械新工艺是我们小刘阿哥搞的，现场操作表演者就是刘浪才。我也参加的，哼！（故意）哈哈哈……嘿嘿嘿……

〔王小龙下。

周　群　碰着点啥哉，你可有啥毛病啊！吓得我呀……

〔少顷。老张上。周群迎上。

周　群　张伯伯！

老　张　这样美丽的姑娘是啥人呀？

周　群　看你呀，连我都不认得了。

老　张　（端详）噢，是周群姑娘，我女儿小铃的同学。长远不看见了！今朝怎么会到此地来？

周　群　病假在家里厌气，看到爹爹台子上有参观券，我还当外国服装展览会呢！结果看这种东西，一点没有劲。

老　张　唉！（摇头）介好的展览会讲没有劲，嘿！难怪我当你在等男朋友哩。

周　群　不要瞎讲！张伯伯，我还没有男朋友呢！哎，张伯伯，我要恭喜你呀！

老　张　喜从何来？

周　群　你张伯伯又要增衔头了！

老　张　哦，你是讲我当选为市里力学研究会理事？

周　群　不是这个衔头。

老　张　那还有啥衔头？

周　群　（神秘地）丈人阿爸。

老　张　啥！我女儿小铃已经有对象了？

周　群　已经相当有数了，你还蒙在鼓里？

老　张　噢，那个小伙子好吗？

周　群　好！

老　张　真的？

周　群　好得不能再好了，真所谓天上没有跌下来，地上没有生出来，偏偏给你女儿寻得来。

老　张　小铃眼光不错。你详详细细与我谈谈，好到啥程度！

周　群　（唱）提起你的好女婿，
才学品貌样样全，
头脑活络反应快，
可以随机与应变……

老　张　（唱）思考问题很灵活，
这种女婿我欢喜。

周　群　（唱）再说他，两只眼睛特别凶，
看出去，又是深来又是尖！

老　张　（唱）看问题又是尖锐又深刻，
这种女婿我满意。

周　群　（唱）再说他双手生来很灵活，
经过千锤与百炼，
他想拿啥就拿啥，
两只手指头可以穿过呢绒与卡其。

老　张　（唱）那是他从小练气功，
手指头赛过老虎钳，

身体强健有功夫，

拣着这种女婿倒不容易！

周　群　（唱）你不要横欢喜来竖满意，

再三再四不容易。

你拣着这种好女婿，

屋里可以翻了天。

皮夹子跑到垃圾箱，

钞票会飞到他口袋里，

衣裳会拎到废品站，

家具都车到旧货店……

老　张　怎么刚刚讲得很好，一歇歇变得介危险啦？！

周　群　张伯伯，你晓得你的女婿，是何许人物？

老　张　是何许样的人物？

周　群　他是扒手！

老　张　是扒……扒……扒手？！那你刚刚说他头脑交关活络，还能随机应变是啥意思？

周　群　这种人在马路上、商店里、车子上蹿东蹿西，还不活络？

老　张　哎哎哎，活络，活络。那你讲他的眼光又深又尖是啥意思？

周　群　扒手的两只眼睛多少结棍！他不论男女老少、穿的啥衣裳，他都可以看出人家口袋里有没有钞票！

老　张　结棍的，结棍的。那你讲他两只手指头……唉，不要讲了，伸到人家口袋里终归结棍的！

周　群　张伯伯，你不要动气，不要动气，小铃的男朋友光摸袋袋还算好咪，问题是他还劳动教养过两年多，是个劳教分子呀！

老　张　啊！还是一个劳教分子？！要死，我拣着这个女婿，那要变“扒手丈人”“劳教分子家属”了！我问你，这个男青年姓啥叫啥，在啥地方工作？

周　群　这要……保密！

老　张　啊，扒手的姓名、工作单位还保密？

周　群　我讲出来，岂不破坏小张姐姐的爱情了！

老　张　啥爱情？！这是在发神经病！

周　群　张伯伯，辰光不早了，我要去看《巴士奇遇结良缘》。

老　张　唉！你去看《巴士奇遇结良缘》，我现在心里交关怨！

周　群　张伯伯，（英语）Good—Bye！

〔周群下。

老　张　Good Bye！小姑娘，还讲得落 Good Bye。唉！刚刚蛮高兴来看展览会的，现在听到这种事情，还看得下展览会的呀！回去！（欲走又立停）我们研究会的同志对我说，这个展览会在全市影响很大，我非看不可！搞科研是桩大事情，家里事情再大也是小事情，应该振作精神看展览会去。向左转，起步走——（白）要死，脚都提不起来。

〔刘浪才扶刘大妈上。

刘大妈　阿才，你去忙吧！姆妈自己会得回去的，你不要送了。

〔刘浪才、刘大妈与老张相遇。老张与刘大妈仔细一看似曾相识。

刘大妈　这人面孔熟来，阿是老张？

老　张　噢，刘师母。廿几年不见的老邻居了。请坐！今朝专门碰着熟人。（指刘浪才）这小伙子——

刘大妈　我儿子。叫声伯伯！

刘浪才　张伯伯！

老　张　哦，就是小大块头，认不出了！哎，老刘身体好吗？

刘大妈 他——

老　张 大概还像以前一样爱说笑话。

刘大妈 现在他一句话也讲不出了。

老　张 噢，年纪大了……

刘大妈 已经死了！

老　张 怪不得一句话也讲不出了！他过去身体比我还好。

刘大妈 他“笋敲肉”“糯米粽”“油爆虾”吃得太多了！只好死了！

老　张 哎呀！刘师母，年纪大的人你要让他少吃一点。

刘大妈 唉！你当真的吃了“笋敲肉”“糯米粽”“油爆虾”？我是讲他在“文化大革命”中硬要伊承认“黑标兵”，造反派用杠棒对他打，阿是吃“笋敲肉”呀！用绳子捆绑，阿像只“糯米粽”？低头弯腰，阿像只“油爆虾”？

老　张 唉，九十度，我也过过的。我的一条大腿差一点被打断脱。不谈不谈！

刘大妈 他实在吃不消，投了井。

老　张 可惜！可惜！

刘大妈 你们张师母呢？

老　张 她也不讲话了！

刘大妈 也死了？

老　张 你晓得她是在翻译编辑所工作的。

刘大妈 她会讲外国闲话的。

老　张 就是会讲几句外国闲话，“四人帮”爪牙讲她是特务，里通外国……不谈不谈！死的死了，我们活着的人们应该振作精神，大搞“四化”，为“四化”做出贡献来纪念那些死者。

刘大妈 对的，对的。

老　张　今天你们母子两人来是……

刘大妈　来看展览会的。这里面的展览品有的是我儿子阿才他们搞出来的。

老　张　噢，电子装卸机是你在搞的！小伙子你搞出名堂来了！刘师母，你儿子不简单！这项新工艺需要有一定的数理化和外语水平。小刘，你是什么大学毕业的？

刘浪才　我是自学的。

刘大妈　自学的。为了他自学，我卖掉缝纫机买电视机；卖掉五斗橱买书；他看过的书就要超两百斤啦。

老　张　不简单！不简单！小刘，我要问问你，几个关键部门的设计，你的根据是什么？

刘浪才　说明书上全写好了。

老　张　都是英文，（摸眼镜）可惜我眼镜没有带出来，看不清楚！

刘大妈　眼镜不是戴在你眼睛上？

老　张　这是平光眼镜，我看书要戴老花眼镜的。

刘大妈　那怎么办呢？

老　张　小刘你读给我听听。

刘浪才　（念英语）我是根据外国机械制造工业的通信资料……

老　张　（英语对话）你还能阅读外文书籍？

刘浪才　（英语）我基本上看得懂。

老　张　（英语）了不起！了不起！

刘浪才　（英语）没什么，我还需要学习和帮助，我知道的东西太少了！

刘大妈　啊呀，我像在看外国原版片电影啦！

老　张　刘师母，你这个儿子是养着的。是个人才，为国争光，好小子！

刘大妈　这都是党的培养！

老　张　看到你的儿子，我就想到我的女儿。

刘大妈　你女儿搭阿才同年的，现在一定很大了！

老　张　唉！一样一个小辈，我女儿真不争气！（摇头，做着动作）

刘大妈　（学做动作）啥事情？

老　张　反正我们是老邻居，也没啥好瞒的。小姑娘寻了对象是扒手，外加劳动教养两年多，你们讲坍台吗？！

刘大妈　（窘，敷衍）哎哎哎……

老　张　假使我女儿寻着你儿子做对象，我多少高兴！多少有趣！多少神气！多少光荣！

刘大妈　我儿子也呒啥好。

老　张　客气。刘师母，你儿子有对象了吗？

刘大妈　还没有呢！

老　张　假使你不嫌弃，我就拿女儿介绍给你儿子，可好？

刘大妈　不可以，你女儿有对象了！

老　张　这算啥对象？！回头！自说自话去找了个劳动教养两年的扒手，外加还没有告诉我一声。

刘大妈　（旁白）触心触肺的！

老　张　小大块头，你看怎么样？！别怕难为情！

刘浪才　不，张伯伯，我——

老　张　别推却！刘师母，既然你儿子暂时还没有对象，那我就准定让他跟我女儿先碰碰头，是不是请你儿子——小大块头……

刘大妈　他叫刘浪才。

老　张　刘浪才？！小刘，明天是星期日，你到我家里来，我住在人民路人民里一号。

刘浪才　……我明天有点事情。

刘大妈 不，他有空的。

老　张 好。我明天早上十点钟在家里等你。

刘浪才 我不能来！

刘大妈 一定来！一定来！到人民路人民里一号对吗？

老　张 对，一言为定。

〔刘浪才将刘大妈拉至一边。

刘浪才 姆妈，你不要瞎答应呀！

刘大妈 蛮好，蛮好！不要多讲了，我要回去烧饭了。走，（对老张）张同志，就这样！

〔刘大妈拉着儿子刘浪才下。

老　张 好极了！小铃呀，爹爹也找个女婿，跟你来个针锋相对。嗨嗨，叫你看看我爹爹的眼光！

〔张小铃上。

张小铃 爹爹！

老　张 唔。（别转面孔）

张小铃 你来参观啦？（凑上去）

老　张 唔。（又别转面孔）

张小铃 刚才电子装卸新工艺看过吗？（再凑上去）

老　张 唔。（依然别转面孔）

张小铃 这是我们厂里搞的。（注意面色，觉得不对）

老　张 唔。（还是不理睬）

张小铃 今朝你怎么搞的，终归是“唔”“唔”“唔”……

老　张 唔。

张小铃 不要“唔”了，有闲话快点讲吧！

老　张 我现在有啥闲话好讲？！

张小铃 那我有话对你讲：明天早上十点钟，我约个人到家里来。

老　张　约人到家里来？

张小铃　对。

老　张　是青年？

张小铃　对。

老　张　跟你非常要好？

张小铃　对。

老　张　你对他也有好感？

张小铃　对。

老　张　你想把我一家一当弄光？

张小铃　啊！

老　张　小铃，你怎么会找这种对象！

张小铃　啥人？

老　张　你做得出，我还讲不出口哩！

张小铃　怎么一歇歇，你都晓得了。

老　张　若要人不知，除非己莫为。老实讲，现在科学技术非常发达！

张小铃　爹爹，人家来寻你是为了一桩大事情。

老　张　这种人上门来，事情不大也会弄大的！

张小铃　爹爹，人家是特地来寻你谈谈的。

老　张　啥？

张小铃　来寻你谈谈的。

老　张　来寻我袋袋？关照他，你爸爸口袋里从来不放钞票的。小铃，你要慎重考虑！对你是一辈子的事情，对我，女婿有半子之靠。你的朋友好，我也光彩。假使人家问是啥人，喏，拣着好点的女婿我就介绍："这是我女婿，老实头，新长征路上突击手！"多少光彩！现在你找这种对象，我怎么向人家介绍呢？

噢——“这是我女婿，小滑头，过去做过扒手，劳教两年还出头！”……

张小铃 爹爹，现在人家蛮好唻！已经转变过来了！

老　张 转变？我就不相信会变好！好人终归是好人，贼终归是贼！

张小铃 爹爹，你这句话应该讲：“法官的儿子是法官，贼的儿子就是贼。”

老　张 法官的儿子……啥？你当我是《流浪者》里的法官？告诉你，你爸爸不是拉贡纳特！

张小铃 那你为啥要用拉贡纳特的观点去对待一个犯过错误的人呢！爹爹，对一个犯了错误愿意改正的青年，我们不能歧视，应当帮助！

老　张 帮助？（冷笑）帮助得连女儿一淘帮给他？

张小铃 你怎么能这样讲呢？！

老　张 小铃，只要你承认我是你爸爸，你就听我这一趟话，从现在开始，与你那个朋友一刀两断，不再往来！对于你的终身大事，你爸爸已经替你找了个对象，明天早上十点钟到屋里来。

张小铃 怎么突然来的？

老　张 紧急情况，紧急处理！

张小铃 爹爹，我对这个人一点都不了解嘛！

老　张 现在不了解没有关系！明朝碰了头你就会了解的。这个小伙子人品非常好，爹爹的眼光不会错的！

张小铃 爹爹！

老　张 好了！其他情况我现在暂时对你保密。保密到明天上午九点五十分，让你看到这个小伙子吃一惊！

张小铃 爹爹，你不要干涉我的自由。

老　张　我就干涉这一趟。

张小铃　我一生一世就这一趟。

老　张　我就只要这一趟，明天上午十点钟先碰头谈谈，谈得拢就谈，谈不拢容许你另找对象。不过，决不容许你再找扒手！

张小铃　爹爹！

老　张　好了，不要嗲了！我看展览会去了！

〔老张下。

〔刘浪才上。

刘浪才　小铃，你可曾看见一个人？

张小铃　啥人？

刘浪才　戴顶帽子，戴副眼镜，手里拿了拐棍。

张小铃　是不是讲绍兴话的？

刘浪才　是的。

张小铃　你看——是不是他？（指老张走去的方向）

刘浪才　对对对！

张小铃　你寻他做啥？

刘浪才　他约我明天早上十点钟到他屋里去！

张小铃　去做啥？

刘浪才　要把他的女儿介绍给我轧朋友。

张小铃　（会意，笑）小刘，你晓得这个人是啥人？

刘浪才　啥人？

张小铃　他就是我的爹爹。

刘浪才　啊！（惊喜地，两人握手靠近）

——闭　幕——

第五幕

◉时 间

距上场的第二天早上。

◉地 点

张小铃的家，一个老知识分子的家庭。

〔老张坐在沙发上看报；张小铃喜悦地哼着歌曲上。

老 张 小铃，几点钟了？

张小铃 九点三刻。

老 张 还缺一刻钟就要到十点钟了。（学张小铃哼的歌）

张小铃 爹爹，你昨天讲的保密的事情，现在可以给我讲出来了。

老 张 昨天给你讲的现在还是机密！

张小铃 我晓得的。你存心想叫我吃一惊对吗？告诉你，不要说吃一惊，就是半惊也不吃的。

老 张 （笑）啥"一斤""半斤"，又不是高粱酒！好吧，看在爷囡面上，我提前十分钟揭露秘密。（唱）

小铃你莫心焦，

我爹爹把女婿挑。

这青年千里挑一，也是难找，才貌双全呱呱叫，

包你满意包你会喊好！

他学习认真，工作勤奋，

科学技术水平高，水平高。

张小铃 （唱）新长征，突击手，

他荣誉面前不骄傲。

为“四化”废寝忘食、埋头苦干、刻苦钻研劲头高，

电子装卸攻关有创造！

他困难面前，斗志昂扬，

再接再厉向前跑，向前跑。

老　张　（唱）我没有讲出来，

你怎已经都知道？

张小铃　（唱）若要人不知，除非己莫为，

做过的事情就难包牢。

爹爹呀，现在是科学技术多发达，

我女儿，怎么会不知道？

老　张　这些话都是我昨天在公园里跟你讲的。你算“批发”得去，现在统统还给我？就算你知道，也是只知其一，不知其二。你不晓得咪，这小伙子就是我们过去——

张小铃　老邻居的儿子；

老　张　现在是在——

张小铃　人民装卸机械厂工作；

老　张　他是一个——

张小铃　技术革新能手；

老　张　几年来，他还——

张小铃　自己学习外文；

老　张　他的名字叫——

张小铃　刘浪才。对吗？

老　张　你全晓得啦？你的科学技术比我还要发达！既然你晓得了，我们就好好商量商量。

张小铃　爹爹，你要和我商量点啥？

老　张　我问你，厂里对刘浪才看法好不好？

张小铃　新长征路上的突击手，对他的看法当然好啰！

老　张　你对他的看法好不好？

张小铃　我？我跟大家看法一样！

老　张　小姑娘，群众观点倒蛮强的。好，既然看法很好，等一歇他来了以后，你就和他好好谈谈。

张小铃　不来事的！

老　张　为啥？

张小铃　爹爹，刘浪才这个人有很多错误、缺点。

老　张　看问题不能用形而上学的观点，应该一分为二。要辩证地、历史地用发展的观点来看，还要多看一些人家的长处，不要专门钉牢人家的错误、缺点。而且人家已经改正或者正在改正当中。世界上，只有两种人没有错误、缺点。

张小铃　哪两种人？

老　张　一种人没有养出来；另一种人已经死掉了！

张小铃　爹爹，刘浪才这个人脾气不太好。

老　张　脾气么，一个人终归有个性的。你现在看我的脾气蛮好，发起火来，脾气也蛮厉害的！

张小铃　你不晓得，他过去还有一个最大的错误。

老　张　啥错误？

张小铃　他过去曾经摸人家的袋袋。

老　张　摸袋袋我也……（发觉，止口）

张小铃　啊！

老　张　我只摸过自己的袋袋，人家袋袋从来没摸过。嗨嗨，你真是个俏皮鬼！自己交的朋友摸过人家的袋袋，就讲刘浪才也摸过袋袋。不会的！刘浪才的家庭情况我清楚。（旁白）阿会他爷死掉以后，轧了坏淘？不，这也是上当受骗。再说，他这样好，也不可能！

张小铃 爹爹，你现在不要讲得这么好！以后你要后悔的。

老　张 不会的，我发现的人才，从来没有后悔过。

张小铃 爹爹，刘浪才也劳动教养过……

老　张 你硬装斧头柄装不上的！

张小铃 假如他真的也教养过呢？

老　张 真的也没有关系！告诉你，你爹爹是经得起考验，决不会动摇的！

张小铃 说不定你对他也不了解。

老　张 你爹爹比你了解得深刻得多。

张小铃 你呀，将来不要“把家里一家一当全弄光”！

老　张 弄光我也情愿的！

张小铃 爹爹，你对刘浪才的印象这么好啊？！

老　张 不好我不会挑他做女婿的！

张小铃 既然这样，我就听爹爹的，先和刘浪才谈谈看。

老　张 对！你应该好好地同他谈谈。

张小铃 不过，你讲出来的话可算数的？

老　张 啥？这样大的年纪，我讲话会不算数？爹爹说话向来是算数的。

张小铃 好！那我们拍手心。

老　张 好！（两人三击掌）嗨嗨，那是变得跟爹爹“三击掌”哉！哎，等一歇，你来的朋友怎么办？

张小铃 爹爹，啥人叫你保密到现在，回头人家已经来不及了！

老　张 好！来了以后顶多一杯白开水，叫他马上走。

张小铃 给他吃白开水，太不礼貌了吧？

老　张　对这种人还讲啥礼貌？还是快点让他跑路。要不刘浪才一来，两个人碰了头，不太好吧？

张小铃　这没有办法的！碰头终归要碰头的。（笑）

老　张　（旁白）小姑娘，听我给她介绍的朋友蛮好，高兴了，笑出来哉！哟，十点钟还有十几秒，还有十秒，还有八秒，还有四秒，三秒，两秒，一秒。

〔时钟“当当”……刘浪才上。

刘浪才　张伯伯！

老　张　好，准时，老实头！

张小铃　（对刘浪才）你坐呀！

〔张小铃与刘浪才同坐，一起吃糖果。

老　张　（高兴）好，你们排排坐，吃果果。

张小铃　爹爹，刘浪才来了，你满意吗？

老　张　要问你，可满意？

张小铃　你满意，我也满意的。

老　张　笑话，我不满意，我叫他来做啥？

张小铃　那今朝讲的事就定下来了。

老　张　你呀，心太急了！要问问他可同意？

张小铃　好的，那你去问呀！

老　张　怎么要我去问，应该你自己去问。

张小铃　爹爹，你不是讲，我的事要你做主的吗？！

老　张　我做主？……好，我来问。（不知从何讲起）

张小铃　哎，你昨天约人家来，是准备怎么讲的呀？

老　张　唔。我来讲！（走向刘浪才）小刘！

刘浪才　（忙站起）

老　张　不要客气！（按刘浪才坐下）刘浪才同志！

刘浪才　（又忙站起）

老　张　不要客气！（刘浪才又准备立起，忙按住）这是我女儿张小铃，这是刘浪才，你们认识认识。

刘浪才　我们认识的。

老　张　对，认识的，认识的。今朝我约你来，是与我女儿碰碰头。

刘浪才　张伯伯，我们天天碰头。

老　张　对，一个厂里的，天天碰头，天天碰头。

张小铃　哎，你怎么不讲啦？

老　张　你们天天碰头，我有啥好讲呢？

张小铃　你怎么忘记了？你刚才讲的……（拍手三记）

老　张　噢噢噢，我女儿叫我热烈欢迎你！小刘，你很小的辰光我就认识你，小辰光你白白胖胖……

张小铃　哎呀，你乱七八糟地讲些啥？

老　张　你不要性急呀！（对刘浪才）我们两家，在“文化大革命”前有着密切的联系，这个联系有着良好的基础，这个基础是建筑在团结的友谊上的，团结起来力量大……

张小铃　喂喂！你怎么做起大报告来了？

老　张　不是做大报告。我已经谈到团结了。（对刘浪才）为了加强这个团结，今朝约你来与我女儿好好谈谈，你们可以交个朋友，从朋友，可以到谈恋爱，再到结婚，成为眷属……哎哎，你们讲对吗？

张小铃　小刘，你讲好了，心里想啥就讲啥。

刘浪才　张伯伯，我条件不够。

老　张　条件很好！你是独养儿子，她是独养女儿，蛮好嘛！

刘浪才　我配不上小铃。

老　张　客气！你是新长征路上的突击手，怎么配不上小铃呢？

刘浪才　我过去有不少错误、缺点！

老　张　谦虚，谦虚！一个人错误、缺点总是难免的。只要向前看，拿出勇气甩掉它就好了！

张小铃　小刘，你同意点点头，不同意就摇摇头。

老　张　对，这个办法好！

〔张小铃向刘浪才做手势；老张发觉；张小铃转而为父亲敲背。

刘浪才　（点头）

老　张　点过头了，好！你坐一歇。我去厨房烧饭，吃了饭再走。

刘浪才　张伯伯，你不要去忙，我不在这里吃。

张小铃　哎，小刘，你不晓得我爸爸的脾气。他喊人吃饭一定要吃的，要是不吃，他心里难过的。

老　张　对，我是要难过的。

刘浪才　张伯伯，我和小铃几个同志，正在搞项新工艺，就是 NK 方面碰到了难题，今天特地来向您求教。（拿出图纸）

老　张　（接过图纸）这比吃饭要紧！（看图纸）有道理，敢于大胆创新。小伙子有出息，有志者事竟成。（对刘浪才、张小铃）一定会成功的！小铃，关于 NK 方面我积累了不少资料，你带小刘到工作室里去，把我资料箱打开，让他自己去翻，喜欢翻啥就翻啥。

刘浪才　张伯伯，这么做妥当吗？

老　张　妥当，有啥不妥当！从现在开始，我家里的一切，我的就是你的。小刘，开资料箱的那把钥匙在我大衣袋袋里。工作大衣挂在门背后，你自己伸手到我袋袋里去摸好了！

〔刘浪才、张小铃下。

老　张　老实头，摸袋袋要我关照他摸的。（忽然想起）啊哟，小铃约好的摸袋袋朋友也要来，对！来了我赶他走路。

〔王小龙上。

王小龙 请问，张小铃在家吗？

老　张 哟！来了。（对王小龙）在家里！

王小龙 我和张小铃约好再来的。

老　张 我晓得的。（转过身来打量对方。王小龙不知所措。两人对视着。老张连忙摸住自己的口袋，同时点了一下书橱上的陈设）

王小龙 怎么会当我来摸袋袋的？！

老　张 你自己心里最清楚。

王小龙 我现在已经改正了！

老　张 像你这样的，总是这样讲的！你姓啥？

王小龙 我姓王，你是……

老　张 我是张小铃的爸爸。

王小龙 喔，公公！

老　张 啊！？

王小龙 噢，伯伯！

老　张 做人不正派，叫人也滥叫的！喂，今天我家里有客人，不便招待你……

王小龙 用不着客气的。

老　张 啥人同你客气！对待你这种人，我一向是用辩证的观点来看待的。不过，你自己应该做到有自知之明，切不可痴心梦想……

王小龙 你讲的话，我怎么一句也听不懂啊！

老　张 你不是听不懂，你是在装不懂啊！对不起，我有客人，不便接待！再会，再会！

王小龙 再会！——咦，我刚来怎么就要再会了？喔，大概你误会了！

老　张　是有误会，就拿你与我女儿的事情来讲——

王小龙　我与你女儿？！

老　张　这就是一种历史性的误会。好，现在我宣布：误会结束，再会！

〔老李上。

老　李　老张！

老　张　啊，老李，好久不见了，请坐！请坐！

王小龙　老李！

老　李　小龙龙，你也来了？

老　张　你们认得的？

老　李　他是我们厂里的，叫王小龙。是小铃新带的徒弟。今天，我们是特地来向你讨教几个技术问题的。

老　张　哦，他不是……

老　李　不是什么？

老　张　没有什么。小王同志，对不起，对不起！误会了，误会了请坐！请坐！

王小龙　小铃师傅呢？

老　张　在里面，你去好了！

〔王小龙下。

老　李　怎么回事啊？

老　张　刚才是误会，误会！老李，因为我女儿交下一个坏朋友，约好今天十点钟到我家里。所以我当这个青年是……误会了！误会了！

老　李　关于小铃交男朋友的事，我是晓得的。

老　张　既然晓得，你为啥不去阻止小铃呢？

老　李　宪法上有规定，婚姻自主，第三者不得干涉。再说这个青年现在已经改好了！

老　张　老李，不管怎样，交这种朋友不大好吧！再说，我现在已经给小铃介绍了一个男朋友，人非常好。

老　李　喔，你又给她介绍了一个朋友，在哪里工作？

老　张　是你们厂里的，新长征路上的突击手，叫刘浪才。

老　李　啊！你给她介绍的对象叫刘浪才？

〔刘浪才、张小铃、王小龙上。

老　李　小刘！你已经来了？坐，坐！

〔刘大妈上。

刘大妈　老张同志！

老　张　刘师母，欢迎！欢迎！

老　李　老阿嫂，你也来了？

刘大妈　我问了几个讯才摸到这里的。

张小铃　小刘姆妈，快过来坐。

老　张　自己人，不要客气，小铃快倒茶！

刘浪才　姆妈，你怎么也来了？

刘大妈　我不放心，来看看的。

老　张　好，今天我们两家的人都在。这桩亲事就这样定了！刘师母，你的意见呢？

刘大妈　我……举双手赞成！

老　张　好，这样就算通过。

老　李　慢点！

老　张　你反对？

老　李　我提个意见，要是小铃自己交的那个朋友来了怎么办呢？

老　张　等他来了，我来回头他！

老　李　老张，你不要等了，他早就来了！

老　张　（一怔）人呢？

老　李　小铃自己交的朋友，就是这个刘浪才！

老　张　（惊呆）啊？！

张小铃　爸爸，我今天约来的，也就是这个刘浪才。说明我们两个人的眼光是一样的。不要忘记（拍三下手）……

老　张　昨天公园里碰着的就是你？

〔刘浪才点点头。

刘大妈　就是我儿子啊！

老　张　今天小铃约的也是你？

〔刘浪才点头。

刘大妈　也是我儿子啊！

老　张　昨天的刘浪才，就是今天的刘浪才，不可理解，不可理解！

刘浪才　张伯伯，我永远不会忘记党和同志们对我的挽救和帮助。过去我错了，现在要为"四化"出力，把损失的时间夺回来！

老　张　把损失的时间夺回来……

老　李　老张，小刘已经改正错误了！今天的刘浪才已经不是昨天的刘浪才，我们应当对他高度信任。我们还有什么理由要歧视他、抛弃他呢？！

老　张　歧视、抛弃？

刘大妈　老张啊！你应该相信我儿子，会在正道上走下去的！

老　张　（震惊地）对……我看到了……我应该相信……

老　李　老张，你再慎重考虑、考虑！

老　张　（稍停）老李，你刚才讲得对！宪法上有规定，婚姻自主，第三者不得干涉。小铃，你要好好考虑考虑！

张小铃　我已经考虑过了！

老　李　小张，你准备怎样？

张小铃　我——肯嫁给他！

王小龙　（伸出大拇指）好！

〔众人赞许、欢笑。

——闭　幕——

尾声

◉时 间

在几个月之后。

◉地 点

火车站的月台上。

〔幕启：刘大妈、老张、张小铃正在等候。

老　张　小铃，这次小刘上南京，去参加装卸机械技术革新交流大会要多少日脚[1]？

张小铃　还不晓得。

老　张　那这新搞的革新方案要停下来啦？

张小铃　小刘讲带在身边搞！

老　张　好极了！

〔广播声："同志们，开往南京的列车马上就要开啦！快上车。"……

刘大妈　那阿才怎么还不来？

张小铃　厂里在开欢送会！

〔锣鼓声大作。

刘大妈　来了！

1　日脚：时间。

〔王小龙上，锣鼓声更响了！

王小龙　小刘阿哥来了！

张小铃　锣鼓队也到月台里来了？

老　张　那锣鼓队在哪里？

王小龙　（出示盒式录音机）喏，张伯伯，现在科学技术交关发达！

老　张　小家伙！

〔锣鼓声中，老李伴刘浪才走过来；刘浪才胸戴大红花上。

刘大妈　阿才，你光荣了！（激动得越哭越响）

老　张　刘师母，你应该高兴，怎么反而哭呀！

刘大妈　我要感谢党重新给我一个儿子！

〔王小龙也激动得哭了起来。

张小铃　小龙龙，你为啥要哭？

王小龙　（擦眼泪）小刘阿哥到南京去，我不好跟他去了！

张小铃　等你以后创造出成绩来，和小刘阿哥一淘去！（望前面）哎，周群来了！

〔周群上。

周　群　小刘，小铃姐！

刘大妈　小周姑娘，你也到南京去？

周　群　嗯。

刘大妈　参加装卸技术革新交流会？

周　群　不，我出车！

张小铃　你上班了？

周　群　在家里越登越心烦。

老　李　小周，你跨上了列车，就会胸襟开阔了。

〔人民警察押送狗熊过场。

王小龙　是狗熊！

刘大妈 同志，这个人——

人民警察 这个家伙是屡教不改的惯犯，今天又在公共场所搞犯罪活动！

老 张 屡教不改，就是要严厉惩办！

〔狗熊不服地看看众人。

老 李 看啥？！（对狗熊拉刘浪才）让你看看，刘浪才上南京参加革新交流大会，而你只能被逮住去服法。这一上一下，就是两种人走两条不同道路的鲜明对照。

人民警察 走！

〔人民警察押送狗熊下。

〔车铃响，广播声："开往南京去的列车马上开了，请旅客们快上车。"

刘浪才 老李、姆妈、张伯伯、小张师傅、小龙龙，同志们再见！

王小龙 小刘阿哥，我下趟争取跟你一淘走！

〔众呼："再见！"锣鼓声、列车鸣笛声、车轮滚滚声交织在一起。

——剧 终——

作品赏析

在丰富多样的戏剧传统中，滑稽戏占据了一个独特而重要的位置，它是一种深植于民间文化，融合了幽默、讽刺与智慧的艺术形式。它的艺术样式融合了江南民间的说唱、独角戏以及早期的文明戏等，像是戏剧和民间曲艺的混血儿。既是源自民间，滑稽戏必少不了从口头到书面的演化进程，这就使得滑稽戏的艺术表达更为灵活多变，并有即兴现场表演的特点。到了书面文学的阶段，滑稽戏除了之前滑稽的、插科打诨的、即兴的风格之外，更注重文本层面人物形象的塑造和叙事结构的完整性表达。滑稽戏，通常被视为"丑"的艺术，这里的"丑"，是一种艺术化的表现手法——通过夸张的动作、扭曲的表情和出人意料的情节转折，揭示人性中的弱点与社会的荒谬，从而达到寓教于乐的效果。同时，滑稽戏也是"笑的艺术"，它利用穿插在一起的喜剧元素和机智的对白，激发观众的笑声，但这种笑声背后往往蕴含着深刻的思考和对社会的批判。滑稽戏的魅力在于，它不仅能够让人在欢笑中放松心情，更能在笑过之后引发人们对生活本质和人类行为的深刻反思，是一种集娱乐性与思想性于一体的高级艺术形态。

五幕滑稽戏《我肯嫁给他》创作于1980年，是无锡市滑稽剧团代表作之一，前后演出过三百余场，在20世纪80年代轰动一时。

剧中男主角刘浪才曾因与社会不良人士接触，被劳教两年。这段劳教经历成为刘浪才沉重的心理负担。全剧展现的是刘浪才的转变过程，他的转变，既是他个人进步的体现，也是社会进步的体现。张小铃是刘浪才重塑自己的见证者和参与者，她和刘浪才的关系变化是全剧叙事的依据。周群是刘浪才的爱慕者，她对刘浪才的态度和张小铃形成对比。周群热烈表达自己的爱意，而张小铃选择将这份感情埋在心里。对于刘浪才过去的劳教经历，两个人的态度也截然不同。刘大妈、老李、老张等其他人物之间也呈现出对比反差的效果。但总的来说，全剧人物之间的冲突还不够极致。在通俗喜剧中，不论是正面人物、“转变人物”还是被讽刺批判的反面人物，都应该产生喜剧效果。本剧中，刘浪才是典型的“转变人物”，他的前后转变在人物前史中已经完成，剧中展现的是转变之后的刘浪才告别前史的一系列行动。转变之后的刘浪才和张小铃都是正面人物，但是张小铃尚且有周群作为对比和映射，刘浪才却没有和其他任何人物形成对比关系。刘浪才被劳教两年，狗熊被判处三年徒刑，两个前史相似的人却在当下做出了不同选择，其中的原因就在于两人的思想内核不同。狗熊虽然衬托了刘浪才的正面形象，但是并没有干预到叙事主线，还不能构成对刘浪才的反面映照，这就无法凸显出刘浪才这个“转变人物”内心的坚毅力量。

滑稽戏作为集合多种舞台样式的戏种，不受某一创作架构的束缚，不论是剧本内容还是演出样式都是灵活多变的，所以需要极致的、直接的矛盾冲突强化舞台效果，需要将琐碎的、零散的生活内容集中到一起来做有力的呈现。如何使正面人物喜剧化？这是现代题材滑稽戏创作的一个难点。通常，用滑稽的台词和动作塑造一个反面人物是容易的，但是正面人物要有其教育意义，一般的插科打诨的方法不适合用在对正面人物的塑造之上。在《我肯嫁给他》中，刘浪才对周群的热烈追求避之不及，后来对张小铃产生感情后，又因一直把张小铃当师傅，在和她的相处中，显得笨拙和不知所措。刘浪才拒绝和躲避周群的原因是，觉得自己是“一个坏家伙在腐蚀革命干部的女儿”，这也是贯穿刘浪才全剧行动的内在原因。这是一个正面、积极的理由，但这个理由过于正统和严肃。周群的热情外向，刚好和刘浪才内敛甚至有些自卑的个性形成对比，但这一对比反差的效果没有在两人的关系中呈现出来。刘浪才和张小铃一起时，延续了他内敛、单纯的性格特点，只有第四幕和第五幕两人互相表明心意的时候，刘浪才的局促和无措似乎才呈现出一些喜剧的感觉，但是这种感觉并不够强烈。作为主角人物的刘浪才并没有推动剧情的发展，而是一直处于被动的叙事环节。所有误会的产生以及误会的解除都是刘浪才之外的力量完成的。周群在狗熊的口中知晓刘浪才以前因做扒手而劳教的经历，导致周群对刘浪才的看法完全改变。对于周群来讲，这是一个重大的发现，但这个重大发现缺少了刘浪才的直接参与。这段借狗熊之口叙述刘浪才前史的台词有精妙之处，也交代了狗熊碰到周群的巧合和必然性，但是总体来看，周群对刘浪才的态度大转变用几句台词一带而过，显得冲突不足。全剧最有喜感的人物是刘浪才的母亲刘大妈。刘大妈这一角色起的是插科打诨的作用，往往在剧中其他人物进行严肃对话的时候，插入“不合时宜”的表达。刘大妈误将党委书记老李当成机械厂普通的打杂人员，还误会刘浪才要因为周群的追求挨批斗，这两处误会最能体现出刘大妈身上的喜剧效果。她的活泼外向和儿子的寡言内向也是鲜明的对比，但是这种对比获得的滑稽效果也是有限的。

滑稽戏有别于正剧和悲剧，没有宏大叙事，所以表达严肃的主题思想的时候，会有很大的困难。既不能过于轻浮，也不能过于沉重。要将高雅的幽默和通俗的滑稽融合在不同类型的人物角色身上，使人物呈现出不同的、鲜明的喜剧效果。滑稽戏要被“一根笑的神经牵连”，不可以“三分钟无笑”，然而它融合江南语言特色，北方观众不能完全领略到江南方言的精巧之处，也带来一定程度的局限性。各方面的创作困难使得原本应该自由即兴的滑稽戏受到多种束缚，这或许也是滑稽戏在 20 世纪 80 年代盛极一时之后，便逐渐淡出舞台的重要原因。

血，总是热的

宗福先　贺国甫

作者简介

宗福先，1947年2月生于重庆，祖籍江苏。中国内地编剧、作家，1968年，从上海延安大学毕业之后，进入上海热处理厂当工人。1978年开始发表作品。1980年，调入市工人文化宫担任文艺科干事。曾创作话剧《于无声处》，1981年，与贺国甫合著话剧《血，总是热的》。主要电影作品有《血，总是热的》《鸦片战争》《高考1977》等。

贺国甫，1946年生，编剧、制片人。因身患小儿麻痹症无法行动，高中毕业后便到照相馆做小学徒，1972年在照相馆工作的贺国甫写了独幕小戏《这里也是战场》，作品被选送到上海市工人文化宫，1981年调入上海市工人文化宫任专职编剧。1981年与宗福先合著话剧《血，总是热的》，后改编为电影。

上海市工人文化宫被称作“工人作家的摇篮”，宗福先、贺国甫和贾鸿源、马中骏、陈心豪等一批作家，几十年来创作大量优秀作品，他们也被称作“市宫作家群”。

剧情梗概

《血，总是热的》以1979年中国经济体制急需变革为背景，讲述了丝绸厂厂长罗心刚冲破重重阻力，推进企业改革的故事。罗心刚是新调来的厂长，为了提高生产创造收益，实现生产和市场的对接，他突破原有的计划思维，重视市场需求，重新用手工印花工艺打通国际市场，为此他重视有设计才能的人才、与外商签订订单合同、变动生产计划。而与此同时，以车间主任兼书记蒋定安为代表的反对派，受着禁锢思想的牵制不断阻碍着改革的进行。工人赵星、方瑛等因个人利益的“受损”也在破坏着生产。该剧以一场对罗心刚的“审判”作为开始，通过倒叙、插叙的手法，展开了罗心刚与凤凰厂体制改革的故事，最后随着反对派谣言计谋的败露，一心为了国家和工厂经济的罗心刚得以证明清白。

人　物

罗心刚——凤凰丝绸厂厂长。

夏炳石——厂党委书记。

孙建芳——纺织公司副经理，罗心刚的爱人。

李子良——技术员。

方瑛——生产组长，李子良的爱人。

蒋定安——车间主任，党支部书记。

白华——社会青年，后为花样设计师。

白云——工人，白华的弟弟。

宋巧珍——工人。

班长大叔——勤杂工，老八路。

赵星——工人。

夏雨——外贸公司外销员，夏炳石的女儿。

老周——市纪律检查委员会有关负责同志。

安凯——华侨，丝绸经销商。

安敏——安凯的孙女。

身份不明的干部。

群众二三人。

一

〔会议室。

〔幕是拉开着的。早入场的观众可以看到部分剧中人已经在台上了。他们在等待开会。有的人谈笑风生，有的人忧心忡忡，有的人在闲聊，有的人在争吵。还有的上上下下、来回乱跑、倒茶、上厕所，总之，做着他们想做的一切。但总的有一条，台上的情绪是紧张的。人们似乎在等待什么重大事件的发生。他们的情绪开始感染观众。戏已经开始了。

〔铃响。

蒋定安 同志们，开会了！音乐停一停，开会了。

〔各人坐在自己的位子上，鸦雀无声。

蒋定安 方瑛，你别坐那儿啊！

方 瑛 （坐在舞台中央的一把椅子上打毛线）狗拿耗子！

〔孙建芳、夏炳石陪同老周上，入座。

〔班长大叔提着把壶上，走向老周。

〔老周赶紧站起来。孙建芳、夏炳石也站起。

老 周 哟，大叔！您身子骨还那么结实啊！

班长大叔 结实！只要不把我气死！（给老周、孙建芳倒水）

〔夏炳石也把茶杯送上去，班长大叔却转身走了。

班长大叔 （赶方瑛）去！

〔方瑛不声不响地让开。

〔班长大叔把椅子擦干净，拎着水壶也坐到一边。

老　周 我们先开起来吧……

孙建芳 今天，市纪律检查委员会老周同志到这里凤凰厂来……

夏炳石 罗心刚还没到……

班长大叔 那像话吗？

李子良 不合适吧？

蒋定安 （站起来）市纪律检查委员会审查罗心刚的问题，他本人不到，这是什么态度？

〔舞台中央那只孤零零的空椅子十分显眼。

孙建芳 他打电话来说，马上就到，有人找他有点事……

赵　星 我表示怀疑！什么人？什么事？

方　瑛 他不来，有话说不清楚！

夏炳石 （对老周）这几位同志都是写信揭发罗心刚的。

白　华 老罗不来，好！应当不来！你们凭什么审查罗厂长？

李子良 对！凭什么？

蒋定安 就凭他把凤凰厂搞得一团糟！多少年的老先进啊，罗心刚来了才几个月就折腾得生产完不成、奖金发不出、群众闹事、车间停产，还向外商赔了一大笔外汇……

夏炳石 财务局、招工局、质量管理局、食品管理处，对我们厂意见纷纷！

蒋定安 这不全是事实？

班长大叔 （拉白华坐下）好，好，让他们去审查！

白　华 可罗厂长干得对！干得好！

老　周　好了。我们底下请了这么多的同志来旁听，就是为了让他们来分析评定一下，罗心刚究竟是怎么样的一个人。现在只需要大家把他到凤凰厂以后干的事，一件一件实事求是地讲出来。

孙建芳　头一个发言的叫赵星。

赵　星　我。

孙建芳　揭发罗心刚勾结外商，非法签订出卖国家利益合同。

赵　星　噢，是这么回事。秋天，我在广州陪我的小姑和她的爷爷……

〔灯暗。一束追光打在赵星身上。

〔另一束追光中出现安凯和安敏。

赵　星　就是华侨商人安凯和安敏。有一天晚上，在南方广场……

〔罗心刚出现在安凯、安敏身边。

赵　星　有一个人跟他们勾勾搭搭，还私自签订了一份出卖国家利益的合同！当时我还不认识这个人，后来才知道他就是我们厂新来的厂长罗心刚！

〔罗心刚突然回过头来面对观众，安凯、安敏隐去。

〔追光灭。

〔灯亮。

白　华　不准你血口喷人！

赵　星　这事是我和你弟弟白云亲眼看见的，白云手里还有物证！

宋巧珍　不，白云没有揭发罗厂长！

蒋定安　白纸黑字，白云亲笔写的揭发信在这儿嘛！

宋巧珍　我是说，白云不应当揭发罗厂长。他错了，你们原谅他吧！

赵　星　噢，听这个口气，你算是白云的什么人哪？

老　周　请白云同志发言。

〔众人寻找。

班长大叔 白华，你弟弟呢？

白　华 不知道。

夏　雨 （激烈地）我是外贸公司的，我叫夏雨，关于那份合同我想说几句。

夏炳石 （打断她）罗心刚背着你们外贸部门，利用私人关系找外商单独谈判，是不是这样？

夏　雨 可是……

夏炳石 他和外商签订了合同之后才要你补上一个签名加以认可，是不是这样？

夏　雨 ……

夏炳石 这是不是违反了国家的涉外纪律？

夏　雨 爸爸！

夏炳石 你也要负责！什么模范党员？！

夏　雨 反正比你强！

孙建芳 这份合同，是我代表纺织公司批准的。

蒋定安 那就更清楚了。（向群众介绍）孙副经理是罗心刚的爱人。

孙建芳 （片刻）确实，我对他了解得还很不够。

老　周 合同的事等白云来了再谈吧。

孙建芳 第三个揭发人是蒋定安。

蒋定安 我。

夏炳石 车间主任，党支部书记。

班长大叔 （一直在闭目养神，突然睁开眼睛）前车间主任，党支部书记。前！

蒋定安 那正是罗心刚打击迫害政工干部的证据！（走上讲台）好了，我不谈自己的事，我就讲讲你白华！白华是五年前从我们厂离职的，因为当时他设计了一些情调不健康的花样……

李子良 那是“四人帮”的标准！

群众甲 即使今天看也不见得全是健康的！

蒋定安 我们厂不用，他就寄给外地某丝绸厂，领导多次制止他不听……

白　华 我寄出去的花样几年来为国家换了成千上万的外汇！

群众乙 你谦虚点！

白　华 我不会虚伪的那一套！

〔众人吵闹。

方　瑛 瞎吵什么！（把毛衣往李子良身上套）嗨！试试大小！

〔灯暗。一束追光打在讲台上。

蒋定安 就是这么一个狂妄的人！可罗心刚却到处宣传，搞他那份合同，少不了白华！从广州回来，连厂子里也不到一下，就到大街上去转悠了……

二

〔灯亮。

〔电影院门口。

〔一个卖瓜子的老头守着自己的摊子。在他旁边放着个冰棍箱子，上面醒目的几个字：“无人售雪糕，每两支便宜一分”。围观的人很多，生意兴隆。

〔李子良上，走过去看了看。下。

〔罗心刚、夏雨上，也走过去看。

〔一青年正要从另一卖冰棍的那儿买雪糕。

他的女友 嗨，别买，这边便宜。

〔他们走到无人售雪糕处买雪糕。

另一卖冰棍的 （愤怒地冲到老头跟前）我们的生意就别做了！那个疯子呢？

老　头 谁知道。

〔另一卖冰棍的愤愤地下。夏雨也走开，四下寻找着。

罗心刚 这冰棍不是你的？

老　头 是个小伙子托我代管的。

一群众 他人呢？

老　头　跑哪儿去画画啦。每天都是，箱子一搁就走了。也不怕人家少给钱。

一群众　好，来两根。有便宜货不吃是猪头三！（伸手要拿雪糕）

罗心刚　（抓住他的手）这冰棍不准卖了！（拎起箱子就走）

老　头　（追上去）哎哎，人家小伙子是规矩人！

罗心刚　反正不允许他再卖冰棍！

老　头　他有执照！

罗心刚　执照早就该吊销了！

〔众人围观。

〔白华夹着画夹冲上。

老　头　你是——（转身看见白华，小声地）糟了，公安局的！

〔电影院场铃响。围观的人进电影院。

罗心刚　这玩意儿是你的？

白　华　你要干什么？

罗心刚　你就是白华？

夏　雨　白华？！

白　华　是白华又怎么着？

罗心刚　（向幕后）老李！白华叫我逮住了！

〔李子良上。

李子良　哎呀，白华，可找到你了！这是新来的罗厂长，特地请你回厂的！

罗心刚　（哈哈大笑。对老头）老伯，不使这一招，茫茫人海，我上哪儿去找他？（走向白华，伸出手去）白华同志——

〔白华充满敌意地看着他。

罗心刚　这些年你受委屈了！

白　华　是来可怜我的？

罗心刚 是需要你。凤凰牌真丝印花绸要想飞起来，少不了你这样的花样设计师！

白　华 对不起，我是卖冰棍的。

夏　雨 卖冰棍的还老在设计流行花样？

白　华 你们别缠着我！我要再搞花样设计就……砍掉我的手！

罗心刚 别瞎编了，小老弟！这玩意儿就跟爱人一样，迷上了这辈子也扔不开了。当年斗我，我也发誓赌咒：往后再干丝绸行业就是孙子！可刚喘过一口气来，我又想它了，梦里都想！人哪，就是这么贱骨头！

老　头 哎，小伙子，这位同志一眼就看到你心里去了，跟他走吧！从前哪，（对着观众边走边说）我们隔壁有个书迷，吃不上饭也得看书。世界上什么奇人都有……五香瓜子……（下）

罗心刚 （打开一个精致的盒子）这点东西，你有兴趣吗？（拿出一沓丝巾）

白　华 （大吃一惊）你哪儿来的？

罗心刚 你先别问，是你设计的吧？

白　华 谁替我收集的？

罗心刚 是你的就行，我总算还不冤！

夏　雨 （衷心地）多漂亮！

白　华 这是我多少年的心血……

罗心刚 多少年的心血都被糟蹋得不像样了。我们这儿号称丝绸之乡，蚕茧遍地，可这些年折腾的，你在这儿靠卖冰棍过日子，他们外贸靠卖茧子、卖真丝过日子，最有力量生产真丝绸的凤凰厂靠圆网印花滚点没人要的合纤绸过日子。太窝囊了！你沉得住气，我可是憋不住了！瞧，我在广州跟外商订的合同。我要在三个月之内让你的这些东西打入国际市场！

白　华　好！我跟你走！

李子良　太好了！快！

罗心刚　邪门，都说你这个人难弄，挺容易哄的嘛！我说，你也别光信我这两张嘴皮子，咱们来个君子协定。（接过白华的冰棍箱子）存我这儿，几时你觉得别扭，干不下去了，把它还给你，还来卖你的冰棍，怎么样？

白　华　行！

罗心刚　走！（拍打着冰棍箱）冰棍！

〔灯暗。

三

〔灯亮。

〔花样设计室。

〔罗心刚戴着花镜正和李子良一起看花样。

罗心刚 （眯起眼睛审视一张设计稿良久，猛地一拍桌子）见鬼！白华他怎么想得出来的？

〔李子良吃惊地看看画稿。

罗心刚 对于能够设计出这样的艺术品来美化世界的人，真应当衷心地对他说一声“谢谢啦”！

〔班长大叔上。

班长大叔 你的工资。

罗心刚 好好。（接过，仍然看画稿，片刻，从自己的工资中抽出几张人民币，指指里屋，对李子良）你给他送去。

李子良 厂长！

罗心刚 不能叫人家饿着肚子玩命吧？瞧瞧，两个来月工夫四十三张画稿！

班长大叔 那就待会儿拿我孤老头子的……

罗心刚 先送去。

〔李子良下。

班长大叔 上边那些老爷们在干什么？两个多月还批不下来？

〔罗心刚长叹一声。

〔白华急急地跑上，李子良跟上。

白　华 罗厂长，班长大叔，我拿到工资啦！

罗心刚 噢？祝贺你呀！

班长大叔 刚发的？

白　华 老李给送来的，瞧！

罗心刚 我瞧瞧，多少？两个月才八十来块，实在不多啊！

白　华 要是光为了钱，我恐怕早就回香港去了。我不光是为了几块钱！这工资，说明国家承认我的劳动了，承认白华是对国家有用的了！

〔班长大叔和李子良都避开。

罗心刚 （心酸地）承认了，承认了。

白　华 我去买糖！

李子良 （拉住他）白华，这……（不会撒谎的人哽住了）

罗心刚 我牙不好，从来不吃糖。

班长大叔 我有糖尿病……

白　华 （生气了）我这个糖，你们今天非吃不可！

罗心刚 好，我吃，大家都吃！

班长大叔 我去买吧。（接钱，下）

罗心刚 老李，这批花样送车间去，请老蒋尽快投产！

李子良 好，我去。

〔李子良下。

白　华 总算拿到了。上个月发工资没我的份儿，心里真不是滋味……

罗心刚　你怎么会迷上这一行的？

白　华　小时候隔壁住了个花样设计师，是个华侨，跟他学出来的。

罗心刚　你的老师呢？

白　华　死了。运动中夫妇都死了。留下个小姑娘，听说后来被她爷爷接到国外去了。

罗心刚　安敏？

白　华　你认识？

罗心刚　我们这笔合同就是跟她爷爷签订的！——莫非，你就是她的那个“小哥哥”？

白　华　（一震）小哥哥？她——还记得？

罗心刚　她就在这儿，到处找你！快，打个电话。

白　华　不了。我见过她，卖冰棍的时候，从我身边走过，那么近。

罗心刚　你不想再见她？

白　华　不想！

〔电话铃响，罗心刚接。

罗心刚　喂，是我。车间里仍然拒绝投产？老蒋呢？我马上来！（挂电话）知识分子有个怪毛病，喜欢跟自己过不去！好吧，随你。（下）

〔白华以手蒙面。

〔辽远的声音：“小哥哥，小哥哥……”

〔白华的心声：“安敏，也许真的苦尽甜来了？黑暗、恐惧、暴雨、狂风，全都过去了？”

〔辽远的声音：“是的！相信这一切吧！相信这一切吧！相信这一切吧！……”

〔白华奋笔作画。

〔夏炳石、蒋定安上。

夏炳石 这么晚了还不回家？要注意休息啊！

白 华 不累！夏书记，这会儿我恨不得永远不停笔，把我心中的一切，全都……（无法表达）

蒋定安 （找出一沓画稿）夏书记。

夏炳石 白华，听说你反对这批花样投产？

白 华 是的。这些花样和色调都过时了，您瞧……

蒋定安 可这都是夏书记审查过签了字的！你有什么权力把它们从车间里抽回来？

白 华 夏书记，这些东西生产了要卖不出去的。今年流行的是满底、碎花。只有这几张还可以，但配色上也有毛病，要改。外贸公司的夏雨同志来看过了，她也是这个看法。

夏炳石 她懂什么？

白 华 不，她是内行！

蒋定安 就是说，夏书记和我都是外行？外行领导不了内行？都不如你高明？都应当听你的？

白 华 （憋了半天实在憋不住了）是的！

夏炳石 什么？

白 华 夏书记，我认为在这些具体的技术和艺术问题上您不用管得那么细，那么死！您交给我们负责，出了纰漏您唯我们是问！

夏炳石 那么，党的领导就不要了？

蒋定安 我们这些人统统滚蛋，让你们知识分子一统天下？

白 华 蒋主任你——

夏炳石 小伙子，不要那么狂！（拿起画稿）送去投产！

白 华 不行！（一把抢过，半晌，哀求地）夏书记！

夏炳石 拿过来。

〔白华不给。

蒋定安 连个正式职工都不是，你倒还挺横！

白　华 我是正式职工，我领到工资了！

夏炳石 什么工资？

白　华 夏书记，您瞧……

夏炳石 （大怒）谁批准给他发工资的？！

白　华 国家给的……

夏炳石 国家根本没批准你复工！（下）

〔白华如遭雷击，呆住。工资从手中飘落。

〔蒋定安从他手中夺过画稿，扬长而去。

〔罗心刚上。

罗心刚 老蒋没来过？你怎么了？

〔班长大叔捧着一包糖上。

〔白华扑上去，一下子把糖全部砸在地上，推开罗心刚，下。

〔灯暗。

〔蒋定安走上讲台。

蒋定安 白华跑了。罗心刚八十块钱买了一拳头，这也是他自作自受。可事情还没完，凤凰厂产值直线下降，次品成堆！可罗心刚呢，反而把气出到我们头上。有一天，吃顿早饭的工夫，他一连骂了好些人。

班长大叔 （走上讲台）不错，有这事，那天是在食堂里头。

四

〔灯亮。

〔食堂及其外面过道。

〔班长大叔进食堂。

〔夏炳石在做油条。

夏炳石 班长大叔！

班长大叔 你又在炸油条了？

夏炳石 嘿嘿，干部参加劳动，关心群众生活嘛！

班长大叔 你呀，一个党委书记光炸油条！白华跑了，这台戏怎么往下唱！（二人下）

〔宋巧珍上。白云跟上，偷偷往她书包里塞了点什么。

宋巧珍 白云，你今天来上班了？

白　云 到医务室去，再混几天病假。

宋巧珍 你——

白　云 反正不扣工资。你不会也找点病生生？歇两天，在家伺候伺候你妈，干吗那么卖命？

宋巧珍 这不太好吧？

白　云 全凤凰厂的人都评上积极分子也轮不着你我！你没瞧见我

哥哥的下场?

〔宋巧珍被刺痛，默默地转身。

白　云　巧珍!(欲追)

〔蒋定安上。

宋巧珍　(拦住他)蒋主任，我妈妈病又重了，我想申请点补助。

〔白云下。

蒋定安　你怎么成天哭穷?存心往社会主义制度脸上抹灰?老宋头死了，让你顶替已经够宽大的了，还要怎么着?(进食堂)

宋巧珍　(跟进)可是……

蒋定安　别瞧着现在平反成风眼红，那轮不着你爸爸!他是“四人帮”的爪牙!

宋巧珍　可我妈妈她……

〔夏炳石上。

夏炳石　怎么了?

蒋定安　啊，她妈妈有点病。

夏炳石　生病?可以住医院嘛，现在我们的医疗水平相当高嘛!嗯?——你对群众态度要好点。来尝尝我炸的油条。(下)

〔宋巧珍欲哭。

蒋定安　去吧去吧，别这副可怜相!(下)

〔宋巧珍呆呆地转身。

〔罗心刚穿工作服上。

罗心刚　小宋，你在这儿!来来，我想让你在全厂来一次操作表演，好吗?

宋巧珍　我?!

罗心刚　你的印花技术很好嘛!车间里次品率那么高，可你一直保持全优……

〔蒋定安端点心上。

〔宋巧珍突然蒙面，奔下。

〔罗心刚莫名其妙。

〔班长大叔上，擦桌子。

蒋定安 这小姑娘……大概有点不大正常。罗厂长一大早就在车间里劳动啊？

罗心刚 昨天夜班又出了不少次品。公司里要我们把那面流动红旗变出去，待会儿找个人送一送。

蒋定安 我马上去。（下）

〔赵星上。

赵　星 蒋主任！哎（拍拍罗心刚）老头，蒋主任呢？

罗心刚 刚走。

〔赵星把腿往班长大叔刚擦干净的桌上一跷。

班长大叔 不认识吧？赵星！

罗心刚 噢，久闻大名！（把赵星的腿搬下来，拿过班长大叔手里的抹布，把桌子重新擦一遍）

赵　星 中国人就是这么可怜！瞧瞧你们俩，这么大岁数了，为了混口饭吃不得不在这儿破衣邋遢地打杂，可还挺认真……

〔班长大叔下。

罗心刚 凭劳动挣饭吃，有什么可怜的？莫非都得像您阁下，一旷工几个月，领工资发奖金的日子才露面？

赵　星 什么旷工？领导准的假！

罗心刚 那就连领导的工资一块儿扣！

〔蒋定安上。

赵　星 蒋主任，东西替你搞到了。

蒋定安 噢，是那个，技术资料吧？

赵　星　什么技术资料？您要的日本电视机，便宜极了！

蒋定安　你——

赵　星　我还得请几天假。

蒋定安　明天给我回厂上班。

罗心刚　要忙就叫他去吧，送份辞职报告来。（下）

蒋定安　（把赵星推出门外）他是厂长！

赵　星　厂长？

〔方瑛追李子良上。

方　瑛　你往哪儿跑？！

李子良　方瑛，有话回家说……

方　瑛　不行！越学越鬼了！把衣服给我脱下来！（动手）

李子良　（护住外套）方瑛！

〔众人围观。

方　瑛　叫大伙儿评评！一个季度的奖金发下来，说好了给他买件衬衫，衬衫没买，钱没了！

李子良　（指指领子）我买了！

〔方瑛大怒，剥下李子良的外套。原来他里面穿着汗衫，戴个假领。众人哄堂大笑。

〔罗心刚端着点心上，夏炳石闻声也上。

李子良　这也一样穿嘛，又便宜。

班长大叔　你那十几块钱呢？存了私房了？

方　瑛　他呀，早花了！昨天逛到半夜才回家。

李子良　方瑛，昨天趁厂休我去了趟南镇，他们那儿的丝绸次品率比我们低得多……

方　瑛　全是次品又关你屁事，人家蒋主任不照样晃晃悠悠。蒋主任，这钱你可得给报销。

蒋定安 谁批准他去南镇了？赶明儿他一高兴去趟美国，回来也找我报销？

夏炳石 （制止蒋定安）哎，老李关心生产的积极性还是应当肯定的，可也要有点组织性纪律性嘛，啊？你应当先请示一下嘛！好了好了，谁要吃油条？我炸的热油条。（欲下）

〔罗心刚与他低语两句，夏炳石下。

方　瑛 这十几块钱就这么没了？

罗心刚 你要像他就好了。当年的丝绸印花状元，如今次品率高得我都替你脸红！从明天起你去拜你的小徒弟宋巧珍当师傅！不让你跟她学技术，论技术你一个顶她仨，让你跟她学学怎么当个起码的工人！

〔方瑛忍了又忍，终于要发作了。

罗心刚 （对蒋定安）给老李报销，出差补贴一块儿给。

〔方瑛瞪了罗心刚一眼，扭头欲走。

罗心刚 站住。拿着钱给他几块零花，别抠得那么紧。

〔方瑛下。

蒋定安 罗厂长，尝尝这个，我老婆最拿手。

李子良 （兴奋地）老罗，蒋主任，南镇最近研究出一整套蒸化工艺，次品大大减少，我们……

罗心刚 你不是也研究出来了吗？比南镇还早哪。

〔李子良愕然。

罗心刚 结果呢？

李子良 交给蒋主任了。——噢，蒋主任很支持，早就请夏书记去研究了。

蒋定安 对，对，早就……应当的嘛……

罗心刚 你的设计图在这儿哪！（抽出蒋定安包点心的纸）

〔李子良先不明白是怎么回事，突然他跳了起来，把点心扔开，拿起包点心的纸看着，手直抖。

罗心刚 （从口袋里掏出纸）这儿还有一张半，班长大叔前天早上拾的。（对李子良）蒸化你去搞，直接由我负责，限你们月内把次品降下来，否则这个合同就全泡汤了，明白吗？——有困难吗？要有现在说话，别到月底来跟我喊冤枉。——（对蒋定安）平洗机上有个电动机不正常，你去看看。

蒋定安 没听说啊？噢，是马达，不是电动机。

罗心刚 你当了几年车间主任？

蒋定安 八年。

〔罗心刚怒气冲冲地下。

〔蒋定安莫名其妙。

李子良 （好心地）蒋主任，电动机就是马达。

蒋定安 （恼羞成怒）就你懂得多。

〔李子良惶然地退下。

蒋定安 就凭你还想入党？你再一入党我干什么去？！

〔赵星从暗处走出。

赵　星 蒋主任，这个厂长我在广州见过！

蒋定安 嗯？

〔赵星与蒋定安低语。

〔夏炳石上。

蒋定安 罗心刚，你老是跟我过不去，一点面子不给我留！好！

〔赵星见夏炳石，急忙溜下。

蒋定安 （未发现）你过来，快，过来！……夏书记！

夏炳石 你在胡说八道些什么？嗯？

蒋定安 我……

夏炳石　你还有点组织观念没有？对老罗有意见可以到党的会议上去谈嘛！

蒋定安　夏书记，罗心刚搞得太不像话了，今天公司里把我们保持了几年的流动红旗都拿走了！

夏炳石　什么？

蒋定安　可他还说过去我们放高产都是坑害国家，只有他罗心刚才有魄力，有远见！你夏书记可是……

夏炳石　我再说一遍，有意见当面对罗厂长去提！

〔蒋定安愣。

〔白云哼着歌溜上。

夏炳石　你唱什么歌呢？

白　云　《心上人啊快给我力量》。

夏炳石　又是那个邓什么君的歌？心上人给你力量，那党呢？领导呢？

蒋定安　下午开大会……

白　云　我请病假。

蒋定安　夏书记组织的忆苦思甜！

白　云　对不起！（扬长而去）

夏炳石　思想解放，再解放怎么得了！

〔突然响起《心上人啊快给我力量》的歌声。

夏炳石　哎，这是哪儿在放这种靡靡之音啊？

蒋定安　大概是人民广播电台。

夏炳石　啊？

〔灯暗。夏炳石走上讲台。

夏炳石　你们当中也许有些人在笑话我，这个老头僵化，这个老头保守。可我倒真希望你们当中有人能告诉我，我这个党委书记该怎么办？跟着白云去唱“心上人”，还是跟着罗心刚胡闹，把个凤凰厂的家底都折腾掉？这些，我真希望在今天的会议上能辩个水落石出！

五

〔灯亮。

〔办公室。

罗心刚 是得辩个水落石出！就说白华这件事吧，我早说了，党委去背那个大包袱干什么？审查每一张花样！你知道今年国际上流行色有哪几种？日本什么图案时兴，法国什么花样吃香？

夏炳石 反正不允许他在党的领导面前那么狂妄！

罗心刚 照咱们这儿的标准，做人就得唯唯诺诺，客客气气。你什么本事没有，也能当圣人，因为你讨人喜欢！要是哪位有点头脑，有点棱角，有点作为，于是大事不好了，马上批下来八个大字，“狂妄自大，目无领导”。可同志哎，人家是搞事业的人啊，连点主心骨也没有，没有自尊心，没有自信心，成天只会点头哈腰，鞠躬作揖，他还搞什么搞？

〔班长大叔领一干部上，这个干部以及后面出现的几个干部均由同一演员扮演。他的特点就是永远绷着脸。

班长大叔 老罗，招工局有人找。（下）

罗心刚 好好，请坐。是不是我们的报告批下来了？

干　部 什么报告？（翻文件夹）我是来了解一下，有人反映你们厂私自招收了个叫白华的设计人员？

罗心刚　就是这事！他是我们厂急需的专门人才，所以打报告申请……

干　部　这份报告我还没有看到。

罗心刚　我们送上去两个多月了！

干　部　（翻文件夹）目前我们在处理去年年底送上来的报告。

罗心刚　这么说我们还得等半年？

干　部　（翻文件夹）六个半月。而且你们厂今年根本没有招工指标，如果需要，应当在一年前先打张申请招工指标的报告上来，我们研究批准后，你们才能打第二次报告说明要哪个人。

罗心刚　这么说，要一年零六个半月以后问题才能解决？

干　部　不，一年零六个半月以后才能答复你们，解决，或者不解决。

罗心刚　可他是我们厂职工，被错误处理的，五年来靠做小买卖过日子！

干　部　（翻文件夹）如果生活困难，按待业知青处理。那么他可以在每星期的二、四、六到我们接待室登记，然后按年龄按地区分期分批解决，例如可以分配到小菜场当临时工。

罗心刚　他是个花样设计师！我们国内一二流的花样设计师！

干　部　（翻文件夹）这我们无能为力。国家计划里今年不招花样设计师。

罗心刚　算他义务劳动，不拿国家一分钱，行了吧？

干　部　义务劳动？（翻文件夹）招工制度没有规定，最好不要做没有规定过的事情。

罗心刚　行了，我全明白了！——您还有什么事？

干　部　对不起，你们必须写检查，并保证下次不再违反。

罗心刚 好好，明天把检查送去！

〔干部下。

〔罗心刚喝了一大口水。

夏炳石 义务劳动？明明工资已经支给白华了……

罗心刚 什么工资？哪来的工资？是我自己掏的腰包！我可不是行善做好事，我是被逼得没办法，我把脖子勒起来能养活几个白华？白华这种人在国外，资本家早把他捧起来了，给他创造条件，让他发挥才能，自然，也靠他发财。可在我们这儿有些人连靠他发财都不懂！宁愿叫他卖冰棍……

〔班长大叔领一干部上。

罗心刚 我不是答应你写检查了吗？

班长大叔 他说他是财务局的。

罗心刚 财务局？好好，坐吧。

〔班长大叔下。

干　部 （翻文件夹）据反映你们厂新搞了两个蒸化设备？

罗心刚 是的。

干　部 这违反了财务制度。

罗心刚 大修计划是上面批准的嘛！那两个东西年代太久了，设计又不合理……

干　部 可你们把外壳都拆了，这就不算大修而算新造了。

罗心刚 可是最不合理的就是那个外壳！

干　部 （翻文件夹）那我们无能为力。

罗心刚 就算是新造我也没有多花钱啊？

干　部 你不动外壳，再多花点钱也是可以批准的，动了外壳，再省钱也是违法的。

罗心刚 那你叫我现在怎么办？

干　部　把新的外壳拆了，把旧的外壳重新拼起来。

罗心刚　今天真是我最长见识的一天！行了，我懂了。

干　部　对不起，你们必须写检查，并保证下次不再违反。

罗心刚　明天把检查送去。您——没别的事了吧？

〔干部下。

夏炳石　检查，检查还有得写呢！同志，别忘了，十年下来，国民经济面临崩溃，需要我们每个共产党员、每个单位豁出命来大干快上，把“四人帮”造成的损失夺回来，我们这儿反而生产直线下降……

罗心刚　你也别忘了，“大干快上”这类口号“四人帮”时期也在那儿嚷嚷的！噢，表面上轰轰烈烈放高产，生产出来的合纤绸全都卖不出去，堆在仓库里发霉、烂掉，你作为共产党员倒心安理得了？！

夏炳石　圆网印花合纤绸有什么不好？不就是粗糙点吗？总比咱们解放前穿的老布好吧？

〔班长大叔又领一干部上。

罗心刚　你有完没完？！

班长大叔　这位是质量管理局的，有介绍信。——我也琢磨着这几位怎么像一个模子里出来的？（下）

干　部　你们厂有一批凤凰牌真丝印花绸要出口？

罗心刚　对对，您请坐。

干　部　（翻开文件夹）这批货不能出口，检验不合格。

罗心刚　不可能吧？我们反复检验过了……

干　部　牢度不够。根据国家标准，出口丝绸牢度必须达到三级。

罗心刚　可现在西欧、日本、美国的客户都不要求三级牢度，他们只要求色彩鲜艳，而色彩一鲜艳必然影响牢度。请看，客户在合同上注明了牢度——二级。人家不要三级。

干　部　他不要也得要！制度规定：三级！

罗心刚　（注视此人良久）你能不能……笑一笑？

干　部　什么意思？

罗心刚　我想看看你会不会笑，像个正常人似的，这样——（作笑状）

干　部　（张皇）制度里规定我必须笑吗？没有。（坚决地）没有！你们厂必须写检查！

〔干部下。

〔罗心刚喝了一大口水，把外衣脱掉。

夏炳石　瞧瞧你惹了多少乱子！

罗心刚　（示意他别响，看看门外，没人，才放心地转过身来）这么大个厂交给我负责，可一点儿权都不给我……（突然他仿佛接收到什么生物电流一样，停住了，慢慢地恐惧地转过身来）

〔果然，班长大叔又领着干部上。

罗心刚　（一把抓住干部）你给我出去！

干　部　（挣扎着）我是计划生育委员会的！按晚婚计划你们厂今年只能有五个适龄青年结婚，可现在你们厂已经有三对青年到区政府去登记了……

罗心刚　叫我在三对人中间劝说其中一人退出，让其他两对半结婚？！明天我写检查！（把干部推出门外）看来，得设计一份通用的检讨书，印上二百份，最后一句写上："下世决不再犯！"但愿下世投胎到这儿，我的祖国再也没有这种叫人想哭的笑话了。

〔全场灯略暗。

〔夏炳石走上讲台。

夏炳石　如果说老罗以上的这些错误还只不过是认识问题的话，那以后他的一些所作所为就是党纪国法绝不容许的了！班长大叔，您讲讲那个录音机的事。

〔班长大叔走上讲台

夏炳石　我先给大家介绍一下，这是我参军那时候的老班长，现在退休了，可还在厂里管管收发什么的，人称“不管部部长”。他是看着我成长的。

班长大叔　也是看着你变得没出息的！

〔夏炳石隐去。

班长大叔　录音机，是有这么档子事！老罗那天在屋子里转悠，说缺架录音机，我说小石头家有——就是咱们现在的夏书记有——就去提来了。

六

〔灯亮。

〔办公室。

〔班长大叔抱个大盒子上，夏雨跟上。

班长大叔　搬来了！

罗心刚　嗬！来来，小夏也来啦？大叔您快坐会儿吧！

班长大叔　愣不让我拿，怕把她的宝贝摔了！

夏　雨　您真没良心，我是怕把您摔了！

〔班长大叔下。

〔罗心刚把录音机拿出来。

罗心刚　真漂亮啊！（放录音）钢琴协奏曲？

夏　雨　这是柴可夫斯基的第一钢琴协奏曲。您也喜欢这个？

罗心刚　（入神地）真美啊！要是人的心灵都像音乐这么美……

夏　雨　老罗，您要它干什么？

罗心刚　（关掉录音机）我们跟南海饭店那笔生意，可能要吹。

夏　雨　不是已经卖了几千美金，生意很好吗？

罗心刚　食品管理处有位处长不同意！

夏　雨　食品管理处也管丝绸？这倒真是体制大改革了！

罗心刚　它是南海饭店的五个上级领导机关之一。这个管理处又有七位处长，其中六位同意了，第七个不赞成。合同敲了十一个图章了，就缺这一个。

夏　雨　他的理由呢？

罗心刚　啊，他跟我来回绕了半天圈子才……

〔班长大叔领干部上，这个干部仍由前节那个演员扮演，但脸色完全不同了。

干　部　罗厂长！要见你还真不容易啊！费了半天劲才跟这老头说明白我不是来要你写检查的。

罗心刚　赵处长，对不起，请坐请坐。

〔班长大叔欲说什么，罗心刚制止他。班长大叔下。

罗心刚　（为干部泡茶）赵处长辛苦啊，挺热的天。

干　部　为“四化”嘛！

罗心刚　我们那份合同……

〔干部看看夏雨。

〔夏雨端坐不动。

罗心刚　您讲吧，没外人，小夏是我的秘书。

干　部　难哪！我是拼命为你争取，可有同志提出，丝绸厂做生意是不是合法？——录音机？

罗心刚　对，录音机。——可赵处长，这些都是零料碎料，过去三块五一公斤卖给废品公司，现在呢，我们裁成手绢，卖给来旅游的外国人，每公尺零料能卖个七八块美金呢！

干　部　可利润你们厂自己拿，国家吃亏了。日本三洋？

夏　雨　（抢在前头）日本三洋，4500，四喇叭、双通道、立体声。——国家吃什么亏？赚来外汇全是国家的！再说废品变正品出厂，工业利润和税收不全是国家的？

罗心刚 南海饭店也便宜啊，商业利润他们拿六成！

干　部 可你们那四成准备不开发票只开白条收据，罗厂长显然是不准备上交的喽？——这玩意儿不错。

罗心刚 可不是，不错。厂里急需一笔活动资金。

干　部 这我相信，凤凰厂现在活动得多了，特别是对外，我们这种寒酸的小衙门没法比啊！

罗心刚 赵处长喜欢拿去听着玩玩？

夏　雨 什么？！

干　部 不行不行不行，哪儿有这种事？你的秘书都不赞成了，外国商人送给你罗厂长的嘛！

罗心刚 小夏，给赵处长包起来！

〔夏雨想说什么。

罗心刚 （声色俱厉）快！

〔夏雨生气地装录音机。

罗心刚 （把录音机捧到干部面前）那合同的事？

干　部 （打开文件夹）这种利国利厂利民的事不办还办什么？（从兜里掏出公章来盖好）

罗心刚 （接过来仔仔细细地看了一遍）谢谢赵处长！

干　部 哪里！我也不是糊涂人，你罗厂长不容易，我们的干部都像你这样，“四化”早搞成了！可现在你瞧瞧，官僚主义、人浮于事、保守僵化，再加上搞特权开后门……不打扰你们了！

罗心刚 好好，麻烦麻烦！

〔干部手伸向录音机。

〔罗心刚捧起来，转身，交给夏雨。

罗心刚 你收好吧，我用完了。

〔干部和夏雨都愣住了。

罗心刚 （连推带请把干部送向门外）赵处长，常来玩啊！不送不送，再见！

〔干部身不由己莫名其妙地下。

罗心刚 （面对大笑的观众朝桌上猛击一拳）这有什么可笑的？！（慢慢坐下，双手捧住了头）

〔灯暗。

〔李子良走上讲台。

李子良 整整一天，老罗的脾气坏极了。这都是让方瑛给搅和的！她带头瞎起哄、闹奖金，老罗被逼得没办法才去找这个赵处长，到南海饭店弄钱的。

七

〔灯亮。

〔车间门口。

〔白云、宋巧珍上。

宋巧珍 昨天家里又出怪事了，我送你出去，回家一看，书包里头又冒出二十块钱来！

白　云 （漫不经心）上帝显灵呗。

宋巧珍 会是真的？我有点害怕。可又有点高兴——你不高兴？

白　云 钱又不是给我的。

宋巧珍 为我高兴嘛！

白　云 我从来只为自己高兴！

〔方瑛、赵星领着几个工人闹哄哄地上。

赵　星 白云，找领导刷大字报去！

方　瑛 搞了这个鬼合同，奖金越来越少，不是欺侮咱们工人吗？

白　云 活不干了？

方　瑛 不干了！

白　云 走！（对宋巧珍）一块儿溜一圈！

宋巧珍 不，印花任务要来不及的。

白　云　你这个人哪，简直教不会！

方　瑛　罗心刚给你什么好处了？

赵　星　穷积极什么？别忘了，你爸爸是什么东西！

〔宋巧珍蒙面跑下。

赵　星　贱骨头！

〔白云一把揪住赵星的衣领。

赵　星　哎哎……

白　云　你说什么你？再说一遍！

方　瑛　（把他们拉开）瞎闹什么？

〔夏炳石、蒋定安上，赵星一脚正踩在蒋定安脚上，众大笑。

方　瑛　这不，领导来啦！

〔工人们闹。

夏炳石　闹什么？闹什么？

方　瑛　闹什么？奖金为什么一个月比一个月少？

赵　星　挺好的圆网印花不用，倒退回去搞手工印花，谁的主意？

白　云　我们要搞圆网印花！

蒋定安　你们要造反哪？

方　瑛　“文化大革命”那会儿我都没造反，这会儿造反？撑的？找死？就问你这几句话！

蒋定安　这跟夏书记无关，是罗厂长答应外商的。合同上不仅规定必须是手工印花，而且要求全是小批量，一种花样只要够做一百条领带，多一条都不要……

方　瑛　可你们这些老爷知道吗？手工印花、小批量，一个花样印上尿布那么大一块就不要了，又得重新折腾重新弄，一天下来腰都折了，噢，钱反而少给，你们讲理吗？

夏炳石　你怎么开口闭口就是钱？

方　瑛　废话，没钱我一家老小靠什么过日子？你不到街上去看看，多少东西在变相涨价？小菜场连块豆腐议价都卖一毛三，就不许我们工人来议议价？

夏炳石　方瑛，你的觉悟上哪儿去了！

方　瑛　夏书记，我要拿你那一百多块，觉悟比你还高，叫得比你还响，奖金我一分钱不要！

赵　星　听听，这才是老工人的觉悟！深刻地揭露出腐败的……

方　瑛　别往一块儿掺和，和尚喇嘛道士，咱们各修各的行！

〔李子良上。

李子良　夏书记，眼看车间就要停产了……

蒋定安　好端端一个大庆式企业，搞成这副样子！

夏炳石　我管不了！（下）

〔蒋定安跟下。

〔众人闹。

赵　星　对！应当去找罗心刚！

李子良　罗厂长一早就到公司里去了，就是为了大家奖金的事！

赵　星　那我们开到公司里去找罗心刚！

〔罗心刚安详地出现在他身后，拍拍他肩膀。

罗心刚　小点声，老头儿身体不好。

白　云　这老头儿是谁？

李子良　新来的罗厂长。

白　云　厂长？！糟糕！（溜下）

李子良　老罗，公司里怎么说？

〔罗心刚不语。

赵　星　没有奖金我们不干了！

方　瑛　我们要求合同下马！

罗心刚 等会儿，（指赵星）他也嫌奖金少了？

方　瑛 我们跟这个少爷两码事。

罗心刚 （对赵星）我正式通知你，第一扣除旷工期间全部工资，第二扣除全年奖金，第三记大过……

赵　星 你，好哇，罗心刚，我倒还一直想给你留点面子，现在既然你无情可就休怪我无义！同志们！……

方　瑛 这会儿没工夫听你扯淡！（对罗心刚）我问你，全厂大会上是不是你讲的，搞圆网印花合纤绸没出息，只有搞手工印花真丝绸，扩大出口，才真正对国家有贡献？（逼一步）

罗心刚 （退一步）是我说的。

方　瑛 （再逼一步）对国家贡献大，奖金才能多拿，是不是你说的？

罗心刚 （又退一步）也是我说的。（已无路可退）

方　瑛 （还逼）现在奖金越来越少，这合理吗？

罗心刚 不合理！非常不合理！

方　瑛 那好啊，拿来！（伸出手去）

罗心刚 （语塞）

李子良 真丝绸产值是低了，可能换回大笔的外汇！

赵　星 你少说这些废话，奖金怎么办？——你再怎么整我，我还是要替工人师傅们说话的嘛！

李子良 我看大家还是先回去生产吧！

方　瑛 没那么容易！你们以为这是哄小孩哪？说话不算数！

罗心刚 好！奖金问题我来解决！

李子良 老罗，你哪儿来的钱？

罗心刚 反正我负责给大家补足这笔钱！——可丑话说在前头，再过一个星期合同到期了，到时候丝绸交不出来，我可拿你们是问！听见没有，方瑛？

李子良 方瑛！

罗心刚 你跳脚也罢，骂街也罢，我还是要说。你这个生产组长在这儿带头起哄，你那个小徒弟宋巧珍可老老实实干活……

〔工人们开始散去。

〔突然传来一阵哭叫声，蒋定安揪着宋巧珍上。

蒋定安 瞧瞧，她在阴暗角落里干什么？！（举着挂在宋巧珍脖子上的十字架）

〔众人又都重新走回。

蒋定安 老实？老实个屁！这是一种新的反扑！（拖着宋巧珍走）

〔方瑛拉开蒋定安，接过十字架看了看，扔下。

〔宋巧珍哭泣着。

罗心刚 ……也许，你只是挂着玩玩？

〔宋巧珍摇摇头。

罗心刚 你——真的信教了？

〔宋巧珍点点头。

罗心刚 （片刻）你有这个自由，可信仰必须是纯洁的，你不能一边挂着团徽，一边挂着十字架，你交一样出来。（不看宋巧珍，伸出手去）

宋巧珍 罗厂长！

罗心刚 （震怒地）交出来！

赵　星 哼，技术尖子，共青团员，大红人……

〔宋巧珍颤抖地取下团徽，放在罗心刚手中，哭倒在地。

〔方瑛扶起她，下。

〔众人默默地散去。

〔罗心刚痛苦地坐倒在台阶上。

〔灯暗。

〔李子良走上讲台。

〔一束追光打在他身上。

李子良 万万没想到，方瑛还是不信任老罗，听了蒋定安的话，私自改变了小组的生产计划。三天到了，丝绸交不出来，按照合同规定，我们得向外商赔款……

八

〔灯亮。

〔会议室。

老　周　等一等。为什么要赔款？一般贸易合同没有这最后一条吧？

夏炳石　问题就在这儿！

蒋定安　这里有鬼！

夏　雨　（跳起来）有什么鬼？合同本身的条件对我们是极有利的，如果不是有人捣乱，我们本来可以赚一大笔钱的！

夏炳石　这是你个人的看法！

夏　雨　我个人的看法今天不应当审查罗厂长，应当审查你这个老保守！

班长大叔　对！还有你蒋定安！瞧瞧你把宋巧珍整的，挺水灵的一个小姑娘啊！成天说她爸爸是“四人帮”，弄得谁都不敢理她！老宋头犯什么罪了？说他是爪牙，他得着“文化大革命”什么好处了？一没当官，二没发财，临了还死在那间烂草房里，一下雨就得五个破盆接着，扔下这孤儿寡母的……

夏炳石　您在扯什么呀？

班长大叔 （拍着桌子）别以为运动中就你夏炳石受了委屈！如今你是工资也补了，房子也还了，你多到下边去转转，看看工人在运动中吃了多少亏，受了多少累！

蒋定安 我们整她？没收她团徽的不是罗心刚？

宋巧珍 不，罗厂长把团徽又还给我了。

蒋定安 怎么？

宋巧珍 昨天晚上他亲自给我挂上了！

〔众人闹。

老　周 好了好了。宋巧珍的事待会儿再说。我看还是要先把白云找来，弄清楚合同的真相。

孙建芳 派个人去找找吧，老夏？

赵　星 我去。

老　周 也找找罗心刚。

孙建芳 （对观众）大家也都休息会儿，出去溜个圈，待会儿继续参加我们的会。

〔场灯亮。

〔剧场休息。

〔有些剧中人到后台去休息，有些剧中人仍然留在台上。观众看到的仍然是刚进场时的情景。

〔……

〔铃响。

〔剧中人纷纷上台，坐好。

〔灯暗。

孙建芳 继续开会吧。

老　周 罗心刚还没到？

孙建芳 打电话去说他早出来了。

夏炳石 这个人上哪儿去了呢?

一群众 哎哎，来了，来了，白云来了。

〔赵星领白云上。

蒋定安 白云，你可来了，就等你了。

宋巧珍 白云，你可不能……

蒋定安 （打断她）宋巧珍，你还是先坐那儿听着吧，没听老周说吗，你的问题待会儿再谈。

〔赵星冷笑一声。

〔白云也冷笑一声，走上讲台。

白　云 （拿出一只手表）这是罗厂长折价五十块跟我换东西的。

老　周 在哪儿跟你换东西?

白　云 卖走私货的黑市上。

〔众哗然。

赵　星 这回大家知道罗心刚是什么东西了吧?

夏　雨 等一等!（抓过手表递给孙建芳）这，是他的吗?

〔孙建芳一言不发，垂下了头。

夏炳石 作为一个共产党员，这怎么能允许?!

蒋定安 噢，还有那个勾结外商的证据呢?

夏炳石 真有这样的事?!

〔白云把提来的一个录音机放在讲台上，放录音。

〔录音里先是音乐，然后是一段对话：

甲："现在中国人对中国都没信心了，您这是何苦呢?"

乙："你刚才说，你能够为我提供你们凤凰厂和中国丝绸生产的情报?"

甲："是的，我愿意。"

乙："咱们就订个君子协定，你在凤凰厂为我的利益服务，如果确有成效，三年后我带你出国，在我的公司里为你安排个位子。”

甲：“愿意为您效劳。”

〔录音声音结束。

〔众人几乎同时大叫，谁也听不见别人在说什么。

赵　星　这简直太卑鄙了！

白　云　我很抱歉，但这是事实。

孙建芳　我无论如何不相信老罗会干这种事！

夏炳石　我也不愿意相信啊，可是……

白　华　白云，你——

白　云　不！哥哥，巧珍，过去我是有好些事瞒着你们，今天，我把这一切全都说出来！（走上讲台）秋天，在广州的南方广场，有一天晚上……

九

〔灯亮。

〔广州南方广场。

〔白云提着录音机在晃来晃去。

〔安凯、安敏漫步上。

安　凯　明天回香港吧。

安　敏　我一定要回趟老家。

安　凯　回去干什么！你的父母就是痴心，非要回来，结果把尸体都留在这儿了。要不是为了做生意，我说什么也不会重新踏上这块贫瘠的土地！

安　敏　你不是生在这块土地上的？除了生意人你还是中国人！

安　凯　你这是怎么跟爷爷说话的？

安　敏　（忧郁地）我一定要回去一趟，看看爸爸妈妈，看看罗伯伯，还有我的——小哥哥！（突然跑下）

安　凯　安敏！

〔白云走上前来拦住安凯。

白　云　先生，港币有没有？

安　凯　没有！

白　云　（掏出一沓人民币）一比四，您可赚多了！

安　凯　你赚得更多！没有！

白　云　或者您有点什么外货？卖给我，保证您不吃亏！

安　凯　滚开！小无赖！

白　云　（紧紧黏住安凯）您有什么？手表？电子计算器？牛仔裤、盲公镜？……要不三五牌香烟、邓丽君磁带？

〔赵星上，从背后一把搭住白云。

赵　星　你请了病假跑广州来干这个？

〔白云吓一跳，支支吾吾溜下。

安　凯　真讨厌！

赵　星　中国这号人现在多的是。

安　凯　赵星，你们厂有个叫罗心刚的厂长……

赵　星　大概是新调来的。

安　凯　这个人怎么样？

赵　星　共产党的干部还不都是那路货！

安　凯　我看此人很精明，交易会上跟他见了两面……他好像希望我和凤凰厂做点生意。

赵　星　太爷爷，您可千万别上当！现在中国人对中国都没信心了，您这是何苦呢？

安　凯　你刚才说，你能够为我提供你们凤凰厂和中国丝绸生产的情报？

赵　星　是的。我愿意。

安　凯　咱们就订个君子协定，你在凤凰厂为我的利益服务，如果确有成效，三年后我带你出国，在我的公司里为你安排个位子。

赵　星　愿意为您效劳。

〔安凯和赵星边谈边下。

白　云　（从电线杆子后头转出来，拍拍录音机）小子，你回去敢揭发我，我就……（吹了声口哨）

〔罗心刚上。

白　云　录音机要吗？

〔罗心刚摇摇头，走过去又走了回来。

罗心刚　听口音你不是广东人？咱们是老乡嘛！

白　云　看在老乡份上卖给你便宜点，八百！

罗心刚　别拿我当冤大头了！这玩意儿在香港卖六百二十港币，合人民币二百，再加一百税钱，也不过三百！你要赚也别那么黑心哪！

白　云　看不出，土了吧唧还真懂这个？——算了，你买个这玩玩儿吧，电子计算器，六十块钱，四普，美国货，好牌子！

罗心刚　（接看）这叫“夏普”，日本货！哎，我说你干吗干这个？没工作？

白　云　有工作。关你什么事？

罗心刚　那为什么不好好工作？凭你这点机灵劲儿准有出息！

白　云　得了得了，幼儿园里就教我了：要当个好人，要学雷锋，要爱劳动，饭前便后要洗手……规矩人有几个过好日子的？你没瞧前两年……

罗心刚　那这两年呢？

白　云　——我没工夫跟你扯这个！哎，老头儿，进口丝巾要不要？给你女儿买两条。

罗心刚　丝巾？

〔白云掏出几条来。

罗心刚　（一下子被吸引）好！真漂亮！

白　云　不错吧？知道你喜欢！标准洋玩意儿……

罗心刚 这个？标准中国货！

〔白云搔头皮了。

罗心刚 不对啊，跟他们给我看的几张花样差不多嘛！你还有吗？

〔白云又掏出一把来。

罗心刚 这几块一模一样，这几块风格也差不多，莫非是他？哎，你这是哪儿弄来的？

白　云 你要不要？不要拉倒！

罗心刚 我要，可你得先告诉我，哪儿来的？是不是一个地方来的？

白　云 是一个地方来的，怎么着？

罗心刚 我要知道这花样是谁设计的，是不是一个叫白华的……

〔白云吓一跳。

罗心刚 你告诉我哪儿来的，我好去查。这是个很有才能的人！我很想找到他！

白　云 （慢吞吞地）哪儿来的不能告诉你。设计嘛，我也不知道白华黑华，不过，大概是一个人。

罗心刚 不骗人？

白　云 要骗你还真不容易。

罗心刚 好，我全要了。

白　云 看在老乡份上——五十块钱！

罗心刚 这回倒真便宜啊？——哎哟，没带钱。

白　云 （拿回丝巾）那咱们再见吧！

罗心刚 这么办，明天晚上还在这儿见面，一手交钱一手交货……

白　云 老头儿你真聪明，明天我带着丝巾来了，你带着警察来了……不干！

罗心刚 那……哎，这玩意儿值五十吗？（指指手表）

白　云　（撩起来仔细看了看）差不离。

罗心刚　行！（脱手表）

〔两人交换货物。

〔安敏上。

白　云　“bye—bye”，祝你找到那个有才能的人！（下）

罗心刚　咱们再聊会儿！（欲追）

安　敏　It’s really a shame.To do so such for an old man.

罗心刚　（看看四周无人）这是跟我说？It’s really a shame？真不害臊？骂我呢？还一句是什么？（做手势）Sorry，again.

安　敏　这么大岁数了还干这种事！

罗心刚　你会说中国话嘛！骂人头一条得让别人听懂，不然你这儿气得呼哧呼哧，我还以为你在夸我，心里挺高兴，你不是白费劲儿了？小姐，不要轻易地给别人下什么结论，就像不要给这个国家轻易下结论一样。

安　敏　你也不要轻易给我下结论！（回过头来）

〔两人对视。

罗心刚　小安敏？！

安　敏　罗伯伯！

罗心刚　哎呀，都长成大姑娘了！

〔安凯上。

安　敏　爷爷，快来！这就是原来爸爸妈妈那个厂的厂长。

罗心刚　噢，安老先生，我们在交易会上见过面。

安　凯　我儿子死后是您保护了小安敏？

罗心刚　可我没能保护好您的儿子和儿媳妇，对不起您哪！

安　凯　那都是——“四人帮”！不怪你们！

安　敏　罗伯伯，刚才实在对不起。

罗心刚　你呀，瞧瞧我拿的什么？

安　凯　丝巾？（眼睛亮了，一把抓过去）

安　敏　到我们宾馆去坐会儿吧？

罗心刚　好！我是有些事，想求教安老先生！

〔灯暗。

〔白云出现在讲台上。

白　云　后头的事我就不知道了。

〔孙建芳出现在讲台上。

孙建芳　我也想讲讲第二天的事。

十

〔右区灯亮。

〔夏雨的办公地点。

罗心刚 你为什么不肯签字呢？

夏　雨 你们厂这次来交易会只是让你来学习，参观……

罗心刚 可这么大块肥肉送上门来了，活人还能让尿憋死？——对不起。

夏　雨 可是规定你们不能自己和外商谈判，尤其是有私人关系的外商。

罗心刚 规定？我们现在办芝麻绿豆大的事都有那么一大堆的规定，可里头恰恰就少了最主要的一条：给国家和人民带来实际的好处！

夏　雨 我们什么时候才能够变得聪明起来？

罗心刚 你现在就挺聪明了嘛！签字吧！

夏　雨 罗厂长，你想过没有，你在厂里搞这份合同会遇到多大的阻力？头一个你们厂党委书记会坚决反对！

罗心刚 老夏？你认识？

夏　雨 岂止认识？二十几年的老熟人。

罗心刚 唔？

夏　雨 是我爸爸。典型的榆木疙瘩脑袋！

罗心刚 不至于吧？我跟他一块儿坐过牢……

夏　雨 落难的时候都会变成好人的！不信，现在他准在那儿骂你！

〔右区灯暗。

〔左区灯亮。

〔孙建芳的办公室。

夏炳石 胡闹！他疯了？不是三岁的孩子，想着干什么就得干什么！

孙建芳 不过老夏，你们厂真要想改变生产方向，这倒确实是个千载难逢的机会。

夏炳石 老孙，咱们也共事多年了，我问一句，公司里到底承认不承认我们这个大庆式企业？还是认为我把凤凰厂搞糟了，派老罗来扭转方向的？

孙建芳 说心里话吧，公司党委派老罗到你们厂我是松了口气的，就因为你们是老先进，工作省心，免得他瞎折腾……可是……老夏，凭党性，我不能不承认他的意见有道理。

夏炳石 这么说，你赞成这个合同？

孙建芳 ——不，我反对！我替他捏着把汗。三个月完成，他怎么不考虑考虑，会遇到多少矛盾、问题、麻烦、障碍……简直是逆水行舟，难哪！

〔右区灯暗。

〔中后区灯亮。

〔安凯住的宾馆。

赵　星 不是难，是根本不可能完成！太爷爷，以我对中国腐败官僚制度的了解……

安　敏　你还是中国人不是？怎么没听见你说过中国一句好话！

赵　星　姑妈，我是为你们的利益着想。

安　凯　昨天晚上我是……唉，老了！我一辈子也没订过这种窝囊的合同！

安　敏　爷爷！

安　凯　都是让你缠的！你要还个人情，行，给罗厂长送点礼，一万八千我都干；非让我拿这点钱去冒险，填这么个无底洞，不行！（对赵星）给罗厂长拨电话，我来跟他说，生意不做了！

安　敏　爷爷！

安　凯　（对赵星）快！

〔赵星拿起话筒。

安　敏　（夺过话筒）好吧，电话我来打。生意你不做，我做！

安　凯　你——

安　敏　当年奶奶的钱根据她的遗嘱是给我的，现在我长大了，不用你监管了！你把那笔资金给我，我来跟凤凰厂做生意！（欲拨号）

安　凯　安敏！你想要爷爷的命？

安　敏　拿来，三百万美元！（握住听筒）

安　凯　——好，生意我做，不过，我得加一个条件！（接过电话）

〔中后区灯暗。

〔右区灯亮。

罗心刚　（挂上电话）安凯提出加一个条件，三个月后完不成要罚款。

夏　雨　我劝你别订这份合同了。（把钢笔套好）我是为你考虑。

罗心刚　我们都来替国家考虑考虑好不好？而且以我这几个月对凤凰厂的了解，三个月完成技术上不成问题。

夏　雨　还有好些技术以外的问题！中国的经济体制就像架庞大的机器，好多地方齿轮都锈住了，咬死了！

罗心刚　咱们来想法转动它嘛！

夏　雨　谈何容易！

〔夏雨还在讲着，但声音渐渐听不见了。

〔左区灯亮。

孙建芳　也许你能解决眼前一个问题，但同时会冒出五个新问题来！牵一发动全身啊！

夏炳石　所以不要去异想天开嘛！现在的体制，我承认：慢，可是它稳当！你改革出来的东西非驴非马，谁知道管用不管用？搞不好要天下大乱的！要资本主义复辟的！

〔夏炳石还在讲着，但声音也听不见了。

〔中后区灯亮。

赵　星　中国实在是没救了，搞不好的！您以为您在帮那个厂长的忙，实际上没准儿在害他……

〔罗心刚烦躁地踱来踱去。

夏　雨　你不能光想有利条件……

夏炳石　像个孩子一样天真……

赵　星　出了问题怎么办……

夏雨／夏炳石　（同时）没有退路的！

赵星／罗心刚　（一挥手）别说了！

〔三区表演同时停止。

罗心刚　没有退路？没有退路不见得是坏事！打仗那年头为什么人人拼命，扎着脑袋往枪子堆里钻？就因为没有退路，不革命就没法活！可现在呢，可怕的就是大家都有退路，而且退路太多了！工人有工人的退路：少说一句吧，得罪了领导下回涨工资吃亏；厂长有厂长的退路：何苦当那个出头椽子？随大溜混吧，反正不能少我一分钱工资；部长局长们退路就更多了，大笔一挥，扔掉国家几亿、几十亿，轻轻松松一句话："算是付学费吧！"这儿干不下去了，换个地方，照样当他的局长部长。都坐在那儿，最好中央拿出一个什么神奇的宝贝来，一下子把中国送进四个现代化，自己却完全不想负起点什么责任来！可同志们哪，难道你们就真的看不出来，实际上我们的退路已经不多了，退路已经没有了！我们搞了三十年，搞得不十分理想，万一再搞几十年，"四化"还是实现不了，国家还是那么穷，人民生活还是那么艰苦，我们共产党人怎么办？！中国怎么办？！……没有退路了，只有靠我们共产党人团结起全中国的志士仁人，破釜沉舟，背水一战，拼出一个现代化的中国来！否则，将来再被打倒，就不会有人替我们平反了……

〔夏雨抓过合同来迅速地签字。

〔灯暗。

〔夏雨出现在讲台上。

夏　雨　（走上讲台）这就是所谓的"非法签订合同"！是的，我们违反了纪律。但我相信，任何一个正直的中国人，在那样的情况下，都会毫不犹豫地去犯这个"错误"！

〔有人鼓掌。

〔班长大叔走上讲台。

班长大叔　可咱们的夏书记呢，还就是瞧着这份合同不顺眼！特别是赔款以后，他更是大惊小怪，千方百计地要废除这个合同！

十一

〔灯亮。

〔夏炳石家里。

〔夏雨在听录音机。

夏炳石 哎呀，你就别听了好不好？（走上前去欲关，又不会弄，反而把音量开大了，吓自己一跳）

〔夏雨把声音关小了。

夏炳石 成天就知道听音乐，外贸公司怎么会让你入党的？

夏　雨 混进来的！噢，党员除了工作学习，业余时间就只能炸油条？

夏炳石 你！（转而一想，又赔笑脸）我说，你今天不出去走走？

夏　雨 爸爸，你今天怎么老往外赶我？有人要来？

夏炳石 没有没有。——听说那边公园里有花展，哦，牡丹花。

夏　雨 十一月里开牡丹？（故意坐下）

〔夏炳石无可奈何。

〔班长大叔、李子良上。

班长大叔 从来没来过吧？（按门铃）

〔夏炳石急忙想出来。

班长大叔　开门！

夏　雨　班长大叔！

夏炳石　（站住）又来缠人了！去，告诉他，我不在家。

夏　雨　（开门）班长大叔！老李！

班长大叔　你爸爸呢？

夏　雨　他——他让我告诉你，他不在家。

班长大叔　嗯？（怒气冲冲地进屋）

〔夏雨、李子良跟进来。

〔夏炳石背对门。

班长大叔　（拍拍他肩膀）喂，你不在家？

夏炳石　对，嗯，不！老班长，您坐。

班长大叔　你别瞧见我就嫌烦，我还不乐意瞧见你呢！这是老李让我带他来一趟！

李子良　夏书记，我已经查明了，这次赔款的责任不在老罗，是方瑛私自改变了生产计划，才误了交货期的！

班长大叔　方瑛是听了蒋定安的话才这么干的！

夏炳石　嗯？

李子良　您看，这是车间生产记录表，有方瑛签字。

夏炳石　那你说处分谁？

李子良　（痛苦地）就……处分方瑛吧，给她记过，扣她的奖金！

夏炳石　老李呀，问题出在下面，根子在上面，关键在那个合同……

〔安敏上，按铃。

〔夏雨欲去开门。

夏炳石　（拦住她）你带他们到那边坐坐，快！

〔夏雨领班长大叔、李子良进里屋。

〔夏炳石开门让安敏进来。

安　敏　夏雨在家吗？

夏炳石　噢，她出去了。

安　敏　她写信约我这时候来的。您是——

夏炳石　我是她父亲。

安　敏　（亲热地拉住夏炳石的手）您是夏伯伯？

夏炳石　（触电似的避开）夏炳石，夏炳石……

安　敏　您也是罗伯伯的好朋友？

夏炳石　是的是的。安敏同志，噢，不！安敏小姐，坐。

〔两人无言，尴尬。

夏炳石　说实话吧，今天是我有件急事找你，我知道你跟老罗很……很那个，现在……

〔他越说越激动，但声音听不见，安敏也渐渐紧张起来。

班长大叔　（窥视）哎，他怎么带了个洋女人来了？

夏　雨　洋女人？他从来不敢沾洋人的边嘛！（也看）安敏？怪不得今天他要赶我走。（想了想，走进房间，往那儿一坐）

〔夏炳石尴尬。

安　敏　（对夏炳石）好吧，我全明白了。夏雨，我正要找你，我爷爷让我通知你们，合同作废了。

李子良　（冲进房间）作废了？

夏　雨　那凤凰厂这几个月的——

安　敏　本公司负责赔偿一切损失。

夏　雨　可我们还想跟你们签订长期合同呢？

李子良　是啊，老罗这几天熬了几个通宵，就是琢磨长期合同的事。

安　敏　短期合同你们都完成不了，还谈什么长期合同！好了，明天到我们宾馆来办办手续，再见。

李子良　（拦住她）等一等！你不能那么做！这份合同里头，这批丝绸里头，有我们多少汗水，有罗厂长多少心血啊！他拼死拼活干了几个月，可结果……你这么做，要撕碎罗厂长的心的！

安　敏　什么？难道我，要撕碎罗伯伯的心？！

夏炳石　我看，安敏这个建议……

夏　雨　等一等，安敏，是不是他对你说了点什么？爸爸，一定是你！

安　敏　是的，他说罗伯伯为了这个合同的事会受到很大很大的处分。

班长大叔　小石头，你怎么尽在里头瞎捣乱哪？

夏炳石　你们知道什么？真要赔款他吃罪得起吗？

班长大叔　新鲜，他吃罪得起吗？他负责，你不要负责？你是党委书记，那文件上你也画过圈的！

夏炳石　那表示我看过了，可我不一定就同意嘛！

安　敏　噢，赔款的事？爷爷说了，那是没关系的，他很满意你们交出来的丝绸，还准备跟你们做大买卖哪！

夏炳石　我的同志，噢，不对！我的小姐，也不对！嗨！小买卖已经把凤凰厂搅得鸡犬不宁了，还做大买卖？

〔夏雨摇摇头。

班长大叔　他是这里头（指脑袋）塞住了，得治一治了。

夏　雨　癌症，没治！

夏炳石　（大怒）放肆！

〔静场。

安　敏　你们别吵啊，我觉得你们都是为了罗伯伯好啊！

夏　雨　也许可怕的正是这一点！爸爸，为什么我们之间就这么不能相互理解了呢？

夏炳石　我也糊涂了。好了，本来今天我想悄悄地替老罗解了这个围，现在，我只好去找老孙了。

十二

〔灯亮。

〔党委办公室。

孙建芳 我不能处分他。实际上，他没错。

夏炳石 还没错啊？你非得眼看着他去坐牢才死心？你——瞧瞧这些揭发信吧！

〔孙建芳读信。

孙建芳 你相信老罗里通外国？

夏炳石 我还不至于那么浑！可他违反涉外纪律是事实，安敏、安凯又跟他有私人关系，单凭这一条就够他受的了！何况事情闹大以后，就天知道了！

〔孙建芳愣住。慢慢站起。

夏炳石 老孙，当机立断吧！只有狠狠给他一下，他才会清醒过来！只要他今后安分守己，这件事我来处理掉。唉，我这几天怎么尽干这种违反原则的事？

〔罗心刚穿一身油腻的工作服上。

罗心刚 你们都在？（自己倒了杯水，一饮而尽）老夏，李子良这家伙真神啦，脑袋里也不知哪儿来那么多的鬼点子，变戏法似的，一抓一个，一抓一个……（觉得气氛不对）怎么了？一股子火药味？

孙建芳 （严肃地）老罗，公司党委对凤凰厂赔款的事很重视，要我负责调查、处理并上报。征求了有关同志的意见以后，认为你对这事负有不可推卸的责任，应当给予处分，你有什么意见吗？

罗心刚 谁给你出的馊主意？这位仁兄？

孙建芳 这你不必了解。

罗心刚 （冷笑一声）好吧，从法制观点说，赔了款，当厂长的理应受处分；可具体到这事，我不服，我不认账！为什么不处分那些处处为我设置障碍，拖我后腿，捆住我手脚的人？为什么不处分那些布下天罗地网来围剿我、跟我捣乱、冲我放冷枪的人？为什么不处分那些饱食终日、无所用心、僵化保守、昏昏庸庸混日子的人？别人不清楚，你们俩还不清楚？你夏炳石说，在厂里这几个月我好好吃过一顿饭没有？你孙建芳说，在家里这几个月我好好睡过一宿觉没有？你们瞧着我过五关斩六将，厮杀得筋疲力尽，也不来帮我一把，现在我中了暗箭，你们反而还要往我的伤口上再踢一脚！你们别以为我真是什么钢铁战士，我也是个人！肉做的人！这儿也有一颗活蹦乱跳的心！（几欲泪下）

〔孙建芳递上一杯水，罗心刚狂怒地一下子把它推落在地。

孙建芳 （颤抖地）我，我现在，没有别的办法！

夏炳石 是我主张处分你的。可老罗啊，不给你敲敲警钟你还了得？！你自己的处境你怎么就一点都不明白呢？

孙建芳 老罗，你就听听同志们的意见吧。别再蛮干了！

夏炳石 凤凰厂的生产方向问题咱们可以慢慢研究，慢慢讨论嘛！

罗心刚 好吧，我接受处分。我要求立即召开党委会，宣布这个决定。

〔夏炳石、孙建芳都松了一口气。

罗心刚 同时也讨论一下跟安凯签订长期合同的问题！

〔孙建芳、夏炳石都愣住了。

〔沉默。

夏炳石 那好吧，我已经尽了自己的责任。老朋友，我总算对得起你了。（下）

孙建芳 （扑上来）老罗……你难道就一点都不能理解我吗？

罗心刚 你处分我，我理解。你有你的难处。现在我们都有各种难言的苦楚，逼得我们成天只能像鲁迅先生说的那样“横站”！这，我明白。可你不该劝我投降！

孙建芳 但你也别忘了，我也是个人！我是你的妻子，我不能眼看你去……（猛地掏出揭发信，片刻又强制自己塞了回去）我为你担惊受怕了一辈子，新中国成立前是怕枪子，新中国成立后是怕你犯错误。照你的资历、你的水平，现在可以担任更负责的工作了。可哪怕在粉碎了“四人帮”以后给你落实政策，也只让你当个小小厂长，这说明什么？

罗心刚 说明我的脸蛋不讨人喜欢。

孙建芳 我们好不容易熬过了这十年，都老了，剩下的日子你就让我太太平平过上几天吧，我求求你了！

罗心刚 （深情地抚摩着孙建芳，片刻）不能啊！我天生安分不下来。谁让你我都姓“共”呢？我们这些人再撒手不管，那我们这个国家……不能啊！原谅我吧，原谅我！（慢慢地向门外走去）

孙建芳 等一等！

〔二人凝视。

孙建芳 你去哪儿?

罗心刚 跟夏雨约好了，找安凯、安敏谈判长期合同。

孙建芳 换上这件衣服……

〔灯暗。

〔孙建芳走上讲台。

孙建芳 长期合同签订好了，可揭发信也送上去了。

〔班长大叔走上讲台。

班长大叔 揭发信打哪儿冒出来的?刚才我忘了说。不是蒋定安跟方瑛改变生产计划，我们向外商赔了款吗?事后，老罗坚持撤了蒋定安的职，扣了方瑛的奖金。这下，热闹了。

十三

〔追光中舞台一角出现方瑛和李子良。

方　瑛　去，把奖金给我要回来！

李子良　你为什么改变生产计划，你不知道这个合同……

方　瑛　成天合同合同，合同是你小老婆？

李子良　合同对“四化”有利，对国家有利。

方　瑛　对我没利！我少拿奖金！去，找罗心刚去……

李子良　我要是他，连你工资一块儿扣！（走去）

方　瑛　好哇！咱们散伙！

〔追光跟着李子良到舞台另一角，李子良被蒋定安拦住。

蒋定安　算啦。老李，你别以为现在报上这么一宣传，就真的没有斗争了？好多人都在那儿揭发罗心刚了，说出来吓你一跳！你可要站稳立场，接受党的考验啊！

李子良　蒋主任，你把我的入党申请书还给我吧，我不入你那个党了，我要入罗厂长那个党！（下）

蒋定安　他在说胡话？想分裂共产党？（走去）

〔追光中蒋定安在舞台又一角遇见罗心刚。

罗心刚　蒋定安，今天起就下去当工人，好好劳动。

蒋定安 把我撤了？一撸到底？你没那个资格！我是干部编制！六八年我就是副连长！

罗心刚 嚷嚷什么？六八年？四八年我就是连长！给我立正！

〔蒋定安茫然地立正。

罗心刚 我要是你就马上写份退党申请书，这也许就是你能对党所做的最大贡献了！（下）

蒋定安 我要上告！（走去）

〔追光中蒋定安遇到夏炳石和方瑛。

夏炳石 是你指使方瑛改变生产计划的？

蒋定安 是的！

夏炳石 你搞的什么鬼名堂！

蒋定安 我是为了党的根本利益才不得不这么做的！那份合同有鬼！你瞧瞧赵星和白云写的揭发信！

〔舞台又一角出现赵星和白云。

赵　星 你还蒙在鼓里哪？罗心刚说你投机倒把，要送你进公安局了！

白　云 好哇，罗心刚，走着瞧吧！

班长大叔 这几块料凑在一起搞了这份揭发信！

〔追光灭。

孙建芳 收到揭发信以后，公司党委决定召开今天这个审查会。可是他……昨天晚上还硬拖着我到厂里几个同志家去转转，我们九点到白华家，十点到方瑛家，十一点回到家里。

十四

〔灯亮。

〔白华家。

〔无线电的声音："嘟嘟嘟嘟嘟嘟，刚才最后一响是北京时间二十一点整。"

〔白华在独酌独饮。

白　华　（对着桌上的一个小镜框）安敏，你愿意陪我喝一杯吗？什么？不应当喝酒？（捧起镜框）你这个什么也不懂的小丫头，可爱的傻丫头！你的小哥哥心里难受，你也不来一次，看看他，用你的小手摸摸他的头，像你小时候一样！

〔安敏上，在外面寻找门牌，找到了。

安　敏　白华！白华在这儿住吗？

〔白华震惊，站起来。

安　敏　（敲门）白华！白华！

〔白华强迫自己坐下来，把一杯酒一饮而尽。

安　敏　见鬼！找错地方了？（欲走）

白　华　（不由自主地喊出来）没错！

安　敏　白华！我是安敏啊！你听不出来吗？

〔白华手忙脚乱地找出一张什么照片塞进镜框。

安　敏　（砸门）你快点开门啊！

〔白华镇静一下，把门打开。

安　敏　……小哥哥！（扑上来）

〔白华远远地伸出手去把她挡住。

安　敏　（撒娇地把手藏到背后）唔——让我亲一下！

〔白华慌乱地。

〔安敏趁白华不备，猛地扑上去亲了他一下，哈哈大笑。

〔白华手足无措地坐下。

安　敏　你就住在这个地方？你好吗？——你现在喝酒了？

白　华　嗯，喝酒，抽烟……

安　敏　我才不信呢！小时候你说过，这辈子你一定一不喝酒，二不抽烟，三不吃醋（又笑了）……（看见照片）这是谁？

白　华　——我爱人。

安　敏　什么？！骗人！

〔白华不语。

安　敏　快承认，是你骗我！

白　华　我……什么时候骗过你？

〔罗心刚背着个冰棍箱子和孙建芳上。

安　敏　（慢慢地坐下）她……人呢？

白　华　回娘家去了……带着我们的……孩子。

安　敏　孩子！你们，很幸福吗？

白　华　幸福极了！她是个非常好的人。……她爱我，我更爱她，一个什么也不懂的小丫头，可爱的傻丫头。

安　敏　别说了。

〔罗心刚、孙建芳推门进来。

罗心刚　两个大活人来了都不知道？（放下冰棍箱）

〔安敏抓过酒瓶欲喝，白华忙夺。

〔罗心刚接过那瓶酒。

罗心刚　抢酒喝呢？白干？（自己喝了一口）

孙建芳　（夺过）你的病！

〔罗心刚咂巴着嘴，浑身舒坦地出了口气。

安　敏　罗伯伯，你骗得我好苦！

罗心刚　得，又多一条罪名！

〔安敏把桌上的小镜框塞给罗心刚。

孙建芳　这是谁？

安　敏　他的爱人！他根本不需要我了。

罗心刚　（把镜框给孙建芳）没见过这号粗心的大姑娘！底下印着字哪！

孙建芳　（念）“电影演员剧照……”

罗心刚　我再算个命，你把剧照拿掉，看看底下。

〔白华欲夺，但未夺到手。

〔孙建芳拿去剧照。

孙建芳　是十年前的小安敏嘛！

安　敏　（夺过照片，笑了，片刻，捶打着白华，哭了起来）在国外这么多年，我从来没有忘记过你，可你，为什么要伤我的心哪！

白　华　（爆发地）你以为我就不伤心？你懂什么？当你还是这么一个糊里糊涂的黄毛丫头的时候，我就什么都明白了！可是现在，你是洋人！

安　敏　洋人怎么着，会咬你？

白　华　今后怎么生活？跟你出国？我不愿意！

安　敏　我就不能回来？我不爱国？我怕吃苦？

白　华　我也不愿意你回国，明白吗？这儿不需要我们！每次献上一颗滚烫的心，得到的都是一瓢凉水！

安　敏　（冲到罗心刚面前）罗厂长，第一，我们要结婚。

白　华　谁跟你结婚？

安　敏　我，一定要嫁给你！

罗心刚　老孙，瞧见过这么谈恋爱的吗？

安　敏　你同意不同意？

罗心刚　同意，同意，你嗓门小点，写张申请来。

安　敏　第二，白华要跟我出国。

罗心刚　也同意，写张申请来。

〔安敏反而愣住了。

罗心刚　写吧，没笔？（掏出笔来扔在桌子上）

安　敏　（写了两个字，冲向白华）你自己跟他说，你要出国！

〔白华不语。

罗心刚　（对安敏）你呀，就会瞎咋呼！瞧我来劝他。白华你真的想出国？

白　华　想又怎么样？

罗心刚　想，你就走！我说的是真话。有些人想出国是因为祖国穷，这号人到了国外也是一群连外国人都讨厌的废物；还有些人想出国是因为伤了他们的心。有的华侨说，当年他们抱着满腔的热情回国参加社会主义建设，一到深圳，看见五星红旗，眼泪就唰唰地流下来了；可在十年浩劫中，他们被迫重新离开祖国，出了深圳，一步一回头，看着五星红旗，眼泪又是唰唰地流……

白　华　罗厂长，够了，有您这几句话就够了……

罗心刚 不！

白　华 我没有要求，我就卖冰棍，反正决不让外流人才的名单上再添个白华！

罗心刚 你还不明白我的心！我不是来陪你诉苦发牢骚的，现在摇头叹气的人够多的了，叹出来的气凑在一块儿都能变成十二级台风了！就真的不能用这点劲头来改变点什么？我把话说明白是希望你跟我们一块儿干！我天生不是演悲剧的料，不想哭哭啼啼送你去卖冰棍。我要演喜剧，看着你堂而皇之地成为有出息的花样设计师！这不可能吗？可能！现在才是我们最有希望的年代啊！

白　华 老罗！

孙建芳 这是招工局、财务局、纺织公司的文件，批准你正式回凤凰厂，职称是设计师。老罗跑到今天下午才弄齐。

白　华 老罗，我回来！

安　敏 那我呢？

白　华 随你。

〔安敏又要发作。

白　华 愿意，你就回来。

罗心刚 不急，你们想停当了再说。——白云呢？

白　华 还没回来。

罗心刚 这几天老找不着他。现在没工夫喽，明天早上开会以后……走吧，你们还得吵会儿哪！一个要嫁，一个又不娶，今后你们俩，热闹了！（站起来）白华，安敏，你们记住了，只要你们还相信中国共产党里头有一大批有骨气的党员，那么，就希望你们留下！

〔灯暗。

十五

〔灯亮。

〔方瑛家。

〔无线电里的声音："嘟嘟嘟嘟嘟嘟，刚才最后一响是北京时间二十二点整。"

〔房间正中放着一盆待洗的衣服和一块擦板。

〔方瑛拎着马桶从外面进来。

方　瑛　几天不在，成了个狗窝！

〔李子良上，愣住。

李子良　你，回来了？

方　瑛　我是心疼孩子才回来看看的，马上就走！

李子良　还在生我的气啊？

方　瑛　没那个闲工夫！我正托人说合呢，找着个合适的，我改嫁！

李子良　你，别开玩笑了。

方　瑛　你以为我真拿你当宝贝哪？街上随便找个男人也比你强！

李子良　（讪讪地）我帮你洗衣服吧！（坐下）

方　瑛　搁那儿！

〔李子良又站了起来。

方　瑛　瞧你那个叫花子样！也不知道寒碜？（拿来拖鞋）换上！

〔李子良站着换鞋，摇摇晃晃。

方　瑛　（拖把椅子过来）坐下。

〔李子良听话地坐下。

方　瑛　（拿过针线来，为李子良缝扣子）就这副郎当相野到半夜？

李子良　罗厂长找我……

方　瑛　少提你那个罗厂长！他马上就完蛋了！

李子良　别听人家瞎说！

方　瑛　你才枉为罗心刚的跟屁虫呢！这种事他就瞒着你了吧！

李子良　你别老跟罗厂长过不去嘛。

方　瑛　跟他过不去的人多了！这回联名写信告他的有白云、赵星、蒋定安、我，好些人，夏书记也支持我们！

李子良　什么？

方　瑛　明天市里就要审查他了！最轻也得撤职！

〔李子良猛地站起，线拉断了。

方　瑛　你捣什么乱？（看到李子良的脸色，也有些害怕了）怎么了？你说话呀！

李子良　（半晌，轻轻地）我跟你——离婚！（扭头就走）

方　瑛　（急了）子良，你听我说啊！

〔李子良头也不回地下。

方　瑛　你回来！听我说！别走！（追下）

〔罗心刚、孙建芳上。

罗心刚　（踢踢放在门口的马桶）这玩意儿可以派上大用处：要是规定我们的干部不论官大官小，每人每天必须倒两次马桶，大概“四化”的速度能快一点。你信不信？因为真正为“四化”着急的人也会多一些！（动手收拾房间）

孙建芳 （洗衣服）你就歇会儿吧。

罗心刚 蒋定安的问题怎么样了？

孙建芳 你就别管这些了。

罗心刚 瞒着我？

孙建芳 调到红光丝绸厂去。

罗心刚 干什么？

孙建芳 当二把手。

罗心刚 官升一级？！

孙建芳 有些同志认为他没犯什么原则性的政治错误。

罗心刚 什么叫政治？什么叫原则？他根本不是个共产党员，他是混党饭的！

孙建芳 有人替他说情，听说他市里也有熟人……

罗心刚 我们还是共产党不是？为什么把国民党那套官场斗争的东西搬来了？！

孙建芳 我求求你，别那么激动。

罗心刚 可怕的就是，我们一些同志已经再也不会激动了。

〔方瑛揪着李子良上。

罗心刚 总算把你等回来了！介绍一下，这是我爱人。

李子良 （悄悄地）公司副经理！

〔方瑛一愣，但又装出满不在乎的样子。

〔李子良要替孙建芳洗衣服。

罗心刚 得了，这个学问你没她大。当年我们谈恋爱的时候，她在后方医院，我就是天天拄着拐溜到小河边去看她洗衣服。——方瑛同志，气出完没有？还没有？那就出吧。（搬把椅子坐下）我今天是特意来听你骂人的。你骂人还挺好听的哩，带了好多俏皮话。

李子良 方瑛!

〔方瑛不语。

罗心刚 你不骂?好!你不骂我可要骂了!你这个人哪,人家都说是大炮筒子,心直口快,叫我说,最言行不一的就是你!你骂厂里一片混乱,什么都没人管,可真有人管了,你又嫌管得太严,不自由。你骂干部都在混饭吃,可真有了不想混饭吃的干部,你又跟他过不去。你也知道搞圆网印花死路一条,当年上马你是厂里头一个骂街的,可今天要恢复手工印花,你又嫌累,嫌翻三班苦故意捣乱。你也知道生活不富裕,骂国家太穷,可碰到具体问题,为了多捞一块钱现大洋,哪怕有人把国家的四个现代化拆了零卖,你都不心痛!这回因为你的原因,国家赔了一大笔外汇,可为了什么?就为了你少拿八毛钱的奖金!八毛钱!而且我答应了补给你们的!过去怨我们没搞好,叫你们有点丧失信心,可现在中央下了决心了,我们下了决心了,咬牙拼命也得搞上去,只求你们能跟党同心同德,为什么居然就那么难呢?(站起)站在这个小屋子里,真想给你鞠上一躬,说声谢谢,我们的人民就在这么艰苦的条件下支撑着我们的国家,支撑着我们的事业,可同时,也真想揪着你的耳朵狠狠骂你一顿,为了你的糊涂,为了你的见识短浅!(突然发现自己太过分了)……对不起。(仿佛一下子苍老了许多,走到门口,疲惫地转回身来,对李子良)上级已经批准了,任命你为车间主任,你们要把长期合同坚持下去!还有,明天上午有个审查我的会,欢迎你们都来揭发。

〔孙建芳扶着罗心刚慢慢地下。

〔方瑛失声痛哭。

〔灯暗。

十六

〔灯亮。

〔罗心刚家里。

〔班长大叔躺在一张躺椅上打呼噜。

〔无线电里的声音："嘟嘟嘟嘟嘟嘟，刚才最后一响是北京时间二十三点整。"

〔白云吹着口哨，在外面探头探脑，突然见有人来，躲了起来。

〔宋巧珍匆匆地上。

宋巧珍 （在门口低声地）罗厂长！罗厂长！

〔白云在她背后拍拍她。

宋巧珍 谁？！是你，吓死我了！（不自觉地靠在白云身上）

白　云 你来干什么？

宋巧珍 你不是说明天要审查罗厂长吗？我要跟他说几句话。你呢？

白　云 明人不做暗事，告诉他，跟他捣乱的也有我白云一份！除非他答应不送我进庙，否则，明天要他的好看！

宋巧珍 白云，罗厂长是好人啊！

白　云 那你就看着他送我去蹲监狱？

宋巧珍　我替你跟他说说？

白　云　得了！你以为他真那么疼你哪？他不过是利用你的技术为他做广告！现在知道你信教，大家又在借这个事整他……哼，他不拿你当替死鬼才怪呢！人不为己，天诛地灭，这个世界上没一个好人！——有人来了！（拉宋巧珍躲在一边）

〔罗心刚、孙建芳上。

〔孙建芳扶罗心刚坐下，此刻的罗心刚仿佛一下子衰老了许多。

孙建芳　你呀，在外头生龙活虎，回家就成了一摊泥！

〔罗心刚看见了班长大叔，示意孙建芳轻点。

孙建芳　要不要叫醒他？

〔罗心刚摇摇头。

孙建芳　也许他要跟你说点什么？

罗心刚　明天审查我，今天他来陪我睡一宿，还用得着说什么？

孙建芳　（递上一杯牛奶、两个药瓶）你关心这个那个的，谁来关心你这个厂长？

罗心刚　（吃药）你嘛！

孙建芳　我承认自己这些年变了，胆小、自私、软弱，还不如老夏。他保守，他僵化，可他至少自己还真以为是在维护党的路线的纯洁性。可我呢，明知道你是正确的……

罗心刚　我知道……

孙建芳　你知道什么！（扑在罗心刚肩上啜泣）

〔班长大叔揉揉眼睛坐了起来，见状，咳嗽了一声。

孙建芳　（急忙避开）哟，班长大叔，把您给吵醒了。

〔班长大叔不理她，过来拉着罗心刚就走。

罗心刚　哎哎，您这是拉我上哪儿啊？

班长大叔 上北京！（掏出一沓信交给罗心刚）

罗心刚 啊，空军司令部、最高人民法院、中央纪律检查委员会、纺织工业部……

班长大叔 全是我的老上级、老领导、老战友，早就叫我去玩了……

孙建芳 您是该去散散心，都那么大岁数了。

班长大叔 我有那心思呢！我是去告状！

孙建芳 告谁呀？

班长大叔 就告你孙建芳！别跟我嬉皮笑脸的！告你跟夏炳石合伙整老罗，破坏"四化"！

罗心刚 别价，您这么一告，不是把我个老婆给告没了？

班长大叔 快跟我走吧！明天早上的会你去不得，凶多吉少，等开完会就晚了！

罗心刚 哪儿那么可怕！

班长大叔 你知道什么？

罗心刚 我知道，我全部知道。

孙建芳 （突然爆发地）你不知道，你什么也不知道！明天要我代表上级领导来主持审查你的会，并宣布要你离职！市纪委也打电话来，说老周要亲自来听听这个会。这些，都意味着什么……

罗心刚 我早猜到了。今天，也许是我当厂长的最后的一个晚上了……

〔外面突然响起哭声。

〔宋巧珍哭着冲上，扑倒在孙建芳怀里。

宋巧珍 是我害了罗厂长！

罗心刚 小宋？

宋巧珍 我出身不好，又信教，我是罪人，我把十字架交出来，明天早上您叫他们来斗我吧！

班长大叔 这跟你有什么关系？

宋巧珍 他们说他包庇我，重用我！

罗心刚 小宋，你真的相信上帝了？

宋巧珍 不，我不信了！

罗心刚 别害怕，告诉我心里话。

宋巧珍 我不信……可是，心里希望有个上帝。

罗心刚 你希望上帝帮你做点什么呢？

宋巧珍 有时候，一个人太苦了，希望上帝疼我，安慰我，还希望上帝能治好妈妈的病……

孙建芳 就这么点要求？

宋巧珍 再有就是修好我们家的破房子。

罗心刚 傻孩子！这都是领导上应当给你们解决的，我们应当给你解决的，结果弄得你去找上帝！噢……

宋巧珍 罗厂长，你怎么了？

罗心刚 我心口疼。小宋，把你的团徽拿回去吧。

宋巧珍 不，我不配当个团员！我错了，我愿意写检查！

罗心刚 错了的是我们，应当写检查的是我们！十年下来，我们忘了根本的一条，要关心人哪！我们只会要求他们，命令他们，却完全忘了应当体贴他们的难处，温暖他们的心灵，忘了……

宋巧珍 （恸哭）罗厂长！

罗心刚 你是个好孩子，也是个好团员，来，把你的团徽挂上吧！（给宋巧珍别上团徽）别哭了，家里的困难都会给你解决的，你爸爸的事，也全是无中生有，再别听那些人瞎扯了！

宋巧珍 真的？他不算“四人帮”的爪牙了？

罗心刚 瞎扯淡！——你好好地生活吧。哎，知道是哪个上帝给你送钱的吗？就是白云，我一听就猜着了。

宋巧珍 是他？！可是他现在……

罗心刚 （点点头）犯了罪。

宋巧珍 能不能，不要对他……

罗心刚 不行啊！可是你放心，他的罪不重，我已经跟公安局联系过了，他们会考虑的。白云会成为一个有出息的人的！他变坏，是因为我们的社会有一段时间不鼓励大家做好人，（指指孙建芳）连她都变了嘛！可现在，一切又在重新变回来！（问孙建芳）你说对不对？

〔孙建芳勉强地点点头。

罗心刚 你说呢？

〔宋巧珍使劲儿地点点头。

罗心刚 瞧，你还没有人家孩子有信心！不要光看到眼前的难处，老嫌步子走得太慢，过两年，回过头来看，就会发现……哎，你记得延安撤退吗？

孙建芳 记得。我还哭过。

罗心刚 是嘛！国民党大做文章，我们好些同志也垂头丧气，把个革命圣地都丢了！结果呢？两年多以后，全国解放！——小宋，愿意相信上帝，你就信吧，可是，我劝你还是相信共产党！相信我们会把一切都搞好的，人民的生活，人民的心灵，都会变得越来越美好！将来，你和白云两个人……

宋巧珍 不，没有这回事。

罗心刚 还装蒜哪？要不要我给你做大媒，找白云说明白？

〔白云冲出来，跑到罗心刚面前站了片刻，突然向他一鞠躬，转身跑下。

宋巧珍 白云！白云！（也追下）

罗心刚　瞧瞧吧，都是些多好的人啊！宋巧珍、方瑛、李子良、白华、安敏、夏雨，哪怕还有这个白云！有了这么好的人民，中国的事再要办不好，那才见鬼呢！

〔班长大叔默默地站起来，下。

〔孙建芳突然扑上去，搂着罗心刚掉下了眼泪。

罗心刚　来，念段小说消遣消遣。对了，阿凡提，这才真是个永远不发牢骚的人。（找出书来塞给孙建芳）

罗心刚　有一天……

孙建芳 / 罗心刚　（同声）阿凡提去见国王……

〔灯暗。讲台上追光亮。

〔宋巧珍出现在讲台上，慢慢地摘下脖子上的十字架。

宋巧珍　今天，我正式把它交出来。

十七

〔灯亮。

〔会议室。

〔大家都沉默着。

〔当中的椅子显眼地空着，罗心刚还没到。

白　云　（站起来）今天早上我想去公安局自首，到了那儿，又觉得还是先回来开会，把话说明白……要是没事，我就到公安局去。

白　华　白云！

白　云　哥哥，我对不起你，我倒卖了好多进口货。那点丝绸也是我用你的名义从各个厂骗来，拿出去卖的……（欲走）

宋巧珍　（追上去）白云！

白　云　巧珍，放心吧，我会变成个好人的！——你不信？

宋巧珍　我信。

〔白云扭头冲下。

宋巧珍　白云！白云！（追下）

方　瑛　你们折腾够了吧？前几天我跟着你们起哄算是我瞎了眼，鬼迷心窍。可今天，我看你们谁敢处分罗厂长！

白　华　谁敢处分罗厂长！

蒋定安　你们把他吹得再好也没用！他违反了国家制度！

李子良　有些制度早就该违反！

〔众人吵成一团。

班长大叔　今天我可真是预备好了.你们只要说一句处分老罗，我抬腿就走，找党中央去！

孙建芳　如果需要，我可以在这儿宣读公司处分老罗的决定，但是念完了，我跟班长大叔一块儿去北京！

夏炳石　（双手捧住了头）我看，会议可以结束了。

老　周　我说两句。我参加过许多审查会，多数令人很不愉快，可是今天，我好像无法把我的感受说清楚。我倒非常想知道，在座的同志们，你们现在在想些什么？你们知道了这个人的故事，这个普普通通的，和我们一样的中国人、共产党人的故事，难道就不想说点什么吗？想说几句的上来吧，不管多少，哪怕一句也行，只要真实！

〔宋巧珍奔上。

宋巧珍　不好了，罗厂长他——

众　人　怎么了？

宋巧珍　在路上昏倒了！

〔隐约的救护车笛声。

〔众人惊，纷纷站起来欲往外走。

〔空中响起罗心刚的声音："都站住！别那么大惊小怪的。"

〔众人站住，有的慢慢坐下。

〔空中罗心刚的声音："哪儿那么容易躺下，马上我还要来跟你们捣乱的！为了二〇〇〇年，还有多少事要做啊！有人说，中国这架庞大的机器有些地方齿轮咬死了，锈住了，可现在已经松动了，转得快起来了嘛。会越来越快的！只要用我们的血当润滑剂！这话现在不时髦了，运动中都说滥了，成天热血瞎沸腾。可无论如何，血，总是热的。”

〔画外音开始后，灯渐渐暗掉，只有一束追光打在那把空椅子上。

〔追光也渐渐收掉。

〔场灯亮。

——剧 终——

作品赏析

《血，总是热的》以江南凤凰丝绸厂生产改革为背景，新任厂长罗心刚的一系列改革举动受到阻碍，工人们不理解、领导们不支持、反对派不配合。戏剧以对罗心刚的批判大会为开端，在“检举”中慢慢展开了凤凰丝绸厂改革的困境，也拼贴出了一心为工厂发展的罗心刚这一改革者形象。

新时期经济发展存在着计划经济与价值规律这一对重要矛盾，生产过程中受着过去观念的影响，思想保守、制度僵化、生产脱节，尽管国家有一系列政策提出，但在具体工厂企业的生产中，改革意味着原有的被打破，意味着既有的利益消失，意味着风险的不可控，因而在工厂和市场之间，保守主义、官僚主义、利己主义、无政府主义堆砌出了一面墙，隔绝了生产的产品与市场需求的联系。新时期自上而下展开对“新”的探索，因而在戏剧中出现一批改革者的形象，他们坚守着理想和信念，站在了原有制度的对立面。《血，总是热的》正是塑造了罗心刚这样一个改革者，在工厂里他是厂长、是领导，但这个领导不按套路出牌，在街边挖掘花样设计师、让“反动派”的女儿做劳动模范、跟外商签订赌注似的合同，“欺骗”领导换来审批签字……罗心刚所做的一切都是为了生产和发展，而这些做法却遭到了不同程度的反对。他是厂长，是领导，而面对思想保守、官僚盛行的管理者，罗心刚身为厂长，手中的权力又显得少得可怜。厂长的身份和寸步难行的现实，使得罗心刚如逆行者一般处于被动的位置。

作者宗福先在谈及剧本创作时认为，“你一定要卷入生活的旋涡中”。剧本围绕着经济生产，涉及工厂内外以及家庭、生活，甚至爱情和信仰都被纳入进来。罗心刚为代表的改革者，看似有着政策的支持和权力的赋予，实际上却被官僚主义层层包围。每一步合理的行动都是负重前行。例如在故事的开始，罗心刚找到了有着天才设计能力的白华，此时的白华因为错误的批判早已不是工厂的员工，在街边以卖冰棍为生。罗心刚几经劝导，让白华重新相信。重返工厂的白华不吃不喝干劲十足，设计了几十张符合当下市场需求的流行花样，罗心刚兴奋不已，为了鼓励他继续干下去，拿出自己的钱给白华发工资。白华和罗心刚都是充满改革热情的理想主义者，不同的是此时的白华受到错误的批判失去了一切，身份的否定和价值的击碎让他一度失去希望，而罗心刚站在了白华的一侧，用他的“权力”为改革者增加力量。当白华信心满满地和车间主任讨论生产时，他依然是不被认可。剧中，身为书记的夏炳石和车间主任蒋定安与白华展开了正面的冲突，当白华从专业的角度说设计出了问题他负责时，夏炳石说：“党的领导不要了？”蒋定安说：“我们这些人统统滚蛋，让你们知识分子一统天下？”，这样两句话把白华的一股热情压制得无从喷发，随后又直接揭开他根本没有恢复编制，国家根本没有给他发工资的真相。白华从失望到充满希望，又变成了绝望。面对着夏炳石和蒋定安等人的言论，白华无从应对。然而生活的旋涡正是由这样一个一个现实问题组成的。剧情围绕改革的问题展开，罗心刚身上有着不同层级身份的改革者的特点。整部戏不是一般的生产问题的讨论，罗心刚面临的是关乎“生死”的挑战，正因如此，“血，总是热的”才显得格外沉重。

整部剧通过倒叙、插叙的方式，在批判中完成形象的建构；“批判”本身，又成为改革路上英雄献祭的热血印，过去时空和现实时空的交织，让观众有重回过去的沉浸感，而批判大会，则具有了抽离故事的功能，观众参与着审判，也和作者一起质疑审判。尽管全剧是对经济改革、工厂生产这一大问题的讨论，但故事的讲述并不生硬，而是设计一些喜剧性的场面，加深了现实性的反思。例如因为改革，罗心刚“招惹”来了许多上级领导，他们有招工局、财务局、质量监管局甚至还有计划生育委员会，这些上级领导轮番出场，针对凤凰厂的问题一一查处，但这些领导都是同一副面孔、同一个形象，他们搬弄条例到处找问题。例如对于招工问题，工厂急需人才，但招工需要打报告，罗心刚两个月前已经送上了报告，领导却说现在才处理去年的招工申请，按照进度，一年六个月后他才会得到回复，能或者不能招新工人。这个回答让罗心刚哭笑不得，但这样看似荒诞的事情不会消解真实性，反而在罗心刚不得不写的检讨中，作者通过漫画式的人物肖像，把制度和人、教条主义和人的主体性之间的剥离呈现出来，为作品增加了一丝苦涩中的幽默。

黑色的石头

杨利民

作者简介

杨利民，男，1947年生，黑龙江齐齐哈尔人。1990年毕业于中央戏剧学院戏剧文学系，硕士。曾任黑龙江省作协副主席、省文联副主席、市文联名誉主席。17岁到大庆成为一名石油工人，长时间的石油工作经历成为其写作的素材和情感的来源。1970年开始发表作品。著有话剧《黑色的石头》《大雪地》《大荒野》《危情夫妻》《地质师》《秋天的二人转》《铁人轶事》等，长篇小说《北方故事》《漂亮女孩》等，影视剧本《家族的荣誉》《北方往事》《两代人》等。《黑色的石头》是杨利民早期的作品，也是其代表作之一。1987年11月下旬，受到文化部邀约，大庆市话剧团到京演出《黑色的石头》，导演邹进东，舞美设计李畅。演出后反响很大，文化部艺术局、中国戏剧家协会、戏剧报杂志、中央戏剧学院于11月30日在北京联合召开了话剧《黑色的石头》演出座谈会。

剧情梗概

在空旷的荒原上，一支石油打井队在不分昼夜地作业。

钻井工老兵和妻子月梅因户口问题，多年聚少离多。班长石海和石油队医护秦芳这对青梅竹马的恋人观念不同，秦芳试图劝说石海一起调离油田，但石海的坚守让二人最终无法在一起。村妇彩凤来到井队，为感谢石油工人大黑替她打抱不平，也送来了差点丢失的地矿勘测材料，二人渐渐建立起了感情。

最年轻的钻井工庆儿，收留了一只受伤的灰雁，悉心照料下灰雁也逐渐恢复健康。大黑和彩凤的事情遭到小人陷害，导致大黑被拘留审查。释放归队后，苦闷的大黑暴躁之中杀了小灰雁，这让一直老实听话的庆儿彻底崩溃。从拯救到杀戮，是环境对人性的扼杀，小灰雁就像是油田上的每个人，个人的主体性和生命的禁锢感又一次碰撞。

这一天井下突发紧急情况，因理念过于死板而遭到大家批评的秦队长，在危险发生的第一时刻坚持代替老兵下井处理，却因井架事故受了重伤，最后不治而亡。队长的死让年轻的工人们悲伤并深深地反思，他们仿佛一夜长大了。打井队又要奔赴下一站了，就在出发前，彩凤浑身是血地从远处跑来，她遭到出狱后丈夫的暴打，防卫过程中杀了他，众工友都表示会支持和帮助彩凤，在轰鸣的机器声和众人齐喊的"出发"声中，大黑和彩凤紧紧抱在一起。

沉重的石头，燃烧的石头；

愤怒的石头，欢乐的石头。

——无名诗

时　间

现代，或者说是昨天的事。

地　点

三江平原最蛮荒的土地上。

人　物

柳明——地质员，二十二岁。

老兵——架子工，三十五岁。

大宝子——钻工，十九岁。

大黑——钻工，二十六岁。

石海——司钻（班长），二十四岁。

庆儿——钻工，十八岁。

秦队长——钻井勘探队队长，四十六岁。

林坚——钻探公司党委书记。

秦芳——勘探前线巡回卫生员，秦队长女儿。

彩凤——乡下女人，绰号“小红袄”。

月梅——老兵的妻子。

赵发——一个贪心的农民。

金鹏——一个领导干部的儿子。

管理员胖子、吹口琴的青年、三班李、四班王、大班刘、老闷、警察和工人等。

第一幕

1

〔江湾里静静的夏夜。

〔纵横交错的江岔里，高坡上有十几栋列车式露营房。房后是一座孤零零的井架。远处一条条亮带，绵延地伸向漫漫的荒野。

〔呈现在舞台上的这栋列车房，从横向的剖面看，有两张上下铺的双人床，板墙上有列车式的小窗。

〔幕启：屋内混乱不堪，吃饭用的大盆小罐摆在工具箱上，玩过的扑克、象棋扬得到处皆是。每一个床头都是一个丰富的小世界，有的贴着裸露一痕雪脯的影星画片，有的把小镜子翻过来镶上全家福彩照。总之，各人的情趣不同，设置也各异。右侧深处是一门斗，里面堆着油渍渍的工服和杂物。列车房外放有长凳和晾衣绳。远处可见一栋栋列车房的外貌和一排排小窗。

〔幕启时，老兵、柳明在上铺，大宝子在下铺，都以各种姿势在睡觉。（请注意这些声音的气氛）列车房外偶尔传来安装井架的钢铁撞击声，推泥浆坑的推土机灯光也不时掠过。正是这些单调的声音，显得荒野更加空旷和寂寥。

〔一个初学吹口琴的青年，用单调的音阶反复吹着一句人们熟悉而又陌生的乐句。这段乐句他总是吹不完就卡壳儿，叫人听了心里难受……沼泽地不时传来几声古怪的吼叫声。

〔老兵翻身打开手电偷偷地看信。

柳　明　老兵，你听！这是什么声音？

老　兵　听当地人说，这是大黑鱼的叫声。

柳　明　石海他们怎么还没下来？都半夜了……

老　兵　赶着明天开钻。我说，地质员，这口探井的行情咋样？能闹出油来吗？

柳　明　从物探测得的曲线看，这口井希望最大。它是古龙层系最好的地区。

老　兵　那上头还是高看俺们队了。

柳　明　不知道。反正得快点打，要不到了雨季就撤不出去了。

老　兵　这地方叫……叫啥？哈拉坝……

柳　明　叫塔拉哈！在清代，蒙古族和达斡尔族移居到了这里。哎，白天大黑他们不是下屯了吗？那个屯子离这儿多远？

老　兵　二十来里地吧，得走两个多小时。要是摸不准道儿，掉到沼泽地和暗沟里就得淹死。

〔口琴声又响起来。

〔大宝子猛地坐起来，打开小窗。

大宝子　（声嘶地）别他妈吹了！像挠脚后跟似的，闹心！（紧贴小窗欲向外尿尿）

柳　明　大宝子！你文明点行不行？

老　兵　快关上，进蚊子！上外头尿去！

大宝子　外头？头天晚上在外头撒尿，老二都叫蚊子咬肿了。（关上小窗，从床下摸出空酒瓶背着尿了起来）

老　兵　这小子……

柳　明　这口琴吹得是没这尿有味儿。

老　兵　尿完，倒喽去！

大宝子　我上夜班捎出去。嘁！

老　兵　我说宝子，你跑井队遭这份罪干啥，你爹是官儿。

大宝子　我爹？那老登，为了捞政治资本，不惜下血本儿。

老　兵　咋的？

大宝子　咋的？好听呗！在大会上一讲：我儿子都上井队了，你们还有啥说的？可我能待长了吗？我爹跟我交底了，有机会送我去上学，从基层干出来的，叫你们没得说。不像你，当了三年大兵一枪没放，复员来油田又窝在钻井队。整个媳妇在农村，没他妈城市户口还调不来。啥意思……（停一下）哎，我说老兵，你结婚这么多年，咋没儿子呢？

柳　明　（制止他）宝子！

〔老兵点燃了烟，心情很沉重。

大宝子　别愁，老弟帮你使使劲儿，把嫂子调来，给她个庄稼不收年年种！

老　兵　（并不生气）宝子，到点了。起来，吃点饭，跟我上井值班去。

大宝子　（拎着油腻工服犯愁，不知先穿哪条腿好受）妈的，这身衣服是真难穿哪！湿乎乎、黏唧唧的，还没等穿，浑身上下就起鸡皮疙瘩了。

〔大黑和庆儿从钻台上回来。

老　兵　大黑，设备装完了？

〔大黑不语。

老　兵　要是明天能开钻，就可以正常倒班了。省得你们干了小半夜，明天还得上。（拎着架子工的安全带下）

大　黑　（气呼呼地）庆儿，脱鞋！

〔庆儿像仆人似的俯身给大黑脱鞋。

大　黑　（把庆儿踢倒）你轻点行不？干活时像个猫似的，脱鞋倒来劲儿了。

大宝子　大黑呀，你他妈欺负老实人不怕作损哪！

大　黑　你要是皮子发紧，我给你松一松。

大宝子　我怕你咋的？兄弟还没见过吃生米的呢！当初，要不是我打遍油田，我爹还不能把我发配到井队呢。你访一访，兄弟是不是省油的灯？

〔大黑抓起鞋欲甩，庆儿赶紧拦住。

庆　儿　别闹别闹，刚才干活时钻杆滚堆了，大黑把我推开，自己的脚却挤到里头，好不容易才拔出来。这会儿可能肿了，脱鞋痛，他发激歪。

大　黑　穷白话啥？打水去！

庆　儿　嗯。

大　黑　带上盆儿，把饭捎回来。

庆　儿　嗯哪！（下）

大宝子　真是贱种！他爹怎么“揍”他来的？

大　黑　（嘲讽地）他爹哪像你爹呀！建油田时砸死在钻台上……你爹呢，不管干啥都领导别人。全能！

大宝子　怎么的，那叫有功之臣。

大　黑　当然，要不油老大上哪儿吃苦去呀？

大宝子　你小子脑后有反骨。

大　黑　怕啥？你爹那官怕降成副职，我又不怕降成副工人。

〔庆儿端着热水和饭盒上。

大　黑　咱这儿有酒，宝子陪大哥喝一杯？

大宝子　你玩我呀？

大　黑　（从床下摸出酒瓶）这酒还真不多了。庆儿，翻翻，看谁还有酒。

庆　儿　大宝子床下有一瓶。

大　黑　拿来。

庆　儿　这……

大　黑　吵是吵，闹是闹。可大宝子从来不小气，是吧？

大宝子　喝吧！这酒算哥们儿给你顺气了。

〔庆儿拿酒。

大　黑　（从庆儿手中接过酒）“雷司令”！好酒，好酒。

大宝子　当然。酒香溢人，微酸爽口！

大　黑　让我尝尝——

〔柳明捂着被子笑作一团。

〔大宝子走到门口准备逃走。

大　黑　（抿一小口，品着滋味）怎么这个味儿呢？臊了吧唧的。

庆　儿　（一本正经地）可能……可能变质了吧？我尝尝。（喝了一口）嗯，嗯，可能外国酒都这个味儿。

大　黑　你别充内行了，什么外国酒。

〔柳明笑得床都在颤抖。

〔大宝子也大笑起来，欲逃走。

大　黑　啊！上当了，可能是……（将瓶打在大宝子的屁股上）

〔大宝子一个高蹦出了列车房。

大　黑　（也哑然失笑）兔崽子，把我给逗了。

庆　儿　我说他今天怎么这么顺溜呢。

柳　明　哎，石海怎么没回来？

庆　儿　他说，好像听见江岔子里有人喊叫什么。

大　黑　净扯淡，我咋没听着？

庆　儿　今儿白天，你在屯子里的小店跟人家打架，八成是找来了。

大　黑　就那几个“屯不错”，来找死呀！

庆　儿　听说可恶了，是暴发户，有摩托有枪呢！

大　黑　有导弹我也不怕他。什么玩意儿，跟人家开小店的女人摸摸索索，手都快伸到裤裆去了。一个村干部的儿子就这么霸道，他爹要是当了县长，他能抢男霸女！我管管他，他就把酒碗给人家摔了。气得那女人都快哭了，我不揍他留着他呀？

柳　明　大黑，我的提兜儿呢？

大　黑　坏了！可能打架打丢了。

柳　明　糟了糟了，我那包的二层格里有地质资料，要是丢了，我这地质员算干到头了。

〔列车房外传来秦队长说话声。

大　黑　真倒霉……

庆　儿　队长来了，先别说了……

〔秦队长领着林坚上。

秦队长　这是老林同志。

林　坚　（放下行李）我叫林坚。

秦队长　公司调度喊话过来，说老林到咱们队当工人。当工人嘛，就是当工人。不要瞎猜，是不是在机关犯什么错误了，有什么毛病了，啊……

林　坚　猜也没关系。

秦队长　跟你们班长石海说一声，就分到你们班吧。住大毛的床。

大　黑　那大毛回来呢？

秦队长　大毛调走了。

大　黑　调走了？才来井队几天哪！

柳　明　又调走了一个……

庆　儿　他连行李都不要了呀？

大　黑　要啥？带回去怕把家里弄脏了。哼，队里又开绿灯。

秦队长　你少说风凉话！我是下级，能不服从上级吗，啊？你瞪什么眼睛？我还没找你哪！今天，都谁跟车下屯了？

庆　儿　我俩，还有三班的大李、小赵，四班的德龙和大柱。

秦队长　谁打架了？

大　黑　我。

秦队长　你们就不注意点影响！人家老百姓说啥？说油鬼子进庄了。这话好听吗？坐在车上，一看见女的就穷喊穷叫，就那么没出息？就算几个月没看见女的，也不至于那样啊！你们都有姐妹，要是她们在车下呢——

大　黑　大家是高兴，没别的意思。

秦队长　高兴？有这个高兴法吗？食堂在屯子买了一百斤咸菜，回来一称还剩三十多斤，叫你们这帮秃小子给扔了一多半，还高兴？

大　黑　就是高兴嘛！你上次半年没见老伴，见面还掉眼泪呢。你有出息？

秦队长　我……我那是风流眼。老林，你别笑，井队就这个条件。不过，比创建初期可好多了！

大　黑　你也真好意思比。你咋不跟原始社会比呢？那时，人都不穿裤子，吃草根树皮。

秦队长　这叫光荣传统，中央都肯定了的。

柳　明　人家肯定的是精神，并不是做法。老队长，我最不愿意听你那句话了。

秦队长　哪句话？

柳　明　（学秦队长）“井队就这个条件，比大会战时强多了！”井队这条件就不能改一改，变一变？

秦队长　怎么变？

柳　明　我不跟你争。你去问问石海吧，他写的意见书都有半斤干豆腐那么厚了。

秦队长　我看了，没一样行得通。

柳　明　怎么行不通？人家二四七都实现了！有更衣室、游艺室、电器伙房，倒班工人还举行舞会。

大　黑　吃饺子用机器包。

庆　儿　听说那饺子没馅儿，净皮。

秦队长　电器伙房，二十多万！石油部哪儿来那么多钱，啊？你说——

大　黑　人家队里，有困难的调离井队，得大家讨论定。就这条我就服了！不像咱们队，接个条子当圣旨，捡块牛屎当黄金。

秦队长　人家二四七一年打两万多米，是全国的金牌队，这个你们怎么不比呀？

柳　明　没什么不能比的，都是年轻人。

秦队长　（伤心地）你们是嫌我老了……老林，你睡吧。（下）

林　坚　队长生气了？

大　黑　没事儿。他就是那个德行！滚在工人堆里带头吃苦，还一身病……

柳　明　其实传统本身就有陈旧的一面。从哲学的角度讲，永恒的创造与永恒的破坏，这就是生活的逻辑。未来的科学就是要打破传统。

林　坚　这是马克思的观点。你还读些哲学?

柳　明　石海他二哥在北大哲学系，常寄些书来，我早劝队长也读点哲学。哎，老林，你怎么到我们队来了?

林　坚　(掏烟)来，抽烟，抽烟，这是新牌子，挺有劲儿的。

〔石海领彩凤从右侧上场。

〔彩凤显得惴惴不安，她卷着裤角，手里捧着提兜儿，睁大好奇的眸子望着这新奇的一切。但，她那件粉红色的上衣却十分诱人。

石　海　你等一下。

彩　凤　嗯。

〔石海进列车房。

石　海　大黑，有个女的找你。

大　黑　你别拿我穷开心!

石　海　把屋收拾一下，臭袜子掖起来!

柳　明　真有女的?那我……

石　海　你睡吧。(看见林坚)这位……

林　坚　我叫林坚，分到你们班当工人。有事吩咐，请别客气。

石　海　当工人……(打量了一眼林坚)

〔庆儿赶紧收拾屋子，他从来都不怀疑石海说的话。

〔管理员胖子诡谲地窥视彩凤，从一侧悄悄地溜过。

〔三班李穿着裤头唱唱咧咧地从最后区走出准备小便，他一眼瞥见彩凤，吓得耗子似的钻回后排列车房。

〔这一切都是在石海进列车房后同时发生的。

石　海　进来吧。

彩　凤　嗯哪。(进列车房)

石　海　（指大黑）你是找他吧？

大　黑　是你？……

彩　凤　哎，我就找这位大哥……

大　黑　找……找我？……

彩　凤　嗯，就找你……

〔停顿。每个人都十分窘迫和尴尬。彩凤也不安起来，她渐渐地靠近大黑。

石　海　你坐吧。

庆　儿　（倒水）喝水。

彩　凤　嗯。我找这位大哥是给他送提兜儿的。

柳　明　提兜儿？

彩　凤　（发现上床还有人，猛回头吓一跳）是……是提兜儿。

大　黑　谢谢你了。我正为这着急呢。

彩　凤　你们走后，我见了这个包儿，跟着汽车喊了半天也没停。我寻思算了，一个人造革的兜儿，你们还在乎这？可回到小店一翻，在二层格里发现了一沓图，上面曲里拐弯地画着不少线线，还有一个个圆点。我吓坏了，怕不是联络图吧？

〔几个人都笑了。

彩　凤　你别笑，真的。我这个急呀，一下晌都没安生，嘴都起疱了。傍晚，我站在土坎上朝着大甸子望，见这蓝汪汪的天边竖起一座大井架，我想你们准在这儿。谁知，望山跑死马，干走也不到！天都黑了，也没撵上井架。好像我往前走，井架也往前走。真怪……天大黑了，我绕到江岔子里就转不出来了。我……我都差点儿急哭了……（一笑）后来我就喊哪——多亏这位大兄弟。你看，光听我磨叨了……真是的……

柳　明　可得好好谢谢你呀！

彩　凤　要说谢，我得谢这位大哥。今天在店里多亏了他！要不……嗐，不说了。

庆　儿　你们屯子好大呀！

彩　凤　听说要是出了油，就能改镇了呢。

大　黑　你们不怕油鬼子进庄了？

彩　凤　看你说的。我们这个山高皇帝远的瘪旮旯儿，巴不得来点啥冲一冲呢！那天你们搬迁从屯子路过，好威风哟！几十台大汽车，还有这么老宽轱辘的拖拉机——

庆　儿　那是进口的D80。

彩　凤　前后带电匣子。

庆　儿　那是对讲机。

彩　凤　反正够气派的了！你们通过后，这两天屯子像开锅似的叨咕着。（停了一下）可说，你们也得多个心眼，有的人要打你们的主意，想捞你们的东西发。

大　黑　我们有啥可捞的？

彩　凤　油哇，铁呀，管子、绳子，反正他们什么都划拉。

庆　儿　你倒像我们石油上的人。

彩　凤　你们要我吗？

石　海　你开小店不是挺好吗？

彩　凤　唉，我命不好哇……

庆　儿　现在还讲命？

彩　凤　我知道命那玩意儿是假的，可有些事儿……

大　黑　怕啥，堂堂正正地干呗！

彩　凤　你是个男子汉，可俺是个女人哟。

石　海　你丈夫呢？

彩　凤　他？（突然有些绝望地）结婚没几天就抓起来了。他要钱、骗人、偷东西……嗐！不说这些，不说这些了……

〔胖子向秦队长打了小报告，领着秦队长朝列车房边嘀咕边走过来。

秦队长 （进屋装着送信件）石海，你们班的信件。哎哟！这位女同志是……

彩　凤 我是屯子小店的，我来……

秦队长 （干笑着）嗯，嘿，嘿，井队净男人，不大方便。这会儿……（看表）夜里十点多了……石海，派两个人送送她。

彩　凤 是……我该走了。

石　海 大黑，你送送她吧。

秦队长 叫庆儿去吧！

庆　儿 我……我害怕。

胖　子 队长，要不，我跟庆儿去送！嘻嘻，你的小锅饭我做好了。

秦队长 （生气地）我不是说过，不许给我做小锅饭吗？

胖　子 您一天操这么多心，身体又……

大　黑 （瞪着胖子）哼！溜须，打小报告。什么玩意儿！

胖　子 大黑，你这是什么意思？

大　黑 （对彩凤）走，我送你！

秦队长 你！……

大　黑 咱们丢了东西，人家大老远的送来，队长你就这样？……走吧！

〔彩凤与大黑下。

秦队长 （发火）石海，我告诉你！这女人外号叫“小红袄”，不正经。你要是给井队惹出破鞋烂袜子的事儿，我叫你吃不了兜着走！

〔老兵、大宝子带着拎着塑料桶的赵发上。

老　兵　进屋！

赵　发　饶了我这次吧。求求你了，大叔。

老　兵　走！进屋说。

〔老兵、大宝子、赵发进列车房。

秦队长　怎么回事儿？

老　兵　他偷柴油。

赵　发　领导哇，领导哇，我讨麻烦了，讨麻烦了！我想弄点灯油，被这位大叔抓住了。我他妈的不是人，是驴进的——

秦队长　你哪儿的？

赵　发　北边大屯子的。

秦队长　这油料，是从几百公里外送上来的，你这样大桶地偷不是犯法吗？

赵　发　知道知道，我认罚认罚。

胖　子　你认识“小红袄”吗？

赵　发　认识认识，那是我侄媳妇，我是她老叔。以后到她小店里，我请客！

秦队长　别说用不着的。上队部说去。

〔秦队长、胖子、赵发下。

石　海　老兵，你的信。（递信）

老　兵　谁给拆开了？

石　海　是磨开封了。

林　坚　那个农民管你叫大叔，你四十几了？

老　兵　我？唉，才三十五岁。显老吧？

〔林坚显得很尴尬。

〔石海换衣服。庆儿为石海倒洗脸水。

〔老兵看信，极力掩饰内心的激动。

石　海　老兵，怎么了？

大宝子　想老婆了吧？（夺信）我看看，嫂子又写啥了。

老　兵　别，别介……别撕了……

柳　明　（放下手中的书）大宝子，看人家信不礼貌。

大宝子　咱们这个天地，没有秘密。

老　兵　（无奈）想看就看吧，也没啥。

大宝子　干脆，我给你们念念吧。（读信）"老兵：想你。晚上睡下的时候，我悄悄把你的枕头摆在旁边。虽然你不在，但我闭上眼睛就觉得你在。我真想当妈妈啊，有个孩子会省不少的寂寞。可你一年回来一次，总是来去匆匆。说句玩笑话吧，生个豆芽也得多浇几遍水呀！现在农村别人的日子好过了，而我却更难了。每到晚上，村子里一掌上灯，别人家都是丈夫、孩子、热汤热饭，而我……唉！不说这些了，谁让我嫁给一个找油郎呢！真想你呀，有时我偷偷地哭……"（停顿，眼里涌出了泪）柳明，你念吧……我受不了这个……

柳　明　（接念）"老兵，要是不那么忙，你跟领导请个假，多请几天，为了我和我们有个孩子。可请假时千万别这么说，那显得俺多没出息呀！要是不准，就再等等，打井的事大。还有，你要好好学习，没文化多受憋呀！不说别的，就说你写的信，一篇纸斗大的字，从头到尾连个标点符号都没有。去了前边的问好，再就是后边的'别不多谈'，你谈什么了？你什么都没有说呀！你干的那种活，穿的那身衣服，我见了心都碎了。坐汽车的人，谁能想到油是这么找出来的呀！……"

〔列车房里的人沉默了。

〔庆儿为老兵端过洗脸水，老兵擦脸掩饰。

庆　儿　老兵师傅，你媳妇真好。我将来要是能找上这么个媳妇，哪怕长年不在一块儿，有这句话就知足了。

林　坚　老兵，你是什么地方人？

老　兵　老家在河南。

林　坚　复员几年了？

老　兵　九年了。

林　坚　家属为什么不来？

老　兵　农村户口。

林　坚　不是说够八年工龄，农村户口也可以落吗？

老　兵　没门子，排不上号哇……

〔停顿。

〔林坚接过信封看着。

〔石海端出一盘插满小蜡烛的生日大蛋糕。大家惊异万分。

石　海　来来，换个题目。今天是六月十八号，庆儿的生日。（看表）还差十五分钟就过不着了。

庆　儿　我的生日？

石　海　花名册上写的。

庆　儿　对，是今天！我……我自己都忘了呀……

〔大家沉浸在幸福和激动之中，向庆儿祝贺生日。

大宝子　石海行啊！领导们就稀罕这样的。将来当个标兵、劳模，提个一官半职的……

老　兵　宝子，有这么说话的吗！

大宝子　好，不说。今天晚上又得喝一盅！

石　海　（点燃蜡烛）庆儿，过来吹灭蜡烛吧。

〔庆儿轻轻地吹灭蜡烛。

〔一束淡红色的光渐渐暗去。

〔口琴声又断断续续地响起。

2

〔灯亮。夏日里清新的早晨。

〔景同前场，气氛却大不相同。云雀在天空中飞啼，碧空如洗的蓝天醉人心魄。江湾里飘浮着淡淡的薄雾，空气也显得湿润而甜蜜。挺拔秀美的芦苇掩映着深蓝色的列车房，远处九曲江湾犹如金色的缎带缓缓流淌。刺破青天的钻塔涂上一层余晖，显得顶天立地。

〔幕后钻机轰鸣，大钳叮咚，已经进入正常钻进阶段。

〔石海这个班组今天是大倒班，休息二十四小时。他们都换好了时髦的衣服，准备进城。

〔列车房外，林坚在用包装绳编织排球网。不时有交接班的钻工上下。晾衣服的小伙子吹着口哨。

〔石海用蛤蜊瓢装着抓的小鱼，小心翼翼地走上。

石　海　老林，快看，快看！这小鱼多美，金翅金鳞的，活蹦乱跳的！

林　坚　在哪儿抓的？

石　海　江边。你用脚在沙滩上狠狠地踩个窝，浪一涌上来就灌满了水，一会儿小鱼就一个跟一个地游过来了。可好抓了！

林　坚　我们把它养起来吧！

石　海　是啊，生活应该有点色彩。老林，你听过这话吗？“无论环境多么险恶，人们总是按着美来创造生活。”这是谁的名言？

林　坚　泰戈尔。

石　海　老哥们儿，政治干部要有你这种素质就成了。哎，你是怎么下来的？三种人？还是生活作风……

林　坚　（大笑）三种人不够格，要说生活作风这倒有可能。因为，我看见漂亮的女人，总忍不住要多瞅几眼。

石　海　这很正常。连美都无动于衷的人，不会对生活有热情。哎，你到底怎么下来的？

林　坚　不称职呀……

石　海　不称职的多了！我看干部多半是奴才，是接收指令的机器人。

林　坚　因为奴才毕竟听话嘛。

石　海　这也是光荣传统？

林　坚　不能这么说。

石　海　怎么？

林　坚　有创造性的基层干部也不乏其例。

石　海　我指的是普遍而不是典型。要讲典型，可能在旧中国也能找几个农民万元户，还有地主嘛！

林　坚　石海，昨晚我到队部去，看见一沓子请调报告，怎么这样多的人想调走？

石　海　怎么说呢？大家反映，苦点、累点都没啥，就是生活得不痛快，没劲。

林　坚　怎么不痛快？

石　海　守着大江，洗澡怕淹死；倒班进城，怕喝酒闹事儿；看录像怕中毒；找女人怕搞破鞋。剩下的，就是吃饭、打井、睡觉……

林　坚　要是你当头头呢？

石　海　要是我当头头，请调报告能少百分之九十。

林　坚　我以为你有多大气魄呢，不能一张没有吗？

石　海　不能。

林　坚　怎么？

石　海　还得留出走后门的呢。

林　坚　（笑起来）你小子，太偏激！（喜爱地看着石海）

〔后台一声怪叫："走哇，看女的去呀！""进城喽！"

〔三班李、四班王、柳明、大宝子等人准备搭值班车外出，在列车房外议论着。柳明穿得很洋气，留着长长的头发，穿着紧身的牛仔裤。

〔秦队长怒气冲冲地上。

秦队长　喊什么？穷叫唤！……别都去了，一班派一个，把该捎的东西统计一下。

三班李　叫我们去呗。

四班王　求求你队长，我们都三个多月没出去了……

〔大家请求队长放行。

工人甲　没烟抽了！

工人乙　刮胡子刀片不快了。

秦队长　不行！那个镇子小得放个屁都满街臭，离这儿一百多里路，你们去了闹得鸡飞狗跳的，影响不好！都回去吧，回去吧！一会儿传达文件，还要迎接领导视察。

〔大家迟迟不散。

秦队长　你们要不怕扣全月奖金，你们就去！（下令）开车！

〔汽车声远去。

三班李　（嘟哝着）操你个妈的。

秦队长　你骂谁？小崽子，一张嘴就骂人……

三班李　骂我自个儿，还不行吗？

秦队长　你那是骂你自个儿吗？

〔胖子出来劝解。秦队长下。

胖　子　算了算了。队长也是好意呀，怕你喝多了，回不来，耽误了生产。现在不是提倡“牺牲我一个，幸福十亿人”嘛！

三班李　你少给我玩轮子！你把你食堂伙食搞好得了。一连吃了半个月的烂韭菜，说话都一股儿韭菜味。

〔大家垂头丧气地欲散去。

〔彩凤背着杂货篓上。

〔青年工人一下围上来。

工人甲　你可真是“及时雨”呀！

彩　凤　可别这么说，我也是为挣几个钱哪！

工人乙　都有啥呀！

彩　凤　有香烟、酒、罐头，还有牙膏、肥皂、香胰子。

工人甲　太好了。我们班包了！

〔工人甲把货篓子抱起来就跑，三班李拦住。

三班李　哎，你们别独吞哪！

彩　凤　货，背得不多，还是大家都分点吧！

工人甲　（把几张大票塞给彩凤）给你钱。

彩　凤　哎哟，还得找你两块呢。

工人甲　找啥呀，这块八毛的……

彩　凤　大兄弟，你们这儿有个叫大黑的，他没在？……（期待地张望）

工人甲　我去给你喊去！（跑下）

〔彩凤手里拿着一罐辣酱，被大宝子看见。

大宝子　这个怎么卖呀？

彩　凤　这是给人家捎的。

〔大黑从钻台上下来。

彩　凤　大黑……

大　黑　彩凤，你来了……

彩　凤　给队上送点杂货，一哄就卖完了。这是给你的，用辣椒和肉炸的。

〔工人们买了货并不走开，远远地望着彩凤。

大　黑　这么远，路又不好走……

彩　凤　那你送送俺呗。

大　黑　走吧。（和彩凤下）

〔庆儿抱着一只受伤的小灰雁跑上。

庆　儿　班长、班长！雁、雁！

石　海　哪儿搞的？

庆　儿　大刘用小口径枪打的，伤了翅膀。你看它痛得直抖……这咋办？这咋办？

柳　明　快进屋。给它抹点盐水，防止感染。

庆　儿　你抱着，我找点布给它包一包。（将自己晾着的床单撕下一条）

〔大班刘、三班李闯上。

大班刘　庆儿，雁我们不给了。

庆　儿　说好了嘛！

三班李　我们要拎回去，剁了吃肉，下酒。

庆　儿　别别别，我求求你了，这小灰雁多可怜哪。

三班李　不行！（抢雁）

庆　儿　（急得要哭）我……我给你买十瓶好酒、十盒罐头行了吧？要不兑现，你们就杀了我吃肉！

〔停顿。

大班刘　算了，给他吧。

〔三班李、大班刘下。

〔老兵拎着礼品回来。

石　海　回来了？

老　兵　嗯。昨天我搭车出去的，在基地住了一宿。

石　海　快进屋歇歇吧。

老　兵　这雁……

石　海　咱们班的。（和庆儿下）

〔老兵、柳明进列车房。

大宝子　老兵，又送礼去了？

柳　明　你真是，有那东西还不如自己吃，保养保养你那身板儿。

林　坚　送什么礼？

柳　明　为了老婆落户呗。

老　兵　唉，不怕你笑话，送礼我都摸不着大门呀！大宝子，你以为礼那么好送啊？送不明白人家不收哇。

大宝子　那是。

老　兵　到机关大楼办事儿，我都摸不着大门儿。那牌子一挂就是一溜，听说整个大机关光干部就好几千人，每天都忙得够呛！我站了一个多小时都没人理我。我一想，人家都忙大事情，怎么能顾得上我呢？别给人家添乱了，走吧……路上，我真想打自己两个嘴巴，心里骂自己：你给当过兵的丢人！

林　坚　还差什么手续？

老　兵　说不清。反正报告上已经盖了十六个戳儿了。（拿出报告）

林　坚　（拿过）把这个放在我这儿吧。

老　兵　这……

林　坚　我托人给你办办看。

老　兵　（不好意思地）不麻烦你了。

林　坚　我上边有熟人。

老　兵　那……需要什么，你吱声。钱、东西……

林　坚　不，不需要……不需要……

老　兵　我在路上碰着大黑，还领着个女的，好像来过咱这儿。

大宝子　“小红袄”真多情啊，给大黑勾上了。

老　兵　你别胡说。

大宝子　真的！你没看见“小红袄”那两个奶子翘翘的，男人见了要是不动心，那他妈纯粹是骡子！

柳　明　你呀！好事情，也叫你给说脏了。

大宝子　行啊！大黑哥有了意中人，班长当年的小情人也要来前线巡回医疗了，你们都有希望啊！

林　坚　你呢？

大宝子　我？我也要走喽！就这几天的事儿，咱这儿有秘密手谕。

林　坚　手谕？来，给咱开开眼行吗？

大宝子　不行不行，这是绝密文件！

柳　明　大宝子，石海有对象我怎么没听说？

大宝子　等你听说，孩子都抱出来了。

柳　明　哪儿的？

大宝子　前线卫生所的，咱们秦队长的大小姐。

柳　明　是吗？

大宝子　现在还不敢肯定。那丫头挺怪，长得贼水灵，金处长的儿子也看上她了，恐怕要发生一场决斗！

老　兵　净扯淡！

〔庆儿抱着包扎好的小灰雁返回，石海跟上。

石　海　你就放那儿吧！没事。

庆　儿　我不。死了咋办？

石　海　我这儿有小鱼，喂喂它，看吃不。

〔停顿。

〔大宝子百无聊赖。

大宝子 来来，玩扑克！柳明你下来。

柳　明 我不玩。

〔大黑进屋，掩饰不住内心的幸福，回到铺位。

大宝子 （看着兴奋的大黑）给她铆上了？

大　黑 去你妈的！你说的是人话吗？

大宝子 石海，玩一把。

石　海 你们玩吧。

大宝子 嘁！大黑，老兵，咱们玩。哎，老林你凑把手儿。

林　坚 我不大会。

大宝子 你就整吧，几把就会了。反正也没啥事儿，甩到点吃饭。咱们讲好，打对主的，输了钻床腿！成破两趟，抠底光头翻番儿。

〔几个人打起扑克来。大黑与林坚对主，老兵与大宝子对主。

老　兵 我听说一个老领导，要到咱们队看看。

大宝子 管他呢！乐意谁来谁来，孩子她老姨办喜事儿……嫁给谁咱都照样喝喜酒。（看牌）我说大黑，扣不下牌了吧？认抠吧！

石　海 大宝子，真难为你爹呀，有你这么个宝贝儿子。

大宝子 你还没这么个爹呢！大黑，你头年能不能出牌了，啊？

老　兵 柳明给我弄本书看看。

柳　明 （扔书）给，普希金的爱情诗。学学，好给嫂子来点情话。

老　兵 普希金？哪国人？

大宝子 朝鲜人。朝鲜人一色的姓金。出牌呀！

石　海 你别不懂装懂，普希金是俄国大诗人。

大宝子 （乐得跳起来）玩赖也不行，钻吧！

大　黑　钻？凭什么！

大宝子　（数底牌）一二三四五六七，五七抠底！算抠底吧！来来来，让地方，让地方。

大　黑　（摔牌）庆儿，替我钻一趟。

大宝子　不行不行，替不行！

大　黑　我块儿太大，钻不过去。

庆　儿　我替吧。多钻几趟也行……

大宝子　你他妈的……嗐！我说……

〔庆儿替大黑钻床腿。

老　兵　我看老林就算了吧。

大宝子　钻钻钻！岁数大的更要带头。来吧，别客气。头一次不好意思，钻顺溜了就好了。

〔林坚钻得很困难，大家哄笑着。

大宝子　（推林坚的屁股）你真比狗熊它姥姥还笨！

〔秦队长闯进来。

秦队长　老林哪，你……嗐！这么大岁数怎么也像孩子似的跟着胡闹。

林　坚　（尴尬地笑了）我是凑热闹……

秦队长　收了收了！把屋子拾掇拾掇，一会儿老领导就到。后边喊话过来了，已经上路四个多小时了。他先到二四七队，拐过来到咱这儿。

柳　明　哪位老领导？

秦队长　反正比我大。你们可都小心点，别跟我过不去！

〔列车房里的人有点紧张，赶紧打扫卫生。

〔秦队长在列车房内巡视一圈。

秦队长　你看看这屋，像什么样子？尽整些用不着的。这谁织的网这么大眼儿，还想捞大鱼啊？

林　坚　我织的。

秦队长　你？

林　坚　排球网，业余时间玩玩。

秦队长　这蛤蜊瓢里还养了鱼。庆儿，你别躲！天哪，还养了雁……你们这儿开动物园哪？石海，你赶紧把这些处理喽！

石　海　用不着这么紧张。

秦队长　还有，你们要提提精神！别什么家庭啊，女人啊，想那些没出息的事。当年我们创业，提出三年不探家，五年不谈恋爱，八年不结婚！白天打井，夜里会战，饿得眼珠子发蓝，也都规规矩矩，队伍也没像你们这么难带。

石　海　按队长说的做吧。快点！

秦队长　把床下的破瓶子烂罐子收收，把床头那些穿没领衣服的女人照片，还有那光大腿的都摘下来。

柳　明　这是女子体操，那照片是张瑜。

秦队长　什么章鱼、墨斗鱼的，掖铺下面。（上下打量着柳明，看着心里别扭）

〔胖子急上。

胖　子　队长，队长！我搞了八个菜，够了吧？

秦队长　你找挨骂呀！四个菜一个汤，照旧。

胖　子　（小声地）上次弄柴油的赵发，给送来一只羊，他想要点……

秦队长　给钱！

〔三班李穿油腻工服急上。

三班李　石海，求援了。

石　海　怎么了？

三班李　卡钻了。大黑技术好，有经验……

大　黑　别他妈尽说好听的，走吧！（与三班李下）

秦队长　柳明，你这头发是不是理一理？扎毛搭相的，男不男、女不女，像个老娘们！老领导最讨厌这一套。

柳　明　队长，你应该尊重我的人格。

秦队长　干好工作，这就是人格。

大宝子　队长，头发长就不革命了？马克思大胡子长头发，是革命导师，林彪是秃子，还反革命呢！

秦队长　你就会玩嘴。柳明，你是知识分子，要有个朴素的作风，给全队青年带个头。你看你，穿的这个裤子，紧绷绷的，后面还一个铜牌牌，前面鼓出个包包儿。尿都快露出来了。嗐，我都替你勒得慌。

〔众人一阵哄笑。

柳　明　（激动地）队长，这纯属我个人爱好。我没妨碍别人，也没影响工作，你没有权利干涉。

秦队长　（固执地）在我这个队，我就管！你立刻理发，换衣服！

柳　明　在这方面，我有权不听你指挥。

秦队长　（气急）你……（猛然发现柳明的床头挂着一幅题名为《泉》的裸体女人油画复制品，严厉地）那是一幅什么画，啊？

柳　明　我喜欢的画。

秦队长　摘下来！

柳　明　……

秦队长　摘下来！

〔柳明无奈将画摘下来，递给秦队长。

秦队长　老林，你们看看，这……这能看得下眼去吗？这基本上是棵（裸）体嘛！

庆　儿　（小声地）队长，那念裸体。

秦队长　啊，裸体。老林，你说说，这下流不下流？

林　坚　老秦，这是一幅世界名画，是19世纪法国油画大师安格尔的作品，叫《泉》。

秦队长　是够“全”的了，啥都露出来了嘛。这种东西，我要是给你们报上去，非把你当成搞淫秽书画抓了去。柳明，我是爱护你。立刻毁掉！

柳　明　不能毁掉美好的艺术！

林　坚　有的艺术家把美妙的人体比作真理，因为真理也是赤裸裸的，毫不遮掩的。

秦队长　老林哪，你这么大岁数说这话也不脸红？

林　坚　（一笑）看我的面子上，还给他吧！

秦队长　给他？（气得撕碎油画）我不能让这种东西有立锥之地！（怒气未消地欲下）

柳　明　等等！

秦队长　怎么的？

柳　明　对于今天发生的不愉快的事情，你要负责任！

秦队长　我负责到底！（气得来回踱步）

柳　明　（沉重地）第一，队长，你当领导，我有义务尊重你，我当小兵，你也同样有义务尊重我。因为我们同样是公民。我愿意把头发留长一点，喜欢穿紧身的牛仔裤，是为了形体健美，这纯属我个人的生活爱好。我并不妨碍别人和工作，也不强加给别人，我想这一点自由是属于我的。队长，我希望你当着全队人的面给我赔礼道歉。第二，这幅世界名画是我一位同学赠给我的，虽然是复制品，但也价格昂贵。我希望你能赔偿，否则，我要向法院提出起诉。

〔秦队长大笑起来，但笑声过后，他突然想到什么。

〔三班李扶着满身泥浆的大黑上。

石　海　怎么了？

三班李　卡瓦滚出来，把大黑的脚砸了。

〔老兵、庆儿、林坚都围过来。

石　海　疼吗？

大　黑　废话！

〔庆儿轻轻地给大黑脱鞋。

〔大黑忍着剧痛。

秦队长　你忍着点，我给前线卫生所喊话！

庆　儿　哎呀，这鞋窝里全是血呀！

大　黑　咋呼个屁！流点血死不了人。去，拿口酒喝！

庆　儿　嗯哪！

大　黑　快点！

〔庆儿赶紧拿酒，大黑猛地喝一口。

〔口琴声又响起……

〔灯光渐暗。

3

〔灯亮。一个神奇的黄昏。

〔景同前场。橘红色的落霞染红了远处多情的江湾。高高的井架，像是镶金镀银的金字塔。列车房仿佛不是深蓝色的，它已被橘红色的落霞涂抹成一种奇妙的颜色，一切显得十分柔和与恬静。

〔石海与柳明在琢磨刚刚取上来的一截岩心。大黑半卧在床上养伤，已经不那么痛苦了。庆儿在用小纱网筛选着刚捞出来的小鱼小虾，准备喂雁。

柳　明　（用放大镜观察岩心）奇怪！

石　海　怎么样？

柳　明　按说，这个层段取上来的岩心，应该有良好的油气显示。

石　海　可取上来的岩心不是油砂体，而是水砂石。

柳　明　（果断地）拿锤子来！

石　海　（递地质锤）给。

〔柳明砸开水砂石，又拿出另一种岩样用放大镜观察比较。

柳　明　（惊喜地）石海，你看！这水砂石很像含有天然气的岩样！这种情况还不多见呢！

石　海　给负责这个区域的张总写个分析报告。

柳　明　我想，他们也会发现这一点的。

石　海　咱们共同证实不是更好吗？要是他们万一按常规处理，不射孔试采，那损失就大了。你写吧，我想办法。哎，老林干啥去了？

柳　明　好像有急事，一大早就搭车出去了。

石　海　柳明，你对老林怎么看？

柳　明　我怀疑他是上边派来的。

石　海　不是。我托人打听了。

柳　明　他这样的人，含量很大。

石　海　也许……

〔停顿。

庆　儿　大黑，我的小灰雁伤好了，今天飞出去，又飞了回来。回来时还围着钻塔盘旋两圈，嘎、嘎地叫了两声，像是认识咱们队似的。

大　黑　小灰雁将来能变成个漂亮的女人，永远陪伴着庆儿。

庆　儿　你别逗了。到了秋天，小灰雁就飞走了，也不知明年还能不能飞回来？

大　黑　就是能飞回来，咱们也不知上哪儿了！

庆　儿　我想买个小项链儿，挂在小灰雁的脖子上。无论飞到哪儿，它都能记着我们和这大井架。

柳　明　它是只孤雁，冬天会冻死饿死的。

庆　儿　我不信，不信！

〔秦芳背着医疗包随秦队长和穿摩托服的金鹏走过。秦芳在门口停下，敲门。

秦　芳　可以进来吗？

柳　明　请！

〔秦芳进列车房，给大黑换药。

秦　芳　勇士，你的伤好多了，过几天就可以上钻台了。

大　黑　柳明，陪我出去走走。

柳　明　啊……对对！多么迷人的黄昏啊，是该出去走走。

庆　儿　我也去喂小灰雁喽！

〔几个人讪笑着下。

〔列车房里剩下石海与秦芳二人。

〔沉默。看来两人都很为难。

〔石海站起来欲走。

秦　芳　等等。

石　海　听说你快结婚了……

秦　芳　你恨我？

石　海　为什么要恨？

〔秦芳拿起桌上的烟点燃一支。

石　海　你学会抽烟了？

秦　芳　（痛苦地）麻痹神经呗……

石　海　别跟我说这些。我的照片你都拿来了？

秦　芳　（拿出一沓照片，摔在桌上）拿去吧！别影响了你的好名声。

石　海　（翻看）还缺一张。

秦　芳　哪张？

石　海　小时候……

〔停顿。

秦　芳　（哽咽）丢了……（大声地、痛苦地）丢了！

石　海　是啊，丢了……就丢了吧。

秦　芳　那张照片就留给我吧！别狠心把它拿走。

石　海　他对你好吗？

秦　芳　他父亲为我联系上大学，然后我才答应结婚。

石　海　挺好的一桩买卖。

秦　芳　别折磨我，咱们的感情要比——

石　海　还谈什么感情呀？要是我爹是个处长，咱们的感情就不会贬值了。

秦　芳　要不，你跟我走，离开井队。

石　海　你为什么不能跟我走呢？到大自然中来……

〔停顿。

秦　芳　看来，我们谁也不能跟谁走了。

石　海　是啊，生活毕竟是一件最实际的事情。你从小的理想就是当一名医生，可又没有文凭，要是他能帮你实现愿望，你就跟他去吧！我祝你们幸福……

秦　芳　（抽泣）幸福……

石　海　有些是气话。请你原谅我……我真是……怎么说呢……有时在草原上看蝴蝶，不知怎么总是想起你辫子上系的发带儿……那是小时候……我这个人哪，注定要浪迹天涯……

秦　芳　（激动地）小海，我不能忘记，不能……从童年……可我没有信心……（含泪依偎在石海的怀里）

〔秦队长领着金鹏闯进，他们被这拥抱的场面惊住了。

〔秦芳与石海并没有即刻分开，这使秦队长与金鹏十分难堪。

金　鹏　（克制着）对不起……（转身欲走）

秦　芳　等等。让我来介绍一下，这就是我常跟你说起的石海。

金　鹏　（傲慢地）听说过……

秦　芳　这是金鹏。

石　海　噢。

秦队长　不像话！小芳，你出来！

〔秦芳随秦队长出列车房，金鹏与石海也跟出。

秦队长　你太不像样子了！一脚踩两只船，还……还相互介绍。

秦　芳　你放心，我只能嫁一个。不过，另一个可以当朋友嘛！

秦队长　你给当爹的留点老脸吧！咱们家怎么生了你这么个妖精……你找个对象，还，还找个朋友……

〔胖子献殷勤地走到金鹏身旁。

〔大黑与柳明遛弯儿回来。三班李、四班王、庆儿远远地看着。这些青年人对那些来井队跟他们争夺女人的陌生人，都有一种本能的仇恨感。

金　鹏　秦芳，快走吧！这不是人待的地方——

大　黑　（逼视）你说什么？不是人待的地方？你这些钻工爷爷是干什么的，啊？

胖　子　小金不是那个意思。大黑你别瞎联系……

金　鹏　我没那个意思。我是怕天黑了，秦芳在这儿不方便……

大　黑　我们会保护她的。我倒是怕你在路上不规矩。

金　鹏　你这是什么意思？

胖　子　（埋怨大黑）人家是对象，你怎么这么说呢？看看，这多那啥——

大　黑　没你的事儿，滚！金三，你那点老底爷知道。你不就是靠你爹用公家的钱买了个大学文凭吗？你不就是靠给别人调换工作玩了几个女孩子吗？狗崽子，你听好了，石海与秦芳是青梅竹马，你要是依仗权势撬了行，我就打断你的腿！

金　鹏　哼！你们别仗着人多。要是想会会，哥们儿指个地方！谁他妈要是不按时去，谁是茄子！

大　黑　你是不是皮子发紧，想让人抬着你回去！

石　海　（制止）大黑，算了……

大　黑　石海！你，你怕他……

石　海　不值得……

柳　明　哼！找老婆还靠你当官的爹。无赖，滚吧！

胖　子　越来越不像话了。这要叫金处长知道了，多不好……

金　鹏　秦芳，走吧！我用摩托送你。

〔大班刘急上。

大班刘　卫生员，我们班有个人拉肚子，发高烧，你去看看。

秦　芳　这……我这儿有药，你拿去给他吃了。

秦队长　不行！要是中毒性的就来不及了。小芳，快去看看吧。

秦　芳　我看也没用。

金　鹏　快走吧！

秦队长　小芳，你爹也是打井的出身哪！

秦　芳　所以你就窝囊一辈子。

秦队长　混账！

秦　芳　（激怒）你……你只能带出一帮土匪！

秦队长　（失手打秦芳一耳光）滚！我没有你这样的女儿！

秦　芳　（惊惶地）你……

金　鹏　别说了！走……（感到四周有一双双愤怒的眼睛在盯视着自己，慌乱了）

〔长久的停顿，一双双喷射火焰的眼睛。

〔金鹏领秦芳下。

胖　子　再来呀！给金处长带好，啊！别生气……

〔大黑踢了胖子一脚。

胖　子　这是谁？队长，你看……

秦队长　你也回去！

〔摩托车开走的声音。

秦队长　石海，你们班准备上井！

〔众人各自散去。

〔石海、柳明、庆儿回到列车房，他们默默地换着那身油工服。

〔秦队长站在院里沉思着。

〔老兵与大宝子从外面归来。

大宝子　（似乎非常高兴，唱着《热情的沙漠》）

我的热情，哦！

好像一团火，啊！

秦队长　你他妈的发情呢？哦啊的。

大宝子　（拿出批条）队长，这是批条，放行吧！

〔秦队长看批条。

老　兵　队长，我……我写了份请调报告，我寻思爱人调不来，我就调回去。家里老父亲久病在床，实在是……

秦队长　（气得发抖）走走走，到你们班说去！

〔三人进列车房。

秦队长　老兵是个党员，带头写请调报告，还到处送礼，这像话吗？

石　海　他的困难应该考虑。

大宝子　那我呢？

石　海　你没有理由。

秦队长　大宝子有领导批示，不放行吗？

石　海　我看批条。

〔秦队长将批条给石海。

石　海　放我这儿吧。我丑话说在前边，谁要是开后门儿，我就把这批条贴在纪检委的大门上。

大宝子　（被激怒地）石海，你他妈太损了！你欺负我大宝子咋的？你看我眼眶子发青咋的？我大宝子人称神行太宝，三进拘留所，身上四处伤疤。既然你不讲哥们儿义气，也别怪我不客气！你们闪开，我跟他拼了！……（一拳将石海打倒）

〔秦队长与老兵上前将大宝子抱住。

大宝子　（大哭起来）妈的……你显大眼，扎根井队，干啥卡别人！妈的，我走不了啦，走不了啦……我得死在这儿了……

秦队长　唉！一塌糊涂……（下）

〔停顿。

石　海　（把批条还给大宝子）要是你真的想走，那就走吧……但我想，你最好在这儿多干两年……

〔大宝子平静了些。

〔天渐渐地黑下来。

〔石海拎着大宝子的工作服。

石　海　穿吧，准备接班。

〔赵发背着半面袋子东西点头哈腰地上。

赵　发　哎哟！兄弟们都在。这是准备上夜岗吧？

石　海　你啥事儿？

赵　发　没啥事，没啥事。看你们在这儿挺那个的，就给你们送点庄稼院儿产的东西。没啥稀罕玩意儿，蒸了点黏豆包儿，炒了些毛子嗑，还有点干巴鱼，给你们下酒。

〔赵发正说着，大黑进来了。

大　黑　你来干什么？

大宝子　人家是来慰问的。吃，吃呀！不吃白不吃呀。

赵　发　还是这位大兄弟实惠，不外道。

老　兵　慢，你把东西装上背走。

赵　发　这扯不扯，我还能给你们讨麻烦吗？

老　兵　你想吃小亏占大便宜！拿走！

赵　发　哎呀，我说这位大哥可真那个，我干啥那么讨人嫌呢？我图啥呀……

老　兵　柴油！那是国家的，一滴你也别想弄走。

赵　发　你真是江北的胡子，一点不开面呀！

大　黑　赵发！

赵　发　（吓一跳）哎。

大　黑　别的我不多管，你们姓赵的今后对彩凤好点，别他妈胡诌八扯乱造谣。你们要是逼人太甚，别怪我废了你！

赵　发　这位大兄弟跟彩凤挺那个的，别的不别的，要是能给我点方便，睁一个眼闭一个眼的，就当没看见……啊，再说你们成汽车地造，还在乎那几桶？人心换人心，要是给我们个方便，那彩凤是我侄媳妇，我就给你们拉个拉个，叫你们这帮生荒子也来个实实惠惠儿的——

大　黑　（气得揪住赵发衣领）放你妈的屁！

赵　发　（连连告饶）哎呀，哎呀，我不敢了，再也不敢了。

〔老兵将面袋子摔在赵发怀里。

大　黑　滚吧！

赵　发　这扯不扯，真是……没见过……（下）

石　海　走吧，吃饭，上井。

〔石海、柳明、老兵、大宝子、庆儿每个人拎着饭盒儿相继而出。

〔大黑躺在床上，他的脚仍然缠着绷带。

〔天完全黑了下来。

〔不远处又传来口琴声。

〔彩凤拎着篮子悄悄地走进列车房。

大　黑　你……

彩　凤　他们都上井了？

大　黑　我跟你说过，别上这儿来找我。

彩　凤　可俺老是想着你……

大　黑　我有什么好想的。

彩　凤　好多好多个晚上，我就站在高坡上朝你们这儿望，看井架上的灯……

大　黑　别跟我讲这个。

彩　凤　你负伤了，我来看你不行吗？我给你煮了鸡，可香了，吃吧。（从篮子里取出）

大　黑　你，你这是干啥？

彩　凤　我看你好，城里人叫爱。

大　黑　爱……什么？

彩　凤　你结实，人也好。你是座山，我能靠。

大　黑　这不行……

彩　凤　你们大工业，也这么不开化呀！

大　黑　不，你有丈夫。

彩　凤　我跟你说过，结婚后第二天他就被警察抓走了。耍钱、骗人、偷东西，被判了六年，我早就提出和他离婚。

大　黑　小声点，别叫人听见。

彩　凤　我把门掩死。（去关门）

大　黑　那就轻轻关上吧。天黑了，你不怕吗？

彩　凤　跟你在一起就没有白天和黑夜了。

〔停顿。

彩　凤　你怎么老往别处瞅啊？

大　黑　我听见有人来。

彩　凤　那是打钻的声音。

大　黑　真静啊，列车房里难得这么安静。

彩　凤　看你，都出汗了。我给你擦擦吧……

大　黑　别碰我……

彩　凤　咋的？

大　黑　你一碰我，我就……就站不稳了……

彩　凤　你不喜欢我？

大　黑　正因为喜欢。

彩　凤　外面滴答雨了，我有点凉……

大　黑　那就把窗子关上。

彩　凤　（关窗）还是凉……

大　黑　那咋办？

彩　凤　跟你在一起还会让我凉着吗？

大　黑　再等等，等你离了婚，我就娶你。

彩　凤　离婚……

大　黑　我帮你去办，最多再等一个月。

彩　凤　这一个月我怎么活呀？要是贴在你的胸脯上睡一个月，时时听你的心跳，听你的呼吸，那还能挺过来……

大　黑　有时我害怕……

彩　凤　怕什么？

大　黑　怕你跟我吃苦。

彩　凤　苦死我也快活。你不知道现在有多难……（渐渐靠近大黑）

大　黑　别靠我那么近。

彩　凤　你抱抱我，像电影上那样。

大　黑　你听，有声音……

彩　凤　那是风。

大　黑　雨也下大了。

彩　凤　我有点冷，让我暖和暖和……

大　黑　别这样。

彩　凤　你跟钢铁岩石打交道惯了，你就不想……

大　黑　我没碰过。我怕它把我压碎。

彩　凤　不会的，不会的……

大　黑　（使劲抱住彩凤）彩凤，别骗我……我可是第一个……

彩　凤　我是最后一个……到死……

〔彩凤拉灭了灯。

〔黑暗中的对话。

彩　凤　你的手真有劲儿。

大　黑　我怕你冷。

彩　凤　轻点，别扯破我的小褂……

〔胖子和赵发指指点点带着两个地方警察上。

彩　凤　这回真的有人来……

大　黑　那就来吧……

〔警察进列车房。

〔灯亮了。

〔秦队长也赶来了。

警　察　你叫大黑？

大　黑　是。

警　察　我们是镇上派出所的，你被拘留了。

大　黑　我……我没犯法！

警　察　你在北大屯小店打架伤人，又破坏他人家庭幸福。

彩　凤　不，不不！这不怨他，是我，是我主动的。我要离婚。我有权利！

警　察　可还没有正式判离。带走！

秦队长　等等。（恳求着）同志，我们加强教育，给他行政处分，请你们千万不要带他走！他……他脚上还有伤啊！

警　察　（冷冷地）不行。带走！

彩　凤　（跪了下来）求你了！把他留下，把我带走吧……

秦队长　同志，照顾照顾吧！

警　察　不行啊，人家亲属上告了。带走吧！（下）

彩　凤　（撕心裂肺地呼喊）大黑！……

〔秦队长怒视着惊慌失措的彩凤。

〔那口琴声又响起来。

——幕　落——

第二幕

1

〔到了雨季，分不清早晨还是黄昏。

〔景同前场。漫漫荒野处在一片迷蒙之中。铅灰色的天空低吻着高高的钻塔，远处的江湾泛着白色的光亮，一切都浸入风雨飘摇之中。

〔雨滴均匀地打在列车房的铁皮顶盖上，发出单调而有节奏的声响，听来使人心焦火燎。

〔幕启：昏黄的列车房内，石海、柳明、老兵、大宝子、庆儿用各种姿势无聊地躺在床上。

柳　明　这雨下几天了？

石　海　不知道，把我都下糊涂了……

老　兵　（看信）这路也不通了，全泡在水里……

石　海　老兵，嫂子又来信了？

老　兵　嗯。她还劝我哩。

石　海　（接信，激动地看着）你别急，她的户口会落上的。

老　兵　你别安慰我了。

柳　明　庆儿，给我找个盆儿，这儿漏水了。

〔庆儿拿盆接雨。

老　兵　唉，这雨……

〔列车房外不时有人顶着饭盒儿跑过。

〔列车房内又静默了，只有轰轰的钻机声。

〔大宝子摔掉手中的扑克，开开小窗朝外望着。

大宝子　（声嘶地大叫）别——下——了！妈的，可能王母娘娘得了糖尿病了，啦啦起来就没完。老兵，旱烟还有吗？给我卷一颗。

老　兵　烟口袋都翻过来了。

大宝子　（趴在地上找烟头）这他妈谁吸的烟，这么狠，连个烟屁股都不留。（摔掉寻来的一截过滤嘴，又弯腰寻找烟头）我这一没烟抽，浑身没劲儿，嘴里没味！

石　海　你到别的班去借两盒。

大宝子　全都断捻儿了。这雨下得，谁也出不去。再过些日子，咱们都得变王八……（又在地上爬着寻烟头）

石　海　你快变成爬行动物了。

大宝子　嘁。

〔大班刘上。他浑身泥水，手里拿着一把树枝。

大班刘　有水吗？喝一口。

大宝子　这不到处都是水吗？

大班刘　到处都是脏水，连江里的水也像黄泥汤子。后勤又送不上来，整天泡在水里，还他妈渴得要命。

柳　明　打到哪儿了？

大班刘　硬夹层，干啥又不往里进。

大宝子　处女地嘛！

大班刘　你小子就没好话。撅腚眼子找啥呢？

大宝子　烟头。哎呀！这还真有一截，是恒大牌的呢！（把大半截烟点燃）

大班刘　给咱来一口，解解馋。

大宝子　行，整一口吧。

〔大班刘猛吸一口。

大宝子　哎哎，你轻点嘬，到头了！你小子属驴的，肺活量倒蛮大。

老　兵　给咱弄一口。

大宝子　再弄我就没了。

老　兵　烟酒不分家嘛。

大宝子　不分家得分时候。谁能弄来烟，我磕头叫爹。

石　海　大刘，你手里攥着树枝干啥？

大班刘　给司钻打蚊子。你说司钻站在那儿手扶刹把，脚踩离合器，动得了吗？这花脚大蚊子也能欺负人，一咬一脸，咬得满脸起大包，痒得司钻乱蹦，差点没碰天车。

石　海　可得小心。刹把连着三条命，人、井、设备。

大班刘　所以我站在后面，拿树枝给他轰蚊子。

柳　明　你说这蚊子也不搞搞计划生育啊。

大宝子　人家那叫性解放。像咱们……哼！老二硬得能挂双大头鞋！明天我出家，剃个秃子，再点六个点。

大班刘　我上去了。（下）

大宝子　唉！还不如到老山前线打一仗。死了是个烈士，活着是英雄。

柳　明　还有女大学生写信，那词措得叫你听了热血沸腾。

大宝子　咱们倒好，今晚发水冲走了，可能都没人知道。

〔列车房里一阵静默。

庆　儿　大宝子，一会儿你帮我喂喂小灰雁，把这盆食端出去就行了。

大宝子 你干啥去?

庆　儿 我去给你们买烟。

大宝子 上哪儿去买?

庆　儿 蹚过前边那片沼泽地，在北头有个打鱼的窝棚，我想他们那儿可能有旱烟叶儿，都是当地人。

大宝子 对对对！雨季他们都有储备。

庆　儿 我想多买几斤，给各班送点，让这帮烟鬼过过瘾。

大宝子 （扑通给庆儿跪下）庆儿！你就是我的亲爹活祖宗啊！以后谁欺负你，你找我。有机会我帮你走走后门，调出井队。

庆　儿 不不，你别这样。在井队，我觉着挺好。我身体弱，干不了重活儿，给你们跑跑腿，打打水什么还行。再说，大家在外，都是亲兄弟。

石　海 庆儿……

老　兵 那路倒不远，可你不熟啊！别出事儿。

柳　明 注意暗沟，要是掉进去，喊都没用。

大宝子 不会的。庆儿，给你钱。（拿出一把十元钞票）

庆　儿 我有。

大宝子 拿着！（把钱塞给庆儿，又摸出两个瓶子）要是求求他们，给弄二斤酒就更好了。

庆　儿 我看看，他们打鱼的都喝酒，我多说点好听的呗。

大宝子 对对对！

石　海 把雨衣带上。

老　兵 要是陷住，就不要靴子了，光脚好往外拔。

庆　儿 没事儿。（下）

老　兵 这雨，小点儿了……

石　海　小？过一会儿又上来了。

〔秦队长带着蓬头垢面的大黑上。

石　海　回来了？

〔大黑不语。

石　海　快换换衣服吧！

〔大黑不动。

老　兵　没事儿了吧？

秦队长　没事？就地开会，重点解决你们班的问题。大宝子，去叫一个班派个代表来。

大宝子　我没挣那份工资。

秦队长　你，你小子……

石　海　我去叫吧。（下）

秦队长　今天，我是给你们班留点面子，要不然我就开全队大会！

柳　明　全队大会？有地方吗？外边又下雨。

秦队长　你的事还没完呢！

柳　明　你想完，我还不想完呢！我等着你赔礼道歉。

秦队长　那你就等着吧！

〔石海领三班李、四班王、老闷上。

石　海　开吧。

秦队长　我讲讲，然后你们讲讲。重点是大黑，还有老兵，其次柳明、大宝子、石海也在内。

大宝子　我们班没好人了。

秦队长　怎么，不服？你们班最操蛋！

柳　明　你说话文明点。

秦队长　你们办的事儿文明吗？啊？石海，你说！

石　海　你先说吧。

秦队长 事情都出在你们班，把咱们队的脸都丢尽了。

三班李 不能这么说。石海班进尺最高，质量最好，生活上也比较活跃。

秦队长 就这么个活跃法儿？把娘儿们都活跃到列车房来了。

石　海 这解决不了问题，你说事实吧。

秦队长 我还要讲传统。当年，我们住在老乡家，一个工人跟房东的女主人开了句过火的玩笑，就被开除了。事后，老百姓把我们称为不穿军服的解放军。那时，我们吃黄花菜、代食品，常常栽在钻台上……

大宝子 （恶作剧地哭起来，唱）“生产队里开大会，诉苦把冤申……”在那万恶的旧社会……

〔众人一阵哄笑。

石　海 大宝子！你干什么？

大宝子 我感动得直流鼻涕。

秦队长 我，我把你开除！

大宝子 我谢谢你。

秦队长 石海，你们班我管不了，另请高明吧！

石　海 队长……

秦队长 啊，这个，这个这个……咱们掏心窝子说，你们做得对吗？老兵是个党员，带头打请调报告，整天提溜着礼品到处送，这像话吗？柳明，顶撞领导，无理取闹，小资产阶级思想非常严重。大宝子，是个吊儿郎当的二滑屁，五毒俱全。石海是班长，带头纵容这些事。石海，你爸爸也是个老石油，他的光荣传统要是在你这一代丢了，他能不心疼吗？

石　海 （被激怒地）我们要发扬传统，而不是守着传统。

秦队长 今天不讨论这个问题。大黑，我给你个机会，你要深刻地检查自己！说吧。

〔众人沉默。

〔大黑不语。

秦队长 说呀！

大　黑 没什么可说的。

秦队长 你先讲讲过程。

大　黑 （沉重地）我负伤了，她来看我，还带着煮好的鸡。我们坐着，屋里没人……她说冷，我就叫她把门窗关了……她离我很近，喘气儿喷到我脸上热乎乎的，那眼睛里含着泪水，她说她真的喜欢我，我就抱了她……队长，哪怕把我枪毙了，也别难为她呀！（泪水滚出来）彩凤，小时候没了父母，赵家用钱把她买过去，像使用牲口那样叫她干活。那男人是个恶棍，刚结婚几天就进了大狱。彩凤她没享一天福啊，她太可怜了……

〔许多人落下泪。

秦队长 （不那么强硬了）可……可她还没离婚，这你知道。你刚才讲得不深不透，没有从主观上找原因。

柳　明 我看这事无所谓。主观，大黑是男人；客观，她是女人。这两相情愿的事，不违反法律，我们不该干涉别人的私生活。

秦队长 你少搞这套现代派！大家说。

四班王 大黑，是要从思想上认识。咱们工人应该守纪律，那女人毕竟有丈夫。这样会造成工农不团结，很不好。

秦队长 小王说得好。谁再说？

大宝子 我整两句。这事我看怨女的，她不来勾引大黑，也不会出这事儿。你看她那个样儿，穿个小红袄，奶子翘得高高的，走起路来还一扭一扭的，这，这样……（学女人）

大　黑 （忽地扑过去揪住大宝子）我不许你说她坏话！

大宝子 （害怕地）我，我是为你好啊！

秦队长 （上前拉开）放手！你疯了，让大宝子把话说完。

大宝子 反正女的都不是好东西。要是我掌权，把她们统统杀掉——不，留一个，留我妈。

〔众人一阵哄笑。

秦队长 老兵，你说说。

老　兵 我谈谈我自己吧。

秦队长 好。

老　兵 听了队长的话，我心里很不好受。我在部队入了党，受了多年培养。可现在，为了个人的事儿到处送礼，真没脸见大伙。队长，这送礼的事儿是我情愿的，你怎么处分都行……

四班王 这事确实要严肃处理。井队的同志本来就不安心，而老兵一个党员还带头搞这套。这像什么样子！

秦队长 这事儿要是在一般人身上，还说得过去。可你是个党员，搞这种事儿够一个党员的资格吗？啊？

老　兵 （要哭了）我不够，不够……

石　海 （非常激动）不，我看老兵够个党员，而且还是个不错的党员。

秦队长 你……

石　海 能让我说几句吗？

秦队长 你说！

石　海 会，可以开。队长，你刚才批评的这些，有对的一面，也有错的一面。

秦队长 胡说八道！

石　海 你让我把话说完。大黑，他性情粗暴，但心地纯正。彩凤喜欢他，他也爱彩凤，这有什么不好？法律上缺手续，我们应该努力去办。柳明，他为了维护做人的尊严，要求你赔礼道歉，这完全是应该的！说到老兵，我心里非常激动。他是想送礼，但他每次拎出去，又照样拎回来。有人看见他在领导门前走来走去……为什么？他为什么要送礼啊？他家里有难处，你们知道吗？这困难是一般人忍受不了的！

老　兵　石海，你别说了，我在请调报告上写了。

石　海　队长，你认真地看了吗？你只是一看“请调报告”这四个字，就怒火冲天。

〔秦队长沉默着。

柳　明　我发言。这话我想了很久，不知该说不该说。

秦队长　有啥说啥，别绕弯子。

柳　明　队长，你应该辞职！

〔大家都怔住了。

柳　明　你可以当一个不错的工人和劳模，可你实在没能力管理这样一个平均年龄二十一岁的钻井队。尤其是以后，你将更加困难。

四班王　这太过分了！

柳　明　想想看，你靠什么？仅仅靠讲传统，或是靠发发火、训训人？年底我们要换进口的新设备，你可能连说明书都看不懂。你总是跟过去比，一张口就是过去……可我们的劳动不能改变我们的生活，还谈什么这个主义那个主义呢？现在，连科威特、沙特阿拉伯那样的小国，勘探工人倒班都用直升机了，可见石海提出的那些并不过分哪！关键在于你不愿意否定自己，没勇气从那些陈旧的观念中走出来。我说完了。

大宝子　这话实在。队长，你辞职吧。要是像马科斯似的叫人赶下台就不好看了。

秦队长 什么马克思？你胡说些什么？

大宝子 菲律宾的马科斯。

秦队长 马克思什么时候到过菲律宾呢？胡来，没个原则。

大宝子 你别辞职了，我劝你退党吧！

〔老闷激动地将披着的衣服摔在地上，两眼气得发直。

老　闷 大宝子！你他妈是人吗？干什么？干什么？看队长好欺负哇！（走到秦队长身边将他拉起来）你们看看队长，他身上的哪一个零件没受过伤！每天起早贪黑，井上哪儿出事，哪儿都找他。这些年，你们看他休过节假日吗！人，总得讲点良心啊！跟他一起到油田的，都坐小汽车了，可他一直滚在井队。回到家，老婆说他是住店的，女儿骂他窝囊废。在队上谁想说就说一顿，谁想骂就骂一顿，你们都是祖宗，就他是孙子……你们有本事给总书记写信哪！别他妈拿队长出气。这种会，我不开！（起身欲走）

老　兵 老闷，别走。

老　闷 （含着泪水）说队长怎么高明，谈不上！可他，他是个好人哪……

〔青年们沉默了，老闷的话是真诚的、实际的。

〔猛地传来异常的钻机声，令人恐惧。

〔大班刘急上。

大班刘 井下情况异常！

柳　明 可能打到油气层了。好！这说明压力很大，大有希望！

大班刘 架子不稳，摆动很大。

老　兵 绷绳松了，我上去紧紧吧。队长，这是我的检讨书，你放心，我老兵不会再做那些丢人现眼的事儿。

秦队长 （接检讨书）别说了……上架子小心点！

石　海　准备上！

秦队长　（有点激动）石海，我带着上吧，不用这么多人。

石　海　大宝子陪大黑聊聊，其余的全上。

〔人们迅速行动着，可以看出这些青年人的献身精神是可贵的。

〔钻机的轰鸣声异常。

〔此刻林坚背着菜筐与月梅上。众人惊喜。

老　兵　月梅！你怎么来了？

月　梅　你给俺发的电报，还找车接……

老　兵　我……我没发电报啊。

林　坚　这是你们的户口，已经批了。（递过）

老　兵　这……

秦队长　（接过老兵的工具）你别上了，我上。陪月梅去队部，晚上就住那儿。

大　黑　队长，让我上吧！

秦队长　你心情不好，待着吧。

大宝子　妈的，我上。

秦队长　滚蛋！你有那两下子吗？

林　坚　这口井大有希望！一定要保住！

秦队长　走！看看去！

〔秦队长冲下，林坚与青年工人跟下。

〔老兵把月梅介绍给大黑、大宝子。

老　兵　这是大黑，这是大宝子。

大宝子　嫂子，你好。你要再不来，老兵师傅就该得相思病了。

〔大黑不语，心情沉重。

月　梅　你们这儿可真难找啊！车还在大甸子那头，没事吧？

老　兵　没事儿。这是谁发的电报呢?

月　梅　真怪，那上边写得清清楚楚的……

老　兵　走吧，上队部去。我给你找点吃的，换换衣服……

〔老兵、月梅下。

大宝子　(自语地)不会喷吧?

大　黑　喷了倒好！庆儿呢?

大宝子　他去弄烟酒了。(端着喂雁的食盆欲走)

大　黑　干啥去?

大宝子　我去替庆儿喂雁去。

大　黑　喂他妈什么雁，杀了吃肉!

大宝子　别，别别。那是庆儿最心爱的东西。

大　黑　什么心爱的东西?滚蛋!

大宝子　大黑，你怎么变得这么野呀?

大　黑　我野?我还想杀人哪!

〔大黑从床下摸出菜刀，大宝子拦住。

大宝子　你别，庆儿回来该不干了……

大　黑　(痛苦地)天冷了，雁飞走了……不再回来了……

大宝子　是啊……

大　黑　这些多情意的事咱不配！咱就是喝酒、吃肉最实惠。没你的事儿。

大宝子　这，这行吗?……

大　黑　婆婆妈妈的，滚开!(持刀冲下)

大宝子　也是，要不飞走了也怪可惜的。

〔石海、柳明回来。

大宝子　怎么样?

柳　明　泥浆比重加大了，还在观察。

石　海　大黑呢？

大宝子　他，他要杀雁，吃肉下酒。

石　海　什么？（欲下）

〔大黑拎着鲜血淋淋的雁上。

大　黑　（把雁扔在地上）杀了！喝酒、吃肉……

柳　明　你太野蛮了！杀了，杀了……

大　黑　在我们这儿没有文明。我杀了……

石　海　你就拿它出气，畜生！（打大黑一个耳光）

大　黑　我心疼命苦的彩凤，这犯什么法？你们文明，你们说呀！我要喝酒！喝酒！

〔几个人沉默了。

〔庆儿光着脊背，怀里抱着用雨衣和衣服包裹的工具袋，浑身泥水，跌跌撞撞地撞进列车房。

庆　儿　弄来了！旱烟叶儿，还有酒，都弄来了……天下雨，我就把衣服脱下来包在烟叶上，要是湿了，该抽不出烟儿来了。班长，我没误了接班吧？路上蚊子把我包围了，一扤一脸，一落一身……

〔几个人沉默着。

庆　儿　你们怎么了？咋不高兴，不是想抽烟喝酒吗？（终于看到地上那只血淋淋的死雁，惊呆了，几乎不相信自己的眼睛）谁杀的，谁杀的呀？……为什么，为什么呀……

〔沉默，死一样的沉默。

庆　儿　说呀，说话呀，小灰雁怎么惹着你们了……

〔还是沉默。

庆　儿　（哭着）你们就容不下这么个小东西。（狂怒嘶叫）告诉我！大宝子，你是怎么给我看的雁哪！

大　黑　是我杀的……

〔庆儿操起菜刀要和大黑拼命，被石海抱住。

大　黑　（捡起地上的菜刀递过去）你要是心里堵得慌，就砍大哥儿刀吧！

〔庆儿像疯了似的，把刀打落在地上。

〔静场。

庆　儿　（大哭起来，抱起小灰雁）小灰雁死了，它再也不会飞了，它真可怜啊——

柳　明　你真忍心下手！

庆　儿　（用手抓住自己的胸膛）我真痒啊！快给我挠挠、挠挠啊。

石　海　快，快拿防蚊水。给庆儿身上擦擦。

〔众人把庆儿抬上床。

大宝子　妈呀，咋咬成这样，全都苍起来了。麻麻裂裂的，都是血。

柳　明　那是蚊子撑破了。

庆　儿　给我挠挠，使劲儿，使劲儿呀！

石　海　（望着庆儿肿胀的脸和脊背不敢下手）这……

庆　儿　（撕扯着自己的胸膛，在床上翻滚着）我心里难受，难受！难受啊……我痒，我痒，快拿刀子给我刮刮！我受不了……

大　黑　（抱住庆儿）庆儿，你别……快倒盆水！

〔大宝子倒水，大黑给庆儿脱鞋、洗脚、擦身子。

〔列车房里静默了。

大宝子　咱们戒烟吧……

大　黑　酒，我也不想喝了……

〔静场。

〔胖管理员端着碗热面片上。

胖　子　庆儿，喝碗热面片吧。我一直给你留着，听说你去给大伙买烟了。哎呀！这咋咬成这样？

大　黑　（接过热面汤）你小子，头一回办件人事，以后少给当官的溜须拍马。

胖　子　嗐！你是不知道哇，得罪谁也不能得罪领导。我当初要不是得罪了后勤的张主任，能下井队吗？早他妈当科长了！（停一下）这话又说回来了，当头的也不一样。就说秦队长吧，没见过这么好的人，以后你们别那样对待他，欺负老实人有罪呀！

〔远处传来一声强烈的钢铁撞击声。接着又传来一声惊呼："队——长——"

石　海　怎么了？

柳　明　出事了……

大宝子　不会吧，井喷不是制住了吗？

〔三班李背着秦队长，林坚和几个工人跟着急上。

石　海　（震惊地）这是怎么了？

三班李　架子不稳，队长爬上去紧绷绳，雨大梯子滑，掉下来了。

柳　明　队长……

三班李　他不让别人上……

庆　儿　（翻身爬起，抱住秦队长）队长！你怎么了？你醒醒，醒醒啊！我给你买烟回来了，你最喜欢抽的叶子烟啊……

大宝子　这腿还在流血……

柳　明　用布带勒紧。快，快呀！

〔大黑撕开自己的床单，给秦队长扎腿。

石　海　给调度喊话，叫他们快派车来！人要完了……问问卫生员秦芳在前线不。

〔三班李跑下。

柳　明　不行，派的车几个小时也到不了。路又过不来……

大　黑　我背他，送医院！

庆　儿　我们抬吧……

柳　明　最近的医院，也要明天天亮才能赶到。

大宝子　用拖拉机。

林　坚　拖拉机还没有人走得快。

石　海　这怎么办？等死吗？

大宝子　血，止不住呀！还在流……

〔停顿。

庆　儿　他死了吗？

大宝子　人咋那么容易死！

庆　儿　那他咋不抽烟呢？

石　海　他睡了……

大　黑　睡了？

柳　明　他脸上真平静啊……

〔三班李急上。

三班李　班长，调度马上派车来！军部要了坦克护送，还带着医生。

石　海　要多长时间？

三班李　最快也要两小时四十分左右。还有，秦芳没在前线值班，听说准备考试进修。

石　海　妈的……

林　坚　（命令地）给总部喊话，要直升机来！

石　海　我们有那么大权力吗？扯淡。

林　坚　就说我是林坚，钻探公司新任党委书记！

〔众人惊望着林坚。

〔三班李跑下。

林　坚　老秦！老秦！你醒醒，醒醒啊！

众　人　队长！

〔秦队长慢慢地睁开眼睛，他似乎没有痛苦，脸上非常平静。这也许是人临死前的回光返照吧。

秦队长　（巡视每一个人）老兵，这是队部的钥匙，这些日子太潮湿……把电褥子铺上……老兵，我对不住你们夫妻。

老　兵　（大哭）队长，你这是替我呀！……

秦队长　柳明，别生我的气……你可能是对的……就当我是你的老哥哥，免去赔礼道歉吧……

柳　明　队长，别说了……是我还幼稚……

大宝子　队长，你再骂我几句吧，我不懂事，净气你……

秦队长　（一笑）人哪！有些事一辈子也搞不清楚……（轻轻地闭上眼睛）

大　黑　不能再等了！走——

〔青年工人们把秦队长连行军床一块抬起。

〔秦队长的一只手臂无力地从床上垂下来。

林　坚　（上前摸着脉搏，轻轻地摇着头）记住他，一个为石油事业奋战了一生的人，一个从历史中走过来的人……

〔青年工人们放下床，一下子跪倒在秦队长身边失声痛哭起来。

〔远处又响起口琴声……

〔灯光渐暗。

2

〔数日后，天亮前。

〔灯亮，景同前场。秋夜的天空幽深而透明，几颗星星从淡淡的游云后面钻出来，眨着神秘的眼睛。远处的江湾里闪着粼粼的波光，岸边的芦苇吐絮扬花，随风飘荡。漫漫的荒野里，拆倒的井架、列车房和各种设备，都在迷蒙中呈现出神奇而和谐的轮廓。大地在沉睡着。

〔石海班组的人，都躺在各自的铺位上。但可以清楚地看出，这一夜他们都失眠了。失眠的痛苦折磨着这些年轻人。

柳　明　几点了？

石　海　离天亮还早着呢。睡吧！

柳　明　下口井，咱们队往哪儿撤？

石　海　可能上海拉尔。

柳　明　海拉尔？那要走两周啊，听说根本就没有路！

石　海　咱们去的地方，什么时候有过路？

〔大宝子披着被子坐在床上不停地抽烟。

大宝子　各位，我要走了，一会儿机关来小车接我……

〔沉默了一会儿。

石　海　（披衣坐在大宝子旁边）给根烟抽……

〔大宝子递烟，沉思。

石　海　想什么？

大宝子　昨晚做个梦，秦队长就站在我面前……唉！人活着的时候觉得一大堆毛病，可人一死，觉得他哪儿都好……

〔石海和大宝子沉默了。

大宝子　哎，柳明，昨天我们这口井试喷，行情咋样？

柳　明　日产天然气八十多万方，地质储量三十多个亿。

石　海　将来可建一座化工基地。要是投产，当年就能收回几个亿。

大宝子　（长叹一声）唉，我呀……

石　海　大宝子，利用这个机会，争取去念书！

大宝子　（握住石海的手，鼻子一酸）石海，原谅我……

〔几个人又一阵沉默。天也渐渐地亮了。

石　海　起来吧。今天搬迁，早点做准备。（停一下）一会儿，还要送大宝子……帮他打打行李，收拾收拾东西……

大宝子　来，抽烟，抽烟……

〔林坚上。

林　坚　我来宣布一项任命，由石海担任这个队的队长。柳明担任技术员兼副队长。支部书记另配。

石　海　林书记，啥时候再回列车房住几天，要是不外道，就再甩几把扑克。

林　坚　我会的，会来的……

柳　明　林书记，你有表演才能……

林　坚　今天我向各位道歉！我是为了摸到井队的真实情况，才当了一次不老实的人。请原谅！对了，你们队的批件下来了，看看吧。（从皮夹里拿出批件，递给了石海）

石　海　（看批件）换进口二〇液压钻机，配有游艺室、录像机、流动图书箱……这……这是真的？

林　坚　够阔气吧！不过，我是用芝麻换西瓜的！

柳　明　你不会赔本！

林　坚　我到三二九队去，先走一步！海拉尔见！（下）

〔庆儿帮大宝子打行李。柳明与大黑也帮着收拾东西。

〔大宝子站在那儿却一动不动，像是在想什么。

石　海　（拍着大宝子的肩）这段生活，也许会对你一生都起作用的。有机会，常回来看看……

大　黑　别忘了穷哥们儿！

〔大宝子一直站着，不说一句话。

柳　明　（从床上拿出一块岩心）给你，留个纪念吧！这不是一块普通的石头，它来自两千米的地下，承受过无数世纪的风雨和重压。然而，它还是那么坚硬、顽强。

〔大宝子接过岩石，掂量着。

〔汽车喇叭声。

石　海　走吧……没时间了……

柳　明　再见了……也许还会见到你……

庆　儿　（哭了）宝子哥，给我来信。冬训的时候，我去看你……

大宝子　（含着泪）哥们儿，我……我好像突然老了……老了……（环视着小小的列车房，背着行李走出来又望着漫漫的荒野）

〔众人跟出。

大宝子　（突然听到远处飘来熟悉的口琴声，抱住石海大哭起来）我忘不了你们！一辈子也忘不了……（跪下来，朝着前方）队长，大宝子走了……

石　海　快走吧。（扶起大宝子）车还等着你……

〔大宝子走了。他终于走了……

石　海　大刘，看看吊车、拖车到齐了吗。

大班刘　是。（跑下）

石　海　其他人整理行装，准备出发！

众　人　是！

〔石海班的人进列车房卷行李。

〔长空传来大雁南飞的鸣叫。

〔青年们停下手，沉默着……他们终于成熟了，像大人一样，在整个历史中，在痛苦与欢乐中，他们了解了这沉重的现实……

〔彩凤披散着头发，穿着撕碎的衣服，裸露着沾满血迹的肩、大腿、背部，跌跌撞撞地闯进来。

〔工人们惊呆了。

〔列车房外也围过来一些准备出发的工人们。

大　黑　（抱住彩凤）怎么了？彩凤，彩凤！……

彩　凤　（断断续续）他出狱了……一点也没有变！他打我，没头没脸地打我……摸着什么就用什么打我……白天、黑夜地折磨我……

石　海　这牲口，他为什么？

彩　凤　我提出和他离婚……他就要整死我……（嘶叫着）我要离婚！离婚！离婚！

大　黑　我杀了他！

〔几个人欲冲出门去。

彩　凤　别，别去了！……他掐我，我喘不过气……摸起剪子……一失手插在他的心口上，血，血……喷得到处都是……

大　黑　杀了？

彩　凤　杀了……

庆　儿　杀人了！他死了？

彩　凤　不知道……我也完了……大黑，我再也见不到你了呀！（哽咽着）我就要被处死了，你去给我收收尸……别把我扔在荒地里……让那些野狗把我扯了……大黑哥，这辈子遇上你，死也值啊！……

〔大黑瞪着喷火的眼睛。

〔许多人落下同情的泪水。

〔月梅扶着彩凤。

月　梅　你别想不开！大伙会给你做证的！

众　人　我们做证！

老　兵　官司打到哪儿，我也去做证！

〔大班刘跑上。

大班刘　队长，吊车、拖拉机、推土机到了。

石　海　大黑和彩凤在一起待待吧。其他同志上井场！

众　人　是！（下）

大　黑　彩凤……

〔彩凤和大黑紧紧地拥抱在一起。

〔后台传来石海震撼人心的喊声："出——发——"

〔吊车、拖拉机、推土机发出巨大的轰鸣声。这声音越来越近，排山倒海，震得整个大地都在颤抖。

〔灯渐暗，幕落。

——**剧　终**——

1985年12月初稿于大庆

1987年12月改于北京中央戏剧学院

作品赏析

《黑色的石头》是剧作家杨利民的代表作之一。全剧在石油工人们生活的列车房中展开，淡化情节、弱化冲突，截取石油基地的日常生活片段勾画出了一幅油田工人的群像图。故事发生在空旷荒原中，列车房里杂乱的碗盆、油渍遍布的衣服以及扑克、挂像、全家福等物件，呈现出只有下井干活的男人的粗糙的生活痕迹；而远处时不时传来井架钢管的碰撞声，让列车房这个“家”显得格外孤独。

作家杨利民在17岁时便到了大庆油田工作，青春年华和油田工作，留给了他关于这片黑土上独有的记忆。二十世纪五十年代末，“松基三井”试喷成功后，大庆油田开发，作为工业城市的大庆前身是空旷荒芜、水草丛生的荒原。来自全国各地的工人们在投入生产、献身革命事业的思想下大干一场，身体的苦、肉体的痛、精神的空，这些并不与主体的“人”产生直接关联，相反，条件艰苦、设施薄弱、环境恶劣，五十年代石油工人们的工作环境带有无法选择性，“苦难”成为一种合理和必然，在公共视野下选择苦难、承受苦难也与荣誉和价值并置。而到了二十世纪八十年代，新的思想、新的环境，人道主义、主体性等成为新启蒙思潮的主要武器，大庆文学、石油题材、工人形象也必须做出调整，在“戏剧是人学”的呼唤声中，石油题材工人戏剧也从宏大叙事转向个体审视，将时代的困惑通过人物内心观念的挣扎、价值的再判断输送，在工业化进程中，荒原上的工人们经历着个人与环境的对话、群体与时代的对话，但这些声音总是被轰鸣的机器声和沉重的车轮掩盖、碾压。

《黑色的石头》最早发表在《剧作家》杂志，一经发表，便引起了广泛的讨论，作者没有聚焦某一个主要人物，也没有安排跌宕起伏的情节，二十世纪八十年代流行的各种表现手法也都省去，副标题为“列车房里的两幕对话”，故事的讲述自然得像没有经过刻意选择一般，十几个工人青年生活状态和内在的生命运动自然地流淌。世界上还有什么别人没有写到的呢？这是杨利民总在思考的问题。而这样一群普通得不能再普通的石油工人的生活，无聊、苦闷、真诚、充满干劲，又遭遇着桎梏而迷茫，他们是油田上真实的存在，也是作家所面对的真实时代。

剧本围绕井队一个班的工人们展开。这里既有来井队只是为了将来更好工作发展的大宝子，也有满怀理想、有知识有文化的老石油工人子弟班长石海。技术工柳明则总是穿着牛仔、留着长发，对艺术有追求、对新思想有向往。大黑技术过硬，有真性情。庆儿因身体较弱，心存温暖，甘愿为大家打杂。老兵则在大多数时间沉默，为着妻子和家人能够团聚而发愁。性格各异、经历不同的众人，是对石油工人形象面的扩展，他们不再是只有井下工作，而是各有心思，对生活有期待也有不满的生命。而秦队长则是将一班年轻工人黏合为一体的掌控力量，他下命令、定规则，队员们在井队的生活单调无聊，而秦队长却以他过去的工作经历来强制要求大家延续传统。秦队长和队员们之间的矛盾，也撕开了二十世纪八十年代石油基地的现实问题——改革的哨声越发紧促。

新时期戏剧的创作，尤其是工人题材作品，很容易陷入形象脸谱化、矛盾单一化。以秦队长为代表的第一代石油工人，他们把一生都奉献给油田，不怕苦不怕累，挑战着生存环境的极限，他们是当时的劳模，是英雄，但在本剧中，“英雄”的光彩随着时间推移而逐渐暗淡，秦队长刻板的思想和对人性的习惯性压抑，成为新工人们批判的焦点。顺应时代新思想的潮流，在对人主体性的呼唤中，秦队长也从模范神坛上跌落，这是必然的，但这又很容易从一种模式陷入另一种新的模式——新旧的对立中，传统的、老旧的总是被批判、被搁置、被替代的。“五四”时期，胡适等人以达尔文进化论来论证旧戏被消灭的合理性，“时间”从一种客观的标准，延伸为现代与否的价值判断。对秦队长这类老石油人，批判他们等于替时代发言，“传统并不一定要继承”。但是作者在秦队长身上投射的不是判决书，而是历史前进的必然性，是一代又一代人的使命。二十世纪五十年代恶劣环境中大庆工人们的精神并没有被抛弃，它只是被前进的齿轮压在了地下，附着在地层中的岩石上，包裹着新的土层，成为一个又一个新的黑色石头。主体性的讨论在二十世纪八十年代是时尚的前沿，主体性是否意味着顺遂自身的全部欲望？是否是对规则、历史的任意否定？全剧尽管讨论了改革的必要性，但并没有在新旧对立中大做文章，作为冲突最易落笔的部分，作者也总是及时收笔、淡化冲突，让冲突暗场处理，这也进一步将观众引入更深层的思考中——秦队长的“刻板”“传统”，是无奈的，他作为历史的产物呈现在我们的眼前，却不能忽视这一形成过程中，他经历着的痛苦和无奈。这样一个浑身都是伤、不被家人理解的劳动模范，在今天又要被工作抛弃，老秦最后本能地替换老兵，选择下井处理事故，这是他的习惯，而在事故突发中受伤死去，也像是旧的过去对新的到来的铺垫。在剧本最初的创作中，作者在结尾是安排老兵在事故中死去，几经讨论和思考后，改成了秦队长替老兵，“替死”的行动，实际上加深了油田上众人对生命、对事业、对时代的思考。

以石海、柳明等人为代表的“新人”也终将在时间的推进中，成为刻度尺上的“过去”，也必然会为着新时代、新人而化作泥土。全剧在两代石油人的隔阂、对立中，并不仅仅满足于提出改革需要的迫切性，同时也透露出历史的必然性。“历史不一定都是大波大澜”，在平淡中，全剧所呈现的一代又一代石油工人在荒原上的付出、对生命本质的思考、新旧更替的必然，都留下了在今天依然饱有韵味的余音。

全剧分为两幕五场，作者通过空间的忽近忽远，在弹性的拉扯中，人—油田—自然，几重环境的错综交织搭建出散文式的松弛性。列车房狭小的空间恰恰体现出对人生存的挤压感。房间外机器的轰鸣又总是能把人掩盖，远处的村庄是他们能到达的最远的地方，他们期待着去村里，买烟、买酒、看些女人，“贫困”在空间的区隔中，从物质向精神层面蔓延。列车房—荒原—远处的村庄，空间串联起石油工人们身体抵达的极限。而在全剧中总被提及，却没有出现的地方，是小汽车开来的地方，是老兵拿着礼品试图送礼的地方，是大宝子、秦芳等人离开井队想去的地方，井队是这些工人们的全部，但井队存在是为了什么？如剧中台词所言，开汽车的人怎么知道这些油是这样产出的呢？但这样沉重的问题并没有被作者放大，仅仅是作为空间的延展，被放置在情节之外，跃出纸张，给观众以淡然的提示。抛开以人构建起的种种环境，自然环境也成为叙事的一角。在荒原上，空旷、寂静，那里有出门就能把人覆盖的蚊子群，也有吃人无声的沼泽地，就在这片黑土地上，黑色的石头是资源和希望，但也在这片黑土地上，环境对人的扼杀没有丝毫犹豫。尽管舞台空间上没有发生变化，但列车房这一聚集地，却以“非中心”的存在，让观众慢慢地游移，最终冲向了更广阔的地方。

新时期对戏剧的期待是突破公式化、概念化，对工人题材的作品更是期许着打破套路，落在人性实处。在《黑色的石头》中，作者不靠事写人、不用口号立意、不用冲突做戏，留给观众的是真切熟悉的陌生人。例如剧中彩凤的形象，这个外人嘴里的“小红袄”，无疑是富有独特色彩的。她像一个闯入者，带着遗落在村子里的地矿资料，独身一人来到井队。她身上兼具着人性的善良和女性的美，而在大黑仗义出手解救自己之后，两个简单、朴实的人产生了炽烈的感情。作者非常精彩地写出了大黑在面对这份感情时的拘束，与之相反，一次一次来找大黑的是彩凤，她袒露自己的感情，她寻求一座山能让自己依靠，她从小命苦，被卖、被迫嫁人，丈夫偷盗犯罪被抓、她离婚申诉不成，一个年轻美丽的女性，没有得到爱情，更没有得到过人权的尊重，彩凤却依然将自己活成了一把火。二人的爱情不同于剧中另外的人，他们或因为工作，或因为理念有分歧有误会，彩凤与大黑的爱情，就是荒原上自生出来的一团火，被雷电点燃，再也无法熄灭。在工业化进程中，还有彩凤这样苦命的人在挣扎；在理想、信念被文明占领中，还有彩凤这样对情感的深信不疑。结尾处，沾满鲜血的彩凤出现在舞台，正如她“小红袄”这个外号一样，她从被定义的人，变成了决定他人命运的人，为了自己她反抗并杀了人，而她的命运究竟会走向何处，作者的笔只停在了大黑和彩凤的拥抱中。或许，一句“后来呢”只能给出故事的结局，但两颗炽热的心的相拥，是唯一能超脱机器轰鸣的呐喊。

全剧通过三次“死亡”将戏剧推向高潮。剧中，最小的工人庆儿悉心照料的小灰雁，被愤怒的大黑宰杀，小灰雁无法挣脱死亡的命运，它具有了超越自身的象征性，如契诃夫笔下的海鸥、易卜生笔下的野鸭。油田上的灰雁会被拯救、会重新起飞，但落单的大雁注定过不了冬天。庆儿将所有的情感投射在大雁身上，大黑苦于对彩凤无力拯救，庆儿同样也改变不了灰雁的死亡结局，但这鲜血淋淋中，谁又不是灰雁？剧作主题也在灰雁的死亡中进一步深化，环境对人的扼杀再次引人深思。秦队长的“替死”完成了自我的“批判”，而新人也在队长的死亡中瞬间成长。彩凤将其丈夫杀死，浑身是血地出现在石油队，这是杀人的彩凤，也是自我杀死的过程，她彻底告别那个压迫的、无力挣扎的环境，在工人们“出发”的喊叫声中，看到的是浩浩荡荡的工业化进程，彩凤靠着一把刀，斩断过去，试图参与未来的书写；但石油队是要出发，要离开，要去新的地方，留给彩凤的或许是更沉重的代价。《黑色的石头》以打井队的一角，刻画出打井工人们生活的群像，杨利民将自己的笔做一根钻杆，去探测人性中流动的、黑色的金子。

OK，股票

赵化南

作者简介

赵化南，国家一级编剧，上海中药学校毕业，后进入上海戏剧学院戏剧文学系高级编剧进修班学习，在药厂当过烧炉工人，做过配药、收银和商业美工等工作，1986 年到上海徐汇区工人俱乐部当创作员，为工人演出队写戏，1991 年调到上海沪剧院工作。其作品滑稽戏《GPT 不正常》获全国优秀剧本奖，沪剧《今日梦圆》获全国戏曲节优秀剧本奖、“五个一工程”奖，电视剧《西厢记》获金鹰奖，电视剧《田教授家的二十八个保姆》获飞天奖、金鹰奖，著有《岁月流声·赵化南剧作选》。话剧《OK，股票》发表于《剧本》1993 年第 4 期，1992 年由上海青年话剧团首演，陈明正导演，任广智、刘婉玲主演，获全国文华剧本奖、“五个一工程”奖。

剧情梗概

在八一八号石库门老房子里住着五户职业各异、经济条件各不相同的人家。年届不惑的阿奈从机电厂下岗，他胆小怕事，不敢将自己下岗的消息告诉妻子丁芝英，每天仍带着饭盒假装出门上班。住在楼上的离婚女人陈纯曾与阿奈有过一段情，为了帮助阿奈摆脱生活拮据的现状，雇请阿奈帮忙炒股。一向谨小慎微的阿奈在动荡的股市中展露才华，成为大户，生活和情感也开始发生变化。随着阿奈的价值被重新认可，老房子的其他住户也纷纷投入股市，八一八号上演了一场亦庄亦谐、啼笑皆非的人生悲喜剧。

时 间

1992年，年初至年末。

地 点

上海白荷街八一八号。

人 物

阿　奈——某机电厂下岗人员。男，45岁。

陈　纯——阿奈的同事。女，34岁。

丁芝英——阿奈妻，某厂工人。45岁。

王 发——某厂工人。男，28岁。

王伯伯——王发父，退休工人。65岁。

大　宝——个体户。男，33岁。

爱　宝——大宝妻。30岁。

李　真——某高校副教授。男，50多岁。

林　玲——王发女友，店员。23岁。

马　呼——阿奈单位的厂长。男，50多岁。

老　张——江西某机电厂业务员。

送奶人，小贩，讨债人甲、乙。

场 景

上海常见的石库门住宅内的公用厨房，它是由原来的底楼前客堂演变而成。正面靠墙并排放着五只煤气灶台。灶台左侧是通往外界的大门。灶台前一只公用大方桌。灶台右侧是通向二、三楼的楼梯。楼梯旁砌着公用小水池。整幢楼房住着五户人家：三楼李家，二楼陈家和大宝家，底楼王家和阿奈家。舞台上能看见二楼陈家室内。王家和阿奈家的门口，各摆着一张小餐桌。虽是公用厨房，却是井然有序，显得很干净，很整洁。

第一场

〔清晨。

〔家家户户一片忙碌景象：丁芝英在水池旁洗衣服；李真拿着热水瓶下楼来灌开水；爱宝推开自家窗门晾晒衣服；王伯伯在门口练香功；陈纯在自己房里梳头，她家的收音机里传出邓小平南方谈话后激起上海改革开放高潮的新闻报道；送牛奶的进来换奶瓶；小贩从大门口经过，喊着“菜包、肉包、豆沙包……”。

〔阿奈提着菜篮子上。

丁芝英　菜买回来了？

阿　奈　买回来了。

丁芝英　买的什么？

阿　奈　青菜、芹菜、胡萝卜。

丁芝英　（看篮子）全是素的，我们俩成兔子了。

阿　奈　荤的也有，我给你买了二两小馄饨，就给你下。（烧水准备下馄饨）

丁芝英　就这么一点，留着喂猫吧。（上楼晒衣，随后回房内）

〔李真提水瓶、端锅上楼。王伯伯练完功，拿起扫帚下。

阿奈进屋。王发匆匆跑上。

王　发　爱宝，大宝呢？

爱　宝　我家大宝买鸡还没有回来。

王　发　还没回来，都什么时候了！（看看阿奈屋里，轻喊）阿奈，阿奈！

〔林玲上。

林　玲　阿发，阿发！

王　发　咦，林玲，你今天没到店里去上班？

林　玲　我调休，陪你到证券公司去排队买股票。

王　发　现在去还来得及啊？

林　玲　现在才七点。

王　发　昨晚七时就开始排队了。（腰间的对讲机发出一阵噪声，急忙拿出，通话）喂喂，光头，情况哪能？

〔对讲机传出声音："排队人多得不得了，我轧得吃不消了，你快点来！"

王　发　（通话）你怎么这么没有用，一定要挺住。要坚持到底。我现在正在筹集资金，你你……

〔对讲机传来吵架声：

"妈的，你推人干什么？"

"这地方是我的，你给我让开！"

"你胡说些什么，我昨天下午就来了。"

"我没有看见你，滚开！"

"你这人怎么不讲理……你打人……"

一片混战声。对讲机声音中断。

王　发　（通话）喂喂，光头……我是总部……

林　玲　不好了，不好了，光头被打死了！

王　发　不会，临死前总要"哇"的一声，他"哇"也没有"哇"过。

〔摩托车驶来声。一阵鸡叫声。

王　发　（一怔，通话）喂喂——（自语）光头说话怎么变成这种腔调了？（通话）喂——

〔大宝提着两笼子鸡上。

林　玲　（看见鸡）这不是光头在说话，是大宝的鸡在说话。

大　宝　阿发用上对讲机了。

王　发　唷，大宝，我正在等你呢。大宝，我叫你考虑的问题考虑好了吗？

大　宝　投资买股票，我倒是蛮想做的，不过决定权在我太太爱宝手里。

王　发　你这个人哪，模子这么大，身上一点没有大丈夫的味道！屋里的大事嘛，要男子汉做主的呀。你天天卖油炸鸡，做个体生意，一天能赚多少钞票？

大　宝　平均一天十张分。

王　发　一个月只有三千元，哼哼哼，不及我手上股票一天的涨定板。你晓得现在的豫园股票几钿？原始价一百元，现在已经卖到三千四百四十四块了。你假使有一百股，赚得你不要昏过去噢！

大　宝　（惊呆了）真的？

王　发　当然，就连外地凤凰股票，原始价一百元，现在也卖到二千二百三十五元七角了。你做个体生意，不会算不来这笔账。

大　宝　（听得张大了嘴）嗬！

〔王发用手绢擦了擦大宝的嘴角。

大　宝　你做啥？

王　发　我看你哈喇水也流出来了。

大　宝　（用袖口擦擦嘴）我自己擦。

王　发　老实讲，我也是挑挑你。老邻居了，我一个人发，心里总有点不好意思，我想叫我们白荷街八一八号里的人都发一发。我有股东卡，每家人家出二万，加我五万，一共十三万，做它一笔大生意。用不着一个月，十三万就能变三十万，你的二万就变成……就变成……反正你算也算不清爽了。

〔爱宝下楼来。

爱　宝　（用英语说）46750元。

王　发　还是爱宝算盘精。大宝，二万变四万六，就是用印刷机来印钞票，速度也没这么快。

大　宝　是啊，是啊。

爱　宝　（对王发）你是在讲神话。

王　发　这不是神话，是事实。

爱　宝　好啦，你不要感觉这么好。大宝，鸡买回来啦，你来杀我来汰。

大　宝　不不不，你心脏不好，要控制运动量，这些鸡，我一会儿就把它们摆平了。爱宝，我跟你商量一件事。

爱　宝　什么事？

大　宝　是两万变四万六……（拉着爱宝，边说边上楼）

王　发　大宝，你快些噢。

林　玲　（向王发伸出手掌，噘着嘴）给我！

王　发　（不解地）给你啥？

林　玲　五万元。朋友谈了一年，你哭穷了一年，原来你是在欺骗我。

王　发　（急了）我啥地方来五万元？

林　玲　你刚刚亲口对大宝讲的。

王　发　哎哟，我未来的娘子啊，我是摆摆大宝噱头的呀，我要有五万元，也用不着在八一八号里筹集资金来了。你最清楚，我现在手上的一万多元钞票也都是借来的。

林　玲　每家人家出二万，赚了你有啥好处？

王　发　我有股东卡，按规矩我有百分之三十抽头。

林　玲　你这么有把握赚？

王　发　（一拍胸脯）我算过命了，王发王发，今年横发，一年下来，不要讲我们俩结婚的钞票，就是儿子孙子的结婚钞票也已经有了。（得意忘形，被鸡笼子绊了一跤，痛得爬不起来）我……（痛苦万状的脸突然一怔，慢慢爬起，又慢慢地从身后摸出一只鸡蛋来，又摸摸自己的屁股，惊愕地）我生的？

林　玲　阿发，你可真行啊……（发现鸡笼）是它们生的！

王　发　这就对了，我想我没有这种功能呀。（大为高兴地）好，这蛋好，这是预兆，发财的预兆！

〔阿奈围着围裙从房里出来，下馄饨。又打开菜橱拿出饭盒装菜装饭。

王　发　阿奈，阿奈！

阿　奈　啥事体？

王　发　做股票的事体你考虑好了吗？

阿　奈　我已经对你讲过了，我们家里没有钱，全部积蓄加起来还不够买一个冰箱。

王　发　现在风行借鸡生蛋，亲戚朋友那里借一点，不是就有钱了？

阿　奈　借钱的事体我不做。借鸡生蛋太出格了，我更不会做。万一鸡借来了不生蛋怎么办？

王　发　你这个人，真是死脑筋！挑你发财还搭臭架子！

阿　奈　我这个人，什么都没有，包括架子在内。

王　发　这个位子我给你留着。（听见对讲机发出噪声，通话）喂，喂，光头，光头，我是总部……

〔对讲机出现故障。王伯伯拿着扫帚上。

王伯伯　（反感地凑近王发）猫头鹰，猫头鹰，我是老狐狸，我是老狐狸。哼！（到水池洗手）

王　发　爹爹，我跟你商量一桩事体。

王伯伯　不要来跟我商量。我晓得你看中我袋袋里的三千元钞票。告诉你，这是我一辈子的积蓄，我养老的经济基础，不要来动我脑筋。

王　发　我是问你借，不是问你讨，这总可以了吧。你要不相信，我可以……

林　玲　立借条。

王　发　再不相信，可以……

林　玲　请公证人公证。

王　发　爹爹，儿子讲到这种程度，你再不肯，就不像爹爹了，像……

林　玲　像黄世仁了。

王伯伯　唉，阿发，我倒是肯的……

王　发　（高兴地）我晓得你肯。

王伯伯　父子之间，还立啥借据呢。

林　玲　就是，变成外头人了。

王伯伯　还讲请人公证，这算什么话！

林　玲　你们这样父子情深，我老感动的。

王伯伯　慢慢着感动，我还没有讲清爽。我的钞票已经存了银行，有奖储蓄，一年到期。

王　发　你寻我开心嘛！

林　玲　不要紧，只要放弃利息，就能拿。

王　发　对，爹爹，去把存折拿来。

王伯伯　（迟疑片刻）这钞票你要还我的，一年到期。（进屋）

〔在煤气灶前忙碌着烧东西的阿奈见状，轻轻地叹息一声。

〔丁芝英在房里大声地：“阿奈，我的袜子呢？”

阿　奈　在沙发上。

〔丁芝英声：“你进来帮我找找！”

〔阿奈进屋。王伯伯拿一叠东西从屋里出来。

王伯伯　喏！（将东西交给王发）

王　发　哪能介厚一叠？（看，惊呼）要死快唻！不是银行存折，是股票认购证。

王伯伯　（一惊）啥？

林　玲　阿爸，你拿错了！

王伯伯　银行里卖给我的就是这个。

王　发　（责怪地）这种东西买来做啥，废纸一张呀！三千元，丢在水里了！

王伯伯　（急得团团转）我昨天存银行，接待我的是个非常漂亮的小姑娘，我讲买三千，还问过她是不是一年到期。

林　玲　你是跑错柜台了。

王伯伯　认购证是一点也没有用场？

王　发　要摇到号才有用。一张三十元，银行收进钞票，都是去送给福利机构的，你想想会是啥好货色？我问你讨钞票不肯给，送给福利机构倒派头大唻，一出手就是三千元，这种老头子，哪能被我寻着的！

林　玲　爷老头子又不好自己寻的，你讲闲话老怪的。

王伯伯　（气急败坏地）我去寻那个小姑娘，把认购证退脱！

王　发　我陪你去。

林　玲　我也要去。（与王发、王伯伯同下）

〔阿奈烧好菜在自己的饭盒里盛了些。丁芝英从屋里出来。

丁芝英　阿奈，我上班去了。房间你收拾收拾，地板拖一拖，所有的皮鞋擦一擦！

阿　奈　噢。我帮你把馄饨下好了，吃一点再走。

丁芝英　我来不及了。对了，下午到我妈家里去一次，把芬芬的毛衣送去。

阿　奈　噢。

〔陈纯从楼上下来。

丁芝英　（欲走又回）哎，这个月的工资奖金你怎么还不给我，你在等我忘记啊？

阿　奈　是我忘了。（掏钱给丁芝英）

丁芝英　（点钱）就这么一点？

阿　奈　厂里效益不好，奖金没有发。

丁芝英　你们的厂还是早点关掉算了。真是的，这个家全靠我了。（发现桌上饭盒）你今天还带饭？

阿　奈　（慌张地）……对，去上班……

丁芝英　你昏头了，今朝礼拜一，是你休息天呀。

阿　奈　休……

陈　纯　（圆场）芬芬姆妈，今朝我们厂里加班。

阿　奈　（支支吾吾）对，盘点……加班……带饭……

丁芝英　效益不好还加班，真是瘌痢头上花头多。下班早点回来。我走了。（下）

阿　奈　（松了口气，对陈纯）还是你反应快……我怎么把休息天忘记了。

陈　纯　这两个月里，你天天在外面做点啥？

阿　奈　荡马路。上海滩每条马路每条弄堂都去过了。

陈　纯　就这样一直荡下去？

阿　奈　马厂长讲，等单位情况好转，就让我上班。

陈　纯　只要他当厂长，单位就不会好。长期的计划供应，国家包销，把他养懒了。现在他是泥菩萨过河，自身难保。你要上岗除非他下台。阿奈，你不能再等了，想办法自找出路吧。

阿　奈　自找出路，那么容易？今后该做什么，还得听上级安排。马厂长叫我等，我就等。

陈　纯　就这一点折扣工资，你怎么生活？怎么向芬芬姆妈交代？

阿　奈　零用钱里省，开销里扣，补足工资，交给老婆。

陈　纯　看到你现在的窝囊样，我心里很难过，很想帮你一把。

阿　奈　你又不是劳动局局长，帮不上忙。

陈　纯　对你来讲，我比劳动局局长强多了。我能帮，只要你肯接受。

阿　奈　要是你真的能帮得上，我当然接受。

陈　纯　好！我现在需要一个助手，请你来担当，每月付你三百元津贴。

阿　奈　（吃了一惊）你一个月工资二百元，付给我三百元，笑话！再说你是我们机电厂的会计，要助手向马厂长提出，怎么自己掏腰包寻人？

陈　纯　我要你做的事，跟单位不搭界。阿奈，先讲好，这桩事体，你无论如何不能对任何人讲。

阿　奈　（惊异地）啥事体？

陈　纯　你帮我一道做股票。

阿　奈　你寻错人了，我没有钞票。

陈　纯　不要你出钞票，只要你出人。钞票我有。

阿　奈　陈纯，做股票，二三千元是不够的。

陈　纯　二三千元我没有，我只有二十九万。

阿　奈　二十九万怎么够呢？二十……（惊住）你讲你有几钿？

陈　纯　二十九万。

阿　奈　一个住在石库门二楼前厢房、靠工资收入的单身女人有二十九万钞票？

陈　纯　对。

阿　奈　陈纯啊，你今年三十四岁了，不是三岁四岁。小辰光你可以讲："阿拉爸爸是总统，阿拉姆妈是外星人。"现在你大了，口气比力气最好小一点。

陈　纯　我不是信口开河。你还记得当年……

阿　奈　别跟我提当年。

陈　纯　我是讲我的当年。你还记得当年我的那位胡开心先生吗？

阿　奈　当然记得，那位先生不是个东西，到了澳大利亚就把你一脚蹬了。

陈　纯　他为了达到离婚目的，给了我一万美金。我一个人在上海，寂寞无聊，为了消磨时间，排遣烦恼，就用这钞票买卖国库券，做做债券，后来又白相白相股票，几年下来，一结账，一万美金变成了二十九万人民币。

阿　奈　消磨辰光，消磨出二十九万，你比包玉刚还有本事。

陈　纯　这是真的！也许将来我就是一个女包玉刚。老实告诉你，现在我已是延中实业股份有限公司的董事了。

阿　奈　真的？

陈　纯　真的！

阿　奈　（感慨地）这两年你倒变得越来越有本事了。

陈　纯　阿奈，你现在反正没有事体，我要上班抽不出空，你帮我一把。

阿　奈　我想不通，你有这么多钞票，还上啥班？

陈　纯　我也不晓得为啥一定要去上这个班，总觉得应该去上班。阿奈，帮帮我好吗？

阿　奈　我对股票一窍不通呀！

陈　纯　我来指挥，你来操作，输赢我自己负责。

阿　奈　（想了想）好吧，我来试试看。

陈　纯　（大为高兴，一把握住阿奈的手）阿奈，你能答应，我太高兴了……

阿　奈　……陈纯，一道做事体可以，两只手碰在一道不可以！我们订个君子协议，动口不动手，动口也有个严格规定，不能想当年……

陈　纯　（松开手）我是因为兴奋呀。

阿　奈　兴奋的辰光应该更加理智，因为有许多“杰列各落”的事体都是在兴奋的辰光发生的。

陈　纯　（无奈地）你呀！（掏出钱）这是这个月的三百元津贴。以后每赚一笔，我给你百分之二十五的利润，二月十一日要放一批股东卡，到辰光我托朋友帮你弄一张。

阿　奈　（迟疑地）这钱……我这一生，除了工资奖金，从来没有拿过别的钱。这钱能拿吗？

陈　纯　你这个人，干什么都不敢越雷池一步。

阿　奈　我倒情愿替你白做……

陈　纯　（塞进阿奈口袋）拿着，我又不会让你犯错误。

阿　奈　这钱我先收着。我现在干什么？

陈　纯　从明天开始，排队抢跑道。

阿　奈　到哪个体育场抢跑道？

陈　纯　（不解地）到体育场去做啥？

阿　奈　你讲抢跑道呀。穿平脚裤去还是穿三角裤去？天太冷还是穿长裤。

陈　纯　你不要搅好吗！我是说到证券公司去排队。

阿　奈　买股票还要排队？

陈　纯　股票少，买气足，供不应求，只要买进，就能赚钱，所以非常难买。今天晚上我带你到证券公司去，拎拎行情。

阿　奈　晚上？（指指自己的房门）

陈　纯　你就对她说加夜班。

阿　奈　对，加夜班。

〔王伯伯上。

王伯伯　陈家妹妹早。

陈　纯　王伯伯早。（下）

王伯伯　（一脸苦恼相，喃喃自语）我算啥名堂，三千元，一辈子积蓄，买回来一叠废纸。

阿　奈　王伯伯，认购证退掉了？

王伯伯　昨天是卖认购证的最后一天，今朝人家不办理了。我这三千元，整整积了一辈子，现在……

阿　奈　（同情地）你不要急，再想想办法。

王伯伯　（绝望地）还有啥办法，我在银行门口站了一歇，想卖掉，人家讲要么卖给“崇明人阿爹”！（崇明人阿爹，旧时指傻瓜）崇明人阿爹真要买，我倒情愿到崇明去跑一趟的。唉，算我倒霉！（进屋）

〔王发气鼓鼓上，后面跟着林玲。

王　发　三千元，三十股“延中”！现在倒好，祝英台嫁给马文才，梁山伯一场空。

林　玲　啥人是梁山伯？

王　发　还有啥人，老头子！买认购证的十三点！

林　玲　王发，你老聪明的，二、三、八加起来是十三点。

〔阿奈听不下去，走进自己房间。李真从楼上下来，拿着包准备去上班。

王　发　喔哟，李老师，上班去啊？

李　真　上班上班。

王　发　哎，李老师，买股票的事体考虑好了吗？

李　真　考虑好了，不买。

王　发　李老师啊，现在是抓分的好机会啊！你在大学里教书，一个月能赚几钿？写一本书，还要自己出钞票出版。买股票，二万元交给我，下个月就叫你翻只跟斗。（翻跟斗，指翻一番）

李　真　这辈子我翻的跟斗够多的了，这跟斗我就不翻了。股票，（轻蔑地）你做做可以，我就不必了，掉价，掉价。

王　发　这算什么话，钞票面前，人人平等。

李　真　君子爱财，取之有道。股票嘛，带有投机性质，我这一生最反对投机。

〔大宝从楼上奔下。

大　宝　王发王发，我太太批准了，我出二万元交给你买股票。我现在到银行去拿钞票！（奔下）

王　发　李老师，看到吗？大宝的太太爱宝，外贸学院读过书，她觉得投机没啥不好。李老师，跟进跟进。

李　真　嘿。（不以为然地一笑，下）

王　发　（一拍大腿）哈，二万！大宝出冲！

〔王伯伯闷闷不乐地从房里出来，去烧泡饭。

王　发　好味，烧啥泡饭呢，到“新亚”吃早茶去嘛，对银行这么大方，一送就是三千元，对自己做啥这么哭出呜啦呢？

王伯伯　（将饭锅一摔，气恼地）你火上浇油，想气死我是吗？好，到“新亚”就到“新亚”，今朝三顿都在“新亚”吃！（血压升高，抖索索在口袋里乱摸）

王　发　不要摸了，再摸也摸不出三千元。

王伯伯　你！（摸出一只小药瓶，倒出一片药放进嘴里）

王　发　（学广告语）两片！早一粒，晚一粒，一辈子积蓄一次清。现在好多了！

王伯伯　（气极，冲向王发）小畜生！你看我赔了钞票还要幸灾乐祸！你还要刺激我！（揪住王发）

王　发　你做啥？你有火去对银行发，又不是我害你的……

〔阿奈从房里冲出，劝阻王家父子。

阿　奈　算了算了。王伯伯，你有高血压，不能发脾气。王发，你快点走！

王　发　（挣脱王伯伯手）外面吃了亏，屋里寻事体，有啥本事！（下）

林　玲　我也要去。（追下）

阿　奈　王伯伯，你坐一歇。（扶王伯伯坐下）王伯伯，我经常在外面荡马路，你把认购证给我，我去寻寻销路。

王伯伯　卖不脱的。没想到三千元买了一大堆废纸，我这后半辈子算是完了。

阿　奈　我琢磨这认购证是国家发的，总有地方回收，就拿粮票来说，还能换鸡蛋。王伯伯，干脆，你把认购证卖给我。

王伯伯　这怎么行？

阿　奈　来，给我。

王伯伯　（感激地）阿奈，这样你变成“崇明人阿爹”了。

阿　奈　只要你王伯伯愉愉快快，平平安安，我就当一次“崇明人阿爹”吧。

王伯伯　（从怀里摸出证购证）“崇明人阿爹”！（把认购证交给阿奈）

——**幕　落**——

第二场

〔傍晚。

〔爱宝一面烧饭，一面听英语录音。陈纯上。

陈　纯　爱宝，你托我买药，我买到了。（递药）

爱　宝　谢谢。

陈　纯　不要谢。爱宝，你真用功，一边烧饭一边还学英语。

爱　宝　一面做事体，一面听英语，不吃力。

陈　纯　我见你还在搞英语翻译。

爱　宝　边学边用，记得快，进步快。

陈　纯　你真不简单。（上楼）

〔大宝兴冲冲上。

大　宝　爱宝，你怎么下楼来烧饭了？这事等我回来做嘛，你快上楼去歇歇。（见爱宝不理）你在不高兴？（想了想）是我不好，我不该不烧水，不该不烧饭，不该回来晚……

爱　宝　你千不该万不该，不该收了炸鸡摊。

大　宝　这……我……

爱　宝　我已经三天没有听见鸡叫了。

大　宝　对，三天。你真心细。

爱　宝　为啥不出摊？因为天下雨？

大　宝　没下。

爱　宝　因这炸鸡摊生意不好？

大　宝　No！

爱　宝　是鸡跟你闹意见了？

大　宝　No！鸡会闹意见，鸭子也会打官司了，嘿……

爱　宝　我晓得，最近你的心思全扑在股票上了。

大　宝　Yes！

爱　宝　觉得股票赚钱快，做个体户炸鸡没意思了？

大　宝　是！你真是洞察一切。爱宝，“洞察一切”英语怎么讲？

爱　宝　你不要打岔，我问你是不是？

大　宝　是。报告夫人，王发给我买了一百股“延中”，十天不到，我们赚了七千一。这要炸两千只鸡啦！

爱　宝　你真糊涂啊，这赚头仅仅是账面上的反映，钱没有到手不能算是我们的，股票有涨有跌，假如明天跌了呢？以后连本钱也蚀了呢？

大　宝　王发讲不会的。他说社会主义的股票只会涨不会跌。有了股票你就等着收钱！

爱　宝　这是王发无知，看他成天没头没脑，我就更不放心了。股票有风险，这是常识，中国的股票也有涨有跌，这是市场经济规律。你看，书上都是这么写的。

大　宝　是吗？

爱　宝　深圳股市去年连续十个月熊市，这就是最好的说明。

大　宝　熊市？啥叫熊市？

爱　宝　熊市就是只跌不涨。

大　宝　熊市的“熊”怎么写？

爱　宝　就是狗熊的熊。

大　宝　噢，我懂了。就是讲这时候的股市是他奶奶个熊！

爱　宝　看你个熊样；还有心思开玩笑，你……好好想想，我们家的炸鸡，远近闻名，生意那么好，连宾馆都来预订，你却停业了。要是股票亏了本，我们家靠什么生活？你真不懂事！（心脏一阵不舒服）

大　宝　（恐慌地）你不要急，是我糊涂，我是老鼠的眼睛，近视，只有一寸长，我听你的话，明朝一定出摊。

爱　宝　你记牢了？

大　宝　再也不敢忘记。

爱　宝　（把书交给大宝）这本书叫王发看看。

大　宝　噢，啥书？

爱　宝　《证券知识一百〇一问》，一定要叫他仔细看。

大　宝　晓得了，你上楼休息吧，饭菜我来烧。

爱　宝　饭菜都已经OK了，菜我已经拿上去了。

大　宝　都OK了？今天我吃现成的了。唉，我这个人真是他奶奶个熊！（亲热地拥住爱宝，拿着饭菜上楼）

爱　宝　明天一定要出摊。

大　宝　我的好太太，你放心。

〔阿奈头上胡乱地包扎着一块破布，悄悄上，进入自己房间。王伯伯上，后面跟着王发、林玲。王发腰挂对讲机，胸前挂着望远镜，另外还挂着装在丝线网袋里的鸡蛋。

王伯伯　你怎么跟牢我？干什么呀！

王　发　这是天性，儿子跟牢爷。（殷勤地为王伯伯搬凳倒茶）

王伯伯　你看看你，一身挂件，啥样子！

王　发　这是全副武装。对讲机，便于我指挥联系。

王伯伯　望远镜呢？

王　发　用来看股票行情电子显示牌，证券公司人山人海，轧不进去，我就站在远处用望远镜看，一目了然。

王伯伯　那只蛋呢？

王　发　这只鸡蛋是我的吉祥物，自从上次拾到这只鸡蛋后，不但合股的人多了，而且还吃进了“延中”。

王伯伯　人家看到你这副腔调，以为日本鬼子进村了呢。你呀，好好的班不去上，一日到夜在外边瞎混，以后有得苦了！

王　发　我不是瞎混，我是职业炒手，将来的百万富翁。以后有了钞票，我要给你买幢房子，再给我买个后娘。

林　玲　买个后婆婆。

王伯伯　你不要花言巧语，我知道你想着那一百张认购证。

王　发　爹爹，当时我昏了头，昏得看不出认购证的美好前景。你晓得现在认购证几钿一张？白卡七百元，黑卡五百元。还好，当时银行里不肯给你退，假使退掉了，现在你不要“挖煞”死啊！（“挖煞”，意为后悔）

王伯伯　是“挖煞”死啊，“挖煞”得不能再“挖煞”了！

王　发　这也是你人做得好，一生老实忠厚，到老来送股观音送了一百张认购证给你。

王伯伯　只有送子观音，没有送股观音。

林　玲　有的。专门管股票的观音娘娘，如来佛新任命的，要不然怎么会有介许多做股票的人去烧香！

王　发　认购证马上要摇号了，到辰光你进十万二十万不稀奇啊！

王伯伯　真的？

王　发　当然真的。不是真的，我不是你儿子。

王伯伯　我倒情愿不是真的。

林　玲　爹爹的良心真平，认购证越值钞票越好呀！

王伯伯　越值钞票越“挖煞”。

王　发　认购证要摇四次号，这四次加起来二十万、四十万、六十万……

王伯伯　（突然大喝）不要讲了！

王　发　好，我不讲。你把认购证给我我就不讲。

〔大宝从楼上奔下，手里拿本书。

大　宝　王发，我太太关照，这本书你拿去看看。

王　发　（接过书）《证券知识一百〇一问》，这书有啥看头？

大　宝　我太太讲的，你一定要看，书里画过红线的要背熟。

王　发　喂喂，她是你的太太，不是我的太太，不要对我指手画脚。我未来的太太在这儿。（指林玲）

大　宝　我太太的话你敢不听？好，两万元我抽回。

王　发　好好，我听，我听。

大　宝　这才像话。

王　发　大宝，你到哪儿去？

大　宝　我去批一点鸡。

王　发　你还要卖鸡啊？

大　宝　我太太讲的，吃了上顿要想到下顿，本职工作不能丢。（下）

王　发　小家子气发不了财。

〔阿奈拿着一盆脏衣服从房里出来，到水池里去洗。

王伯伯　（吃惊地）阿奈，你的头怎么了？

阿　奈　我……擦破了一点皮。

王　发　哈哈，阿奈，你怎么杠头开花啦？

王伯伯　（关切地）不要紧吗？

阿　奈　不要紧，不要紧……（一阵头晕）

〔陈纯上。

陈　纯　（一惊）阿奈……

阿　奈　不要紧张，不要紧张，没事！没事！

〔门外有人喊："王伯伯，里弄里叫你去搞环境卫生！"

王伯伯　噢，来了！（欲下）

〔王发、林玲紧跟着王伯伯。

王伯伯　你还要跟牢我！

王　发　我是保护大户。（和王伯伯同下）

林　玲　我也去。（追下）

〔阿奈糊里糊涂地也要跟下。

陈　纯　阿奈，你上哪儿去？

阿　奈　排队抢跑道……（一想不对，走了回来）

陈　纯　你真糊涂。

阿　奈　早上不糊涂，现在倒有点糊涂。

陈　纯　阿奈，你的头哪能回事？

阿　奈　被人家打的。

陈　纯　（大惊）在什么地方？

阿　奈　排队抢跑道的辰光。昨晚我排第一，早上四点钟，突然来了三个人，出钞票向我买位置，我不让，他们就动手了。他们动手我也不让，结果一个人用啤酒瓶在我头上"砰"地敲了一记。杠头开花。

陈　纯　他们动手，你就让呀。

阿　奈　怎么能让？排队是我的工作，第一是我的岗位。

陈　纯　嗐，你这个人就是憨，股票买不到没有关系，人要紧呀！来，我帮你重新包一下。（找来纱布和药水，要替阿奈重新包扎）

阿　奈　你别碰我！（躲开）有言在先，动口不动手。

陈　纯　（一把抓住他）这么脏的布包在头上要感染的！听话。（把阿奈按在椅子上，解开布条）哎呀，出了这么多血！

阿　奈　出血是好事！

陈　纯　什么？是好事？

阿　奈　见我流血，那三个人都吓跑了。因祸得福，大门一开，我买进了一百股“大飞乐”。

陈　纯　你就流着血从四点等到九点半证券公司开门？

阿　奈　是的。

陈　纯　以后别再干这种傻事了！

阿　奈　不，我还要继续干，我想好了，下次排队我戴安全帽去。

陈　纯　受伤了，还开玩笑！

阿　奈　真有劲！在人山人海的证券公司门口排队，我感受到一种从未有过的竞争刺激，它使我兴奋，热血沸腾。抢到第一，就像在奥运会上得到了金牌一样使人激动。（一边说一边站起，纱布拖得老长）……有劲！

陈　纯　你可以写篇文章发表了。

阿　奈　我是打算写《阿奈抢跑道成功秘诀》，哈……

陈　纯　（替阿奈扎好绷带，拿出一张存折）阿奈，这是一万元存折，给你。

阿　奈　这是干什么？

陈　纯　卖出“凤凰”股票，我去交割了，你的一万元我给你存好了。

阿　奈　（吃了一惊）一万元！给我？

陈　纯　我们讲好的，赚了，你拿利润的百分之二十五。

阿　奈　（害怕地）不不不，这钞票不是我的，我不要。

陈　纯　是你的，你的劳动所得。

阿　奈　不不不，劳动者是不能拿介许多的。

陈　纯　（装出不快地）做生意要讲信誉，不讲信誉是要倾家荡产的。你要我倾家荡产？

阿　奈　请不要生气，我不是这意思。（想一想）好，我拿一部分总好了吧？

陈　纯　拿多少？

阿　奈　五……五十元。

陈　纯　你有毛病啊，看见钞票介怕！

阿　奈　我觉得，这有点不大正常。

陈　纯　啥地方不正常？

阿　奈　我也讲不清爽。反正觉得，像我这个人一月二百多元的收入才是心安理得的，一下子进一万，我想想也会头晕。

陈　纯　我看你是身上老框框太多，你被你的过去套住了。好了，一万元收进，打打底，今后再有大收获，头就不会晕了。

阿　奈　我可以拿进？

陈　纯　可以拿。

阿　奈　好！……（又退缩）算了，今后再讲吧。

陈　纯　你不拿，我收着，到辰光我统统帮你买股票。（上楼）

阿　奈　一万元，我真不敢相信，我居然有了一万元……（快活地转起圈来，突然一阵头晕，欲倒）

陈　纯　（赶紧下楼来扶住阿奈）阿奈，你怎么了？

阿　奈　（昏沉沉地）陈纯，你不要碰我……我们有言在先……

〔丁芝英上。陈纯见了丁芝英，急忙松手。阿奈差点跌倒，陈纯只得又将他扶住。

丁芝英　阿奈哪能啦？

陈　纯　……他出了工伤，是我送他回来的。阿奈，芬芬姆妈回来了。（松手，让丁芝英扶住阿奈）

阿　奈　（昏沉沉，以为陈纯在扶自己）……你不要碰我……（推开丁芝英，倒向陈纯）

陈　纯　不是我，应该是她。

阿　奈　对，应该是你，你扶我到房间去。（伸手去勾陈纯肩膀）

陈　纯　（吓一跳，让开）芬芬姆妈，他头敲晕了，把人搞错了。（把阿奈推向丁芝英）

丁芝英　既然不要我，你就过去吧。（把阿奈推向陈纯）

〔阿奈被推在中间，摇晃着，丁芝英、陈纯都没扶住，他跌倒在地上。陈纯、丁芝英又一起抢着把他扶起，让他坐在椅子上。

丁芝英　（恼火地）我看你越来越昏头了。（进屋）

〔马呼在门外喊："阿奈同志在家吗？"

陈　纯　马厂长来了。

〔阿奈一惊，躲进屋里。马呼上。

陈　纯　马厂长。

马　呼　唷，小陈同志也在呀。

陈　纯　我就住在楼上。

马　呼　唷，你看我的记性，把你们是邻居也忘了。

陈　纯　（把马呼拉到一边）马厂长，阿奈待聘的事还瞒着他爱人，你千万不要点穿，要保密。

马　呼　这阿奈就不对啦，对爱人就应该像对组织一样诚实嘛。他是我的职工，我不允许他对爱人有欺骗行为。

陈　纯　（无奈地）你！（上楼）

马　呼　阿奈哪！

〔阿奈从屋里出来，头上戴了顶帽子。

阿　奈　马厂长来啦，你请坐。（泡茶）请吃茶。

马　呼　（接过茶杯，落座）阿奈，你这个人一贯忠厚老实、规规矩矩、安分守己的，怎么也学会欺骗，欺骗起自己爱人来了？

阿　奈　我……

〔丁芝英从屋里出来。

丁芝英　（闻言）欺骗？阿奈，你欺骗我什么了？

阿　奈　我……

马　呼　自己说，说出来争取爱人的理解。

丁芝英　（看看楼上，惊疑地）是不是你跟她……

阿　奈　不是的！阿英，我待聘下岗了，两个月前就不上班了。

丁芝英　待聘下岗？

阿　奈　我们厂里效益不好，马厂长压缩职工，我是其中之一。

丁芝英　为啥要压缩你？马厂长，你为啥要压缩阿奈？

马　呼　工作需要嘛。他是搞计划分配的，现在小机电市场放开了，他就没事干了嘛。

丁芝英　你为啥不压缩你自己？

马　呼　我……我是一厂之长嘛。没了我，厂就要关了。

丁芝英　（对阿奈）你为啥要接受？为啥要同意？你犯了啥错误？

阿　奈　（讷讷地）我没有犯错误。领导的安排，我怎么可以不听呢！我必须无条件接受。

丁芝英　你是无条件投降！马厂长，你欺侮阿奈老实，就拿他开刀！

阿　奈　（害怕地偷偷拉丁芝英的衣服）阿英……

丁芝英　（一巴掌打掉阿奈的手，发火）干什么！讨厌！

马　呼　你怎么这样说话，在这个问题上，阿奈比你思想端正嘛。

丁芝英　你少来打官腔！关照你，立即通知阿奈上班！

阿　奈　阿英，对领导不要这样……

丁芝英　啥领导，领导我见得多了！姓马的，讲，通知不通知阿奈上班？（手指到马呼鼻子上）

阿　奈　阿英……马厂长他也……（拉丁芝英衣服）

丁芝英　马厂长，马粪厂长！臭得不得了！

马　呼　马粪……你讲话怎么这样不文明！

丁芝英　不要装文雅，你这种人我见得多了！阿奈，你明天去上班，老娘陪你去。

阿　奈　老……

丁芝英　对！马厂长的老娘陪你去！

马　呼　家庭访问访出个老娘来，我是自作自受。劝阿奈不要欺骗爱人，现在看来，对这种爱人应该甚至必须欺骗！

丁芝英　你给我滚出去！

马　呼　滚，没有这么容易。走，是可以的。（下）

阿　奈　马粪厂长……（一想不对）马厂长慢点走。（埋怨地）阿英，你的火气怎么说来就来、说发就发。话没有讲几句，火就"嘭"蹿上来了，骂就"嗒嗒嗒"出来，弄得马厂长多少狼狈！

丁芝英　他弄得你多少狼狈你觉得吗？对这种人只得凶，叫他怕，叫他吓，他才晓得惹你的辰光要想想清爽。明朝我陪你去上班，你觉得我力道不够，我车间里带一帮小姐妹去。

阿　奈　去干啥？去造反？既然上级已经作出规定，就认了吧。

丁芝英　认认认，你只晓得认，你好欺负，人家就在你头上撒尿！规定是死的，人是活的！

阿　奈　管他死的活的我都执行，反正我这个人已经在规定中活了半辈子，习惯了。规定我在什么地方读小学，我就在什么地方读小学；规定我在什么地方读中学，我就在什么地方读中学；规定我到什么地方插队落户，我就在什么地方插队落户；规定我返城我就返城；规定我进什么单位，我就进什么单位。甚至规定我什么医院看病、什么粮店买米、什么地方买年货，我都一一执行。现在又规定我待聘下岗，下岗就下岗吧。

丁芝英 你这个人就是这样窝囊、无能、没出息，三拳打不出一个屁来！

阿　奈 不，我肚子里有气！（自嘲地）但有一句讲一句，规定我做的事，我总做得很好。读书、插队、工作、当丈夫、抢跑道，样样很出色。

丁芝英 你待聘下岗的事为什么瞒着我？

阿　奈 我怕你不愉快。

丁芝英 那你天天拎了饭盒子出去，像真的一样，在做啥？

阿　奈 帮陈……（发觉说漏了嘴）

丁芝英 什么？

阿　奈 ……深圳，我在帮深圳老板做股票。

丁芝英 你也会做股票？

阿　奈 我就排排队。

丁芝英 他给你多少工资？

阿　奈 一个月三百元。

丁芝英 才三百元！又是欺你老实。深圳老板，又是做股票的，拿他一千也不算多呀！你不敢说，我去说。

〔阿奈生怕陈纯听到，老朝二楼看……

丁芝英 你听到没有？老向上看什么？

阿　奈 深圳老板乘飞机回去了，等他回来再说。

丁芝英 你可别骗我，骗我饶不了你！

阿　奈　我不骗你，我知道你厉害。（回房间）

〔王伯伯拿着长把竹扫帚上，后面跟着王发。王伯伯走到哪里，王发就跟到哪里。李真拎着一大袋方便面上。

李　真　（不解地看着王家父子）啥子路道？一个像司令，一个像勤务兵。但位置又站得不对，勤务兵在前头，司令倒在后头。

丁芝英　大概这个司令下岗了。

〔王伯伯进自己的房间，王发也跟进。

李　真　怪！（欲上楼）

丁芝英　李老师，你又吃方便面啊？

李　真　现代饮食，卫生、方便、便宜、营养。

丁芝英　便宜确实便宜，营养就蛮难讲了。李老师，你这样节约，钞票肯定"麦克麦克"了，当心虫蛀发霉。

李　真　（苦笑）我家里会虫蛀发霉的就是一些书。

丁芝英　书好。书里的东西还要多，书中自有黄金屋，书中自有林黛玉。有了书就会有钞票、有漂亮娘子了。

李　真　书是贫困的代名词，十个读书人一月的工资还不及一股"豫园"股票。现在是，要有黄金屋，要有颜如玉，跨下骑"凤凰"，手握"大飞乐"。嘿，时代变迁，炒股人笑煞读书人！（上楼）

〔爱宝下楼，楼梯上与李真相遇。

爱　宝　李老师回来啦。我有篇译文，几段文字翻译不准确，想向你请教。

李　真　好，让我看看。（与爱宝上楼）

〔王伯伯房里一阵吵闹声。王发从屋里逃出，王伯伯随后追出。

王伯伯　（愤怒地追打王发）你这小畜生，竟敢撬我抽屉，撬我箱子，我……我打死你！

〔阿奈出。与丁芝英上前劝阻。

阿　奈　王伯伯，你松手，有话好讲。

王伯伯　逼我要认购证，还翻我箱子，你翻得着，我也不介“挖煞”了。认购证……认……（一拳打向王发，阿奈一挡，打在阿奈头部的伤口上）

阿　奈　（抱头）啊唷哇！

丁芝英　（着急地）真要命，司令没有打着，打着旁边的伤兵！

李　真　炒股票，炒股票，炒成什么样子！

〔定格。

——**幕　落**——

第三场

〔夜。

〔王伯伯从自己房里出来，拉亮自家的电灯。

王伯伯 （心神不宁地泡了一杯茶）赚着钞票吃早茶，落脱钞票吃夜茶。唉，我怎么睡得着哟，认购证摇号了，一百张中十张，一张三十股，十张三百股，有人讲一股少算赚二百，三百股就是六万！六万……我怎么了？算起钞票来脑子哪能介清爽，一算就算出来了？脑子用不着介清爽的呀，这六万又不是你的，帮人家做啥账房先生？人家阿奈聘用你了？六万……还有三次摇号，三次算它跟第一次一样都是六万，四六二十四，二十四万！（怨自己）不要算了呀，做啥还算呀？你有神经病呀？吃茶！（喝茶）二十四万好买许多东西，彩电三千四、冰箱二千二、压缩煤气一千。电话要装吗？装！一只电话二千四，加起来只用掉九千，还剩二十三万一千……怎么又算了？这钞票又不是你的，瞎起劲点啥！（喝茶）现在开始只许想二桩事体，吃茶撒尿！对，吃茶撒尿，撒尿吃茶，吃茶撒尿，四六二十四，四六二十四，四……噢，哪能又回到账面上来了？唉，完了完了，我这条老命合扑在认购证上了。唉，现在我最怕看见一个人。

〔阿奈从房里出来。

阿　奈　（轻声地）啥人？

王伯伯　阿奈。

阿　奈　是我！

王伯伯　（一口茶喷出）不想见阿奈，偏偏阿奈出来。阿奈，半夜三更，你出来做啥？

阿　奈　我睡不着。

王伯伯　有二十四万还睡不着？

阿　奈　啥二十四万？

王伯伯　（自语）他还没有我算得清爽。阿奈！睡不着，来吃杯茶。（替阿奈倒了一杯茶）你为啥睡不着？

阿　奈　为你。

王伯伯　为我？

阿　奈　为你失去了认购证。

王伯伯　谢谢你，不要提认购证好吗？我已经忘记了。

阿　奈　你没有忘记，这么多天来，你一直在想认购证，后悔卖给了我。看你，想得人瘦了一大圈。

王伯伯　没有这种事。我的精神从来没有介好过，原来每天要睡八小时，现在二个小时就够了。好了，不谈认购证。

阿　奈　这是想认购证想出来的。这种事体碰到我，我也会“挖煞”死的。等于是到了手的钞票，不要，送给人家，这比从来没有到手还要难过。这也等于一个临终病人，得到一粒救命丹，结果他不识货，送给了别的病人。这也等于……

王伯伯　阿奈阿奈，请你不要等于了好吗？你这么做，等于脱脱王伯伯裤子拍屁股，等于往我脚癣上洒硝酸水。

阿　奈　看，你承认了。

王伯伯　唉，阿奈，不心痛是假的，但这是天意，不该是我的东西，到了手也会飞走的。算了，不谈了。喝茶。

阿　奈　我想谈，我想跟你商量商量……

王伯伯　（打断阿奈的话）还商量点啥呢，认购证我只买了一百张，都给了你，没有多余的了。

阿　奈　我不是再问你要认购证，是想把认购证还给你。

王伯伯　（吓了一跳）你讲啥？

阿　奈　把认购证还你。

王伯伯　这……阿奈，夜里我看不清你的面孔，你不要作弄我。

阿　奈　王伯伯，这是真的。

王伯伯　这怎么可以！答应的话不能收回，卖出的货不能讨回，这是做人的基本道德。卖掉认购证，我是心痛，但我怎么可以不讲道德呢！

阿　奈　王伯伯，你收回吧。假使你这条老命真的合扑在认购证上，我的后半世就在自责内疚当中度过了。

王伯伯　你听到了我刚刚的自说自话？

阿　奈　只听到最后一句。

王伯伯　真叫人面孔红。

阿　奈　光线暗，看不出，（拿出认购证）王伯伯，你收下。

王伯伯　不，不能收。

阿　奈　不，一定要收。

王伯伯　不。

阿　奈　不。

王伯伯　不不不。

阿　奈　不不不。王伯伯，轻点，夜里厢邻居听见，以为拖拉机开进八一八号了。

王伯伯 好吧。阿奈，既然你介慷慨，为了钞票，我就对不起道德了。我收，不，我问你买……（伸出二个手指）二张。

阿　奈 不！（也伸出手指比画）

〔王伯伯、阿奈划拳似的争执起来。

阿　奈 别争了，你拿二十张！（分认购证给王伯伯）王伯伯，拿着。

王伯伯 卖出东西再讨回，我是名副其实的王伯伯呀！

阿　奈 好了，你去睡吧。

王伯伯 这下我睡得着了。

阿　奈 我也睡得着了。

王伯伯 （想起什么）哎，阿奈，这桩事情不要对阿发讲，有了认购证，我还能体会做爷的滋味，认购证给他拿去，我只有做儿子的资格了。

阿　奈 我知道了。

王伯伯 （朝自己家走去，蓦地发现王发无声无息地站在门口在笑，惊得跳了起来）啊！

〔阿奈也惊住。

——幕　落——

第四场

〔下午。

〔大宝在灶上烧东西，爱宝从楼上下来。

大　宝　你上哪儿去？

爱　宝　你忘了，我今天去参加应聘考试。看我穿得怎么样？

大　宝　你怎么打扮都漂亮。我陪你去好吗？

爱　宝　你去了我会紧张的。

大　宝　那好，考完了给我打个电话，我去接你。

爱　宝　不用啦。我去了！（下）

大　宝　祝你成功。（关掉煤气，走进厕所间）

〔阿奈和陈纯喜气洋洋上。

阿　奈　今朝我算开了眼界，烤鸭上来，旁边专门有人帮你削皮。这么大的烤鸭，只削了几块，真浪费。

陈　纯　味道好吗？

阿　奈　味道当然好，面饼一包，放根金葱，涂点甜酱，吃起来到底不一样。

陈　纯　下次我再点几样高档菜请你。

阿　奈　蛮好了蛮好了。这样吃，我还是平生第一次。

陈　纯　阿奈，你晓得不晓得，我今朝为啥请你吃饭？

阿　奈　你不是讲，“爱使电子”抛脱，赚了，庆祝庆祝吗？

陈　纯　这是借口，还有一个真正的原因。

阿　奈　啥原因？

陈　纯　来，上楼去。

阿　奈　（迟疑地）上楼……

陈　纯　怎么，你上楼，楼要塌啊？

阿　奈　塌倒是不会塌……好，上去。（与陈纯上楼，进陈纯房间）

陈　纯　喝茶还是咖啡？

阿　奈　咖啡。

陈　纯　（放音乐，冲咖啡）加糖吗？

阿　奈　要，二片。不，二块。（想起什么，笑）

陈　纯　你笑什么？（调咖啡）

阿　奈　今天你请我吃烤鸭片，而我十几年前插队回来，请你吃的是山芋干。

陈　纯　我觉得那山芋干真甜。哎，阿奈，你送山芋干给我吃的时候，是不是有什么意思？

阿　奈　什么意思？算了吧。那时候我每次在吃饭的时候，你就在一边烧菜，老朝我笑，笑得我脸红。……老实说，那时确实有那种意思。

陈　纯　那种意思是什么意思？

阿　奈　一种说不清楚的意思。

陈　纯　说不清楚的意思是什么意思？

阿　奈　说清楚了就没有意思了。

陈　纯　（大笑）你这个人真有意思。阿奈，我发现你又变得年轻了，又变得相当聪明了。

阿　奈　怎么说？

陈　纯　你股票做了没有两个月，门槛已经很精了。

阿　奈　那是你带出来的。

陈　纯　（摇头）你的判断比我准确。就拿“延中”来说，涨到三百七的辰光，我还不想抛，是你坚持要抛，结果到三百八马上回跌，要不是你，那次就赚不了这么多。

阿　奈　我是心平，做股票不是有句名言吗？“不要去赚那最后一分钱。”

陈　纯　阿奈，我想从明天开始，股票生意由你独立操作，进出全听你的。

阿　奈　不不不。我这个人从来是在别人领导下、规定下工作的，只配跟着别人的指挥棒转。

陈　纯　我不认为这样，我觉得在你身上有着被掩埋了的智慧，一旦思想松绑解套，潜力得到释放，就会成为了不起的人。

阿　奈　你是在哄抬我。

陈　纯　我不是哄抬你。

阿　奈　我……

陈　纯　答应也得答应，不答应也得答应。

阿　奈　这么多钱，我怕担不起这个责任。

陈　纯　我是一万美金起家的，蚀到根大不了还是一万美金。你放心。

阿　奈　（下决心）好。凭你这句话，我试试。

陈　纯　这才像阿奈。

阿　奈　哎，讲了半天，你今天到底为什么请我吃饭？

陈　纯　今天是什么日子？

阿　奈　什么日子？

陈　纯　今天是你的生日。

阿　奈　啊！我全忘了！

陈　纯　我送你一样生日礼物。（取出一套西装）喜欢吗？（帮阿奈穿上）

阿　奈　太漂亮了！还是世界名牌皮尔·卡丹。真合身。

陈　纯　我的眼光还是不错吧？

阿　奈　不过，我不能收。

陈　纯　你不要，我给谁呀？

阿　奈　（抚摩着西装良久，叹了一口气，充满感情地）我收下。陈纯，谢谢你对我这么好。

陈　纯　对我说什么谢。

阿　奈　我收下，不过先放在你这儿，想穿的时候，上楼来拿。

陈　纯　好吧。（帮阿奈脱下，并细心地把衣服挂在衣架上）

阿　奈　我该下去了。

陈　纯　（微笑，握住阿奈的手）今天“新锦江”，下次去“希尔顿”。

〔大宝从厕所出来，上楼，听到陈纯和阿奈的对话。

阿　奈　反正我是你的跟班，你到哪儿我跟到哪儿。

陈　纯　以后我要做你的跟班了！

〔阿奈、陈纯大笑，陈纯目送阿奈下楼。王伯伯上。

王伯伯　阿奈，不得了不得了！

阿　奈　啥事体不得了？

王伯伯　证券公司门口的人多得不得了，里三层外三层比城隍庙还闹忙，轧也轧不进去。不去不知道，一去吓一跳，股票热，不是晚报瞎吹的。

阿　奈　想不到王伯伯也会到证券公司去了。

王伯伯　手上有了点原始股，心里就觉得痒兮兮，这双脚自说自话就往证券公司跑，管也管不牢。股票老有味道的！

阿　奈　当心身体，高血压，不能太兴奋。

王伯伯　身体蛮好，蛮好。哈……（进屋）

〔阿奈走进自己房里。王发上，林玲跟在后面。

林　玲　（一脸不高兴）你这人真霉气，别人做股票都赚钱，独有你老是亏。

王　发　少说两句！

林　玲　关照你，没有十万块别想跟我结婚。

王　发　不结就不结，有什么了不起，以后发了财你不要来找我！

〔大宝从楼上下来。

大　宝　王发！

王　发　做啥？

大　宝　最近股票做得怎么样？

王　发　还好。

林　玲　还好呢！全亏了！

大　宝　（一惊）怪不得这几天老躲着我。

王　发　（沮丧地）暂时失手。

大　宝　我问你，我们的“延中”几钿吃进的？

王　发　二百一十九元买进的。

大　宝　后来呢？

王　发　涨了。

大　宝　涨到几钿？

王　发　三八〇。

大　宝　为啥不抛？

王　发　我看还要涨。

大　宝　结果呢？

王　发　跌了。

大　宝　跌到几钿？

王　发　一八〇。

大　宝　你怎么做的？

王　发　抛了。

大　宝　为啥要抛？

王　发　还要跌。

大　宝　结果呢？

王　发　涨了。

大　宝　涨到几钿？

王　发　三四〇。

大　宝　你又怎么做的？

王　发　吃进。

大　宝　为啥吃进？

王　发　估计还要涨。

大　宝　结果呢？

王　发　跌了。

大　宝　跌到几钿？

王　发　一九九。

大　宝　你又怎么做的？

王　发　抛脱。放血逃，割肉逃。

大　宝　我倒弄不懂了，你怎么老是高的吃进、低的抛出，你是在做啥个星球上的股票？

王　发　你不要逼我了好吗？我不想赚钞票啊？我自己也蚀进去了。谁晓得股票上上下下花头介透。

林　玲　就是讲，做股票就像搓麻将，啥人保证是“保大祥”。

大　宝　我太太叫你看的书，你看过吗？

王　发　看了。你太太关照看的书，还敢不看？我天天读，每天上午五时开始读到证交公司九点半开门。

林　玲　你看他读得嘴巴上都起疱了。

王　发　你看，你看。（扬起脸）

大　宝　哪儿有疱，我看像个鸡屁股！

林　玲　怎么像鸡屁股，你这个人老怪的。

大　宝　你天天读，操作水平怎么这么低，再这样下去，两万元还给我，我自己做。

王　发　你放心，蚀掉的，我会帮你捞回来的。股市马上要全面开盖了，我吃“二纺机”，肯定赚一票。

大　宝　你吃什么机我不管，只要你保证我赚钞票。

王　发　我保证。

大　宝　你书一定要看噢，我要检查的。（搬起鸡笼下）

王　发　个体户讨了个大学生，感觉好过头了。

林　玲　爱宝有啥稀奇啦，生毛病待分配，只好嫁给个体户。

〔阿奈换了衣服出来烧饭。

王　发　（走到阿奈身边）阿奈，哪能？认购证好还我了。

阿　奈　我没有欠你认购证。

王　发　（吼叫）欠了！

〔李真上，边走边看着书。

阿　奈　（平静地）态度不要介粗暴，喉咙再响，我也不会给你。

王　发　喔唷，你近来好像头颈骨蛮硬的嘛。

阿　奈　你要认购证也可以，每张八百。

王　发　你也懂翻跟斗啦？

阿　奈　看在邻居的面子上，你出六百我也卖。

王　发　（一拍桌子）不要来跟我谈生意！

阿　奈　阿发，现在不是拳头大来西、臂膊粗来西的年代了。有本事甩到市场上去抓分，在灶披间里发狠劲没有用。

王　发　唷，你还挖苦我！（一把抓住阿奈要打）

李　真　王发，你一直这么闹，不觉得心烦吗？（拉架，书被碰掉）去，回自己家里去！

王　发　哼！

林　玲　多管闲事！（和王发进屋）

阿　奈　（摇摇头，捡起书交给李真）李老师，你也在看证券书。

李　真　我想研究研究股票哪来这么大的魔力，竟然有这么多人被迷住了。我觉得，（像课堂上讲课）搞股份制，向社会集资，对国家、企业、个人都有利，是好事，（举双手）我非常赞成。可是股票为什么一定要放到市场上去炒呢？炒来炒去，有的人发财，有的人赔个精光，赚了钱就笑，亏了本就闹，弄了不好还得上吊。这有什么好处？

阿　奈　吵吵闹闹，哭哭笑笑，这是人的素质问题，不能怪炒股票。你问为什么要把股票放到市场上去炒，学问就在这里，如果不炒，股票是死的，只有进入市场流通才有生命力，人们才会对它感兴趣，才会使股份制更加繁荣。李老师，你的书里都写着，你没看到？

李　真　我只看了前半部分，后面的还没看。

阿　奈　我这儿也有两本书，你要看，我借给你。

李　真　好，好！让我全面研究一下。

〔阿奈从房里取出书给李真。

李　真　谢谢，谢谢！（上楼）

〔丁芝英下班回家。

丁芝英　（揭开桌上菜罩看了看，不满地）阿奈，饭烧好啦？

阿　奈　饭烧好了。

丁芝英　菜呢？

阿　奈　（蓦然想起）忘了买了。

丁芝英　（不悦地）你最近怎么搞的，连烧菜烧饭都不按时！

阿　奈　（赔笑）你不要生气，我陪你上饭店去吃。

丁芝英　去被人家斩啊？

阿　奈　就吃一次。

丁芝英　算了，就吃咸菜萝卜干吧，反正我是尼姑命！

阿　奈　荤的有。大宝！

〔大宝上。

大　宝　叫我做啥？

阿　奈　油炸鸡有吗？

大　宝　有。

阿　奈　我买一只。

大　宝　好，马上来。（动作熟练地取鸡、斩鸡、装盘送到阿奈桌上，下）

阿　奈　开饭了。（和丁芝英坐下吃饭）

丁芝英　阿奈，证券公司三点半就歇市了，你天天在做点啥？

阿　奈　朋友之间谈谈，交流交流信息。

丁芝英　你现在也有朋友了？什么狐朋狗友！

阿　奈　怎么是狐朋狗友？

丁芝英　我工作又忙又累，家里的事，你多做点。

阿　奈　晓得晓得。

丁芝英　不要以为你现在赚了点钱，就可以当大老爷了，这在我面前行不通。

阿　奈　我不是想当大老爷，我是觉得现在机会蛮好，能多赚点就多赚点。（想起什么）对了，今朝老板结账，给了我三千。（从口袋掏出钱来）喏，给你。

丁芝英　（接钱，点钱）怎么只有二千零七毛。

阿　奈　我给芬芬买了一台电子琴，上午送去了，她高兴极了。

丁芝英　买电子琴？你买东西怎么不跟我商量商量？

阿　奈　我是给芬芬买，又不是给我买。

丁芝英　你用钱就得经我同意！以后不许自作主张。

阿　奈　好，好。

丁芝英　我关照你，现在社会上五花八门样样有，尤其是嗲溜溜不三不四的女人，专门扭着屁股露出腿勾男人的魂，你要提高警惕，别跟她们瞎混。

阿　奈　我哪能呢！

丁芝英　我是提醒你，一个人变坏容易学好难，特别是你们这种男人，觉得自己有了点钱，于是就拼命寻方向，嘭嚓嚓、嘭嚓嚓……

阿　奈　我不是那种人，我不会变。

丁芝英　我看你已经开始变了！

阿　奈　（一愣）我变了？

丁芝英　看看你的头发，油光光的还三七开，头丝挺括得像烫斗烫过似的。还洒了香水……

阿　奈　这是理发店的责任。

丁芝英　啊！你也开始爱漂亮了，注意打扮自己了，你这是给谁看？

阿　奈　给你看。

丁芝英　我看了隔夜饭都要吐出来了！

〔阿奈不快地抓乱自己的头发。

丁芝英 （闻到一股酒味，嗅着找着，嗅到阿奈身上）你喝过酒了？

阿　奈 喝过一点。

丁芝英 跟谁在一起喝的酒？

阿　奈 是跟陈……深圳老板。

丁芝英 你真开心，怪不得不烧菜，你是自己灌饱了黄汤，喝够了猫尿，让我吃西北风！

阿　奈 （将筷子拍在桌子上）没钱的时候啰唆，现在有钱了也要啰唆！

丁芝英 （光火地将筷子重重地拍在桌子上）好啊！阿奈，你竟敢对我拍桌子！好哇，你喝你的猫尿去，再也不要回来！（猛推阿奈一下，哭进屋去）

〔阿奈欲进屋，丁芝英将门关上，门撞在阿奈脸上，痛得他大叫一声，捂住脸，直跺脚。

阿　奈 你神经搭错了呀？

丁芝英 你才神经搭错了！

阿　奈 跟你过真没劲！

丁芝英 那你找有劲的去！

阿　奈 你当我不敢？还没到时候！

丁芝英 啊！（哭得更响）

——**幕　落**——

第五场

〔下午。

〔王发吃着闷酒，林玲沉着脸坐在一边。

林　玲　（夺下王发酒杯）喝了两个钟头了，还要喝！除了喝酒吸烟，你有啥本事！（见王发不理）亏了这么多，你向人家怎么交代，口口声声自称职业炒手，我看你只不过是个二百五！

王　发　你别烦了好吗？

林　玲　我偏烦！我偏烦！跟着你一点也不开心，这样下去，我要另找方向了。

王　发　等我要回阿奈的认购证，赚了钱，你别来找我！

林　玲　他不是十三点，到手的钞票会白白送给你？

王　发　（狠狠地）我有办法治他。

林　玲　有啥办法？

王　发　听大宝说，他和陈纯经常出入“新锦江”“希尔顿”。你说，他们去干什么？

林　玲　干什么？涮一顿。

王　发　涮完了以后干什么？别忘了，宾馆里有客房，房门上面有牌子，牌子上面四个字：“请勿打扰！”妙极了，这不仅是精

彩，简直是振奋人心！（乐得跳起舞来）

〔大宝气急败坏地上。

大　宝　你还在喝酒跳舞呢，不好了，股票全在往下猛跌！

王　发　你也到股票市场去了？

大　宝　我太太不放心，叫我亲自去看看。“二纺机”又跌了，跌到一百四！

王　发　真的？

大　宝　（发急地）一百四十，一股跌了二百块！

王　发　不要急，不要急。（发抖）会反弹的。

大　宝　你人也抖了，还叫我不要急。

王　发　这不是抖，是反弹。

大　宝　跟牢你做股票，就像强盗打官司，场场输！

〔爱宝从楼上下来。

爱　宝　大宝。

大　宝　哎。（立即奔到爱宝面前）爱宝，我去看过了，所有股票都在跌！

爱　宝　我知道了，我听了广播。大宝，我们在阿发那里的三十股“二纺机”全部抛掉。

大　宝　全部抛掉？这样一来我们蚀脱六千元了。

爱　宝　再不抛蚀得还要厉害！

王　发　我觉得已经到底谷，马上就要反弹的。

爱　宝　你有啥根据？

大　宝　对，你有啥根据？

王　发　我……（嘟哝）我人在反弹……

爱　宝　“上证指”直线下跌，股民心态迷惘恐慌，由于心理准备不足，逃的人大量出现，而吃的人不敢下手，根据这种情况看，股票还要下跌。

大　宝　有道理。

王　发　这算啥道理！

大　宝　只要是我太太讲的，都是有道理的。

爱　宝　阿发，你的抛不抛我不管，我们的请你一定要抛脱。

大　宝　抛掉！

王　发　好好好，下半天一开市就去抛！

大　宝　（哭丧着脸）这样一来，我们二万元，只剩下……

爱　宝　四千二百元了。

大　宝　（后悔地）我真混，当时我不该听这小子的话……（抓住王发）你还有心思喝酒！我恨不得把你当小鸡一样宰了！

爱　宝　（连忙挡住大宝）大宝大宝！你这是做什么呀，邻里之间多难为情！

〔王发、林玲溜进屋去。

大　宝　这二万元钱是我们辛辛苦苦赚来的，能不心痛吗？都怪我，都怪我！

爱　宝　好了好了，我没怪你。（哄孩子似的）这么大的人还要小孩子脾气。你看，我现在身体好了，这钱就当给我治病买补药吃了。来，笑一笑，笑一笑……

大　宝　（哭似的一笑）嘿……

爱　宝　来，我们唱个歌。

大　宝　妈呀，现在还有什么心思唱歌！

爱　宝　你忘了，这歌是我为你准备的。（从大宝口袋里摸出一张歌单，拉大宝一起唱重新填词的《潇洒走一回》）

股票市场股民匆匆潮起又潮落，

哭哭笑笑悲悲喜喜几人能看透。

钞票呀滚滚，有进呀有出，聚散总有时。

留一半清醒留一半醉，

不要拼命死死追随。

莫把积蓄都投入，

莫使精力全倾注。

不管多少赚了、多少呀蚀了，

只当潇洒走一回！

〔在爱宝、大宝唱歌时，阿奈上，他被歌词吸引，听完不由鼓掌。

阿　奈　你们唱得很有道理呀。

爱　宝　（不好意思地）我是瞎编瞎唱。

阿　奈　听你这歌，你要是下海，一定是个大赢家。

爱　宝　承蒙夸奖。

大　宝　这一唱，我现在心里舒服多了。

爱　宝　这样才潇洒嘛。芬芬爸爸，我闲着没事，翻译了伦敦《金融时报》上的几篇文章，是说政治、军事、经济对股票市场的影响，你做股票，也许对你有用。

阿　奈　太好了，让我看看。

爱　宝　等会儿我拿给你。

阿　奈　爱宝，你是学外贸的，以后我想请教你一些问题。

爱　宝　不敢当，不敢当。

阿　奈　（想起什么）爱宝，大门口有你一封信。（掏信交给爱宝）

大　宝　什么地方寄来的？

爱　宝　申港对外贸易公司。（拆信看，欣喜地）大宝，我被录取了！（欢叫起来）

大　宝　太棒了！爱宝，我知道你行！（搂着爱宝高高兴兴上楼）

〔林玲哭着从王发房里出来。

林　玲　我以后再也不来了！呜……（下）

〔老张搬着一只大竹箩上。

老　张　阿奈，阿奈！

阿　奈　唷！老张，你这是干什么？搬家呀？

老　张　是送给你的。你看，辣椒、笋尖、宁红茶，还有景德镇瓷器。全是江西特产。（搬进阿奈房里，复出）

阿　奈　老让你破费，以后别送了！哎，老张，那批货销得怎么样？

老　张　好得不能再好了，还没进仓库就被客户分光了。阿奈，十天之内你再帮我搞一批，数量品种越多越好，江西这市场大着呢。

阿　奈　好。十天内我给你回音。（给老张递烟）

老　张　阿奈，我在上海宾馆包了一套房间，四四八室，事事发。你晚上有空，就过来打麻将。

阿　奈　打麻将我不会。

老　张　那就请你太太来。

阿　奈　我太太一来，你们马上进派出所了。

老　张　（一怔）她是警察？

阿　奈　便衣，专管我的。

老　张　（会心一笑）哈……阿奈，我走了。

阿　奈　再坐一会儿。

老　张　外面有小车在等我。再见。（下）

〔陈纯上。

陈　纯　他是谁？

阿　奈　江西的一个朋友。你这么早就下班了？

陈　纯　厂里开不出工了，马厂长命令全厂职工休息。

阿　奈　（突然想起什么）对了，陈纯，你把经销部积压的小机电产品列一份清单给我好不好？

陈　纯　（诧异地）做啥？

阿　奈　我想买进这批货。

陈　纯　（惊诧）你在做机电生意？

阿　奈　机电设备是我的老本行，熟门熟路。

陈　纯　你已经在做了？

阿　奈　我跟江西的小机电老客户谈了四次生意，成交了四次。（不觉得意地一笑）

陈　纯　你赚了多少钱？

〔阿奈凑到陈纯耳边低语。

陈　纯　（吃惊地）介许多！（想了想）我不能向你提供积压产品的清单，我不许你个人的生意同公家发生关系。

阿　奈　为什么？

陈　纯　个人赚公家的钱，会说不清爽的。

阿　奈　现在做生意只要交税，管它谁赚谁的。

陈　纯　不，渠道要分清，公对公、私对私，否则今后要有什么变化，你就会吃不了兜着走。阿奈，你开始叫我担心了。你的动作越轨了。

阿　奈　（不以为然）是你教我越轨的。

〔王发从房里出来。

王　发　（用异样的眼光打量着阿奈和陈纯）哈，动作越轨，有劲，真有劲！阿奈，陈纯，我手里有你们一张牌。

阿　奈　（冷淡地）我们从来不打牌。

王　发　打。杠头开花，混对对，漂亮得不得了。陈纯，劝劝阿奈，叫他给我一半用认购证买的原始股，我就嘴上贴封条，守住你们的秘密。

阿　奈　你怎么像贴烂膏药一样，盯牢认购证不放！

王　发　我也是没有办法，我输急了。陈纯，你不想让你的秘密搞得全世界人民都知道吧？

陈　纯　你什么意思？

王　发　你们自己清楚。

阿　奈　我不给！

王　发　再讲一遍！

阿　奈　不给！

王　发　好！从现在起，我开始做你们的义务宣传员。（朝门口走了几步）怎么，不想拉住我？（见阿奈、陈纯不说话）好！你们等着瞧！（下）

陈　纯　这下麻烦了，他知道我们在一起做股票。

阿　奈　我们做股票是光明正大的事，他要说就让他说。

陈　纯　你一直瞒着芬芬姆妈，她一旦知道了，会怎么想？

阿　奈　我会解释的。

陈　纯　可我不想让人家知道！人怕出名猪怕壮，你有钱，人家会用打量贼一样的眼光来打量你。尤其是一个有很多钞票的单身女人，更尤其这个女人恰恰又是财会，什么可怕的联想都会产生。

阿　奈　怕啥，每笔交易都是有凭证的，你呀！讲我是装在套子里的人，你比我好不了多少嘛。

〔马呼上。

马　呼　阿奈同志。

阿　奈　唷，马厂长，你好你好！（和马呼握手，态度自如潇洒，跟

以前见到马呼时的举止判若两人）

〔马呼四面张望。

阿　奈　马厂长，你在找什么？

马　呼　你爱人在不在？

阿　奈　她上班去了。

马　呼　那我就放心了。

阿　奈　马厂长，屋里坐。

马　呼　就此地吧，你爱人一旦回来，我走起来方便些。阿奈同志，给你一点礼物。（把一大袋食品放在桌上）

陈　纯　介大一袋啊！

马　呼　哈力克。

阿　奈　（从菜橱里拿出三听粒粒橙汁，拉开盖，递给马呼、陈纯）马厂长找我有什么事？

马　呼　（严肃地）阿奈同志，厂里有人向我反映，看见你在做股票，进出大户室，来去小轿车，大大地发了。

阿　奈　小发发！

马　呼　阿奈，在我的印象中，你是个安分守己的老实人，没想到你炒股票头子介活络，你以前是装憨。

阿　奈　憨是装不出来的。

马　呼　那你怎么一下子变得聪明起来了呢？

阿　奈　我想这大概是，以前我是被你马厂长管着，现在是我自己管自己了。以前你马厂长叫我怎么做我只能怎么做，现在是我自己想怎么做就怎么做。

马　呼　这算什么话！在我手下做，就变成了憨大。自己做，就成了天才。你把我看成什么东西了！

阿　奈　什么东西？

马　呼　什么东西？

阿　奈　不是东西！

马　呼　阿奈，最近我们厂准备搞个金色工程，我来是让你上岗的，我想聘你为该工程的总工程师。

阿　奈　你的金色工程的内容是什么？

马　呼　做股票。

阿　奈　做股票？

马　呼　单位效益不好，职工怨声载道，为了扭转这个贫穷落后的局面，我制定了这个堤内损失堤外补的金色工程，动员职工，筹集资金，你出五百，他出一千，我带头，出一万，把这笔钱集中起来，由你阿奈总工程师具体操作。

陈　纯　阿奈，你不能答应。

马　呼　陈纯同志，你难道不想改善自己的生活？你难道就安于工资一百七、奖金一十七的低收入？

陈　纯　全厂职工的家庭积蓄全部交给他，他的责任太重了。

马　呼　不入虎穴，焉得虎子？阿奈，你大胆地往前走吧。

陈　纯　现在唱得好听，一旦蚀了，阿奈就不要做人了。

马　呼　你……你这个局先进工作者、单位的会计，怎么这样不支持我厂长的工作！

陈　纯　好，我不响！（上楼）

阿　奈　马厂长，关于金色工程，我听陈纯的，不听你的。

马　呼　阿奈同志……

阿　奈　（干脆地）到此为止，没有商量余地。

马　呼　（有些恼火）你竟敢这样跟我说话？阿奈同志，你待聘下岗，不好好等在家里，在外面炒股倒股，这可不符合规定啊！

阿　奈　什么规定？

马　呼　你说说哪个文件上写着，下岗职工可以做股票？文件上没有规定的，就不能做。

阿　奈　我倒觉得文件上没有规定的，都可以做。好了，这事不谈了。来，抽烟。（递烟）

马　呼　（点烟，自语）中华牌，好烟。不抽白不抽。

阿　奈　厂长，为了不使你白跑一趟，我促成你一笔生意。你把经销部的所有积压机电产品全批给我。

马　呼　你……你还在做机电生意？

阿　奈　哪能？按出厂价的百分之八十给我。

马　呼　你在发寒热！

阿　奈　这批货在你手里只是一堆废铜烂铁，我是看你老领导的面子，帮你一把。

马　呼　帮我？笑话。我情愿报废，也不卖给你！现在我正式通知你，明天起上岗。

阿　奈　你这岗我不上了。

马　呼　不行。

阿　奈　我辞职。我正式通知你，我炒你鱿鱼了！

马　呼　你……

阿　奈　老马，（拍马呼一下）我现在不是你的职工了，有一句话敢直言相告了。

马　呼　什么话？

阿　奈　你作为厂长，应当多用点心思在企业上，少打自己的小算盘，多打打企业的大算盘。经销部被搞得年年亏损，是你经营无方。

马　呼　（勃然变色）阿奈，你现在不是我的职工了，有桩事体我不客气了。

阿　奈　啥事体？

马　呼　这包哈力克不能给你了。（拿过食品袋）

〔丁芝英神色阴沉地上。马呼见了大吃一惊，绕着圈子溜下。

阿　奈　阿英，今朝哪能介早就下班了？

丁芝英　（冷冷地）阿奈，我们结婚几年了？

阿　奈　（感到莫名其妙）十一年了。

丁芝英　我们认得几年了？

阿　奈　三十几年了。

丁芝英　这么多年来，我对你哪能？好还是不好？

阿　奈　好。你对我体贴入微，无微不至，再好没有了。阿英，你提早下班，就是为了问我这个问题？

丁芝英　刚刚王发来寻我，告诉了我你和陈纯的事体，我回来问问清爽。

阿　奈　王发真是雷厉风行，说讲就讲。阿英，王发讲的是事实，我和陈纯是有这桩事体。

丁芝英　（一阵恼怒，克制着）你倒是蛮老实的……你给我交代清楚！

阿　奈　开始我是想继续隐瞒下去的，因为讲了，怕对陈纯不利……

丁芝英　这桩事体，是啥人主动提出来的？

阿　奈　是陈纯主动。她看我待聘以后，有点可怜巴巴，就主动提出了。

丁芝英　你没有想到过要拒绝？

阿　奈　陈纯一片真心诚意，我怎么好意思拒绝呢。再讲这是送上门来的好事体，我拒绝也太憨了。

丁芝英　（压住火气，讥讽地）你倒是来者不拒。

阿　奈　这也要看对象的。调一个人，我也不一定肯，说不定给我吃药呢。陈纯是老邻居了，我熟悉。

丁芝英　对，熟门熟路好。

阿　奈　住得近，一上一下，行动起来方便。

丁芝英　没有想到，你真有胆量。

阿　奈　一开始我有点缩手缩脚，经过陈纯的不断鼓励，我胆子也大起来了。嘿嘿，一个大男人要一个女人来鼓励，真不好意思。

〔丁芝英恼怒地将桌上一只空听捏扁。

阿　奈　你当心手。

丁芝英　你们从什么时候开始的？

阿　奈　二月份，就是我头被人打伤的辰光开始的。

丁芝英　怪不得，看见你受伤，她比我还急，我居然没有看出来。我真笨！

阿　奈　不是你笨，是你没有朝这方面去想。你怎么也不会想到，一个住在石库门里的单身女人，竟然有这么大的能量。开始我也不相信，后来服帖了。

丁芝英　你服帖了？

阿　奈　服帖。不过，她现在也服帖我了。讲我聪明能干，有派头，像个大户。

〔丁芝英恼怒地又捏扁一只空听。

阿　奈　我来我来。（捏扁另一只空听，把它们丢入簸箕里）

丁芝英　看起来，你们已经投入得很深了！

阿　奈　这你懂的呀，这种事情，一旦尝到甜头，就会越来越投入，你愿意的话，我们三人一块干。

丁芝英　（爆发了）你这下流坯！不要面孔！活了介大一把年纪，还要偷鸡摸狗！（向二楼）你，姓陈的，要男人，到外面去寻，寻隔壁邻居的有妇之夫，算啥本事！

阿　奈　（大惊，拦住丁芝英）阿英，你怎么啦？你怎么可以这样说！

〔陈纯走到楼梯口。

陈　纯　丁芝英，你不要胡说八道！阿奈，你给她讲清楚！

阿　奈　你别吵！你别吵！我和陈纯是在一起搞股票。

丁芝英　搞股票？搞到“新锦江”去开房间了！

阿　奈　开房间？你神经又搭错了。

丁芝英　不要脸的，你给我下来！（冲上楼，硬把陈纯拽下来，乱抓乱打）我神经没有搭错，是你们两个人搭牢了，分也分不开，像肠粘连了！死不要脸！

〔王伯伯、大宝上，见状急忙拉开丁芝英。

王伯伯　不要抓不要抓！你看看，陈家妹妹介好看的面孔，被你抓得一条一条，像黄金瓜了！我公证，阿奈和陈纯他们是在做股票。

丁芝英　你算什么东西！阿奈给了你一点好处，你就帮他说话。告诉你老王八，是你儿子亲口告诉我的，他们轧姘头，在“新锦江”“希尔顿”开房间，门口上还挂上“请勿打扰”的牌子……（号哭起来）

王伯伯　王发这小鬼的话连我也不相信，你怎么可以信呢！

陈　纯　（痛苦地）我这是算什么呢？我真心诚意地帮助你们一家，想不到却落得一脸的伤痕！（上楼，回房）

丁芝英　（追上去）这是你偷男人的报应！

阿　奈　（愤怒地一拍桌子）这日子不能过了！

丁芝英　（一怔）不过就不过！我走！（拿起包边哭边走）我和你离婚！

王伯伯　你不能走，不能走。（拦住丁芝英）

阿　奈　让她去！

〔丁芝英哭下。王伯伯、大宝追下。

〔静场。阿奈呆坐在椅子上。陈纯僵站在房中。两组光照在他们身上。

——幕　落——

第六场

〔中午。

〔大宝和爱宝在熬鸡汤。

爱　宝　这几天我们八一八号里，突然变得冷清了。

大　宝　是呀，阿英回了娘家，阿奈出差去了，陈纯老躲在房间里，王发终日不见，八一八号没有了生气。

爱　宝　（盛鸡汤）你把这鸡汤给陈纯送去。

大　宝　你去。我见了她有点不好意思。

爱　宝　（端着鸡汤上楼，敲陈纯家的门）陈纯！

陈　纯　（开门）爱宝。

爱　宝　陈纯，我给你炖了点鸡汤。

陈　纯　你太客气了。

爱　宝　大宝天天杀鸡，很方便的。

陈　纯　谢谢了。

爱　宝　你要保重身体，不能老不吃饭呀！

陈　纯　我吃的。我不会傻到跟自己过不去。

爱　宝　我看你老不下楼来。

陈　纯　我有微波炉，速冻食品。

爱　宝　那就好。

陈　纯　谢谢你。

爱　宝　不用谢。（下楼）

大　宝　爱宝，她怎么样？

爱　宝　她脸上的伤全好了，一点疤痕也没有留下。

大　宝　谢天谢地，这样我就安心了。

爱　宝　记住了，以后别胡说八道了。

大　宝　我也只是对王发说了句玩笑话。

爱　宝　你的一句话，害得阿奈夫妻吵架、陈纯受气，还不怪你？

大　宝　对对，都怪我，怪我的嘴不好，为了记住教训……（佯装认真地拿起剪刀，要剪自己的嘴巴）

爱　宝　你干什么？

大　宝　什么地方不好，就去掉什么地方。

爱　宝　嘴不好，我来剪！（拿过剪刀）

大　宝　Yes！

爱　宝　我剪了？

大　宝　哈依！

爱　宝　英语改成日语了？你这个人哪！（放下剪刀）

大　宝　（搂着爱宝）你比我更舍不得剪。

爱　宝　唷，该看电影去了，快去换衣服。（和大宝一起上楼）

〔王发、林玲急急奔上。王发往家里奔。

林　玲　别躲在家里，躲厕所里去。

王　发　你挡住他们！（躲进厕所）

〔讨债人甲、乙追上。

讨债甲　（敲王发家门）王发！王发！

林　玲　王发没在家。

讨债乙　我明明看见他跑进八一八号的。

讨债甲　找！（和讨债人乙一起楼上楼下找，没找着。对林玲）说，他人呢？

林　玲　我怎么知道！老怪哦！

讨债甲　不知道？那就找你。你是他的女朋友？跟我们走！

讨债乙　走！（和讨债人甲拖住林玲就走）

林　玲　（急得要哭）做啥啦，我不要嘛！

〔陈纯、爱宝闻声从楼上跑下。

陈　纯　你们干什么？

爱　宝　放开她，有话可以好好说嘛。

〔阿奈上，他手提考克箱，在一旁静观。

讨债甲　王发借了我们四万元，想赖账。

林　玲　不是借，是一起做股票。

讨债甲　王发讲过，赢了大家分，亏了他顶账。

〔大宝换了衣服，从楼梯上下来。

爱　宝　世上哪有这么做生意的，既然合股，当然是风险共担，只想赚钱不想亏，到银行储蓄拿利息去嘛。

讨债甲　你是谁？要你管什么事？

大　宝　（火暴地）她是我太太！朋友，别小家败气，王发也欠了我不少钱呢，他没钱，逼死他也没用。走吧！

讨债甲　你派头大，是你的事，我们可没有这个派头。（去拉林玲）

大　宝　（一把推开讨债人甲）只要我在八一八号，就不许你们闹。

讨债甲　怎么，想打架？好，来！（和大宝推撞）

阿　奈　（插到大宝和讨债甲中间，对讨债甲神态倨傲地）别动手，有话好说。

讨债甲　哟，是阿奈，你也住在这里？

阿　奈　朋友，你们的钱王发都买了股票，你们一定要讨还，就按现在的市场价还给你们，这是规矩，走遍天下都是这个理。

讨债乙　这样我们太亏了！

阿　奈　要不亏也容易。

讨债甲　怎么？

阿　奈　耐心等待。股市不可能只跌不涨，今后涨回到你们的四万元，甚至再高些，不是不可能的事。

讨债甲　这……

阿　奈　要现钱，按市价，我马上给你们。（把考克箱朝桌子上一放）不过话说清楚，你们在王发那里的股票是我的了，今后涨了，别眼红，别后悔。

讨债乙　（对讨债甲）他的话有道理啊！

阿　奈　快点决定。

讨债甲　（想了想，对阿奈十分客气地）大哥你是大户，有见识，你的话我再考虑考虑。

阿　奈　回去考虑，考虑好了直接找我，别找王发。

讨债甲　好，好！（与讨债乙同下）

林　玲　谢谢你们。王发，王发！（奔进厕所）

阿　奈　陈纯。

〔陈纯不满地瞥了阿奈一眼，径直上楼。

林　玲　（从厕所出来）王发跳窗逃走了。我去找他。（奔下）

爱　宝　阿奈，你从江西回来啦？

阿　奈　上午就到了。看样子你们俩要出去。

大　宝　去看电影。

阿　奈　（想起什么）你们等等。

爱　宝　什么事？

阿　奈　（取出钱）这是你的二千元劳务费。

爱　宝　太多了，我只是代表你出席了两次业务谈判。

阿　奈　这是两次卓有成效的谈判，你使马厂长在订货合同上签了字。

爱　宝　看得出来，这位马厂长的谈判水平还不如我，“新锦江”也是头一趟去，一下子把他镇住了。

阿　奈　把钱收下。

爱　宝　（不好意思地）那就谢谢了。

大　宝　（假客气）怎么可以收呢。（拿钱，放进口袋里）我们走了。

阿　奈　等等，还有一件事。爱宝，我发现你头脑冷静，善于判断，我想请你帮我做股票，给你二十五万，由你独立操作，亏了算我的，赚了三七分成。另外每月给你五百元津贴。

大　宝　好啊。

爱　宝　阿奈，你是职业炒手，还用得着出钱雇我？别寻开心了。

阿　奈　真的，我打算把全部精力放到生意上去，分不开身。

大　宝　爱宝，答应吧。

爱　宝　不不，我现在的工作蛮好。跟王发做股票只是玩玩，不想陷得太深。大宝的油炸鸡，生意也蛮好，等筹足了资金，盘个门面，开家小店，这样的小康生活也是蛮乐惠的。大宝，你说对吗？

大　宝　对。你的话从来就是对的。

阿　奈　你们这小两口，真让人羡慕。

大　宝　那是因为我有个好太太。

爱　宝　（打大宝一拳）对不起，我们走了。

阿　奈　再考虑考虑。

爱　宝　哎。

大　宝　会考虑的。（与爱宝亲亲热热地下）

〔阿奈目送两人离去，走到自己家门口，想了想，看看陈纯家窗口，欲上楼，见李真从楼梯上下来，便收住了脚步。

李　真　（歪着扭伤了的脖子，自言自语地）我是怎么分析的？以为“联合毛纺”一定看涨，二百四买进了五十股，现在跌到了一百元。我不怕掉价买了，股票却掉价了。尽管在理论上做了充分的准备，但一实践还是落得全军覆没！（心不在焉地把没拆封的方便面放进碗里，用开水泡）

阿　奈　李老师，方便面没拆封就泡啦？

李　真　（连忙住手）操作失误。

阿　奈　李老师，你的脖子怎么了？

李　真　昨晚没睡好，做了个噩梦，梦见一根绳子套在脖子上，挣也挣不掉，早晨起来就成了这个样子。

阿　奈　你也在做股票？

李　真　你怎么知道？

阿　奈　刚才你自己在说呀！

李　真　我刚才说了？没这事，我怎么会买股票。

阿　奈　（一笑）你这面真香。

李　真　鱼香肉丝面。

阿　奈　（出其不意地）其实“联合毛纺”是很不错的。

李　真　（脱口而出）就是。谁知道它会跌，每股跌了一百四……（一想不对）我的几个同事都买了这种股票。

阿　奈　现在正是低谷时期，别轻易抛掉啊。

李　真　我也这么对他们说，要沉住气。

阿　奈　现在也正是吃进的时候，再买五十股，说不定能把损失补回来。

李　真　不买了不买了……他们说不买了。这些知识分子啊，老是慢半拍，开始持否定态度，看人家赚了，心理失去了平衡。等想通了研究透了，却失去了最好的机会。人家抽身逃走了，他们反倒跳进去了，一进去马上就被套住。真滑稽，整个儿一连串的莫名其妙。

阿　奈　要是他们愿意，我可以当他们的参谋。

李　真　别忘了，他们是老师。

阿　奈　要是放不下架子，拐弯抹角地问我也可以。

李　真　拐弯抹角……（自语）现在是在拐弯抹角。（拿着面条上楼）

〔阿奈朝二楼看了看，拿起考克箱上楼，敲陈纯家的门。

阿　奈　陈纯，是我。我是阿奈。

〔陈纯迟疑片刻，开门，让阿奈进。

陈　纯　（窝着火）这几天你上哪儿去了？

阿　奈　到江西走了一趟。

陈　纯　你知道不知道现在的股票行情？

阿　奈　知道。一团漆黑。

陈　纯　知道还不早点回来，我们一下子蚀了五十万。

阿　奈　（玩笑地）蚀就蚀吧，反正是一万美金起家。

陈　纯　你倒是大方。

阿　奈　放心，你没蚀掉五十万。走之前，我已经把股票抛掉了，只蚀了九万，而且现在已经赚回来了。

陈　纯　怎么回事？

阿　奈　我把做股票的钱，买进了厂里那批积压机电产品，运到江西出手了。一进一出赚了四十三万，扣掉亏损的九万，净赚了三十四万。我们四六分。

陈　纯　你越来越会自作主张了！

阿　奈　（打开箱子）是你要我独立操作的。收下吧。

陈　纯　这钱我不要。

阿　奈　那好，放在我这儿，作为你的股份。我想搞个大动作。你知道，马厂长因为经营不善，被撤职了。上级决定向社会招标，我已经投了标，准备把厂接过来。

陈　纯　你要把厂接过来？

阿　奈　怎么，我的模样不像个厂长？

陈　纯　办厂需要一大笔资金。

阿　奈　我想过了。我们来个股金合作制，我和你联手，再向厂里职工和江西朋友卖股集资，这样钱就有了。陈纯，希望你来当我的副厂长，我们一起大干一场。

陈　纯　你办企业我全力支持，但副厂长我不当。

阿　奈　那你当厂长，我当副厂长。

陈　纯　我不当。

阿　奈　你当厂长，我当厂长助理。

陈　纯　我不当！

阿　奈　为什么？

陈　纯　不当就是不当。

阿　奈　（叹了口气）我知道你忘不了那天的事。陈纯，阿英她伤害了你，也伤害了我，也许你还不知道，她已经正式提出和我离婚了。

陈　纯　（停顿良久）你准备怎么处理？

阿　奈　我们是老邻居，我和阿英的事你清楚，当年我和她一起在江西插队，我母亲在上海靠她父母照顾，母亲在去世前再三叮咛，要我娶她，我们就这样生活到了一起。现在孩子也十一岁了，还分手干什么呢？

陈　纯　你幸福吗？

阿　奈　幸福不幸福就是那么一回事，反正我习惯了。

陈　纯　我真奇怪，你能从那么多的套子里跳出来，为什么就不能再跳一次呢？

阿　奈　你以为我没有想过？我想了不止一次，难！越想越觉得婚姻这套子最难跳，它既硬又软，粘在身上无法剥离。再说，我也不愿让人家说我，有了钱就向姓陈的学。

陈　纯　向我学？

阿　奈　陈世美。我没有这么做，人家就已经这么想了，我……

陈　纯　好了好了，别说了。（痛苦地吸着烟）想当年离婚以后，我曾下过决心，永不再结婚，一个人过挺自由自在。但日子长了，我越来越感到孤独，想有个温馨的家。我想到过跟别人，更多的是想到跟你……好了，不说了。说这些有什么用呢。

阿　奈　陈纯，我实在对不起你，我今天所有的一切，都是你给我的……

陈　纯　（打断阿奈的话）别说这些！

阿　奈　我要说，这主要不是钱，而是你重新点燃了我生命的活力，我想好好地报答你，可……

陈　纯　我不要你的报答，我不要！

阿　奈　好，不谈报答，但请你答应，和我一起办厂。

陈　纯　不，我不能。

阿　奈　我真不懂，我们为什么不能做一对知己朋友，为什么不能成为志同道合的同事？

陈　纯　因为我是一个女人。我不愿意再介入你的感情生活里去。

阿　奈　我知道你是一个女人！难道副厂长一定是厂长的太太！陈纯，陈纯，我看你钻进另一个套子里去了！

陈　纯　你给我走！

阿　奈　陈纯，我求你！你要理解我！

陈　纯　你走！（推阿奈出门）

阿　奈　好，好！动口不动手，我自己走。（郁郁地走下楼梯，走进自己家里）

〔王发丧魂落魄地上，脸上带着伤。

王　发　怎么办？欠了一屁股债拿什么还？（乱摸口袋，拿出几分钱。神志恍惚地）钱，我有钱了……我有钱了！（仿佛听到了谁的声音）……对，我应该到那儿去，那地方谁都找不到我……那是个好地方……

〔王伯伯上，林玲跟上。

王伯伯　阿发，你回来啦！

王　发　（恐惧地）谁？我没有钱……

王伯伯　（痛苦地）我有钱给你。

王　发　我不要钱……我什么也没有……

阿　奈　（从自己屋里出来）王发，你怎么啦？

王　发　（躲闪着）我没有钱，求求你们不要逼我……求求你们！（冲上楼梯，奔到晒台上）你们别上来，上来我就往下跳！

王伯伯　王发！王发！我的儿子！

林　玲　（绝望地）王发！王发！不能跳！你不能死啊！

王　发　（流着泪）玲玲，我对不起你，你另找方向吧……（从晒台上跳下）

〔众人惊呼。

——幕　落——

第七场

〔王伯伯在打扫、收拾灶间。李真夹着包、提着一捆书上。

王伯伯 李老师今天没课啊，中午就回来了？

李　真 没有课。

王伯伯 （玩笑地）今天穿得这么漂亮，是不是到婚姻介绍所去了？

李　真 我是去参加地铁试车的。

王伯伯 地铁要通车了？

李　真 快了。

王伯伯 这下我们上海活络了。

李　真 更活络了。（从包里取出方便米饭，准备烧煮）

王伯伯 唷！这包装真漂亮。（拿过方便米饭看）“辣味鸡丝米饭！”李老师，你又换花样啦？

李　真 这是新产品，我试试。

王伯伯 食品厂应该发荣誉证书给你，他们出一个产品，你吃一个产品，这么忠实的顾客，哪儿去找呀！

李　真 我想这味道一定不错，你拿一袋尝尝。

王伯伯 不不不，我怕辣。

〔大宝欢天喜地上，爱宝跟在他身后。

大　宝　各位邻居，好消息，好消息！

王伯伯　什么好消息？

大　宝　我的爱宝要出国了！

王伯伯　爱宝，你要出国了？

爱　宝　是的，我们总经理到西欧考察，叫我当他的翻译。

王伯伯　爱宝，你真了不起啊！

大　宝　当然了不起，我的太太嘛，就是竞选女总统也足够有余。

王伯伯　她当女总统，你还卖油炸鸡吗？

大　宝　不卖了，我成了第一个丈夫了。

王伯伯　第一个丈夫？这么说爱宝还有第二个丈夫？

大　宝　（愣了愣）唔？

李　真　不是第一个丈夫，是第一丈夫。

大　宝　不管第几丈夫，今天我请客，八一八号里，我每家送两只油炸鸡。

王伯伯　大宝，油炸鸡我来请客吧。

爱　宝　我出国，你请客，这算啥名堂？

王伯伯　我也有喜事呀。第一，股票又涨了，我抛脱赚了一大笔。第二，阿发这小鬼，跳楼没有摔死，脑子反而摔醒了。虽然一条腿受了伤，但医生讲不会影响生小孩的功能。今天他要出院了。

李　真　怪不得你今天像老小孩似的，特别高兴。

王伯伯　大宝，你给我炸十只鸡，每家送两只。

李　真　这么一来，我就不好意思了。大宝，你也给我炸十只鸡，每家送两只。

爱　宝　你又怎么啦？

李　真　不瞒众位老邻居，我也买了股票，五十股“联合毛纺”，昨天抛了。

爱　宝　赚了？

李　真　亏了五百。

爱　宝　亏了还请什么客呀？

李　真　我又赚回来了。我研究的一个科技项目得了奖，拿到五千元奖金，一进一出，我还赚了四千五。

爱　宝　李老师，祝贺你！

王伯伯　你的钱来得辛苦，不能让你破费。

李　真　现在上海要对有贡献的科技人员实行重奖了，今后的收入，你们不一定能比得上我。这鸡我请得起。再说，我的一本书，由于阿奈赞助，终于出版了。（拿出书）看看，印刷得多考究。

爱　宝　李老师，这可是你一生的心血呀！李老师，你还做不做股票了？

李　真　不做了，不做了。我还是做我会做的吧。

大　宝　今天我们八一八号家家有喜事，来个百鸡宴，大家一起“米西米西”！

王伯伯　也不能说家家有喜事，阿奈他出事了。

李　真　什么事？

王伯伯　我听人讲，有人检举他投机倒把，现在在审查，恐怕厂也办不成了。

李　真　怪不得几天没见到他的人影了。

大　宝　还有事呢。阿英要跟他离婚了，陈纯却莫名其妙地要搬走，还有……

爱　宝　（责怪地）你又要乱说了！

大　宝　我真该死！（用手指作剪刀状剪自己嘴巴）

爱　宝　大宝，我们去炸鸡吧。

大　宝　哎。（与爱宝下）

王伯伯　我去接阿发了。（下）

〔李真拿起书上楼。阿奈上，他显得心事重重，坐在门口。陈纯下楼来，手上拿着西装。

陈　纯　阿奈，事情办得怎么样了？

阿　奈　该跑的地方都跑了，都没结果。有人在打我的黑枪啊！

陈　纯　这是意料之中的事，有些人看你成功了，就妒忌，心态失去了平衡，千方百计找你碴儿，找你的麻烦。不过，他们告你是告不成功的，厂迟早一定能办起来的。

阿　奈　今后的行情，虽然像股票市场一样无法预测，但既然干了，就要干到底。这个厂办不成，我就办别的厂。

陈　纯　这我就放心了。阿奈，上次你陪我去看的那套房子，我买下了，过两天就搬。

阿　奈　（感到突然）你真要走了？

陈　纯　对。

阿　奈　（很是不舍地）唉，那就走吧！

陈　纯　（递上西装）这是上次我送你的生日礼物，该由你自己保管了。

阿　奈　（动情地）我现在就穿上。（脱下外衣，换上西装，强装笑脸）很帅吧？

陈　纯　（眼圈红了）按理，现在这种时候，我不该离开你，但……

阿　奈　陈纯，我理解，非常理解你……（把话岔开）今后你打算做些什么？

陈　纯　我也有个大动作，和台湾一个亲戚联手在浦东搞房产地产。

阿　奈　这样你真成了女包玉刚了。

陈　纯　请你祝福我。

阿　奈　祝你成功。

陈　纯　大家成功。

〔王伯伯、王发、林玲上。王发撑着拐杖。

王伯伯　王发回来了，王发回来了！

阿　奈　王发，你全好了？

王　发　全身零件重新组装了一下，组装得还可以。阿奈，谢谢你经常到医院来看我、开导我。

林　玲　阿发，你的债，是芬芬爸爸替你还的。医疗费、营养费是陈纯姐姐帮你付的。

王　发　真对不起，过去我真混！（脚一软，差一点跌倒）

阿　奈　快进屋休息吧。

〔林玲扶王发进屋。

阿　奈　王伯伯，王发懂事了，这下可以体会做老子的滋味了。

王伯伯　托你的福，我还等着抱孙子呢。（快活地走进屋去）

〔马呼匆匆上。

马　呼　未来的新厂长，听说你办厂遇到点麻烦，要不要我出面帮你一把？

阿　奈　什么意思？

马　呼　我们携手合作嘛，全厂职工你都安排了，就是我，还挂在那里。

阿　奈　你能做什么呢？

马　呼　上次不是谈过了，我就当个名誉厂长吧。

阿　奈　只拿钱不干活，这不行。

马　呼　那当副厂长。

阿　奈　太委屈你了。

马　呼　工会主席。

阿　奈　已经有人了。

马　呼　妇女部主任。

阿　奈　可你是个男的。

马　呼　总不至于让我去当搬运工吧？

阿　奈　那不合适。

马　呼　就是。

阿　奈　对了，倒是有个工作岗位空着。

马　呼　什么？

阿　奈　门卫。

陈　纯　妙极了。

马　呼　（气恼地）我马厂长给你当门卫？你这厂级别也太高了！

阿　奈　这对你有好处。

马　呼　什么好处？

阿　奈　可以多接触群众，脚踏实地从头做起。

马　呼　好呀，你够厉害的。你没上台就这样对待我。老实告诉你，我马呼虽然下了台，但关系还很多，没我马呼，你这个厂休想办成，我要死咬住你不放。

阿　奈　原来是你在开黑枪。

马　呼　哼！

陈　纯　卑鄙小人！

马　呼　他才是卑鄙小人！他骗取了我们厂和兄弟厂的产品，搞投机贩卖牟取暴利，又用这不义之财，大炒股票、大发横财，还想吃掉我们社会主义工厂！

陈　纯　你是见阿奈投标中标夺了你厂长的职位，就嫉恨在心诬告他！

马　呼　我是诬告？要是我诬告，上级为什么会审查他？要是我诬告，他的工厂为什么迟迟开不了张？

〔爱宝上，到菜橱里拿菜刀。

马　呼　（看见爱宝）就是这个女的，和阿奈串通一气，冒充江西谈判代表，骗取了我们厂的产品。

爱　宝　什么骗不骗的，我是江西的正式代表，手续齐全。你在合同上签过字，赖是赖不掉的。

〔丁芝英上。马呼见了，连忙躲到一边。

阿　奈　阿英，你来啦。

丁芝英　是我约你去离婚的，能不来吗？

阿　奈　我们走吧。

丁芝英　哟，你当真啦。（冷笑着打量阿奈）看你穿得漂漂亮亮的样子，不像是去离婚，倒好像去办什么喜事。老实说，我说离婚，是想测量测量你和那个女人感情有多深，是投石问路、摆摆噱头的。（见陈纯要走）陈纯你别走，我有话说。

陈　纯　无聊！（上楼）

丁芝英　我非常同情你们，有情人不能成眷属，这比死都难受。对不起了，让你们吃了个空心汤团。可我总不能为了你们的幸福，自己去当寡妇呀。

马　呼　不，你离婚只是单身女人，不是寡妇，因为阿奈还没有死。

丁芝英　不要你插嘴！

马　呼　我是帮助你声讨当代的陈世美呀。

丁芝英　你少啰唆！阿奈，你的心我是留不住的了，我们车间小姐妹给我出了个主意，这主意现在社会上也流行，保我们三方面都满意。

阿　奈　你又要胡说什么？

马　呼　有什么高招？我想听听。

丁芝英 这里没你说话的份。（对阿奈）离婚是绝对办不到的，你要轧姘头，你去轧好了，不管你们爱得死去活来还是活去死来，我就当一只猫头鹰，睁一只眼闭一只眼，这还不成吗？

阿　奈 （气极，不由地扬起巴掌）你！

丁芝英 怎么，你要打我？你打，你打啊！

阿　奈 你怎么说出这种话来！猫头鹰！本来我还不想离，现在离，离定了！

丁芝英 （号哭起来）阿奈呀，你的心被人偷走了！你回来呀……

阿　奈 你叫魂也没有用，阿奈不回来了。

马　呼 阿奈！好一个投机商，当代陈世美，你变了，变得臭不可闻了！

阿　奈 我变了？

马　呼 变了，变得坏得不能再坏了！

〔楼上楼下的邻居，都走了出来。

阿　奈 王伯伯，我变坏了？李老师，我变坏了？这么说，还是过去的阿奈好啰。（对丁芝英）那你为什么骂我窝囊没有出息，三拳头打不出个屁来？（对马呼）你为什么说我没有用，要我下岗？过去的阿奈是唯唯诺诺，叫我立正我不敢稍息，叫我咳嗽我不敢打喷嚏。过去的阿奈是那个时代的产物，那个阿奈才不好呢！在我起步的时候我就想过，既然起步了，我就不回头了，谁来招魂也没有用！

马　呼 哼！（气冲冲下）

阿　奈 爱宝，上次你们唱的《潇洒走一回》对我启发很大，我也填了一首词，我唱给你们听听。

众　人 好！好！

阿　奈 （唱）

时代洪流波浪滚滚朝前不朝后，

丢掉过去抓牢时机不要再回头。

应该呀清爽，人生呀短暂，生命总有时。

用全部聪明、全身的劲，

瞄准目标紧紧追随。

只要觉得做得对，

只要动作不越轨，

不管多少成功，多少失败，潇潇洒洒走一回！

〔除了丁芝英，大家都跟着唱了起来。

〔大宝端着一大盆油炸鸡上。

大　宝　来，吃鸡了！吃鸡了！

〔爱宝给大家斟啤酒。她也给丁芝英斟了一杯。

阿　奈　（举杯）为了今年，为了明年，为了我们的将来，干！

〔众人干杯。

〔丁芝英拿着酒杯，没动。

——幕　落——

全剧终

作品赏析

将人物的生活痛点反复玩味，是营造喜剧效果常用的方法。这种方法通常都会以幽默的外在形式来表现，目的是暂时消解掉作品中沉重的内容，使观众在观赏时获得快乐。然而苦痛并不会真的消失，反倒会随着观众的思考和回味而变得深刻。

剧中的阿奈活得唯唯诺诺，不敢反抗，仿佛被一个个套子套着。他的事业不成功，爱情也谈不上幸福，还和同事陈纯有着一份无奈的情感。他在家里勤勤恳恳，在单位里任劳任怨，处处安分守己，却得不到别人的认同。他总是以隐忍和自嘲的态度将烦心事纾解，换来的却是更多的委屈。因为太老实，阿奈被单位以“工作需要”为由安排下岗，他不敢告诉妻子，每天依旧谎称到单位上班。在家中，他事事处处为家人着想，买菜、做饭、干家务都一人承担，妻子找不到袜子都要喊他，可连给孩子买电子琴这样的事，他都不能自作主张。直到阿奈为了生计闯入股市，他长期被幽闭的才能获得释放，时代给了他展示自己的机会，他才重新找到了自己的位置。他成功了，然而不幸的婚姻和生活的流言让困扰和遗憾变得更多。这不禁让观众思考：到底应该怎样看待生活的得失？失去幸福和快乐，事业的成功意义何在？

作者是上海本土作家，深谙海派喜剧特点，并善于根据社会热门话题，以喜剧手法描绘凡人小事，故事中充满情、趣、理，对上海市民形象的刻画栩栩如生。剧中除阿奈外的其他人物，如泼辣的妻子丁芝英、情感失意的陈纯、卖鸡的个体户夫妻大宝和爱宝、具有知识分子优越感的大学老师李真、发财心切的王发，都或痴迷或清醒，或理智或盲目，从不同侧面折射出苦辣酸甜的生活和曲折沉浮的人生命运。作者正是抓住了时代气息和地域特色，通过舞台艺术形象的魅力，展示出人物充满生命活力的心路历程。

该剧台词生动活泼，人物活灵活现，海派语言幽默隽永，使人忍俊不禁。作者由浅入深，在平凡的意趣中深刻地展示了改革浪潮中上海人的变化。阿奈点燃生命活力，打破条条框框、挣脱套子，释放被埋没的智慧，是作者寄托在人物身上的美好希望。在时代大潮中，每个人可能都只是一朵小小的浪花，但有谁不想创造多姿多彩的人生？剧中的人物都是可爱的，我们可以和人物产生共鸣，感受他们生活中的爱恨与烦恼、欢乐与辛酸。他们组成了社会中的平民群像，尽管在时代大潮的裹挟下产生过迷茫，依然怀着进取心，为了尊严积极奋斗，这正是这部话剧用轻松的喜剧形式所传达出的人生力量。

人跟人不一样

冯俐

作者简介

冯俐，一级编剧，1966年出生。1982年开始公开发表文学作品。1991年毕业于中央戏剧学院戏剧文学系，分配至中国煤矿文工团工作。从事文学、戏剧、影视等写作四十余年，获过“中国戏剧奖·曹禺剧本奖”、中国电视剧“飞天奖”、“五个一工程”奖特别奖、广播电视大奖等；曾任中国煤矿文工团副团长，现任中国儿童艺术剧院院长，中央戏剧学院戏剧文学系客座教授、博士生导师，第十四届全国政协委员，全国政协文化文史和学习委员会委员。

剧情梗概

山东枣庄山家林矿的机电科科长苏德福，其父亲是香港企业家、爱国华侨，中华人民共和国成立之初曾多次捐过拖拉机等物资。因为小儿子苏德福淘气，60 年代初，老华侨特意将儿子送回来接受国内教育。不久后，尚未成人的苏德福一夜之间从人人羡慕的“小华侨”变成了“黑五类”，经受各种歧视和磨难。后来被矿山招工，成了煤矿工人。改革开放后，父亲从香港回来找到他，带他回去继承家产，可他选择继续在矿山生活工作，干成了劳模……

故事的开始是中国煤矿文工团正在以苏德福（剧中改为苏天林）为原型排演话剧《一个矿工的故事》，演员们完全无法理解为什么苏天林不愿意留在新加坡，反而要回到矿厂，因此排练举步维艰。这时，苏天林本人来到了排练场，与演员们一同回忆起了他的成长之路：因为工区长，因为爱人杨瑞贞，因为可爱可敬的矿区工人们，因为劳动带来的幸福，因为共患难、共生死的经历，使得他决心留在矿区继续工作。苏天林的心路历程，使得导演和演员们重新认识了这样一台“劳模戏”，认识了矿区工人和自己的职业。

时　间

一九九六年秋天里的某一天（演出时间）

此前，至七十年代的许多个瞬间

地　点

剧团租用的小剧场

矿区各处及八百米井下

人　物

苏天林　山东枣庄山家林矿矿工，机电科长。劳模。原籍新加坡

何　萤　年轻的女导演

大个儿　扮演苏天林的演员

玲　子　扮演杨瑞贞的演员

（杨瑞贞 苏天林之妻，山家林矿幼儿园老师）

朱　南　扮演李大川的演员

（李大川 山家林矿掘进队队长，副矿长）

金友成　扮演刘伯秀的演员

（刘伯秀 山家林矿掘进工区区长，矿长）

胡广山　扮演苏天林父亲的演员。兼任舞台监督

（苏天林的父亲 新加坡老板）

团　长　煤矿文工团领导

演员丁　年轻女演员

演员 10—15 人

（他们将在不同的时候，充当不同的角色）

陈　卫　舞台美术设计

美工 3 人 （在下半场中他们也是群众演员）

〔一九九六年秋天里的某一天。

〔“中国煤矿文工团”租来排演话剧《一个矿工的故事》的小剧场里。

〔舞台被布置成了一个四面有观众的小剧场模样，以台口为界，前来看戏的观众自然被当成了“小剧场”中的“第四面”观众。

〔舞台的中心演出区就是“小剧场”的中心演出区，呈圆形。圆形演出区之外，是小剧场观众席的座位——带有一定坡度依次摆放的一排排黑色的木块。这“座位”一直上升着延伸到天幕附近。

〔有三条放射状的过道从中心演出区通向舞台上的观众席。

〔沿着舞台上的观众席的外围，是美工们正在制作的开放性的黑色穹形通道用以模拟井下的巷道，还没有完工。

〔中心表演区的地上散放着一些可随意搬动、组合的大小不一的平台。

〔观众从进入剧场到走出剧场的这两个多小时中，大幕一直是拉开着的。大家看到的好像是一场可以随便观看的排演。

〔观众走进剧场的时候，散坐在台上的演员们正在吃盒饭。他们都穿着剧组统一发的长袖T恤衫，T恤衫的前胸和后背上印有“话剧《一个矿工的故事》”的字样。有的T恤很干净，有的已经穿脏了，有的人挽着袖口，有的人将下摆系在裤子里……一样的衣服大伙儿穿得很随意。

〔在演出正式开始之前，舞台上亮着工作灯，演员们三三两两地吃着饭、聊着天，随意地出入（上下场）。

〔开演的铃声响过，观众席上的灯光渐暗。

〔台上的演员们听到铃声，纷纷将吃完了的饭盒放在一个塑料桶里，伸着懒腰站起身来。导演何萤夹着剧本捧着盛满茶水的大“雀巢”杯子匆匆走来。演员们纷纷跟她打招呼。

〔何萤坐在右侧幕前的“观众座位”上，先顺手拧亮了权作桌子的平台上的台灯，一边给自己点着一支烟一边问：“都到齐了吗？”

〔“到齐了。”演员们零零散散地回答着。

何　萤　那我们开始吧……继续排演刚才没排完的那一场。（问胡广山）景没有问题吧？

胡广山　（正在舞台中央检查搭制好的平台）没有问题。

何　萤　（大声问）各部门的人都到齐了没有？

〔音响控制台等方向传来回声：“到齐了。”

何　萤　请大家准备好……

〔这时，何萤包里的BP机响了起来，何萤一边伸手去摸BP机，一边对演员们说着——

何　萤　我再重复一遍 排练的时候，请大家一定关闭你们的BP机，否则……（何萤看了一眼BP机，掐灭了手里的烟站起身）对不起，我去回个电话。（见演员们的脸上正露出不以为然的表情，）我这可不是私事，团长呼的，有公务。（下）

〔见导演离开了，演员们像是老师不在时的小学生一样活跃起来。

演员甲　（大声唱着）东边我的美人，西边黄河流……

演员乙　（对甲）求你了，来点新鲜的行不？

〔演员甲看着演员乙，直眉瞪眼地继续唱着刚才唱的那两句：“东边我的美人，西边黄河流……”演员乙无可奈何。

演员乙　完了，我看你是作下病了……

〔扮演女主角的玲子心事重重地坐在一旁，扮演男主角的大个儿走过来。

大个儿 想什么呢，玲子？

玲　子 （心情欠佳地）去去去，我烦着呢。

大个儿 （装模作样地）生活中再有什么不痛快的，也不能把坏情绪带到排练场，上午本来我挺有感觉的，一看您那一脑门子的官司，我这点儿“火花”也没了……

玲　子 烦不烦呢你！我演戏的时候，你小子看没看过话剧我都怀疑。居然给我上起课来了！

〔大个儿想嚷嚷，看对手的表情，把到了嘴边的话咽了回去，悻悻地走到一旁大喝了几口水。

〔金友成一头大汗地跑进来。

金友成 来晚了，对不起来晚了……

演员丙 没事儿，导演还没来呢。

朱　南 怎么啦，玲子？

玲　子 去去去。

朱　南 （想不通地）我招谁惹谁了？

演员戊 没事没事，（把朱南拉到一旁）玲子这两天心情不好……

朱　南 （嘟哝着）我还心情不好呢！为了这个话剧我今儿刚推掉了一个20集电视剧……

演员甲 真的？男一号还是男二号？

朱　南 那倒不至于。不过也是个特有戏的角色。

演员甲 咳，你这算什么呀，（指金友成）人家金老师刚推了一部30集的，男主角！

朱　南 （半天玩笑地对金有成）真的？

〔金有成笑了笑，没说什么。

〔这时，导演何萤走了回来，对大伙拍了拍手示意安静。

何　萤　刚才团长说，今天有一位特别的观众要来看我们的排练。知道是谁吗？

〔大伙儿看着导演都没有说话。

何　萤　瞧瞧你们，一点儿好奇心都没有！算了，开始排练。咱们从第一场开始从头理一遍。第一场“游子归来”。场景——苏天林在新加坡的家。正好还用这个景。演员准备，场上人物有苏天林、苏天林的父亲苏老先生、苏天林的哥哥苏天森……

演员甲　导演……

何　萤　什么事？

演员甲　“苏天森”今天……恐怕得晚来一会儿。

何　萤　为什么？他跟谁请假了？我怎么不知道？

演员甲　他以为今天没他的戏……

何　萤　（发火）他以为！他还以为他不是个演员呢！你告诉他，这是最后一次，别以为他在外面弄点三流四流的电视剧、跟着打打杂就能发财……

演员甲　咳，还不都是混碗饭吃……

何　萤　混什么饭吃？回头你们全都出去混饭吃了，我看咱们也就真的快没饭吃了！

〔不少人表现出不太爱听何萤的话的样子。

何　萤　（看看表，对大个儿和胡广山）那就先来那场“父子分别”。灯光准备好了吗？（有人应“OK”。何萤念着剧本中的“舞台提示”）“苏天林在客厅的窗前看着新加坡的夜景，心潮起伏，这时，父亲悄悄走了进来，他想再做一次努力，说服儿子留在新加坡。”音乐——（有人应“好了”）开始。

〔扮演苏天林的大个儿背身站在“客厅”里，“窗”外闪烁不定的霓虹灯，时明时暗地照在没有开灯的“客厅”里。画外音是徐小凤唱的《明月千里寄相思》，“夜色茫茫罩四周……”

何　萤　（大喊）音乐停！（冲音响操控台方向）朱自清的《荷塘月色》读过吗？这里的效果一定要处理成“仿佛远处高楼上传来的渺茫的歌声”一样。这是一种情绪，（说戏）苏天林离别新加坡二十年，二十年中他怀念自己的家，怀念自己的父母兄弟，然而今天他已经身在新加坡了，他的父亲也再三挽留他，但他还是决定要回到中国，回到煤矿。明天他就要再次离开父亲了，此时，这首歌既像是父亲对他的挽留，又像是远方妻子儿女对他的呼唤……

〔音乐又响了起来，音响师问：“这回怎么样导演？”

何　萤　（认真听了听）好一些。各部门注意，现在正式开始。

〔音乐灯光同时重新开始并且延续，直到观众开始进入“客厅”这场戏的情绪里。

〔胡广山扮演的父亲上，默默地站在大个儿的身后。大个儿做“身后有人状”回过头来。

大个儿　爸爸。您……还没睡？

〔“爸爸”摇了摇头，慢慢地坐在了沙发上。“苏天林”走了过来，拧亮台灯。

〔大个儿在下面的戏中一直在过火表演。

“爸爸”　东西都收拾好了？

“苏天林”　都收拾好了。

“爸爸”　天林……你真就不肯留下来吗？（大个儿一脑门官司地点点头）爸爸知道爸爸对不起你……想当年，是爸爸做主把你送回去读中学，爸爸想得好好的，等你一毕业就接你回来，谁想到……送走的是个十四岁的孩子，回来的已经是中年人……更没有想到的是你竟然流落到了煤窑……

“苏天林”（更正）爸爸，是煤矿……

“爸爸” 差不多差不多。（叹息）二十年来，爸爸一直设法找到你，可又怕反倒给你添了麻烦，就像六六年你妈妈回去找你，结果……反而连累你成了小特务……

“苏天林” 别说了爸爸。

“爸爸” 你妈妈去看你的时候，正赶上红卫兵去你舅舅那儿抄家，本来她是想去把你接回来的。可是……那会儿你已经出不来了。（声泪俱下地）你妈她到死都没闭上眼睛呀……

〔大个儿作难过状。

“爸爸” 天林，留下来吧，啊？爸爸算不上百万富翁，可这点儿家产也够你们吃用一辈子了，爸爸知道无论如何都没有办法弥补你的三十年的生活，你恨我也是应该的……

“苏天林” 您别说了爸爸，我从来没有恨过您。

“爸爸” 那你为什么一定要回去呢？放着好好的日子不过，非要回去下井，去挖煤，你……你不就是要用你的苦日子来惩罚爸爸吗？

“苏天林”（用“唱高调”的表情和声音说）不，爸爸，煤矿虽然比较艰苦，但煤矿并不是您想象得那么可怕的地方，我在那里生活了二十年。我热爱煤矿。我热爱我的工作。如果没有我们煤矿工人，这世界上，就会缺少许多光明和温暖。我决定回去，是因为那里需要我……

〔“停！”随着喊声，何萤冲进表演区。

何　萤（冲着大个儿嚷着）拙劣的表演！拙劣的表演！你能不能用点正常人说话的表情和声音来演这一场戏？

大个儿（不服气地嘀咕着）怎么不正常了……

何　萤 你以为有激情就要大喊大叫？激情应该是在你心里的……

大个儿 没有！实话说，我心里什么都没有。

何　萤 那你根本就不配做一名演员！

大个儿 （翻脸）挤对人是不是？我还跟您说，就您写的这本子，甭说我演不好，您就是把那些个已经作了古的表演大师们叫醒，他们也演不好这戏。

何　萤 （反而冷静下来）噢，为什么？

大个儿 我根本就理解不了我要演的、这个叫苏天林的人！（对现场所有人）你们想想啊，我，本来生长在国外，日子过得好好的，结果我那华侨爹一高兴、一爱国，非把我送回青岛老家上学，结果，没过三年，我就成了有家不能回的“黑五类”“小特务”，完了之后，上山下乡接受再教育，完了之后，被招到煤矿上当矿工，一干就是二十多年，完了之后，我亲爹从新加坡找着我，让我去继承家产、去国外定居，我竟然坚决不去！我就不明白“我这个人”究竟是有病还是脑袋瓜子里进水了！

金有成 （劝解）话也不能这么说……

大个儿 （抢白）您明白？那您跟我们讲讲，我演的这个苏天林他是怎么回事？

金有成 我总觉得呀，这人跟人，还是不太一样……

大个儿 （继续抢白）怎么个不一样呀？

金有成 （想说，又怕有说教之嫌）我……我也说不太清楚。

大个儿 （煽动一样，对所有人）煤矿！在座的各位下矿的次数还少哇？哪年不得下去慰问演出几十场？天底下没有比煤矿工人更苦的工作了，可一个月下来，还没有卖冰棍的老太太挣得多……

何　萤 单凭这些你难道不觉得他们了不起？单凭这些你难道不觉得他们值得歌颂？什么叫“孺子牛”精神，吃的是草，挤出来的是牛奶，这就是煤矿工人的写照！要是没有他们常年工作在地下几百米深处，就不会有你生活里需要的光和热！

大个儿 何导，您说的这些咱都明白，但明白不等于理解。

何 萤 既然是明白的事情，就应该能够理解！

大个儿 （不买账地）您既然这么理解这么热爱这个行业，那您自个儿干吗不干脆去矿上工作呢？您不是下去待了十天就回来了吗？您不也说那儿不是人待的地方吗？

〔何萤看着大个儿，半天没有说话。

大个儿 要说，这苏天林他平常如何积极肯干，包括他当了机电科长以后，怎样科学管理，搞技术革新；怎样以身作则，在矿上资金周转不过来的时候，拿自己的积蓄为矿上买材料；怎样廉洁奉公，宁可得罪自家的亲戚，也不肯低价处理矿上的废旧钢丝绳……这些做法不管怎么说，总还是可以理解的，就像金老师您刚才说的，人跟人不一样。现在这种人虽说不多，但也还是不少——这种有觉悟的人！

朱 南 煤矿上这种人是真多……

大个儿 别打岔！（对何萤）您是要塑造一个爱矿敬业的人，这我明白。我想说的是说咱这个剧的结果。这个在矿山干了二十来年的苏天林，当他的父亲为他把什么路都铺好了，让他到新加坡定居，而他却死活不肯，非要……非要什么来着？

朱 南 “不圆国外黄金梦，甘在矿山写春秋”！

大个儿 对，就是这一点，怎么我都觉得不真实。凭什么他就那么留恋矿山？任何一个神志健全的人，都有过好日子的愿望……

何 萤 （无力地）事实上，苏天林就是没有走嘛，又不是我杜撰的……

大个儿 所以我才说理解不了……

〔一直没有说话的胡广山突然怒气冲冲地在一旁喊道——

胡广山 你们能理解什么！

〔众人吓了一跳，互相做了个怪脸。

胡广山 （长叹一声，先是对着金有成，后对着大伙儿）我早就说过，这隔了一代人，就好比隔了一座山！咱们这个戏里的苏天林，啊，多有光彩的人物！有什么不能理解的？他不就是不贪图享受、不贪图金钱吗？不就是对工作有献身精神吗……要是放在我们那个年代，只有极少数“落后层”的人，才理解不了这样的好同志！

〔年轻人们彼此看看，有的耸耸肩，有的做个鬼脸，对于“老古董”的激动予以宽容的表示——不予理睬。

〔金有成将一杯水递到胡广山手里。

金有成 您别激动，胡老师。喝口水。

胡广山 （接过水）你说我说的对不对？

金有成 （扶胡广山坐下）您说的对。不过……毕竟时代不同了，就连观众也比从前的要求多……

大个儿 没错，就算是写好人好事，咱也总得让人家相信吧？这事还不像是跳到河里救小孩、在大街上斗歹徒……在见义勇为和见死不救之间，的确有一个是与非的界线。可谁也不能说，苏天林如果去了新加坡，就有错吧？

〔众人看着大个儿，懵懵懂懂地点头。

大个儿 问题就是，直到现在，我们谁也不明白这个苏天林，为什么一定要留在矿山！要是我自己都不相信我扮演的这个人，我又怎么能指望让观众相信这个人呢？到时候，就怕是咱在台上喊破嗓子，来看戏的观众也照样退场……

演员甲 （顺口说）没事儿，到时候让部里下个文件，凡是部属单位都得组织人来看戏，不来的算旷工，退场的也算旷工，旷工就得扣工资、扣奖金。再不就干脆把剧场的大门锁上，戏没演完就不开门……

〔演员乙拉了演员甲一把，向何萤那边努了努嘴。

〔刚还跟着笑的何萤，此时用手捂上了脸。

演员甲 （打住话头）嗨，这不都是瞎说着玩嘛。

大个儿 这是艺术探讨……

胡广山 探讨个屁！何导，别听这班小子胡说八道，我看这戏就不错！人家苏天林事实就是这么做的——谁要是不相信，谁自己去山家林矿打听打听……

〔何萤放下手，甩了甩头发。大家看她没有哭，好像都松了一口气。

何　萤 不，胡老师，也许大家说的是对的，我的剧本写得没有说服力。生活的真实，不等于艺术的真实……

大个儿 （没想到何萤如此坦率，忍不住要反过来安慰何萤）您别这么说，咱这不在一起探讨嘛。您也下去采访过，您也见过苏天林本人，他对这事儿是怎么说的？

何　萤 他说得很简单 一是他在矿上生活惯了，觉得一切都很好；再一个，他说他爱人不愿意，就像咱戏里面有的，苏天林回到新加坡以后，收到他妻子催他回来的三封信——苏天林说，他一辈子也不应该做对不起良心的事。

〔一直坐在一旁的玲子突然开口议论。

玲　子 就凭这一点，这个苏天林就够得上是个好人。好男人！

演员乙 （对玲子）听老婆的话就叫好男人？

玲　子 你懂个屁！我说的是知恩图报，珍惜感情。

演员甲 这有什么难的……

玲　子　（不屑地）是吗？我看换了你就未必做得到——男人一旦开始走运，十有八九都会变得不是东西！

演员甲　（小声地）变态！

玲　子　（白了演员甲一眼，对何萤）我一直觉得你应该加重“爱情”这条线。目前这个戏的结构还行——从苏天林回到新加坡，到他最终还是要离开新加坡，通过苏天林跟他父亲、跟他哥哥还有朋友们的对话，倒叙出来他在中国二十年的生活，主要是在煤矿的二十年……

胡广山　要说这一点，我正好跟你的看法不一样。小何，我的说法仅供你参考啦，咱这个戏的名字叫《一个矿工的故事》，可将来演出说明书印出来，大伙儿那么一看，总共三幕六场，地点全是“新加坡，一座花园别墅”，这个……是不是有点跑题了？我的话仅供你参考啦。

何　萤　（皱着眉头，很是苦恼地说）这并不是最主要的，关键的问题是怎么能让大家明白，苏天林为什么一定要留下来。

朱　南　对，您说他为什么要留下来？

玲　子　我说是为了爱情。把这一点说充分了，肯定会有说服力，而且还特别有人情味……

大个儿　仅有这一点是不够的……

胡广山　那当然，咱这是煤矿题材的戏，又不是爱情故事。

大个儿　何导，您在写这个剧本的时候，您自己心里明白吗？

何　萤　我心里……好像明白，可总是说不清楚……我觉得我理解他，但我却没能让别人也跟我产生同样的感受。

大个儿　（还是想安慰何萤）其实……看得出来……您写这个本子还是挺动感情的……

何　萤　（点点头，随后又自嘲地笑了笑）可惜，我大概只感动了自己。

〔大家看着何萤，一时都不知道应该说些什么。

演员丙 让我说吧，可能本来就没有什么复杂的原因，就像奥尼尔写的《天边外》，同是亲哥俩，哥哥安朱天生就喜欢在乡下种地，弟弟罗伯特天生就渴望去看看外面的世界——所以呢，咱们这位苏天林，天生就喜欢挖煤……

何　萤 （宽容地笑道）你说的肯定不对，小老弟。（指演员丙和丁）你们都是刚分来的，还没下过矿，所以你们不了解……按照人的正常天性，没有人，会喜欢当一个煤矿工人。

演员丙 那您也没给我们讲过，煤矿到底是什么样的？

演员甲 去坐一次罐笼你就知道了！那罐笼，就像是个没有封闭的电梯，从地面，延着几百米的井壁垂直升降，上下左右全都黑咕隆咚，罐笼边擦着滴答着水的岩石……

演员丁 怎么感觉像是下“地狱”似的？

演员乙 别说那么难听。井下的大巷里面还行，灯火通明的，像隧道。就是走起路来有点吃力。听说是因为气压的问题——在负几百米的水平下空手行走，相当于在地面背多少公斤的重物行走……哎何导，您下过井吗？

〔何萤点点头。在何萤下面的叙述中，舞台上可能出现相应的近乎“默片”的画面。

何　萤 我去过的那个矿是个老矿——苏天林所在的山家林矿也是老矿——全国的煤矿里头，多半都是这样的老矿。在那里，工人们每天要在井下步行一两个小时才能到达工作面。我下了罐笼，还要乘一段“乘人车”，站台附近是个风口，那里的风像蛇一样——湿漉漉、黏糊糊、冷冰冰，缠得人浑身发紧。当时地面上正值盛夏，可站台上负责发信号的老工人却穿着棉裤。据说，这个工作在井下几乎算是最轻省的了，但我当时却想，宁可做十回噩梦也不愿意在这里站一个钟头。下了“乘人车”，还得深一脚浅一脚地走一个多小时，这一路不再都是灯火通明的大巷，更多的时候像是在钻地洞，空气稀薄，气压很低，湿闷的感觉就像是夏天大暴雨来临之前。除了矿灯所能照到的地方，前后都是空空洞洞的黑暗。在掘进工作面，我看到，几个赤裸着上身的工人正抱着风钻打眼，风钻在坚硬的岩石上钻进着，发出震耳欲聋的声响。在这种环境下，不要说干活，就是每天只是来这儿走一圈，我觉得都得折寿。

〔三个工人抱风钻工作的造型，风钻声压倒一切，几乎要超出观众对于声音的承受力。

〔何萤掩住耳朵。声音渐小，三个工人的身影随灯光的消失而渐渐消失。

〔何萤说下面的话时，可有戴矿灯帽的演员，将天幕前的那片黑色座位当作“掌子面”，在上面作摸爬滚打，做出挖煤的形体动作。

何　萤　我去过掌子面，那儿的巷道只有（用手比画出不到一米见方）这么宽，这么高，下面还有十几公分高的渗水，必须手脚并用，才能爬进去。在顶板不到一人高的工作面上，工人们拿着铁锨攉煤，有的趴着，有的蹲着，有的跪着……很少有能站起来的时候。每天要这样，工作八小时以上。因为出汗和井下的潮湿，他们的衣服总是湿的；为了安全，他们在井下抽不了烟，甚至喝不上一口热水……每天他们下井的时候，天还没有亮；等干完活升井，差不多天已经黑了……煤矿工人的岗位在井下，那里没有阳光，没有新鲜的空气，那里只有一样好东西，煤！煤能发光发热，但这些挖煤的人却享受不到这光和热。他们面对的永远只有井下的艰苦和危险——瓦斯、煤尘、冒顶、能让人得上硒肺病的岩石的粉尘，还有井下的恶劣的自然环境……你们知道吗，如果把一块木头扔到井下，顶多三年它就完全朽烂了，可所有的煤矿工人在井下一干就是一辈子！（凑到演员丙面前）你能想得出，还有比矿工更苦的职业吗？

〔演员丙摇了摇头。何萤沉浸在自己的情绪中，继续说着。所有人都认真听着。

〔说下面的话的时候，拿矿灯的演员可随何萤的叙述站成一排，缓缓地向“灯房”走来。也许这里应该有音乐。

何　萤　在井下，唯一能给矿工带来光亮的只有矿灯。我在矿上的灯房发过灯，从那个小窗口里，每只领灯的手都是白的、干净的，而来还灯的手却都是乌黑的，指甲缝、皮肤上的每一道皱纹全都是乌黑的……有很长时间，我眼前总也拂不去那在窗口前摸索着的乌黑的手的影子——煤就是这样被挖出来的！过去总说“谁知盘中餐，粒粒皆辛苦”。到了矿上，才发现，我们从来都离不开的“炉中炭”，比我们从来都离不开的“盘中餐”来得更辛苦！其实，我们每一个人都欠着煤矿工人的情。正是他们，在一年四季见不到太阳的阴暗潮湿的地表深处，弯着腰，弓着背，一锨一锨地从地下挖出煤来，合着自己应该得到的那一份光和热一起，给了包括我们在内的许多人，单凭这一点，他们就是应该得到赞美和歌颂的！我觉得，怎么歌颂，都不过分！

胡广山　你们都听听，这种真实的感情！有了这种对煤矿工人的感情，我就不信排不好这出戏！

〔大伙儿都不再说什么。

何　萤　（有点恍惚地拿起手边的剧本）我们继续排练……

演员丁 导演，我跟您商量点儿事……

何　萤 什么事？

演员丁 我……咱能不能先排我那场戏？因为……下午我答应别人去拍个广告……（何萤看着她没有说话，像是正压着不让自己发火）您别不高兴，您也说过我从来没有耽误过排练。人总得吃饭是不是？凭我那一个月二百来块钱工资……我就接了这么一个小活儿，一两个钟头就完了……

何　萤 （叹了一口气）我很想准你的假，但是，今天你肯定是走不了了。对了大个儿，苏天林的哥哥"苏天森"怎么还没来？（大个儿耸耸肩）你最好去呼他一下让他赶快回来……

演员丁 （突然冲何萤嚷了起来）为什么？为什么我不能早走一会儿，就一个小时！我的要求过分吗？

何　萤 （开玩笑地）要说也不是太过分，至少你是去拍广告，而不是去卖菜！

演员丁 （气）我是演员！卖得哪门子菜呀？

何　萤 （受这句话的启发，对众人）听见了吗？她这么年轻，如果只是想着生活得好一些，完全可以有更好的职业选择……但她却牢记着自己是演员！如果大家能够理解这一点的话，就应该能够理解苏天林为什么宁可做矿工，而不肯去国外做别的……也许这个比喻不是十分准确……（对演员丁）我不准你假，是因为今天有特殊情况——一会儿咱们戏中的真正主人公要来看咱们排练。

胡广山 苏天林？

何　萤 苏天林。

大个儿 苏天林要来看排练？

朱　南 大个儿，你这"冒名顶替"的，马上就要见到真人了。

大个儿 怎么说话呢？我这叫艺术形象！

演员甲 怎么不早说呀？

金友成 现在给人家看……成熟吗？

何 萤 没关系，我们正常工作就是了。

演员丁 他是专门来看我们排戏来的？

何 萤 不，他是来参加劳模会……

金友成 对对对，苏天林是咱们部劳模。

何 萤 继续排练。舞台监督，（指“观众席”四周的黑色穹形通道）井下表演区怎么样了？

胡广山 还差一点，今天下午舞美队来……

何 萤 （一摆手）先那么着吧。接着刚才那场戏，各部门准备——（演职员们都恢复了方才的状态）开始！

〔大个儿与胡广山在台上继续“父子对话”。

“苏天林” ……我决定回去是因为那里需要我……

“爸爸” 这不是真正的理由。人只有作为家庭成员的时候，是不能缺少，不可替代的。除了家庭，地球离开谁都照样会转……

“苏天林” 是啊，矿上需要我，我的家庭也需要我。

“爸爸” 我愿意让他们都来。我早说过，我愿意让我的儿媳妇、孙子孙女都来这里过好日子。

“苏天林” 可是……你明知道杨瑞贞不愿意来……

“爸爸” 还是不愿意来吗？

“苏天林” （拿出一封信）这是她刚寄来的信，您看看吧。

〔胡广山接过信，扮演杨瑞贞的玲子的画外音：“天林，这几天不知道为什么，我总是想起我们第一次见面时候的情景，那时候你刚刚当上掘进工……”

〔一阵尖锐的“风钻”的轰鸣声先响了起来，几盏矿灯在“观众席”后面的还没有完全搭制好的黑色穹形通道——井下巷道里亮了起来。

〔朱南扮演“队长”、三名演员扮演成工人，头戴矿工帽，正抱着风钻打眼。

〔同样矿工打扮的金友成扮演“工区长”，带着一身工装、玲子扮演的“杨瑞贞”和演员丁扮演的“姑娘”，从“巷道”的另一头走了过来。“工区长”一路走，一路关照着两个女子。

〔“工人甲”先发现有人来了，告诉同组的工人。因为风钻的噪音很大，只能看见他的口型：有人来了。

〔“队长”关掉风钻，向来人处张望。

“队长” （大声地）那是谁呀？

“工区长” 大川呀，是我。

“队长” 师父。

〔其余两人也看清来人，纷纷招呼道：“刘工长。”“刘工长来了。”

“工区长” （指他带来的人）矿上号召“支援高产”，这是我给你们带来的“增援部队”。

“队长” （点点头）行啊，让他们帮着运矸石吧。

“杨瑞贞” 拿什么运？

〔“队长”等人闻声大惊。

“队长” 怎么还来了一个女的？

“姑娘” 两个！还有我呢！

〔“队长”等人一下子变得局促起来，不知该说些什么才好。

“工区长” 这两个姑娘都是矿上才招来的知青，她们是自愿要求到第一线的。

“队长” （不好意思地低着头）欢迎！欢迎！（又对“秀才”说）董

秀才，你去带他们运矸石。

“秀才” （迟迟疑疑地）我？

工人甲 （痴痴地笑着）快去吧秀才！嘻嘻……

“队长” 笑什么？干活！

“工区长” （突然发现了什么）嗳，大川，你们组今天少了一个人吧？

“队长” 您眼真毒！我们昨天出了一个工伤。

“工区长” （顿时严肃起来）怎么回事？

“队长” 放炮的时候，一块矸石嘣起来了，正好砸在苏天林头上。

“工区长” 伤得厉害吗？

“队长” 流了点儿血，送到矿医院，大夫说没事，今天让他在家休息。

“工区长” 苏天林……是那个小华侨？（朱南点点头）一会儿我去看看去……

“队长” 师父……

“工区长” 回头我再跟你算账！

“队长” 我知道。

“工区长” 还有什么事？

“队长” 您……可别当面叫他小华侨……

“工区长” 叫他小华侨怎么了？

“队长” 他就怕别人这样叫他，这身份可没少让他吃苦头。唉，要说表现，小伙子真是没得挑，下井第一天就抢着抱风钻，干活不惜力，为人也厚道……

工人甲 （拉了拉“队长”）师父，你听……

〔“队长”住了声，先是听到口哨声，接着看见戴着矿工帽的大个儿沿着深深的巷道走过来。大个儿扮演的“苏天林”吹的是《明月千里寄相思》，节奏很是轻松欢快。

〔所有的人都望着走过来的“苏天林”。

“杨瑞贞” （悄悄问）什么曲子这么好听？

“秀才” 好像是支老歌。

“队长” （大声喊）苏天林，谁让你下来的？回去休息！

“苏天林” 待在宿舍也没意思……怎么这么多人呀？

〔“苏天林”走到了众人面前，先看到了“工区长”，顿时紧张起来。

〔“工区长”过来摘下“苏天林”的帽子查看，他的头上还缠着绷带。

“工区长” 伤口不疼了？

“苏天林” 不疼了。

“工区长” 轻伤不下火线，嗯？（“苏天林”笑了起来）我听说，你不愿意别人叫你小华侨？（“苏天林”脸上的笑容顿时消失了）小华侨怎么了？华侨又不是“地富反坏右”，你问问董秀才，（“秀才”走了过来）他可是戴着右派的帽子下来的，那又怎么样？这么多年，谁不说他是好工人？咱们在这儿替国家挖煤，谁肯干、谁肯为了多挖煤吃苦谁就是好汉；要是偷奸耍滑，就算他十八代根儿正，我也不说他苗红！（拍拍“苏天林”的肩）是华侨不丢人，大家都知道你是好样的！

〔“苏天林”感动地望着“工区长”，一时说不出话来。

“工区长” 好啦，快干活吧。（对“队长”）今天你们有“增援部队”，得超额完成进尺才行！

“队长” 您放心吧。干活！

“杨瑞贞” 我的锹呢？

“苏天林” （被这声音吸引）咦？

“杨瑞贞” 你也是青岛人吧？（“苏天林”不好意思地点点头。“杨瑞贞”大大方方地走过来）那咱俩是老乡。我叫杨瑞贞。

“苏天林” （有些腼腆地跟“杨瑞贞”握了握手）我叫苏天林。

〔周围响起了一阵善意的起哄的声音。所有的矿灯，都照在了他们两个人的身上。“杨瑞贞”不好意思地捂住了脸。切光。

〔一阵短促的、轻快的音乐。

“杨瑞贞” （独白）我们就是这样认识的……后来，就谈上了恋爱。可咱俩的恋爱谈得多不容易呀……

〔“矿革委会办公室”。演员乙坐在桌前，桌上有一块说明性的牌子——“矿革命委员会”。

〔听到敲门声，演员乙摆出“打官腔”的架势。

演员乙 进来——（“杨瑞贞”走了进来）

“杨瑞贞” 主任，您找我？

演员乙 （扬了扬下巴）坐。

〔“杨瑞贞”坐在了他的对面。

演员乙 小杨呀，听说……你正在谈恋爱？

“杨瑞贞” （不好意思地垂下头）没有……

演员乙 你是一名共青团员，可不能欺骗组织呀。

“杨瑞贞” 没有，我们现在还没有正式确定关系……

演员乙 没有正式确定？（突然站起来大声说）等你确定了，再说就晚了！

〔一声重重的音乐，这种声音常用于表示噩运降临，像是一只手砸在钢琴上。切光。

〔“矿区一角”。声效：蟋蟀的叫声，仿佛将人们带到了夏夜。

〔“苏天林”在一张长椅前，焦虑不安地等待着“恋人”的到来。

〔“杨瑞贞”上，一面警惕地四下张望，一面用嘴巴学布谷鸟的叫声“布——谷”。“苏天林”也一面四下张望，一面回应：“布——谷”。看上去两个人像是秘密接头的地下工作者。

〔两人正在小心地慢慢走近，突然，从“小剧场”的座位上，传来了几经压抑但终究还是没有被压抑住的笑声。

〔“苏天林”愣了愣，想装作没听见，继续演戏。但他刚刚很不自信地比画了两下，终于忍不住自己也笑了起来。

玲　子　（生气地一叉腰，指着大个儿）大个儿，这可是你笑场了……

〔大个儿已经笑得跌坐在椅子上。玲子一屁股坐下，看着大个儿，终于忍不住也笑了起来。

〔何萤从一旁冲了上来，怒不可遏地大喊：“停！”

〔舞台上亮起工作灯。

何　萤　（怒不可遏地）为什么笑场！

玲　子　（收不住笑地）这不怨我，是他（指大个儿）先笑的。

大个儿　（更是收不住笑，前仰后合地）也不怨……不怨我，是……下面……先有人……笑……笑起来的……哎哟呵呵……

〔何萤转向“台”下，突然看见团长正笑着站起来。他身边站着一名中年男子，那男子一副腼腆的样子。

何　萤　团长……

团　长　小何呀，你这场“约会”，处理得实在太像“特务接头”了。

〔团长话音刚落，众人像是被“解放”了似的放声大笑起来。

大个儿　（捂着肚子，指着何萤）我早说了吧，我早说了吧何导，这场戏怎么演怎么不对劲儿！

团　长　来来来，我给大家介绍一下，这位贵宾就是咱们戏里的主人公——部级劳模，苏天林……

〔一束追光打在了苏天林身上，如同推出一位明星。大家鼓起掌来。

〔苏天林本来就是低着头站在团长身后的，这一下更是局促不安了。

团　长　（对苏天林指着何萤）这位年轻小姐就不用我介绍了。（苏天林已经跟何萤握过了手，闻言点点头），我给您介绍一下其他剧组成员（指金友成）这是我们的老同志，金有成……

金有成　（与苏天林握手）向劳模学习。

苏天林　（高兴地）我看过您演的电影……

胡广山　您好，我叫胡广山……

苏天林　您好您好，我女儿就喜欢看您演的电视剧。

团　长　胡老师刚退休，本来说是要出去疗养的，一听说这次排的是我们煤矿题材的戏……

胡广山　责无旁贷。我在咱们煤矿文工团干了一辈子了，说什么也得用一台咱们自己的戏来给自己画个句号！

团　长　天林同志，（用手在人堆里划拉了一下）您看看这里面的，还有哪些眼熟的？

苏天林　（有些不好意思，只是仓促地扫了一眼，礼貌地）都眼熟，都眼熟。煤矿文工团很有名……电影电视里面，经常有煤矿文工团的人……

玲　子　（小声地对大个儿说）嗳，我开始还当是导演美化劳模形象呢，没想到，真人比你小子帅多了！

团　长　（指大个儿和玲子，对苏天林）戏里面，他们俩扮演您和您的爱人。

〔苏天林有点不好意思，玲子和大个儿走上来跟苏天林热烈握手。

团　长　（指玲子）这可是我们团的实力派女演员，在社会上也很有影响。现在，有好几家专业文艺团体在抢着要她。

大个儿　（对团长）差不多您就把人家放了吧，常言说强扭的瓜不甜，留得住人留不住心……

玲　子　（不买账地）有你什么事？团长，我的请调报告，您到底批不批呀？

团　长　这事儿，下星期一开会的时候，我们再研究。不过原则上讲，恐怕是批不下来。

玲　子　为什么？

团　长　因为，煤矿工人需要这么一个煤矿文工团，文工团需要精兵强将。

〔话音未落，美术设计陈卫，带着三名美工，拿着各种工具走进排练场。陈卫没有看出这里有什么“特殊情况”，一进门就大声嚷嚷起来——

陈　卫　让一让，让一让，导演，我今天总算是借到了几把冲击钻……

团　长　谁这么大的嗓门？

陈　卫　哟，团长大人！

何　萤　来，我给你们介绍一下，（把陈卫拉到苏天林面前）这位是苏天林同志。

陈　卫　哎哟哟，您好，（同苏天林握手）我叫陈卫，是这个戏的美术设计。

团　长　你们这是要干什么？

陈　卫　（指未完成的景）那儿不是还搭着的吗？总得把这点活儿干出来……

何　萤　改日吧……

陈　卫　就十来分钟的事……

团　长　你们十来分钟就能干完吗？（陈卫点点头）那你们先干吧，（对苏天林及大伙儿）我们先去会议室，跟咱们的劳模座谈座谈。怎么样？

〔苏天林及众人纷纷点头，并且准备往外走。

何　萤　（看看手表）十五分钟。十五分钟以后，我们正式回来排练。

〔除陈卫及三位美工外，众人下。

〔陈卫向观众挥挥手："大伙儿先休息十五分钟，我们这点活儿一会儿就得了。"示意观众休息。

〔舞台上，四个人"乒乒乓乓"地干了十来分钟，把未完工的工作完成。

〔演出的铃声响的时候，他们四人也坐在了台上的"观众席"上。

〔下半场开始。

〔何萤和众演员们，陪同着苏天林重新回到舞台（排练场）上。

何　萤　（对陈卫）干完了吗？

陈　卫　（做了个手势）OK！

玲　子　天林同志，您是一到了矿上，就跟杨瑞贞开始恋爱了吗？

苏天林　刚到矿上的时候，我们在一个组参加劳动，又是青岛老乡，处得一直挺好，可我真没敢多想别的。杨瑞贞跟我不一样，人家出身好，三代贫农，共青团员，真正是根正苗红……

〔演员丙对演员丁吐了吐舌头。

玲　子　所以，您和您爱人的恋爱就很不顺利？

苏天林　还行。开始的时候有人劝过杨瑞贞，后来刘工长听说以后，他就跑去骂人家，说是“宁拆十座庙，不破一桩婚”。还给人家扣帽子，说，谁破坏一线工人恋爱，就是破坏一线生产。

何　萤　（笑道）上次去矿上，我见到刘矿长了，的确是个特别爽直的人。

演员丙　是刘工长吧？

苏天林　后来当了矿长，现在已经退休了。

何　萤　现在的矿长是当年天林同志的师父——掘进队长李大川。

演员甲　这不错，大家都是亲的热的，平常在一起肯定都有个关照。

苏天林　（笑道）一点儿不假。自打我调到机电科，老矿长和矿长骂我的次数最多。

〔大伙儿一愣。

胡广山　机电科可不好干，这我知道，我当年下放的时候，就在京郊煤矿机电科当干事，井下大到风机、水泵，小到一根电线，所有的安装维修都机电科管。煤矿上有句行话，叫“出炭不出炭，关键在机电”，它还不像别的部门，是超额完成任务还是提前完成任务，都能看得出来。机电科最大成绩就是保证井下一切正常，正常就是什么也看不出来，只要看出点儿什么，那就是出问题了，只要出了问题，首先挨骂的就是机电。

苏天林　真没想到，您对我们这一行这么了解。

胡广山　那可不，咱们都是一家人嘛。

大个儿　苏劳模，我想问的是，为什么您宁可在矿上挨骂受累，也不愿意回你父亲家呢？那边什么都有……

苏天林　有也是我爸爸的。再者说，我在这边待惯了，到了那边怎么待都不自在。

大个儿 （刨根问底地）怎么个不自在呢？

苏天林 说不好，反正就是想家，想矿上的人。

玲　子 听导演说，当时你接到你父亲来信的时候，是您爱人先不愿意走的？

苏天林 （点点头）那会儿，我们已经结婚了，她被矿上送去读了中专，回来在矿幼儿园当了老师……

〔大个儿的声音把观众的视线带到另一表演区。大个儿和玲子再次成为“苏天林”和“杨瑞贞”。

〔矿区幼儿园院内。

“苏天林” 瑞贞——杨瑞贞——

“杨瑞贞” （迎上，示意他别大声嚷）嘘——孩子们正午睡呢！不在家好好睡觉跑这儿干什么？晚上不下井了？

“苏天林” 我爸爸来信了！

“杨瑞贞” 你爸爸？

〔“苏天林”点着头，把信递给玲子。“杨瑞贞”看信，“苏天林”兴奋地在一旁说着。

“苏天林” 我爸爸让我们全家回新加坡定居，说可以再另外给我们全家买一栋洋房……我只记得小的时候，我爸爸给青岛老家捐过几台拖拉机，没想到我爸爸现在居然有百万家产……

“杨瑞贞” 看你嚷嚷的，一会儿是不是还要去广播站广播？

“苏天林” （压低声音问）怎么样？前两天你还说要攒钱买自行车呢，现在别说自行车，想要花园洋房都有了！（调侃地）我早说过你嫁给我不会“赔本”吧？

“杨瑞贞” 去！（继续看信）

“苏天林” 咱们，新加坡的“干活”？

“杨瑞贞” （撇撇嘴）这会儿来劲，又不怕别人叫你小华侨了？

“苏天林” 你看看你这个人，怎么还是老脑筋。

〔“杨瑞贞”没有说话。“苏天林”自己在一旁感慨着。

“苏天林” 我爸爸今年……都68岁了，不知道是不是还像从前那样脾气暴躁，想当年，临送我上火车之前，还差点揍了我一顿呢。还有我的那三个最要好的同学，四个人里头我最大，我最厉害，什么时候都是我保护他们。老二叫阿福，要不是为了他，我也不会去跟欺侮他的几个英国孩子打架，那也就不会惹得我老爸一怒之下，把我送回老家受教育——一下子就教育了这么多年。真想看看他们现在都是什么模样了，看看那个笨头笨脑的阿福……我爸爸信上说，阿福现在在一家日本公司里当经理，这小子，居然当上经理了！

“杨瑞贞” （受了“苏天林”的情绪感染，斜着眼睛逗他说）对，你还应该回去看看，从前你们开……开什么来着？

“苏天林” Party？

“杨瑞贞” （点头）你们开那个的时候，不都带女伴吗？你去看看你当年的小女伴是不是都已经嫁人了？

“苏天林” （故意地）想当年，我可是有名的小靓仔，女伴太多了！没准她们现在都没嫁人，都在等我呢！

“杨瑞贞” 美死你！

“苏天林” 真没有想到，我这一辈子，还会有回家的一天……

“杨瑞贞” 你真打算回去？

“苏天林” 你的意思呢？

“杨瑞贞” 是回去看看，还是一去不复返？

“苏天林” 你说呢？

“杨瑞贞” 这是你的事，你自己拿主意。

“苏天林” 这是我们俩的事……

“杨瑞贞” 我不去。

“苏天林” 为什么？

“杨瑞贞” 矿上刚送我学习回来……再说，我也不愿意离家太远，我爸爸妈妈都上岁数了……

“苏天林” 这倒不是问题，你随时都可以坐飞机回来看看……

“杨瑞贞” 可万一要是回不来了呢？

“苏天林” 怎么会回不来……（突然明白了玲子的话，声音低了下来）不会的，再也不应该有我经历过的那种时候了……

“杨瑞贞” 谁说得准？

〔“苏天林”低下头，没再说话。光渐暗。

〔随着胡广山的声音，回到排戏现场。

胡广山 （问苏天林）您爱人是怕政策再有变化，才不肯去的，是吗？

苏天林 我想是。后来，我们决定我先回去探亲，住一段时间看看。临走的时候，杨瑞贞的感觉就像是生离死别。

何　萤 （笑道）她是不是认为，您再也不会回来了？

苏天林 （点头）所有的人都这样认为。我记得我第一次在海关签证的时候，海关工作人员让我填辞职书，他说“自从实行探亲政策，凡是出境的没有几个回来的，你还是一次办完算了，免得再补办手续。”

玲　子 可您还是回来了。天林同志，我特别想知道，您在外面的时候，您爱人给您写的那三封信的内容。

苏天林 那三封信可是真厉害。她在信里说“有人跟我说你不会回来了，在那边就是擦皮鞋，也比在这边当掘进工强，更何况你父亲有百万家产……可那边再好，是你父亲和哥哥挣的，属于你的一切都在咱这个小屋里……

〔玲子进入角色，接着读信。

“杨瑞贞” 昨天，我不小心摔坏了一只暖瓶，心疼了老半天，那是你第一次被选上矿标兵时候的奖品……你还记得你第一次当先进的时候吗？（暗转）

〔欢天喜地的“苏天林”跑上，拉着“杨瑞贞”去看光荣榜。

“苏天林” 快点走呀。

“杨瑞贞” 你干脆让我飞着去得了，瞧把你美的，不就是当了回先进嘛！

“苏天林” 这可是件不简单的事。

“杨瑞贞” 嘁，先进我年年当。

“苏天林” 我哪能跟你比呀！（掰着手指头）你听着啊，十四岁之前（四下看了一眼），我在新加坡上学。刚来中国的时候，班上的同学都是少先队员，一开队会老师就给我放假，就我一个人，你想想，教室里所有的人脖子上都系着红领巾，就我的脖子上什么都没有，那是个啥滋味？我找老师表示我也想入队，老师说我都快够退队年龄了，让我争取入团……

“杨瑞贞” （笑道）就你？

“苏天林” 有好多年，大家都叫我小华侨，我不穿洋装皮鞋，让我二叔专门给我找了补丁衣服穿上，别人还叫我小华侨。那会儿当“小华侨”倒不像后来似的，那么让人抬不起头，可自己总觉得别扭，总觉得我跟别人不一样。为了跟别人一样，我学着做好人好事，每天跑到一个大坡下面，等着帮别人推车，完后也学着别人一样，做好事不留名，可只要我一开口说话，别人就得盘问我半天。学校里知道了点名表扬我，还是忘不了要说华侨同学苏天林……过了好几年，好不容易觉得自己快要跟大家一样了，突然，我又成了……

“杨瑞贞” （爱怜地替他说）小特务？

“苏天林” （点点头）打那以后，我就更跟别人不一样了……有好多年，我老觉得我是一个怪物，就像是——你别骂我，我老是做梦自己没有穿衣服就跑到外头，越想躲越没地方躲，提心吊胆的，总怕谁会抓住我打一顿。谁都能抓住我打一顿。

“杨瑞贞” （动容地看着他）现在，你觉得好多了吧？

“苏天林” （一下又高兴起来）那当然了，我都能当先进了！

“杨瑞贞” （爱惜地）德行！

〔在他们的前方，出现一群正在看“光荣榜”的人群。

“苏天林” （停下脚步）那么多人！你去看吧，右上角第二行，第一个名字。

“杨瑞贞” 你怎么不跟我一起去？

“苏天林” 刚才我在那儿站着看了半天了，再去别人该笑话了。

“杨瑞贞” 你在这儿等我。

〔“杨瑞贞”走上前去，原先围在“光荣榜”前的人自动为“杨瑞贞”让出了一条道。“杨瑞贞”用她殷切的目光，一遍又一遍地寻找着苏天林的名字。

〔“杨瑞贞”的画外音：“天林，我怎么找不到你的名字？”

〔“杨瑞贞”不解望着周围的人，周围的人都躲开了她的目光。“杨瑞贞”又去“光荣榜”上找——

〔“杨瑞贞”的画外音：“右上角第二行第一个……不，那里只有一大块墨迹……”

〔切光。

“杨瑞贞” 那是我们认识以后，你情绪最低沉的几天。无论我怎么劝你，你都说你的身份永远也改变不了了，就像让人在脸上刺了字的犯人一样……

〔随着一声“炮声”，舞台上出现了烟雾弥漫的“井下巷道”。

〔“队长”带领工友们拿着铁锹冲进去抢运矸石。铁锹铲撮矸石、矸石落入矿车的声效。烟雾（打眼放炮掀起的岩石粉尘）渐渐散尽，人们看到“苏天林”正抱着锹坐在一旁发愣。工人乙正要喊他，被“队长”拦住。他对身边的人使了一个眼色——

“队长” 明天咱们倒班，今天升井以后，咱们去县城看电影怎么样？

工人甲 不睡觉了？（见“队长”冲着“苏天林”的背景努嘴，马上明白过来，连声响应道）听队长的，好不容易赶上倒班，说什么也得去县城逛逛。

工人乙 去县城看电影！

“队长” （喊道）走哇，天林，要去都去。

“苏天林” （没精打采地）不去，我想睡觉。

工人乙 谁没睡过觉呀！

“队长” 就是，回来再睡也是一样的。

“苏天林” 我真不想去……

工人甲 咱哥儿几个好不容易要一起出去乐乐，你敢说不想去？

工人乙 真不仗义！

“队长” 我是队长听我的，今天就算是“集体行动”，想去不想去都得去！

“苏天林” （还想找借口）我……我没有自行车……

“队长” 我们有哇。我们仨都有，带着你就是了。

“苏天林” 不行不行，来回可是 80 里地呢……

“队长” 800里地今儿咱们哥儿几个也要去！

〔一阵清脆的自行车铃声。

〔“苏天林”、队长等人一起坐在小酒馆里。他们喝着酒，不时有人拍着“苏天林”的肩膀。

〔排练场里，苏天林在对何萤解述。

苏天林 那天，我师父和我的两个工友用自行车带着我，到40里地以外的县城看了一场电影，之后又在一个小酒馆吃饭。他们知道我心里不好受才这样做的……你们也许不知道，一个工休日对于我们有多么珍贵，我师父家里的麦子正等着他去收、老徐的爱人刚生完孩子还没出满月……但他们却陪了我一整天。

何　萤 （不解地）没当成先进，就让你那么消沉吗？

苏天林 （看着何萤）你今年有三十岁吗？

何　萤 没有。快了。

苏天林 所以你不了解“政治生命”这个词，在那个年代的意义。到煤矿之前，我一直知道自己的脑门上有一个标记，这个标记让我永远得不到一个公民应该有的人格、自尊。无论自己怎样努力，只要有这个标记在，我就永远不能像个人一样地活着……

何　萤 我理解。我看过一些反映那个时代的书……

苏天林 煤矿工人的种种超出别的行业的辛苦，是我到煤矿之后才体会到的，但我却发现自己能够心甘情愿地忍受这些，因为在这里我觉得自己没有被当作“怪物”看待，只要我努力工作，就会得到大家的承认，这种感觉真是太好了。当我在“光荣榜”上看到我的名字的时候，那种幸福的感觉差不多就像是重新获得了一次生命！可是……不到半天的功夫，我的名字就从“光荣榜”上被抹去了……杨瑞贞理解这一点。当时她从人群里走回到我面前，什么话都没说就哭着跑开了，我挤到前面，看见盖着我的名字的那块墨汁，真是万念俱灰……要不是我师父他们硬拉着我去看电影……

何　萤　（拿起笔）我记一下，那片子叫什么？

苏天林　（笑了）不是电影对我起了什么教育作用，而是我师父和两个工友，他们所做的一切，让我从中感受到了他们对我的全部感情，我心里一下子亮堂起来，我突然意识到，只要有他们，我就再也不会是从前的那个孤独的苏天林。他们会永远拿我当朋友、当弟兄……

何　萤　您刚才好像还提到了一个词——“政治生命”……

苏天林　（从怀里取出一张已经发黄了的纸片）你们刚才演的带伤下井的那一段，实际是发生在我们看电影回来之后。那一阵子我就像是个刚刚找到家的孩子，只有在班上跟师父、工友在一起我才踏实，所以我宁可带着伤下井干活，也不愿意一人躺在宿舍里。第二天，喏，这是那天出的工区简报……

何　萤　（读苏天林递过来的纸片）“二队三班掘进工苏天林，轻伤不下火线，以煤矿工人特别能战斗的精神，带着绷带下井，全班同志在他的精神感召下，干劲倍增，超额完成日进尺……”

苏天林　这一小段字，是当年在刘工长的坚持下印发的。我一直保留着，它是我有生以来得到的第一份表扬……

〔大个儿突然嚷嚷着闯入，其他演员也纷纷走过来。

大个儿　我找着感觉了！您这么一说，我总算是找着感觉了！

何　萤　（白了大个儿一眼）你嚷嚷什么呀？吓人一跳！

大个儿　咱这戏排了这么长时间，您愿先编的那么多哭哭啼啼的故事都没说明白，今儿苏劳模一来，讲了这么几个小细节我就什么都明白了。

苏天林 （突然不好意思地）咳，我这都是瞎说。

大个儿 如果我的理解没有错的话，您之所以能这样热爱煤矿，是因为在您最艰难的时候，矿上的领导、工友给了您人世间最珍贵的友情（苏天林点头），并且，这种友情的分量可以说已经远远超过了优越的生活以及金钱的分量……

演员乙 所以你就回来了，是吗？

〔苏天林点头。

〔玲子的声音将大伙儿带到了“苏天林家”。

“杨瑞贞” 天林！你总算回来了！

“苏天林” 杨女士三道“金牌”，我当然得赶紧往回跑了。（从箱子里取出一堆花花绿绿的衣服）看，这些都是我爸和我大哥送给你的。

“杨瑞贞” 我哪穿得了这么花的衣服！给女儿留着吧。家里都好吗？

“苏天林” 好，就是我爸爸不舍得我走。

“杨瑞贞” 他要是愿意，咱们接他来过春节怎么样？

“苏天林” 这主意不错。我爸爸肯定会高兴的。

“杨瑞贞” 你回去还见着哪些人了？

“苏天林” （调侃地）一大群老姑娘，全是我当年的小女伴……

“杨瑞贞” （笑道）吹牛不上税！你的那三个小弟兄怎么样？

“苏天林” （没有太大热情地）还行吧，就跟他们见过一两面。刚到的时候，他们来看过我一次，走的时候，本来说要再聚聚，结果只有老四来了，那两个忙得没顾上。咳，那里的人跟咱们这边的还是不一样……

“杨瑞贞” 你是不是觉得他们对你冷淡？

“苏天林” （淡淡地）没有。

“杨瑞贞” 你信上说那个阿福娶了个日本老婆，他们在一起能过惯吗？

“苏天林” 他来家里坐了不到二十分钟就有事走了，根本来不及说什么。这家伙，小的时候跟块年糕似的，天天粘着我，他一挨打，我就得替他“报仇”。这么多年我真是一直挺想他的，可他倒好，跑来叫了声“林哥”就再也没影了！

〔这时，四处响起“天林”“天林”的呼唤声。“队长”、“工区长”和一些工友一起涌了进来。“苏天林”和“杨瑞贞”忙起身招呼。这时的“队长”、“工长”已经成了“李工长”、“刘矿长”。

“李工长” （将一个饭盒递给大个儿）这是你嫂子给你包的羊肉馅饺子，她说你在那边再怎么山珍海味，也吃不上这一口。

“刘矿长” （拍着大个儿的肩膀）你小子，我都以为你回不来了呢！

大个儿 哪能呢。（边说边给大伙发烟）

“刘矿长” 好样了！

工友甲 天林，这回出去算是开了眼了吧？

工友乙 （对甲）你以为都跟你一样，人家苏师傅本来就是那边的人，什么没见过！

工友丙 （对苏天林）师父，新加坡好玩吗？

“苏天林” 要是你们都在那儿就好玩了……

工友甲 天林，你们家的那大厂子大不大？

“苏天林” 有……好几百号工人……

“李工长” 你爸爸正经算上是“资本家”了。

“苏天林” 现在是我大哥当家。他说过一阵子还要再开一家厂子。

“刘矿长” 嘿，要是早几年咱知道这情况，你可就不光是“小华侨”的问题了，当个“狗崽子”绝对有富裕。

〔众人说着笑着……

〔排练场，苏天林讲述。

苏天林 又过了几年，我哥哥真的在深圳开了一家合资厂，他一个人同时管理两家工厂，开始觉得力不从心，于是三番五次地叫我过去帮忙。我哥哥说，只要我在深圳帮他守守摊子就行，自己的家业交给谁，也不如交给自己的亲兄弟更放心。

何　萤 您还是没去。

苏天林 那会儿我已经被调到机电科了，本来就是因为机电部门缺人才把我调上来的，刚能独当一面工作，我怎么好意思说走就走。为了这个，我哥哥气得，有一年多时间都不愿意给我写信。

大个儿 后面的事情我们都知道。

金友成 你们矿，井下战线长，占用设备多，为了保证生产，您几乎每天下井，有时候一天连下几个井，赶着紧张的时候，在井下一干就是几十个小时。

演员甲 自打到了机电科，您就没有休过一个班……

苏天林 （不好意思地）哪里，我回新加坡探过一次亲……

胡广山 您带领着科里的同志在一无经验、二无技术指导的情况下，自行安装了山家林矿第一个高档普采工作面，真了不起。

朱　南 遇到井下设备坏了，急需配件，您就亲自出发，赶上公家暂时没有钱，缺个三千五千的您就拿自己家的钱先垫上。有时候走得急，连工作服都顾不上脱……

演员乙 饭也顾不上吃，经常就随身带几份班中餐。有一次您买材料花完了身上的钱，在火车站遇到一个要饭的，就把自己带的饼子给了他，结果那人咬了一口，说硬得狗都啃不动，顺手就给扔了。

大个儿 从山家林火车站到矿区，总共有十四里地，那段路没有公共汽车，所以，您经常是背着几十斤重的材料步行回来……

苏天林 （大吃一惊）你们怎么什么都知道？

金友成 这些细节，还真都是我们何导演下了功夫搜集来的。

苏天林 （摇着手）矿上的人，换了谁也都是这样做……

朱　南 您就别谦虚了。

苏天林 （诚恳地）真的真的。在矿上，我就怕别人叫我“劳模”。本来大家都是一样的，结果，就是因为我新加坡有个家我没回去，我就成了劳模。其实还有好多比我干得好的同志，但我这边一占指标，他们就要失去一个机会。这让我心里老跟做了小偷一样……

大个儿 不管是什么原因，就您肯放弃那么优厚的生活条件、铁了心地在矿上工作这一点，就不是一般人做得到的。

苏天林 要说“不一般”，那煤矿上不一般的人太多了！煤矿上了不起的人太多了！我这个，只能说是沾了家庭的“光”。要是比起那些豁出性命干的人，我还差得远呢……

何　萤 您那块“抗洪抢险模范”的奖章，难道不是豁着命挣来的吗？（苏天林正要说什么，何萤对他摆了摆手）您来看看这场戏。各部门准备，“抗洪救灾”一场，演员——灯光——音乐音响——

〔随着何萤的话，整个舞台开始暗了下来。随着何萤一声“开始！”，舞台上出现了骇人的电闪雷鸣。

〔“观众席”上方的黑色穹形通道里，有许多顶着矿灯的人的身影在忙乱地跑动穿梭。

〔滚滚雷声中，是此起彼伏的电话铃声。

〔舞台上出现好几处追光，金友成、朱南扮演的“刘矿长”“李矿长”以及其他干部在同时接电话。他们每个人都在大声说话，声音参差但内容相同：“什么？井下进水了！什么时间？最大涌水每分钟130吨！什么原因？地面洪水溃漏？……”

〔高音喇叭里，广播员在重复播音：“紧急通知。紧急通知。井下出现险情，各部门领导马上到矿调度室集合待命！”

〔舞台上出现奔跑的人影。

〔不时有人声传来，又消失在雷电交加的夜空里——

“洪水正沿着六号下山涌入380大巷！”

“二水平泵房进水，关闭泵房防水门——”

〔“矿生产调度室”，以“刘矿长”为首，正在召开紧急会议。

“刘矿长” （神情严峻地）同志们，因地面积洪通过地方砖厂取土坑和地方煤井开采通道溃入我矿井下，我们赖以生产和生存的二水平正面临被淹没的危险。为了抗洪保矿，党委会紧急会议制定以下决定：第一，机电科迅速启用第三台备用泵，在泵房管子道筑堤防水，最大可能的延长二水平泵房排水时间，坚持强排到最后一分钟。第二，在2号暗斜井突击安装一路1 0寸排水管路和一台高扬程大流量水泵……

〔金友成的声音被雷声盖住。

〔“井下泵房”出现大个儿和工人们的身影。他们正在修筑水堤。

工人甲 洪水水位已高出泵房地坪8米，超出警戒水位！

“苏天林” （头也不抬地）知道了。

工人乙　洪水压力太大，泵房峒内及管子道多处透水，封堵无效！

“苏天林”　继续封堵！只要我们保住大泵房，就能保住二水平不被淹没。

〔“李矿长”带人来到“泵房”，四下查看。

“李矿长”　（喊着问）怎么样天林？

“苏天林”　还能坚持。李矿长，你怎么下来了？

“李矿长”　你去休息一会儿，这里有我。

“苏天林”　不，你应该在上面坐镇！

〔电话铃响。“苏天林”操起电话。

“苏天林”　380泵房。

〔“矿生产调度室”。“刘矿长”在讲话。

“刘矿长”　是天林吗？下面怎么样？

“苏天林”　正常。

“刘矿长”　下面的温度高吗？

“苏天林”　有六十多度。

〔一声闷响。

工人丙　二号泵电源开关跳闸停止运转。

工人乙　水位正在迅速上升！

〔又是一声闷响。

工人甲　不好，三号泵短路跳闸！

“刘矿长”　出了什么事？

“苏天林”　（对话筒）二号三号水泵跳闸。怎么办？

工人乙　泵房周围水位在急剧增高。

“刘矿长”　天林，强行开泵。

大个儿　明白。

“李矿长”　我来。

“苏天林” 我来！

〔“苏天林”边说边赶在“李矿长”前面去手动合闸。又是几声闷响。

“刘矿长” 喂，喂！

“李矿长” （上前抓起话筒）电源受潮短路，强行送电失败。

〔“刘矿长”沉默着，只能听到一阵阵雷声。

“刘矿长” （声音低沉地）大川，请大家迅速撤退。

“李矿长” 刘矿长命令，立即撤退。

“苏天林” （伤心地大喊）不！

“刘矿长” 天林，380 泵房已经连续运转了 68 个小时，这在全省煤炭系统都是少有的，你们的工作创造了奇迹，全矿职工感谢你们！

〔“李矿长”放下电话，看着“苏天林”。

“苏天林” 师父……

“李矿长” 严密观测水位，其余的同志用最快的速度，撤出两台新水泵，然后迅速撤出！

〔“苏天林”带领工人们投入紧张的工作。井下一片矿灯在闪烁着。

〔风声、雨声、雷声中，一群打着雨伞的矿职工家属纷纷涌到了“井口”，她们在井口默默伫立着。“杨瑞贞”和女儿、儿子也站在人群中。

女　儿 妈，爸爸没事吧？

“杨瑞贞” 没事。肯定会没事的。

儿　子 爸爸怎么好多天都不回家？

〔“杨瑞贞”搂住儿子没有说话。这时，人群里出现一阵骚动，有担架从井口抬了过来。有人喊“让一让，让一让”。所有的家属都在打听："怎么了？"有人说："李副矿长累昏过去了。"

"杨瑞贞" （一下子冲到了担架前）李矿长！

"李矿长" （挣扎着从单架上下来，跌跌撞撞地走开）我没事……

众　人 李矿长……

"杨瑞贞" （问抬担架的人）看见天林了吗？

"李矿长" 放心……天林，好样的。

抬担架的人 苏科长他们用了72个小时安装了两台大泵，已经开始抽水了。

〔说着，担架走开了。

"杨瑞贞" 天哪……

儿　子 怎么了，妈？

"杨瑞贞" 两台大泵……从前他们最快的一次，还用了20天……

〔水泵的轰鸣声。所有的家属欢呼起来："大泵抽水啦！矿井保住啦！"

〔"井下"。所有的领导、工人也都欢呼跳跃起来。

〔剧中的欢呼声中，排练场中的何萤走到了苏天林身边。苏天林发现何萤，忙伸手抹了一下眼角。

苏天林 （不好意思地）那段日子太不容易了……

何　萤 这是舞台，有一定的局限性。如果是电视剧的话，我一定要表现您跳到离巷道顶板只有几十公分的冰水里，冒着生命危险去清除龙头上的杂物，保证水泵运行的悲壮场面。当时稍不小心，随时都有再也上不来的可能，您真的就不害怕吗？

苏天林 怎么能不害怕。但当时，跳下去的不只我一个人。

何　萤 我知道。

苏天林　你不知道。如果开始没有老矿长的冒死营救，我根本就不可能有机会成为你所说的英雄。

何　萤　老矿长？

苏天林　就是我们刘矿长。

〔有几名演员走过来，围坐在苏天林面前。

苏天林　在灾情还没有发生之前的头一个小时，我下井检查设备情况。刚到迎头，就有工人告诉我风管子没有风。我正纳闷……

〔“井下”。“苏天林”正在查看风钻，突听有人大喊：“不好了，发水了！”

〔工人甲跌跌撞撞地跑了过来。

工人甲　水，水！巷道里的水已经没腰高了！

〔“井下”一阵骚乱。工人们四散奔跑。有人在打电话，但电话已经打不通了。

“苏天林”　不要乱跑，跟我来！

〔大家闻言迅速跑到“苏天林”身边。这时又有人喊“所有的出路都被水堵死了！”

“苏天林”　赶快退到223下扒沟！

〔大家沿着“苏天林”说的方向跑去。

〔“矿生产调度室”。干部们个个神色严峻。

刘矿长　大川，你在这里指挥，查清井下人数。我带副总工以上领导兵分十一路，组成小分队到井下探险救人，要不惜一切代价解救被洪水围困的职工脱险！

“李矿长”　还是我去吧……

“刘矿长”　这是命令。马上行动！

众　人　是！

〔“井下”，“苏天林”等人蜷缩在巷道里，寻找出路。他们身边正升腾起一股股蓝烟。

工人甲 到处都是水。

工人乙 这下完了，咱们算是没救了！

“苏天林” 大家戴好“自救器”，防止有害气体。老王，我在前面走，你跟在我后面，保持一定距离，万一有什么有毒气体，要是我被熏倒了的话，你就赶紧带着大伙儿往别处走！（说着便率先向前冲去）

〔刚往前走了几步，“苏天林”又折了回来。

“苏天林” 前面也没路了。翻过风墙，沿家具房和下溜子道走走试试。

〔一群人又往另一个方向走。

“老王” 再往前走恐怕水就要没过脖子了。

“苏天林” 也只有硬闯了。咱们应该是往南异方向。

“老王” 可我也不认识去南异的路线……

〔身后突然有人喊“救命呀！救命呀！”一个工人跌倒了，在地上挣扎。

〔“苏天林”忙返身去救他。

〔他们互相搀扶着向前走……

〔“矿生产调度室”。干部们在报告找人情况。

“采煤三区全部到齐！”

“采煤五区全部到齐！”

“掘进一区全部到齐！”

“掘进二区全部到齐！”

“掘进三区……还差一个小组，五个人。”

“下井记录中，苏天林还在井下。”

“李矿长” 继续寻找！

干部甲 刘矿长一直在下面寻找。

〔“井下”。“苏天林”一行人又来到另一个地方。

“老王”（小声地）老苏，我们好像是迷路了。

工人丙（坐在地上，带着哭腔地）我再也走不动了，要死就死在这儿吧！

“苏天林” 别说泄气话，我们肯定能出去。

〔工人们看着他，谁也没有说话。

“老王”（大叫）看，好像是有人过来了。

众　人 有人来了！有人来了！是刘矿长！刘矿长救我们来了！

〔“刘矿长”走了过来。

“刘矿长” 可找到你们了，我前边带路，赶紧撤！

〔一群人在“刘矿长”的带领下，手拉着手，走出大水的围困。

〔排练场，何萤和演员们都听呆了。

苏天林 刘矿长带人下井的时候，大巷里的水已经超过一米五，他们又绕到泵房，当时洪水离水泵高压开关柜只剩下１０公分。一旦洪水淹没高压柜造成水泵短路跳闸，水位马上就会上升，那样的话，不光救不出我们，他们谁也别想生还。可是，如果他们不来，我们几个人就找不到出路，再耽误半个小时，我们也就死定了。

〔这时，小剧场里的工作灯亮了起来，所有的人都被晃得用手遮住了眼睛。

〔团长和一司机模样的人走了进来。

团　长 天林同志，今天部长们要宴请你们劳模，这不，派车接您来了。

苏天林 嗯。嗯。（边站起身边说）煤矿是个艰苦的地方，但煤矿留得住人。因为那里的人不仅能共患难，还能共生死。上哪儿还能找到这样的朋友？

团　长　（笑道）明天再说，就等您一个人了。

〔所有的人起身送走苏天林。

玲　子　（追着团长）团长，我的请调报告……您先别急着讨论呢……

何　萤　（回过身来，搓了搓脸）今天的排练就到这里。

〔大家三三两两地收拾东西离去。

演员丙　（一边同几个演员往外走一边说）回头我真得去矿上看一看……

何　萤　（对走到自己身边的演员丁说）今天没能让你去拍那个广告片……

演员丁　我一点儿也不遗憾。

金友成　（举着剧本在演员丁后面喊）你的剧本！

演员丁　谢谢。（接过剧本同金友成一起下场）

何　萤　各部门收拾好自己的东西，关好灯，锁好门。（对胡广山）胡老师，休息吧。

胡广山　嗯。

何　萤　（像是对其他还没走掉的同事，又像是对观众）晚安，朋友们。

〔只有大个儿，独自久久地站在小剧场的中央，若有所思……

——**幕　落**——

作品赏析

正如这部作品的名字一样，《人跟人不一样》，戏与戏也不一样，这部以煤矿劳模工人为描写对象的作品写出了新意。

新意之一在于对皮兰·德娄《六个寻找剧作家的剧中人》的借鉴与学习。本剧是作者的第一部话剧，在创作本剧之前，她在中国煤矿文工团改编了皮兰·德娄的遗作《高山巨人》，由文工团参加在意大利举行的“皮兰·德娄国际戏剧节”。因此在创作本剧时，她顺理成章地采用了皮兰·德娄常用的“戏中戏”的形式，展现了煤矿工人和演员们在市场经济的浪潮中的不同生活选择，现实时空与数十年的劳模经历在剧中随意切换，显示了作者在戏剧技巧探索上的匠心。

新意之二在于本剧的选材之新。一个煤矿工人，不去国外继承家产，一心留在矿山挖煤，最后成为劳模，这样的题材和角色本身就比较特殊，矿工的成长深刻地反映了社会历史的变迁和工人阶级的成长历程。作者并不满足于描摹一个与众不同的劳模，虽然她创造了文工团大学生下矿体验生活纪录，对工人的生活了如指掌。但她还多了一种知识分子的视角，她将选材又切入煤矿文工团演员和导演的排练生活中，有的人因为去演出电视剧不愿意回团演戏，有的想请假去拍广告养家糊口……一部戏聚焦于编剧本人最熟悉的两种生活，又恰如其分地融合，因此趣味性与艺术性得到了提升。

劳模戏不好写，想写得好看更不容易，但冯俐的第一部话剧作品《人跟人不一样》通过剧作手法和选材的新意，使得这部作品立在了舞台之上。著名剧作家胡可曾在这部作品演出20年后说道：“这是我看过的最好的煤矿题材的戏。”因为这部戏不仅在写劳模，写工人，写文艺界，同样是在书写社会和人生。

工人世家

代路

作者简介

代路，祖籍山东淄博，1940年6月生于济南，22岁时加入青岛市话剧团，曾在青岛话剧院担任演员、导演、编剧职务，后任名誉院长。代路的剧本创作包括话剧、儿童剧、戏曲、电影、电视剧等，共计一百余万字。成名作《哥仨和媳妇们》充满生活情趣，故事幽默诙谐；《工人世家》获中宣部“五个一工程”奖和文化部“文化新剧目”奖；《陈小虎》写于1992年，算是儿童剧创作的开端，入选《中国话剧百年剧作选》，迄今为止演出超过1200场，另一部儿童剧《飞吧！海燕》全国巡演300余场，后被长春电影制片厂改编为电影《难忘中学时光》，之后的《回声》是《飞吧！海燕》的姐妹篇，入选《中国儿童文学大系》。他的作品被收录在《代路剧作选》《我曾经爱过你——代路新剧作》《代路戏剧文集》（戏剧卷、儿童剧卷、电视剧卷）中。他本人曾两次荣获“文华剧作奖”，2005年被国务院授予“全国劳动模范”称号，2007年被文化部授予“优秀话剧艺术工作者”称号，2008年获中共青岛市委、青岛市人民政府颁发“杰出成就奖”。

剧情梗概

四幕话剧《工人世家》创作于 1998 年，青岛市总工会和青岛市话剧院联合制作演出。该剧以工人阶级为背景，讲述了一个普通的工人家庭的生活故事，反映了中国工业化进程中，下岗职工从疑惑、困苦到自强奋进的心路历程，展现的是几代工人阶级在改革开放的浪潮中坚守宝贵的精神追求，同时又积极面对社会变革，不落后于时代更迭的脚步的精神风貌。

七月的一天，国棉厂的退休工人房选举七十岁生日，家中的儿女都准备回家给母亲祝寿。大女儿潘立英刚刚下岗，为了不让家里人担心，早上如常去上班。大儿子潘立业是国棉厂的工会主席，要替厂里解决下岗职工的安置问题。立英本来想瞒着家里下岗的事情，但是被大嫂苏金华说漏了嘴，家里人都为立英担心。立英是单亲家庭，带着女儿聪聪生活。聪聪小时候发烧的时候打了一针链霉素导致失聪，需要佩戴助听器。聪聪现有的助听器经常出问题需要修理，而且会耽误聪聪日常在学校活动。进口的助听器需要五六千块钱，对于下岗的立英来说是一笔巨款。立英的条件符合厂里对下岗职工的安置政策，但是立英为了和身为厂工会主席的大哥避嫌，主动提出让大哥先安置其他人。在家里人都面临下岗危机的时刻，潘立业的女儿潘展展是海尔的职工，工资效益好，是家里人的骄傲。和立英自立无私的性格不同，潘家的二女儿潘立惠好吃懒做，小儿子潘立武有些不务正业，四位儿女的生活都令房选举和潘玉亭担心。中秋节这天，又是潘家聚会的日子，全家人来到老两口家里。潘立英下岗之后自谋职业，摆摊卖猪肉。她为人实在，挑瘦肉卖给别人，剩下来的肥肉拿回来只能被炼成荤油。潘立英努力谋生，把女儿视为生活的希望。二女儿潘立惠也下岗了，和大姐自力更生不同，潘立惠好吃懒做，习惯了国营大锅饭的工作，对其他的工作总有各种不满意。厂里即将和杨宗华的日资合作，但是需要巨大资金来改善厂里的基础设施。为了给厂里集资，潘立英拿出了原本要给女儿买进口助听器的钱，房选举拿出了家里的存折和自己当年所获的劳动奖章一起捐给厂里。为了不拖累儿女，房选举隐瞒自己的病情。聪聪因为买不了助听器的事情感到痛苦，和潘家感情深厚的杨宗华打算帮助聪聪，买一个助听器送给她。农历新年的前一天，潘家在准备过年的事宜。展展公司效益好，带来了很多年货送给奶奶。潘立英找到了家政服务的工作，厂子里的基础工程按时完成，本来已经到了新车间试车的阶段，却忽然一场大火，潘家所有人都往工厂跑去救火，混乱中房选举发病晕倒被送往医院。冬天过去了，潘立英成立了家政服务公司，同时，国棉厂重新投入生产，面对杨宗华的邀请，潘立英还是选择回到厂里继续在工人的岗位上劳动奋斗。潘立武成立了一个小工厂搞民营试点，潘展展的小发明被领导采纳，一家人的生活翻开新的一页。

人　物

房选举　70岁　国棉某厂退休工人

潘玉亭　75岁　自行车公司退休工人

潘立业　48岁　国棉某厂工会主席，房选举的大儿子

潘立英　43岁　国棉某厂工人，房选举的大女儿

潘立惠　36岁　某研究所工人，房选举的二女儿

潘立武　32岁　某制袜厂工人，房选举的小儿子

潘展展　20岁　海尔集团工人，潘立业的女儿

聪　聪　16岁　学生，潘立英的女儿

苏金花　45岁　国棉某厂工人，潘立业的妻子

魏来喜　45岁　农民合同工，聪聪的父亲

杨宗华　44岁　日本宗华纺织株式会社总经理

第一幕

◉**布 景**

本剧中的故事就发生在昨天。这是一个普通工人的家庭，外间住着房选举老两口，这间房子稍大些，因此还兼着客厅。里间由大女儿立英住着。外间有一楼梯通向小儿子立武住的吊铺。舞台正中的门很大，门侧他们盖了一间小屋算作厨房。透过门和窗可以看到国棉某厂的厂房。

◉**时 间**

本场的时间正是骄阳似火的七月的一个上午。门虽大开着，但还是一丝风也没有，只有蝉在树上高声地叫着。

〔幕启：房选举焦躁地扇着扇子，今天她有些心神不定。

潘玉亭 （像煞有介事地戴着围裙，从门外探出头来）老太太，这糖醋鱼是先放糖还是先放醋？

房选举 我说老头子，你就别出洋相了，快给我把围裙摘下来吧。

潘玉亭 你这人天生受累的命，今天你是老寿星，啥活也不准干。这些兔崽子，不到吃饭的点没一个回来的，也不知今天谁跟谁过生日。

房选举 依着我，今天就不该张罗。

潘玉亭 那可不行，今天是你的七十大寿。

房选举 今天我就没心思过生日。

潘玉亭 别信那些风言风语的传闻。

房选举　无风不起浪，好几个人给我说今天俺厂里要停产。

潘玉亭　你们厂今天真停了产，立英为啥还去上早班？

房选举　就是，这事我也有些纳闷。

潘玉亭　（突然）醋没了怎么办？

房选举　哎哟，鱼都下锅了，这才发现醋没了，这可怎么办，你先把火关了，我赶紧去买。

潘玉亭　立惠不是在家吗，让她去。（冲里屋）立惠，立惠！

房选举　（发现立惠在睡觉）立惠呀，你怎么还睡？快起来。

潘立惠　（伸伸懒腰）才几点就把人叫起来？

房选举　几点？快吃中午饭了，打一来家你就睡，哪来的这么多觉？

立　惠　人家昨天晚上睡得晚嘛。

房选举　你昨天晚上几点睡的？

立　惠　都快九点了。

房选举　闺女，你还好意思说，睡了一个多对时了。快起来到附近小铺去买醋。

立　惠　这事也找我。（仍没动）

房选举　快去呀。

潘立惠　也得让我先醒醒觉呀。

潘玉亭　等你醒了觉，我这鱼早煳了，没见过这么懒的孩子。

房选举　还是我去吧。（下）

〔潘立惠打个哈欠又躺下了。

〔少顷潘立武忙忙活活地上。

潘立武　哟，爸，今天你下厨呀。

潘玉亭　你小子今天回来早点了吧？

潘立武　（看表）不早呀。

潘玉亭 饭还没做好呀。

潘立武 正好，我先出去办点事。（腰间的BP机响，欲打电话）

潘玉亭 （不悦地）电话是你大哥给你妈安的，别有事没事瞎摸索。

潘立武 电话费我付不就完了吗，不就几毛钱吗。

潘玉亭 几毛钱？一个月几十块呢，行，这个月电话费你全包了。

潘立武 啊？我全包？（欲走）

潘玉亭 回来！你还真走？

潘立武 有事？

潘玉亭 昨天晚上我给你说的话你全忘了？

潘立武 您天天在我的耳朵边谆谆（故意将谆念成哼）教导的话太多了，我知道您说的是哪句？

潘玉亭 （做打人状）我真想扇你两巴掌。今天是你妈的七十大寿！你没心没肺的东西！

潘立武 （恍悟）哎呀，我忙糊涂了，我想着今天有件重要的事没有办吗，该打该打，我赶紧给老妈买礼物去。

潘玉亭 你小子整天也不知道忙些啥，一天换仨单位。

潘立武 人往高处走，水往低处流，哪个单位好咱上哪去，谁愿一棵树上吊死。（欲走，正巧迎面碰上房选举）

房选举 刚回来怎么又要走？

潘立武 一会儿就回来。妈，生日快乐。（说着朝妈脸上亲了一口，然后骑车下）

房选举 （嗔怪地）这孩子。

潘玉亭 都是你惯的。

房选举 姐妹四个就属他小。

潘玉亭 还小，都三十二周岁了，到现在没个准星，工作一天换仨，对象一个月换俩。

房选举　你别夸张，没那么多。没搞上对象那是没看上对眼的。

潘玉亭　等他大哥回来好好教育教育他。

房选举　唉，刚才我说的那事确实是真的，小铺里好几个人都在议论呢，俺厂五万纱锭，咔嚓一下全停，咱立英也下岗了。

潘玉亭　今天停的？

房选举　呵。

潘玉亭　不能吧，立英下了岗今天还去上啥班？

房选举　兴许下岗没她？千万别让立英下岗，真下了岗每月开那百十块钱还带着个聋孩子，日子还怎么过呀。

〔立英拿着饭盒，提一包礼品上。

潘立英　（高兴地）妈，我回来了。

房选举　你不是上早班吗，怎么这么早就……

潘立英　今天不是你过生日吗？我和别人换了半个班。

房选举　今天咱厂不是停产了吗？

潘立英　（一愣）嗯？你别听他们瞎传，没那事，停产我还去上班？厂里效益一不好，说啥话的都有。怎么爸爸下厨房？（说着十分麻利地解下潘玉亭身上的围裙系到自己身上）

房选举　立英，你刚才说的是真的？

潘立英　你就别瞎操心了，今天咱啥事也不管，高高兴兴给您过七十大寿。（发现正在睡觉的潘立惠）这个懒嫚儿怎么跑到我床上睡起来了？（进屋拽立惠的耳朵）

潘立惠　（不情愿地坐起来）姐，你真叫的不是时候，刚才我做梦正发奖金呢，我刚要去领，你把我叫醒了。

潘立英　（笑）做梦娶媳妇尽想好事。快来帮我做饭。

潘立惠　怎么还没做好饭呀？

潘玉亭　你接着睡，等做好了饭让你妈去喂你。

潘立惠　（不高兴地）怎么啦怎么啦，那么多人就看见我没干活啦？

潘立英　你就少说几句吧，不知道今天是妈的生日？（拉立惠下）

〔潘展展带着一阵春风兴冲冲地喊着奶奶上。她提着一盒“采力”和一个花篮。

房选举　哎哟，瞧瞧，咱们家的“海尔”回来了。

潘展展　（唱着生日歌把礼物一样样摆到奶奶面前）奶奶，祝您老人家生日快乐。

房选举　（又高兴又心疼地）展展，你花这么多钱买个花篮干啥？

潘展展　好看呗。

房选举　你爷爷养了这么多花还不够我看的？净乱花钱。

潘展展　爷爷种的花不好看。

潘玉亭　瞎说，我种的花虽说粗拉点，可不用花钱。

潘立惠　人家展展一月挣一两千，花这点钱算啥？

潘展展　（又把几支鲜花插在奶奶头上）来，奶奶，给您插上。

房选举　（笑着）这孩子，净出奶奶的洋相，不要不要。

〔众笑。

潘展展　你别动，今天是奶奶七十大寿，今天不漂亮漂亮，什么时候漂亮？

房选举　知道的是我过生日，不知道的还以为我是个大彪子呢。

潘玉亭　孙女让你戴你就戴上嘛，我觉着挺好看。展展，你奶奶可是有光荣历史的老劳动模范，想当年曾经跟毛主席握过手，给朱总司令斟过酒呀。

潘展展　我知道，我还看见过照片呢。

房选举　那都是过去的事啦，还说那些干啥？（话虽这么说，但她脸上还是露出一种荣誉感）

潘玉亭　这是咱家的光荣家史，得让孩子们知道。

潘展展 （从橱里找出一个红绸包）奶奶，今天您过生日，快把你的奖章戴上。

房选举 不戴不戴，这孩子，快把奖章放回去。

潘玉亭 展展，这可是你奶奶的宝贝，别乱动，快收起来。

潘展展 爷爷，你不是也在一个什么技术比赛的时候得过奖吗？

潘玉亭 想当年全国八大自行车厂技术比武的时候，我得的是第二名。

潘展展 才第二名。

潘玉亭 这第二名到现在我都不服，那是评委有偏向，咱那活儿往那一放，绝对是第一名的活儿。

潘立英 展展，好好听着，你爷爷过五关斩六将的光荣历史。

潘展展 爷爷，我还听爸爸说，想当年你还在海洋研究所加入过工宣队呢。

潘玉亭 那……那是造反派让我去的，不该我事。

潘立英 展展，你哪壶不开专提哪壶。

房选举 你爷爷就不爱说那事。

潘立惠 姐，瞧人家展展，挣得多出手就大方。

潘立英 听你当二姑说的啥话，这是展展对奶奶的一片孝心。

〔众笑。

〔聪聪噘着嘴悻悻地上，进门后谁也没理径直去了里屋。注意，聪聪是听力有障碍的聋儿，台上演员在给她说话的时候注意音量和手势。

潘立英 （赶上去）聪聪，怎么啦？

〔聪聪看着妈妈，“哇”的一声哭了起来。

潘立英 （有些急）怎么回事？你说话呀？

潘展展 聪聪，是不是有人欺负你啦，跟姐姐说？

房选举　你们都一边去，聪聪给姥姥说，怎么回事？

聪　聪　今天考体育，跑800米，主考老师叫我的名字，我没听见，这个项目我没参加，成绩算零分。

潘立英　你没跟老师说，你耳朵不好，要求重跑一次？

聪　聪　这个主考老师是从旁的学校调来的，他根本不听我的。

潘立英　不行，你马上领我去学校，我去找你老师。（对聪聪）你也是，明明自己耳朵不好嘛，还不睁大眼睛盯着，你准又开小差了。

房选举　不准埋怨聪聪，孩子心里够难受的了，这回考不好还有下次嘛。

潘立英　妈，你不懂，这是升学考试，她体育考不好，会直接影响升中专的成绩。（说着解下围裙欲走）

〔聪聪执意不动。

潘立英　（火）快领我走呀！

房选举　（心疼地）你就不能好好跟孩子说话？聪聪，快领你妈去找找老师想想办法。

聪　聪　不用她去。

潘立英　你看这孩子犟的，不去你的体育分怎么办？

聪　聪　老师说，如果我说的情况属实，明天才能考虑补考的问题。

潘展展　大姑，既然聪聪这么说，现在就是去也没用，奶奶还要过生日，对吧？

〔苏金花上。

潘展展　妈，你可来了，我爸呢？

苏金花　我还找他呢。让他搅和得咱家快翻天了，好几个织布车间的女工跑到咱家哭着号着要活干，快把我燥死了。

潘展展　我爸一个工会主席，找他有啥用？

苏金花　就说嘛，我说，有本事去找厂长啊，你猜她们怎么说？工会是职工之家，有了困难不找家里找谁？撵也撵不走。最后我说，你们不走我走，这才脱了身。她们还要活干，我还找人要活干呢。五万纱锭，说停，全停了，一千多工人眼睁睁地就没活干了。

潘立英　（使眼色）大嫂。

苏金花　立英，你行啊，在家住着，沾着老人的光，下了岗也不用担心。可我呢？

潘立英　大嫂，你少说句行不行？

苏金花　不让说就不说，我也是让事儿急得。

房选举　（关心地）立英，你真的……

潘立英　妈，没啥，又不是我一个人。

房选举　你为啥骗我？早上为啥还去上班？

潘立英　我不是寻思今天您老人家过生日吗。妈，你放心，厂长说，这次下岗是暂时的。咱厂的老设备织出来的布市场上没人要，贷款换设备吧，咱是亏损企业银行又不贷，这次下决心要和日本人合资，引进他们最先进的设备，等新设备安装好了再开工，开了工姐妹们还回去。

苏金花　话是这么说，听说这种日本新设备用人很少，谁能回去还不一定呢。

房选举　（半是自语地）七十年的老厂，我打十岁就在这个厂当童工，整整六十年了，怎么说停就停了呢？

潘立英　妈，本来我和大哥商量好，今天谁也不准提下岗的事，让您老人家好好过个七十岁生日，没想到……说开了也好，妈，您尽管放心，有政府、有工厂，饿不死咱，再说，咱不长着两只手吗。

潘立惠 就是，我这辈子树立了一个牢固的观念，生是单位的人，死是单位的鬼，一切靠单位呗。

潘立英 今天不想那些事，高高兴兴给老母亲过七十大寿，咱不等大哥了，上菜。

〔传来一阵自行车铃声。

潘玉亭 听，你大哥回来了。

潘展展 我爸爸在哪儿呢？

〔少顷，潘立业果不然骑那辆大国防自行车回来了。

潘展展 爷爷耳朵还真好使。爸。

潘立业 回来晚了，爸，妈，生日快乐，您老人家健康长寿。给，我给您老人家买了一身花衣裳，快穿上。

潘立英 大哥眼力真不赖，这花衣裳妈要穿上能年轻二十岁，对吧立惠。

潘立惠 我先穿上试试。

潘立英 （使眼色）你一边待着去。妈，快穿上看看。

房选举 我不穿，妈今天没心思穿。

潘立业 妈是生我的气啦？今天厂里生产任务太忙，事多，实在脱不开身，待会我自动罚酒。立英，你这么早就下班了？请的假？

房选举 立业，你就别骗我了，我问你，怎么好端端的大纺织厂说停就停了呢？

潘立业 妈，您这是说的是些啥呀？（看看立英）

潘立英 哥，刚才是嫂子她……

潘立业 （气）就你嘴快，我在家是怎么嘱咐你的？成事不足败事有余的东西！

苏金花 你冲我撒什么气？有本事别让工厂垮呀，有本事别让自己的老婆刚四十五就退养呀。

潘立业 你还发牢骚，厂里对你们这个年龄段的工人政策够好的了，立英就比你小两岁，照样发下岗工资。

苏金花 立英人家有人疼呀，我呢，姥娘不亲舅舅不爱的，算个啥？

房选举 金花，你别和立英攀，她一个人带着个聋孩子不易。

潘立业 别听她在这胡搅蛮缠，不愿在这儿就滚回去！

苏金花 妈，你可亲耳听见啦，你儿他骂我，你可要为我做主呀。（哭）

潘玉亭 （火）别号啦！滚，都给我滚！

〔苏金花的哭声戛然而止，立武唱着小曲托一个生日蛋糕上。

潘立武 生日蛋糕来了。（发现气氛不对）咦？这是怎么啦，不是给妈过生日吗？

房选举 立业，老工人都知道，解放后咱厂一年给国家挣一个纺织厂，这怎么说垮就垮了呢？七十年前日本人开了这个厂，谁想到七十年后又是日本人来投资，这是怎么回事呀？

潘玉亭 这和七十年前不是一码事，这回是改革开放，这回是……我也说不好，还是让你大儿给你说吧。

潘立业 （走到妈妈身边）妈，今天停产是为了明天更好地发展……

〔灯暗。

〔傍晚。

〔潘立英卧室。

〔潘立业拉着聪聪的手深情地端详着。

聪　聪 大舅，你老看着我干什么？

潘立业 （收回眼神）没啥，大舅这样说话你听得见吗？

聪　聪 （摇摇头）我可以看你的口型。

潘立业　助听器怎么没戴？

聪　聪　坏了，妈妈托人修去了，妈妈说修一次要一百多块呢。

潘立业　立英，你怎么不想办法给孩子买个进口的？

潘立英　买个进口的得五六千块呢，要买也得慢慢把钱攒齐了呀。

潘立业　不够我给你凑上点，孩子本来听力不好，没个好助听器还行？（拿起一张画）聪聪，这是你画的？

聪　聪　（点点头）

潘立业　画得真好，这孩子有天赋，得下点功夫好好培养培养。（从包里拿出一盒颜料、笔）给，好好画。

聪　聪　（高兴地）谢谢大舅。

潘立英　赶快复习功课，快考试了。大哥，下岗这事别说妈想不通，我也想不通，一个好端端的大棉纺厂，说不行就不行了，问题究竟出在哪儿呢？

潘立业　从哪儿说起呢，反正我觉着国有企业得的不是一种病，这是几十年计划经济积累下来的并发症，随着改革开放的深化，集中暴露出来了。

潘立英　唉，这辈子啥事也让我摊上了。

潘立业　立英，按厂里这次出台的下岗职工安置办法，像你这种情况可以照顾，优先安排到四厂去干活。

潘立英　不用，先安排别人吧，一千多人下岗，安置任务这么重，够你这工会主席呛的，先把我安置了让人家说闲话。

潘立业　说啥闲话？咱又不是不符合政策。

潘立英　话是这么说，可毕竟我是你妹妹呀。你不用为我担心，有那十年下乡的经历我磕达惯了，挺得住。（突然鼻子一酸）整天上班上惯了，乍一闲下来心里头真不是个滋味。今天早上四点半爬起来拿上饭盒去上班，走到厂门口，静悄悄的没个人影，我差点哭出声来。为了让咱妈高高兴兴地过生日，我也不敢回来，就这么毫无目的地在大街上逛呀逛呀，心里想，我就这么成了一个没用的人啦。

〔聪聪从立英上衣口袋里掏出一个小红本本，那是一本义务献血证。

聪　聪　妈妈，你参加义务献血了？

潘立业　（接过，看）立英，这是怎么回事？

潘立英　大哥，不瞒你说，今天上午我逛到一家大百货商店，门前停着一辆义务献血车，我二话没说挽起袖子献了200CC，献完血往回走的时候，我的心情轻松多了。

潘立业　为啥？

潘立英　我还是一个对社会有用的人。

聪　聪　（看着妈妈，乖甜地）妈妈。

〔魏来喜怯怯地走到门前。

魏来喜　立英，立英在家吗？

〔房选举拿马扎子从门外赶过来。

房选举　谁呀？

魏来喜　娘，是我，来喜。

房选举　是来喜呀，你怎么来了？立英，快，来喜来了。

潘立英　（从里屋走出，有些诧异地）你怎么来了？

魏来喜　俺来看看你和孩子。

潘立业　来喜，这一阵子在哪儿干活？

魏来喜　在市政公司修马路。

〔聪聪走出来。

房选举　聪聪，快叫爸爸呀。

〔聪聪用眼神询问潘立英。

潘立英 聪聪，不认识你爸爸啦？

聪　聪 （有些陌生地）爸爸。

魏来喜 哎。（激动地掏出一个手帕包）聪聪，俺知道今年你要考学，给你攒了一点钱，你好留着交学费。

潘立英 来喜，你在城里挣几个钱也不容易，还是捎回家吧，聪聪这里你不用担心。

魏来喜 立英，你千万别嫌乎，俺知道这些年你一个人带着孩子不容易，娘也跟着操了不少心，你就收下俺这点心意吧。

聪　聪 爸爸，妈妈为了不让我成为一个聋哑人，可吃了不少苦呢。

〔潘立英多少苦水化作眼泪掩面哭泣起来。

魏来喜 唉，都怪我，当初，不抱着孩子在公社卫生院打那针链霉素也不会……

潘立业 来喜，世上没有卖后悔药的，事情已经发生了，后悔有什么用？

房选举 你娘身体还壮实吧？

魏来喜 壮实，就是常念叨孩子。

房选举 你媳妇好吧？

魏来喜 走啦，走了好几年啦。

房选举 为啥？

魏来喜 她说俺对她没感情，她说俺心里还一直……

潘立英 来喜，你吃饭没有？我给你做饭去。

潘立业 来喜，你在这里玩，我还有事先走了。妈，我走了，过两天我再来家看您。（下）

魏来喜 （递上一包礼物）娘，我记得今天是您老人家的生日，俺也不会买，多少是俺的一点心意。

房选举 （很受感动）来喜，你不该多花钱，至今还能记住我的生

日，我就很高兴。（老太太感动得热泪盈眶）

〔潘玉亭领着西服革履的杨宗华上。

潘玉亭 老伴，你快来看，快看这是谁来了。

杨宗华 大娘，还能认识我吗？

房选举 （端详，没想到）小日本。是哪阵风把你刮来了？（打量）稀客稀客，白了，胖了，真和那日本大老板似的，走在街上我还真不敢认了呢。

潘玉亭 别站着，快坐下快坐下。立英，冲茶。

杨宗华 （激动地）立英。

潘立英 宗华……

潘玉亭 宗华，走了有二十年了吧？

杨宗华 整整十八年。

潘玉亭 真是不搁混呀，听说你在日本继承了你父亲的遗产，成了大老板了。

杨宗华 （笑笑）……

潘玉亭 混阔了还没忘记我们，行。

杨宗华 大爷，到了什么时候我也不敢忘了您和大娘呀。小时候不是您二老照顾，我杨宗华早就没命了。（热泪盈眶）

潘玉亭 说那干啥，说那干啥，一切都过去了。那年月兴阶级斗争，你父母又都在日本，还不擎等着受连累呀。

杨宗华 立英，你什么时候从农村回来的？

潘立英 回来十四五年了。（对聪聪）快叫杨叔叔。

聪　聪 杨叔叔。

杨宗华 立英，女儿都这么大了？（指魏来喜）这位是……

〔房选举、潘玉亭、潘立英面面相觑，有些尴尬。

聪　聪 这是我爸爸。

杨宗华　哦，立英怎么也不介绍介绍，（对魏来喜）怎么称呼？

魏来喜　（十分尴尬，憋了半天）俺和立英早离婚了，俺……

杨宗华　（也有些尴尬）对不起，对不起。

〔聪聪拉魏来喜进了里屋。

潘立英　没啥，他，我也是好多年没见了。

杨宗华　（赶紧换个话题）立英，你现在在哪儿工作？

潘立英　在俺妈那厂。

杨宗华　我这次就是为和这个纺织厂合资回来的。

房选举　（复杂地）啊？！闹了半天，来投资的日本老板就是你呀……

〔灯暗。

第二幕

〔中秋节的傍晚。

季节虽已立秋，但随着全球天气变暖，人们并没感到秋天的凉意，因此本场人物在着装上看不到很大的变化，只是老人一早一晚又多罩上一件衣服。今天的月亮是一年中最圆的一次，而且比往日升起得早，太阳还没落山，它就匆匆地出场了。今天又是潘家聚会的日子。

〔幕启时，房选举正在厨房炼猪油，满屋弥漫着炼猪油的气味，房选举一阵恶心。

〔潘立业骑自行车上。

潘立业 妈，你怎么炼这么多猪大油？

房选举 还不是你大妹妹的成绩。你捎些回去吃吧。

潘立业 俺可不吃这种油，胆固醇高，吃多了对身体不好，妈，你也少吃。

房选举 烧包，小时候我拿油脂渣给你包大包子吃，你吃得直说香。

潘立业 老皇历了，那是啥年月。妈，这是我给你和爸买的高级八珍月饼，一种一个味，你尝尝。（说完欲走）

房选举 老大，刚回来你又上哪？

潘立业　厂长说找我有要紧事，让我马上去一趟。

房选举　整天就你忙，你就不能陪妈坐一会儿？今天是中秋节呀。自打上回我过生日以后，你一共回来几趟？我可都给你数着哪。

潘立业　妈，这些日子我确实是忙呀，你想想，全厂一千多工人下岗，分流安置任务多重？遇上通情达理的还好说，遇上那些想不通的，哭着号着找你要活干，怎么劝也听不进去，我是真草鸡了。唉，如果都像大妹妹那样，我们这些当头头儿的工作就好干了。

房选举　你妹妹不是符合厂里优先安置的政策吗，你怎么还不安排？

潘立业　我和她商量好几回，她不让嘛。

房选举　为啥？

潘立业　怕人家说闲话，说是为我着想。

房选举　你再劝劝她。

潘立业　没用。她这人的脾气你还不知道？

房选举　随我。这两个多月立英虽然嘴上没说，可我看得出她心里够苦的，回去说说你媳妇，守着立英别净胡说八道。

潘立业　为这事我不知道和她吵过多少回，她这人你还不知道？告诉立英，她嫂子的话别往心里搁。

房选举　立业，你可瘦多了，别一天到晚光知道傻跑，注意自己的身子，也是快五十的人啦。

潘立业　我没事。

房选举　老大，你说咱纺了几十年的老牌产品真的就没人买了？

潘立业　抽空你去咱厂的成品库看看，积压的产品都快堆成小山了，如果咱再坚持老设备生产那些粗纺产品，路子越走越窄，只有死路一条，只有结构调整引资嫁接改造，才是咱厂的真正出路。

房选举 非得使日本钱合资？你们就不怕人家日本人笑话？

潘立业 （笑）妈，你怎么就是解（读 xiè）不开这个理呢？邓小平理论的核心就是解放思想，实事求是。只要有利于企业的发展，不管谁的钱咱都可以要。

房选举 那就没个立场了？

潘立业 （笑）妈。

房选举 也许我刚才的话过时了。立业，还有几句话我憋在心里好些天了，说出来也不知道你们这些在厂里当领导的爱不爱听。

潘立业 爱听，您有话尽管说。

房选举 厂里搞不好，这原因，那原因，你们这些当领导的就没从自己身上找找原因？党把工厂交给你们，工人都听你们招呼，如今工厂搞成这样，你们就没点责任？

潘立业 有。妈，您刚才的话我一定捎到党委会上去。厂长着急找我去，肯定有重要的事商量，再不赶紧去，他该着急了，妈，我先走了。

房选举 你不骑车了？

潘立业 路不远，不骑了。

房选举 （看着潘立业的背影）这孩子。

〔潘立英推一小车上。

潘立英 妈。

房选举 这么早就收摊了？

潘立英 今天不是八月十五嘛，哟，月亮这么早就出来了，真大、真圆。妈，我给你买了两斤枣泥月饼，这是您最爱吃的。

房选举 你哥已经买了。

潘立英 他是他，我是我嘛。妈，那些肥肉还没炼完？

房选举 可不。（看下车上的肥肉）今天又剩下一大堆。你看你这肉卖得，一分钱没赚着，剩回一大堆肥肉。

潘立英 （笑着）这成绩也不小嘛。

房选举 你就不能肥瘦搭配着卖？

潘立英 嗨，在宿舍区里卖，净熟人，谁都想要点瘦的吃，我哪下得了手呀。

房选举 你呀，天生就不是做买卖的料。前一阵卖儿童玩具吧，你就看不得小孩哭，人家小孩一哭，你的心就软了，给不给钱，你愣往人家手里塞，就你这样下去，到了连你自己也得赔进去。

潘立英 （大笑）就我这样的赔给人家都没人要。

房选举 （侍弄车上的肉，又恶心）立英，这些肥肉我可不给你炼了，一闻这味我就恶心。

潘立英 妈，我发现这些日子你吃饭也不香。

房选举 这些天总觉着胃口有些胀。

潘立英 明天我陪你去医院看看吧？

房选举 看啥？看了病还不知道厂里哪辈子给报销，明天我去中药铺买副“四消引”喝了就好了，这还是你姥娘留给我的一个小偏方，专治消化不良，可灵呢。

〔苏金花上。

苏金花 大妹妹，收摊比我还早呀，今天赚了多少？

潘立英 （指车上的肥肉）看，都在车上呢。

苏金花 不说我还忘了呢，前天我还从你那里割了三斤肉没给钱呢。

潘立英 都是一家人，还给什么钱，吃了算了。

苏金花 那可不行，俗话说，亲兄弟，明算账嘛。

房选举 就是，一码归一码，买是买，送是送，立英，你嫂子要给，你就别客气了。

苏金花 瞧瞧，还是妈向着你。（掏了半天）哟，钱忘带了，明天吧。

房选举　唉，你妹妹要有你这两下子就好了。

苏金花　立英，我不是说你，做买卖心不能太软，俗话说买卖人薄情人嘛。心要硬，脸皮得厚，嘴还得会说，得有能把死人说活了的本事。就说今天早晨吧，我进了一车摘蔓子西瓜，我愣吆喝这是新品种，不出一上午全卖光了。

潘立英　你那套我可学不会。

苏金花　学不会能赚来钱吗？等有时间我好好教教你。（发现桌上的月饼）这么多月饼，忙了一天到现在还没顾上给孩子她姥姥送月饼呢，干脆，我先从这儿拿一盒，反正妈也吃不了。（说着提一盒月饼走了）我一会儿回来过节。

潘立英　（气）她也真好意思的！妈，你当初怎么给大哥介绍这么一个对象？

房选举　这人年轻的时候挺好的。当年你大哥在外地当兵，我寻思她是我们一个车间的，摸得清底细，可谁想到……唉！

〔聪聪高高兴兴地背一画板上。

聪　聪　妈妈，告诉你一个好消息，我的画老师要送到省里去参加比赛。

潘立英　就是上次你大舅看的那张？

聪　聪　嗯。

潘立英　（把聪聪抱在怀里）好孩子，妈妈的苦没白吃，好好画，争取拿到北京去参加比赛。这几天考试了没有？

聪　聪　英语搞了一次单元测验。

潘立英　考了多少分？

聪　聪　（拿出一张试卷）62分。

潘立英　（脸色马上沉了下来）怎么才考了这么点分？我是怎么给你

规定的？

聪　聪　每门功课必须要在 80 分以上，可是我……

潘立英　（火）你为什么才考 60 来分？我一天到晚辛辛苦苦在外面做点小买卖容易吗？你考这么点分对得起谁？

聪　聪　妈妈，我考这个成绩老师还在班里表扬我呢。

潘立英　老师表扬管什么用？你还有脸说，我的脸都让你丢尽了。

聪　聪　（委屈地哭了）妈妈，老师讲的我听不见。

潘立英　你的助听器呢？

聪　聪　又坏了。

潘立英　整天坏，整天坏，我哪有那么多钱伺候你，修一次就要一百多块，你就不能仔细点用？

聪　聪　这种助听器根本不过关，再仔细也白搭，我说了好几次，给我买个进口的，可你总是不答应。妈妈，求求啦，给我买一个吧，有了好的助听器，我一定好好为你争气。

潘立英　你知道买个进口货要多少钱？最一般的也要五六千块呀，你当你妈是大款？就你这样的，买上进口货也戴瞎了！

聪　聪　（更加委屈，哭得更伤心了）妈妈，你今天是怎么啦？

房选举　（忍无可忍，走过去把聪聪揽到怀里）立英，你疯啦？

潘立英　妈，你别管，这孩子不好好教育教育不行啦。（对聪聪）你过来！

房选举　（厉声地）立英！我看是应当好好教育教育你啦！（停顿，半晌）妈知道这些日子你心里苦，有苦找妈说，有气朝妈撒，你冲孩子撒什么气？买卖做不成，着急有啥用？脚下的路有的是，也用不着一棵树上吊死，你不是也说过，咱长着一双手还能饿死？甭听你嫂子胡说八道，这个家妈还做得了主，有我和你爸吃的，就缺不了你们娘俩的。

潘立英　（憋了多少天的泪水像开了闸似的宣泄出来）妈，你别说了，我谁也不怨，怨我自己命苦。也不知怎么啦，为什么这辈子啥事都让我摊上了嘛？小时候摊上了三年自然灾害，稍大点又赶上了“文化大革命”，再后来我响应号召上山下了乡，好不容易回城当了工人，心想这回该安安稳稳过日子了吧，可谁想到熬到这么个上不着天、下不着地的年纪又让我下了岗，这究竟是怎么回事呀？

房选举　唉，我也说不明白。或许就是你哥说的，这一切都是暂时的……

潘立英　（拭泪）妈，您别怪我，我不该……聪聪，是妈不好，放心吧，妈一定想办法给你买个进口助听器，就是砸锅卖铁也要给你买。

聪　聪　谢谢妈妈。

〔潘展展喊着奶奶上，潘立武追上。

潘展展　奶奶，我要揭发小叔一个秘密。

潘立武　展展你敢说，你要说了看我不揍扁了你！

潘展展　你敢！奶奶小叔他……

〔两人嬉戏。

潘展展　奶奶快来救我呀。

房选举　立武，你还有没有个叔叔样？弄得孩子乱叫，展展过来，说，你小叔又犯什么错误啦？

潘展展　他没犯错误，是他又找了一个女朋友。

房选举　在哪儿呢？

潘展展　他没敢往家领，那个女的把小叔送到咱家门口就和他拜拜了。

房选举　（对立武）今天是中秋节，你怎么也不领那姑娘来家认识认识。

潘立武　我可不敢随便往家领，只要一见面那就是儿媳妇，成了还好，要成不了，这又是一条罪状。

房选举　看你把我说的。立武，说真格的，你的婚姻大事也该抓紧点了，你也老大不小了，我和你爸还等着抱孙子呢。

潘立武　放心吧，本世纪完成任务不会有什么问题。（上吊铺）

潘展展　小叔，你今晚带不带我去？

聪　聪　姐姐，你和小舅要上哪儿？

潘立武　（佯怒）滚滚滚，不理你，纯粹是小叛徒，今晚我就带小聪聪去。

〔三人上吊铺。

潘立武　（对展展）你给我唱个歌，我就带你去。

潘展展　说话算话，我有个条件，你得给我伴奏。

潘立武　没问题，说唱哪块儿吧。

〔在潘立武的吉他伴奏下，潘展展唱了一支流行歌曲。

潘立英　（羡慕地）听，他们活得多开心。

房选举　可不，一个人吃饱了，全家不饿，他们有啥心事？

〔潘玉亭戴一治安红袖箍气咻咻地上。

潘立英　爸，回来了，哟，你这衣服上的扣子怎么少了两个？

潘玉亭　嘁，别提啦，有个小伙子不挨号想上车，我拦他，他还不讲理，问我是哪一级干部。我说，老子是退休工人。你猜那小子怎么说——闹了半天是个工人阶级，一辈子没管过人吧？是不是到车站来过过管人的瘾呀？我说，你小子说对了，今天老子就是要管管你。那小子还想和我动手，让我们维持秩序的仨老头把他摁到地上，交给巡警带走了。

潘立英　爸，你也是七十多岁的人了，以后别再去车站维持秩序了，现在的社会风气又不好，万一出点事……

潘玉亭 没事，就冲那小子说的话，我这个退了休的工人阶级就要到车站过过管人的瘾。（听见吊铺上的歌声）又是立武这小子在吊铺上号，立武，立武……

房选举 你瞎吆喝什么，今天过节，让孩子们高兴高兴。

潘展展 （探出头来）爷爷，我们唱得好不好听？

潘玉亭 你们那歌我欣赏不了。

潘展展 你愿听什么歌？我唱给你听。

潘玉亭 我愿听的你们恐怕不会唱。

潘展展 那你就唱给我们听吗。

潘玉亭 我呀，这辈子唱得最拿手的歌就是《咱们工人有力量》。

潘展展 这是哪个歌星唱的？

潘立武 老掉牙的歌，再说，现在工人还有什么力量？

潘玉亭 （火）混账话！亏你自己还是个工人。冲你这话，我今天还非要唱唱这歌。（老头带着心中的不快，唱起了《咱们工人有力量》）咱们工人有力量……

房选举 有年头没听过这歌了，在厂里干活那工夫，一听这歌干起活来一点儿不累，身上特别来劲。

潘展展 爷爷，咱们家从你和奶奶到我这一辈，一家三代全是工人，咱老辈上就没出个地主资本家什么的？

潘玉亭 你这话是啥意思？

潘展展 现在不是地主资本家出身吃香了吗？

潘玉亭 （有些激动地）展展，当初工人吃香的时候，咱家是工人出身，观如今咱家还是工人出身，咱老潘家这辈子是站不更名，坐不改姓。记住了吗？

潘展展 记住了。

潘玉亭 想当年……

潘立武 展展，快，你爷爷又要叫板了。

潘展展 什么是叫板？

潘立武 你没听你爷爷又在说，想当年。

潘玉亭 你小子，狗嘴里吐不出象牙来，展展，别跟他学，你小叔光知道领你们玩，跟他学不出好来。

潘立武 妈，你看我爸，总戴有色眼镜看人。

潘玉亭 我戴有色眼镜看人？有能耐领着展展多学点文化，学点技术，那也算有个叔叔样儿。

潘展展 爷爷，这回你可冤枉我小叔了，前几天，小叔已经和我报考夜大了。

潘立武 展展，甭给他说，反正我在你爷爷眼里没个好。

潘玉亭 这回算你小子办了件正经事。

潘立英 展展，大姑真羡慕你，你们海尔企业效益那么好，也没下岗这一说。

潘展展 大姑，你才不知道崃，我们那儿月月有人下岗。这个月你干得好就是优秀员工，干得一般就是合格，干不好就试用，再不好就下岗呗。

潘玉亭 咱老潘家的工人得争取永远优秀！

潘展展 放心吧，我一定干出个样来给您看。（对奶奶）奶奶，我和小叔还有聪聪不在家吃饭了。

房选举 你们这是上哪儿？

潘展展 小叔约了几个朋友到海边赏月，他答应带我们一起去。

房选举 那可不行，八月十五是团圆节嘛，你们几个不在家怎么行？

潘立武 我们都约好了，你们在家团圆就行了。

房选举 你就带头出这样的馊主意。

潘立英 妈，让他们去吧，年轻人的想法和咱们不一样。

潘展展 还是大姑好。走。

〔三个青年人像出笼的小鸟飞似的走了。

潘玉亭 （看见立业的自行车）老大哪儿去了？

房选举 说厂长找他有急事，一会儿就回来。

潘玉亭 看这车子骑的，再不擦就擦不出来了。（推车进屋准备擦自行车）

〔潘立英进了厨房。

房选举 你就是勤快，这破车子还擦它干啥？

潘玉亭 破车子？这大国防想当年就是农民手里的小毛驴，可出了大力了。

房选举 那是想当年，现如今人家农民都买上了摩托车、拖拉机了，谁还稀罕你这小毛驴？

潘玉亭 老大这几年东跑西颠的还不多亏了我这大国防吗。

〔潘立业上。

潘立业 爸，这话可不假，这些日子亏了这辆自行车。我来我来，怎么好意思劳驾您给我擦车子呢。

潘玉亭 别动别动，你擦不干净，这里面有窍门。想当年我骑这辆车子的时候……

房选举 你就别说你那想当年了，立业，厂长找你有啥急事？

潘立业 厂长说咱厂的合资工程遇上难处了。

房选举 啥难处？

潘立业 归咱厂负责的基础工程，因为资金不足，马上就要停工。

潘立英 我说这几天厂里没动静了呢。

房选举 啥叫基础工程？

潘立业 多啦，新旧设备的拆卸安装、合资车间的维修改造、电器设备的重新铺设，这些全归咱。尤其咱厂的电缆设备，有些还是鬼子时候留下的，相当危险。

潘立英 还差多少钱？

潘立业 一千二百万。

潘立英 这么多，那可怎么办？

〔电话铃响。

潘立业 （接电话）喂，是你呀，追到家里来了。……着急？可以理解。告诉你个好消息吧，根据咱厂的实际情况，银行特批了我们的集资申请，对，具体情况见面说，再见。

潘立英 啥时候开始集资？

潘立业 明天就开始动员。

房选举 这次集资对咱厂很重要吗？

潘立英 这次集资对合资企业很重要吗？

潘立业 事关重大，按照合同如果咱们负责的基础工程部分不能按期完成，日方的新设备就无法按时安装，这样产生的后果……

房选举 立业，这么的吧，（掏出一个存折）这儿有个存折，（又从一个小柜子里拿出用红布包着的一枚金灿灿的奖章）把这个拿去让人家看看，当时说是金的。就算我和立英俩人的。

潘立英 妈，这是干什么？

潘立业 妈，这是您一辈子的荣誉，这怎么能卖呢？

潘玉亭 就是，这是当年给毛主席握过手的见证，你疯啦？

房选举 这些我知道，可荣誉是厂里给的，如今厂里有了困难，咱还要这荣誉有啥用？

潘立英 妈，你快收起来吧，这是咱潘家的传家宝，坚决不能卖，再说，人家又没让退休工人参加集资。哥，我把我那五千块钱拿出来参加集资行吗？

房选举 立英，你那五千块钱是准备给孩子买助听器的呀！

潘立英 厂里的事大，有那个旧的先拿去修修，等过些日子……

潘立业 不行不行，说什么你那五千块钱也不能动。

房选举 就是，为了买个好助听器，孩子不知道哭了多少回，立英……

潘立英 妈，大哥，啥也别说了，我已经决定了。

〔潘立惠哭咧咧地上。手里还提着一兜酱猪蹄。

潘立惠 （哭）妈……

房选举 立惠，你怎么啦？

潘立惠 他们让我下岗啦……

房选举 怎么？你也下岗啦？

潘立惠 我们厂本来归研究所管，全额拨款吃着个大锅饭挺好的，最近研究所领导让我们工厂自收自支，实行企业管理，厂长说咱也来个减员增效，这不，就把我减下来了。

潘玉亭 该，整天懒得要死，我当厂长也要减你。

潘立业 你们厂长没说减下来怎么安置？

潘立惠 他让我填了个再就业志愿表，说我有什么要求和想法都可以填上。

潘立业 你填了没有？

潘立惠 填了。

潘立业 你是怎么填的？

潘立惠 反正离家远了不去，上三班不去，活太累了不去，活太脏了不去，每月工资少了一千元不去，还有……

潘立业 立惠呀立惠，你都填了些啥，有这些条件，连我这工会主席都不干了，我也去。

潘立惠　不是说要实事求是吗？

潘立业　你这是实事求是？姑奶奶。纯粹是大锅饭把你养懒了。

潘立惠　反正不能饿死我，厂长不给我安置好，我就上他家吃饭去。

潘立业　你这叫本事？这种话亏你也说得出口！

潘玉亭　老三，我可告诉你，你敢上厂长家要赖，看我不把你的腿打断了！咱老潘家的工人不办这种丢人的事！

潘立惠　（哭）那我怎么办？

潘立业　擦干眼泪，面对现实，世上没什么救世主，靠你自己去解放自己。

潘立惠　又不是我要下岗，是厂长让我下岗，我干吗要自己解放自己？

潘立业　现在说这些都没用，立惠，听我说……

潘立惠　我不听！（说着从兜了掏出一个酱猪蹄啃起来）妈，饿死我了，怎么还不开饭？

〔灯暗。

〔第二天晚上。

〔潘立英房间。

杨宗华　（看看窗外）十五的月亮十六圆，昨天还是在日本过中秋节，今天却又回到魂牵梦萦的故乡。

潘立英　你母亲的身体还好吗？

杨宗华　不太好，她一直想回来看看，我答应她，明年春天带她回来。

潘立英　我都忘了你妈是什么模样了。

杨宗华　也难怪，她走得早，我一直跟着姥姥生活。不过我妈妈却还清楚地记得你们一家，尤其对你，她说，你小时候是个很俊的小嫚儿。

潘立英 （笑）如今我都快成老太婆了。

杨宗华 我不止一次对妈妈说，我小时候多亏你们家照顾。尤其我七岁那年，如果不是你扑上去抱住我，那几个小坏孩会把我打死的，为我你还挨了一砖头，头上流了那么多血。

潘立英 这件事你还记得这么清楚，你不说我都忘了。

杨宗华 我是一辈子也不会忘的，小时候几乎所有的人都叫我小日本，只有你一直叫我的大名杨宗华。

潘立英 你本来就不是日本人嘛。

杨宗华 故乡给我留下了刻骨铭心的记忆，所以我选择了这个厂作为我的合资伙伴。

潘立英 说明你还有一颗中国心。

杨宗华 听说为这次合资你失业了？

潘立英 我们叫下岗，不过这是暂时的。

杨宗华 我想最近一段时间，你的生活一定遇到了困难，需要我的帮助吗？

潘立英 不需要，谢谢你。你看，我这不生活得挺好吗？

杨宗华 立英，我一向佩服你的精神，但是我了解你现在的处境，我知道你身边还有一个残疾女儿，你明明需要帮助，为什么要拒绝我呢？

潘立英 宗华，你要怜悯我吗？

杨宗华 不，我是报答你，我是感谢你。

潘立英 谢谢，我不想欠别人的。宗华，我们不能说点别的吗？

〔外屋。

〔潘玉亭和房选举走进来。

潘玉亭 立英和小日本还没谈完？

房选举　从小一块儿长大，两人感情一直不错，那年要不是小日本他姥姥没人照顾，他就跟立英一块儿下乡了。

潘玉亭　这辈子谁跟谁是一就的，命呀。我说，你这病要不要让孩子托托人，再找个好大夫给你查查？

房选举　还查啥？你不是刚说了吗，命！真是那种病，再查有啥用？反正治不好。不是那种病，查不查的没关系。

潘玉亭　不行，这事我不能依着你，我得和立英商量商量。

房选举　你是不是怕我死得慢？

潘玉亭　暂时不给孩子们说也可以，但你得答应我好好治病。

房选举　治啥？真是那种病，净花些冤枉钱，花了钱攥到手里一时还报不了销，孩子们过得都挺紧巴的，还让他们过不过了？

潘玉亭　这不行，那也不行，就这么生等着？

房选举　这是说的啥话？得的啥病我心里最有数。

潘玉亭　唉，你呀你呀！

〔聪聪哭咧咧地上。

聪　聪　妈，你把我买助听器的钱捐给工厂了？

潘立英　不是捐，是存到银行里帮助工厂贷款集资，工厂有困难，就一年，这事我正想和你……

聪　聪　（哭着说）你答应要给我买助听器的，你明明说好要给我买进口助听器的！

潘立英　你放心，妈妈答应的事一定办，但厂里的事急，过一阵儿我一定想办法给你买。

聪　聪　妈妈，我听不见老师讲课，成绩考不好，怎么给你争气呀？

潘立英　有那个旧的修修先用着好不好？聪聪乖，聪聪最听妈妈的话啦，对不对？

聪　聪　（哭着点点头）妈妈，我听话。

杨宗华　孩子，你的助听器叔叔负责给你买，而且马上买。

聪　聪　我不要。

房选举　聪聪，听姥姥的，姥姥明天想办法去给你买。

聪　聪　（又摇摇头）姥姥，小时候，他们为什么要给我打那种针呀？

房选举　不打针你的烧退不了，你就要死了。

聪　聪　这样活着还不如死了的好。

房选举　聪聪，不许胡说！

〔聪聪默默地向门外走去。

房选举　聪聪，你上哪儿？

潘立英　（撕心裂肺地喊着“聪聪”追下）聪聪……

〔灯暗。

第三幕

〔农历腊月二十九的上午。

〔中国人一年一度的传统节日就要到了，虽是寒冬腊月，仍挡不住人们迎接新年的喜悦心情。潘立英扎着头巾在打扫卫生，聪聪在里屋画画。

潘立英 聪聪，别画了，快出来帮帮妈妈，明天就是年三十，到现在咱家连卫生还没搞呢。

聪　聪 等一会儿，我画完这几笔就去。

潘立英 等一会儿，一拿画笔你就拔不动腿，一会儿你姥爷和姥姥就回来了，快出来。

聪　聪 （手里还拿着笔）让我干什么活？

潘立英 看你像个干活的样吗？把笔放下，把助听器摘下来，这么贵重的东西，干起活来万一弄坏了……

聪　聪 小日本叔叔说，用坏了他再给我买。

潘立英 以后不准再叫小日本，小日本也是你叫的？再说，你杨叔叔是中国人又不是日本人。人家有钱是人家的，我这辈子就不爱欠别人的情。

聪　聪 杨叔叔已经给我买了，怎么办？

潘立英　等厂里集资的钱还了，我再把你杨叔叔买助听器的钱退还他。

聪　聪　妈妈，爸爸说今年如果他放假，要带我回老家去看奶奶。

潘立英　嗯？这么大的事他怎么也不和我商量商量？

聪　聪　他今天就来和你说。

〔展展提一包东西上。

潘展展　快，聪聪，门外还有一包，帮我提进来。

潘立英　展展，又拿来的啥？

潘展展　年货呗。大姑，千万别和我妈说。

潘立英　那怎么行，你们家不过年了？

潘展展　我把年货分成两份，一家一份，这事要让我妈知道了，她非吃了我不可。

潘立英　展展，你别惹事，还有不透风的墙？这事万一让你妈知道了，你还不是吃不了兜着走？

潘展展　没事没事，我有办法治她。再说我就不回来过年啦？大姑，今年你们家可没人分东西。

潘立英　哟，展展这是来救济特困职工呀？

潘展展　我不来了，大姑，你说啥呢？

潘立英　（笑）展展就是懂事。（看年货）哟，你们海尔的年货分得这么好？

潘展展　今年公司效益好，年销售收入突破了100个亿，我们老总说让职工好好过个年，明年一上班憋足了劲好创世界名牌。

潘立英　唉，一样的企业，怎么老的还比不上新的呢？

潘展展　大姑，我走了。（欲走）

潘立英　说走就走？

潘展展　我们几个同事割着伙打个的一块儿送年货，同事还在外面

等着我呢。（下）

〔少顷，潘玉亭陪房选举上。

潘立英 妈，回来了，这么冷的天你出去干啥？冻死啦，快暖和暖和。

潘玉亭 你妈这人你还不知道？这几天，一天不到厂门口看看就是件心事。

潘立英 今天厂里又进新设备了？

房选举 （兴致勃勃）到现在还没进完呢。那大汽车呼呼地往里拉，你说这个小日本究竟有多少钱？

潘玉亭 （感慨地）哎呀，这人真是不敢想，当年小日本跟他姥娘过的那残样，谁敢理他？还不是你和立英好心眼常拎他到咱家玩玩。为这事“文化大革命”厂里还有人贴你的大字报，说你划不清阶级界限。

房选举 当时我就不服，孩子嘛，划清啥界限？

潘玉亭 要说这孩子心眼不错，发了财不忘本，还给咱小聪聪买了个助听器。

潘立英 爸，人家杨宗华现在是大老板，代表日方和俺厂搞合资，你们以后别再小日本小日本地叫人家。

潘玉亭 这不是在家里嘛。

房选举 从小叫惯了还真改不过口来，以后叫啥？叫杨老板？多生分？

潘玉亭 叫宗华吧。上次来咱家的时候他说他至今还没结婚？

房选举 人家不是说离了吗？

潘立英 爸，妈，我该走了。

房选举 今天还去？

潘立英 要过年了，活更多，钟点工嘛，到点就得去。

潘玉亭 你去当这个钟点工我就不赞成，什么钟点工？说白了还不就是……

潘立英 爸，你怎么这么说呢？老观念。

潘玉亭 也可能是我的脑筋旧，你问问你妈，当年为啥十岁就进纺织厂当童工？还不就是不愿在老家给地主当使唤丫头嘛。

潘立英 那是旧社会，现在是九十年代，根本是两回事。现在是……不给你说了，再不走该晚了点了。（下）

潘玉亭 立英这事你也不说她几句。

房选举 说啥？你以为我愿让她去干这种伺候人的活？可不去又让她去干啥？做买卖她又不是那块料，自打干了这钟点工我看孩子精神挺好的。立英这孩子从小磕达惯了，能吃苦。我累了，得上床歇会儿。

潘玉亭 老伴儿呀，这些日子我发现你可是又瘦了，脸色也不好。

房选举 我这人也怪，刚才坐着马扎子在厂门口看过汽车吧，一点也不觉着累，一来家浑身像散了架似的。

潘玉亭 这回我说啥也不能听你的啦，今天立业回来我就把你病的事给他挑明了，让他快想办法，光这么瞒着也不是个办法。

房选举 这不一直在治嘛。

潘玉亭 光淘换些偏方有啥用？蝎子、蜈蚣、癞蛤蟆你全吃了，病也没见轻？

房选举 你可别不信，听说治好不少人哩，偏方治大病，得有信心。

潘玉亭 没见过你这样犟的人。

房选举 唉，我也没过高的要求，再让我活个十年八年的就知足了。我试着这辈子还就这几年日子过得舒心，再说，孩子们遇到些难处，我不放心呀……

潘玉亭 你说怎么办？不去医院看病，又不让说，真出个三长两短让我怎么向孩子们交代？还不得埋怨我一辈子呀！

房选举　几个孩子这一年过得够烦心的了，再给他们添些心事，这日子还让不让他们过了？

潘玉亭　这回说下大天来我也不能再依你了，等老大回来就弄你去医院。

房选举　你得听我一句话。

潘玉亭　啥话？

房选举　让孩子们高高兴兴过个年。

潘玉亭　（无可奈何）哎。

〔潘立业提一包东西上。

潘立业　妈，给。热死我了。（脱外衣）

房选举　快穿上，别感冒，瞧你这头汗。

潘玉亭　（递上一杯茶）干啥热成这样？快喝口水。

潘立业　不是要过年了嘛，这几天忙着给特困职工去送温暖呀。今天连市里领导都来了，真热闹。妈，这是给你的。

房选举　我又不是特困职工。

潘立业　你是劳动模范呀，虽然退休了，厂领导说也忘不了你们这些老模范，本来厂长要来，我说，我老母亲的事，我就代表你们全权处理了，正好也回来看看你，歇个脚。（喝水）

房选举　你就不能慢点喝？快给他再倒上一碗。

潘立业　（坐到床前）妈，你又瘦了？

房选举　瘦了还不好，省得减肥了。

潘立业　没啥毛病吧？

房选举　妈只要见到你啥毛病也没了。

潘玉亭　立业，你妈这些日子……

房选举　妈这些日子就是想你，（对潘玉亭）去看看炉子上的壶开了没有。

潘玉亭 我说老伴，立业是老大，又是你们厂的领导，是不是应当……

房选举 是应当问问立业，咱厂的合资工程能按期完工吗？

潘立业 能，亏了全厂职工踊跃集资，保证了基础工程按时完成，现在的新车间可漂亮了，从这些天安装的进度看，工人们恐怕连春节也没法休息了。

房选举 你也不能回来过年啦？

潘立业 明天我一定回来和妈一块儿过年。

房选举 立业，等试车的时候，你可一定要让我去看看呀。

潘立业 行，到时候我来接你。

房选举 立业，再开了工，你大妹妹真能回去？

潘立业 没问题，像她这样的工人不回去挡车，让谁回去？

房选举 这我就放心了。你二妹妹啊，抽空还得劝劝她，这孩子懒，多少年在她那种单位浪荡惯了；你小弟弟还不定性，你这当大哥的常帮他拿拿主意，最让我挂心的还是小聪聪，这孩子……

潘立业 妈，你今天是怎么啦？

潘玉亭 （欲言又止）立业呀……

房选举 走吧走吧，不说啦，你不是还有事吗？

潘立业 （看表）妈，我可真要走了，今天是腊月二十九，厂党委决定一定要在年前把温暖送到特困职工家里去，今天还有两家没跑完呢，等有时间咱娘俩好好拉拉。

房选举 去吧去吧，我知道，过年工会的事最多。

〔苏金花气咻咻地上。

苏金花 （对潘立业）我到处找你找不着，你躲到家里来了。

潘立业 又怎么啦？又吃错了什么药？

苏金花　是我吃错了药还是你两面三刀地装好人？潘立业，可不是我不给你留面子，没办法，碰巧了，正好也让两个老人知道知道，你这道貌岸然的正人君子到底是个什么人。

潘玉亭　金花，有啥话你好好说。

潘立业　她有什么正事，犯神经！你们都别理她。（欲走）

苏金花　（一把拦住）想跑？今天你不守着老人把话说清楚甭想出这门！

潘立业　（火）我又哪儿对不住你了，你快说呀？

苏金花　我还没火，你倒发起脾气来了，你自己做了什么亏心事你不知道？（掏出一叠钱往桌上一甩）说，这是怎么回事？

潘立业　（丈二和尚——摸不着头脑）这是……

苏金花　你别装糊涂，说，这是你借给哪个小娘们的钱？

潘立业　这钱是不是细纱小马还的？

苏金花　你还有脸说，我整天在家里省吃俭用舍不得花，你倒大方，拿钱去讨好小娘们去。

潘立业　你闹了半天就为这事，我现在没时间给你解释，等晚上回家我再给你说。（又欲走）

苏金花　不行，你今天非得守着爸妈把这事说明白。

潘立业　我忙成这样你闹什么？上个月小马到工会去申请救济，按她们家的收入情况还不够救济的条件，可是她们家又确实遇到了临时困难，我就先借给她几百块钱，谁想到她又把钱还到你这儿来了，真是越忙越乱。

房选举　我还以为立业真的干了见不得人的事呢，他当这个工会主席也真不容易，你要支持他的工作，两口子别动不动就瞎猜疑，这样下去这日子还有法过？

苏金花　这……说了半天都是我不好？护犊子也没见这么护法的。

潘立业　我没时间在这里听你胡说八道，你也别在这里惹俩老人生气，走走走！（不由分说，拉起苏金花就走）我还有事，你有话我晚上听你回家说好不好？（二人下）

〔苏金花走了，老两口谁也没有说话，过了好长时间，俩人几乎同时重重地叹了一口气。

〔聪聪领着魏来喜上。

聪　聪　姥姥，我爸来了。

魏来喜　爹，娘。

潘玉亭　来喜，怎么没回家过年呀？

魏来喜　本来打算带聪聪一块儿回去的，可昨天领导又动员不让回了，说一来春节期间活儿多，二来上边有文件让减少火车上的压力。

潘玉亭　那就来家过吧，还热闹。

魏来喜　不了，单位领导说要和俺一块儿过，人多也挺热闹的。

房选举　来喜，你既还喊我娘，我也没拿你当外人，虽然你和立英离了婚，可还有孩子嘛。唉，当初你要不早早和那个寡妇结了婚……

魏来喜　还不是俺娘的主意。当初离婚虽说是为了立英能回城，俺寻思立英既然回来了还能和俺好……唉，事到如今啥也别说了，我就是觉得对不起孩子。

房选举　孩子你放心，挺争气的，今年和正常的孩子一样考上了中专，她画的画还在省里得了奖呢。聪聪，快拿给你爸爸看看。

〔聪聪应声去拿画。

魏来喜　俺知道，立英为这孩子成才可吃了大苦了。

〔聪聪把画递给魏来喜。

魏来喜　（爱不释手）好，画得真好，聪聪有了出息好好孝顺你妈。

娘，听说立英下岗了?

房选举 有半年了吧，这阵子给人家干钟点工，你放心，饿不着她。你还在市政修马路?

魏来喜 又上港务局干装卸工去了。

房选举 哟，你还挺能的来。

魏来喜 能啥，只要不怕脏，不怕累，在青岛有的是活干。听说纺织厂也用了不少乡下小嫚儿呢。

潘玉亭 你说如今的事怪不怪，一方面是下岗没活干，另一方面又是有活没人干。

魏来喜 城市人金贵，有些活他们干不了。你知道他们管俺们这些农民合同工叫啥?

潘玉亭 叫啥?

魏来喜 嘿嘿，工人助理呢。

潘玉亭 我听说过总经理助理、厂长助理，现在工人也混上助理了。

房选举 要我说还没饿着。

〔潘立武提一包松花蛋上。

潘立武 （把包往桌上一扔）妈的，小破厂越弄越拉倒，过年了就分了二十个松花蛋，简直是气人!（又从身上掏出几双袜子）给，爸、妈、聪聪，来喜哥，你也来一双。

潘玉亭 这也是厂里发的?

潘立武 和发的差不多。

潘玉亭 要不就是在厂里买的便宜货。

潘立武 给你说实话吧，我就没花钱。

潘玉亭 在厂里偷的?

潘立武 话干吗说那么难听?工厂就是我的家，厂里有啥我有啥，这不是偷，这是补差。

潘玉亭 混账话，还一套一套的，这像个工人说的话嘛？

潘立武 实话对你说吧，这就是工人哥们儿编的顺口溜。

潘玉亭 编这些顺口溜的也不是好工人。你小子越来越有本事啦，学会偷厂里的产品啦，说不定哪一天你连厂里的机器也偷回来。

潘立武 有什么大惊小怪的，干这种事的又不是我一个人。

潘玉亭 谁偷你也不准偷，咱老潘家不出这样的工人！厂里净你这样的“小老鼠”，效益能好得了？发二十个松花蛋你还嫌少了？我要是厂长，早把你这样的工人给开除了。

潘立武 要开除先开除厂长，那小子一点正事不干，成天吃喝玩乐，工人意见大了，我比他好多了。

潘玉亭 你还有理了，厂长不好你们可以去上级部门告他，也不能干这种勾当，这样下去你们厂早晚有一天要破产。

潘立武 破产更好，我正好不愿在这个厂干了。

潘玉亭 立武呀立武，你要气死我呀，没想到咱家怎么出了你这么个孽种！（欲打）

〔潘立武跑到房选举身边。

房选举 大过年的，你就不怕邻居家笑话？立武，这事妈也要说你几句，我虽然识字不多，可我知道工人的工字，顶天立地呀，当工人就要当个堂堂正正的工人，千万可不能干这种偷鸡摸狗的事呀。

潘玉亭 你赶紧给厂里送回去！

潘立武 已经拿回来了让我怎么往回送？

潘玉亭 怎么往回送那是你的事，我不管。可你小子不老老实实把袜子送回去，你就别在家过这个年！

〔灯暗。

〔年三十的下午。

〔潘立英的内室。苏金花和潘立惠在嗑着瓜子聊天。

〔吊铺上。

〔潘立武、展展、聪聪正在忙着写春联、剪窗花。

潘展展 聪聪，你看我这窗花剪得怎么样？

聪　聪 哎呀不对不对，应该这样剪。

潘立武 别说，聪聪这毛笔字是越写越好。聪聪，好好练，长大了也当个书法家、大画家，改改咱老潘家的门风，别再去当工人。

潘展展 真出了名也别不认我这当工人的姐姐呀。

聪　聪 看你们说的，好像我已经是什么家了似的。

潘立武 孩子们，写好了就赶快下去贴上，要不可来不及了。

〔三个人拿着写好的春联、窗花从吊铺上下来。潘立武看是爸爸下意识地躲开。

潘展展 （笑）小叔，你怎么见了爷爷像老鼠见了猫似的？

潘玉亭 你以为他不是一只小老鼠？

潘立武 爸，大过年的，守着孩子，再说不是都按你说的办了吗？

潘展展 爷爷，小叔又犯了什么错误了？

潘玉亭 你问他。

房选举 你还有完没完？

潘展展 小叔，咱们的好消息你告诉爷爷没有？

潘立武 告诉他也不信。

潘展展 爷爷，我和小叔这学期在夜大都评上优秀学员啦。

潘玉亭 这消息我爱听。

聪　聪 姥姥，这里是贴个春呀还是贴个福呀？

房选举 贴个福吧，倒过来贴。

潘展展 奶奶，还是贴个春吧，春天就要来了。

〔不一会儿的工夫，三个孩子把屋里布置得年味十足，充满了喜庆的气息。

潘玉亭 都下午了，老大和立英怎么还不回来？（向里屋）立惠，别在那躺着啦，出来帮着忙活忙活。

〔潘立惠和苏金花从内室里出来。

潘展展 快看，下雪了，下雪了，小叔，聪聪，快来看呀。

房选举 好几年春节没下点雪了，我小时候年年三十那天下雪。

潘立武 那才有年味呢，现在好，过年连个炮仗也不让放了，没劲。

潘展展 小叔，快来看呀。

〔三个孩子雀跃地跑了出去。

房选举 立武，带他们玩一会儿快回来。

〔少顷，潘立英回来了。

潘立英 可忙完了，这一天真把我忙坏了，收拾了两家人的卫生。

潘立惠 姐，干这活你就不觉得掉价？

潘立英 掉什么价？我还觉着挺光荣的。过了年，我们几个还打算扩大规模，成立大嫂子家政服务公司呢。立惠，你也参加吧？

潘立惠 这活就是八台大轿抬我，我也不去。叫得好听，说白了还不就是给人家当用人。

潘立英 立惠呀立惠，让我说你什么好？一点本事没有还整天挑三拣四，你这样下去早晚得饿死。

潘立惠 我就不信社会主义社会能饿死人。

潘立英 社会主义也不能再养活你这样的懒人！

潘立惠 我怎么懒了？是他们没给我安排合适的活儿，又不是我要下岗。

潘立英 立惠，老说这些有什么用？搞市场经济，下岗已经成为大势所趋，你再不愿意，这也是不可改变的社会现实。

潘立惠　照你这么说，搞市场经济就要下岗？

潘立英　按价值规律办事，当然要对企业的富余职工进行下岗分流，重新安置。

潘立惠　嗬，你这是在哪儿学的，还一套一套的？

潘立英　我也是现学现卖，不瞒你说，我是从去干钟点工的老教授那里学的，听人家说说，心里头亮堂多了。

潘立惠　我不听那套，我得找领导要个说法。

潘立英　你还要什么说法，你们厂长对你够意思啦，先后帮你安排了三次你都不去，先让你去当护嫂，你嫌脏；又让你去酒店洗衣服，你嫌累；安排你去做小买卖，你又觉得掉价，你还想跟过去似的，整天嗑着瓜子熬钟头，照样拿工资，没那天了。

潘立惠　我用不着你来教训我，我就是饿死也不会去干那种丢人现眼的活！

潘立英　我丢谁的人，现谁的眼来，我一不偷，二不抢，靠自己的劳动吃饭，光荣。

潘玉亭　别吵吵啦！立惠，你是该好好想想你姐姐的话，虽说你姐姐现在干的活我也不满意，可是……

潘立英　爸，你怎么总这么说，这活为什么我不能去干？下岗半年多，我试着去做过小买卖，可我根本不是做买卖的料呀！我是去伺候人，可人家也没白让我伺候呀，我得到了合理的报酬，这本来是互利的事有什么不光彩的？我真是不明白？就说我今天去的这家人吧，他是海洋研究所的一位老教授，孩子都在国外，两个老人需要有人照顾，今天我去帮他打扫卫生，老教授千感万谢，我走的时候，老人家拉着我的手都流泪了，别说人家还给了我工钱，就是学雷锋也应当去帮助他们呀。

潘玉亭　这位老教授姓啥？

潘立英　姓翁，是一位很有名的海洋生物学家，据说他曾经为我们国家的海洋生物事业做出过突出贡献。

潘玉亭　他叫翁汉光对不对？

潘立英　对，是福建人，爸，你认识他？

潘玉亭　认识，爸爸二十八年前就认识他。孩子，好好去伺候这位老先生吧，就是不给咱钱，咱也去好好照顾他。

潘立英　爸，你是怎么认识的？

潘玉亭　不瞒你说，二十八年前我在海洋研究所当工宣队的时候，曾经监督翁教授打扫过茅房呀。

潘立英　爸。

潘玉亭　立英，你爸一辈子就办过这么一件窝囊事，想起来就后悔，一个著名的科学家，凭什么要让人家去打扫茅房？

潘立英　这又不是你要干的，是造反派……

潘玉亭　话是这么说，可我总觉得是块心病，这回好了，你去照顾翁教授也算替爸爸还个愿。

潘立英　爸，这家人如果不是翁教授呢？

潘玉亭　孩子你说得对，只要靠劳动吃饭就光荣。

〔潘立武急上。

潘立武　妈，快看你们厂起火了。

〔远处隐约已看见火光。

〔几辆消防车的警笛声呼啸着由远而近。

苏金花　听，消防车还来得不少呢。

潘立惠　大过年的你们厂怎么出了这种事。

潘立英　不行，我得去看看。

房选举　立英，陪妈一块去。

潘玉亭　（着急）你又帮不上忙，还是别去吧。

潘立英　妈，我和嫂子去吧，有什么情况回来告诉你。

潘立武　大姐，刚才我看见咱宿舍的人呼呼地往现场跑呢。

房选举　（不由分说）赶快走！

潘玉亭　老伴，你不能去，还是让孩子们去吧。

潘立惠　妈，现场多危险，你就别去凑热闹啦！

房选举　（厉声地）胡说！妈这是去凑热闹吗？工厂是咱工人的饭碗呀，这工厂是你妈待了六十年的地方呀！都跟我走！

〔在房选举的带领下众人纷纷奔向火场。

〔暗转。

〔复明后，潘立业上，他刚从火场上下来，满身泥水，衣服还被火烧焦了一块。

潘立业　爸，妈和他们呢？

潘玉亭　刚才不是去你们厂……

潘立业　不对呀，刚刚我听别人说，妈在厂门口晕倒了。

潘玉亭　（老泪纵横）立业，我真后悔呀！

潘立业　爸，怎么啦？

潘玉亭　你妈自打今年秋天就查出病来了，她一直不让我告诉你们，刚才肯定是一着急犯病了，我为什么……

潘立业　妈得的是什么病？

潘玉亭　绝症呀。

潘立业　啊？！爸呀，你为什么不早点告诉我呢？

潘玉亭　你妈看你忙，害怕分你的心，老大，昨天你妈对你说的那番话，你就没听出是啥意思来吗？

潘立业　（恍悟）哎呀，我怎么就没听出来呢？爸呀，妈不让说你就不说了？这是小事吗？我怎么这么粗心？就没看出妈的病来呢？每次来家妈都让我陪她多坐一会儿，可我光知道忙呀忙呀，我怎么就……（捶首顿足）妈，儿子对不住你呀！

〔电话铃响。

潘立业　（接电话）喂，立英，妈现在住哪个医院？好，我马上就去。

潘玉亭　立业，你妈她……

潘立业　爸，您别着急，妈妈已经住上医院了，您千万别着急。（跑下）

潘玉亭　我后悔呀，我可真后悔呀……

〔灯暗。

第四幕

〔初春。

〔冬天已经过去，枝头抽出了嫩芽。院里的迎春已是怒放时节，然而乍暖还寒，除年轻人已经脱下冬装早早地拥抱春天，大人们的冬装依然在身。潘家依然如故，只是靠墙的柜子上多了一幅挂黑纱的遗像，房选举去世了，

〔幕启时场上只有潘立英和魏来喜。

魏来喜　唉，娘长病的事你怎么也不告诉我一声呢？

潘立英　我妈一辈子不愿麻烦别人，别说是你，连我们姐妹几个她都不让我爸告诉。

魏来喜　娘真是个好人。

潘立英　送到医院到去世一共七天，在医院里说啥也不吃药，临死前就反复说着一句话，她说，别乱花些没用的钱。（又伤心地哭起来）

魏来喜　唉，好人不长寿。（掏出一叠钱）立英，我也没有多，可多少也是我对娘的一点心意。

潘立英　别别，你在青岛挣几个钱也不容易，留着吧，家里娘年纪也大了，农村不比城市，再说，你也老大不小的啦，总得想办

法再成个家呀。

魏来喜 还成什么家，俺这辈子打算打光棍了。

潘立英 来喜，你的心事我明白……以后再说吧。

〔杨宗华上。

杨宗华 立英。（站在房选举遗像前三鞠躬）大娘，宗华来迟了。（拭泪）

潘立英 宗华，你什么时候回来的？

杨宗华 刚下飞机。唉，大娘是多好的人呀。

潘立英 我妈已经去世一个多月了。

杨宗华 路上他们把情况都跟我说了。

潘立英 回来参加试车？

杨宗华 是的。（看魏来喜）这位是……噢，想起来了，聪聪的父亲。这次来……

潘立英 他也是刚刚听说我妈去世的消息。

杨宗华 哦。

潘立英 宗华，来喜是个好人，他救过我的命呀。

魏来喜 陈谷子烂芝麻的，说那干啥？

杨宗华 （感兴趣地）噢？这是哪年的事？

潘立英 就是你走的那年，有一次我赶马车，突然马惊了，要不是来喜拼死上前治服了马，我早就没命了。

魏来喜 一个城市姑娘，哪会赶马车呀，你们在这里聊吧，俺走了。

杨宗华 都不是外人，再聊会儿吗？

魏来喜 不了不了，俺还有点事。（下）

杨宗华 立英，听说你也当上老板了？

潘立英 你别笑话我，靠劳动挣碗饭吃吧。

杨宗华 我没那意思，做家政服务也是一种社会职业。你的公司叫……

潘立英 大嫂子家政服务公司。

杨宗华 好好，有意思，我一直相信你会成功的，资金上有问题吗？

潘立英 靠劳动挣钱不需要大的资金。

杨宗华 立英，正好我们合资方需要招募几个管理人员，如果愿意，就到我身边来工作吧。

潘立英 （笑）你可真抬举我，我一个小工人会干啥？又没什么文化，不行不行。

杨宗华 你行，我就需要你这样品质的人。（看表）我该回去了。立英，我的话你再考虑考虑。（下）

〔潘立英注视着房选举的遗像陷入沉思。

魏来喜 （画外音）还成什么家，俺这辈子打算打光棍了。

杨宗华 （画外音）如果愿意，就到我身边来工作吧。

潘立英 妈，您说我该怎么办？您活着的时候，还可以跟您说说心里话，现在让我找谁去？……就要试车了，我终于等到这一天，妈，不瞒您说，这些日子我做梦听的都是新车间的纺纱声，我知道您会赞成我回厂继续干挡车工的，可是我对刚刚起步的大嫂子家政服务公司也渐渐产生了感情……

〔潘立业上。

潘立业 立英，干啥呢？

潘立英 没啥，哥，听说今天新车间就要试车了？

潘立业 对，不回去看看？

潘立英 我当然要回去看看。

潘立业 刚才听杨宗华说，想让你到他们合资方去工作？

潘立英 我没答应。

潘立业　为什么？

潘立英　不为啥。

〔电话铃响。

潘立业　（接电话）喂，找哪位？潘经理？我们家没有……（瞟了潘立英一眼）噢，好，你等等。（悄声对潘立英）潘经理，电话。

潘立英　（嗔怪地）哥。（接电话）喂，什么事？公司研究扩大规模的事？我不是说找张经理吗？什么？张经理让我回去？你告诉她，今天我有事，一切由她决定，对，再见。

潘立业　（玩笑地）潘经理，对不起，刚才一时没转过弯来。

潘立英　哥，你别讽刺人好不好？

潘立业　实事求是嘛，难道你不是大嫂子家政服务公司的经理？

潘立英　什么经理，也就这么个称呼，现如今经理多如牛毛。

潘立业　这倒是。立惠在你那里干得怎么样？

潘立英　刚去，还不太适应，过些日子就好了。哥，我想和你商量件事。

潘立业　啥事还这么严肃？

〔潘玉亭上，潘立武追上。

潘立武　爸，你真的不肯帮我这个忙？我就借你两千块，到时候加倍奉还。

潘玉亭　你就是说下大天来我也不给，我没那闲钱补窟窿。

潘立业　立武，又怎么回事？

潘立武　大哥，这事你懂，你发表个意见，爸爸应不应当支持我。

潘立业　我还不知道是什么事呢，怎么支持你？

潘立武　我都急糊涂了。我们这个小厂吧，最近上级领导决定搞国有民营试点，打算成立股份合作制企业，让全体职工参股，这几天经过职代会充分酝酿讨论，大家认为企业有潜力，都同意认股，这是多好的机会，可咱爸他……

潘玉亭 哼，国有民营，真民营了，厂里的袜子还不让你们都偷光了。

潘立武 职工成了股东，企业就成了我们自己的了，谁还敢偷？

潘玉亭 你还想当股东？再划成分，你小子起码划个小业主。

潘立武 大哥，你看咱爸，纯个顽固脑袋，油盐不进。

潘玉亭 你说我是什么？你小子胆大了，看我不扇你个混账东西！

潘立业 爸，您老别生气，这件事不用您管了，等会我找立武商量。

〔展展和聪聪上。苏金花随上。

潘展展 爷爷，报告你一个好消息。

潘玉亭 啥好消息？

潘展展 我搞了一个小发明被领导采纳了，而且还用我的名字命了名。

潘玉亭 嗬，真是好消息，你发明的东西叫啥？

潘展展 潘展展镜子，装上这种镜子，不但可以提高工效，还可以减少质量事故。

潘玉亭 （高兴地）好，展展随我，有出息，这才像咱老潘家的工人。

潘展展 爷爷，这才到哪里？等着吧，老鼠抬木掀，大头还在后头呢。

潘玉亭 嗯，哪一天你也当个模范上北京去跟中央领导握握手。

潘展展 等我老了也给孩子们说，想当年……

潘玉亭 这小鬼……

〔众笑。

〔潘立惠上。

潘立惠 姐，你可真难请，快回去，公司还等你去开会呢。

潘立英 立惠，我不想回去了。

潘立惠 你想离开公司？

潘立英 （点头）嗯。

潘立惠 想撤退呀？你想上哪儿？

潘立英 回厂参加培训，还去干我的老本行。

潘立惠 回去干挡车工？

潘立英 对，干我的老本行心里头踏实。

潘立业 立英，你是大嫂子家政服务公司的创业者之一，而且现在发展得已经有了苗头，你舍得离开？

潘立英 舍得。为这事我已经想了好几天了，想来想去，我还是更喜欢干挡车工。

潘立业 你呀，天生当工人的命！

苏金花 你懂什么，这叫萝卜白菜，各有所爱。

潘立业 （看表）试车的时间到了。

潘立英 （注视着房选举的遗像）妈，新车间已经建好了，马上就要试车了，您不是一直盼着这一天吗？走，我陪您老人家一齐回厂看试车去。

众　人 妈妈/奶奶，我们陪您一齐去！

潘玉亭 老伴呀，你放心吧，咱老潘家个个都是顶天立地的工人！

〔众人簇拥着房选举的遗像向门口走去。

〔试车声隆隆作响，《咱们工人有力量》的歌声渐入，由弱渐强，响彻剧场。

——全剧终——

1997年10月30日初稿

1997年11月26日改于

青岛发电厂

1998年3月11日改于

崂山区沙子口

作品赏析

二十世纪九十年代的工人题材话剧聚焦于社会转型期工人阶级的生活状态、价值观念及其所面临的挑战和机遇等维度，呈现出鲜明的时代特色。以《工人世家》为例，作者代路通过讲述潘家的工人家庭生活对二十世纪九十年代的下岗工人进行关怀和探讨，用现实主义手法深入挖掘工人群体的内心世界，体现了他们在工业化进程中的矛盾、挣扎和成长的过程。他们内心的变化和意识的转变，与社会现代化进程相呼应，反映了工人阶级在现代化进程中所面临的新的身份认同、自我价值的追求以及重建个人和企业之间的关系等问题。对这一系列的工人形象的塑造，不仅始于作者本人的艺术审美，更是一种现代工业文明意识的自觉。马克思曾在《1844年经济学哲学手稿》中强调工业化进程中的不可忽视的“人的本质力量”，潘家长女潘立英就是这种“力量”的完整呈现，她的个人情感和自我意志的变化以一种不闭合的方式体现，在现代工业的浪潮中完成个体从被动到主动的转变。突然的下岗让潘立英措手不及，在这种未知的、惶恐的状态下，她通过献血来肯定自我价值，这种奉献的方式是她精神世界的根基，是她作为一名工人的信仰——即便失去工人身份，奉献社会的思想依然根深蒂固。

《工人世家》是一部典型的现实主义风格作品，故事从潘家的日常生活展开，人物行动以生活中的变故贯穿，对工业转型期的社会形态进行多角度的呈现，潘家的老一代和年轻一代形成了一个对比，年轻一代之间也同样有反差。房选举和潘玉亭是家里的长辈，他们一辈子为了工厂奉献，“以厂为家”，讲究的是牺牲自我、奉献厂里。他们的荣誉和价值感都来自工厂，年轻时候的房选举当过劳模，这是她一生最骄傲的事情。这份骄傲不是得意，而是信仰，无法轻易改变。她不相信老国营厂做出来的产品没有人愿意用，她不相信自己工作了六十年的厂会面临解散的危机。这是人们对于信仰的执着，所以房选举对于工厂是有一份偏爱的感情的。潘玉亭也有同样的工人阶级的信仰，这是他的一份自豪感。在他维护秩序的时候，年轻一代对他工人身份的质疑其实是对工人阶级的质疑，而这种质疑被他的信念澄清了。即便退休，他依然活在工人这个身份框架里。这是老一辈对于工人身份的感情，这份感情建立在他们几十年的个人成长经历中，即使面对社会变革，他们的这份感情也很难轻易改变。到了年轻一代，长女潘立英继承了父母身上的工人信仰，是本剧的核心人物。她的成长历程从小时候的三年自然灾害到“文化大革命”，之后是上山下乡再到后来的下岗潮，折射的是新中国的艰苦成长史，她顺应社会发展困境，她个人的坚持和思想积极的转变是社会发展的缩影，作者对她的精神世界的描写可以看作对本剧主题思想的具象化呈现。和勤劳踏实的潘立英相比，二女儿潘立惠好吃懒做，被“大锅饭”的体制养成懒惰的毛病。潘立英的情怀是对历史的传承，潘立惠的懒惰也是一种“传承”，属于历史遗留问题。“大锅饭”的体制确实会导致分工不明确、责任落实不到个人的问题，这些问题在市场经济的价值规律中暴露出来，身为厂里工会主席的潘立业对这种现象有正确的解读，他在传统工业体制里看到“并发症”的存在，他对于合资的看法符合市场经济体制的需求，房选举认为“七十年前日本人开了这个厂，谁想到七十年后又是日本人来投资”是难以接受的。她有一种观念停留，她忽略了正是因为这七十年的岁月，经济体制才产生先进革新的客观事实，她的立场是坚守，年轻一代工人的理念是发展。发展和坚守本来是对立的两种观念。在《工人世家》中，这两种观念产生碰撞，但是作者最终为这两种观念寻求到了一个良好的融合方式。房选举引以为傲的“老牌产品”虽然被新车间里的产品取代，但是勤劳踏实的工人阶级作风被延续下来。潘立英在困境中谋求自身发展，又在面对公私抉择的时候选择奉献自我，她和房选举两代人的“对立”实则是传统和革新的融合。另外一组对立体现在两代人“以厂为家”的观念里。房选举认为工厂是自己工作了六十年的地方，工厂需要资金时，会贡献出自己的存折和奖章。小儿子潘立武则认为“工厂就是我的家，厂里有啥我有啥”，这是索取和对比的两种态度。个人持有股份之后，这种态度才发生转变，这也是计划经济到市场经济转变的一个体现。作品中这些新与旧的对比体现在很多细节方面，海尔按绩效发放工资、合资之后新进的设备对操作人员有所筛选等，都是源于社会变革中对人的价值所产生的新的衡量标准。

作者在一些作品的自序中提到过自己的工人情怀，《工人世家》中所唱的《咱们工人有力量》正是作者个人的真实生活细节。作者出生于工人家庭，他对工人阶级的情感体现在《工人世家》中重塑的新的价值观里，他将个人命运和社会发展紧密相连，是对传统民族文化的发展和当代人文精神的重塑的深刻探讨。一直以来，人的主体价值是什么，社会变革中的“自我实现”又是什么，这些都是作者在作品中力图阐释的主题思想。为了满足自身需求，个人需适应社会体制改革的路径，在“自我实现”的高度上，个人的步调和时代浪潮保持一致，这是《工人世家》体现出的强烈的使命感。作者认为自己的作品“只要当代观众喜欢”,《工人世家》的时代感正巧符合作者的创作理念，对于当下的关注和反馈是现实主义作品最有力之处，也是这部作品对传统和发展、个人与社会最有价值的探讨。

中国制造

贾鸿源

作者简介

贾鸿源早年为印刷厂工人。1979年进入上海市工人文化宫学习戏剧创作，次年任专业编剧。曾任上海电影审查委员会专家委员；上海文化发展基金会专家评审组专家；上影集团特聘艺委会成员；上海戏剧学院、上海复旦视觉艺术学院等客座教授。中国作家协会会员，上海作家协会和上海戏剧家协会理事。主要从事电影、电视剧和舞台剧创作。代表作品有电影《股疯》《街上流行红裙子》《面对生命》等；电视剧有《诺尔曼·白求恩》《老马家的幸福往事》《大潮汐》《长街行》等；舞台剧有《屋外有热流》（获文化部、全国总工会“勇于探索、敢于创新”奖）、《街上流行红裙子》、《中国制造》等。作品曾多次荣获中华人民共和国国家级“五个一工程”奖，并获得电影华表奖、中外电影首届合拍片奖、夏衍电影文学剧本奖、电视剧“飞天”长篇一等奖等奖项。

剧情梗概

中外合资化妆品公司的中方副总经理刘子义因不能接受外方扼杀中方老产品的做法，愤然辞职、回到老厂，并准备用高价赎回老品牌“加美丽”。此举在合资公司和老厂掀起了轩然大波。刘子义在经历了种种风波后，更加坚定了重振中国品牌的信念……

人　物

刘子义　中外合资联合花宝公司原中方副总经理

梦　倩　中外合资联合花宝公司外方助理 原白妻

白少杰　加美丽化妆品厂工程师 科研人员

耿健康　加美丽化妆品厂书记

赵大龙　加美丽化妆品厂员工

朴雄一　花宝公司外方管理员 韩国人

张小妹　加美丽化妆品厂女工 赵妻

黄阿根　私营厂厂长

哈　奇　联合花宝（中国）公司董事长 亚洲执行总裁

姚小丽　加美丽化妆品厂女技术员

雅　妹　三十年代广告招贴画之女模特

其他人员

第一幕

〔幕启。

〔眼花缭乱的 E-mail 信息。

〔一条流水线横穿整个舞台。上面坐满了手脚不停、训练有素的女工。

信息一：致联合花宝中国公司：董事局成员兼亚洲执行总裁哈奇先生将乘坐泛美航空公司 CT6782 航班于北京时间 17 日 14 点 35 分抵达中国上海国际机场……

信息二：致计划部和销售部：销售商要求下季度增加发货量如下：350 克花宝沐浴露四百五十箱；花宝香皂二百箱；50 克花宝俏丽嫩肤霜一百箱……

信息三：市场部、销售部及各区域经理和媒体执行速于 15 点 40 分到比尔先生办公室碰头。议题：A. 哈奇总裁及总部客人对各营销点视察方案和路线确认；B. 近期内媒体投放和广告执行加强力度的计划书审议……

信息四：重复：注意！人事部通知：下列人员聘用合同已到期。凡未签订新的合同的一律做辞退处理。请各部门通知到人事部办理辞退手续。生产一部：刘宝妹、陆新瑾、张秋芳、沈戈、居有晾；生产二部：胡铭刚、单天林、辛莲花；销售部：胡蓓莉、耿秋、欧阳小妹……

〔朴雄一 在流水线上梭巡。

〔舞台左前侧。一位办公室小姐在操作电脑。她身后，外方助理梦倩正用无绳电话通话。

梦　倩　……希尔顿大酒店。我想明天下午租用礼宾车到飞机场接客。不不，我只要“劳斯莱斯”或者“凯迪拉克”，请马上确认。OK！（她又揿一个按键）喂，刘总飞机的航班号搞清楚了没有？安排接车了没有？……好，谢谢。我可能去。

〔她放下电话，略一思索，快步向工作区的朴雄一走去。

梦　倩　辛苦了，雄一。听说这条流水线撤下加美丽，改上花宝产品后，你有二十四小时没合眼了。

朴雄一　这是我应该做的。（突然发现什么）嘿——你，站住！（快步走向一名刚上完厕所的女工）为什么不把长头发完全藏到工作帽里？

张小妹　对不起，我刚刚上完厕所……

朴雄一　如果有头皮屑掉到产品上，是非常令人厌恶和糟糕的事情。还有，这样潮湿的手，万一在包装盒上留下了水印，也会让人产生不愉快的感觉。

张小妹　（手拼命往工作围裙上擦）对不起。

朴雄一　工作围裙也不是用来擦手的。你应该回厕所用热风机把手吹干了，再回来工作。

张小妹　是，谢谢。（点头返下）

梦　倩　（欣赏地）雄一，知道为什么要特地把你从日本公司调到中国来吗？

朴雄一　日本不景气，中国有发展，我是韩国人，会说汉语。

梦　倩　（摇头）不，市场。因为中国有世界上潜力最大的一块市场。谁在中国站住脚就等于在世界上站住脚。拿这条流水线来说，过去一直生产中方的加美丽，销路一直不好。所以老板的意思，立即改上外方花宝来扩大国内市场。请你来，就是要严加管理。

朴雄一　我明白了。

梦　倩　（一转身，从重新返上的张小妹脚下捡起一张纸片）这是什么？加美丽的包装?！（对众工人）都停下来！我已经说了，不允许有一点中方产品痕迹留下，为什么还有这张瓶贴纸?！

朴雄一　这是谁丢的？谁?！

一女工　（吓傻了）对不起，大概是昨天流水线更换产品时，我随手把剩下的瓶贴纸往兜里一塞，掉，掉下来了！……

朴雄一　每个人再检查一遍工作衣口袋、工作台和抽屉！

梦　倩　绝不允许留下任何一点中方产品的痕迹！哈奇先生明天要来工厂视察，不希望看到还有一点中方加美丽产品的存在！明白吗？

〔寂静中，有人突然：“× 哪！连师傅都不认了！”“介凶！像拿摩温！”

梦　倩　（霍然回首）谁？谁在说拿摩温?！（稍顿，加重语气地）不错，在老厂你们都是我的师傅。可你们知道为什么国企老是搞不好？就因为人人都把自己当老师傅。可是在这儿，每个人都要学习新东西，包括我。谁不愿干，可以回去，回国营老厂去。

〔众不吭声。

朴雄一　大家抓紧干活，干活！

梦　倩　（对朴雄一）对工人，不管是谁，该管就管，该严就严。决不能手软。

朴雄一 我一定照办。

梦　倩 拜托你，辛苦了。雄一。（手机响，梦倩边接电话边下）

〔朴雄一巡视流水线，又来到张小妹面前，发现张小妹将手上的瓶贴粘倒了。

〔朴雄一猛地把张小妹拉起来，衣服被扯破。

朴雄一 你站起来！睁大眼睛看看！——所有瓶贴全贴倒了！立即停下，马上返工！

张小妹 ……对不起，这些商标图案上、下都差不多，我一时看花眼了……

朴雄一 （吼）上班时不专心，这是无法接受的事情！马上点数，把错的全部找出来，一张都不许少！

一工人 可有几箱早进了仓库……

朴雄一 那就翻箱倒库，全部找出来。出现这种事，太不负责任了！

一工人 （嘀咕）商标贴倒，又不影响质量……

朴雄一 你说什么？！不查出来，所有人，包括仓库的工人，一个都不能下班。（对张小妹）你还站在这儿干什么？！

张小妹 雄一先生，我不是故意的……

朴雄一 这跟故意的没有区别！我只看结果！结果！！

〔张小妹“哼”一声，擅自走下，被朴雄一又唤住。

朴雄一 你去哪里？

张小妹 （展示衣服）衣服破了，我想去换一件衣服。

朴雄一 什么？在这种时候你还只想着自己？

张小妹 （忍不住火气）雄一先生，我已经道过歉了！这也不能全怪我，我们已经工作了十多个小时了！再说衣服总是要换的。

朴雄一 你，还顶嘴！这种态度是绝对不能原谅的！（吼，扬手一记

耳光）

张小妹　（一下愣住，捂住脸）

众　韩国人打人了！韩国人打人了！！韩国人打人了！！！

〔人群骚动。

〔赵大龙在与两名保安的拉扯中冲上。

赵大龙　谁打我老婆？！这是谁干的？（对朴雄一）好啊，我老婆我自己都舍不得打，让你们外国人打，老子和你拼了！

一保安　赵大龙！这是合资企业，别乱来！

一保安　有话好好说，可以明天找领导，大家别动手！

赵大龙　合资企业怎么，就可以随便打人？！只许外国人打人，不许中国人打他？今天我绝不会放过他！

朴雄一　对不起，她做错了事，还拒不认错。打她耳光是想让她吸取教训。

〔众哗然。

一工人　什么合资企业，钞票不多，气倒不少，还不如回娘家厂混混舒服。

一工人　外国人有什么了不起？！喉咙介凶，走走，不干了！不干了！

〔现场一派混乱。

〔梦倩上。

梦　倩　你们干什么？

赵大龙　外国人打人！

梦　倩　朴管理，你怎么能打员工呢？！

朴雄一　我是在……

梦　倩　下去！

朴雄一　是！（下）

梦　倩　（对群情激愤的工人）你们刚才谁说要走？（众鸦雀无声，

稍顿）想当初办合资，你们许多人还是通路子、开后门，到处托人托进来的！现在突然受不了了，说走就要走了？

〔众不语。

赵大龙 姓朴的以为他是老外就有权欺负中国人？！不就是贴反几张商标吗？他凭什么动手打人？！

梦 倩 动手当然不应该。我先代表管理方向你道歉。但质量问题，也不是小问题。我希望大家也要有一个清醒的认识。

赵大龙 我不要你道歉！如果外国人打的是你，我也代他们向你道歉，是吗？！

梦 倩 如果挨打的是我，我会首先思考为什么打我耳光？我能否做到不让人打耳光？

〔众骚动。“这是什么话？！”

赵大龙 你梦小姐是外方助理，拿的是高工资，住的是高档楼房，上下班都有轿车接送，你当然帮外国人讲话。跟你没道理可讲，我要去市政府告他！到报社去投诉！

〔有人蠢蠢欲动：“走，去投诉去投诉……”

梦 倩 ——站住！我重申一遍，动手固然不对，但工作时间擅离岗位和停工是绝不容许的。谁走出车间一步，我宣布立即除名！

赵大龙 姓梦的，不要以为你是高级打工的，我们就怕你！老子豁出去饭碗不要了！今天你们要不给我老婆一个说法，我就把事情闹大，我要让你们曝光、登报、收不了场！

梦 倩 赵大龙，影响厂里的生产你是要负责的！

赵大龙 你吓唬我，我胆小！

〔人群后一阵骚动：“刘总！”“刘总来了……”

〔刘子义上。众一拥而上七嘴八舌纷纷向刘子义诉苦。

刘子义 打人的事，我会向董事会报告并备案，不管是中方员工还是外方员工，人格上应该是一律平等的。打人者应该受到处罚。

赵大龙 刘老板，要好好整治这些外国人，不能让他们爬到我们中国工人头上拉屎拉尿！不就是贴反几张商标吗……

刘子义 赵大龙！……她挨了记耳光，我也挨了一记耳光！（众人不解地看着他）你们都看见了，合资公司最后一条生产中方产品的流水线换上了外方产品，也就是说，加美丽将在中国人的生活中消失了！这记耳光，不光是打在我一个人的脸上，也是打在全体中方员工的脸上！（稍顿）就拿你赵大龙来讲，口口声声一张商标粘倒了，有什么了不起。难怪外国人说我们永远生产不出世界一流产品，也不配享用世界一流产品！这记有形的耳光你看得很清楚，可我们自己打自己的耳光，你为什么就想不明白？

赵大龙 想当初是谁把我们厂老祖宗的牌子卖给外国人的？现在想叫外国人出钱买炮仗给中国人放，做梦！（下）

〔下班铃声突起。众员工拾掇完流水线纷纷下。

〔场上只剩下刘子义孤零零的身影和静寂的流水线。

〔梦倩走到刘子义面前上。

梦　倩 你本来不是说搭最晚一班飞机回来吗？

刘子义 我想提前回来。我有一种预感，最后一条生产加美丽的流水线会被撤换。我还是回来晚了。花宝公司有好几条外方产品生产线，难道连一条中方产品生产线都不能容忍吗？

梦　倩 （委婉地）同样生产一瓶润肤霜，加美丽只能卖 16 元，打花宝牌子就能卖 36 元，利润翻了三倍都不止。

刘子义 这次出差我带回来几样东西。（打开公文包，倒出零零落落几件加美丽化妆品）这是我在当地最大一座商厦的化妆品柜台所能找到的全部加美丽产品，一共只有十几件，我把它全买下来了。十二亿中国人，至少有一亿人用过它！我不知道，这是加美丽的悲哀，还是我们的悲哀。

梦　倩　外方赚得越多，中方也就分得越多，这笔账你也应该会算吧？

刘子义　这不光是赚多赚少的问题。加美丽是几代人花了多少心血创出来的品牌，中国第一代发蜡、第一种洗发水、第一瓶定型摩丝，都出自加美丽之手。

梦　倩　（打断）还有，这是国内唯一送给英女王伊丽莎白访华的化妆礼品。进厂第一天我就听你讲过了，但这一切都过时了。要早就像今天这样开放，中国的化妆品排行榜上还轮得到它坐头一把交椅吗？！

刘子义　听你这个口气，我真怀疑——

梦　倩　怀疑什么？（调皮地）我血管里流的是不是中国血？优胜劣汰，质量无国界，是不讲究血型和血亲的。（稍顿，在他面前蹲下，轻抚着他的脸）你看上去有些疲劳，今天我请客，去夜巴黎做做脸，保养一下。明天，哈奇先生就要到了。我喜欢看到你在他面前精神焕发的样子……

刘子义　（突兀地）……我有一个想法，要是我把加美丽再赎回来自己生产，你觉得会怎样？

梦　倩　（不以为然）你是不是头脑发烧？！想当初积极合资的是你；跑东跑西到处评估出让品牌的也是你；现在突然提出要赎回品牌的又是你。再说，就是赎回来，你拿什么和人家竞争？就凭你那合资后剩下的半个破厂、几百口人？不说P&G和联合花宝，就是日本资生堂、德国流高、英国旁氏，哪一家不是航空母舰，你算什么？最多是小舢板。跟你合资，是人家送你一个皮夹子，想不到你还想凭这点钱开银行，还是趁早STOP！

刘子义　……如果我真的辞了这儿的副总经理，你愿意跟我一起回去吗？

梦　倩　我？！（不以为然）你打算出多少底薪？我在梅美买一双皮鞋也要几千块钱。再加上你那每个月最多两三千块国企老总的工资，也不够我一个月做美容和瘦身的。

刘子义　也有很不错的国产名牌……

梦　倩　我的脚穿惯了进口鞋。再穿国产货，就好比外资待过了，再回到国企，浑身不舒服。

刘子义　（稍顿）看来，你是不愿跟我回去了。

梦　倩　你累了，有点情绪反常……

刘子义　我想这件事已经不是一天两天了。今天赵大龙的一句话，使我更清醒了。

梦　倩　什么话？

刘子义　指望外国人买炮仗给中国人放，那是做梦。

梦　倩　这也算至理名言？你不会是一个狭隘的民族资本家吧？

刘子义　我希望自己不是。

梦　倩　（注视对方，关切地）你瘦多了。我们已经有好多天没待在一起了，知道你要回来，我特意让保姆做了几个菜放着，还准备了一瓶法国红酒。我们回家吧。（稍顿）如果你真的想让外方多生产一点加美丽，我可以建议哈奇考虑一下。

刘子义　我不是想多生产一点加美丽，而是想让加美丽也能成为花宝一样的国际品牌。

梦　倩　这恐怕是做梦。

刘子义　就怕我们连做梦都不会。

〔暗转。

〔第二天白天。满头银发、气宇轩昂的哈奇先生在梦倩的陪同下巡视流水线。

梦　倩　（向张小妹介绍）这是联合花宝亚洲地区执行总裁，中国公司董事长哈奇先生。

哈　奇　对不起女士，我谨代表联合花宝，向您表示真诚的道歉，并向您保证：联合花宝决不允许外籍员工做出任何有损中方员工人格和国格的事情。希望您接受我们的歉意，也接受朴雄一先生的道歉和悔过！

朴雄一　（向张小妹鞠躬）对不起，我错了。请务必原谅我一次。

张小妹　不不，其实，我也有错……

朴雄一　（再次鞠躬）请再次接受我的道歉，我向您保证，此后永远不会再发生了，我一定努力改过……

哈　奇　（走到张小妹的面前）你愿意接受雄一先生的道歉吗？

张小妹　接受，我已经接受了……

哈　奇　你还有什么要求？

张小妹　没什么要求，我只希望在今后的工作中，我尊重朴先生，朴先生也尊重我。

哈　奇　很好！我现在代表厂方宣布对朴雄一打人事件的处理决定。（转向朴雄一）朴先生，你已经被联合花宝开除了，请你马上去财务部门结账。他们会给你安排一下回韩国的机票。现在，你可以走了。

〔朴雄一一愣，深深鞠躬，低头退下。

张小妹　哈奇先生，这个处理太重了，再说我也有错，不能全怪朴先生，他也是为我好……

哈　奇　你能认识到自己的错误这很好，但朴先生是不可原谅的！尊重所在国每一位员工的人格和国格，这是联合花宝在全世界的规定。任何人都无权破坏这个规定。

梦　倩　哈奇先生，朴雄一刚来中国不久，考虑到他对中国国情还不熟悉……

哈　奇　你不用再替他说情了。我明确表示过，和中国做生意，可以赚中国人的钱，但绝对不可以伤害中国人的感情。因为中国人把感情看得比金钱更值钱！

〔暗转。

〔机场候机厅。

〔朴雄一领着女儿，女儿抱着一个韩国小布娃娃来到机场购物商店。女服务员拿出一个又一个玩具，女孩连连摇头。

女服务员　（依次拿出欧洲娃娃、中国玩具熊等各式各样的玩具）这个好吗？……这个呢？这是中国熊猫，还有芭比娃娃……恐龙呢？或者这个，好不好？

〔女孩依然摇头，固执地不开口。

女服务员　那么小朋友，告诉我你想要什么玩具？

朴雄一　对不起，小姐，有没有韩国生产的玩具？（见对方摇头）那就太不好意思了。谢谢小姐。（拖女儿离开，就在这时，刘子义急匆匆赶来）

刘子义　对不起，来晚了，我是特意赶来为你送行的。

朴雄一　（又鞠躬）麻烦您要赶这么远的路。谢谢了……太费心了。

刘子义　（看玩具柜台）怎么，想给女儿买玩具？来，我来替她挑一个，留作一点小小的纪念。

朴雄一　不，刚才已经问过了，这儿没有韩国玩具。

刘子义　为什么非买韩国玩具？到中国应该买中国玩具嘛，要不就买日本、美国的。

小女孩　先生，我只玩韩国生产的玩具。

刘子义 为什么？

小女孩 我是韩国人，我的钱应该给韩国工厂赚！

〔刘子义愕然，看着女孩手中典型的韩国娃娃，动情地搂住女孩。

朴雄一 对不起，在韩国，孩子们都这样的。

刘子义 （对雄一）能问你一个私人问题吗？

朴雄一 请吧。

刘子义 你在韩国、在日本当了十几年工人，挨过上级的耳光吗？

朴雄一 嗯。挨耳光的不止我一个。

刘子义 还能记得，总共挨过多少次耳光吗？

朴雄一 （苦笑）那真是数不清了。

刘子义 恨过打你耳光的人吗？

朴雄一 起先也恨，特别是在日本。但后来明白了，挨了耳光就会把教训记得更牢，就不会犯第二次错误，也就习惯了。

刘子义 这么说，你是被打出来的？

朴雄一 可以这么说吧。

刘子义 谢谢。（稍顿）你用你的方式，表现了做人的尊严……朴先生，这里有一件小礼物，是张小妹送给你的。请收下吧。

朴雄一 张小妹？

刘子义 就是挨了你耳光的那个女工。她让我转告你，中国人视挨耳光为莫大的耻辱，但她不会忘记你曾给过她的帮助。

朴雄一 （感动）请转告张小姐，无论走到哪里，我都不会忘记，在中国我打过一位善良女工的耳光……

刘子义 我们中国有句古话，相逢一笑泯恩仇。如果你还爱中国，请与我保持联系。也许有一天，我会请你再回来。

朴雄一 多谢前辈！

〔朴雄一深深鞠躬。突然双手捂眼，不让夺眶而出的泪水被对方看见。抱起女儿匆匆下场。

〔暗转。

〔音乐起。花宝公司。

梦　倩　今天是我们花宝中国公司成立三周年之庆，哈奇董事长专程来到中国，他要授予中方合作者一枚纯金勋章，这枚勋章上的花宝图案已经有一百五十年的历史，标志着花宝产品在全世界生根开花。

哈　奇　女士们，先生们，对于花宝中国公司的表现，我只有三句话：在全球经济震荡的今天，中国的表现是最出色的！在国际花宝集团对亚洲的投资中，中国的回报是最出色的！在花宝亚洲各分公司中，中方的管理人员和员工的工作是最出色的！

梦　倩　现在请中方副总经理刘子义先生上台领取勋章！

刘子义　哈奇先生，我想先对大家说几句话，可以吗？

哈　奇　请！

刘子义　三年前我们搞中外合资的目的，是希望彼此携起手来，将更好的化妆品奉献给消费者。为此，我们把加美丽品牌注入了合资公司，希望借助合资公司的资金、技术和管理水平，使加美丽能够更好地发展起来。现在，花宝中国公司创造了亚洲子公司最好的业绩，提出了亚洲销量第一的口号，但我们的加美丽呢？这个曾是中国内地化妆品第一品牌的加美丽，它现在在哪里？请诸位有空到大商厦和小商店的化妆品柜台去……帮我找一找。就在今天，我接到正式通知，加美丽将无限期全线停产……（转向哈奇）请原谅，哈奇先生，我可以代表子公司接受勋章，因为这是中国员工以及外方人员共同努力的结果。但是作为个人我无法接受，因为我不是一个成功者，我不能接受中国人创造的加美丽在历经一个世纪后在我手里消亡的事实。（稍顿）我决定辞去花宝公司中方副总经理的职务，我要回到加美丽老厂去，我要重新开始……

〔激昂的音乐。暗转。

第二幕

〔加美丽化妆品厂。一群男女工人正围着赵大龙议论纷纷。

一工人 赵大龙！外资企业混不下去，又回来了？

一工人 听说你这次结棍，外国大老板亲自到你面前赔礼道歉。

一工人 开除了韩国人不算，还开给你一张支票，赔偿了一万美金。

一工人 乖乖！一万美金相当于八万人民币。

一工人 我情愿挨十个耳光，那就有八十万人民币了！

赵大龙 这是造谣！告诉你们，我是争气不争财。打我老婆就是打工人阶级！我争的是中国人的人格，懂不懂？

一工人 喂喂，听说没有？刘子义为了流水线已经跟老外闹翻，重新回来当厂长了……

赵大龙 瞎讲！世界上没这么傻的人，放着美金不拿，情愿拿人民币。

一工人 喏，说曹操曹操就来了……

〔众人赶紧干活。耿健康陪刘子义上。

耿健康 老刘，回娘家，先各处看看吧。（召唤流水线上工人）小李，你过来！交给你个任务，去对面花宝公司刘总的办公室跑一趟，把刘总用的那张大板桌量一下，长多少，宽多少，高多少，什么款式，统统记下来。不要给别人看见，知道吗？

工人甲 放心吧！（下）

刘子义 老耿，你这是要干什么呀？

耿健康 我要搞一张比你在花宝更气派的大板桌！我想过了，只要你回来，你的总经理办公室按五星级装修。老外让坐进口车，我也马上替你买辆进口车……

刘子义 车子你不用考虑，我暂时可以骑自行车……

耿健康 你开玩笑，堂堂一厂之长骑自行车上下班？国有企业再穷，这点钱总还是拿得出的，最重要的是面子上绝不能输给外国人。

刘子义 可惜，我们输给老外的地方已经太多了……

〔刘子义走近工作台，拿起一盒产品用手掂掂，突然问赵大龙。

刘子义 这些都是你检验的？怎么分量都不一样？

赵大龙 （没好气地）差不多吧？反正不进我腰包。

刘子义 什么叫差不多？它们到底算是合格还是不合格？

赵大龙 一等品算不上，就算二等品；二等品算不上就算等外品。这些都是给乡下人用的，蛤蜊油的档次。

众 （异口同声）就是，蛤蜊油的档次！

耿健康 赵大龙，你这种工作态度就不怕砸了我们厂的牌子？

赵大龙 砸牌子？你这是抬举我。砸牌子我还不够级别。加美丽的牌子不是早就卖给外国人了吗？我们厂还有什么牌子好砸的？！

众 就是，我们厂还有什么牌子好砸？！（赵大龙和众工人下）

耿健康 老刘你看到了吧？国企最大的问题就是素质跟不上！（突然发现谁，低声对刘）你想见的人来了！

〔白少杰提手提电脑上。见刘，突兀止步，扭头便走。

耿健康 白工，白工！老刘等你半天了。

姚小丽 （跑上）白老师，白老师，你别走啊，（见到刘子义和耿健康）刘……刘厂长……耿厂长……

耿健康　（发现姚小丽手上藏掖的纸，狐疑地）你拿的什么东西？我看看。（姚小丽不情愿地递上）“辞职书”？怎么？你想辞职？

白少杰　跟她没关系。是我想辞职。

耿健康　到底怎么回事？

姚小丽　（在耿目光逼视下，吞吞吐吐）……白老师中午在食堂不知听到些什么，午饭后回办公室收拾起东西，带着自己的电脑就气冲冲走了，我进去一看留着这份辞职书，就……追来了。

刘子义　大概那是冲着我来的。

白少杰　（冷冷地）你太抬举自己了。

刘子义　（对耿健康）让我跟老白谈谈。

〔耿健康招呼姚小丽悄悄下。场上俩人对峙。

刘子义　有一件事，我一直想对你说。我不知道梦倩是否跟你提起过，我和她之间……

白少杰　对不起，我对别人的私事不感兴趣。

刘子义　当然，我妻子在三年前就病故了，你大概也知道……

白少杰　她如果在，也很正常。一般讲，头头儿胃口比群众要好一点。

刘子义　我不知道你们感情破裂是不是因为——

白少杰　（很干脆地打断）没什么，就是第三者插足也很正常。现在流行的。

刘子义　（突然加快语调）我不想跟你说她爱我、我爱她之类。我只希望不要影响你我之间正常的工作关系。坦率地说，老白，我需要你的支持，当初搞合资的时候，你不愿和我合作，坚持留在了老厂。现在我回来了，坦率地说，我比以往任何时候都需要你，需要你的本事，需要你的才干，需要你的鼎力支持。

白少杰　我也坦率地告诉你，本事，我不小；才干，也很多。但鼎力支持，恐怕现在缺货。

刘子义　能不能给我一点时间，让我们再好好谈谈？

白少杰　时间对我来说更是短缺资源。（大步欲下）

刘子义　白工程师！——难道我们之间就没有一点商量和合作的余地？

白少杰　余地当然有。就看你有没有这个本事！（把手提电脑往对方面前一搁，打开）你不是号称要赎回品牌吗？你知道高科技的导入使第四代化妆品发生了什么革命性的变化？你知道全世界开发中草药最成功的是哪些国家，哪些公司和哪些机构？（掏出手机）你知道国际十大化妆品公司的网址是什么？怎么从网上查阅最新、最快、最多的化妆品资讯？你可以用全球通连接国际互联网。我里面应有尽有，只要你给我演示一遍，我就心服口服。相信你回来是想搞事业。——请，请吧！

〔他挑衅地看着。刘子义不动。

白少杰　（冷笑一声）哼，一个连电脑和网络都一窍不通的老总，还想去和外国人竞争？！真是异想天开！（收拾起电脑，下）

〔梦倩迎面走上。双方一怔，梦倩刚欲招呼，白少杰擦肩而过。

梦　倩　你为什么不表现一番给他看看？至少，现在的你不是他想象中的电脑盲。

刘子义　我欣赏他的就是这点锋芒毕露。再说我总得给你的前夫留点面子吧？

梦　倩　你少来！在这方面，你们有时是一丘之貉。

刘子义　找我有什么事吧？

梦　倩　我带来了董事会和哈奇先生的口信。只要你答应回花宝，不论中方给你什么条件，花宝都答应加倍给你。只要你不再提辞职。你的行情看涨啊！

刘子义 哈奇先生不了解我。你应该最了解我，开弓没有回头箭，既然我提了辞职，就表示决心已定。

梦　倩 哈奇先生说了，只要你回来，马上让你去世界各地的子公司考察，然后去美国总部受训半年。一旦受聘子公司经理，年薪二十五万美金……

刘子义 二十五万美金，那用不了几年我们就可以在夏威夷买别墅了。

梦　倩 人家在跟你说正经的！

刘子义 好，那说正经的。我认为，哈奇先生越是这样不惜重金挽留我，就越说明我辞职回来是做对了，他怕我成为他的竞争对手，而且我也很可能成为他的竞争对手。

梦　倩 刘子义，你已经是四十多岁的人，已经没有多少时间让你去冒险了！

刘子义 所以我更要抓住最后的机会搏一下。

梦　倩 搏什么？宁当鸡头不当凤尾？国营厂厂长你还没当够吗？！（**话锋一转**）刚才，我去老厂房转了转，顺便还考察了一下女厕所。这使我想起了一个故事。一位外国老板参观一家中国工厂。刚踏进厂，他就打断陪同的介绍，说你们是国营还是合资企业，我只要闻闻厕所的气味就知道了。

刘子义 ……有意思，以后考察企业只要带鼻子就行了。

梦　倩 有时候厕所就是一家化妆品厂最好的形象说明。一个连厕所都不干净的化妆品厂，我想是出不了一流化妆品的。刚才逃出厕所时，我就在想，为什么同是这批中国员工，在一墙之隔的花宝，创下了亚洲销量第一的奇迹，在这里人均创利只有花宝的十分之一，甚至百分之一？

刘子义 问得好，你是怎么想的？

梦　倩 用你的话说，叫管理机制不同。用外商的话说，叫利益驱动。一辆汽车跑起来，靠的是发动机和燃料，利益就是世界上最好、马力最强劲的燃料。阿基米德说过：给我一个支点，我可以撬动地球。（*突然转向刘子义*）你的支点不在这里。只有花宝，才是你功成名就的支点。

刘子义 你我理解的支点恐怕不在一个点上。

梦　倩 你自己也很清楚，在这里不可能生产出真正的世界级名牌。

刘子义 我不这么看！现在不可能，并不意味着永远不可能！

梦　倩 你知道我当初喜欢你什么？

刘子义 我的优点实在太多了，我怎么知道你喜欢什么？

梦　倩 当初为了促成合资，你在上下一片反对声中，坚持要将加美丽品牌卖给外方，据说创下了当时的天价。我欣赏你的就是那种敢为天下先的男人气魄和远见卓识。想不到，像你这样的男人现在也会犯判断失误的低级错误，我很失望。

刘子义 你知道全世界哪个国家柯达和富士彩卷卖得最便宜？

梦　倩 对不起，从来都是别人给我拍照，我不清楚。

刘子义 是我们内地。在全世界每一处都要卖到四五美元的柯达和富士，在中国内地只能卖到十几元人民币，为什么？因为中国有个乐凯，乐凯的存在，决定了柯达和富士只能压价出售。换句话说，使中国老百姓成了最大的受益者。

梦　倩 你是想用加美丽向花宝叫板？你回来就是为了拖住花宝的价格后腿？

刘子义 这不是我的目标，却是我的起点。不要以为我要赎回加美丽品牌只是民族感情的简单冲动。中国化妆品市场还远没饱和，只要创出好品牌，就一定能从花宝手里抢下市场份额！让加美丽也能成为像花宝那样的国际品牌，这才是我的目标！我的梦想！！

梦　倩　（取出一份文件）本来我以为这件东西不用再拿出来了——

刘子义　（翻阅）这是什么——（蓦地发火）什么意思？要我们再花 600 万把合资时带过去的设备买回来？当初合同上没有这一条……

梦　倩　当初合同上也没有赎回这一条。加美丽品牌写明租用 30 年，可不到 3 年你就想赎回去了。

刘子义　你们居然还要把 200 多工人再统统踢回来——

梦　倩　联合花宝当初是因为看你们人员包袱太重，才同意接收的，现在你要收回品牌，当然要把这些包袱也一起带回去。

刘子义　别忘了，你当初也是包袱中的一员！

梦　倩　谢谢你的提醒。可是我靠自己的努力改变了一切！谁叫他们不抓住机遇，这就叫优胜劣汰！

刘子义　难道你就不能帮他们一把？

梦　倩　能帮他们的只有你！哈奇先生说了，如果你坚持收回加美丽，就让他们走人，没有商量余地！

刘子义　知道你现在的语气让我想起什么？

梦　倩　想起什么？

刘子义　有一次你过生日，带我去高档商厦的妇女用品专柜，说是做好男人的第一课，就是要学会给女人买内衣。你问我给妻子买过内衣吗？我无言以对。你责备我不是个好丈夫、好男人。

梦　倩　这跟今天的话题——有关系吗？

刘子义　有！（走到梦倩面前）我想知道，这个教会我温柔的女人……是你吗？

〔梦倩与刘子义相对无言。少顷，梦倩快步走下。

〔台上是沉寂的刘子义。耿健康引四个干部上。

耿健康 老刘，你要找的干部都来了。

刘子义 大家坐，坐。

〔干部们鱼贯而入。团团坐定。互不吭声。

刘子义 找你们来，是想听听你们对厂里收回加美丽品牌有什么想法。

〔干部们或踢皮球，或顾左右而言他。

干部甲 老王，你先谈……

干部乙 老葛是老法师，最有发言权了，老葛谈。

干部丙 小吴谈谈，你年轻，观念新……

干部丁 还是老周先发言……

〔相互推诿后，又异口同声。

众 耿书记先谈，耿书记先谈。

耿健康 请你们来，主要是听你们的。（闷抽烟）

〔再次沉默。

刘子义 既然大伙都不说，那我就说两句。我在花宝两年多。如果说学到了一点什么的话，那就是两条：一是品牌意识，二是管理机制。外资企业对外打品牌，对内抓管理，他们就是靠着这两条压倒了我们，抢占了市场。现在我要把这两条带回咱们老厂来……

耿健康 （打断）不管你学到了什么，我们心里都要有群众！老刘，你是不是一心想跟外国人赌气？但赌气也不能拿着全厂几百名职工的命运开玩笑！你想想，现在外国人每年要付给我们厂1500万的品牌使用费，要连续付30年，这也是当年搞合资的时候你在谈判桌上谈下来，现在你要收回加美丽，每年的1500万没了，就是我答应，全厂职工也不答应！

〔众七嘴八舌顿时活跃起来。

干部甲 是啊，看看周围那些厂，还剩几家有效益？有多少是开不出工资的？

干部乙 有的厂医疗费报销从1998年一直排队到2002年。

干部丙 你不懂，这叫“跨世纪的医疗费”。

干部丁 相比之下我们厂的日子就好过多了。

耿健康 现在的化妆品行业，能活下来已经是很不容易了！

众 是啊！

耿健康 更不用说能做到像我们这样，每年笃定1500万，没有任何风险，这种旱涝保收的好事到哪里去找？

众 就是嘛！

干部甲 我们不是朱镕基，国家我们管不上，能管好几百名职工，已经很不错了。

干部乙 就是，太平日子过过蛮好了……

干部丙 不要再翻什么花头了……

干部丁 弄不好做了亏本生意，哭都来不及……

〔众越说越来劲。

耿健康 好了好了！一个一个说，像什么样子！

〔秘书托着一件牛皮纸封着的长东西进来。

秘　书 刘厂长，耿书记……

耿健康 你拿着什么？

秘　书 这是刚才有人放在厂办门口的，上面写着“请速交，给刘厂长的见面礼”……

耿健康 见面礼？打开看看。

〔牛皮纸包打开，露出一把脏扫帚。

干部甲 这是扫厕所的扫帚！

干部乙 谁恶作剧？！

干部丙 一定是有人不怀好意。

干部丁 这有点过分了吧。

耿健康 （发火）这是干什么！什么意思！！

刘子义 这意思很清楚，就是扫地出门，请君滚蛋！

耿健康 （猛地一拍桌子）不像话！查！——立即给我查！查出是谁干的，开除！

刘子义 我看不用查了。就是查出来又怎样？能说这样的职工就是不受欢迎的职工？！现在不受欢迎的是我。

耿健康 我看是好日子过惯了，有的人头皮痒痒。说到底，还是素质太差！

〔秘书赶紧收拾起脏扫帚走向门口。

刘子义 （稍顿）我去年到美国考察，听了麻省理工学院一位教授讲的“青蛙理论”。他说：当你把一只活青蛙扔进烫水中，它会受刺激而立刻蹦出来；而当你把活青蛙扔进凉水中，然后开始给水加热，青蛙会因为水变得温暖而惬意，而当它发觉水热得无法承受时，已经无力再跳了。

〔众莫衷一是，不约而同看着刘子义。

刘子义 咱们这么大的一个百年老厂，上上下下几百号人，都躺在这 1500 万身上，准备坐吃三十年，什么也不想干，这和三十亩地一头牛，老婆孩子热炕头的农民意识有什么两样？是啊，旱涝保收，可你们想过三十年以后吗？三十年以后外商返利的钱一分也没有了，加美丽也绝种了，我们这个厂也就彻底完蛋了！其实根本不用三十年，等到中国正式加入 WTO 那天，像我们这样小富即安，求稳怕变，不思进取的企业，就只有死路一条！你们真想变成被慢慢煮死的青蛙吗？难道各位还不明白，我们现在真正的对手，不是花宝，不是哈奇，而是我们自己！

〔张小妹及众工人上，群情激愤。

张小妹　刘总！听说你回来了，外国老板成心刁难，收回加美丽一定要搭走二百名中国工人！太气人！……

工人甲　他以为中国工人是什么？垃圾货？买紧俏商品搭垃圾？！……

张小妹　刘总！你一定要收下我们！同样两只手、两只脚，我们就不信做不过花宝！

工人乙　工资待遇我们全不计较！苦一点也没关系！

工人丙　就冲着外国人这句话，我们也要争口气！

工人丁　刘总！你一定要收下我们！

众　收下我们吧！刘总，收下我们吧！

刘子义　（看看拼命朝他挤眼的耿健康，又看看张小妹）好，我欢迎大家回来！但有一句话要记住，你们回来，会比在合资厂苦得多！

张小妹　刘总，我们跟着你好好干！

众　对！我们一定好好干！！

〔张小妹和刘子义握手。面露愧色的干部们相继站起，注视着一边闷闷不乐的耿健康。

〔暗转。

〔宾馆。音乐徜徉。

〔刘子义和耿健康步入餐厅。

耿健康　到底是五星级，素质就是不一样！老刘啊，合资厂待两年，你眼界高多啰。私人请客，都敢上五星级。我就是拿公款请客，也没这个胆。

刘子义　你以为我钱多得没地方花？告诉你，我这是投资，要讲收益的！

耿健康　这个我懂。和这班干部搞好关系是对的，这叫感情投资。

刘子义　这可不光是感情投资。我是想让大家体会一下，什么叫高档消费，什么叫星级服务，如果我们对高品质的内涵连一点感性认识都没有，什么美化人生，开发一流产品，都是一句空话。

耿健康　我就知道你是不会白花这个钱的！

〔几个模特在做时装表演。刘子义看着她们若有所思。

耿健康　老刘，你又在想什么？

刘子义　我忽然有个想法，什么时候我们也要培养自己的美容模特，建立自己的连锁美容店，有可能的话，还要把在中国举办的最高档次的模特大赛的冠名权拿下来，聘请大赛冠军为加美丽的形象代理或者就叫“加美丽大使”。

耿健康　我真服了你了老刘，你的这些想法我只有在做梦的时候才想得出来 。

刘子义　我们一起干长了，你的梦会越来越多！

耿健康　我可不行！哎，干部们大概已经来了，我们进去吧。

〔两人下。白少杰和姚小丽上。

姚小丽　白老师——

白少杰　我说过了，在外面不要叫我老师。

姚小丽　那叫什么？

白少杰　白少杰！老白！——都可以。

姚小丽　老白？嘻，怪怪的！

白少杰　我们先在这里坐一会儿吧。

姚小丽　你觉得我这个人怎么样？样子还算老实吧？

白少杰　老实是看不出来的。事实证明，长相越老实的人欺骗性越大。

姚小丽 精辟！知道我今天骗了你什么？

白少杰 不是你生日？

姚小丽 不，是我生日。不过请客的人不是我，是刘子义。

〔白少杰欲走。

姚小丽 （拽住）你说过，我生日无论提出什么条件你都答应的。

白少杰 （皱眉）刘子义什么时候找的你？

姚小丽 昨天，我没想到他会找上门来。说今天他要请厂里的干部吃饭，一定请你参加。他还说他的面子没我的大，要我一定把你请来，我可是答应人家了，你看着办吧！

白少杰 他可真是费尽了心机！

姚小丽 走吧……（撒娇地拖着白走）

〔白少杰收住脚步。看见梦倩和哈奇迎面而来。

梦　倩 少杰，你也在这儿……

姚小丽 那……我先进去了。（下）

梦　倩 我来给你们介绍，这位是哈奇先生，这是白先生。中国化妆品行业有许多第一都出自他之手。目前，他正在进行中草药利用和开发的研究。可以说，是国内圈子中我们最厉害的对手！

白少杰 你太抬举我了。

哈　奇 如果您不介意的话，我想请教一下白先生，中国是中草药的故乡，可是为什么研究开发却落在世界后面？

白少杰 因为我们起步太晚，也因为我们现有的条件比不上国外。

哈　奇 据你所知，当今国际上研究开发中草药走在最前列的是哪个国家？

白少杰 英国。

哈　奇　那从中草药取得商业价值最成功的又是哪个国家呢？

白少杰　日本。

哈　奇　（再次欣赏地点头，转向梦倩）如果不是保密的话，我很想知道他的底薪是多少？

梦　倩　据我所知，最多不会超过每个月 2000 人民币，合 250 美元。

哈　奇　太便宜了。

白少杰　（皱眉）哈奇先生有什么问题，可以直接问我！

哈　奇　OK！我有个建议你想听听吗？

白少杰　请赐教。

哈　奇　你知道，我在全世界有多少别墅？（做了个中国式的手势）六套！而据我所知，你很可能只有一套住房。为什么不来花宝试试呢？这样，你也可以在全世界任何一个地方拥有自己的别墅。

白少杰　恕我直言，哈奇先生，你虽然有六套别墅，但每天晚上只能睡一张床。

哈　奇　（大笑）VERY GOOD！我知道中国有一句俗话叫……树挪……

梦　倩　树挪死，人挪活。

哈　奇　对对，树挪死，人挪活。哈哈哈哈……对不起，我要去给总部打个电话，失陪了。

〔哈奇做了个“你们谈”的手势，离开。

〔白少杰突然绕梦倩转了一圈，用鼻子嗅着什么。

梦　倩　你又在闻我身上的香水，做你的香味测试了。不过这一次你很可能要失误，它不属于你当年能闻出的 17 种香型范围。

白少杰　哦，你那么肯定？

梦　倩　这是上星期巴黎才刚刚对外发布的名牌货。它的名字叫“毒药”，你不觉得很特别吗？

白少杰 我虽然没见过真正的“毒药”，但我知道它的测试数据。你涂了约有多长时间？

梦 倩 （看表）两小时。

白少杰 两小时后它的挥发范围仍应该保持在1.5米内。当你走过，香味应该在空气中滞留5秒到6秒，可现在在1米范围内不到1秒就消失了。很可能，它不是“毒药”，而是一贴假药。

梦 倩 这不可能，这是我昨天才请人从香港带过来的。

白少杰 你不知道？报纸上说，香港也在打假。

梦 倩 你怎么忽然成了打假能手了？

白少杰 你不也成了跳高高手？

梦 倩 什么意思？

白少杰 水往低处流，人往高处走。你不是走而是跳！（与梦倩擦身而过）

梦 倩 等等！少杰，这个星期我想回去一趟，把我余下的东西取走。

白少杰 请便。你的房门钥匙还在有效期。

〔白少杰下。音乐徜徉。一场小规格的时装表演开始。三人组合的女模特款步轻移，为首的正是着旗袍装的雅霜女郎。

〔刘子义上，他似乎想与雅霜女郎交流，而雅霜女郎却从他身边飘然而过。一名女服务员上，为独坐一隅的梦倩送上一杯红酒。刘子义转身发现了梦倩，悄悄走到她身后。

梦 倩 是你，吓了我一跳。

刘子义 这几天过得好吗？

梦 倩 （苦笑）不错啊。怎么，又是哪个客户请吃饭？

刘子义 这次是我请客。

梦 倩 在五星级请客，这么有雅兴？

刘子义 我把厂里的有关人员都请来了，想让他们感受一下什么叫档次，什么叫品牌。

梦　倩　你总是能想出别人想不出的点子，去干很少有人干的傻事。你以为把那帮人弄到这里来坐一坐，看一看，就能提升他们的档次，跟着你的思路干？有时候我真佩服你的想象力。

刘子义　能得到你的夸奖，简直比拿老板的红包还高兴。

梦　倩　你对所有的事都敢作敢为，为什么偏偏在我们俩的关系上你总是躲躲闪闪，装腔作势？

刘子义　你要我在办公室里像克林顿那样对你，说实话我没那个胆量……

梦　倩　怕什么？怕影响你的光辉形象？女人最痛恨的就是这种偷偷摸摸、关系暧昧的偷情！

刘子义　别说得那么严重。梦倩，这两天我一直在想，我大概应该跟你结婚……

梦　倩　哦，什么时候？

刘子义　等加美丽有了起色……

梦　倩　到那个时候，恐怕我的女儿都已经到该出嫁的年龄了！

刘子义　看来你对我还是缺乏信心。

梦　倩　这不是有没有信心的问题。你应该清楚，国际大公司都有一条不成文的规定，不能和竞争对手联姻。既然你已经选择了回厂，就意味着我们之间的关系不得不终止……

刘子义　为什么非得是终止呢？我不是提出过希望你跟我一起回厂吗？

梦　倩　我的位置在花宝，只有在这里才能体现我的价值，实现我的理想！

刘子义　难道在加美丽就不能体现你的价值？就不能实现我们共同的理想？！

梦　倩　你我之间最大的差别就在于：你的理想都是用嘴描绘的，而我的理想必须是看得见摸得着的。我不想用自己的生命去为虚幻的理想殉葬！

刘子义　如果这就是你的选择，我可以接受；如果这就是你的理想，我宣布放弃！

梦　倩　刘子义！如果你爱我，如果你心疼你爱的女人，为什么你就不能跟我走，为我牺牲一次？！

刘子义　你心里很清楚，我不是一个不肯牺牲自己的人！！

〔梦倩痛苦地将杯中红酒一饮而尽，下。

〔刘子义颓然坐下。众干部们上。

干部甲　刘厂长，你的意思我们全明白了——

干部乙　如果在厂会议室里，你就是讲得嘴皮冒烟，我们也提不起劲儿来——

干部丙　今天至少我是拎清了，再这样下去，我们真的离农民不远了——

干部丁　看看人家五星级的服务，这才叫高档次——

干部戊　外国人赚中国人的钱，靠的就是质量——

干部己　不对，应该说靠的是品牌——

众　（附和）对——

刘子义　（突然从深思中挣出来）来！为了我们自己的品牌——加美丽——有朝一日也能打进国际市场，干杯！

众　干杯！！

〔刘子义一口喝干了手中的红酒，雅妹在舞台深处缓缓走过。

〔暗转。

〔刘子义办公室。

〔赵大龙气呼呼闯入。身后是厂办秘书。

赵大龙　（气势汹汹）不要拉，拉什么拉！厂长办公室有什么了不起？厂长办公室就不是工人进的了？我要找厂长提意见！

刘子义　赵大龙，以后进我的办公室要得到我的允许，不管是什么事。像这样硬闯是最后一次了。（示意秘书下）好，你有什么意见，现在可以说了。

赵大龙　你们当领导的给我一个说法，凭什么把我一脚踢到大西北去?！

刘子义　凭什么你就不能去大西北？

赵大龙　你这是打击报复！你怀疑上次的扫帚是我送的，现在故意给我颜色看。

刘子义　如果真是你送的，我要好好感谢你！

赵大龙　感谢我？把我踢到大西北去那叫感谢我？

刘子义　来，你先坐，坐下谈。

赵大龙　坐就坐。（一屁股坐在厂长的椅子上）

刘子义　嗬，你倒挺会挑地方。既然你想坐厂长的座位，我就问你一个问题。面对厂里生产和经营的现状，你认为应该采取一些什么措施？

赵大龙　你用不着考我，那是你厂长的事，我就是一个普通的小工人，不操那份闲心！

〔赵大龙起身拉了一把椅子又坐下。

刘子义　看来你也知道厂长这个位置不是谁都能坐的。我现在坐在厂长的位置上，我就有责任安排全厂的生产，你现在坐在工人的位置上，你就有义务服从我的安排。当然你不愿意服从也可以，那就请你把位置让出来！总而言之，你不能占着茅坑不拉屎，等着天上掉下钱来给你发工资！

赵大龙　厂里混日子的人多了，为什么非要我去讨债？

刘子义 派你去为厂里讨债，是因为在这个位置上我认为你是个人才，就像在厂长这个位置上我认为我是个人才一样，每个人只有找准了自己的位置，工厂才能运转起来。

〔秘书上。

秘　书 刘厂长，到全国各地去讨债和做市场调查的人员都安排好了，有两个科室人员还是不愿意去西南边远地区。

刘子义 那好办，凡不愿意服从工作安排的，给三天时间，自找出路。

〔秘书下。

刘子义 赵大龙，要不要我也给你三天时间？

赵大龙 不，不用了——

刘子义 那好，希望你能为厂里讨回钱来，如果能出色完成任务，我会给你重奖。

赵大龙 真的？

刘子义 我从来都是说话算话的！（赵大龙欲下）等等！（拿出两件新衬衫递给赵大龙）这是两件名牌衬衫，你穿着它到西北去，别忘了，咱们厂的人走到哪里都代表着加美丽的品牌形象。

赵大龙 ……刘厂长，你刚才说如果是我给你送的扫帚你要感谢我，是什么意思？

刘子义 （笑笑）因为我喜欢“扫地出门”的含义！每次踏进办公室，我都会问自己：我还能在这个位置上坐多久？如果我干不好，如果因为我的失职搞垮了企业，我们就要被化妆品市场“扫地出门”，到那时候，我从这里被“扫地出门”已经是最好的下场了。

赵大龙 ……我今天晚上就动身去西北！（下）

〔刘子义缓缓坐下回头看着自己的厂长座椅……

〔暗转。

第三幕

〔白少杰家。

〔白少杰目睹梦倩将私人用品，锁进一个大皮箱，然后直起身。

梦　倩　该带走的我都带走了。留下的你随便怎么处理。

〔白少杰沉默。

梦　倩　这是钥匙。我留下了。如果需要，你可以换一把锁。

〔白少杰依然沉默。

梦　倩　怎么，到已经彻底分手的时候，你都不愿意说几句温情点的话，哪怕两个字“再见”？！

白少杰　（掏出一小瓶香水）这是我托人从巴黎捎来的真正的“毒药”。你拿去。

梦　倩　在我们关系彻底结束的时候，你送我一瓶“毒药”？不知道是香水的人，还以为你有杀人动机。（稍顿）为什么即使是像你这样的好男人，最终还是留不住我？

白少杰　听说过一句广告语吗？“没有最好，只有更好。”你生来是为了追逐更好而准备的。

梦　倩　你知道你们男人常犯的一个错误是什么吗？总是自以为只要男

人事业有成女人也就有了一切。殊不知，女人也是分类型的……

白少杰 结婚前你可没告诉我你属于哪个品种哪种类型。

梦 倩 你知道你曾经说过的最使我感动的是哪句话？不是无数次失约后你为了讨好我说的甜言蜜语；也不是你一头扎进实验室几天几夜出来时哄我骗我的花言巧语。而是在我们最穷的时候，有一天你突然拿出一瓶赤膊包装的化妆品，对我说，这是你专为我一个人调制的抗衰老的爱情精华素……（稍顿）里面的东西我早用完了，但瓶子我还藏着。（又稍稍沉默）这次我把它也带走了。好了，再说这些没意思……（突然地）如果我曾经伤害过你的话，我愿意现在对你说一声……对不起。（稍顿，又说了一句）对不起。

〔白少杰沉默。梦倩拎起皮箱转身欲下。

白少杰 （突然地）你今天的香味很好闻。

梦 倩 （突然放下皮箱反身在对方的脸颊上轻轻吻了一下）保重！（转身欲下）

〔黄阿根上。

黄阿根 白工，打搅打搅，今朝是特地向你报喜来了！梦小姐也在？（自说自话大大咧咧一坐）

黄阿根 （对白）坐坐，你也坐。

〔梦斟茶。

黄阿根 （喜滋滋地）白工，告诉你个好消息，我们“彩云飞”换肤霜，现在连外地也卖得飞起来，生产多少拉走多少，十足吃热炒！许多大百货公司抢着要货！

梦 倩 你们乡镇企业手段活络，又做广告又送回扣，一般企业谁做得过你们呀！

黄阿根 听梦小姐口气，好像乡镇企业生产的都是滑头货，靠促销手段发财。告诉你，这次我们“彩云飞”绝对是以质取胜。这个配方不是别人，正是你老公的得意之作。

梦　倩　（也给白少杰的杯子续满水）提醒你一句，科研人员为企业开发的产品，一般来讲属于职务发明，个人无权转让。

白少杰　这个也要你提醒吗？

黄阿根　（拉开大哥大包，提出一厚沓钱）我懂我懂，我不会无偿使用你的脑细胞。这里是十万块钱，作为“彩云飞”销售利润的第一笔技术费提成。白工，你这一辈子，恐怕还没有一次拿过这么多的钱吧？我是体现知识产权的价值来了。

白少杰　你黄老板不说这句话，我本可以谦让点。你黄老板既然这么说，我就不客气了。我要200万！你可以按销售额分期付，但我一笔不得少于50万！

黄阿根　（跳起）哎哟，白工，讲你是知识分子真是看花眼！你应该划到生意人圈子中去，比生意人还生意人！

白少杰　我们有过协议。技术费按利润的15%提成。你刚才说各大百货公司抢着要货，一个新产品兴衰期起码可以维持一年半，总利润至少在2000万。我要200万不算多。

黄阿根　好！我总算弄清爽你为什么从加美丽厂辞职了——

梦　倩　（皱眉）你什么时候从厂里辞职了？！

黄阿根　连梦小姐也不知道？我今天就是冲着白工的魄力来找他——（取出精致名片盒打开。分别递上名片）

梦　倩　“彩云飞”集团公司？

黄阿根　见笑见笑，这是全国化妆品行业乡镇企业中第一家称集团公司的。我再给你们看一件宝。

〔打开公文包，小心翼翼地取出一份烫金获奖证书。

黄阿根　彩云飞，被评为全国十大驰名商标之一——化妆品行业独此一家，连你们加美丽都榜上无名。不瞒你们讲，这张证书花了我 1000 万！刚刚到手，还滚烫滚烫的。

梦　倩　黄老板不愧大手笔，这一点，连外商都望尘莫及。

黄阿根　接下来我要做的第二件大手笔，就是要把你们加美丽厂几年销不出去的库存 4000 多万的垃圾货和退货一枪买断，统统吃下来。

白少杰　4000 多万存货，你有办法推销？！

黄阿根　对！所以今天我是三请诸葛亮，请你到我集团公司当总工。年薪 50 万。另加分红。你的技术费提成全部作为股本入股。目前你只需要做一件事——

白少杰　什么事？

黄阿根　我要推出一套“彩云飞”化妆品。讲穿了，就是利用你们的库存，在其中增加一点保湿成分，变成保湿霜；增加一点抗皱因子，变成抗皱霜；再增加一点增白剂，变成美白露。一句话，我要形成男女两大系列各六个品种共十二个新产品。隆重推出，重磅轰炸，地毯式宣传。一个城市一个城市滚动式营销——估计光广告费要在 8000 万到 1 个亿。至于利润嘛……（笑笑）到时候你就不是工薪阶层，而是股东老板了。

白少杰　你恐怕想得过于简单了。再说，我恐怕不是你那种增加一点保湿成分就变成“保湿霜”的专家。

黄阿根　卖化妆品就是卖概念。就拿你那个配方来讲，我不过在上面加了三个字：“换、肤、霜”。就一下子火遍大江南北。知识经济嘛，有时候一个点子就可以吃一辈子！

白少杰　我担心这样一来，会把你刚刚树起的牌子给砸了。

黄阿根　做生意一靠资金二靠人才三靠大脑。我跟你合作，就是知识和资金的最佳结合。（再次掏钱）这 10 万元，你先收下，算我个人对你的奖励。至于技术费提成，我答应头一笔先给 20 万，余下的再商量。保证不让你白工吃亏。想通了给我电话。好，告辞。（下）

〔沉寂。桌上搁着 10 万块。

梦　倩　你什么时候也吃里爬外，开始挖社会主义墙脚了？

白少杰　我不是为自己拿，我是为厂里挣！我要让当头头儿的看到，科技和知识是可以转化为利润的！

梦　倩　他们是指谁？刘子义还是耿书记？……（稍顿）你辞职，为什么不告诉我？我们花宝正缺少你这样的对中草药有研究的专家……

白少杰　你知道你属于哪种人？——粗一看，很聪明；仔细一看，自作聪明。

梦　倩　你既然离开了加美丽，又不想为私营老板打工，也不想去外资、合资，究竟想去哪里？……（稍顿，突然明了）是不是英国剑桥的研究所又来信邀请你了？（从对方脸上完全看明白了）大概什么时候走？

白少杰　今天。

梦　倩　（大吃一惊）什么时候的班机？

白少杰　晚上八点。

梦　倩　（伤感）……我们可以一起吃晚饭，然后我送你去机场。

白少杰　谢了，我不想在离开中国的时候，最后一眼看到的还是你。

梦　倩　（难过）如果有什么需要我帮忙，请告诉我一声。（稍顿）不管你信不信，这个世界上我给你的感情曾经是最纯真的……（突然掩脸，提皮箱下）

〔暗转。

〔航空港。屏幕上映出来来往往的过客匆匆而行的脚步。

〔广播声。“请乘坐国际 1024 航班飞往法兰克福的旅客注意了，现在开始登机。请从 3 号登机口登机……

〔带着出国行装，踏上自动运送带的白少杰突然迎面撞上眼泪汪汪疯狂找寻的姚小丽。对峙。

姚小丽 （噙着泪水）姓白的！你看着我！……你看呀，为什么不敢看？！

白少杰 （面带微笑，故作平静地）这是公众场合……你这是……何必呢？

姚小丽 你以为你是什么人？了不起死了，所有的人都要巴结你，求你，跪在你脚下，哀求你别走……

白少杰 ……我这样说过吗？我好像……从没说过。

姚小丽 一个女人就把你打击得七荤八素！你要有种，也去找个女人，比她更好的女人，气气她！跑到国外算什么本事……

白少杰 你误解了……

姚小丽 我没误解！你要是男人，就应该有骨气。天下女人多的是，难道就没有一个比她好？！她有什么好？什么好？……值得你这样偷偷溜走，连招呼都不打？！（顿感委屈，眼泪唰唰地流下来）

白少杰 （惊惶）你哭什么？……这是机场。瞧，人家都在看我们呢……

姚小丽 我不管！让他们看好了，我偏哭！呜……（干脆哭起来）

白少杰 你轻点！轻点……我的小姐……有话好说，我求你了……

姚小丽 （抽泣）有本事你就走……走呀！再也不要回来，一辈子都不要回来！……（打他；又用脚拼命去踢行李）走呀！我也不想再看见你，反正我在你眼里什么都不是。你走得越远越好！走呀，走呀！……（突然响亮地呜呜哭起来）

白少杰 （丢下行李，搂住对方）小丽，你还小，你不懂什么叫大人的感情。

姚小丽 我小?！我早就超过法定结婚年龄了。

白少杰 你知道，我要比你大十几岁！……

姚小丽 我不管！我喜欢！

白少杰 傻瓜，你知道我为什么走？我不是逃避她，我是逃避你！逃避……感情。

〔静场。姚小丽破涕为笑。

姚小丽 说得好听，谁相信你的话！刚才谁想偷偷溜走的？现在又说好话了……骗我?！……

白少杰 我已经伤了一个女人，我不想再害一个女人。

姚小丽 我不管，我情愿……（扑向对方）最好你能把我害死。

〔他们紧紧相拥。广播声。“请乘坐 4316 航班飞往东京的旅客注意了，请从 6 号门开始登机……（英语重复）

〔刘子义气喘吁吁登场，已目睹了一会儿的他看看手表，不得不上前打断。

刘子义 对不起，我大概来得不是时候。

白少杰 （松开姚小丽）是你告诉她，我要出国？

刘子义 是我打听出来的。（稍顿）冤家宜解不宜结。你这样一走了之，让我们彼此都留下遗憾，是不是有点不近情理啊。

白少杰 让我遗憾，你还没有这种水平。对不起，我该走了……

刘子义 （看表）时间还来得及。（稍顿）我是专程来送你的。但同时，也想跟你算几笔账，了断我们彼此的恩怨情仇——这话是不是有点像演戏？

白少杰 我和你之间没什么账可了。

刘子义 你没有，我有。

〔刘子义郑重其事打开公文包，小心翼翼捧出几份写满字迹的报告。

刘子义 我要跟你算三笔账。第一笔——这是你十年来为工厂开发的中国第一代洗发精、第一瓶定型摩丝、第一款变形香水和变色口红的原始报告。复印下来是想让你带在身边，说不定哪天你会突然想看看。直到今天我都不会忘记，那两个一红一绿塑料瓶装的洗发精和护发素，全国差不多都买疯了！

姚小丽 我嫂子当时送了两瓶讨好我爸爸、妈妈，就把我哥骗走了。……我去给你们买点饮料。（下）

刘子义 厂里为了生产和在市场上推广这些产品，十年来共投了二千多万元，相当于今天的几个亿。今后不管你走到哪里，也不管你有多大出息，请别忘了与你休戚与共的工厂和那些同样做出过贡献却默默无闻的工人师傅。

白少杰 放心，就是你忘了，我也不会忘的。

刘子义 第二笔账——这两年，在一无资金、二无支持的情况下，你还是利用现有设备，开发出了不少新产品，可惜大多被打入了冷宫，这是工厂欠你的。这次，厂里专门做了研究决定：无论你辞职与否，全部承担你往返英国和在英国的生活费用，以表示工厂对你多年来所做贡献的一点点感激之情。厂里希望你学成之后还能回来，当然，我想即使没有这笔钱你也会回来的。

白少杰 你怎么知道我一定会回来?

刘子义 你出国进修主攻的是中草药，它们的根都在中国，你怎么会不回来呢?

白少杰 （冷笑了一下）说你的第三笔账吧。

刘子义 （倏地严肃）你我之间的私人账。

白少杰 对不起，你我之间没什么私人账。

刘子义　当然有！从你的眼睛里我能看出，你恨我——不光是因为我在你眼里当初出卖品牌无异于出卖色相，今天收回加美丽又是沽名钓誉，炒新闻，捞取政治资本，也不光是因为你认为我刘子义从生活到事业上都是心术不正、不择手段、唯利是图的小人！你这么容不得我所做的一切，根子只有一个，那就是梦倩，我没说错吧？

白少杰　你夸大了女人的作用！

刘子义　你可以回避，但不能否认！你以为我喜欢和你谈那些男男女女风花雪月不上台面的个人隐私？我的第三笔账要跟你算的不是在这件事情上的谁对谁错！我想说的是，男人的伤痛大都是因为女人造成的，但如果一个男人因为这伤痛就放弃自己追求的事业，那他就不是一个男人！

白少杰　你以为你的所作所为就是一个堂堂正正的男人？

刘子义　我是什么人，我不想解释。我爱炒新闻——这是事实。因为在中国，你想做成一件事，不借助媒体的力量不行。我还爱权，因为有权才能做成事。在合资企业，董事会三名成员我是小三子，没有决策权。只能眼睁睁看着他们一点点封杀加美丽，就像用塑料袋套住一个人的脑袋，让他慢慢憋死。（**稍顿**）我这辈子想做成的唯一一件事，就是绝不让活了一百年的加美丽死在我手上，我要在开放的中国市场上为中国自己的品牌争一席之地！少杰，其实你心里很清楚，我要做成这件事，不能没有你！你说我动机不纯也行，说我想利用你也行，说我势利、钻营都行，但有一点我不明白，你怎么能对加美丽的生死存亡无动于衷，一走了之，一点都不在乎呢?！

白少杰　你这是激将法！你激不了我——我离开加美丽厂不等于离开这一行；我出国，不等于放弃中国！告诉你，我回来照样要打中国牌。不过，不想和你一起干！

〔姚小丽端着两杯饮料上，见气氛紧张，劝阻白少杰。

刘子义 是啊，你有很多选择，你可以和我一起干，也可以不和我一起干，你可以搞加美丽，也可以搞别的品牌，你可以回中国，也可以留在国外，但是我只有一个选择，我离不开加美丽……

姚小丽 刘厂长，您先喝点水……

刘子义 小丽，你知道加美丽名字的由来吗？

姚小丽 知道，是新中国成立前，加美丽厂的前身丽生行老板起的。

刘子义 起这个名字是为了纪念一个美丽的女人。她就是丽生行化妆品招贴画上的姑娘。丽生行靠她的形象打开了市场，声名鹊起，名扬海外。她本人却在拍双妹广告时心脏病突发猝死在现场，死的时候才二十二岁。

姚小丽 太可惜了。

刘子义 她把自己的青春、美丽和生命都永久留给了丽生行。丽生行老板立下了规矩，从此永不再请其他人拍广告。并把自己的化妆品品牌改名为加美丽，所以直到今天，海外的丽生行都以双妹作为自己唯一的广告形象。

姚小丽 她叫什么名字，那个拍广告的姑娘？

刘子义 她叫雅妹。

姚小丽 雅妹……哎，你怎么知道得这么清楚？

刘子义 这是丽生行在海外的继承人告诉我的。他还告诉我，因为大陆最早注册，世界上只有一个加美丽。

姚小丽 真的？！

刘子义 （转向白少杰）如果有一天，我身败名裂，加美丽没有搞上去，不管你在哪里，也不管你在忙什么，请务必回来，一定要把加美丽的品牌打出去。拜托了！

〔广播声又起。

刘子义 对不起，又浪费了你的紧缺资源。你走吧，再晚就来不及了。

〔再次响起的广播声。白少杰提起行李，欲言又止，猛地扭头向候机厅入口处走去。

刘子义 （对姚小丽）去吧，快去送他。这是个好男人，错过，就没有机会了。

〔在刘子义的催促下，姚小丽追去。刘子义一直看着她的背影离开，缓缓坐下。

〔雅妹再次出现。

刘子义 （心声）为什么你总是在我最需要你的时候突然出现？

雅　妹 （心声）我从来就没有离开过你，我一直藏在你的心里。

刘子义 （心声）一百年过去了，是什么使你保持着永恒的魅力？

雅　妹 （心声）我对公众是个谜。我所有的魅力就在于我始终保持着谜底。

刘子义 （心声）我想让你的生命在加美丽身上延续，可是……

雅　妹 （心声）美丽可以仿造，但活力无法复制。能给加美丽生命的，只有你自己。

〔雅妹消失，机场广播声。

〔白少杰和姚小丽重又返上。远远地站着。

姚小丽 刘厂长，他答应暂时不走了！

白少杰 我可以和你合作，但永远不会成为你的朋友！

〔白少杰下，姚小丽追下。

〔刘子义泪眼蒙眬，心绪激荡。

〔暗转。

第四幕

〔工厂。朴雄一在给员工上课。

朴雄一 如果说品牌是一家企业的灵魂，那质量就是品牌的生命。产品质量只有两个概念：合格与不合格，没有二等品、三等品、等外品之分，请记住，今天的质量就是明天的饭碗。现在休息十分钟。

〔众休息，赵大龙风尘仆仆上。看上去衣冠不整，头发凌乱，胡子拉碴，手里提着沉甸甸的蛇皮袋。

工人甲 嘿！你们看谁来了？

工人乙 哟，是赵大龙！怎么弄得像个大西北逃犯呢！

〔工人们开玩笑地把张小妹推出队列。

工人丙 你老公胆子不小，回上海居然不先去家里报到，简直是目无领导！

张小妹 （不好意思地）去去去！……

工人丁 你这次出去半个多月，第一眼看到老婆居然一点反应都没有。老实交代，是不是肥水都外流了？

赵大龙 反应就反应。告诉你们，我这个人的一贯政策：外面花头再浓，老婆总是第一位的！（走到老婆身边，猛地亲了一口，众鼓掌叫好）怎么样？过瘾了吧？

一工人 （踢踢蛇皮袋）这是什么？

一工人 看样子是孝敬老婆的！

赵大龙 ——当心！踢散了你赔不起，这可是银行。

一工人 银行？什么意思？

赵大龙 全是人民币，四十多万呢！

一工人 瞎讲，人民币用蛇皮袋装？骗谁？——我看看。（打开蛇皮袋，大吃一惊）真是钱！

一工人 你疯了，这么多现金随身带，胆子不小。

赵大龙 这是对付车匪路霸最安全的办法。上了火车，往行李架上一扔，假装蒙头大睡，到站拎了就走。谁也不会想到破蛇皮袋里装的是人民币。要偷、要抢，也没人会打你蛇皮袋的主意。

众 （哄堂大笑）这个办法真是绝了——

赵大龙 为了装得像点，我还特意把刘老板给我的名牌衬衫找西北老乡换了这身衣服。

一工人 赵大龙，你给厂里要回了四十多万，得拿多少奖金啊，这下你可发财了！

赵大龙 刘老板说了，我在讨债这个位置上是个人才。以后各位这方面有用得着我的，尽管吩咐，随叫随到，内部优惠，只收百分之一的手续费。

张小妹 你胆子也太大了，看你这副德行，命丢了倒不值几个钱，工厂的钱丢了怎么办？

赵大龙 怎么会丢呢？没点把握我能这么干吗？（掏出烟来分给大家）来来来，尝尝西北烟，味道不错！（发烟发到朴雄一面前）你也来一根！

朴雄一 谢谢，上班的时候我不抽烟。

赵大龙 （愣住了）是你？

朴雄一 你好，赵先生，辛苦了！

赵大龙 （问众人）怎么回事？韩国人怎么又回来了？

张小妹 他是刘总专门请来当厂里质量总监的。朴先生现在对大家的态度跟以前不一样了！

赵大龙 哦——（想让朴雄一难堪）哎，你们知道吗？现在韩国可惨了，连大公司的总裁都到餐馆端盘子洗碗去了，日子不要太难过！

一工人 为什么？

赵大龙 亚洲金融风暴呗！韩国钱不值钱了！

一工人 听说亚洲那些小龙小虎的都趴下了，货币跌得一塌糊涂！

一工人 只有中国最结棍，亚洲全靠中国在撑台面了！

一工人 现在人民币最值钱了，听说到泰国走一趟只要两三千块。

赵大龙 所以咱们刘老板发慈悲了，弄个韩国下岗工人到中国来拔份！

〔众乐。

〔朴雄一在议论声中突然站起，向众人深深鞠躬。

朴雄一 （表情严肃地）对不起，韩国拖累了东南亚经济，也给贵国增加了麻烦！亚洲的压力都落到了中国身上，真是——太抱歉了！

〔众愕然。稍稍静场。赵大龙突然咯咯笑起来。

赵大龙 听见了吧听见了吧，人家代表韩国总理，向东南亚人民谢罪啦……

〔有人跟着哄堂大笑。

张小妹 （愤怒地将水杯中的水泼向赵大龙）你笑什么？你觉得很好笑吗？！还是笑笑你自己吧！你还算个男人吗？你要是有这点儿

自尊心，也不会混成今天这个样子！

〔张小妹跑下，众人愕然。

〔朴雄一掏出自己的手绢递到赵大龙面前，赵不屑。朴雄一看到地上的水迹，跪下用手绢仔细地擦干净。众人静静地看着，内心触动，若有所悟。

〔耿健康上。

耿健康　赵大龙，听说你回来了，收获不小吧？

赵大龙　（示意地上的蛇皮袋）喏，这些都是要回来的钱，四十多万！

耿健康　这回你可给厂里立了大功！（发现赵衣冠不整）哎，你怎么这副打扮，厂里正在整顿厂风厂貌，以后进厂要注意形象。

赵大龙　这个我懂，不就是品牌形象嘛！耿书记，厂里还有什么要不回的债，派我去！我保证要回来！明天就出发……

耿健康　好好，先把钱送到财务科去吧！

赵大龙　那……我那份……

耿健康　放心吧，少不了你的！

〔赵大龙下。黄阿根上。

黄阿根　耿书记，那批货我就拉出去装车了？

耿健康　手续都办齐了吗？

黄阿根　都办齐了。

耿健康　办齐了就装车吧！

黄阿根　（指挥铲车）往这儿——这儿……（给耿健康递烟）耿书记，你看是不是请些工人帮忙搬到卡车上？

耿健康　（招呼工人）来来，都帮忙搬一搬！

朴雄一　（突然发现了什么，将铲车上货箱的生产日期审视一遍，突然挥手）等一等！耿厂长，这批货不能出厂！

黄阿根 为什么？

朴雄一 这批货库存时间太长，保质期马上就要过了，属于不合格产品。

耿健康 我知道。所以，我们按处理品的价格给客户打了折扣……

朴雄一 对不起，工厂只有两种产品，要么合格，要么不合格。不合格的产品不能出厂。

耿健康 你的质量意识是好的，以后新产品可以没有处理品、等外品，但这批货是存货，它们是老产品，你明白吗？

朴雄一 不管新产品老产品，不合格就不能出厂，这是规定。

黄阿根 （挤到前面，拍拍皮包）哎哎哎——你是什么人啊？告诉你，我就是这批货的买主，我知道它是处理品，我买的就是处理品！懂吗？

〔众议论纷纷。

朴雄一 （走到耿健康面前）厂方可以给价格打折扣，但是不能给质量打折扣。

黄阿根 （对耿健康）这就是你们新引进的白领？！你们厂到底是老板讲了算，还是打工仔讲了算？我看不懂，实在看不懂！

耿健康 （稍稍恼火）这件事情就这样了，有什么问题我承担责任！你们继续搬！

〔朴雄一突然双膝跪地，挡住去路。

朴雄一 对不起，不能让这样的产品出厂！这是我的职责。要出厂，请从我身上碾过去。

〔众愕然。

耿健康 你……你……太过分！你给我起来，起来！你还当我是厂领导吗？你眼里还有我这个上司吗？

朴雄一 （继续跪着）你是我的上司，但最大的上司是产品质量和工厂的信誉，今天这件事请原谅，只要这批货还想出厂，雄一就不能服从你。

耿健康 你别忘了，你是我们花钱雇来的，不是外方股东，这儿也不是合资厂！

朴雄一 可我也是加美丽厂的一员，请允许我履行我的职责！

耿健康 你——

〔朴雄一不动，静场。

〔刘子义、白少杰不知什么时候来到人群中。

刘子义 朴先生，有些问题不是靠跪能解决的，请起来吧。

朴雄一 （仍没动）刘先生，雄一又给你添麻烦了！

白少杰 （快步走到朴雄一面前，大吼一声）你站起来！（将朴拉起来）不要说今天你没有失职，就是你失职了，让这批货出了厂，该向消费者道歉下跪的也不是你！

耿健康 白工程师，你这是什么意思？

白少杰 我的意思很清楚，这批货不应该出厂。

耿健康 你说得轻巧，不能出厂，你知道这批货价值多少？两百多万！仓库里还有四千多万的存货，也都不能出厂？现在管销售的是我！厂里现在是最缺资金的时候，设备要更新，新产品要上马，大楼要改建，职工生活要改善，可是钱呢？现在摆在我们面前的只有一条路——清出库存，回笼资金！只有这样才能全盘搞活！全盘搞活这也是刘厂长的思路——

白少杰 谁的思路我不管，我要看的是实际效果！让这些过时货摆在低档小商店里长期卖不出，蒙上厚厚一层灰，那是在替我们做反宣传，如果再因为过了保质期而对消费者造成伤害，那更是直接砸加美丽的牌子！

黄阿根 白工你放心，这批货我打的是彩云飞的牌子，跟你们加美丽没关系，再说你也知道，我拿回去还要加工的，我要加一点抗皱因子——

白少杰　黄老板，你那些所谓的“加工”全是坑人的把戏！这些积压产品都是我多年前的老产品，我绝不允许你利用它们去欺骗消费者！

黄阿根　耿厂长，我们可是签了合同的——

耿健康　你先等一等，我们再商量一下——

黄阿根　（火）我没有那么多时间等。违约赔钱！（下）

耿健康　黄老板！——（回身对刘子义）老刘，你看看，到了嘴边的大肥肉没了，你是厂长，你决定吧！

刘子义　我支持朴雄一的做法，同意白工程师的意见，这批产品不能出厂。

耿健康　你也说不能出厂，那两千万的存货怎么办？

刘子义　销毁。

耿健康　——销毁？

众　——销毁？

刘子义　对，公开销毁！而且是在全国所有大中城市，同时公开销毁！

〔众人隐去。台上只留刘子义、耿健康、白少杰。

刘子义　（对白少杰）我的这个决定，又要受到你的什么抨击啊？

白少杰　这些产品，毕竟浸透着我的智慧和心血，要付之一炬，说不心疼那是假的。可是现在，它们既然已经不能保证质量，你要当众销毁，可以说是给它们找到了最好的归宿。我佩服这种胆识和魄力！（下）

〔刘子义走向一边沉默不语的耿健康。

刘子义　老耿，你有什么想法？

耿健康 我能有什么想法，你是厂长，有权决定一切。

刘子义 这几天我一直想跟你商量这件事，我想把所有加美丽到期、过期的库存产品一把火统统烧掉。同时开展大规模的宣传攻势，重塑加美丽品牌形象，赢得消费者信任，为推出新产品提供新的营销契机。

耿健康 推出新产品的办法多的是，为什么非要把老产品烧掉呢？这都是我们一点一点生产出来的，是能换回来钱的，这可是我们的辛苦钱、血汗钱！几千万啊！

刘子义 是的，这些积压产品是能立刻给我们换回钱来，可是我们不能只顾眼前的利益！这些都是过时的、劣质的产品，卖出去越多，对加美丽品牌形象的损害就越大！从长远看，这种短期行为给我们带来的损失将远远不止几千万，而是几个亿，几十个亿！

耿健康 一把火烧掉几千万，名声是有了，气魄也不少，可账面上留下的大窟窿今年就是赤了脚也追不回来，中央国企扭亏工作的会议有精神，谁亏损谁下台！

刘子义 老耿——

耿健康 （打断）老刘，你当初回厂的时候，我心甘情愿当副手，把厂长的位置让给你，是相信你能把加美丽厂搞上去，你现在非要烧这把火干什么？！把加美丽烧得焦头烂额，把领导放在火上烤，最后连你自己也要葬身火海！我担心，这把火一烧，谁也没有本事把它扑灭，想帮你也帮不了！

刘子义 我早就想过了，如果重塑加美丽，注定要有人牺牲作代价的话，那就让我来吧。

耿健康 ……既然这样，我也不便再多说什么了。（欲下又止）老刘，我和你共事这么多年，别人最恨你的就是你做事从不留后

路，不给自己留后路也不给别人留后路，我佩服你这一点，可这样行不通啊！（下）

〔梦倩上。

梦　倩　听说你挨批了，上面有些领导对你爱出风头不满意？

刘子义　听谁说的？没有的事。

梦　倩　这个行业圈子并不大。能有所作为的人更少。你一有风吹草动，幸灾乐祸的人真不少。

刘子义　这是好事。在联合花宝，还从来没有这么多人关心过我。

梦　倩　国企之所以搞不好，就因为经营者做好做坏一个样。有谁会真正关心企业的命运？偶尔有几个像你这样出类拔萃的，辛辛苦苦把企业搞上去，到时候一纸调令，你又会变成两手空空。

刘子义　你讲得很在理。可惜没有新意。

梦　倩　我们分手不过短短数月，就变成了话不投机半句多了。说些你爱听的吧，本周最新的销售数据，你们的加美丽沐浴露抢走了我们花宝沐浴露30%的市场，成了销量排行榜的龙头老大。

刘子义　我们不过是一个品牌稍稍领先。你们有三大品牌七个品种在市场上都占有绝对优势，我们比你们差得很远，距离打入国际市场的目标就差得更远了。

梦　倩　为了夺回被你抢走的市场份额，花宝准备从下个星期开始降价，这是新来的老板做出的决定。

刘子义　哈奇先生呢？

梦　倩　他被公司总部解雇了。

刘子义　为什么？

梦　倩　因为他在内地丢失了一块花宝最引以为荣的市场。

刘子义　就出于这一个原因？

梦　倩　这一个原因还不够吗？

刘子义　（沉思）……

梦　倩　这一次给你说准了，你不光成了哈奇的对手，还是一名赢家。也许……我们以后见面的日子不多了，哈奇先生邀请我和他一起去美国发展。

刘子义　你接受了？

梦　倩　我正在考虑。（突然地）如果今天是情人节，你会送我一束玫瑰花吗？

刘子义　情人节？我不清楚情人节是哪一天。

梦　倩　（打断他）如果今天是，你会吗？

刘子义　我——不知道。

梦　倩　我们相恋了两年，你从来没有给我送过花——除了有一次，你以领导的身份来看望我这个病人——如果我真的要走，你会挽留我吗？

刘子义　你不是那种想挽留就能留下的人。不过我会祝福你，但愿这是你一生中最佳的一次选择。

梦　倩　你放心，如果错了，我不会把它作为最后的选择。（欲走）

刘子义　……刚才你向我透露花宝要降价的信息，是站在花宝的立场还是站在加美丽的立场？

梦　倩　你可以自由想象，但有一点是肯定的，我爱美元，也爱中国强大。

〔梦倩下。众人上场。

张小妹　刘厂长，这火还点不点？

赵大龙　刘厂长，这火还点不点？

众　刘厂长，这火还点不点？

刘子义　为什么不点？点，一定要点！！

刘子义　（走向观众）多少年来，我就是想放一把火，让加美丽燃烧起来，让更多的国企熊熊燃烧起来！看看周围的生活：我们的孩子一生下来就吃“强生”奶粉，用“强生”润肤霜；稍大一点他们吃“麦当劳”、喝“可口可乐”，穿的是“苹果”牛仔裤、“耐克”运动鞋，洗头发用“力士”“花宝”“海飞丝”……而所有这一切几乎都是在中国的土地上、中国的工厂里、靠中国工人的双手做出来的。为什么同是这双手，能生产出外国名牌，却不能创造自己的名牌？为什么？！不要以为光靠民族情感民族自尊心就能回答这个问题。也许在我们的观念意识里，有些东西是需要反省、需要批判、需要抛弃的！多年积累下来的库存有时可能恰恰成了我们的包袱、累赘、绊脚石！开放的中国要想挺直腰杆与世界对话，必须先敢于对自己说“不”！鉴于加美丽今年的亏损，我谨向董事会提出引咎自辞。我只有一个请求，请让我继续留在厂里，哪怕当一名普通工人。我要亲眼看着我们的新产品，打上“中国制造”的印记！这是我最大的梦想……

〔将一根划燃的火柴扔进乐池，火光熊熊燃起。

〔火光中，一个崭新的“雅妹”向我们走来。

——幕　落——

作品赏析

《中国制造》通过鲜活的人物命运和跌宕的情节起伏，巨细靡遗地再现了中国制造业寻求转型、打造民族品牌的艰难历程。这部作品以其厚重博大的格局、悲壮沧桑的情怀，昂扬向上的基调，发人深省的现实之思，深刻展现了中国制造力求华丽转身、重塑国际形象的使命追求。

《中国制造》以一个百年化妆品老厂“加美丽”的兴衰沉浮为主线，荡气回肠地书写了中国民族工业由盛转衰、由衰转盛的发展图景。剧中，面对品牌老化、设备落后、创新乏力的窘境，加美丽不得不选择中外合资之路。而合资后，曾经叱咤风云的“加美丽”却沦为边缘品牌，直至面临破产的风险。这一情节设置并非编剧的主观臆想，而是基于对现实的敏锐洞察。事实上，无论是家电业还是纺织业，中国制造这一困境早已屡见不鲜。正如剧中主人公刘子义的痛心疾首：“我们输给老外的地方已经太多了……”而这正是中国制造亟待破局、力求重生的时代呐喊。

与此同时，面对困境，剧中人选择了不同的出路。有的随波逐流，将品牌出售给外资，成为跨国公司的附庸；而以刘子义为代表的有识之士，则选择铤而走险，毅然回购品牌，陷入市场与理想的艰难抉择。面对合资公司的高薪诱惑，刘子义婉拒了梦倩的挽留，毅然回到加美丽。这不仅体现了人物的价值选择，更彰显了民族企业家的家国情怀与使命担当。同时，编剧还通过白少杰的人物命运，展现了中国科技工作者心系祖国、渴望报国的爱国热忱。他不惜辞去英国名校的高薪工作，毅然回到加美丽，担负起产品研发的重任。这一情节表达了科技报国的时代主题，彰显了知识分子心系国家命运的赤子情怀。

剧本对刘子义在两难境地做出抉择的刻画，无疑是全剧的点睛之笔。面对价值数千万元的库存积压，他没有因循守旧，而是当机立断，下令将过期库存一把火烧个干净。这一决定虽然出人意料，却体现了他对产品质量、消费者信任度高度负责的态度。“工厂只有两种产品，要么合格，要么不合格。不合格的产品不能出厂”，这不禁让人联想到近年来屡屡发生的产品质量事件。而刘子义宁可放弃眼前利益，也要维护品牌形象的决断，正是中国制造回归初心、重塑公信力的关键所在。透过他的选择，我们看到中国制造正经历一场触及灵魂的深刻革命，唯有坚持以质量为生命、以创新为灵魂，民族工业才能实现浴火重生、重振雄风。

《中国制造》的成功还在于其深沉而博大的艺术表现力。编剧以鲜活生动的人物、曲折离奇的情节设置，使一段改革大潮中的沧桑巨变跃然纸上。刘子义、梦倩、白少杰三人的情感纠葛，不仅展现了不同价值观的交锋，也折射出这一代中国知识分子的精神困惑。而白少杰、赵大龙等角色的精心刻画，又让我们看到普通劳动者在时代洪流中的喜怒哀乐。可以说，剧本在展现宏阔的时代背景的同时，也没有忽视个体的命运沉浮，人物形象个性鲜明、栩栩如生。同时，剧本在舞台呈现上匠心独运，如熊熊燃烧的火光、现代化的全自动生产线等，都令人过目难忘，使人身临其境地感受到中国制造的蓬勃生机和创新活力。透过话剧舞台，观众深切地感受到只有勇立潮头、敢为人先；只有坚持创新驱动、质量为本，中国制造才能实现华丽转身，屹立于世界制造业的最高峰。

打工棚

李世勤

作者简介

李世勤，男，汉族，1944年生于云南省会泽县农民家庭。十五岁参加工作，先后任职于云南省东川市文化局文工团、云南省文化厅艺术研究所剧目工作室，其间，在上海戏剧学院戏曲编剧进修班学习一年。资深剧作家，获云南省首届“四个一批”贡献奖。舞台剧作品有话剧《打工棚》、新派滇剧《赛装姑娘》、白剧《数西调》、滇剧《张桂梅》等。《打工棚》（初名《流浪的布尔什维克》），由云南省话剧团创作演出，潘伟行执导，王砚辉主演，于2002年在昆明首演。该剧在2002年全国话剧新剧目交流演出中荣获金奖；在2004年第七届中国艺术节上，荣获第十一届文华新剧目奖、文华表演奖、文华导演奖、观众最喜爱剧目奖及观众最喜爱演员奖等多个奖项；在2007年荣获第十届全国精神文明建设“五个一工程”奖等。演出直视社会最大弱势群体，具有强烈的现实意义，获专家观众一致好评。

剧情梗概

云南边远山区撒米箩村卸任村支书共产党员赵天云，怀着要为全村共同富裕找出路的新追求，只身来到城市揽活打工。在打工棚里，赵天云以满腔热忱，化解了劳资双方的矛盾，显示出共产党人的高尚品质和一身正气。剧作通过描写赵天云进城打工的一段经历，折射出新时期人们生活方式、价值理念及道德观念的变化。

时 间

当代

地 点

西部城市

人 物

赵天云——四十岁，贫困山区村党支书记。

冯大朝——与赵天云同年，同乡，建筑老板。

范金花——三十挂零儿，赵天云原来的恋人，冯大朝之妻。

柱 儿——十七岁，进城务工农民。

荒 子——二十八岁，进城务工农民。

斗鸡眼——二十五六岁，进城务工农民。

光 头——二十五六岁，进城务工农民。

小 翠——十八九岁，进城务工农民，荒子的恋人。

施老大——二十七岁，进城务工农民。

阿 普——二十多岁，进城务工农民，彝族。

阿 莎——二十岁，刚入学不久的大学生，阿普的妹妹。

三陪女——二十多岁。

银行职员甲、乙。

农民工若干。

1

〔舞台深处隐隐显现城市高楼大厦轮廓及诱人的霓虹灯。

〔杂乱无序的建筑工地，夜已经很深了，还有打桩机在折腾，戳弄得脚底下像筛糠似的，幽蓝的电焊弧光不时划破夜空，远处偶尔传来一两声火车汽笛的怪叫，风在吹，打工棚简易的窗户在摇动。

〔拥挤的打工棚内，灯光照亮一溜儿大通铺，农民工们排芋头似的睡得香甜，睡得深沉。鼾声梦呓此起彼伏，一个人的鼾声怪异聒耳。柱儿钻出被窝，嘴上叼一手电筒想要看书。光头鼾声太响，他想制止，没有成功。手电没电了，他偷偷打开一只用报纸罩了的灯泡儿，刚打开书本，立马便有骂声从一旁飞来："谁？找打呀？关灯！"柱儿连忙关了灯泡儿，很不情愿地躺下，他的目光落在墙上那个大大的"忍"字上。不一会儿，光头突然从铺上蹦起，直瞪着俩眼珠子乱喊叫："鬼！有鬼呀……"大通铺炸了锅，打工仔们赤身裸体从铺上跃起将光头扳倒、摁住了，有人趁机骑到他身上狠狠给他一枕头，光头醒了。

荒　子　（边起身边掖着裤子）驴日的又发梦癫！

光　头　（摇摇头一个激灵）是谁呢，真他妈下黑手呀！

阿　普　没谁，是鬼，是鬼抽的你。

光　头　（心里仍发怵）这地儿不能待了，梦里头全是鬼，一个个血盆大口、张牙舞爪，逮谁吃谁！

斗鸡眼　（危言耸听地）你们都没听说吧，这地儿在新中国成立前就是枪毙人的地方，杀人场地乱葬岗呀！也就是搞开发建大楼才挪的窝，这楼底下压着多少冤魂野鬼，你能睡得踏实？

〔一民工故意在光头背后怪叫一声，光头大惊，众人一阵大笑。

光　头　这没完没了地建大楼铺大街，敢情活人原本就比死人贪心！

荒　子　别他妈瞎掰，不建大楼铺大街，咱能有活儿干吗？我咋就睡得安稳？十有八九做好梦，吃大宴席、逛好风景，也有梦见娶媳妇的时候……

光　头　（抢过话头）嗨嗨，说，接着往下说。

荒　子　可一到关键时刻就被你们惊醒，没劲！

〔众人乐了。

斗鸡眼　唉，人过十八九，梦着桃花走，夜晚扳桩睡，左手换右手……

荒　子　少扯淡，睡觉！

光　头　天都快亮了，还睡啊？

柱　儿　别睡了，听我给你们念念我刚刚在被窝里头闷出来的打油诗！（众人没人吱声）

柱　儿　阿普、斗哥儿，别睡了，听听！

斗鸡眼　（没兴趣）睡觉。

柱　儿　（缠着荒子）荒子哥，听听，听听嘛，啊！

荒　子　好好好！听听。

柱　儿　（迫不及待朗诵开了）——听吧！

喧闹的城市在向我们呼唤；

——看吧！

耀眼的霓虹灯在向我们眨眼。

走出大山的乡巴佬们，

别怕自个儿穷得酣畅淋漓干净彻底，

抹一抹脚下的廉价皮鞋，

整一整身上的伪劣西装；

大踏步走进城市！

城市是什么——

城市就是一口大糟锅，

啥样的白菜萝卜都能放进去煮放进去熬！

城市就是一张大温床，

啥样的梦都能做都能圆……

光　头　往下念！念啊！

柱　儿　城市还是那啥……没——没啦！后头的还没闷出来呢。

斗鸡眼　嘁！就跟一泡没尿完的尿，憋人！

荒　子　睡！谁再捣乱就灌尿，真灌！

柱　儿　（嘟囔）充啥老大，山中没老虎小猴儿逞威风……

荒　子　你再说……看我不掐了你那“小豆丁儿”！

〔大伙又都躺下了。

〔天边悄悄亮了几个闪，一阵闷雷隐隐从头顶滚过，接着便噼噼啪啪落下些雨点儿。赵天云挟个铺盖卷儿挎着把四弦琴从黑暗中走来，他摸摸索索来到打工棚外，就势坐下避雨歇乏。

〔斗鸡眼睡眼蒙眬地往外走，跨出门就撒起尿来，猛然间发现眼前的赵天云，吓得大叫一声：“鬼！鬼来了！”……一转身就往回跑。

斗鸡眼　鬼……有鬼，鬼真来了……

〔大通铺又炸开了锅，打工仔们纷纷从铺上跃起，抓木棍、抄铁锹，直愣愣瞪着立在门口的赵天云。

荒　子　（大声）谁？

众　人　（壮着胆）什么人？

赵天云　（忙向众人赔笑脸）我，是我……

〔边说边就跨进了门。

荒　子　哎哎哎，你怎么就进来了？

光　头　嘿，这老小子倒没把自己当外人啊！

斗鸡眼　敢情你是见屋就进、见铺就钻呀？

赵天云　（赔着笑脸）让我进屋避避雨……

〔众人七嘴八舌："避什么雨呀，出去！滚！滚蛋……"

赵天云　（仍赔着笑）我说小兄弟们，你们就让我在这儿避一避吧。天一亮我就走，还不行吗……

斗鸡眼　（大声嚷嚷）不行不行！（双手捂住胯裆）哎哟，我这泡尿让你给憋回去了！还疼哪，疼死我了……

赵天云　……真憋住了？

〔众人笑。

斗鸡眼　当我骗你哪，我可告诉你，咱浑身上下就剩下这点值钱东西了，我还指望它传宗接代呢，要真憋出点啥毛病来，赔得起吗你？

赵天云　哪能呢，一会儿就好了！

斗鸡眼　（夸张地）哎哟，瞧我这宝贝疙瘩，真疼哎……

荒　子　（冲斗鸡眼）你有完没完！

〔斗鸡眼不吱声了。

荒　子　（盯住赵天云）你哪儿的？

赵天云　乡下，乡下的。

荒　子　干什么来了？

赵天云　揽活儿、打工。对了，你们这儿还要人吗？

荒　子　那是老板的事儿。我们这儿早就客满了。你呀，趁早走人！

赵天云　（央求着）等天一亮我就走……

斗鸡眼　等啥等？立马滚蛋！

赵天云　干吗呢，小兄弟，都是乡下人嘛……

荒　子　乡下人多了，利索点儿，别在这儿找不自在！

赵天云　你们怎么这样……

斗鸡眼　（逼上前）打算赖这儿咋的？（说着伸手就推了赵天云一掌）

赵天云　（仍耐住性子）你别动手呀！

斗鸡眼　动了又咋的？哥几个手头正痒痒呢！

〔人群中有人喊："揍这老梆子！"除柱儿和阿普外，其余人等一拥而上，将赵天云死死扭住了。

赵天云　（招架着）你们松手，松手！

〔众人不听，赵天云猛一发力，把一伙人弄翻在地。

荒　子　操！江湖怪客？上——

〔众人复又拥上，赵天云奋力抵挡，终被众人按倒在地，不能动弹。有人起哄："把他扔出去！"众人便拽胳膊拽腿，将赵天云拎起离了地。

光　头　（大声）一——二——三——

〔众人正待要扔，冯大朝一头闯进屋来。

冯大朝　（声音不大却显着威严）又发骚疯呢？怪不得人家老盯着说我这儿有治安隐患，我可告诉你们啊，可别没事儿找事儿啊！

〔众人悄悄撒了手。

荒　子　是这人，没凭没证就往屋里钻！

斗鸡眼 一准儿是个盲流！

冯大朝 （随口问道）哪儿来的？

赵天云 （已认出冯大朝）乡下，撒米箩的！

冯大朝 （睁大眼睛）……你是……赵天云！

赵天云 （略显尴尬微笑着）认不出来了吧？

冯大朝 （一把捉住赵的手，哈哈大笑）真是咱们的赵大支书啊！难得，难得！你……怎么会上这儿来啦？

〔打工仔们不由得面面相觑，都不说话了。

赵天云 （毫不掩饰）进城打工，我不就来啦！

冯大朝 （故意地）什么什么？大点儿声！

赵天云 我是说进城打工！

冯大朝 （笑着）哎哎哎，你可别吓着我啊，没听说“若要富，当干部”！你说你当了这么些年的干部，不管咋说也该长肉长膘了，还用得着出来卖苦力工？不信，打死我也不信！

赵天云 （挟起铺盖卷要走）信不信由你。我还告诉你，我也不是啥村支书了。

冯大朝 撤了？

赵天云 辞了。

冯大朝 嘿嘿，有意思。干得有滋有味儿的大支书，咋说辞就辞了呢？

赵天云 占着茅坑不拉屎，我愧对乡亲啊！

冯大朝 难得难得，没想到咱赵大支书真是大进步了。

赵天云 （一脸真诚）进啥步呀，我是真正地落后了。看，这时候才出来打工，算是赶了末班车了。

冯大朝 你能出来、敢出来，就算不错。怎么样，想往哪方走啊？

赵天云 哪儿有活就往哪儿走。

冯大朝 我这儿就有活儿，就不知你赵大支书能不能屈就?

赵天云 （哈哈一笑）啥屈就不屈就呀，我就等你开这个口呢！乡里乡亲的，你还能不拉扯一把?

冯大朝 （也爽朗地一笑）没的说，咱们就说定了！

〔风姿绰约的范金花突然一头闯进门来。打工仔们忙着套裤子穿衣裳。

范金花 （咯咯一笑）慢点儿慢点儿，别把裤子穿倒了！

冯大朝 金花，你好好看看，是谁来了?

范金花 （一眼看见赵天云大感意外，尴尬之余竭力平静下来）……是你呀……赵天云。

赵天云 （也显着尴尬）……你好啊，金花！

冯大朝 （别有意味地）都是老熟人了，就别客套了。等哪天咱们选个日子好好聚聚?

赵天云 （支应着）哎哎……

冯大朝 （朝赵天云一笑）那咱们就明儿见了，赵支书！

赵天云 别这么叫了，我不跟你说了嘛，我不是支书了。

冯大朝 哟，多少年都叫惯了，这一下子还真改不过口来了。

〔赵天云不禁轻轻摇了摇头，淡然一笑。

〔冯大朝故意搂着范金花肩膀下。

〔打工仔们目光都聚到了赵天云身上，像看怪物似的半天没人吱声。

赵天云 （微笑着）各位小兄弟，你们让我睡哪儿呢?

荒　子 等等，我说……你不会是哪一级组织派来领导我们闹革命的吧?

〔众人哄笑。

赵天云 （也跟着笑了）你这小伙儿，说些什么呀。

荒　子　（故意一本正经地）说什么？大实话！咱们这儿还真就缺个革命领袖哪！

赵天云　（还笑呵呵地）别瞎说啊！咱们共产党的革命领袖只有一个——那就是毛主席！

荒　子　（瞅着赵天云）可共产党不就是领导劳苦大众闹革命的吗？咱们这帮小穷哥们儿还就想尝尝老辈子人打土豪分田地的滋味呢！（小声地）你呀，就领着我们闹一回革命吧，我们保证拥护你！

〔众人又一阵哄笑。

赵天云　（也笑了）别闹了，都怪我搅了你们的好梦。离天亮还有一会儿呢，怎么样？你们接着再睡会儿吧！

柱　儿　（打理着床铺）大叔，您就睡我旁边吧。瞧，我都给您腾好地儿了！

光　头　瞧哎，到底是多喝了几瓶墨水的优秀青年，这才见点儿党的阳光就让他占先了！

斗鸡眼　（冲柱儿）好好沾点儿仙气，将来做个革命接班人吧！

〔众人又哄笑。

斗鸡眼　（打了个哈欠）穷斗哏，没劲！

〔伸手在赵天云带来的四弦琴上使劲扒拉了一把，琴弦发出不和谐的怪音。

赵天云　（一脸认真）别动！

〔众人不禁都吓了一跳。

斗鸡眼　（一点不在乎）不就一破玩意儿嘛。

〔赵天云上前，双手捧起四弦琴，轻轻抚摸着。一首凄婉深沉的四弦琴曲儿悠悠飘来……

〔收光。

2

〔建筑工地临时伙房，锅碗瓢盆蔬菜瓜果随便堆放着，怎么看上去都是一个乱。光头系着脏兮兮的围裙，拎一桶开水放在地上，扯起嗓子朝一旁：“喝水了嗨，现涨的开水——”打工仔们三三两两从四周围上，用大碗喝水，捡柴火头点烟……

〔柱儿用手推车推着似在打盹儿的斗鸡眼上，差点撞了正东张西望走来的赵天云。

斗鸡眼 （从车兜里栽歪下来，冲赵天云张口就骂）没长眼呀你？啥活儿干不好，尽碍手碍脚！

一民工 看他编那钢筋都编成啥样了……

荒　子 老哥们儿，编钢筋不是编柳条筐子！

〔众人笑。

赵天云 （也笑了）这不正学呢吗！

〔就着自己伸手捶捶背。

斗鸡眼 老腰板儿疼了是吧？工地上有清闲活儿！（从一旁拿过卷图纸递到赵手上）你呀，就照图纸上下左右指拨指拨，这碗饭好吃！

〔赵天云只好将图纸接过展开想看看，众打工仔悄悄围上。

〔几个民工围上够着脖子插嘴："哪儿是门，哪儿是窗，哪儿是基柱，哪儿是圈梁，你知道吗？"

赵天云 （老老实实摇摇头）看不懂，真看不懂。

斗鸡眼 （一把收了图纸）你呀，还是老老实实搬砖运土去吧！

〔众人哄笑。

柱　儿 大叔，看图纸不难。您要想学，我教你！

赵天云 那敢情好，我想学，想学着呢！

斗鸡眼 （冷冷地）船离码头车出站，老哥们儿，你怕是赶不上趟喽！

柱　儿 谁说的，只要想赶趟，啥时候迈步都不晚！大叔，只要您真想学，一定能学会！

赵天云 （激情地）柱子，大叔我就拜你为师了！

〔一旁有人大声喊："干活了，干活了——"打工仔们急忙跑下，斗鸡眼趁机从菜筐里抓了根黄瓜随便在身上蹭蹭，咔嚓就是一口。众人纷纷仿效，一起围向菜筐子抓黄瓜捞番茄。光头从厨房走出，抄起把大马勺一阵猛赶。赵天云顺手拉起身边的手推车转身要走，差点撞了匆匆走上的范金花。俩人目光相对，都愣住了。

范金花 （看看左右，压低嗓音）走窄路撞冤家，你真打算在这儿寒碜自己呀？

赵天云 （也压着嗓音）就当是生人吧，你抬抬眼就过去了。

范金花 你还记恨我吧？

赵天云 我就恨我自己。

范金花 （轻轻叹了口气）没办法，我真是穷怕了。

赵天云 嫁汉嫁汉，穿衣吃饭。你没有错。

范金花 （淡淡一笑）算了吧你，都快煮熟的鸭子一转眼就飞了，你不恨得咬牙切齿？鬼才相信呢。

赵天云 说实话，恨过！可后来一想，一个男人让自己心爱的女人感到失望，那就没啥可说的了。

范金花 你真是这样想？

赵天云 不这样想还能咋想？

范金花 赵天云，你可是个血性汉子，可别叫一个“穷”字把你压扁了！

赵天云 多谢你给我提这个醒儿。（推着车径自跑下）

范金花 （下意识地朝赵天云背影扬起手）哎……

〔冯大朝满脸堆笑从一旁冒了出来。

冯大朝 （凑近范金花）别叫了，误了活儿是要扣工钱的！

范金花 （嗔怪）干吗你？盯梢呢？

冯大朝 （一脸得意）嘿！犯得着吗？你别小看人。告诉你，我呀，还正谋划着想要办一桌席和咱赵大支书好好叙叙旧呢！

范金花 你想演戏啊？

冯大朝 啥叫演戏？

范金花 你硬把我们这三个人扯到一起炒馊饭，还有啥滋味儿？

冯大朝 （笑着）旧情人加个现老公，可有滋味了！

范金花 冯大朝，你究竟想干什么呀？

冯大朝 不就是凑个热闹，解解闷儿嘛！

范金花 我要是不跟你们凑这个热闹呢？

冯大朝 这咋行？再好的戏，没个旦角儿，光俩大花脸，那还有啥劲儿呀！

范金花 你真要扯上我？

冯大朝 没你还有啥意思？

范金花 你就不怕我把你这场戏唱砸了？

冯大朝 砸不了，就凭咱们现在这点底气，一准唱个满堂彩！

范金花　（耐下性子）大朝，你就安分一点吧，千万别没事儿找事儿了！从前的事，我是巴不得把它忘得干干净净。

冯大朝　不就是吃顿饭吗，这会有什么呀！

范金花　你少给我装蒜啊，你当我不知道？你不就是想在人家赵天云面前显摆显摆，你现在发了，是个人物了？

冯大朝　没错，我是有这意思。男人嘛，创大业挣大钱，再把自己的女人养得舒舒服服、逍遥自在，这就是大本事！就咱现在这气候，我还不能扬眉吐气一回？

范金花　你别忘了，赵天云他也是个争强好胜服软不服硬的人！二两黄汤下肚，你们俩不闹出点事儿来才怪呢！

冯大朝　我就不信了，人穷志短还能跟财大气粗叫板！

范金花　天狂有雨，人狂有祸！冯大朝，我劝你还是夹着点儿尾巴做人好啊！

冯大朝　放心，就这么点分寸火候，我还能把不住？

范金花　行了，那这顿饭，你打算在哪儿请？

冯大朝　当然是越高档越好，叫赵天云也长长见识开开眼！

范金花　依我呀，就在咱家里随便弄几个菜得了。

冯大朝　为啥？

范金花　这一来呢，咱也省了去那些人多眼杂的地方出乖露丑。这二来呢，赵天云他爱吃啥，我最清楚！

冯大朝　嘿，不愧是知根知底的老情人啊。你咋也不惦记惦记我吃啥？

范金花　（讥诮地）你呀，就爱吃别人碗里的！

〔说罢转身就走。

冯大朝　（不由得一笑）好啊你，尽戳我软肋呀！哎，金花你等等……

〔追下。

〔小翠东张西望上，她一脸清纯，穿着朴素，头上扎俩小辫，一双水灵灵的大眼睛尤其吸引人。斗鸡眼刚去厕所回来，边走边掖着裤带，一眼认出了小翠。

斗鸡眼 哟，这不是翠儿吗！这几天跑哪儿去啦？我们还以为你让狼叼走了呢！看把荒子急的……

小 翠 你才让狼叼了呢！荒子在哪儿？

斗鸡眼 正忙活呢，等着，我给你叫去！

小 翠 谢了啊！

斗鸡眼 （朝一旁调皮地）荒子，你妈来啦！

〔小翠上前举拳就打，斗鸡眼逃下。

〔荒子上。

小 翠 （先看见了荒子，亲热而急切地）荒子哥！

荒 子 （擦着汗冲到跟前）小翠！你跑哪去了？让我好找！

小 翠 我好着呢，啥事没有。

荒 子 （关切地）可别到处瞎窜，城里可比不了乡下……

小 翠 荒子哥，你生气了？

荒 子 哪能呢，没事就好。

小 翠 荒子哥，我考度假山庄去了。百八十号人去考呢，没考上几个，你猜猜我考上没有？

荒 子 （抢先插嘴）一准考上了！

〔小翠假装伤心，低头假哭。

荒 子 小翠，别哭，别哭嘛……

小 翠 （大笑）我呀，考上了！

荒 子 （也高兴）真的？

小 翠 荒子哥，你高兴吗？

荒 子 高兴，当然高兴。咦，那你刚才……

〔俩人笑着追打，突然停住，拥抱。赵天云、柱儿等众民工上，起哄。两人不好意思，忙分开。

荒　子　（高兴地）那什么山庄……在哪儿呀？

小　翠　离城可不近，坐汽车得走大半天呢。可那地方我喜欢，有山有水有树林，还有好多在我们村都没见过的鸟，叫得可欢呢！

〔众民工又一阵起哄。

荒　子　可你到那儿干啥呢？

小　翠　清闲活儿，当礼仪小姐，成天穿上漂亮衣裳站在大厅里，有事没事只管露个笑脸。人家还说，我笑得比谁都耐看呢！山庄里管穿管住管吃喝，每月工资三百块，说还有奖金呢！

荒　子　你真乐意上那儿去？

小　翠　当然乐意，我们那小饭馆的老板娘可凶了，成天不让人喘气儿，还尽找碴儿扣我们的工钱，我们几个小姐妹都不想在她那儿干了。

荒　子　（开心地）……那你就去吧，只是往后咱们就不容易见面了……

小　翠　不要紧，我有办法。瞧，我给你买了个小灵通，有空我会给你打电话的！

〔将一小灵通塞到荒子手上，众羡慕地看着。

荒　子　这玩意儿挺贵呀！

小　翠　二手货，便宜着呢！

荒　子　待会儿大伙一块吃顿饭去。

〔众人附和：“好，好！”

小　翠　没时间了，我立马就得走，汽车等着呢。先要去一个地方培训呢，说是封闭式的，不许出门、不许打电话。荒子哥，你可千万别不高兴，我走啦！（说着就要走）

斗鸡眼 （拦住）你这是来讨火种呢，怎么也得多待会儿！

小　翠 时间到了，荒子哥再见！大伙再见！（转身急下）

众　人 再见……

光　头 这可不是什么好兆头！

斗鸡眼 （给了光头一下）会说话吗你？

柱　儿 （站到高处突然很激情地）啊！春天到了！

万物复苏，乡村的姐妹啊——

睁开了怯懦的眼睛，

撒开了粗壮的大脚丫子，

逃离了偏僻的山村，

——向着城市的繁华；

哪怕前头有陷阱，哪怕前头是火坑！

填进去！跨过去！

向着崭新的生活，啊！

……

斗鸡眼 （傻盯着柱儿）……有病！这小子八成有病了！

荒　子 （爆发）你他妈才有病呢！柱儿，你说，你接着往下整！

柱　儿 没啦！就想出这几句。

赵天云 柱儿，你这就叫诗吧？

柱　儿 打油诗，瞎编着玩呗。

阿　普 你编得好，好啊……

赵天云 接着往下编，我们爱听！

众 对！接着整！

柱　儿 啊……

〔斗鸡眼吓一跳，众乐。

〔收光。

3

〔傍晚，远处的高楼大厦渐渐暗下来，霓虹灯迫不及待就亮了。附近的打桩机没有要停下来的意思，一阵一阵下力气不知疲倦地折腾这块土地。工棚里的打工仔们早就换了光鲜的衣服溜进城转悠去了，扔下的脏衣裳烂裤子随便堆放着，把个大通铺弄得像一堆垃圾。独自留在这儿的赵天云有些看不下去，动手收拾整理了一下，然后把一卷建筑图纸铺在铺上细心学着看起来。范金花一头钻进工棚里来，赵天云愣住了。

赵天云　（定了定神，先开口）是你……

范金花　来看看你，打工的大支书！

赵天云　（极力显出自然的神情）让你们别这么叫，我没当支书了。

范金花　我就想问你一句，这天底下除了这儿，你真就没别的地方可去了？

赵天云　你是来撵我走？

范金花　赵天云，你还是不是男子汉？

赵天云　你这话啥意思？

范金花　你就不怕有人笑话你，耍你？

赵天云　你是说冯大朝吧？

范金花 你们俩男人之间的事，你心里还不明白？

赵天云 你说的就是咱们之间的那点醋劲儿吧，早过去了。

范金花 你过去了，可冯大朝还记着你从前整治他的那些破事呢。你倒好，自己找上门来了。进城打工，你可真会赶潮流啊！

赵天云 （笑笑）我呀，差一点就赶塌了。想从前，咱乡下人要进城可不易呢。那时候，城市就是城市人的城市，咱乡下人永远都只能拴在土地上不能动弹。几十年啦，终于有了今天这形势，咱乡下人也能理直气壮地走进这城里来了……

范金花 （打断赵天云的话）好光荣，是吧！可你进城，来干吗来啦？说好听一点，是来打工。说难听一点，那就是来卖苦力！

赵天云 （释然一笑）卖苦力又咋了，凭力气挣钱，我不丢人呀！

范金花 得得得，我不是来听你讲这些的。听我一句劝吧，赵天云。为了你，也为了我，为了我们大家都过点儿安生日子，你就别在这儿凑热闹了！还是赶快走吧，走得远远的，走到一个谁都不认识你的地方去！

赵天云 你是要让我藏着躲着当缩头乌龟啊？我也不想到这儿来呀，这不是撞上了吗？你放心，我不会给你们惹麻烦的。咱一个打工的，在哪儿都一样凭力气挣钱。该走的时候，自然就走了。

范金花 在撒米箩待不住了，是吧？

赵天云 （一脸诚实）是啊，村里凡是年轻力壮的，不管是男是女，都往城里跑了。祖祖辈辈的衣胞之地啊！留不住人啦……

范金花 （似也受了感染）谁让咱撒米箩穷呢，穷得连个荞麦洋芋都填不饱肚子。

赵天云 唉，我算个啥党员干部哟！咋咋呼呼几十年，就没能把撒米箩弄出个样儿来，凉了乡亲们的心喽！

范金花 被你凉了心的，还不只撒米箩的乡亲呢！

赵天云　我知道，还有你！

范金花　我本打算是要跟你一辈子的，可看来看去，就没在你身上看出点指望来。

赵天云　你把我晾在办结婚证的办公室门口，刻骨铭心啊！

范金花　不是我无情无义，我一个十七八的姑娘，穷得连一包卫生纸都买不起，再嫁给你这个只知道在土疙瘩里刨食吃的穷庄稼汉，我不甘心！

赵天云　我也不甘心！村里的事没办好，把对象都整丢了……

范金花　不说了。既然你硬要留在这儿，我也没办法。不过，我还是要给你提个醒儿。冯大朝这人，你是知道的，他就那点度量！你俩这一对冤家又凑一块儿，可别闹出点啥事来！

赵天云　（平静地）放心吧，我不会跟他较劲儿的。

范金花　冤家宜解不宜结，我也希望你们俩能了结从前那些恩恩怨怨，坐到一条板凳上来。哎，我还要告诉你，冯大朝说他准备请你去喝酒呢！

赵天云　什么？请我喝酒？

范金花　你打算去还是不去？

赵天云　（想了想）他啥意思？

范金花　你看呢？

赵天云　老乡亲嘛，你别说，几年不见，我也怪想他的呢。不管他是啥意思，我想我都会去的！

范金花　去不去，你自个儿拿主意。我……走了！

〔一转身发现挂在一旁的四弦琴，不由得伸手取下轻轻抚摸着……

〔一首往日的山歌悠悠飘来：

月亮出来月亮青，

哥想妹妹想断筋。

梦中与妹手牵手，

醒来隔山隔水又隔箐……

范金花 这琴……你一直还留着？

赵天云 （一脸伤感）留着。

范金花 这琴是我家祖上传下来的，那年我把它偷偷送给了你……

赵天云 差点挨了你爹一顿打……

范金花 是你替我挡了抡过来的棍子……

赵天云 （淡淡一笑）那时候太年轻，太不懂事了。

范金花 （也是淡淡地一笑）现在不年轻了，也懂事了，可啥也都晚了……好啦，不说了。

〔将四弦琴交到赵天云手上转身走了。下。

〔赵天云双手捧着琴，呆呆凝视着……轻轻拨动琴弦，哽咽着唱出了从前一首苍凉的歌：

山上的阿表妹，

下山的阿表妹，

好呀么好呢好良心噢……

〔由四弦琴演化出的交响渐渐震撼了整个舞台。

斗鸡眼 （黄腔黄调唱着流行歌上）……抱一抱哇抱一抱，抱着我的妹妹上花轿……（看了看无声无息立在一旁的赵天云）哟，老哥们儿，就这么一个人傻耗着，也不出去遛遛？

赵天云 （仍在想着什么，随便应了一声）啊……我看门呢。

斗鸡眼 嗐，这破工棚有啥好看的！你该到城里那大街上去看看呢，准让你一看一个饱！我还告诉你，有个好去处，嘿！你猜怎么着，全是漂亮小姐。赶明儿个，小兄弟领你去玩玩，让你也潇洒走一回……

赵天云　（瞪了斗鸡眼一眼）没事铺上睡觉去！

斗鸡眼　（仍缠着赵不放）别不好意思啊老哥们儿，你说你老婆都跑了这么些年，人家可是大油大荤滋润着呢，你干吗这么死心眼干熬着……

赵天云　（正色）别说了，我不爱听这个！

斗鸡眼　（一拍脑门）哟！瞧我这记性，我咋就忘了您是那红旗牌儿的，我这不是找事儿吗！不过，话又说回来了，现如今不管是红旗白旗，不都凑一块儿飘了吗？我还就不信了，这天底下真有不沾腥的猫……

〔一个衣着怪异的年轻女人东张西望上。

〔斗鸡眼一见，忙把头钻到被子里。

女　人　（早认出了斗鸡眼，一头撞进工棚）小子，你给我出来！

〔斗鸡眼不动，女人上前一掀被子，斗鸡眼跳下床，把女人拉到一边儿。

斗鸡眼　（小声）干吗干吗？

女　人　你说干吗？（一伸手）钱！

斗鸡眼　钱……不是给你了吗？

女　人　你少给我装傻充愣，不够，不到位！

斗鸡眼　咱俩不是处朋友嘛！

女　人　少废话，谁跟你处朋友？姑奶奶走到这份上就只知道认钱不认人，快，掏钱！

斗鸡眼　嘿！够横的，我要是不掏呢？

女　人　哼！不掏，你当我就没法子治你？（一把揪住斗鸡眼的衣领）哎—— 快来看啊，看这不要脸的东西，八辈子的穷根种，欠天欠地还欠嫖债啊，快来看啊……

〔呼啦一下子围上来不少看热闹的人。

斗鸡眼 （显着狼狈）放手！放手！

女　人 （仍死拽着）我就不放……

赵天云 （忙上前大声）干啥？干啥？（一把将女人扯开，凑近斗鸡眼压着嗓子）这怎么回事？

斗鸡眼 （小声支应着）不是，那什么……这事您就不用管了……

赵天云 都闹成这样了，就不嫌寒碜？

赵天云 （冲女人）他欠你多少？

女　人 问他呀！

斗鸡眼 （打着哈哈小声地）也不多，就一百……

女　人 多少？

斗鸡眼 ——五！

赵天云 （掏了半天，好容易凑足了，交给女人）走吧，快走！

斗鸡眼 （朝赵哈着腰）这……咋能让你掏……

女　人 （放浪地瞅着赵）哟，这位老大倒挺大方，要不要我也陪陪你，可就你们这工棚，也太不够档次了。瞧这大通铺，没遮没拦的……

赵天云 （不由得警惕起来）你……你是什么人？

女　人 （伸出一只手拍拍赵的肩头）什么人，外星人！瞧你那傻样儿！

赵天云 （急了）你……

女　人 我咋了，看把你吓的。别上火，慢慢适应适应新时代吧！我知道，就你这岁数的人呀，死要面子活受罪。

赵天云 （终于发作了）我这岁数能做你爹了！

女　人 （吓了一跳）干吗干吗呀……

斗鸡眼 （朝着赵天云）别跟她废话，你当她是什么人呀！

赵天云 （瞪着斗鸡眼）你说什么？

斗鸡眼　（紧张起来）我说……她是那什么……

赵天云　（绷着脸）你给我听好，要是你的姐姐妹妹也走到这一步，你会怎么想?

斗鸡眼　（张口结舌）我……

赵天云　（大声）说！说呀！

〔女人用异样的眼光看着赵天云，似乎想说点儿什么，终没开口。

赵天云　（转对女人，显着和善与真诚）还有你，年纪轻轻的，什么活不能干啊？放着正道儿不会走，偏要去蹚那邪门歪道！你这样自己作践自己，你对得起谁呀?

女　人　（斜着眼）咋就会教训人哪，当自己是谁呀，你我都一样——弱势群体！真是的。

〔一扭屁股，哼着歌下。

斗鸡眼　（笑得在铺上打滚）哎哟老哥，可真有你的……

赵天云　（气得一把将斗鸡眼从铺上揪起）说！你是不是真干那种事了?

斗鸡眼　（没脸没皮笑着）瞧你这大惊小怪的样子，咱一破民工，不就剩这点乐子了嘛。

赵天云　（放了手）我说，你真就只有这点儿出息?

斗鸡眼　（一脸不耐烦）甭给我说这个，啥叫出息？像咱这样的，来到这人世上，原本就他妈是那错了节令的乱庄稼，谁也没指望咱还有啥收成……

赵天云　胡说！（伸手为斗鸡眼理理蓬乱的头发，耐下性子）……我明白，你心里头也藏着酸苦呢。可咱哪，首先就不能小瞧了咱自个儿，什么叫乱庄稼呀？你们这岁数，那就是赶上好时光了！只要咱们走正道儿，就不愁没个好收成！你今年多大啦?

斗鸡眼　翻过年坎儿就二十八了。

赵天云　好好攒俩钱，咱们正儿八经成个家！

斗鸡眼　（叹了口气）就咱挣这点钱……成啥家哟，我大哥都四十出头了，还打着光棍呢。

赵天云　怎么，你挣的工钱都花啦？

斗鸡眼　花了，剩下的都还在冯老板手上攒着呢！

赵天云　你是说……

斗鸡眼　没听明白吧您？冯大朝冯老板克扣和拖欠着咱们一大半的工钱呢！

赵天云　这是真的？

斗鸡眼　不信是吧？等你在这儿多干些日子就相信了。冯老板，人物啊！

赵天云　（想了想）真是这样？那咱得跟他理论理论！

斗鸡眼　别费神儿了您，现在的老板没几个不会玩这一手的！

赵天云　现如今政府早有了专为咱农民工说话的政策啦！咱不会搬政策来和他评理？

斗鸡眼　没用，再好的政策，一到了咱这乱哄哄的工地，它就走不顺畅！

赵天云　难道还有谁敢挡道？

斗鸡眼　这你就不懂了，明着挡道的少，暗地里拆桥毁路的可就多了。

赵天云　这么说，咱们真就没办法了？

斗鸡眼　就看你这红旗牌儿的了，别的咱不说了，你要能把眼前这个冯老板打理顺溜了，我一准儿带头喊共产党万岁！

赵天云　你少给我油嘴滑舌的！咱们哪，拿出信心来！依靠政策法律来维护自己的正当权利！

斗鸡眼 （将信将疑）唉，费劲！就凭咱这三等公民打工仔，你就是背着满满一背篓道理，它也没用，没人会替咱们说话。（掏出钱，来赔还赵天云）给，谢啦！

赵天云 （接过钱来）你的钱都这么胡花？

斗鸡眼 嗐，啥叫胡花呀！咱这钱都是搭上小命儿挣来的，挣来就花呗，要是哪一天不留神从那架子上栽下来或是撞上一块板儿砖钢筋啥的——你说这钱，它还有啥用？

赵天云 （不由得陷入沉思）……你咋尽往这上头去想呢？

斗鸡眼 不往这上头想，我往哪上头想啊？我就尽往那社会主义大道上想？我身上的钞票像他妈树叶儿一样一抓一大把尽着花？盖小洋楼再娶俩老婆？富裕了，小康啦！我这不是做梦吗我？

〔光头扶着荒子，阿普肩上搭着衣裳上。

赵天云 你们这是上哪儿去了？

光　头 不就趁空去捡俩小钱吗，哎哟……瞧我这腰，就跟他妈断了似的！

斗鸡眼 又找零活干去了？

光　头 猜猜我们今晚找的啥活儿？帮人搬一架钢琴！那个费劲哟，比他妈抬一口棺材还沉，整整七层楼呢！不就一破玩意儿嘛，跟伺候活祖宗似的不能磕不能碰的，咱一不小心蹭了指甲大一点漆，差点儿就白忙活了。你们是没看见人家那个有钱哟，满屋子稀奇值钱东西，光那鱼缸里的一条鱼就值几千块！是几千呀，荒子！

荒　子 （正窝头）你管他几千！操那个心干吗？

光　头 这不说着玩嘛……反正，这年月有钱的人多了去了。我就不明白人家咋就有能耐弄那么多的钱，我们这些人挣俩钱，它咋就这么难呢……（冲斗鸡眼）哥们儿，给我揉揉腰行不？

斗鸡眼 行，给你揉揉。可我要再上伙房拣根黄瓜弄俩番茄啥的，你可别他妈嚷嚷！

光 头 （趴在铺上）好说，好说。没想到，咱就有掌一大马勺的权，就能换个伺候。赶明儿个，我要撞大运，当上个官儿啥的，嘿！那该是啥滋味！

斗鸡眼 美的你，就你这身懒肉，像当官儿的吗？

〔伸手有一下没一下给光头腰上下力气。

光 头 这你就不懂了，没听说头大耳朵肥，不当官也做贼！当官的主儿，就得像咱这样的肥肉身板儿……

荒 子 别他妈瞎掰了，烦不烦哪！

赵天云 （凑近荒子）荒子，小翠还没个信儿？

荒 子 （满脸心事）还没呢……

光 头 （坐起身来）都快一个月了，她留给你的这小灵通就没点动静？

斗鸡眼 依我看，那小翠也不是个善主儿。没听说吗，咱乡下丫头，只要一进城，什么都不长，就光长胆子！

荒 子 放屁！没事就铺上躺着去，没人把你俩当哑巴！

光 头 睡觉吧，就盼着有个好梦……

斗鸡眼 不怕地底下那些阴魂又来缠着你？

光 头 那些阴魂野鬼也他妈有眼无珠，缠我干吗呀？这么多高楼大厦，我连边都沾不上。有能耐，找那住楼的去呀！

斗鸡眼 鬼都怕有钱人，都怨咱们是些穷光蛋噢……

〔柱儿买了一小摞旧书，边翻边朗读着上：

人之初，性本善，性相近，习相远……

斗鸡眼 疯子回来了！

光 头 （又上了劲）嘿！柱儿，又捡破烂去了？

柱　儿　你懂啥，这可都是些好书，我跑了好几个旧书摊才买到的。你们看这本《三字经》！开始几句就不凡，人之初，性本善！你们知道是什么意思吗？

斗鸡眼　我就知道！我们村里有个疯老倌儿成天就念叨这个，要不要我给你们学一学？

光　头　学学、学学！

斗鸡眼　（清清嗓子摇头晃脑）人之初，性本善，我教先生逮黄鳝，先生教我人之初，我教先生逗小姑，子曰大学，鼻子两大坨……

〔众人乐。

柱　儿　胡扯！简直是辱没祖宗！听着，我给你们说！人之初，性本善，是说人生下来的时候都是善良的，只是由于后天所受的影响不同，才会有了差别，分出善恶……

光　头　那是不是说，冯老板生下来的时候，心也是好的？

斗鸡眼　扯哪儿去了你？

柱　儿　应该说没大错，大概就是这意思吧。

荒　子　有点意思……

赵天云　好书！

柱　儿　（拍打着手上的书）怎么样，这是好书吧！

光　头　再好的书到了咱这儿也白搭！我说柱儿，你挣俩钱也不易，是吧，别往那些破书堆里扔了！你是不是还惦记着考大学的事呢？

柱　儿　（向往地）考！咋不考？咱乡下人要想有个像样的奔头，就只有这一条路，我就不信我考不上！

光　头　你不都考了两年了，咋就愣过不了那道坎儿呢？

柱　儿　（憧憬）有志者事竟成，我上大学的梦，一定能在咱这打工棚里实现！

斗鸡眼 柱儿，听咱们劝你一句，就算真考上了又咋的，一年好几千块的学费，你上哪儿弄去？

光　头 就是，看你这小身板儿，也不是抢人的料啊！

柱　儿 我勤工俭学呗，咱说什么活儿没干过呀！

光　头 算了吧小兄弟，那大学压根就不是为咱这些人准备的。你呀，好好学学人家冯老板，大字没识几个，可照样吃香喝辣，过得神仙似的，就连别人相好多年的对象也能把她撸到手……

斗鸡眼 （砸了光头一枕头）会说话吗你？

光　头 （笑着对赵天云）大叔，我不是那什么……故意的。

赵天云 （起身走向一旁）说吧，你们想说啥，尽管都说出来，别憋在心里头！

〔众人都不吱声了。

光　头 哎哟老哥，你真把那口气咽下去了？

赵天云 不咽下去还能咋的？早咽下去早挣点好日子回来，早一点再热热闹闹娶个老婆回来！

柱　儿 好！大叔，您这叫受辱而知自强！就凭这，我又想编排我那打油诗了！

赵天云 你说话算数，大叔就等你的诗了！（感慨地）柱儿呀……你可就是咱这打工棚里的一大指望嘞！谁敢说咱这打工棚里就出不了个大学生，飞不出去一只金凤凰？

荒　子 兄弟，你是得为咱们小打工的争一口气，你有这个能耐！等你考上大学的那天，哥几个就为你去挣他几把学费去！

柱　儿 （深深感动）我……我一定豁出去为咱们打工的争这口气！

〔阿莎一头撞上："可以进来吗？"

〔众一愣，齐声："阿莎！"忙穿衣服。

阿　莎　大伙好！我哥呢？他上哪儿去了？

荒　子　他不是给你送钱去了？

阿　莎　没有啊，我刚从学校来呢……

光　头　你们学校那么些人，一准是走岔了！

赵天云　别急，你哥到学校找不见你，他不一会儿又回来了！

〔话音刚落，阿普满头大汗上。

阿　莎　（一眼看见阿普）哥！

阿　普　阿莎，你咋跑这儿来了？让我好找。

阿　莎　我特意来告诉你的，学校又给我发助学金了，这俩月你就不用再给我钱了！哥，挣了钱，你也该花点。瞧你这身衣服，都破成啥样儿了……

阿　普　（心里甜甜地）这工地上还能穿出个啥样儿来。（掏出钱）给，你才该添置点好衣裳，大学生了，总得穿得光鲜一点……

阿　莎　（不接）我不要，学校里女孩穿得都和我差不多，我一点都不显寒碜，真的！

阿　普　（认了真）让你拿着就拿着，要听哥的话！

〔阿莎只好接了钱。

阿　普　天这么晚了，哥这就送你回学校去！

阿　莎　哎……（转对众人）大伙再见！

柱　儿　阿莎！请你等等……

阿　莎　（笑着）大诗人，又有什么新作了吧？

柱　儿　（捧着一本练习簿）我就想请你给我看看我新写的这些东西……

阿　莎　（大方地上前接过）好，我一定带回去好好拜读。下次来，咱们再交流，好吗？

柱　儿　那就谢谢你了！

赵天云 阿普，你让柱子陪你一块儿去吧，也好让他和大学生多说说话。

阿　普 好！咱们走吧，柱儿。

〔仨人一齐下。

赵天云 （看着仨人的背影）多好的一对兄弟啊……

荒　子 （凑上前）阿普原本就是个读书的料呢，可他愣把上大学的机会让给了妹妹！

〔身后突然响起一阵鼾声。

赵天云 （反身看着打鼾的光头，若有所思）好瞌睡啊……

斗鸡眼 （突然捏着鼻子）谁放屁？这么臭……

荒　子 还能有谁，不就是伙房里掌勺的那位！

斗鸡眼 （一把揪起了打鼾的光头）狗日的，烂肠瘟呀你？

光　头 （眯缝着睡眼）……我没放屁，我正做一好梦呢……

斗鸡眼 你就放了！

光　头 （瞪眼）你才放了呢！

斗鸡眼 就你！

光　头 你——

赵天云 别争了，这屁呀，我放的！

〔在场的仨人都愣住了。

荒　子 老哥，你干吗呢，别啥事都往自个儿身上揽啊！

赵天云 （笑笑）这有啥，这屁就是我放的。

光　头 不能够吧，您说您堂堂一党员，能放出这么臭的屁？

赵天云 （哈哈大笑）傻小子，放屁可是好事，说明我这五脏六腑它通畅！好了，睡觉。

〔收光。

4

〔冯大朝在城里的豪宅，宽敞的客厅里尽显豪华，应有尽有。餐桌上已摆好了酒水饮料。范金花系着围裙进进出出忙活着。

冯大朝　金花你说，赵天云他会来吗？

范金花　他不是都答应了？

冯大朝　这你就不懂了，男人嘛，最扛不住的就是被人寒碜！就他现在那副破落相儿，我就怕他没有勇气跨进咱这道门槛儿。

范金花　你呀，压根就不该唱这么出戏！

冯大朝　行了，你就别忙活了。我断定这老小子不会来……

〔话音刚落，门铃响了。

范金花　（敏感地）是他！

冯大朝　还真来啦？你去开门！

范金花　干吗我去？该你去！

冯大朝　（上前开门，先声夺人）欢迎欢迎，热烈欢迎啊！

赵天云　（笑着）打扰了！

范金花　（显着些尴尬）你快坐吧！

赵天云　（在沙发上坐定，一脸新鲜）这屋子好宽敞，好漂亮啊！

冯大朝　（炫耀地）像这样的房子，我还有一处，住不完，闲置着！

赵天云 （客套而真诚）你们这就算是奔了小康啦！

冯大朝 那是，咱下一个目标就直奔共产主义了！（拍开一盒香烟）来，先抽支烟，赵支书……

赵天云 再说一遍，别这么叫了！

冯大朝 （一拍脑袋）哟，瞧我这记性！可我该叫你啥呢？

赵天云 就叫名字，赵天云！

冯大朝 不习惯，真不习惯。哎，你支书没当了，党员还是吧？

赵天云 那是。

冯大朝 干脆，我就叫你赵党员咋样？

赵天云 （笑）哪有这样叫的！

范金花 就是，也不嫌别扭。（送上一杯热茶）喝茶，老赵！

赵天云 （仍客套着）哎，哎。

冯大朝 我就叫着顺口！（扯把椅子坐到赵天云对面，居高临下地）哎呀，几年不见，你可是显苍老多喽！

赵天云 看你却一点没变，倒显年轻了！

冯大朝 （一脸兴致）是吗？你再看看金花，是不是比从前也更显水灵啦？

赵天云 （支应着）家宽出少年嘛！

冯大朝 不会是一富遮百丑吧？（哈哈大笑）

范金花 （悄悄撞了一下冯）尽说废话！咱们吃饭吧！

冯大朝 对对对，赵党员请入席，咱们边吃边聊！

〔赵天云起身在餐桌前坐定，范金花麻利地上了菜，摆好碗筷酒杯。

冯大朝 （打开一瓶洋酒）赵党员，今儿给你开开洋荤，改改口味儿。哎，金花，这酒叫啥名儿来着？

范金花 人头马！

冯大朝　对对对，人头马！（为赵斟了一杯）管他人头马、人头驴。来，赵党员，咱俩先干一杯！（说着自己率先端起杯子）

赵天云　（恭敬地举杯）谢谢啊！

〔俩人碰杯，都干了。

冯大朝　赵党员，这酒滋味如何呀？

赵天云　（皱着眉头）这啥滋味儿，怪！

冯大朝　咱要的就是他这一个怪！知道这酒多少钱一瓶吗？

〔赵天云摇摇头。

冯大朝　咱这么给你说吧，就你刚刚喝下的这一小杯就得上百块！

赵天云　（不禁咋舌）这么贵呀！

冯大朝　不管他多贵，咱就是要尝他这一口！这就是那什么……改革开放的学费噢！

赵天云　（只好又喝了一口）这酒真不咋地。

冯大朝　（又哈哈一笑）该改口味儿了吧，赵党员，这都跨世纪了。

〔赵天云憨笑着摇摇头。

范金花　（解了围裙坐到桌前）换一瓶吧，老冯……

冯大朝　（笑着）我不说了嘛，今儿就要让咱赵党员改改口味儿！

范金花　（为赵天云夹了菜）老赵，你吃菜！

赵天云　（一脸诚实）金花，你咋不喝？你也是能喝一点的！

冯大朝　什么喝一点，她现在呀，是练出来了——海量！

赵天云　是吗？

范金花　别听他瞎说。

冯大朝　咱们都得当心，没听说吗，女人不喝酒，喝酒吓死人！

赵天云　……

冯大朝　（品味着心中的得意）咱俩接着喝呀，赵党员！

赵天云　能不能换点带劲儿的？

冯大朝 真要换?

赵天云 老白干就行。

冯大朝 那咋行。金花,把茅台拿来!

〔范金花取来一瓶茅台递到冯手上。

冯大朝 (打开酒瓶)没喝过吧,赵党员,这可是正宗的贵州茅台!(为赵和自己各斟了一杯)干!赵党员!

〔俩人又碰了杯。

冯大朝 这酒味道不错了吧?

赵天云 嗯,带劲儿!

冯大朝 (又斟好两杯)这酒就这么喝没劲,赵党员,咱俩吼两拳,咋样?

范金花 吵邻聒舍的干啥呀?

冯大朝 就图个热闹嘛!怎么样赵党员?

〔范金花起身弄菜。下。

赵天云 真要吼呀?

冯大朝 可有一条,咱们得吼点新词儿!

赵天云 咋新法?

冯大朝 顺口溜,瞎编!

赵天云 我可编不了。

冯大朝 没事儿,就你赵党员那脑子比谁不好使啊?你先来,你上句我下句!(说着不由分说就逮了赵的一只手)开始啦!

赵天云 好,开始——哥儿俩好啊,我光棍一条!

冯大朝 我二龙抢宝!

赵天云 我三起三落!

冯大朝 我四(事)四(事)如意!

赵天云 我五(无)产阶级!

冯大朝 我六六大顺！

赵天云 我棋（七）慢一步！

冯大朝 我八八大发！

赵天云 我久（九）经考验！

冯大朝 我十全十美！该你喝！

〔赵只得喝了。

〔酒桌灯暗。隐隐可见赵冯俩人猜拳剪影。一束灯光下，范金花手上端一菜碟悠悠走来。范金花的心声："这俩男人，真喝醉了！"

〔酒桌灯复明。冯赵俩人均显醉态。

冯大朝 不服不行呀，赵天云，我……赢了！

赵天云 算你能……能耐！

冯大朝 告诉你，我冯大朝没两下子混不出现在这点儿气候，咋样，眼红不红？

赵天云 （笑着）你看看我这眼睛，是不是红了？

冯大朝 （也笑着）红也没……用了，你还能来打土豪分田地？

赵天云 什么话，你这是。

冯大朝 哎，这就叫此一时彼一时，谁让我就赶上这好年月了呢。说实在的，我祖宗八辈加一块儿，也没咱这点儿家业。所以，我是真心感谢社会主义，感谢共产党啊！

冯大朝 你真是这样想的？

冯大朝 这还会有假？

赵天云 来，就为你这句话，咱们喝一杯！

冯大朝 好，干！

〔俩人又碰了杯。

范金花 （上前加了碟菜）别喝了，你们俩，是不是真要喝醉呀？

冯大朝 哎，这你就不懂了，喝酒不醉，喝死无味儿！再说了，今儿是啥情况呀，咱赵支书……

赵天云 又忘啦？

冯大朝 对对对，赵党员，赵党员！来，干杯！

赵天云 好，干！

〔俩人又碰了杯。

范金花 真别喝了你们，吃菜，老赵！

〔为赵天云夹了菜。

冯大朝 （醉意迷蒙，一把攥住范金花的手）赵党员，你说，金花她……跟了我，还不冤……吧？

赵天云 （显着些尴尬）那是，金花她有眼光嘛。

冯大朝 说真的，你那心里真不犯酸吧？

范金花 （往其碗里塞了一箸菜）堵住你的嘴巴，咋尽是废话？

冯大朝 你别打岔！（一脸得意）听说过吗，赵党员，人生有两大战场？

赵天云 啥战场呀？没听说过。

冯大朝 真没听说过？

〔赵天云摇摇头。

冯大朝 好好听着，我告诉你，一是情场，二是生意场，现如今也叫商场！

赵天云 是吗？

冯大朝 你说说在这两大战场上，我冯大朝算不算是都打了胜仗了？

范金花 （瞪着冯）酒疯子呀你？

冯大朝 叫你别打岔！（盯着赵天云）别哑巴，吱声儿呀，赵党员？

赵天云 （爽朗一笑）没错，你是打了胜仗了。希望你扩大战果，越走越好啊！

冯大朝　怎么样金花，赵党员就是赵党员。听听，这话说得有多好听呀！

范金花　自卖自夸，我都替你臊得慌！

冯大朝　（斜睨着赵天云）两大战场都丢了阵地的，那才臊得慌呢！

赵天云　说得好啊，在今天这新形势下，我赵天云真算不得是个合格的战士啊！

冯大朝　痛快！（举起酒杯）来，赵党员，别歇着，咱们接着干！

赵天云　干！

范金花　叫你们别喝了……

〔突然门铃响了。

冯大朝　嘿，是谁呀，真会凑热闹啊！金花开门去。

〔范金花上前开门，迎进来俩银行职员。

范金花　你们是……

职员甲　（勉强地笑笑）打扰了，我们是银行的，来看看你们这小楼。

冯大朝　（敏感地）看小楼？你们啥意思？

职员乙　调查贷款人的财产情况。

冯大朝　（站起身来）啥？啥情况？

职员甲　据我们了解，你现在的这项工程属多层转包的最末端，而真正的业主因涉嫌向主管城建的政府官员行贿已经被刑拘。你有可能拿不到应得的工程款，这样一来你在我们银行的贷款也就存在明显的风险。所以我们必须对你的财产进行必要的摸底调查。

冯大朝　（暗自一惊）我明白了……

职员乙　顺便问一下，你还有一辆轿车？

冯大朝 有啊！

职员甲 什么牌子的？

冯大朝 丰田“路霸”。怎么，抄家呀？

职员乙 没到那个程度。对不起，我们走了。

〔俩人下。

范金花 （一脸紧张）怎么，出啥事了？

冯大朝 （避开赵天云，装作没事的样子）天塌不下来。

范金花 该发工钱了，工程款拿不下来可咋办？

冯大朝 （小声地）别声张。（装对赵天云）咱们接着喝酒，别让这俩小子搅了咱们的酒兴。

赵天云 怎么，有啥问题了？

冯大朝 没事儿。

赵天云 时候差不多了，我该走了。（起身要走）

冯大朝 别扫兴，坐着，别动！

〔赵天云只好又坐下了。

范金花 我给你们弄碗汤去。（下）

〔赵天云若有所思，一言不发。

冯大朝 咋不说话啦，赵党员？

赵天云 我倒想起件事来了！

冯大朝 啥事？

赵天云 （直言不讳）你是不是克扣和拖欠着打工仔们的一部分工钱？

冯大朝 （眯缝着醉眼）啥？你说啥？

赵天云 我是说，你是不是克扣和拖欠着打工仔们的一部分工钱？

冯大朝 嘿，我说赵党员，是不是你管人管上瘾了？我可告诉你啊，我这儿的事，你可别瞎掺和啊！

赵天云　这咋叫瞎掺和呢？出了力气干了活就该拿工钱，这可是天经地义的事情，咋能叫瞎掺和呢？

冯大朝　（瞪着眼）你再给我听着，我这儿的事情，没别人插嘴的份儿，该咋整不该咋整，我一人说了算！

〔范金花端碗汤上。

范金花　你干吗，大喊大叫，楼都快让你吼塌了！

冯大朝　这不有人想在我这儿闹革命呢！

范金花　你说谁呢？

赵天云　（起身要走）听不进就算了，算我多嘴。

范金花　（想拦）哎，老赵……

冯大朝　让他走，咱俩坐不到一条板凳上！

赵天云　谢谢，打搅了。（踉踉跄跄下）

范金花　（冲到门边）老赵……

冯大朝　（打了个酒嗝，脚一软瘫倒在地上，冲范金花大声地）回……来！你男人在这儿呢！

范金花　（转身将冯扶到沙发上坐好，小声地）刚才那俩银行的说些啥呀？

冯大朝　（醉意迷蒙）天真要塌下来了……

范金花　啥，你说啥？

冯大朝　咱们让人坑了，没准大难就要临头了！

范金花　（一脸紧张）啊！真的……

〔收光。

5

〔一个白天，建筑工地的噪声。

〔打工仔们疲惫不堪地穿梭往来忙活着。

斗鸡眼 （费劲地将肩上一包水泥扔下，喘着大气）哎哟，只要一浇灌这破楼顶，就他妈的连轴转，累得我差点儿没从那架子上栽下来。

柱　儿 （也扛了包水泥冲上，扭着脖子冲斗鸡眼）别磨蹭了斗哥，早完工早休息。

〔说着喘了口气，扛着水泥跑下。

斗鸡眼 （朝柱儿背影）悠着点儿，柱儿！

〔扛起水泥包刚要走，一个穿戴入时的女子东张西望上，差点与之相撞，她是小翠。

斗鸡眼 （没好气地）哎，闪开！

小　翠 （差点被撞倒）哎呀，撞人了！

斗鸡眼 （费劲地把头扭过来，没认出小翠）……逛大街呢？这是工地！

小　翠 （认出斗鸡眼）好你个死斗鸡眼，好好看看我是谁？

斗鸡眼 （放下水泥，仔细辨认）小翠！

小　翠　（不咸不淡地）亏你还能认出我呀！

斗鸡眼　（放下水泥袋）哎哟喂，小翠，我当是哪儿来的贵妇人呢。怎么，没几天工夫，发了？

小　翠　谁发了！

斗鸡眼　不会是傍上了大款，还是认了从外国来的干爸爸？

小　翠　你……

斗鸡眼　可千万别把咱荒子给撂荒喽！

小　翠　荒子，荒子在哪儿？

斗鸡眼　没瞧见，不就像个蜘蛛似的粘在那脚手架上。我说小翠，荒子为了你，可是把命都搭上了。白天上架子，晚上还要进城去找零活。前几天晚上去给人家搬钢琴，差点没把腰折腾断了，一躺铺上就直哼哼……

小　翠　行了，行了，快给我叫人去！

斗鸡眼　你可就待在这儿，别挪地方！荒子——

〔又认真看了小翠两眼，扛起水泥袋跑下。

小　翠　（冲斗鸡眼骂了一句。突然手机响了，从包里掏出手机，遮掩着）喂？你着什么急呀？这是三言两语能说得完的吗，知道了！你把车开远一点，担心让人给砸了！什么？快刀斩乱麻？行了，不说了，拜拜。

〔荒子手拿一顶破安全帽上，边上边喊："小翠，小翠……"

小　翠　（迎上）荒子！

荒　子　（始于惊喜，继而惊奇）小翠！你……怎么这身打扮？

小　翠　怎么啦？这身打扮不好看吗？

荒　子　好看，好看！我是说你一天挣多少钱哪？买这么好的衣裳！

小　翠　（从挎包里取出一件夹克）看！我也给你买了一件！

〔荒子高兴地接过衣服。

荒　子　（心里不踏实）小翠呀，没听说吗？男人有钱就变坏，女人变坏就有钱！

小　翠　我可没学什么坏呀！

荒　子　我是说我们有钱应该存着，将来咱们结婚……（边说边打了碗水给小翠）来，喝碗水，这一路上累了吧。

〔小翠没接。

小　翠　（沉吟有顷）荒子哥……你情不情愿我过上好日子？

荒　子　这还用问，我就是受多大的累，也要让你过上好日子！

小　翠　就凭你一辈子这么吭哧吭哧地卖苦力？

荒　子　小翠，这可不像是你说的话！你这是啥意思？

小　翠　（欲言又止）荒子哥……

荒　子　你……你有什么话就说呀！

小　翠　我……

荒　子　你今天是怎么啦，吞吞吐吐的？

小　翠　（没说话倒先哭了）荒子哥……

荒　子　（急了）是不是让人欺负了？

小　翠　（摇头）不……不是的……

荒　子　到底是咋回事，你倒是说呀！

小　翠　（鼓足了勇气）我……我遇到了一个人……

荒　子　遇到了一个人？

小　翠　一个有钱人……

荒　子　（一怔）有钱人？

小　翠　他……他也跟你一样喜欢我……

荒　子　（紧张起来）那你是不是想——

小　翠　不不不！荒子哥，我其实不想扔下你，可你知道我们家有多穷……

荒　子　（预感到了什么）你……别绕弯子了，你是不是想要跟那个有钱人？

小　翠　荒子哥，你别逼我，你也知道我有多喜欢你啊……可……咱俩兴许压根就没那缘分……

荒　子　（呆呆地）我明白了，你就是想跟那个有钱人！

小　翠　我……我已经跟了！

荒　子　（如雷轰顶）什么？你……

〔荒子痛苦地一把抓下安全帽砸在地上。众民工们纷纷围上，似乎都猜到了什么，悄悄立在一旁静静听着。

小　翠　荒子哥，从今往后你再不用为我操心了。乡下，我是再也不想回去了。你都知道，我们家的困难，弟妹们还小，我爹又有病，现在都解决了，我爹也住进了大医院。那人说了，花多少，他都不问账的！荒子哥，你就成全了我，成全了我们一家吧……

〔斗鸡眼、阿普、光头等聚拢过来围着荒子，想要给他些安慰，却谁也张不了口。

斗鸡眼　（冲着小翠）小翠，你这不是要了咱荒子的命吗？

光　头　（也开了腔）小翠呀，你这不是嫁人，是嫁钱！

斗鸡眼　不会是给人做二奶吧，那人多大？能是个青头小伙吗？

小　翠　（只好坦露）他……他已经五十多岁了。

斗鸡眼　啊？你多大呀？给人当闺女正好！

阿　普　（老实巴交地）小翠啊，这事，你可得想好啊……

众民工　是啊！

荒　子　（憋不住了）别说了！（走向小翠，取下一直挂在脖子上的小灵通，连同刚才那件新买的夹克，一起还给小翠）你走吧……

小　翠　（鼻子一酸）荒子哥……

荒　子　（大声）走！

小　翠　荒子哥！（扑通跪下）你对我的好，我一辈子都记着，我和你今生今世不能在一起，来世我变牛变马报答你！

〔小翠双手捂脸要走，正好与推小车迎面而至的赵天云相遇，赵天云愣了一下刚要问话，小翠往旁边一绕哭着跑下。

斗鸡眼　我他妈真服了，咱乡下丫头只要一进城，那反革命野心就噌噌往上长啊！就说这小翠吧，满肚子的杂粮屎还没拉完呢，她就翻脸不认人了！

荒　子　（伸手就给了斗鸡眼一拳，暴怒地）不许说她！

斗鸡眼　（不解地瞪着荒子）你……

〔荒子又一抱，将斗鸡眼紧紧抱住，呜呜哭了。

光　头　荒子，你就这么忍了？

荒　子　别说了！

阿　普　荒子，该走的留不住，你可要往开里想啊！

荒　子　（仰天长叹）这就是咱的命噢……

赵天云　（轻轻走到荒子身边）……不是命，只怪咱们没把一个穷字斗倒！

荒　子　（已是泪眼婆娑）……咱咋就活得这么费劲儿，这么窝囊啊，就连打小在一起长大相爱的人都……

赵天云　兄弟，不要伤心，不要怨恨。多少姑娘和女子，不都是因为穷怕了、穷够了，才走出这一步的。她们心里也都藏着酸苦啊！

〔荒子终于禁不住大放悲声，抱头蹲下。

〔众打工仔们悄然散去。打桩机单调的嗵嗵声震撼得人心惶惶，无所适从。

〔赵天云叹了一口气，推起小车没走几步，突然一旁有人大喊：“出事啦，出事啦！”

〔一民工冲上。

赵天云 （冲民工）咋回事儿？

民　工 （一脸悲伤）柱儿……

赵天云 柱儿咋啦，你快说呀？

民　工 他从楼顶上摔……摔下来了！

赵天云 （大惊）啊！快！快送医院……

荒　子 （猛地站起）上医院，要钱啊！

赵天云 我这就去找冯老板！

〔急下。

〔冯大朝从一旁冒了出来，范金花紧随其后。

范金花 （一脸着急）你跑到哪儿去了，工地上出事了，你知不知道？

冯大朝 （朝四处看着）又出啥事了？

范金花 那个叫柱儿的小伙从楼顶上摔下来了！

冯大朝 （一惊）啊！这可真是兵败如山倒啊，伤得咋样？

范金花 五层楼上摔下来，能不重吗？

冯大朝 哎哟老天，你这是真要灭我啊！

范金花 （盯着冯）工程款还是没拿到？

冯大朝 拿个屁呀，业主那方一出事儿，全他妈掉链子。咱这尾巴尖儿的小承包人就算是垫了底了。

范金花 那咋办呀，这急等着要钱救命呢！

冯大朝 你手上就没点钱？先应付应付吧！你赶快去医院支应着。

范金花 那你……

冯大朝 我得上银行求祖宗去，弄不好人家真就要来封门抄家了！

范金花 真的？

冯大朝 你……你就等着改嫁吧！

范金花 放你的屁呀你！

冯大朝 你赶快去吧！

范金花 你可快点来呀！

冯大朝 知道了。

〔范金花急下。冯大朝转身要走，与匆匆走来的赵天云一头撞上。

赵天云 （上气不接下气）冯……老板，我可找到你了……

冯大朝 （竭力稳住阵脚）啥事儿呀，赵党员，看把你急的。（掏出香烟）来，先抽支烟……

赵天云 （一把打落冯大朝递过的香烟）你装什么蒜？工地上出了这么大的事故，你真不知道？

冯大朝 我刚刚听说。

赵天云 现在就急等着要钱哪！

冯大朝 我已经让金花上医院去了。

赵天云 你也该去看看呀！

冯大朝 我抽不开身啊。

赵天云 你还有啥事比这人命关天的事大呀？

冯大朝 我……你就别操心了，这事我会处理的。

〔抽身就走。下。

赵天云 哎你……

〔收光。

6

〔工地一角，荒子等一伙民工抱着血肉模糊的柱儿歇在一个水泥墩子上。

光　头　（没头苍蝇似的从一头跑上）党员大叔咋还不来呀……

荒　子　不能等了，快，咱们先把人送医院！

〔大家正待要走，赵天云急上。

荒　子　咋样，找到老板了吗？

赵天云　让找老板娘。

荒　子　这狗日的冯老板，误了事，咱饶不了他！

〔范金花手上举着一沓钱，气喘吁吁上。

范金花　钱，快……

〔柱儿突然挣扎起半截身子。

众　（围拢）柱儿！

柱　儿　大伙都别忙活了，我怕，我怕……你们别离开我，别离开我啊……

赵天云　（上前抱住柱儿）柱儿！柱儿！我们都在呢，我们和你在一块儿，紧紧在一块儿呢……

柱　儿　（举起一纸带血的诗稿）大叔，哥几个，诗……

〔话没说完，头一歪溘然逝去。

〔众大恸："柱儿……"

〔灯光变幻处有奇异的色彩，舞台上回荡着柱儿充满激情的声音：

——是我们用卑微的生命铺垫了城市宽阔的马路，

——是我们以匆忙的青春点亮了城市灿烂的华灯。

为了告别贫穷——

我们笑对所有的艰辛。

不诅咒远去了的爱情，

不诅咒资本积累的血腥。

奢望着能有一首歌，

留下这激荡的记忆……

〔收光。

7

〔半年后，临近过大年的日子。

〔冬日的傍晚，北风呼啸气温骤降，灰蒙蒙的天空似有一场大雪就要降临。打桩机破天荒没响了，就连远处的霓虹灯也失去了往日那诱人的光彩。

〔灯光照亮大通铺，施老大等几个民工呆坐在大通铺上一言不发想心事。阿普在柱儿的遗物——书籍和诗稿前上香。

〔跪在柱儿的遗物前呜呜哭泣着，哭声让人揪心。

光　头　（终于耐不住这样的沉闷）哎，我说，咱们别这么傻耗着了，吱个声儿说个话呀！……要不就玩儿一把双抠！

〔几个民工脸上毫无表情，也没啥反应，像是根本没听见光头的话。

民工甲　（眼巴巴地）快过年了，咋就觉着人心惶惶的……

民工乙　咱这一年的工钱该不会有啥闪失吧，冯老板也不见露个面儿……

阿　普　（一脸怅然）……柱儿去了，小翠飞了，党员大叔就要和咱们分别了……这打工棚早晚也得拆了……

光　头　……这人呀，这些天咋就提不起神儿来，就跟丢了魂似的……

阿　普　哎，荒子呢？荒子哪儿去了？还有斗鸡眼，咋也没影儿啊？

〔话音刚落，斗鸡眼脖子上耷拉着条围巾，手上攥个酒瓶，歪歪倒倒搂着荒子肩膀一齐上。荒子头上戴顶破狗皮帽子，绷着块铁青色的脸，显然也喝了酒。俩人来到门外站定。

荒　子　记住，刚才咱俩合计的事儿，可不能露啊！

斗鸡眼　（打了个酒嗝）知道……打死我，也不会说！

〔俩人进了门。

光　头　你们上哪儿去了？把我们几个扔这儿，没滋拉味的！

斗鸡眼　（又打了个嗝）就……就要有滋味了！

〔荒子用手扯了斗鸡眼一下。斗鸡眼一个激灵不吱声了。

阿　普　党员大叔在哪儿，他不会就把我们扔下吧？

斗鸡眼　不会，他正忙着找冯老板，为咱们去要工钱嘛。

光　头　（愤愤不平）妈的，这冯老板也太黑心了！眼看着年关就要到了，还攥着咱们那点儿小钱不松手。

〔赵天云挎着四弦琴笑呵呵走进工棚。

阿　普　（一眼看见）大伙快看谁来了！

众　（惊喜）大叔……

赵天云　（显着高兴）干吗呢，你们？

阿　普　大叔，你不能把我们扔下不管啊！

赵天云　说啥呢？大叔我呀，这辈子都想和你们这些傻小子在一起呀，就怕你们不要我呢！

光　头　要，要！我们这打工棚里的小民工就像是一群没爹没娘的野孩子，自从大叔您来了以后，咱们就有了主心骨，谁要想欺负咱们都不怕了！

众 （齐声）对，对！

赵天云 谢谢你们对我这个老民工的信任！对了，咱们的工钱有指望了！

众 （高兴）真的？

赵天云 告诉你们，现在城里有了专为咱们农民工说话办事的机构，咱们的事已经引起上级的重视了，用不了几天，咱们的工钱就会兑现的！

众 （七嘴八舌）不会又黄了吧……要真正拿到手才算数噢……

〔顿时，大家的情绪又低落了。

赵天云 大家别担心，咱们要相信上级会为咱们落实的。来，大叔给你们弹唱一段山曲儿热闹热闹，好不好？

众 （有些勉强地）好，好……

赵天云 （拨动琴弦弹唱起来）

月亮出来月亮薄，
靠爹靠妈靠不着。
给床被子短绰绰，
盖得着头来盖不着脚。
不如靠双大脚板，
走遍天下讨生活……

〔阿普忘情地跳起了他的彝族“左脚舞”，光头等也受了感染跟着又唱又跳，打工棚沉浸在少有的欢乐中。

荒　子 （突然）别跳了！

〔众人都愣住了。

荒　子 党员大叔，各位兄弟！我荒子是个粗人，我平时多有对不住大伙儿的地方，就请大伙儿包涵了！今天，我就想办件大事儿，请大伙帮我做个活证助个威，我先谢谢大伙儿了！

阿　普　荒子你……

斗鸡眼　大伙儿还不知道吧，冯老板他压根儿就不想兑现咱们的工钱！现在他又瞪着大眼珠子在刚盖完的那幢楼顶上吹灰找裂缝儿呢！还是要他那老一套，想找碴儿克扣咱们的工钱！

荒　子　这一回，我就要陪他在那房顶上玩玩儿，不想让他再走着下来了。

〔人群中有人响应，也有人愕然不吱声儿。

阿　普　荒子，你不要莽撞，这样做会不会犯政策？

荒　子　大家放心，我一人做事一人担，下大狱吃枪子儿全是我的，就请大伙给做个活证。

斗鸡眼　荒子，兄弟我陪着你！

光　头　我也算一个！

荒　子　别别，你们谁也别凑这个热闹！

〔举起酒瓶猛灌了一口，随后将瓶子一扔。

斗鸡眼　（亮出一把砖刀）走——

赵天云　（上前拦住）你们要干啥？

荒　子　（勉强一笑）大叔，这不关您的事儿。

赵天云　我问你到底要干啥？

荒　子　你不是都听见了吗？

赵天云　荒子，你不能去干傻事儿！

荒　子　大叔，难道你没看见？冯大朝见死不救误了咱柱儿一条命，又在找碴儿想扣咱们的工钱。他是不仁不义坏事做尽，我荒子今天豁出这条不值钱的小命，就要治治这个邪，给他来点儿粗的！

斗鸡眼　（挥舞砖刀）走啊——

赵天云　（拦住）你们出不了这道门儿！

荒　子　你闪开！

赵天云　我不能看着你们去犯法！

斗鸡眼　他想坏咱们的事儿！

赵天云　你少跟着凑邪火！荒子，听大叔的，咱哪儿都不去！看你喝了多少酒啊……

荒　子　（喘着粗气儿）可我……实在是憋不住啦……

赵天云　那也不能由着性子胡来呀！

荒　子　胡来的人多了，冯大朝不就是一个！你咋就看见我一人呀？

斗鸡眼　别听他的，走——

〔一伙人要往外冲，赵天云拼命阻挡，双方扭在一起。

荒　子　大叔，您就一边待着去吧！当心碰了您这老胳膊老腿的！

〔一民工找来一条绳子："把他管上！免得误事儿。"有人附和："对对，管上！"说着冷不防就有人用绳子将赵天云套住又使劲打了个死结。

赵天云　（大声）放开！放开我……

施老大　嗓门儿挺大……咱也给你这党员留个清白！

斗鸡眼　（朝赵天云一拱手）对不起了！

〔众人一窝蜂下。

赵天云　（大喊大叫）你们给我回来！浑蛋……

〔赵天云一阵挣扎，终于累得没力气了。

〔范金花一脸猴急上。

范金花　（走到门外）屋里有人吗？

〔赵天云用力踢响一个脸盆，范金花觉得蹊跷试着进门。

范金花　（见被捆着的赵天云）啊！你这是……

〔上前一把扯了赵天云嘴里的毛巾。

赵天云 快，给我解开！

〔范金花手忙脚乱解绳子。

范金花 这……到底是咋回事？

赵天云 冯大朝在哪儿？

范金花 我也正找他呢！

赵天云 他这些天……没啥事吧？

范金花 成天就灌酒，啥也不跟我说，我就担心会出事儿。

〔终于解开了绳子。

〔赵天云站起身来就往外走。

范金花 哎，你上哪儿？

赵天云 （头也不回）楼顶——

〔范金花跟着追了出去。下。

〔收光。

8

〔楼顶。乌云笼罩的天空现出一团奇异的光亮，这里的人们把这种天象叫作“开雪眼”，预示着就会有一场大雪。

〔灯光下。冯大朝手上攥个酒瓶子独自一人在楼顶上徘徊。

冯大朝 （神情恍惚醉态毕露自言自语）……天不容蛇蚤长大，天不容蛇蚤长大啊……

〔举起酒瓶猛灌。

〔荒子等一群打工仔气势汹汹一拥而上。

荒　子 （冷笑）好逍遥啊，冯老板，一个人躲在这儿喝小酒呀！咋样，滋味儿不错吧？

冯大朝 （伸着手上的酒瓶子笑嘻嘻地）见者有份，来——弟兄们，都整一口，整一口！

荒　子 嘿嘿，这小子演的哪一出呀？你少来这一套！知道咱找你干啥？

冯大朝 （眯缝着醉眼）不会是来找我拼命的吧？

斗鸡眼 算你说对了，姓冯的，你吃咱喝咱欠咱，今天你要还不拔毛出血，把欠咱的了结清楚，咱就要你好看的！

冯大朝 噢，我明白，明白……

荒　子　没工夫跟你扯，一句话，你打算跟咱们咋了结？

冯大朝　一了百了！

斗鸡眼　这小子是打算跟咱们要无赖呀！

荒　子　好啊，既是这样，咱就只好跟你玩命了。

〔说着就一步步逼上前来。

冯大朝　（大声）别动！我劝你们都离我远点儿！

斗鸡眼　怎么，怕啦？

冯大朝　是怕了，怕你们都说不清楚！瞧你们一个个年纪轻轻的，何苦沾上个故意杀人的罪过，不值呀！

〔众人面面相觑，疑惑不解。赵天云、范金花一头撞上。

范金花　（大声）大朝——你……你这是要干啥呀你……

冯大朝　我累了，就想找个清静地儿好好歇歇去……

范金花　（哭着）别扔下我，别扔下我呀……

冯大朝　（嘿嘿一笑）你干吗呀，别让人笑话。夫妻本是同林鸟，大限来时各自飞。金花，我给你留的遗嘱就在录音机里，回去好好听听。

范金花　冯大朝，让我跟你一起走！

〔扒开众人就要往前冲，被几个民工紧紧拦住了。

荒　子　操，冯老板他真打算要跳楼啊？

斗鸡眼　这小子倒给咱们来个没想到啊！

一民工　他真要跳了楼，咱们找谁去？

光　头　对呀，不能让他死！（强笑着）嘿嘿嘿，我说老板，好死不如赖活，再咋说你这瘦死的骆驼也比马大呀，你就好好活着吧，天大的事情咱们好商量……

众民工　（齐声央求）是啊老板，你就好好活着吧！

冯大朝　说得轻巧，我好好活着，你们倒知道找我要工钱，可我又该去找谁呢？我谁也找不上啊！

赵天云　（大声）找政府，找政策！

冯大朝　（眼睛里充满了希冀）找政府，找政策？

赵天云　你知道吗？最近咱们政府刚刚出台了扶持非公经济的黄金政策，根据你的情况能够得到政策性的扶持，你完全能够渡过眼前的难关啊！

冯大朝　（一头冲到赵天云跟前）赵党员，你说的这些都是真的？

赵天云　（掏出一份报纸）都在这上头呢，你好好去看看吧！

冯大朝　（如饥似渴地翻看着）我有希望，有希望……

〔收光。

9

〔几天以后，雪后初晴的太阳显得格外刺眼。工棚里弥漫着浓浓的热闹气氛，终于如数拿到了一年血汗钱的打工仔们欣慰与满足之情溢于言表。阿普一直在埋头整理柱儿留下的那些书。斗鸡眼正收拾脖子上新买的一条大红大绿的领带，光头则乐呵呵地盘腿坐在已收拾一空的大通铺上准备点钱。

阿　普　（手上捧着柱儿留下的书籍一脸忧伤）……回家了，过年了，可我们的小兄弟柱儿他……

〔说不下去又悄悄哭了。

光　头　（看着阿普）干吗呢，阿普，让你别再哭了，你……（没说完，自己也哭了。一双眼睛像是要看透什么）……柱儿，我的小兄弟！你在哪儿呀……（说完更伤心了）

〔荒子及几个准备结伴回家的民工买了些年货回来。赵天云也来了。

赵天云　怎么样，小兄弟们，都准备好了吧？

众　（齐声）都准备好了。

荒　子　大叔，您也准备好了吧？

赵天云　（平静地）我呀，不走了。

众　（不由得一惊）为啥呀？

赵天云　我光棍一条，在哪儿都一样。我就守在咱们这工棚里！

斗鸡眼　这破工棚有啥好守的？

赵天云　哎，你们可别小看了这破工棚，几十年啦，咱们这些祖祖辈辈被困在土地上的农民，才在这城市里有了这么一块立足之地呀。这工棚啊，是咱们的受难之地，也是咱们的希望之地啊，咱们要好好珍惜它，守住它！

荒　子　大叔，我也留下！

赵天云　（拿起水烟袋抽烟）不，你们都走，都走！

光　头　大叔，可你一个人留在这儿，也太孤单了呀！

〔话音刚落，就见冯大朝挟了个铺盖卷儿走进门来。

〔众人都愣住了。

赵天云　冯老板，你这唱的又是哪一出呀？

冯大朝　来和你搭个伴儿！

众　（顿时七嘴八舌活跃起来）好啊，冯老板变了……

冯大朝　小兄弟们，想我冯大朝从前也是从这样的工棚里混出来的啊！这些日子，我一直在想，这人呀，不管是富还是穷，都不能忘了做人的根本。我要感谢你们给予我帮助，更要感谢咱这老乡赵党员给我的帮助支持，今后咱们就再也不分开了！

〔众情不自禁鼓起掌来。

赵天云　好啊，咱们这就叫不打不成交！不用说咱们这劳资双方今后肯定还会有矛盾有问题，但正如冯老板刚说的，只要咱们都不忘做人的根本，就一定能够和谐相处共同前进共谋发展！

〔众人又是一阵热烈鼓掌。

〔四周高楼大厦的霓虹灯突然都亮了，亮得格外灿烂辉煌，亮得美丽动人。

〔除旧岁的鞭炮声猛然炸响，热烈火爆久久回荡。

〔由四弦琴演化出的交响乐震撼着整个舞台。

〔幕徐落。

——幕　落——

2009年6月11日，再稿于昆明

作品赏析

《打工棚》是一部深刻反映当代农民工生活与心理的剧本，它聚焦西部城市建筑工地上的农民工生活，以真实质朴的现实主义叙事风格，展现了当代农民工群体在城市建设中的艰辛奋斗、生存困境以及他们内心的挣扎与希望。它以全新视角关注农民工的生活，揭示了他们复杂的内心世界，极具艺术感染力。

剧作开篇即以真实细腻的笔触，生动再现了农民工们在杂乱无序的建筑工地打工棚内深夜休息的场景。他们拥挤简陋的生存空间同舞台深处隐隐显现的高楼大厦和诱人霓虹灯形成鲜明对照，直接从视觉上揭示了农民工在城市中的边缘化地位和艰难处境。这场戏以光头梦魇引发打工棚内的混乱为戏引，在众人粗俗又自嘲的日常调侃中，进一步吐露了农民工群体的真实生存状态以及被资本剥削的命运。农民工形象也在充满乡土气息的对话中，变得鲜活而立体。光头对未知的恐惧不安，斗鸡眼对当下的危言耸听，荒子对未来的盲目乐观，以及柱儿对生活的纯真热情，共同构成了一幅复杂生动的农民工群像。特别是柱儿，他的打油诗叙说了他们走出大山、走进城市的艰辛与希望，是对整个农民工群体心路历程的深刻概括。

紧接着，赵天云挟个铺盖卷儿挎着把四弦琴从黑暗中走来避雨歇乏，他如同一个闯入者，再次打破打工棚内的平静。众民工将其